煊烂

张新科　著

河南文艺出版社
·郑州·

图书在版编目（CIP）数据

煊烂／张新科著. -- 郑州:河南文艺出版社，
2025. 8. -- ISBN 978-7-5559-1860-8

Ⅰ. I247.5

中国国家版本馆 CIP 数据核字第 2025JB8125 号

选题策划　　刘晨芳　孙清文
责任编辑　　孙清文
责任校对　　张恩丽
装帧设计　　张　萌
书名题写　　张建会

出版发行　　河南文艺出版社
社　　址　　郑州市郑东新区祥盛街 27 号 C 座 5 楼
承印单位　　河南瑞之光印刷股份有限公司
经销单位　　新华书店
开　　本　　700 毫米 × 1000 毫米　1/16
印　　张　　27
字　　数　　481 000
版　　次　　2025 年 8 月第 1 版
印　　次　　2025 年 8 月第 1 次印刷
定　　价　　88.00 元

印厂地址　　河南省武陟县产业集聚区东区(詹店镇)泰安路
邮政编码　　454950　　电话　0371-63956290

目 录

目 录

楔子

2021 年 7 月,姹紫嫣红的紫薇、荷花、绣球、夹竹桃、凌霄花、金鸡菊……染了云龙山,艳了云龙湖。行人流连于美景,忘却了眼下正是焦金流石的夏季。

上午十点,淮海矿业集团总经理来到了位于徐州二环路旁的一处 20 世纪六七十年代的老式楼房。逼仄的楼梯打扫得很干净,楼道一侧混凝土浇筑的格子花砖显示出这栋建筑年代的久远。陪同领导出行的是刚刚大学毕业来到集团办公室的小李,不知道是天热还是紧张,他的额头上布满了密密麻麻的汗珠。

"耿工住三楼,楼梯窄,总经理您当心脚下!"小李提醒着,自己却不小心踩空了台阶,差点摔倒。这是他第一次陪同领导慰问退休职工,所以很用心,前期的很多工作,沟通联络、用车调度、慰问品准备等诸般事宜安排得都很顺畅。此外,他还专门查阅了这位叫耿永昕的退休工程师的相关信息,知道他一直深耕技术一线,在老工业基地转型、关闭矿井重生、衰竭矿区生态修复等方面造诣深厚。尤其是进入 21 世纪以来,徐州矿产资源枯竭,十七家矿井先后关闭了十六家,企业面临"断炊"危机。这位工程师在企业"走出去创业",建立新疆、陕甘、内蒙古等能源基地,破解产业接续、人员转移重大问题等诸多方面,做出了突出贡献。

总经理似乎看出了他的紧张,安慰道:"小李,这里我每年都来,熟得很。"

耿永昕老人住在 301,小李抢先两步,敲了敲房门。

开门的是一位中年妇女,热情地招呼他们进屋。从总经理和她的对话中,小李知道她叫丽萍,是耿永昕老人的女儿。丽萍说老人还在午睡,不过他作息一向都很规律,这个时间点差不多也该起来了。

总经理说今天是专程拜访,不着急,便和丽萍拉起了家常。

小李环视房间,房子大概八十平方米,两室一厅结构,客厅比当下的商品房小了很多。地面是水泥地,房间内虽是老式家具,但收拾得颇为整洁。木质沙发旁的茶几上,摆着一束茉莉花插花,洁白的花瓣在绿叶的衬托下显得清新悦目,空气中弥漫着淡淡的花香。

与一般人家不同的是,这家的书特别多,本就不大的客厅里还摆了三个直达天花板的书柜,顶天立地满满当当的全是书。小李仔细看过去,都是些与煤矿相关的专业书籍。

果然,和丽萍没聊多久,卧室的门打开了,一位精神矍铄的老人走了出来。

丽萍连忙起身迎上去:"爸,总经理来看您了!"

"耿工,我们来看看您!"总经理上前双手握住老人的手。

小李上下打量着这位老人,他身材精瘦,须发皆白,一双眼睛已经深深地陷了下去,却更显矍铄与睿智。拄着拐杖的手上爬满了一条条蚯蚓似的血管,如同树木的年轮一般诉说着岁月的沧桑和这一生奋斗的艰难。老人有些耳背,但思维清晰,说话吐字清楚。他拿起茶几上的两张报纸,指着上面一则介绍集团的报道,朝总经理竖起大拇指:"这几年,集团发展得不孬啊!"

总经理向老人历数企业一年来的发展,老人认真地听着,时不时问一些具体的细节。总经理如同接受大考,一一详细作答。

"好!好!我们一家四代都在矿上,淮海矿业就是我们的家,是我们的根。一百多年了,咱们矿经历了不少磨难甚至劫难,但更多的是坚强,是奋进,是贡献,是自豪!"老人拉住总经理的手,感慨万千。

"耿工说得对啊!咱们集团从1882年徐州道员程敬之奉左宗棠之命,选派南京候选知府、著名实业家胡恩燮筹集商股,成立徐州利国矿务总局开始,历经贾汪煤矿公司、华东煤炭股份有限公司、日军占领徐州后强行更名的柳泉炭矿,以及新中国成立后的贾汪矿务局、淮海矿务局等主要阶段,到140多年后今天的淮海矿业集团有限公司,饱经风霜,历经坎坷,咱们一直在苦难中开花,在奋斗中煊烂。"

"煊烂?像煤燃烧一样煊烂,总经理说得多好啊!"

"耿工啊,可不是我说得好,是咱们淮海矿业一代代矿工干得好!一百多年过去了,可以毫不夸张地说,咱们煤矿就是民族工业发展的缩影,在一定意义上,也是咱们国家的发展缩影。请您老放心,淮海矿业会和咱们民族工业、咱们国家一样,越来越好,越来越辉煌的!"

老人点头称是,皱纹里洋溢着憧憬。

总经理说,他今天来还带着一个特殊的任务,要向老人颁发"光荣在党50年"纪念章。老人闻言显得十分激动,拄着拐杖立起身,用颤抖的声音坚定地请总经理稍候,然后转身就进了房间。等他再出来时,已经换上了一件崭新的衬衫。他让女儿帮忙整理下领子,跟总经理说了声抱歉,如同一名等待接受检阅的军人,胸前一枚党徽熠熠生辉!

此时,老人不知想起了什么,泪水夺眶而出,低头沉吟好大一会儿,才慢慢抬起头,一字一句地说道:"这枚纪念章,我要献给我的父亲……"

1 初次下井

清晨的雾霭还未散去,贾汪兴盛煤矿上早已是一片喧嚣忙碌。

煤场烟囱构成的"森林"之城,运煤的卡车轰鸣着,如同一头头喘着粗气的耕牛,低沉地嘶吼着,在被轧得高低不平的路面上穿梭。下晚班的工人拖着满身的疲惫钻出矿井,和路上碰到的工友在监工的注视下悄声打着招呼。下井干活的人穿不住衣裳,也舍不得穿衣裳,甚至穿不起衣裳,即便节令已是深秋,依然一个个全打着赤膊。钻出井口和等待钻进井口的人群宛若交汇的浊流,无声地流淌着。出井的人都包裹着厚厚的煤灰,眉梢眼角尽显疲惫,佝偻着脊背怯生生地走在地面上,似乎一直腰杆就能磕碰到什么。进井的人看着出井的人流,望着黑魆魆的矿井,浑浊的眼光里闪烁着一丝羡慕:呵!真好!囫囵个从鬼窟里出来了。

"小马,看你蔫头耷脑的熊样儿,昨晚没少给你那俊媳妇交租子吧?"一旁的监工朝着白色队伍中一个瘦弱后生骂道。笑骂声引得身边的其他监工一阵哄笑。繁重而枯燥的生活使得他们不愿意错过任何一个打趣取乐的机会。

"李头,小马刚来矿上一个礼拜,白班儿整天见不着太阳,蔫了也正常。"小马旁边一位三十来岁的汉子解释道。

"行,还是成文队长体贴人!既然你说话了,赶明我给他调个夜班缓缓,就是可惜他那新媳妇喽。"李头的话又引得一片哄笑,他似乎失去了对小马的兴趣,和身边的其他人聊起天来。

"那可真得谢谢您了!"叫成文的汉子也赔着笑与他们告辞。

"谢……谢谢您,耿队长。"年轻后生小声冲身边的汉子说道。

"谢啥,都是从你这么大过来的,好好干!"耿成文笑着拍了拍小马的肩膀,继续向前走,队伍很快消失在雾霭中。

这是 1927 年 10 月的徐州贾汪,煤矿上普通得不能再普通的一个清晨。太阳慢慢升了起来,像煤灰一样的晨雾逐渐散去,阳光朗照下的贾汪矿区似乎比夜幕笼罩下的矿区又忙碌了几分。

贾汪矿区以兴盛矿为中心,周边散落着远记、国彰、来旺等大大小小五六家煤矿。明万历年间,此地东北有泉汇聚成汪,水草丰茂而称泉城。后因临汪而居者中贾姓颇多,遂称"贾家汪"。清光绪八年胡恩燮在贾家汪掘井建矿,贾汪百年煤田开采历史就此发轫,光绪二十四年贾汪煤矿公司成立,"贾家汪"自此逐渐简称"贾汪"。丰富的煤炭资源,大量涌入的资本,吸引着周边的百姓迁徙于此,于是贾汪成了一座不折不扣的"煤城"。靠山吃山,贾汪亦然,煤城中人大都以矿为生。第一次世界大战期间,欧美诸国无暇东顾,民族矿业出现短暂的"黄金时代",贾汪煤矿产销两旺。"一战"之后,帝国主义卷土重来,国内军阀混战,兵燹连连,煤矿经营举步维艰。此时贾汪兴盛矿前后已经换了好几茬老板。现在的老板姓孔,是位精明的上海人。

煤场上一片忙碌景象,七八个手持铁锹的工人正光着膀子给卡车装煤。"都给我麻利点儿,这八车炭今儿个上午必须装完,运到徐州!不然谁都别想吃……吃饭!"监工李头手里拿着咬了一口的热气腾腾的包子,边大口咀嚼边呵斥着铲煤装车的工人,似乎被热包子烫了一口,话刚说完就咧着嘴向外呼呼吹气。

"唉,'李拔毛'这坏熊真不是人!"一个工人边挥动着手中的铁锹,边悄声向身边的工友嘀咕。

"能让吃一口铲一锹煤都算他有良心!'李拔毛'还真不白叫!呸!"旁边的工人朝手心吐了口唾沫,狠狠地铲了一锹煤,感觉像在挖"李拔毛"家的祖坟。

"赵启明,你嘴里嘟哝啥呢?"李头的呵斥声马上又响了起来。

"锹把儿太滑了,抓不住!呸!"叫赵启明的工人把铁锹插在煤堆上,又朝手心吐了口唾沫,双手使劲搓了几下。

"少跟我来这套,不想干直说,赶紧滚蛋!"李头仍旧不依不饶。

"不干哪儿行!一家老小就靠着俺们装煤挣钱呢!李头您别跟他一般见识啊。"赵启明旁边的工人连忙大声应道,拿起插在煤堆上的铁锹递给赵启明。赵启明无奈接过铁锹,低头闷声干起活来。

"李拔毛"看着这群忙碌的工人,长长地"喊"了一声,之后不屑地撇了撇嘴,又埋头啃起了手中的包子。

矿场门前两三百米，有片柳树林。几只山羊正在林边的草地上悠闲地啃着草，一群七八岁的孩子正叽叽喳喳地围坐成一圈。这个年龄的孩子，给家里出不上力，矿上人家又拿不出钱供他们上学，也就由着他们在外疯跑，正是姥姥不疼舅舅不爱的年龄。

"致远，咱们今天去干啥？"绰号叫"四辫儿"的韩天民长得虎头虎脑，冲着身边的孩子问道。

"四辫儿，致远是你叫的吗？早就说好了咱们梁山好汉，得叫带头大哥！"春生气呼呼地说道。春生的大名叫耿彭城，说起话来嘴皮子特别利索。

"咋啦，我又没问你，我问的是致远，再说了，致远他比我小！"

"小咋了？致远也比我小，你没听致远大哥说嘛，有志不在'年糕'！"春生眨了眨眼，消瘦的脸庞带着一丝疑惑，"是不，致远哥？有志气都能不吃'年糕'，更别说叫比自己小的人大哥了？"春生说完，咽了口口水。其实如果论辈分，致远的爷爷和春生的爹是堂兄弟，致远应该正儿八经地叫眼前的春生一声叔。

"就是，叫大哥！"其他的孩子一块儿起哄。

"行啦，都别叨叨了！""四辫儿"旁边个头儿稍小的耿致远说话了，柳树下顿时安静起来。

耿致远说："今天俺有个'屁烂'！"

孩子们顿时瞪大了双眼，随即一阵爆笑。"四辫儿"更是笑得捂着肚子绕到了耿致远的身后，要去看看他的屁股究竟烂在了何处。

耿致远抬手一顿，喧闹声戛然而止。他颇有大将之风地说道："俺爷说了，'屁烂'（plan）是洋词儿，就是'打算'的意思。"

耿致远的爷爷出身大户人家，据说祖上在户部山那儿是有自己宅子的。虽然他年轻时就家道中落，一蹶不振，但也算读了几年四书五经，走南闯北跑了不少地方。矿上的人家有些事情，都喜欢找老爷子出出主意，这群孩子也喜欢听老爷子"拉呱①"，都说耿致远的爷爷"拉呱"比说书先生还要厉害。既然他爷爷都说"屁烂"就是"打算"，那"屁烂"一定就是。

春生连忙问："大哥，不管是'屁烂'还是'腚烂'，咱们过会儿干啥去啊？"

耿致远不慌不忙地说："今天先别管干啥，但你们几个，尤其是你'四辫儿'，回

---

① 拉呱：方言，有闲谈、聊天、讲故事的意思。——编者注（如无特别说明，本书中注释均为编者注）

家之后可不能给你爹说,不然我又得挨揍！知道吗?"

"你放心,上次偷韩黑脸的白芋还不是你妹妹致馨到俺家吃饭说漏了嘴,俺可不是多嘴饶舌的人。"

"好,今天俺妹跟俺娘赶集去了,咱们就到那里去!"说完,耿致远指向了兴盛矿的大门。

"又去煤场,你不怕'李拔毛'啦?"

耿致远起身,猴儿一般三下两下爬上了身边的一棵柳树,折下一根柳枝在手中挥舞说道:"'李拔毛'今天顾不上咱们,没看见刚才那么多空车进矿吗? 再说了,煤场有啥好玩儿的,弄得一身黑糊糊,还不如玩儿胶泥。"

"那咱去煤场干啥?"一群孩子问道。

"咱们去下井!"

耿致远颇有些豪气地用手中的柳枝指了指远处矿井的方向。孩子们似乎被这一宏大的"屁烂"镇住了,顿时鸦雀无声。

"我不行,俺爹今天上白班,那不是叫他逮到了吗?"春生首先打起了退堂鼓。

"熊样,俺爹也在井下,他还是队长呢!"见无人接话茬,耿致远接着道,"咱们又不跑到最底下,就是进去看看是啥样的,难道你们不想看吗?"

这群孩子虽然家里都有人在矿上,可井下到底是什么样,谁也说不上来。只听家里大人唠叨过,井下很黑,很危险,井下干活儿很苦。"俺爹说了,下井可不是一般人能干的活儿,井底下啥样,地上的人想都想不出来。你们要是敢去,我晚上叫俺爷给你们拉拉徐州楚霸王戏马台的故事! 谁不去,明天不带他玩儿了!"耿致远继续做工作。

"大哥,俺去!"春生一听晚上致远爷爷讲故事,马上来了精神。

"俺也去! 谁不去谁是孬种!"一群孩子纷纷响应。

耿致远看了眼不远处的山羊,跳下树来,让大家靠得更近些:"管! 既然都去,咱们就这么办……"

兴盛煤矿看大门的老王头五十多岁,家住贾汪小李庄,早年两个儿子被抓差当了兵,至今音信全无。家中婆娘本就身体虚弱,加上念子心切,整日郁郁寡欢,一场大病之后撒手人寰,剩下老王头一个人六亲无靠,吃住都在矿上。老王头平日里为了消磨时光在柳树林旁边开了一小块地,种了些蔬菜。他这会儿正优哉游哉地在矿场门口晒太阳,远远地看见一群孩子朝矿上走来,急忙出来制止。

"又是你们这群操蛋孩子,一边玩儿去! 这里磕着碰着的可不得了!"

 煊烂

一个年龄最小的孩子走上前来，大声说道："王爷爷，恁家的菜地让羊给拱了。"

老王头一听这话着急了："这放羊的孙老头又睡死过去了吧！好孩子，一边玩儿去吧，矿上危险！"说完头也不回地直接向柳树林跑去。

老王头来到自家菜地，果然看见几只山羊正在自己地里撒欢儿。他一边赶着一边喊："孙老头！你死了吗？羊都跑啦！"

睡眼惺忪的孙老头走了过来："哎呀，对不住啊老哥哥，不知道咋搞的，刚才羊拴得好好的呢！"

此时，七八个孩子有条不紊地执行着他们的"屁烂"，绕过正在装车的一群人，直接奔矿井口。此时交接班时间已过，没有任何阻拦，他们"长驱直入"。他们平日里只听说大人们到井下工作，可从来没有亲身经历，一群人兴奋异常。

"致远，你这'屁烂'真不错！"

"'四辫儿'，说叫大哥咋还致远呢！"春生眼里容不得沙子。

"四辫儿"涨红了脸："叫就叫，大哥！"

这是一条斜井，每隔三五十米便闪烁着昏黄的灯光，一直向地下延伸，似乎永远没有尽头。沿着倾斜的主巷道，两侧还不时出现一些水平的平巷，从尽头传出莫名的呼呼声。

越向下走，黑暗越发纯粹，巷道里的微弱灯光像是晴朗夜晚天空闪烁的星星，忽明忽暗。走到深处，湿气渐渐浓重起来，巷道顶部的水珠"吧嗒吧嗒"地滴落下来，地上也变得泥泞不堪，一个孩子的鞋陷到泥里摸不到了。可在这群孩子眼中，这些都不是问题，他们完全被眼前从未涉足过的新奇和未知所吸引，被自己的探索精神和团队士气所鼓舞。又走过一盏灯，前面的黑暗更加浓重，简直伸手不见五指。耿致远环顾四周的黑暗，感觉又回到了仲夏夜晚：他躺在院子中的凉席上，旁边母亲轻摇蒲扇哼着好听的琴曲，睡眼蒙眬地透过院子中泡桐树的斑驳树叶，仰望星空。

"哎哟"一声之后，耿致远的回忆被前面一个孩子的哭声打断，原来黑暗中看不清路两侧的情况，年龄最小的二毛没留神碰到了头。七八个孩子围着啼哭的乳名叫二毛的赵洪林，耿致远伸手摸了摸他的额头，说道："没事儿，没出血，起了个大包！后面太黑了，咱们拉着手走！"队伍继续前进，只是前进的速度变慢了许多。孩子们的新鲜感和探索精神逐渐被黑暗带来的恐惧一点一点地侵蚀。

惊悚之中，春生先开了口："致远哥，咱们回去吧，俺都走不动了。"此言一出，又有三四个孩子跟着叫累。耿致远刚想说话，突然从远处的黑暗里传出大人的说话声,运煤的工人出来了。"快跑,被俺爹知道又得挨揍!""四辫儿"说完就闪进了身后的一条平巷,春生听后更是头也不回地向着进来的方向跑去。"快回来,别乱跑!"耿致远压低声音喊道。可这个时候,再也没人听他这个"大哥"的吆喝了,三个孩子朝着"四辫儿"消失的平巷快步挪去,二毛的头也不疼了,和一个娃娃跟着春生向出口跑去,转眼间只剩下耿致远一人瞪大双眼站在原地。

黑暗中大人的说话声越来越近,耿致远一跺脚,也跑进了"四辫儿"进入的那条平巷。进去之后耿致远才发现,这条巷道并非一条到底,里面还有几个转弯和岔道,"四辫儿"几个人早已跑得不见踪影。又走了好一段距离,耿致远终于听到了几个孩子的说话声,此时几个人正在相互埋怨。

"都怪你'四辫儿'!致远哥都说了一坨①走,你带头乱跑啥?"

"我……我又没叫你们跟着,我就是怕叫俺爹知道了!"

"这下瞪眼了,叫你乱跑,回去的路找不到了!"

"要是致远哥在就好了!"

"这下念我好了?"双手叉腰的耿致远神奇地出现在正在相互埋怨的小伙伴们面前,让有些沮丧的四个孩子眼前一亮。四人异口同声地叫了起来:"致远哥!"几个人当中,数"四辫儿"喊得最响。四个孩童在耿致远带领下,绕过七八个岔口,终于回到了下井时走过的主巷道。迷失方向的孩子们悬着的心落地了,他们显然没有意识到耿致远是如何记得七弯八转的巷道转向的,耿致远也没有意识到自己对于巷口转向的超人的记忆力。

耿致远带着四个孩子有惊无险地走出矿井,从幽暗潮湿泥泞的地下巷道回到了阳光朗照的宽阔地面。孩子们第一次发现平时不曾在意的阳光,此时是那样的不同寻常,和煦又充满爱意。耿致远觉得这阳光就像是父亲的大手,轻抚在自己的头顶。

煤场上,七八辆货车还停在那里,"李拔毛"正躺在自己的竹椅上打盹儿,旁边的工人还在挥汗如雨地忙碌着。五个娃娃猫腰躲过了门房里午睡的老王头,撒开脚丫奔向柳树林。耿致远本以为会在这里碰到春生几个人,可出乎意料,柳树林中空无一人。"难道春生他们几个还在矿井?"耿致远正想着,兴盛矿门口一阵喧闹,远远地看见春生他爹拎着春生的耳朵从巷道口走出来,身后跟着垂头丧气的二毛两人。耿致远吐了下舌头,与"四辫儿"几个娃娃作鸟兽散。

---

① 一坨:方言,一起、一块儿。

煊烂

当天晚上，三个被大人们"捉住"的孩子无一例外在父母的陪同下来到了耿致远家中。耿致远的父亲耿成文刚结束了一天繁重的工作，本想轻松一下，舒舒服服喝上两口媳妇赶集买来的绿豆烧。可二毛和他父亲的到来打乱了耿成文的安排，耿成文拉着二毛爹喝上两口烧酒，狠狠地训斥了耿致远一顿，说到气头上作势要打，被二毛爹拉住才算作罢。第二拨人前来造访，耿成文又如出一辙，只是显得有些惺惺作态了。等到第三拨春生和他爹发难，耿成文已经有心无力了。

两个孩子站在一旁低头不语，两个大人坐了下来。

"成文，恁家致远瞎胡来，领着春生下井，那是小孩子能去的地方？亏得让我看见了，不然还不知道会出多大的事呢！"

"小叔，您先消消气，来，咱爷儿俩喝两盅，致远他到底带了几个娃娃下井了？"

"就我们春生，老赵家的二毛和老钱家的娃，算上他一共四个！"

春生听到此处，转头朝耿致远狡黠地眨了眨眼。耿致远白了他一眼，似乎还在埋怨春生的"逃跑"之举，随即又低下头来。

这时，耿致远的爷爷耿博众从房里走了出来："致远，春生，走，我给恁拉拉楚霸王戏马台的故事。"

耿致远像是抓到了救命稻草，马上向爷爷跑了过去。春生在后面追："致远哥，等等我！"

"熊孩子，喊啥呀？他得管你叫叔！"春生爹的大嗓门又响了起来。

午饭后，兴盛矿门前的柳树林，七八个孩子又聚在了那里。

"二毛，你爹晌午饭吃了吗？"一个孩子问道。

"没，俺大惹了李拔毛那龟孙，好几天没捞着吃口热乎饭了，听说晚黑（晚上）还要请那龟孙喝酒呐！"

二毛的爹就是煤炭装卸工赵启明。这个工作虽说不用下井，没有那么危险，却也是个重体力活。在"李拔毛"的"特别照顾"下，赵启明最近颇为不顺，总被指派一些急难险重的装卸工作，要么加班加点，要么完不成工作被扣工钱。赵启明知道这是"李拔毛"故意整他，但为了生计也只能忍气吞声，工作上满肚子委屈，回了家免不了向媳妇诉苦，二毛耳濡目染之下，早就对"李拔毛"恨之入骨。

"二毛，快看，那是你爹不？"一个孩子指向矿场门口。只见"李拔毛"正指着一群工人破口大骂，为首的正是二毛爹。远远地就听见"李拔毛"的叫声："他娘的都不想干了是不？不想干，都赶紧滚……"

初次下井

9

"这都几点了，还不叫人吃饭，太欺负人了!"一个孩子忍不住说道。

"是呀，这个'李拔毛'太坏了! 上次我们去煤场玩儿，我还被他踹了一脚!"

"还骂人，动不动就骂我们小兔崽子!"

听着小伙伴的议论，二毛远远看着低头生闷气的父亲，内心的屈辱感再也无法控制，眼泪像断了线的珠子一般滚了出来，随即揉着眼睛低头"呜呜"啜泣起来。

耿致远走到他身边，搂着他的肩膀说:"二毛别哭，今儿个晚黑咱们就拾掇拾掇这个'李拔毛'，给你爹出口气!"一群孩子回头看向耿致远，耿致远小声地将他的计划公布开来，一群孩子听完忍不住齐声大笑起来，就连揉着眼睛的二毛也"扑哧"笑出了声，鼻涕蹿出老长。

当天晚上，这群孩子一起来到了耿致远家门前，如同往常一样，众星捧月一般求着耿爷爷拉呱。

"爷爷，讲个长的!"

"要带骑马打仗的!"

"要上山修炼的!"

耿老爷子喜欢看孩子们渴望听他拉呱时那一双双闪亮的眼睛，清了清嗓子，笑着说道:"好好好，今天给你们拉拉徐州城的一个楼。俗话说得好，走进徐州城，景致数不清。五楼二观八大寺，七十二庵布其中，今天咱们要拉拉其中一座叫'燕子楼'的呱……"

正值中秋，一轮圆月从白色的云层中探出头来，将满把的银辉洒向这片古老的大地。远处的矿上不时传来机器的轰鸣声，不知名的秋虫在墙角树丛中发出清脆的叫声。致远爷爷不紧不慢地说着孩子们喜欢听的故事，将他们的思绪带到或神奇或惊险或美丽的另一个世界。多年之后，耿致远回忆朗月之下，清风轻拂，聆听爷爷的故事，是他一生最难拂去的记忆。

老人讲完了故事，笑呵呵地起身回屋。这群孩子没有像往常一样围坐在一起继续谈笑。耿致远盯着爷爷进了屋，朝大家使了个眼色，一群人心领神会，跟着他向村口跑去。

…………

"李拔毛"大名叫李富贵，当天晚上在镇上最大的醉泉城酒楼吃完酒后，心满意足地走出酒楼，跨上了他那辆崭新的"洋车子"。他将手里拎的两个纸包一边车把儿上挂了一个，哼着小曲晃晃悠悠地朝兴盛矿骑去。"洋车子"可是稀罕物，整个贾汪也没几辆。他的这辆，是他到上海出差时专程从曹顺泰车行买回来的。对这车

煊烂

子,李富贵可宝贝得不得了,每晚都要把车子擦洗一遍,定期还给链条轴承抹上些从矿上顺回来的机油。一骑上"洋车子",李富贵就仿佛进入了天马行空的状态,感觉自己就是比别人高出一头,派头十足。

骑着洋车,李富贵得意扬扬地回味着晚上饭局的情景:"这群榆木疙瘩,不收拾不开窍啊!"原来,李富贵在矿上早就习惯了吃拿卡要,凡是在兴盛矿干活的,只要被他盯上,不老老实实孝敬东西,休想蒙混过关。可赶巧碰上了新来的赵启明一帮"不开窍"的装卸工人,李富贵在煤场扎扎实实盯了好几天,变着法儿地跟他们作对,可一滴油水也没有捞到。其实,赵启明对"声名远扬"的李富贵早有耳闻,但他实在舍不得自己的血汗钱,"俺辛辛苦苦挣来的血汗钱还得孝敬他?呸! 还不如给俺二毛买斤果子吃!"跟着赵启明的几个工友起初也不同意,可阎王爷好见,小鬼难缠,十几天之后,大伙儿都忍受不了李富贵没完没了的刁难。几个人合计一番,终于痛下决心凑钱请李富贵在醉泉城酒楼吃顿酒,再买上二斤果子、二斤狗肉。见大家都同意这个办法,赵启明这才勉强答应。

酒足饭饱的李富贵骑着车子往矿上赶,他的家离得远,平日里都住在矿上的值班室。车子骑到兴盛矿门前的柳树林附近,有一段下坡路。趁着舒爽的秋风和微醺的酒意,李富贵车轮生风,车子越骑越快。此时的李富贵感觉自己像是一位凯旋的战将,嘴里轻哼的《南阳关》也大声唱了出来:"西门外放罢了催阵炮,伍云召我上了马鞍桥,打一杆素白旗空……"

戏词唱到一半戛然而止,李富贵"哎呀"一声,紧接着他的洋车子腾空飞起,身子画了条弧线后,结结实实砸在了路旁的草丛里。"洋车子"也打了个旋儿倒在路边,后轮在"哧哧"地空转。

风过处,柳树林中一阵窸窸窣窣,接着又是一串串低微的"咯咯咯"的笑声。

过了好一阵儿,李富贵才艰难地爬了起来,捂着裤裆一瘸一拐地走到摔跤的地方,定睛一看,坡路上不知被谁码了一道半尺高整整齐齐的"砖墙",中间已被自己的洋车撞开了个大缺口。

"这是哪个缺德龟孙干的? 想死呀!"李富贵大声咆哮。

一阵凉风吹来,李富贵的酒意在这一惊一摔中散了大半,禁不住打了个冷战。他定睛看了看,周遭是黑魆魆的草丛,远处是随风摆动的柳树,空无一人。"这是有人故意整我!"他边自言自语边扶起倒在一旁的"洋车子",左脚踩上脚踏板,抬起右脚又骑上了车,可只走了不到一米就晃晃悠悠,李富贵扶不住车把,车子又重重地摔在地上。

 初次下井

这下,李富贵的酒意被彻底摔没了。他检视了一下心爱的"洋车子",发现前轮钢圈的一段扭曲变形,已经不能转动。他警惕而又心虚地朝四下里看了看,感觉月色下的草丛中树林中有凶险之物随时可能向他扑来。他定了定神,将车子扶起扛在肩上,踉跄着,抬脚往兴盛矿方向急急走去。

直到李富贵的身影消失在夜色中,柳树林这边才响起了一阵痛快的笑声。二毛更是仰躺在地上捂着肚子,笑得眼泪流出来也顾不上擦。"走,别笑了,看看'李拔毛'给咱落了啥好东西!"耿致远笑着拉起了二毛。

孩子们将路上的砖头一块块拾起扔到路边。眼尖的春生很快发现了散落在地上的果子和狗肉。半大小子吃穷老子,这些孩子只有过年的时候才能闻上一回肉味,见到这些顿时两眼放光,口水横流。七八个孩子不大一会儿,就将两包果子和二斤狗肉一扫而光。

一群满嘴流油的孩子欢快地走在夜色中,个头儿不高的耿致远被簇拥在中间,柳树林的这个中秋夜晚,成为他们津津乐道的一段难忘经历。

第二天中午,二毛家。

"开门!"赵启明的声音响起。

"今天咋还有工夫回家吃饭,刚还说得给你留饭呢!"二毛娘从厨房走了出来,一边用围裙擦着手,一边打开了院门。

"昨天喊'李拔毛'吃饭,今天一上午没见到这熊人。大家伙儿还以为'李拔毛'转性了,你猜怎么着?"赵启明兴高采烈地说。

"咋了?"二毛娘不解。

"真是老天有眼,恶有恶报!'李拔毛'昨儿个晚黑喝酒回来摔了个狗啃屎,鼻青脸肿地躺在矿上的医务室,'洋车子'也摔散板①了!哈哈,活该!"

想起自己出的份子钱,赵启明还是忍不住心疼,今天"李拔毛"的惨状叫他着实出了一口恶气。

二毛在一旁看着高兴的赵启明,想着自己也为惩治"李拔毛"出了力,心中升起一股抑制不住的自豪,突然觉得自己是个男子汉了,为自己能给这个家分忧解难而志得意满。

"爹,俺去给你盛饭!"二毛乖巧地说道。

---

① 散板:方言,散架。

煊烂

赵启明两口子瞪大眼睛看着儿子端着空碗美滋滋地走进厨房,似乎不敢相信眼前的一切,彼此相视一眼,又欣慰地笑了。

这天,耿成文难得没有下矿,正在家中窗户底下和泥。天气渐渐转冷,他得把房子漏风的墙壁做些修补,下午还约了几个工友,准备把房顶的茅草替换一部分。这是一个打理得井井有条的小院,虽不富裕但也能看出这家人对生活十分上心。院子北边有茅草屋四间,东边是独立的一间厨房,西边开出一片菜地,种了些青菜萝卜,院落中间是棵一搂多粗的泡桐树,此时树叶渐黄。耿致远母亲在菜地里忙活着,耿致远和妹妹致馨蹲在树下正盯着一片落叶看,那上面有条青虫正在蠕动。

"成文啊,你来!"耿博众坐在门口的小凳上,朝儿子喊。

耿成文搓着手中的泥灰来到父亲跟前:"爹,啥事?"

"你看看,致远这孩子年龄也不小了,到了该上学的年龄了。咱们家虽然穷,但还是得送他去学堂念点书,日子再紧巴点也能过下去,可不能把他给耽误喽。"

"爹,我也正琢磨这事儿呢,我想等开春就送他去念书。"

耿博众点了点头,看着院子里玩耍的耿致远:"我像他这个年龄,都会背四书五经了。你爷给我取名叫博众,就是想我出人头地,可我这辈子也没弄成啥事儿,后来下井背了半辈子的炭。我给你取名叫成文,也是希望咱老耿家能出个握笔杆子的。你呢,可惜最后也成了个下井的煤黑子。致远的名字里虽说没有'文',但我看他应该是块读书料!"

2 校园赌局

深秋的清晨,徐州城东南公安街。

这条街从南门大街跨过东大桥直到东城墙,街边有座历史悠久的城隍庙,供奉的是舍身救主的纪信,当地百姓从前管这里叫城隍庙街,后来城隍庙的房屋被公安局占用,遂改名为公安街。

这几天来了强冷空气,时令未至霜降,已让人感觉凛冬将至。早起的行人大都厚衣加身,一个个在凛冽的寒风中不由自主地缩紧了脖子。路上零星穿梭着几辆马车、黄包车,偶尔还能见到两人抬着的小轿,轿中乘客将轿门的呢子布裹得紧紧的,生怕钻进一丝凉气。路两侧的法国梧桐顶着泛黄的满树枝叶在寒风中无奈摆动,似乎迫不及待地想要摆脱这些过冬的累赘。

一个十六七岁的青年踩着街边的青石板路"哒哒"跑来。一米八的个头儿,身材消瘦,清秀的眉宇间透出一股专注的劲头,一身洗得泛白的蓝色运动服,背后还印着几个字——欣欣中学。青年目不斜视地绕过街边卖早点的油条摊,向着城隍庙的方向跑去,胸前的衣服已被汗水浸透,头上还升腾起阵阵热气,是个早起晨练的学生。

"耿致远,等等我!"又一个同样打扮的青年远远地在他身后喊。

耿致远停下脚步,回头看向朝他跑过来的青年。

"马铭楚,你不是说今儿早不跑了吗?"

"宋老师不说了吗,越是条件艰苦,越是磨炼意志的好时机!"叫马铭楚的青年气喘吁吁地说完,和耿致远一起向前跑去。

"致远,年底军事训练测试,你的成绩肯定又是第一!"马铭楚和耿致远同宿舍,两人都来自贾汪矿区,平时经常一起做伴回家,彼此很要好。

"我可没想拿啥第一,我就想把身体练好,赶明当兵把小日本打跑!"

"你觉得无所谓,隔壁班的赵红雷可是铆足了劲要超过你!"

耿致远不以为意:"他昨天可是给我下了战书,就约的今天中午。"

"这帮有钱孩子还真是吃饱了撑的。"

"哈哈,虽然我不想跟他争,但他也别想轻松赢我!"

天空的铅灰色愈益浓重,不一会儿盐粒大小的霰雪从空中飘洒下来,继而是成片的雪花。行色匆忙的路人也忍不住停下脚步,驻足仰望灰蒙蒙的天空,惊奇这场雪的不期而至。

这是 1936 年徐州城的第一场大雪。

九一八事变后,当局对青年体格的训练开始重视起来,高中学校课程在传统的国文、算学、史地、物理、化学、生物等科目的基础上,增加了军事训练课目。国民政府教育部批准江苏省教育厅所拟《修订江苏省中等学校体育实施纲要》指出:凡本省公私立中等学校自本年度起均依照本纲要之规定对全校学生施行严格之体育训练。各校实施体育训练的目标是五个"每一",即"使每一学生之体格能充分发育,每一学生之精神能活泼坚毅,每一学生之体格能足以应付一切环境,每一学生之行为能自然合于团体纪律,每一学生之生活有蓬勃之朝气"。《纲要》还规定,对学生体育训练成绩实行严格考核,不及格者不能升级及毕业。这年的 5 月 12 日,徐州各校高中以上学生均实行军事训练,"以为御侮卫国之备"。

煊烂

"诸位同学,如今东北面临日本步步进逼,国难日亟,'九一八''一·二八''华北事变'一再为我们敲响警钟!民心愤慨激昂,我们的政府却'攘外必先安内',可叹可悲!可悲可叹!日本人狼子野心,他们绝不会止步于东北,中日之间必有一战!吾辈青年唯有发奋读书、强身健体、蓄积能量,待战事来临,投身报国……"耿致远两眼冒光,和其他同学一样聚精会神地看着讲台上激情飞扬的宋老师,他想象着自己扛枪参军的那一天,父亲厚大且布满老茧的手掌用力地拍在他的肩头,母亲会忍不住流泪吧,妹妹一定围在旁边欢喜雀跃,爷爷呢?爷爷肯定会说,我们老耿家三代没出一个笔杆子,倒出来一个枪杆子!想到此处,耿致远不由得摇头笑了起来。

"当当"的铃声打断了耿致远的思绪,下课了!

寂静的校园骤然热闹起来,走读的学生拥向大门,被雪水浸湿的地面立刻变得泥泞起来。耿致远独自端着搪瓷碗和平时一样来到食堂。

欣欣中学的食堂有近两个教室大小,摆放了五六十张残破的课桌椅供学生们使用。食堂东北角有两个取餐的窗口,窗口中间的位置挂着一块黑板,上面写着菜谱。每天的饭菜都很简单,分成了甲乙丙三种。甲等菜是白面馍和椒子酱。椒子酱是徐州当地冬天里常吃的一道菜,用泡发的花生米、黄豆和切成丁块的萝卜、豆腐干等食材配各式作料炖制而成。之所以是甲等菜,是因为今天的大盆椒子酱中有切成小块的肥肉丁,漂满辣椒油,料浓味丰富,很是下饭。而乙等菜是杂粮面馒头,一盆白菜粉丝,看不到一点荤腥。至于丙菜,连新鲜蔬菜都没有,仅仅是窝窝头和咸菜。

四个窝头一份咸菜,这是耿致远近日里每天的午饭。他很懂事,知道家里全靠父亲一人挣钱,自己的学费已成了家里最大的开销,所以在校的衣食住行都是能省则省。每个月回家,他都会带着一包母亲给他烙的杂粮面煎饼和咸菜,这些能顶上自己半个月的口粮。直到带来的口粮吃完,他才到学校的食堂打饭。他早就打算好了,高中毕业就报考不需要学费的师范学校,自己还可以做些勤工俭学的零工,这样父亲就再也不用为他的学费发愁了。

食堂里的学生三五成群地凑在一起吃饭,耿致远看了眼手中的搪瓷碗,心下踌躇,没有朝同班的几个人走过去,而是独自走到墙边的一个空桌子前坐了下来。他倒不是因为自己的菜不好而自卑,主要是怕同学看到后给他拨菜。有的时候,同情比轻视更叫人难以接受。

"呦呦呦,这不是二班的尖子生耿致远吗?"

四五个学生簇拥着三班的赵红雷走到了耿致远的桌子跟前。

"尖子生中午就吃这个呀!"前面一个叫霍启光的青年看着耿致远的饭盒嗤笑道。

"哦,家里带的煎饼吃完了,只能来食堂了。"耿致远爽朗一笑。

"得嘞,咱们几个一起吃吧!吃完正好去操场比比身手。"

几个人不由分说就坐到了耿致远的旁边,手中的饭盒叮叮当当地摆上了桌,都是甲等菜和乙等菜。"哎呀,今天的饭菜真不孬!"霍启光一边大口地吃着还故意发出夸张的声响。

"启光,过了!"赵红雷在一旁有些看不下去。

"哎!红雷,我可是一片好心啊!我想给致远拨点菜,要不然等会儿输了他准得找借口说中午没吃饱啊!"

耿致远皱了皱眉,端起饭盒起身要换张桌子。

霍启光见他要走急忙起身:"别走啊,致远!一起吃吧!"拉扯之中耿致远的搪瓷碗掉在了地上发出一声脆响,里面的窝窝头滴溜溜滚出老远。

"霍启光,你们干什么?"旁边响起一声清脆的断喝。

众人回头,看到了叉着腰站在那里的一个女孩儿。女孩儿身高约有一米六五,肤色白皙,短头发,单眼皮,一袭白色的风衣包裹着窈窕的身体。瘦小的下巴稍微扬起,露出迷人的曲线,脖颈如同丹顶鹤一样细长,柔弱中透出不怒自威之势。正是年级公认的二班"班花"姚昕露。

"这不是二班的大小姐姚昕露吗?"霍启光和姚昕露是小学同学,姚昕露品学兼优,调皮捣蛋的霍启光从小学起就比较怵她。

"霍启光,欺负人的老毛病还是一点没改,又仗着人多欺负人吗?"正在吃饭的学生看到这边吵了起来,纷纷围了过来。姚昕露看耿致远弯腰去捡掉在地上的窝头,狠狠瞪了一眼霍启光,忙走上前去帮着耿致远一起捡。

"我可没想欺负他,就是不小心碰到了。"霍启光深知姚昕露的脾气,不敢对她如何,但在一群同学的注视下感觉不说点什么显得没面子。"耿致远,人家都说英雄救美,到你们二班反过来了啊!你到底是英雄还是美人啊?"

耿致远将捡起的窝头放在搪瓷碗里,又将搪瓷碗放回桌子上,转过身来走到众人跟前,看都没看霍启光一眼,对三班的赵红雷说:"今天你到底是想比赛还是想吵架?"

"当然是比赛!"赵红雷郑重说道。

灿烂

"那好，那咱们这会儿就去操场！比完了再吃。"

"那就依你，走！"赵红雷率先朝他的同伴甩甩头，示意他们跟着自己一块儿去操场。

"慢着！"霍启光喊了一声。

几个人回过头来，不知道他葫芦里卖的什么药。

"光比赛有啥意思？这可是我们三班和二班之间的荣誉之战！得赌点东西！"霍启光似乎被耿致远的无视激怒了，看着耿致远挑衅地说道。

"哦？你想赌啥？"耿致远问。

"现在也临近期末了，就赌从今天到放假的午饭咋样？每天一顿甲等菜！"

耿致远笑着摇摇头，心说这个霍启光真够幼稚的，转身就要朝食堂门口走去。

"怎么着？怕了吗？是输不起吧！"霍启光继续挑衅。身边的几个同学也跟着起哄："二班的怕了啊，不敢和咱班赌！"

"你们！你们真够无聊的！你以为别人都像你们那么烧包，天天大鱼大肉的呀！"姚昕露知道耿致远家境贫寒，连忙帮着他说话。

霍启光旁边的两人可不认识姚昕露，大声呵斥："这位同学，我们和耿致远说话，一边玩儿去哈。"

姚昕露刚要发作，耿致远拍了拍她的肩膀，微笑道："谢谢你，昕露！"他转头朝霍启光说："既然你们这么想赌，那就按你们说的办！走！"

这样一来，二班和三班的学生饭也不吃了，跟着他们向操场走去。

煤渣铺就的操场上瞬间热闹起来，不用为生计操心的年轻人似乎有着无穷无尽的精力，因为耿致远和赵红雷两个人的比赛，二班和三班的集体荣誉感和凝聚力被点燃。两个班留在学校里的学生全都来到了操场，在他们眼中，此时这场比赛就是今天中午最重要的事情。

比赛的内容是早就约定好了的，也是军事训练必考的三项，引体向上、八百米跑和双杠屈臂撑。

"各位同学，今天我们三班和二班要进行一场友谊赛！"霍启光看到这么多人围观，不由得更加兴奋起来，"我们三班推荐的代表是赵红雷同学，代表了我们班的最强实力。代表二班的是耿致远，就在刚刚，他还和我打了赌，如果他输了，就要每天给我买一顿食堂的甲等菜，直到这个学期结束！希望他能够履行诺言！"

"霍启光，你咋知道耿致远会输？"

"是呀，谁输谁赢还不一定呢！"二班的一些同学力挺耿致远。

“好好好！算我说错了话，现在我们两个班各推荐一名裁判，专门给对方班级的引体向上和双杠屈臂撑计数！俺班就是我了！”

“我们班我来！”姚昕露当仁不让地走了出来。

“好，要是大家没啥意见，那么现在比赛正式开始！”

雪渐渐大了起来，北风裹挟着雪花纷纷扬扬地洒向徐州城。欣欣中学围墙外的马路上，行人已顾不得驻足欣赏雪景，都在着急忙慌地低头赶路。围墙内的操场上，却一片沸腾！两个班的同学都铆足了劲为正在比赛的两人助威加油。

姚昕露看着正在做着引体向上的赵红雷，不禁越数越心焦，耿致远能赢过人高马大的赵红雷吗？她瞟了一眼旁边单杠上的耿致远，见他还是一副不紧不慢的样子，稍微有些心安，突然意识到自己的职责所在，又专心地盯着赵红雷的动作，在心里默默地计数：“7、8、9……”

给耿致远计数的霍启光也不好过。他紧张地盯着轻松自若的耿致远，“11、13、13……”12个已经是他霍启光的极限了，这还是苦练了一年半的成果。望着眼前的耿致远还是不动声色地做着引体向上，似乎一点儿都没感受到疲惫，霍启光不禁犯嘀咕，这小子看起来瘦，难道骨头里面长肌肉不成！

20个之后，赵红雷的动作逐渐慢了下来，额头上分不清是汗水还是雪水，他能听见自己的心脏像高速运转的发动机一样紧张地狂跳着，为自己背部和双臂的每一次发力努力地输送氧气和能量。他在身体下落的过程中转头看了一眼旁边单杠上的耿致远，心里暗暗告诉自己：对手似乎还有余力，自己一定要坚持住！赵红雷双臂悬挂，稍作休息，再一次努力挺身，又连续做了5个，此时他感觉单杠似乎变成了烧红的铁棍，双手被烫得疼痛难忍，双臂如同没有了知觉。终于，他使尽了全身的力气大吼一声，又完成了一个动作，松开了双手。

“是27吗？27！”姚昕露和旁边围观的三班的同学最终确认了赵红雷的成绩。

“30、31、32……”霍启光已经不数了，他有些惊恐地看着那个看起来面不改色的男人，似乎他还可以继续往下做！

赵红雷也走到了耿致远的单杠前，二班同学喊“加油”的声音更响亮热烈了。

在下落的过程中，耿致远看到了身旁的赵红雷，朝他笑了笑，松开了抓住单杠的双手。

“34！”耿致远一口气做了34个标准的正拉引体向上！这可是这个学校自从开设军事训练以来的最好成绩！

“第一项你赢了！”赵红雷微笑着看着耿致远。

"我的体重比你轻，比引体向上我占点便宜。"耿致远也笑着说。

第一项比赛结束，操场上安静下来，同学们的目光又投向了霍启光。霍启光神情有些呆滞，恍然大悟似的反应过来："第一场比赛结束，请二位同学稍作休息，准备比试第二场八百米跑！"

两人稍作休整，来到了跑道上。

"各就位！预备——跑！"随着霍启光的一声口令，耿致远和赵红雷如同离弦的箭一般发射了出去！两个人身高相仿，步幅相当，一时间势均力敌，难分伯仲。

茫茫大雪中，奔跑的二人如同两只猎豹，迸发出力量和速度的美。

"耿致远，加油！"

"二班，加油！"

姚昕露也情不自禁握紧了拳头，随着同学大声地呼喊，望着面貌清秀、奋力奔跑的耿致远，她的目光似乎有些出神。

一圈之后，两人的距离仍然咬得很紧。第三个二百米，耿致远开始发力，逐渐将一旁的赵红雷甩开。最后两百米，耿致远开始冲刺，两人的距离瞬间拉大，在二班同学兴奋的欢呼声中，耿致远完成了比赛。

赵红雷也跑完了全程，抹了一把脸上的汗水和雪水，大喘了几口气，走向被同学们围着的耿致远，伸出了手："致远，今天我算知道了强中更有强中手，我输了！"

看着伸向自己的手，耿致远对眼前的富家子赵红雷生起一些好感。他和霍启光不一样，没有那份高调和张狂。

耿致远也伸出手和赵红雷的手握在了一起："今天咱俩也算是不打不相识！"

"别飘啊！我还会继续苦练，早晚超过你！"赵红雷看着耿致远的眼睛，微笑着说道。

"好，我等着，随时奉陪！"耿致远也看着赵红雷的眼睛，微笑着答道。

谁输谁赢，一目了然，第三项比赛也不用比了。二班同学士气大振，三班同学黯然失色。这时候，大家把目光看向了默不作声的一个人——霍启光。

此时的霍启光有些后悔比赛前的高调，复杂、忐忑的心情让他脚步略显沉重。耿致远走到他面前："同学，咱吃饭去。"说完，转身径直向食堂走去。

"你放心，决不食言！"霍启光朝着神态淡然的耿致远咬咬牙，话一出口就感觉一阵肉疼。虽然家里的条件好一些，可甲等菜他自己也不是每天都舍得吃的。

他用求助的目光看向身边的赵红雷和另外两个同学。

"咱可不能光腚戳马蜂窝啊！"赵红雷说完，另外两人也无比默契地随他一道转

校园赌局

19

身走开。

"太不够意思了,叫我自己撑呀!"雪地里,响起了霍启光无奈的哀叹。

自与三班赵红雷比赛之后,耿致远在学校里变得小有名气。霍启光的甲等午饭持续了一周,终于难以为继。他苦着脸来求耿致远,说能否以后都改成乙等菜,不然再这样下去自己都快吃不上窝窝头了。耿致远本来也只是想给他一个教训,根本没有和他打赌的意思,见他态度还算诚恳,也就答应了。自此之后,霍启光每次在学校遇见耿致远,大老远就如同亲兄弟般上来打招呼。

耿致远在校园里依旧故我,每日还是坚持晨练,操场、宿舍、教室、图书馆四点一线。

一天下课后,班主任宋阳标老师喊住了正在收拾书桌的耿致远,微笑着说:"致远同学,到我办公室来一趟。"耿致远跟着老师朝办公室走去,看见宋阳标抱着教材和作业,便主动抢过来帮忙拿着。

办公室里只有一位三十来岁的女老师正在批改作业,抬头看见二人进来,笑着说道:"宋老师,这个高个儿就是跟俺班赵红雷比赛的耿致远吧!"

"就是他! 致远,这是三班的徐老师。"宋阳标笑着说。

"一看这个头儿就是。听说我们班的赵红雷都不是你的对手,总听你们宋老师夸你是个勤奋刻苦又上进的孩子,真不孬!"

"谢谢徐老师,我可没想和他比!"

"比得好,年轻人就应该充满干劲! 我们班那群男生自己觉得自己怪能,是该让他们知道人外有人,这不最近都变得懂事不少! 我得谢谢你帮我给了他们个教训呢!"

耿致远不好意思地笑了笑,来到了宋阳标跟前。宋阳标指了指身边的椅子让耿致远坐了下来。

"致远,你家在贾汪吧?"

"宋老师,我家在贾汪大泉村。"

"贾汪离这儿八十多里地呢,你们那儿可是个产煤的地方。"

"宋老师,我爷爷和父亲都在矿上干了一辈子,爷爷年龄大了,只能在家干点农活。用他的话说,家里两代人都是挖煤的,他们苦了一辈子,一家人也就勉强有个温饱,把我送来徐州上学,就想着我能学出个模样出来,不要再走下井掏煤的老路。"

煊烂

"哦? 那你自己啥打算?"

"家里为我上学把家底儿都掏光了,俺妹现在也正念书,家里的负担很重。所以我现在就一门心思读好书,不叫他们失望。我早就打算好了,等中学毕业就报考师范类学校,这样家里就不用为我的学费犯愁了。"

宋阳标看着眼前的耿致远,满意地点点头,接着又郑重地补充道:"致远,你的想法很好,作为学生首先要保证自己的学业,但老师也要提醒你,还要积极参加一些课外实践活动。古人不是说吗,'纸上得来终觉浅,绝知此事要躬行',正好下周我们要讲到中国的自然资源,老师想请你在课堂上给同学们介绍一下徐州的煤矿发展,你觉得如何?"

"宋老师,我能行吗?"耿致远一时有些气短。

"咋不行? 你家里两代人都是采煤的,你来讲最合适!"

耿致远望着宋阳标期待的目光,思忖片刻,坚定地点了点头。

耿致远要么不做,要么就做到极致。接下来的一周,他除了上课,几乎住在了学校的图书馆,钩稽爬梳了大量的资料。此外,他还利用周末时间,特地回了趟贾汪,问了爷爷和父亲很多贾汪煤矿的历史。耿老爷子见大孙子在研究煤矿发展,还特地叫来了几位与他同一时期下井的老伙计。终于,一周后,形成了一篇《徐州煤矿发展调研报告》。宋阳标看了之后,赞赏有加,随后又提出了一些自己的意见,供耿致远参考。

"同学们,这节课我们来讲一讲中国的煤矿资源。"宋阳标环视教室一周,开始上课,"中国的自然资源十分丰富,鸦片战争之后,随着外国列强侵略的深入,他们开始垂涎中国的各种矿藏。他们在我国沿海和沿江地区,先后开办了一大批造船厂、制茶厂、纺织厂和制糖厂。同学们,船舶航行得要燃料吧,各种机器设备运转也得要燃料吧,燃料怎么解决呢? 他们就想侵夺咱们国家的煤炭资源。1870 年,英国人黎希多芬曾经估算过,中国的煤炭总量按照当时的消耗水平计算,可以供全世界使用一千三百余年! 后来美国人和日本人都进行过统计,虽然统计结果有所出入,但都一致认为中国煤炭总量是巨大的! 咱们徐州啊,煤矿资源同样丰富,接下来,我们请耿致远同学给大家介绍一下。"

在同学们的掌声中,耿致远走上了讲台。

"咱们中国是世界上最早使用煤炭的国家,到现在都有好几千年历史了。但'煤炭'这个叫法,是从明朝才开始的。'煤'本来不是指咱们现在所说的'煤',而是烟灰;而'炭'是指木炭,如白居易所描述的卖炭翁'伐薪烧炭'。在我国古代,煤炭与冶铁，也就是炼铁，有着密切的关系。汉代之后，人们发现煤炭火力旺盛，就用它来冶铁。到了魏晋南北朝时期，用煤炼铁的地区进一步扩大，炼铁的技术甚至西传到了新疆一带。隋唐以后，煤炭逐渐进入一些富裕的百姓人家，用途日趋广泛。宋元时期，煤的产地和产量逐渐增多，成为冶炼金属、烧制瓷器和家庭生活的重要燃料，元丰年间还设有专门的机构管理煤炭的产销。而当时的欧洲，洋人甚至还不知道煤炭是啥东西！马可·波罗认为用石头作为燃料很新奇，在《马可·波罗行纪》里列专章进行介绍。这一切都说明，中国古代在煤矿的开采与使用方面，是领先于世界的，只是到了明清才开始落后于欧洲……"

教室内，所有的学生都目不转睛地盯着耿致远，宋阳标也微笑地看着他频频点头。耿致远开始还有些紧张，但随着讲解的深入，逐渐沉浸在自己的讲述中。

"徐州煤炭的发现，与宋代大文豪苏轼有关。苏轼刚当徐州太守那一年，冬天奇冷无比，徐州百姓缺薪少粮、苦不堪言。于是苏轼派人四处寻访、勘察，后来在徐州西南方的白土镇，也就是今天的萧县，发现了煤矿。为此，八百多年前的苏轼还做了一首满怀激情的《石炭》诗，并专门在诗前写了一段小序。明清之际，因为官府禁止民众私自采矿，徐州煤矿开采的规模都不大。洋务运动兴起后，为满足军事和民用的迫切需要，洋务派着手建立现代化煤矿。1882年，胡恩燮在左宗棠的建议下创办了徐州利国驿煤矿，采用西方的机器进行生产。"

说到这里，耿致远看了一眼宋阳标，他不知道自己说得是否正确。宋阳标朝他点点头："讲得好！接着说！"

"甲午战争后，由于帝国主义加速掠夺，国内矿业举步维艰，徐州煤矿的中心矿区前后也发生了三次变化，由利国驿到青山泉再到贾汪。辛亥革命后袁世凯族弟袁世传接办贾汪煤矿。因世界大战，欧美帝国主义国家无暇东顾，民族矿业出现短暂'黄金时代'，之后帝国主义卷土重来，国内军阀混战，徐州煤矿逐渐光景惨淡……"

耿致远讲述了最近几天查阅资料和调研的成果，不仅有各种数据材料，还有他了解到的矿上的生产现状和工人的生活情况。最后他说道："感谢宋老师给我的这次机会。为了完成这个任务，这一个礼拜我查阅了大量资料，还专门回了趟贾汪，实地走访了一些老矿工，这一趟下来确实收获很多。最后，我来给同学们朗诵苏轼的那首《石炭》，作为今天介绍的结束。"

耿致远声情并茂地背诵了苏轼的《石炭》：

煊烂

彭城旧无石炭。元丰元年十二月，始遣人访获于州之西南白土镇之北。冶铁作兵，犀利胜常云。

君不见，前年雨雪行人断，城中居民风裂骭。

湿薪半束抱衾裯，日暮敲门无处换。

岂料山中有遗宝，磊落如磐万车炭。

流膏迸液无人知，阵阵腥风自吹散。

根苗一发浩无际，万人鼓舞千人看。

投泥泼水愈光明，烁玉流金见精悍。

南山栗林渐可息，北山顽矿何劳锻。

为君铸作百炼刀，要斩长鲸为万段。

耿致远讲述结束，教室里响起了一阵热烈的掌声。看着侃侃而谈的耿致远，姚昕露眼睛里发出异样的光芒。她发现耿致远真的与自己以往所见到的男生迥然不同，性格内敛低调，做事有一种与他的年龄不相符的沉稳。姚昕露同桌惠子用胳膊肘碰了她一下："喂，别再盯着瞧了，魂都跑出去了，好吓人呀！"姚昕露不满地白了惠子一眼，又害羞地低下了头。

宋阳标最后做了总结："好一个'为君铸作百炼刀，要斩长鲸为万段'。同学们，听了刚才耿致远的介绍，我相信大家对徐州煤矿资源也有了大概的了解，徐州煤炭现状也从一个侧面反映了我们整个国家的矿业现状。我国地大物博，矿产资源丰富，这也是帝国主义列强觊觎的重要原因。希望在座的同学能够学好知识，未来将我们的国土资源守护好、利用好，将个人理想与国家的前途命运联系在一起，正所谓'抗日不忘读书，读书不忘救国'，要为中华民族的崛起而努力读书。同时，我们也要学习耿致远同学这种实地调查研究的精神，学以致用，在实践中不断扩大知识面，优化知识结构，不断提高个人素质。让我们再次用掌声向耿致远同学表示感谢！"

教室里的掌声再次响起。宋阳标很高兴，这个耿致远，他果然没有看错。

排演《雷雨》

周三下午课程结束后,耿致远正收拾着书本,马铭楚和同宿舍的另外一个男生站在他桌边。三人正讨论着课堂上的一个问题,惠子走了过来。

"耿致远,俺宿舍几个人想趁着周末去爬云龙山,想约你们宿舍的几位男生一起去,不知道你们有没有时间?"

耿致远看了身旁的马铭楚一眼,他记得马铭楚之前请自己周末陪他去给家里抓中药,刚要回绝,旁边的马铭楚却抢先说了话:"这肯定没问题,我们准时赴约!"说完还朝耿致远眨了眨眼。耿致远与另外一个男生对视了一下,只好无奈地点了点头。

"那说好了,礼拜天上午八点,兴化寺门前见!"惠子转身离开,坐在位子上的姚昕露用期待的眼神望着惠子。惠子微笑着点了点头,姚昕露顿时面露喜色。

耿致远不解地问马铭楚:"咋回事,礼拜天不去给你爹抓药了?"

"我们下个礼拜天才能回家,也不急这一天嘛。再说要是爬山回来得早,也来得及。"马铭楚笑了起来,他已经沉浸在周日与惠子登山的幻想中。

宿舍的另一个男生说:"马铭楚呀马铭楚,人家都说娶了媳妇忘了娘,你这媳妇还没影呢,亲爹就搬一边儿了!"说完与耿致远哈哈大笑。

马铭楚举起拳头朝同学的肩膀上狠狠地擂了一拳。

周日,马铭楚早上六点钟就起床忙活起来。隆冬将至,此时屋外还漆黑一片。等耿致远醒来,马铭楚已经梳好了油光锃亮的大背头,衣着光鲜地站在耿致远床头。

"怎么样? 办肆(帅气)不?"马铭楚自我感觉良好,双手摊开,笑盈盈地看着耿致远。

"你这哪里是去爬山的打扮,是要去相亲吧?"

"去你的,惠子有约,俺当然要捯饬捯饬。"马铭楚郑重地说道。

随着太阳升起,宿舍里一个个都起来了,算上其他两个男生,四人一起出行。

天气晴好。冬日里的太阳刚跃出地表,几个人便直奔云龙山东麓的兴化寺。

煊烂

兴化寺也叫石佛寺,因庙中北魏时期所建的阿弥陀佛半身像而得名,距今已有一千四百余年历史。石佛依山而凿,高三丈六尺。后来顺着山崖又修建了为大佛遮风挡雨的殿堂,殿堂的后壁檐下仅有三层砖石垒叠,有"三砖殿覆三丈佛"之称,内有钟鼓楼、藏经楼、祖堂等建筑。

此时兴化寺门前如同市集般人声鼎沸,好不热闹。寺门前三米来宽的道路两旁,早点摊子售卖着油条、热粥、豆腐脑、辣汤、包子等各式热气腾腾的小吃,散发出诱人的香气。担着扁担沿街叫卖的郊区菜农正抓紧这一天最好的时候招揽着生意,篮子里新鲜的蔬菜,有的还挂着晶莹的露珠。算命先生、旧书摊的商贩早早地占好了最佳位置,路边的成衣铺子、杂货铺、农具行也纷纷开门迎客。

耿致远一行四人在一个"八股油条"摊前坐了下来,马铭楚喊道:"老板,四碗辣汤,四根油条!"

"来喽!"老板麻利地给几人盛好辣汤,又端上来四根刚出锅的油条,金灿灿的油条又香又脆,四个年轻人马上大快朵颐起来。

几个男生吃完早饭,来到寺门前还不到八点。他们只等了五六分钟,女生们就如约而至。几人计划着,今天就先从兴化寺上山,而后再向南游玩。云龙山位于徐州南郊,山不高,海拔仅有一百五十来米,南北却绵延三公里,九节山峰高低起伏,如一条卧龙盘踞于徐州城南。

同学们进了兴化寺,寺内烟火旺盛,大殿前的善男信女排了很长的队伍。几个年轻人对虔诚的香客并不在意,他们没多作停留便从后门径直穿出,说说笑笑向山顶爬去。惠子一路上对马铭楚的一身打扮品头论足,二人不时斗着嘴,不一会儿其他同学也参与进来。马铭楚佯装生气追着同宿舍的一个男生要打,几个人跑了起来,将耿致远和姚昕露落在了后面。

"我最喜欢爬山了,能够放松自己,什么都不用想,路上处处是美景,感觉心在此时也是安静的。"姚昕露惬意地走着,问道,"致远,看你平时总喜欢泡在图书馆,最近都看了些什么书?"

耿致远觉得姚昕露的话说进了他的心里,他很认真地给姚昕露介绍了几本自己最近看的书,又向她推荐了几本文学的书籍。姚昕露听了之后表示一定要找来看。姚昕露说自己最近对现代诗比较感兴趣,装作不经意地从随身的包里拿出一张卡片,准备递给耿致远。

"来之前我还抄写了一首,送给你吧!"姚昕露说完,将卡片递给了耿致远。

耿致远接过来,这是一张 1937 年的新年贺卡,古色古香的彩色印刷:远山、小屋、桃花，一条由近及远的小路，两个携手前行的人。

耿致远打开贺卡，是一行行娟秀的小楷，抄写的是胡适的一首小诗《希望》。

> 我从山中来，
>
> 带得兰花草，
>
> 种在小园中，
>
> 希望开花好。
>
> 一日望三回，
>
> 望到花时过；
>
> 急坏看花人，
>
> 苞也无一个。
>
> 眼见秋天到，
>
> 移花供在家；
>
> 明年春风回，
>
> 祝汝满盆花！

> 致远：新年将至，有千言兮，未能尽。
>
> 祝君乐兮，幸福安宁。姚昕露

耿致远长这么大，是初次收到礼物，而且还是一位漂亮女生的礼物，一时竟有些局促。他好像此时才第一次认识身边的这个女孩儿，黑色的毛衣，米色的外套，胸前淡蓝色的丝巾和短发一道迎风轻摆。耿致远看完后合上卡片，小心翼翼地收进自己的包里，抬起头才发现女孩儿在盯着他，眼神中有着掩饰不住的喜悦和期盼。这样近距离的注视，让耿致远一下子觉得有些不安，他手足无措地说道："谢……谢谢你，昕露。"

姚昕露看着他笑了起来，一双眼睛变成了两弯月牙。她似乎对耿致远收到礼物的反应心满意足，"不客气！"说完脸不由自主地红了起来，如同舞台上的芭蕾舞演员结束表演一样，转身轻快地朝前面的惠子追了过去。

湛蓝的天空一碧如洗，天边散落的几朵白云，使得蓝天好像成了国画里的大片留白。山的西侧便是石狗湖，一湖波光，尽收眼底。耿致远呆呆站在原地，看着如同蝴蝶一般翩然离去的姚昕露，过了许久才追了过去。这群年轻人在阳光中欢乐

煊烂

前行,时而呐喊几声,时而高歌一曲。走累了就坐下来静静地看看湛蓝的天空,欣赏冬日里的苍茫大地。耿致远不知为何心中暖暖的,感到天似乎更蓝了,山中的空气让他胸襟豁然,甚至路旁的景致在他的眼中也愈发可爱起来。

耿致远在班里讲了一堂课后,宋阳标发现自己越发喜欢上了这个年轻人。知道他家境贫寒,有时候就带他回到自己宿舍与他一道吃饭。耿致远也很喜欢和宋阳标聊天,觉得能从他那里学到很多,尤其是他对时局总有着不同凡俗的见解。与宋阳标聊天,耿致远好像整个人都变得通透起来。

"宋老师,姚昕露他们的话剧社人手不够,想邀请俺宿舍的几个人一起排话剧。"

"哦? 排的什么剧?"

"准备排曹禺的《雷雨》,一开始说要排夏衍的《赛金花》,说是后来学校没有批准。"

"夏衍在报纸上同时看到了'冀东事变'与丧权辱国的《何梅协定》的签订及有关清末名妓赛金花晚年潦倒的新闻,从而引发联想,创作了《赛金花》。赛金花是一个妓女,处在社会底层,可就是这样一个妓女,却在八国联军攻入京城时,救助了很多无辜的百姓,甚至还促进了'和谈'进程。自己最终却背负'不贞'的罪名入狱。"

"那为啥被禁呢?"

"话剧所讲的清王朝丧权辱国的勾当让国民党很紧张,尤其是卖国官吏向洋人摇尾乞怜的奴才相,很容易使观众产生一丘之貉的联想。由此,当局认为《赛金花》'有辱国体''有损民族光荣''妨害邦交',禁止公演,所以学校也不会让学生排了。"

"这些人的荣光败在自手,哪是一个话剧折损的!"耿致远愤愤不平。

宋阳标拍了拍耿致远的肩膀说道:"排《雷雨》也很不错!《雷雨》是个悲剧,展现了不平等的社会里,命运对人的残忍捉弄,对同学们也有生动的教育意义。我相信排练的过程,对你们每一位参与的同学都会是一次历练和成长。"

"老师,一开始我还犹豫,听您这么说,这个话剧看来我们不仅要参加,而且要把它演好!"

二人正说着话,突然传来"咚咚"的敲门声。宋阳标起身打开宿舍房门,三个青年走了进来。

"宋老师,我们又来麻烦您了!"为首的一个青年身穿藏青色的棉大褂,头发三

七分开，浓眉大眼，天庭饱满，五官英挺，精神焕发，又透着股聪明劲儿。进到屋里看到耿致远站在房内，不由一愣。

"明述啊，来得正好！我来给你们介绍介绍！"宋阳标拍了拍叫明述之人的肩膀，邀请三人坐下。

"明述，这是我的学生耿致远。别看他瘦，引体向上一口气能做三十四个呢，你们都不是他的对手。还有，他的学习成绩也不错，是我们欣欣中学的全能生！"

"老师，您过奖了！"耿致远有些不好意思。

"宋老师的学生，哪有不优秀的啊，对不对？"青年看着身边的伙伴说道，然后主动跟耿致远握了握手。

"致远，别看这三位年轻，他们可是咱们徐州青年救国会的负责人。"

听了宋阳标的介绍，耿致远知道了和自己握手的青年叫蓝明述，是徐州青年救国会的会长，在省立徐州中学读高三。周向南是副会长，刘建是秘书长，二人来自徐州师范学校。去年"一二·九"之后，在北平学生爱国运动的推动和影响下，徐州青年救国会组织学生和各界人士冲破反动当局的阻挠，相继举行集会和示威游行声援北平，在全市掀起了声势浩大的抗日救亡爱国运动，耿致远也参加了示威游行。可他怎么也没想到，青年救国会的负责人竟然也是和他年龄相仿的年轻人。三人都不是欣欣中学的学生，但看起来和宋阳标很熟悉，他们和宋阳标之间又是什么关系呢？耿致远有些不解。

"宋老师，我们今天找您，还是关于救国会发展的一些问题想请教您。"

说完，蓝明述朝着耿致远看了一眼。

"没事，致远是我的学生，他可是对你们救国会一直心向往之啊，去年还参加了你们组织的游行！"宋阳标老师微笑着说。

"好的宋老师，那我就直说了。您也知道，今年1月，政府就要求各校不准组织学生联合会，禁止学生参加抗日救亡运动。要求我们学生守纪律、负责任，不要喊着爱国的口号扰乱社会秩序。这社会秩序怎么能是学生扰乱的？这次，南京中学为反对日本增兵华北，联合安徽中学、五卅中学等校两千余名学生，到日本领事馆前游行示威，要求国民政府立即出兵抗日……"

"有那么多学生参加啊！"耿致远打断了蓝明述。蓝明述笑着朝耿致远点了点头，接着说。

"当天晚上，政府就派了一个宪兵团突然闯进南京中学，抓了两百多个同学。徐州的形势也很严峻，我们青年救国会的工作开展得不太顺利。一是组织较以往松散,一部分救国会成员毕业,部分学校缺少联络人。二是会员人数不足,以前我们救国会成员能达到在校生的百分之四十,目前只有以前的一半。三是缺少宣传手段,由于受到各种限制,没有发挥出青年救国会应有的引领作用,比如这次南京的抗日示威,我们就没有形成有效的声援态势。此外,我们也担心如果出现什么过激的行为,很有可能会引起政府的干预,所以我们三个人讨论了半天,觉得还是得来请教您!"

宋阳标沉吟了片刻,突然眼前一亮,说道:"明述,你所说的问题,有一个人可以帮你解决。"

"哦? 是谁?"

"远在天边,近在眼前。"宋阳标说完把目光移向了耿致远,另外三人明白了宋阳标的意思,也将信将疑地看向耿致远。

耿致远一下子愣住了:"宋老师,您说我能解决这些问题?"

"就是你呀!"宋阳标微笑着点点头。

耿致远在脑海里快速梳理了蓝明述刚才所说的几个问题,救国会组织能力减弱,会员人数不足,宣传手段匮乏,这些没有一个自己能够帮上忙的啊,宋老师为何如此笃定地相信自己是解决这些问题的最佳人选呢? 蓝明述几人同样疑惑:这个瘦瘦高高的年轻人真有这么大的能量?

宋阳标哈哈大笑:"好了,我也不卖关子了! 我并不是说致远一个人就能够解决这些问题,而是可以借助致远他们正在做的事情。你们看,致远不是要排话剧《雷雨》吗? 这部话剧立意很好,我觉得救国会也可以参与进去,将话剧演出作为近期你们工作的一个抓手。一来可以在推广话剧过程中加强与徐州各个学校的联络沟通,继续培养新的联络人。二来通过话剧表演,教育学生,提高救国会影响力,宣传抗日救国主张,吸引更多的青年学生加入这个队伍。三来以话剧表演之名,行抗日救亡、爱国教育之实,手段比较隐蔽,也不会引起当局的干预。你们觉得我说的有没有道理?"

"宋老师,我们真该早点来拜访您啊!"蓝明述听完兴奋地握拳搐了下自己的大腿。

"先别高兴,人家耿致远还没答应你们呢!"宋阳标笑着说。

蓝明述这时站起身来,走到耿致远面前,郑重而诚恳地说道:"致远同学,青年救国会未来的发展要拜托你了,话剧的事情请务必和我们合作! 我们可以在舞台道具、联络宣传和后勤保障等方面略尽绵薄之力!"

耿致远也站起身，朗声说道："明述兄千万别客气，国家兴亡，匹夫有责！我一直就想加入青年救国会，能为救国会做点事也是我的心愿。回去我跟话剧社的同学们商量一下，争取尽快促成此事！"

耿致远回去将青年救国会的事情跟话剧社的姚昕露、惠子几人说了。他本来担心话剧社排练《雷雨》只是几个年轻人一时心血来潮组织的活动，没想将活动搞出这么大阵仗。现在又有了青年救国会的加入，同学们会不会有所顾虑？事实证明，他的顾虑是多余的。

"太好了！"惠子有些兴奋，"这下咱的话剧要在徐州巡演了，我可要出名啦！到那个时候，整个徐州城的人就都认识我了！"说完还拿捏出清高的姿态，装腔作势地走了几步，引来同学们的一阵哄笑。

姚昕露不满地拍了一下惠子，说："致远，有了青年救国会的加入，我们就可以专注于话剧排演了，我觉得挺好的，并且话剧的表演更加有意义了，想想我们的社团活动能为救国会的发展出把力，感觉身上的责任更大了！"

其他同学也纷纷点头称是。现在棘手的问题就是演员人数不足，话剧社除去舞台化妆人员，还凑不够出场的八位主要演员。雷雨的出场人物有周朴园、繁漪、鲁侍萍、周萍、周冲、鲁四凤、鲁贵和鲁大海八位。此外，还有周宅的几个仆人，而现在周朴园、周萍和周冲等角色的演员人选还没定下来。

"我看耿致远就能演周萍嘛！"惠子看着瘦高的耿致远，笃定地说道。

其他人看着耿致远，都觉得惠子的建议甚为得宜，纷纷点头。

耿致远看过话剧《雷雨》，知道周萍是周公馆的大少爷，是个很矛盾的人物。不仅和继母繁漪发生乱伦的两性关系，还使侍女四凤怀上了他的孩子。他害怕父亲，更害怕悠悠众口，当他知道自己所诱骗奸污的是自己亲妹妹之后，万念俱灰之下开枪自杀了。耿致远对表演毫无经验，对周萍也不认可，对于演好这个角色并没有什么把握。

"我能行吗？我可从来没演过这些！"耿致远看着姚昕露，面露难色。

"咱们都没什么表演经验，边排边学吧！"姚昕露期待地看着他。

"可周萍这个人，我看着就烦。"耿致远说出心中的顾虑。

"我们也不喜欢，但这也只是演戏！"

"你指定能行！"

话剧社众人的一齐鼓励，使耿致远点头答应出演周萍这个角色。此外，寻找其他演员的任务，也落在了他的肩上。

  煊烂

耿致远不负重托，把马铭楚、赵红雷、霍启光和同宿舍的另外二人都拉进了剧组。赵红雷和霍启光欣然应许，马铭楚起先死活不肯答应，但是听说"四凤"是惠子，马上拍着胸脯表示为朋友会两肋插刀，保证演好"周冲"的角色。

演员找齐了，剧组成员召开了第一次全体会议。

社长姚昕露理了一下刘海，抬头讲话："同学们，这是我们欣欣中学话剧社第一次筹备大型话剧，演出和以前相比也有很大的不同，这次演出是我们欣欣中学话剧社与徐州青年救国会合作开展的。我们不仅是为了话剧社，也是为了团结徐州各个学校，壮大青年团体的抗日救亡力量而演。下面我将此次演出的任务进行分配，请同学们进行补充。"姚昕露将话剧社成员分成了表演、道具和后勤三个小组，明确了各个小组的任务分工，接着又对每位演员的角色进行了分配，将剧本发放给每一位成员。要求所有成员一周之内熟悉剧本情节，特别是要牢记台词，对话剧的思想内涵心领神会，熟练掌握必要的动作要领，以便在演出中配合默契。

冬日的阳光透过绿色的玻璃窗照进教室，如同舞台的聚光灯，映在站在窗前讲话的姚昕露身上。耿致远望着眼前侃侃而谈的姚昕露，第一次发现这个女孩儿干练认真的一面，那种熟悉的暖暖的感觉不由升腾起来，一时间竟有些出神。

姚昕露捋了一下额前的短发："致远，你既有演出任务又有联络任务，你看看还有什么需要补充的？"

耿致远忙收回心神，说道："刚才姚昕露讲得挺全面的，对于表演，我和在座的许多人一样还是外行，今后请大家多多帮助。我也会在认真熟悉剧本的同时，多看一些与话剧表演相关的书籍，尽快补充在这方面的欠缺。此外，我还负责与青年救国会的联络沟通，当下最要紧的，就是请道具组的同学尽快将演出所需的服装道具统计清楚，由我负责与救国会那边商洽。青年救国会答应全力支持配合我们的演出，会尽快安排好道具和服装，保证我们的排练顺利进行。最后我也要表个态，虽然期末考试临近，但进了话剧社的门，就是话剧社的人！希望大家认真准备，积极参加每一次排练，为我们话剧社的演出成功而努力！"

接下来的日子，话剧社的每一位成员都投入了紧张的筹备中。他们白天上课，利用中午和晚上的时间背台词、讨论剧本、对戏和研究舞台动作。青年救国会的蓝明述很快就将演出所需要的服装和道具准备好，并送上门来。宋阳标也专门向学校申请，为话剧社找来了一间空房间，欣欣中学话剧社终于有了属于自己的活动场所。

两周之后，话剧社进行了《雷雨》的第一次彩排，邀请宋阳标和救国会的蓝明述

排演《雷雨》

来现场指导。宋阳标、蓝明述两人认为话剧社在条件简陋、时间紧迫的情况下能排出《雷雨》难能可贵,对彩排的质量也大加赞赏。同学们听了都欢欣鼓舞。同时,两人针对一些表演细节也提出了改进意见。

1937年1月6日下午,话剧《雷雨》在欣欣中学首演。

欣欣中学的学生中,本来许多人并不知道什么是话剧。演出的海报一贴出,学生颇感新奇,一看演员又是本校同学,更感到惊讶。话剧演出的消息不胫而走,外校的学生也纷至沓来,一时间,欣欣中学本来不大的礼堂被挤得水泄不通。

演出即将开始,后台的演员们已经准备就绪,道具组的同学也都各就各位。负责报幕的是个男生。他站在舞台边上,透过幕布的缝隙看着乌泱泱的人群,不禁有些紧张。回过头声音发颤地朝大家说:"好家伙,从来没想到礼堂里能挤进来这么多人!"引得很多人都凑上去看。

这也是耿致远经历的第一次大场面,他的心情同样七上八下。宋阳标来到了后台:"同学们,为了今天的演出,大家都付出了极大的努力! 现在,考验我们的时候到了。这个时候大家一定要放松,排练时怎么做就怎么做,认认真真地进入角色就可以了! 我相信大家一定能做好!"耿致远感激地看了眼宋阳标,听完他的话,好像吃了一颗定心丸。

在一阵热烈的掌声中,伴随着巴赫的《B小调弥撒曲》,话剧演出正式开始。

有过舞台表演经验的人都知道:当你置身舞台之中,灯光的映照、音响的效果、观众的期待,还有其他表演者的配合等因素共同作用营造的氛围,往往会有一种奇妙的催化效果。这种催化效果常常能使演员沉浸在剧情之中,进入忘我的状态,从而达到极佳的演出效果。此刻《雷雨》剧组的演员们正处于这种状态中。他们按照排练的要点,一丝不苟地演出。很快观众的情绪也被带入剧情之中。

然而意外还是发生了。

第四幕繁漪与周萍上场。

扮演繁漪的姚昕露因为太投入,失手将摆在沙发边上的花瓶打翻,"砰"的一声摔了个粉碎。姚昕露顿时呆在了那里,幕后准备上场的演员也呆住了,不知道该如何是好。台下的观众不明就里,以为剧情本来就是这样的,仍然聚精会神地关注着台上的一举一动。

此时台上的一秒钟像一个世纪一般漫长,姚昕露的眼中闪着泪花……

这时,扮演周萍的耿致远大喊一声:"赶紧收拾一下! 仆人都死光了吗?!"

台下的"仆人"恍然大悟,急忙跑上去两个人,将打碎的花瓶收拾干净。

"你没事吧?"耿致远走向姚昕露。

演出继续进行,台下观众仍然沉浸在剧情中,所有的演出者这才长长地舒了一口气。

…………

终于,在巴赫《B小调弥撒曲》的乐曲声中,话剧落下帷幕。

演员们集体出场谢幕,全场观众起立鼓掌。

演员们回到后台,女生们相拥而泣,男生们击掌祝贺,终于成功了!几个礼拜的付出没有白费,所有的汗水都变成了幸福的回忆。

台下的掌声久久没有平息,观众们被话剧所打动,还沉浸在动人的故事中。此时,一位年轻人走上了舞台,是蓝明述。

"感谢欣欣中学话剧社的精彩演出!我是徐州青年救国会的会长蓝明述,今天的这场话剧演出也是我们青年救国会与欣欣中学话剧社共同举办的。各位同学,《雷雨》所展示的是一幕人生的悲剧,而酿成这场人生悲剧的,正是这不平等的社会。从这部话剧中,我们看到了命运对人的残忍捉弄,看到了封建家庭的种种黑暗,看到了地主资产阶级的专横与冷漠,我们也看到了当下中国,正在酝酿着一场大变动的社会现实!"

蓝明述的讲话不疾不徐,众人聚精会神地盯着他。

"自九一八事变之后,日本帝国主义在我国东北地区强制推行殖民地化统治,利用南京政府的不抵抗政策,把侵略魔爪一步步伸向华北,民族危机日益深重。大敌当前,政府在做什么?他们不出兵,不抵抗,也不准我们组织学生联合会,阻挠我们青年学生参加抗日救亡运动!同学们,政府不清醒,我们青年要清醒!政府不作为,我们青年要作为!来吧,加入青年救国会,跟我们一起团结起来,抵抗日本帝国主义的侵略,发出中国青年抗日救亡的最强音!"

蓝明述讲得慷慨激昂,剧场内沸腾了。

"加入青年救国会!"

"打倒日本帝国主义!"

"中华民族万岁!"

"为国家自立而奋斗!"

口号声此起彼伏,一张张青年救国会的传单在现场师生手中传阅,每一位在场的师生都被眼前的气氛所感染。这时,不知由谁起头,唱起了《义勇军进行曲》,顿

排演《雷雨》

时,雄壮的歌声响彻会场。"中华民族到了最危险的时候,每个人被迫着发出最后的吼声,起来,起来,起来!"

蓝明述看着礼堂内外群情激愤的场面,激动得热泪盈眶。

宋阳标建议他与耿致远之间的合作,成功了。

当天晚上,话剧社与青年救国会为了庆祝演出成功,一同聚餐。聚会地点选在了赵红雷二哥在快哉亭公园南侧开的酒楼大彭人家。

姚昕露作为话剧社的社长,首先致辞:"感谢青年救国会,感谢大家对话剧社的大力支持和对演出的全力投入! 今天我还要特别感谢耿致远,他为这次话剧的成功首演做了大量的工作,除了本人参加演出,还负责对外联络,厥功甚伟。当然最重要的是在今天的演出中,临危不乱,成功化解了一次演出事故! 致远,谢谢你! 我提议,这一杯敬'周萍'!"

"来呀'四凤',一起敬'周萍'!"马铭楚拉着惠子站了起来。

"是呀,我们当时都吓毁了,多亏了致远叫'仆人'!"

"是得感谢致远,在那样的情况下还能沉着应对,是个人物!"

耿致远连忙起身:"大家的心意我领了,这都是我应该做的! 从这次活动中我也学到了很多。另外,我听了演出后会长的演讲,心情到现在还难以平复,我提议,这杯酒不要敬我,而是为了我们这几周的共同努力,大家共同干杯! 另外蓝会长,这杯酒喝完,我们可就都是青年救国会的一员了!"

"对,我也要加入!"

"我也加入!"

"我也加入!"

雨中拯救

欣欣中学话剧社的首场演出取得了圆满成功。

耿致远与蓝明述一合计,决定趁热打铁,连续在徐州各个中学进行公演,为此他们制定了一个持续两周的巡演计划。几场下来,参演同学对角色的理解越来越透彻,互相之间的配合也越来越默契。同时话剧的多场演出,又吸引了一大批青年

煊烂

学生加入了救国会。每个学校都成立了青年救国会分会,明确了联络人,一时间,徐州青年救国会的组织力和影响力得到了空前提升。

经过一段时间的接触,蓝明述从耿致远身上发现了同龄人中少有的沉稳干练,就想请他来做欣欣中学青年救国会的负责人。耿致远一开始还有些犹豫,担心自己做不好,宋阳标鼓励他放手去干,再加上话剧社的同学一致推举,他也就答应了。

这天中午,蓝明述和耿致远约在了快哉亭公园见面,准备商量下一阶段的话剧演出和青年救国会的下一步打算。

冬日里的快哉亭公园也显出几分萧条肃杀,天气阴沉,眼看就要下雨。公园里游人稀少,只有几个老人聚在避风处下棋闲聊。

蓝明述来到时,耿致远正坐在湖边的亭子里看书。

"致远,来了一大会儿了吧?"

"没多大会儿,我也正好准备下过几天的期末考试。"

蓝明述坐在他身旁说:"真羡慕你啊,还有大把时间待在校园,我今年可就要毕业了!"

"我还羡慕你呢,马上就能考大学了,准备报考哪所学校?"

"现在时局艰危,毕业之后我暂时不准备读大学了,就留在家里帮忙。"蓝明述看着亭边小湖中的残荷,有些莫名的惆怅。蓝明述的父亲开了一个印染厂,同时在大同街经营一家布店,近两年身体不太好,一直希望唯一的儿子能够子承父业。

"致远,接下来话剧的演出你有什么打算?"

"现在徐州的学校已经巡演得差不多了,话剧社《雷雨》的演出也越来越成熟,我觉得接下来可以考虑走出校园,在社会上进行公演,也可以借机将我们青年救国会的影响不断扩大。"

蓝明述听了点点头:"我也正有这个打算。回去之后我来负责联系场地,等同学们考试结束,我们在春节前再公演一场。你们可不能放松,这段时间也要积极排练才行!还有,致远,你可得好好跟宋阳标老师学习,我们可都羡慕你,每天都能见到他。"

"宋老师对我挺关照的。他学识渊博,对时局也有独特见解,每次和他聊天都能增长见识。明述,你们和宋老师是咋认识的?"

"等合适的时候我再告诉你,宋老师可是个神秘人物哦。"蓝明述说完故弄玄虚地笑了起来。

耿致远正在琢磨蓝明述话语的意思,师范学校的刘建匆匆忙忙地赶了过来,一

雨中拯救

见二人，长长地舒了口气。"可找到你们了！明述，致远，我刚刚听说，一批河南的学生，被军警堵在徐州火车站门前的小广场了，说是打算将他们全部拘押！"

蓝明述和耿致远听得一头雾水，让刘建坐下来慢慢说，总算弄清楚了事情的来龙去脉。原来，为宣传抗日救亡，呼吁释放爱国政治犯，一批河南的学生准备到南京请愿，省里命令徐州军警阻止学生南下，一百多人的队伍抵徐后，徐州警察将这些人全部扣押在了火车站广场。

"河南学生的爱国之举被阻，事情又发生在咱徐州，作为青年救国会，咱们去支援义不容辞！"蓝明述说。

刘建看着蓝明述："可咋才能把他们营救出来呢，咱们这些手无寸铁的学生总不能跟警察硬剠吧？"

沉思片刻，蓝明述说道："当然不能硬剠，这事还是要全面发动我们青年救国会的力量才行！救国会刚刚补充了新鲜血液，又明确了各个学校的联络人，正好可以借机锻炼队伍，向徐州各界展示咱们的力量。咱们可以组织示威游行，给当局施加压力，迫使他们放人。刘建、致远，你俩回去后马上联络学校的同学，就到火车站站前广场集合！"

"示威游行，也不一定就会放人。要是不放，咱们同学接下来能咋办？这些都必须提前考虑清楚。我还有个想法，两位老兄听听是否行得通……"耿致远将自己的想法说了出来。

蓝明述、刘建听了之后纷纷点头："好呀致远！还是你考虑周全，这样既可以避免和警察起正面冲突，又能悄没声息地将河南的学生救出来！"蓝明述高兴地说着，眼神中充满了对耿致远的欣赏。

"我算是知道了，我们救国会把你招进来算是得了一个智多星呀！"刘建哈哈大笑。

"这件事，我看还得和宋老师商量一下。"蓝明述说道。

刘建也点头同意："我们要尽快，再拖下去说不定这些学生就被关押起来了。"

三人匆忙从快哉亭公园西门出来，直奔欣欣中学。

天下起了小雨，三人穿行在蒙蒙的雨雾中。一路上，耿致远边走边与蓝明述、刘建两人商量救人的细节，同时头脑中闪出另一个问题：青年救国会与宋老师之间到底有怎样的特殊关系，蓝明述所说的恰当的时机是什么？

宋阳标正在宿舍里批改学生作业，看到蓝明述几人神色焦急，知道有事，忙招呼他们坐下来慢慢说。刘建将事情的经过讲述了一遍。

宋阳标听后皱了皱眉,问道:"这件事你们打算咋处理?"

蓝明述说:"宋老师,我们打算以青年救国会的名义发动同学去集体声援,致远还提了个建议,是这样……"

听着蓝明述的讲述,宋阳标的眉头逐渐舒展开来。蓝明述说完后,宋阳标点了点头:"致远的想法不错,我看可行。另外也要注意几点:第一,要注意保密,负责具体执行的,我看欣欣中学的学生就可以了;第二,要防止同学情绪激化,给参加声援的同学讲清楚,一定要服从领队指挥;第三,你们抓紧时间去联络各个学校,我来和警察局的熟人联络下,看看那边下一步的打算。集合的时间就定在下午两点。"

事情定了下来,三人告别宋阳标,分头联络救国会的同学。

徐州站站前广场,一百多个学生在小雨中和警察对峙着。

"凭啥不让俺坐车?"

"是啊,俺又没犯法!"

"我们哪儿也不去,就在这儿跟他们耗!"

一个高个儿警察吼道:"都给老子老实点啊!再叽叽歪歪把你们这些毛孩子全逮起来!"

学生们不吃这一套,警察的叫声很快被淹没在人群的喧嚣中。一时间,警察既无法将学生全部带走,学生也不肯自动解散。局面僵持不下。不多会儿,周围就挤满了看热闹的人,有乘火车的旅客,有路过的行人,还有附近做买卖的小商小贩。

见现场十来个手持长枪的警察都无法控制住局面,高个子队长急忙和身边的一个警察低声说道:"快回局里再调些人来!"

半个小时后,两辆警车鸣着警笛开到了站前广场,又下来五六个警察,咋咋呼呼地跑过来。

"咋就来你们几个?"高个子警察诧异地问。

"队长,今天可真是邪门儿了,路上全是学生!车根本过不来!"

"都这个时候了还坐什么车?叫他们全跑过来!耽误老子的事,看我不扒他们的皮!"警察队长有些气急败坏。

下午两点,站前广场上的人越聚越多。来自四面八方的学生举着各色旗帜如潮水般涌向广场,将本就拥堵的广场挤得水泄不通。片刻,又有两队警察赶到,见广场内已被学生塞得满满当当根本挤不进去,只好将整个广场戒严起来,并在各个路口设卡,阻止随后到达的学生和群众进入广场。

 雨中拯救

警察原本试图将河南来的学生控制在广场中央，现在反倒是学生将他们包围住了。高个子队长见局势难以控制，只好带领部属暂时退到外围，与陆续前来增援的警察极力控制事态的发展。

"坚决声援河南学生！"

"欣欣中学要求释放无辜同学！"

"徐州中学要求释放无辜同学！"

河南同学见到一下来了这么多声援自己的学生，也变得热情高涨。一时间广场上口号声此起彼伏。蓝明述站在广场一侧的花坛上，振臂高呼："同学们，河南的学生千里迢迢赶到徐州宣传抗日，爱国之心天地可鉴、日月可证。今天却被我们徐州的警察无理阻挡。我想问问大家，作为徐州的进步青年，你们答应吗？"

"不答应！"同学们喊道。

"对，我们绝不允许这样的事情发生在我们身边！宣传抗日救国何罪之有？大敌当前，政府非但不出兵不抵抗，还肆意扣押我们宣传抗日的同学！今天纵容警察的无理行为，与投敌卖国有何区别？"

"释放河南学生！"

"打倒日本帝国主义！"

"支持河南学生的合理诉求！"

雨仍下个不停，同学们纷纷将雨伞举到河南同学的头顶，跟着蓝明述喊着口号。很快，整个广场变成了咆哮沸腾的海洋。

警察队长见广场内人声鼎沸，外边还不断有各个学校的学生想挤入广场，急忙命令手下用警车、护栏再搭起了一道屏障，封住了进入广场的入口。

此时，徐州教育局局长周利民赶到了现场。此前市政府已向他传达了省政府的指令，务必在警察局配合下将这批河南学生阻在徐州，逮捕首领，其余遣返。周利民信誓旦旦地作出了保证。为了将徐州声援的学生全部劝返，周利民联系了各个学校，和他一起前来的还有徐州各个学校的校长。

警察们在广场一角临时摆了几张桌子，旁边放置了两个有线喇叭，周利民带着几个学校的校长爬上了桌子。

周利民扯着脖子向学生喊话："同学们，请安静一下，敝人是徐州教育局局长周利民。大家的爱国心情我都理解，有什么要求跟我说，今天我带着你们各个学校的校长站在这里，就是来帮助大家解决问题的。"

"我们要求释放河南的学生！"人群中有学生喊。

  煊烂

周利民指着喊声传来的方向,再次提高了嗓门:"政府三令五申,同学们一定要守纪律负责任,不要受挑拨遭离间。今天你们的行为,不仅影响了学校正常的教学,还阻碍了交通,占用了大量公共资源。学生理当以学习为天职,在校期间就应该将基础打牢,努力做到'两耳不闻天下事,一心只读圣贤书'。只有学习搞好了,毕业后才能有能力为国效力。如果都像你们这样搞,不要说组织力量抗日了,恐怕国家正常的运转都要受到影响。所以,请各位同学马上跟你们的校长返回学校,如果有拒不服从的,我们将给予严厉处分,甚而开除学籍!"

人群安静了下来,学生们似乎被这位局长的一番言语镇住了。周利民的嘴角微微露出一丝不易察觉的笑意。

"同学们,维护国家领土主权之完整是政府的使命与责任,委员长说过,'决不签订任何损害中国领土主权的条约,也决不订秘密协定''为维护国家生命计,不得已时不惜作最后之牺牲',请大家务必坚信政府抗日的决心,并反对任何分离运动。越是困难时期,我们越要重视教育,实施切合困难时期需要之教育,制裁罢课游行示威等'破坏纪律'之举动!"

"我们可以回去,但是要释放河南学生!"

"对,除非先释放河南学生,否则我们坚决不退场!"

"释放河南学生!"

口号声再次响起。

周利民皱了皱眉,语调轻缓了许多:"同学们,请大家放心,只要大家跟随你们的校长有序退场,河南的学生我们会把他们安全送回。此外,我还会与河南学生进行谈话,了解他们的详细诉求,并将他们的要求转呈政府。请相信我们!一定会妥善地将他们安全送回家!"

警察队长在一旁听得直撇嘴,心想这帮口是心非的官员,说谎话从来不打草稿,剩下的苦力活还不都得他们来做。他得到的指令可不是如此,待本地学生撤离后,警察会将所有河南学生控制在公安局大院,逮捕关押几名领头学生,其余学生集中安排卡车遣回原籍。

周利民只管应付当下的局面,至于来自河南的学生如何处置,他才懒得过问。

雨下大了,阴冷的风夹杂着冰冷的雨点,肆意地打在人们的脸上。周利民抹了一把脸上的雨水,推开旁边秘书递过来的雨伞,大声吼叫起来:"同学们,天气寒冷,请尽快配合我们的工作,有序离开现场,也让远道而来的河南同学尽快得到政府的妥善安置。从现在开始,各个学校的同学按照要求到指定位置排队集合。"

他的讲话结束，似乎收到了预想中的效果。

接下来，各个学校的校长轮番上台，指定位置集合，各自带着自己学校的学生开始退场。

不大一会儿工夫，广场里只剩下了河南的百余名学生和近百名警察。雨下个不停，雨点打在脸上像针刺一般，河南的学生们站在雨中瑟瑟发抖。他们也没有想到，刚才还摩肩接踵、喧嚣沸腾的广场，一下子就变得冷冷清清。他们似乎还没适应这种反差，一个个呆呆地站在那里，也不知道等待他们的将是什么样的结局。

目送周利民的小车驶出了广场，瘦高个儿队长挥了挥手，下达指令："行动！"

警察们如恶狼般扑向学生，推搡着、呵斥着，把这群学生赶上了停在旁边的两辆军用卡车，朝着公安街方向扬长而去。

"啥也没弄成，这说走就走了，这群人太不靠谱了！"

"这样下去散熊了（完了）。"

"那个局长刚才说的话都是玩人的，不是说要谈判的吗？讲完话就开溜，太硌硬人啦！"

车厢里，学生的抱怨声此起彼伏。

瘦高个儿队长大声训斥："都别吵吵啊，不然没你们好果子吃！"

下午四点半，公安街警察局，学生被集中在警察局大院里。

瘦高个儿队长站在门廊的台阶上，大声喊道："你们这群河南娃，不好好在学校里待着，非得跑到徐州来找麻烦，说说是谁挑的头，不然谁都别想从这里走出去！"

周利民回到办公室，用毛巾擦干了雨水，拨通了江苏省教育厅厅长周佛海的电话。他点头哈腰，一脸的谄笑如同面圣。当电话接通的那一刻，周利民的腰又弯了好几度，双手捧着电话筒，毕恭毕敬地谄媚道："喂，周厅长吗？您交代的事情已经安排妥了……哪里，哪里，这都是卑职分内之事！您放心，这群学生绝对不会出现在南京，今晚我就安排将他们送回原籍……好的厅长，领头的学生肯定会关押起来！一定照办！"周利民满心欢喜又小心翼翼地搁下电话，这才舒舒服服地躺在沙发里，秘书小王进来给他泡了杯茶。

丁零零！

办公室电话响起。周利民端着茶杯拿起了电话。

"喂，我是周利民。李队长啊，您好，您好……什么？哎呀！"周利民听到的消息叫他有些难以置信，手一抖杯子中的热茶泼了出来。他顾不得手疼，在衣服上抹了两下后接着说道，"我这就过去！"

周利民紧接着给欣欣中学去了个电话,急忙走出办公室直奔警察局。等他带着欣欣中学的校长和几个老师赶到警察局,里面早就吵成一团。

"快放我们出去,我们又不是河南学生!"

"是呀,俺爹是河南人,俺会两句河南话有啥不中的?"

"今天到现场那么多人,凭啥只抓俺?"

"我们离得远,根本没听到他们讲的啥啊!"

警察队长见到教育局局长赶到,忙说:"正好你们来了,这群学生说他们全是欣欣中学的,不是河南来的那些熊孩子!"

周利民只感觉头脑一阵发昏,冲着欣欣中学的校长说道:"李校长,你赶紧看看到底是不是你们的人!"

李校长连忙安排本校老师上前辨认,经过一番查证,现场的102名学生果然全都是欣欣中学的学生。

"不是叫你们跟着校长走的吗,咋全被抓在这里了?"宋阳标指着自己班的学生问道。

"老师,我们离得远,根本听不见校长说的啥啊!"马铭楚委屈地说。

"是啊老师,学校来了两拨人呢,我们是高一和高二年级的。"

周利民瞪着双眼望着欣欣中学的校长:"老陈,跟你走的是什么人?"

"也是我们学校的学生啊,宋老师可以做证。"欣欣中学陈校长回答。

"是的,那些也是我们学校的学生!"

周利民又转向警察局的李队长:"河南的那群学生呢?"

"我咋能知道,难道趁乱溜出去了?"

周利民憋了一肚子火,又不好发作,只好对李队长说:"赶紧派人到火车站和汽车站,千万别让那群学生去南京了。"

"好的,我们马上安排人。周局长,您看咋处置这帮熊学生?"

"还能咋办?放人吧!"周利民没好气地说道,他也知道为时已晚,那帮河南学生肯定早就趁乱溜了。转眼间老母鸡变鸭,周利民现在的全部心思,都在想着一个问题,该如何去跟教育厅的周厅长汇报这件事呢?

和周利民预料的一样,此时河南的学生已经顺利登上了南下的火车,有惊无险地奔向南京。

原来,耿致远向蓝明述献了一个移花接木的计策。他带着欣欣中学的一帮人拥进广场之后就和河南来的学生站在了一起,告诉了河南学生领队撤离的办法。欣欣中学校长要求学生跟着他走时,耿致远他们所有人都没有动,只是将随身携带的雨具交给了河南的学生,这群人在赵红雷带领下,在众目睽睽之下大摇大摆离开了广场。

中间还发生了一个插曲,赵红雷带着河南的学生出广场时,被广场边设卡的警察拦住了。

"站住!你们哪个学校的?"

赵红雷心中一紧,旁边的河南学生紧张地看了看赵红雷。赵红雷心想此时只能他来应答,其他人一说话满嘴的河南腔肯定露馅。他赶紧走上前说:"警官,我们是欣欣中学的学生!"

"欣欣中学?我看你们一个个挺老成的,不像中学生啊?"

"警官,俺们可是正儿八经的欣欣学生,高三年级的,如假包换。"

"恁家住哪儿?"

"俺家住统一街西边的美人西巷十三号院,俺叫赵红雷。俺哥在快哉亭公园旁边开了间酒楼'大彭人家',警官您要去了提我的名字,能打八折。"

盘问的警察咧嘴一乐:"你这熊孩子,嘴皮子挺溜啊!"

"那可是,俺可是我们学校欣欣剧社的台柱子,周朴园,周朴园知道吗?话剧《雷雨》里面的老爷,那就是俺扮的!过一阵俺们还准备在大马路云龙大舞台公演呢。"

"行了行了,别耍嘴皮子了,赶紧回学校!"警察的手一挥,给他们放行。

赵红雷悬着的心终于落下,他身后的一群河南学生集体松了一口气。

当天晚上,宋阳标带着耿致远回到了教工宿舍,蓝明述已经在宿舍里等着他俩。

"没什么意外吧?"蓝明述关心地问。

"没问题,我见到赵红雷了,他带着河南的同学从广场出来绕了个圈,没费什么力气就上了南下的火车。"耿致远笑着回答。

"致远,救国会的这次营救行动,可多亏了你的好计策!"蓝明述回忆了一天的经历,不无感慨地说道。

耿致远笑了笑:"可别这么说,明述,这是大家的功劳。我们青年救国会发动了那么多同学,才有可能完成这次营救。"

煊烂

"这次行动也展示了咱们青年救国会的力量！明述、致远，你们两个人做得都很好！"宋阳标看着眼前这两个年轻人，由衷地高兴。

"致远，你不一直想知道我和宋老师为什么这么熟悉吗？"蓝明述说完，看了看宋阳标。宋阳标微笑着朝他点点头。

蓝明述接着说道："咱们宋老师是中共地下党员，我们青年救国会也一直在接受共产党的领导！"

共产党？耿致远惊讶地看着宋阳标，觉得有些不可思议，但仔细想想宋老师的言谈举止，又感觉就应该是这样。关于共产党，早些年耿致远从父亲的口中就听说过，他们是老百姓的党，带领贾汪煤矿工人为争取矿工权益做了很多事情。去年，耿致远回家调研贾汪煤矿的发展情况，更是目睹了贾汪煤矿五千多名矿工为反对监工迫害的罢工壮举，他父亲也参加了罢工。在共产党员张金栋领导下，他们筹集了三百多支枪，包围了煤窑，使矿区陷于瘫痪。在附近农民的支援下，罢工坚持了整整二十七天，迫使资方答应了工人提出的条件。那是耿致远第一次感受到在共产党领导下，工人、农民运动迸发出的巨大能量，由此对这个组织有了初步的认识。上了高中后，耿致远对时事一直比较关注，与国民党的暧昧态度相比，共产党旗帜鲜明地坚持抗日救国，倡导建立抗日民族统一战线，使他从感情上更倾向于共产党。作为一名有抱负的青年，他想为抗日救国做出自己的努力，也正是出于这个原因，他加入了青年救国会，只是没有想到，身边的宋老师竟然也是一位共产党员，也一直是他代表党组织在指导着青年救国会的工作。

这一刻，耿致远萌发了新的信仰，兴奋地说道："老师，我能成为共产党员吗？"

"致远，我们的组织还比较年轻，但她的诞生是中国革命发展的客观需要。党提出了彻底的反帝反封建的民主革命纲领。遵义会议后，党制定了建立抗日民族统一战线的策略方针。华北事变后，发表了《八一宣言》，号召全国人民团结起来，停止内战，抗日救国。我们欢迎一切有识之士、工人农民和青年学生加入。致远，从你身上我能看到报效祖国的远大志向、朝气蓬勃的精神风貌和自强不息的意志品格，老师当然希望你能从思想上和行动上向党靠拢。"

"明述，你也是共产党员吗？"

"致远，成为一名合格的共产党员可没有那么容易，党在发展每一个党员时都严格审查，现在我还是一名入党积极分子，宋老师就是我的培养联系人！"

耿致远点点头："宋老师，对于共产党我想了解更多，该如何做呢？"

宋阳标起身走到书架前，拿出了两本书递给耿致远："这两本关于党的理论著作你可以先看看,有什么不懂的随时都可以来找我。只是看的时候还要注意保密。"

耿致远低头看了看手中的书,一本《共产党宣言》,一本《国家与革命》。

"致远,尤其是这本《共产党宣言》,是一部讲述人类社会发展规律的经典著作,充满斗争精神、批判精神和革命精神。这本书是 19 世纪中叶的作品,斗转星移,书中所描述的经济活动、政治斗争和文化观念冲突的表现形式现在都发生了很大变化,但《共产党宣言》揭示的社会发展的一般原理、社会矛盾运动的规律和社会斗争发生条件与内在机理等并未发生变化。字虽然不多,但建议你反复学习、深入研究,不断从中汲取思想营养!切记,这本书一定不要让其他人看到。"宋阳标用期望的眼神看着他说道。

耿致远走在校园的小路上,雨已经停了,路两旁落光了叶子的法桐树枝条随风摆动。天气又阴又冷,可耿致远此刻全然不觉,怀中的两本书似乎变得滚烫起来,让他身心为之振奋。他不禁加快脚步向宿舍走去,已经迫不及待地想要亲近它们了。

5   过年返乡

随着青年救国会不断发展壮大,徐州城中抵制日货、反对汉奸、开展抗日宣传等各种抗日救亡活动中,都能看到青年学生的身影。青年救国会还组织读书会等活动,传播进步思想,探讨抗日救亡问题。青年救国会的影响在扩大,也因此引起了国民党当局的注意。国民党特务及警察开始四下搜集青年救国会的活动情况,但因为青年救国会成员多是在校学生,且组织较为松散,蓝明述等人平时也都是单线联络,很多线索查到一半便没了进展。宋老师通过警察局的熟人得到这一信息后,马上通知了蓝明述等人,春节前注意隐蔽,暂缓青年救国会一切行动,因此,《雷雨》的公演也暂时停止。

耿致远的生活忙碌而又充实。他用几天的时间就将宋老师给他的两本书读完,还做了详细的笔记。阅读过程中遇到问题,他先一个个记录下来,集中向宋老师请教。两人在一起还经常谈论时事,有时候宋老师也会让耿致远用所学的理论知识对时事发表看法。宋老师看到耿致远记得密密麻麻的读书笔记,更加喜欢这

煊烂

个勤奋又上进的学生,经常借给他一些进步期刊。耿致远如同发现了一块新大陆,感觉每一天都有新的收获。

转眼间,1937年的春节将至,学校再过两天就放寒假了。

这天晚上,耿致远从宋老师的宿舍往回走,穿过操场就是男生宿舍,一个熟悉的身影站在宿舍门前。

"昕露,咋那么晚还没回家?"

"刚刚和同学们聊了聊话剧演出的事情,知道你在宋老师那里,就在这里等了。"看到耿致远来了,姚昕露抬起头,微微地浅笑着,如同一朵花儿。

"找我有事?"

"看看吧,给你的!"姚昕露变戏法一般拿出了一个纸包,耿致远好奇地接过打开,是一条白色的围巾。

"送我的?"耿致远看着手中松软的围巾,满心欢喜又忐忑不安。

他知道姚昕露对他有好感,他也打心眼儿里欣赏这个女孩儿。食堂里为自己打抱不平,操场上为自己加油,云龙山上送自己贺卡,这些日子排练话剧的接触,都让他感受到姚昕露的热情、大方和果敢。虽然不知道姚昕露的父母是做什么的,但从每天的衣着打扮就看得出来她的家境很好。而自己家境贫寒,家里为了他上学几乎已经倾尽所有,自己怎么能在这个时候儿女情长? 所以他只能默默把这段感情藏在心底。

"不喜欢?"看到耿致远发呆,姚昕露的语气变得低沉起来,"我刚学的织围巾,织得不好。"

"没,没有!"耿致远急忙否认,"大同街百货店卖的也不能和你织的比呀,一定很暖和。谢谢你,昕露!"感性上耿致远想和姚昕露走得更近,理性又告诉他这样是不合适的。可如果他一下子拒绝,心里又不舍,更怕惹得眼前的女孩儿伤心。

"这么晚了,我送你回去吧。"

耿致远知道姚昕露的家就在石牌坊街,离学校不远,便提出送姚昕露回去。二人沿着公安街一路向西。

夜空晴朗,苍穹深邃,点点星辰宛若明眸。昏黄的路灯将行道树的影子投在地上,斑驳杂乱。马路上行人稀少,偶尔有拉着黄包车的车夫"哒哒"跑过。

姚昕露问耿致远什么时候回家过年,听耿致远说就在后天,显得有些失落。一路上二人话不多,并排慢慢地走着。两个人的身影在路灯的映照下,一会儿变长,一会儿缩短。石牌坊街很快到了,在中间的一个巷口,姚昕露停住了,指着路边一

过年返乡

45

个亮着灯的两层小楼对耿致远说："这就是我家！你有时间就来家坐坐。"

"谢谢，还要谢谢你的礼物。"耿致远按了按手中的围巾。

"咋样？暖和吧？你围上可好看了。"姚昕露从耿致远手中拿过围巾，踮起脚，在耿致远的脖子上绕两圈，又细心地打了个结。

女孩儿的身体离他很近，近得能感觉到她的呼吸和心跳。耿致远看着女孩儿专注的表情，一股清新的香味扑鼻而来，那么芬芳，那么迷人，又那么让人陶醉。耿致远似乎能听到自己心跳的声音。

"好了！这下你可以暖和着回去啦。"看着戴着围巾的耿致远，姚昕露满意地笑了。

"谢谢，那我先回学校了。"耿致远有些不好意思，挥挥手准备转身回去。

"假期我给你写信，可以吗？"姚昕露最后问道。

"好的，明天我把地址给你。"

"好，再见啦！"姚昕露的眼睛变成了两弯月牙，又露出了灿烂的笑容，转身朝家走去。

耿致远沿着公安街独自往回走，感觉自己就是一个未谙世事的孩子。来的路上，他总想找一些话题打破两人间的沉默，却笨嘴拙舌，什么也没有说出口；回的路上，心里似乎憋着许多话，却又无人听他诉说。他深深地吸了一口气，将姚昕露送他的围巾绕着脖子拉紧，围巾上分明还有女孩儿的芳香。他边走边回忆姚昕露抬眼望着他时那温暖的笑容，不知不觉一股暖流溢满了他身上的每一个毛孔。

以后该怎么办呢？他自己似乎也没有头绪了。

周三上午，学校放假第一天，耿致远在宿舍里收拾回家的行李。此前他特地跑到徐州城最繁华的大同街，用这个学期省下来的钱，给家里的人买了些礼物。他在老同昌茶叶店给爷爷耿博众称了一些他最爱喝的大红袍，给父亲买了双棉鞋，母亲总说年龄大眼睛花了，做针线活看不清楚，于是给她挑了一副老花镜。当然也少不了家里最受疼爱的妹妹的，思虑再三，他给妹妹买了条红丝巾，女孩子都是爱美的。耿致远将精挑细选的物品细心地打包，放进上学时母亲给他准备的布袋子，喊上马铭楚一起赶往徐州北站，准备搭火车回贾汪。

火车上，二人相对而坐。

"致远，你上次回家还是两个月之前了吧？"

"就是宋老师让我做调研那时候回的家。"

煊烂

"你看你这大包袱小行李的,这是去大同街给家里人买的东西吗?"

"是啊,为了我上学家里人都省吃俭用,过年了,总不能空着手回去吧?"

其实耿致远也想给姚昕露挑件礼物作为围巾的回礼,可是考虑了很久,总感觉没有合适的,只好等开学再说了。

"还是你孝顺,我身上的钱只够买张回家的火车票啦!"

"不能这么说,你比我孝顺多了。回去就和你爹说,你的钱都用来给他讨儿媳妇了,你这才是正儿八经的孝顺。"耿致远想着马铭楚一天到晚围着惠子转,不是一起吃饭就是一块儿去看电影,忍不住调侃他。

"去你的! 那我爹肯定得骂我娶了媳妇忘了娘!"两人哈哈大笑。

耿致远在贾汪站出站口与马铭楚告别后,又步行了七八里路,终于回到了熟悉的大泉村。此时已近中午,上工的男人还没回家,老人们在门前晒着太阳聊家常,孩童们聚在一起玩闹。家家户户都在生火做饭,村子里炊烟袅袅,一片安静祥和。耿致远呼吸着熟悉的家乡味道,一路和村里人不时打着招呼,不一会儿就来到了自家门前。

"妈,我回来啦!"耿致远推开了自己家的大门。小院一如往常,母亲将院子打理得干净利落,西边菜地里的青菜长势喜人,院落正中的泡桐树叶子已落光,一根晾衣绳一头拴在树干上,一头牢牢地钉在院墙上,上面晾晒的衣服正滴着水。

"儿子回来了,学校放假了?"母亲听见儿子的声音喜出望外,忙擦着手从厨房走出来,帮着致远取下背着的行李。

"放假啦,这次能在家待一个月。"

"哥!"妹妹耿致馨从屋里跑了出来。

"这才两个月没见,小妮子好像又长个儿了嘛。"耿致远摸着妹妹的头,疼爱地说。

"外边风大,进屋去吧。"母亲帮忙拿着行李,三人进到堂屋。

"爹,致远回来啦。"母亲冲着正坐在堂屋喝茶的耿博众喊道。

"大孙子回来啦,赶紧过来让我看看!"爷爷有些耳背,此刻看到耿致远进屋,笑得合不拢嘴。

"爷爷,学校放假了,回来过年。"

耿致远从行李中拿出了给家人买的礼物,母亲拿着老花镜疼爱地说:"你又不挣钱,买这些东西干啥?"她知道,买这些东西的钱,肯定是儿子从平时的饭钱当中省下来的。

耿致远挺起身子说："妈，您看我这身板，学校伙食不孬，您就放心吧！"

母亲抬头看着比自己高出两头的儿子，欣慰地笑了笑："你现在正是长身体的时候，个子又大，在学校可不能亏欠自个儿。我去烧饭，你爹也快回来了，今天中午多弄俩菜！"

耿致远搬了凳子坐在爷爷身边，泡上一壶茶陪他聊天。妹妹致馨则在一旁欢天喜地地摆弄着她的丝巾。

中午时分，耿成文回到了家，一家人难得坐在一起吃饭。耿成文问了儿子学习上的事情，耿致远拿出了自己的成绩单递给父亲，父亲接过后看着一溜的"甲等"，满意地连连点头，他这个儿子，一直很争气。

"您看您高兴的！您看俺的功课单也没喜这么很啊！偏心！"致馨噘起嘴，不满地说道。

"哎哟，致馨不满意了。你哥这不是刚回来嘛。致馨，咱家绝不会重男轻女，爹知道你也是好孩子，只要你能好好念书，爹就是砸锅卖铁，也送你到徐州上学！"

"是啊，致馨，到时候爷爷亲自送你这个女秀才去徐州城里念书！"

一家人其乐融融，耿致远也沉浸在久违的亲情中。

当天晚上，耿致远同父亲坐在一起闲聊。

"爸，我在学校参加了青年救国会。"耿致远想了想，觉得还是应当将学校里的事情告诉父亲。

"救国会？学生里面也搞这个啊？"耿成文瞪大了眼睛。

"爸，您听说过？"

"咋能没有，咱们矿上工人也组织了救国会，我也参加过他们组织的几次活动。"耿成文微笑着看着儿子。其实耿成文还有话没说完，他不仅是救国会的成员，还是中共贾汪矿特别党支部的一名党员。看着读高中的儿子不仅读书刻苦用功，还关心国家时事，他感觉非常欣慰，但同时又隐隐有些担忧。

耿成文继续说道："现在政府对救国会监督比较严，致远，你在参加救国会活动的时候，可一定要多长个心眼儿。"

"爸，您放心，我心里明白。我还参加了学校的话剧社，我们排了话剧《雷雨》在徐州的学校巡演，每次巡演的过程也是我们宣传抗日救亡的过程，在剧社里我也认识了很多新朋友。我觉得能够为抗日救亡尽一份自己的力量，每天都过得很充实。"

耿成文看着儿子，发现儿子好像突然长大了。

大年三十,耿致远一家一大早就起了床。

父亲耿成文用竹竿绑了扫帚,把家里平时够不着的边边角角全清扫了一遍。爷爷在院子当中的大桌上写春联,耿致远站在旁边帮着磨墨。每年的这个时候,村里的人家都会带着红纸,到家里来请耿老爷子写春联。母亲和妹妹在菜地里忙活着,准备一年当中最隆重的年夜饭,乡下人家虽然吃不起大鱼大肉,但饺子是肯定会有的,另外还要认真准备一些家常土菜,在清苦简淡的日子中过出年的滋味来。

村民们陆续拿着红纸来到了耿家。

"大爷,今年给写副喜庆的,希望俺家媳妇能抱个大胖小子!"

"老耿呀,就写风调雨顺吧,看看明年家里的收成能再好点儿不。"

"耿爷爷,俺爹想让您写个招财进宝。"

村民们将来年的希望都寄托在红红的春联里,耿博众像是接受大考的学生,对于村民们提出的朴素要求,稍作思考后,便运笔挥毫,一气呵成。求对子的人乘兴而来满意而归,围观的人一阵赞叹,都夸耿老爷子学问高。耿老爷子像"人来疯"的孩童一般,在众人的注视下兴致愈写愈浓。

"爷爷,都写了半上午了,累了吧,喝口茶歇会儿。"耿致远见暂时没人来,忙给爷爷沏了杯茶。

耿博众乐呵呵地接过茶杯:"致远啊,爷爷没上过几年学堂,也就只能写写春联。你可不一样啊,你学那些以后可都是要做大事的。"

"爷爷,您这写春联可是全村过年的头等大事儿,家家户户门上可都贴着您写的字呐!"耿致远的话引得老爷子捋着胡子哈哈大笑。

爷孙俩正聊着,二毛和他爹赵启明走了进来。

"大爷,俺来求您给写个对子。"赵启明说道。

见耿致远也在家,二毛喜出望外,忙走上前喊了声"致远哥"。

耿致远也有好一阵没见到二毛了,拉着他进屋聊天。此时的二毛只比耿致远矮半头,身材敦实,皮肤黝黑,生活的磨炼让他看起来倒比耿致远沧桑一些,只是从透亮的眼神中还能看出少年时的影子。

二毛进到耿致远屋里,看到书桌上摆放的一摞摞书,说:"致远哥,你可真厉害呀,能念这么多书。"

二毛只上完了小学,在家闲了一阵之后就跟着他爹在矿上干活了。耿致远年少时一起玩耍的几个孩子大都如此,春生、"四辫儿"都跟二毛一样在矿上干活。辛

过年返乡

49

苦的劳作让二毛看起来更加壮实,说起话来也是中气十足。

"致远哥,闲下来的时候,咱那几个从小玩儿到大的弟儿们,还早晚一起坐坐,拉拉小时候的事,说得最多的就是你致远哥。"

"正好趁着过年,把他们几个也喊上,上俺那拉拉呱。"

"你说这个倒叫我想起来了,俺几个也有老长时间没听爷爷拉呱了,到时候再请爷爷给咱拉个长呱!"

"那就说定了,过完年你喊他们一起来!"

当天晚上,耿致远一家围坐一桌。

到底是过年,在这个中国人最隆重的节日里,耿家也不例外,想方设法准备了一大桌年夜饭。桌上的几盘饺子热气腾腾,母亲忙活了一天,准备了凉拌素火腿、贾汪板鸭、盐豆炒鸡蛋和辣椒炒小鱼几个家常菜,还杀了家里养的一只公鸡,炖了满满的一盆。妹妹耿致馨看着平时难以见到的荤腥,馋得直吞口水。爷爷疼爱地给她夹了一个大鸡腿,耿致馨马上欢喜地啃了起来。父亲耿成文打开一瓶绿豆烧,香气弥散开来,混合着菜的香味愈显浓烈。

父亲先给爷爷倒上小半碗绿豆烧,接着说道:"饺子就酒,越喝越有。今天过年,致远也喝点。"说罢也倒了小半碗绿豆烧,放了耿致远的面前。

"别给孩子倒那么多酒!"母亲嗔怪父亲给耿致远倒多了。

"没事,俺耿家的酒量都是祖传的,致远的酒量小不了!"耿成文笑着说,又将酒瓶递给耿致远说:"给你娘也倒上一杯喜庆喜庆。"

耿致远连忙起身,躬身给母亲也倒了一小杯,又拿起茶壶,给妹妹致馨倒了杯水。

耿成文端起酒碗说道:"一年里头难得全家聚在一起,吃顿团圆饭。这杯酒,就祝咱们家来年顺顺当当,日子越过越红火!"

阵阵鞭炮声中,耿致远全家如同大泉村、整个贾汪、整个徐州城的每一家一样,高高兴兴地庆祝农历的除夕夜。

大年初三,耿致远正在家中看书,外边传来了村保长周维新的声音:"成文,致远在家吗?有他的信!"

耿致远连忙出门,接过信件,看到寄件地址是"石牌坊街",他知道,姚昕露给他来信了。谢过周保长,耿致远转身回到自己房间,拆开了信封。

熟悉的娟秀小楷映入眼帘:

致远：

　　展信如晤。想必你收到这封信已经过完年了,村子里的年味肯定比徐州城里要浓得多吧。假期里我和惠子几个同学又去爬了云龙山,回忆起上学期我们一起登山的情景。这半年很高兴能和你熟悉起来,以前只觉得你是一个很低调勤奋的男生,经过剧社的相处,越来越发现你的特殊。很多时候,我都像是第一次认识你,你和赵红雷的比赛,你在话剧中的救场,你带着我们去支援河南的同学,你跟我说话时候傻傻的样子。纳兰性德在词中说:人生若只如初见,何事秋风悲画扇。初见是如此美好,对于我而言,似乎在你身上有很多次初见。

　　下一次,又会是什么呢?

昕露

　　耿致远看完来信,不禁陷入了沉思中。他回想着姚昕露所说的话和信中描述的场景,竟然发现自己的感觉和姚昕露所说的一模一样,一种思念的情绪弥漫开来,笼罩着他,同时,内心深处似乎又有一种声音告诉他,现在不应该喜欢这个女孩儿。不能喜欢,能拒绝吗?可和不能喜欢相比,耿致远似乎更排斥拒绝的想法。

　　他定了定心神,拿出笔墨,给姚昕露回信,信中简单介绍了自己村里过年的习俗、家中的情况和最近看过的书。写完后,耿致远将信纸折好塞进信封。片刻之后又想起什么,将信封打开,取出信纸,在信的末尾加上了"盼复"两字,才将信纸重新装进信封。

　　初四的下午,一群年轻人来到了耿致远家。

　　"婶,致远哥在家吗?"

　　"在屋里看书呢,你们快进去吧!"

　　耿致远听到外边有人说话,忙放下手中的书,走到堂屋门口。看到二毛带着五六个人来到了小院里,"四辮儿"、春生几个都在其中。

　　"大家都来啦,快进屋坐。"耿致远亲热地招呼道。

　　几个人先去跟耿致远爷爷打过招呼,跟着致远来到了他的房间。耿致远从堂屋搬了两条长凳,招呼几个人坐下来。

　　"这才几年哪,你看这一个个的都长成大小伙子了!"致远母亲从外屋拿了茶壶和几个茶碗,又端了一盘花生瓜子,招呼几个人吃。

"呵,致远,到底你念的书最多,你看你这满屋的书!""四辫儿"看着耿致远的房间说。如今"四辫儿"个头儿跟耿致远差不多,长得浓眉大眼,虎背熊腰,一看就是个朴实后生。

"我还想早点毕业,也像你们一样出来挣钱呢!"

"我们这哪里叫挣钱呢,是挣命!"二毛说,"咱们这几个都在矿上讨生活,俺爹和俺,一个大工一个小工,每天干十来个钟头,大工一天四毛,小工一天三毛,俺和俺爹加一块儿才七毛钱一天。"

"致远,还记得那个'李拔毛'李富贵吗?"一旁的春生说。

"不就是矿上那个好欺负人的监工吗?咱们还一起拾掇过他。"

"是啊,那天晚黑把他摔得不轻,洋车子都散架了!"

"那天晚黑还吃了果子和狗肉,那可真香啊!"

"就你二毛吃得最多!"

一群年轻人回忆起童年的趣事,忍俊不禁。

二毛说道:"这个李富贵狗改不了吃屎,现在也不干监工了,他把他本家侄子招来矿上接他的班,俩人还开了个杂货店。他那侄子比他还坏,逼着矿上的工人只能到他们店里买东西,米面粮油都只能在店里挂账,等到开工钱的时候直接从工人的工资当中高价扣除……"

"咱们村不是有个'王白干'吗?矿上工人连'王白干'都不如!"

"王白干"是大泉村的一个赌徒,他倒不懒,每年也是辛辛苦苦,农闲时还做点小生意,可就是管不住自己的赌瘾。每年挣来的钱,总会在过年这几天赌精光,好像一年的辛苦就是为了这几天给别人送钱似的,久而久之,就得了这么个绰号。从二毛的介绍中,耿致远对矿上工人的情况也有了大概的了解。在贾汪煤矿干活的窑户当中一部分是当地的季节性短工,一到农忙时节就回家种地,大泉村上的农户大部分都是这种。更多的工人是包工头,也就是"把头"从外面雇来的。这些把头大多有当地黑恶势力的背景,有的本身就是青、红帮的小头头,有的还加入了国民党,参加了中统、军统等特务组织,有了党国做靠山,可真是黑白两道通吃。把头对工人的控制可谓刻毒,工人吃住全在矿上,稍有反抗便会招来严刑拷打,更有甚者吃上官司赔上性命。面对把头们的高压淫威,矿工们只能逆来顺受,敢怒不敢言。

"没想到矿工的生活这么苦!"耿致远想到自己的父亲也是在这样的环境下工作,辛苦撑持这个家,心里更是一阵辛酸。

"四辫儿"说："矿上不有个歌谣吗？'紧三鞭，慢三鞭，不紧不慢又三鞭'！咱们这本乡本土的还好些，有些矿上的工人都是光着脚下井，整天泡在黑煤水里，脚烂得像马蜂窝一样！"

谈到矿工的辛苦，房间里的气氛凝重起来，大家都陷入了沉默。

"矿上工人没人带头，全都是逆来顺受。致远，俺爹说咱们贾汪前两次工人罢工，都是共产党领导的。致远，徐州有共产党吗？"

耿致远想起了宋阳标老师："咋能没有？我们学生当中的青年救国会，就是在共产党的领导下开展抗日救亡活动的。虽然衙门当官的经常搞破坏，但我认为宣传抗日救亡，反对压迫剥削与共产党的主张一样，是正义的事情。在咱们贾汪矿，现在资本家、大小把头，还有像矿上的'李拔毛'这样的地痞流氓，为了一己私利拼命压榨矿工，没有一个替工人说话，为工人伸张正义的！工人们累死累活，过的是什么样的生活？那些剥削者压迫者又过着什么样的生活？这个世道太不公平了！听老师说，共产党是咱们老百姓的党，共产党欢迎一切有识之士！工人、农民、青年学生都可以加入，我觉得只要咱们工人拧成一股绳，跟着共产党走，就一定能够推翻一切压在我们头顶的大山，过上好日子。"

"致远，到底你念的书多，听你说话就是敞亮！""四辫儿"禁不住大声说道。

"是呀，以后致远要经常回来，给咱们拉拉城里的事。"

这群年轻人好像又找到了童年时候的感觉，感觉侃侃而谈的耿致远就是他们的主心骨，每句话都能说到他们的心里。

几个小伙伴回去了，耿致远的心却思绪万千。此时的他想起了宋老师曾经对自己说过的恩格斯的一段话："无论不从事生产的社会上层发生什么变化，没有生产者阶级，社会就不能生存。"贾汪的这些煤矿工人是煤炭财富的积极创造者，没有他们在艰苦条件下昼夜不息地辛勤劳动，剥削阶级无法生存，更不能获得分文的利润。可工人们的辛苦劳动和他们所得的薪酬相比，是如此的不相称，矿工们既无经济地位又无政治地位，难怪被称为"煤黑子"了。

耿致远感觉，他的目标更加明确了！他拿出纸笔，端正坐姿，深吸一口气，郑重庄严地写下：入党申请书……

甄别奸细

三月,东北的严峻形势尚未波及徐州百姓的日常。

大同街上依旧车水马龙,只是路边贴满的反对侵略、宣传抗日的标语,透露出形势紧迫的信息。城里的商铺也在商会的号召下一齐抵制日货,店门口纷纷挂出了"本店概不出售日货"之类的牌子。路边的柳树泛出了丝丝绿意,为春天的到来积蓄着力量。

开学了。假期中空旷冷清的校园,因为学生的返校变得活力满满。

耿致远提前一天到了学校,收拾好自己的行李,便带着放假前从宋阳标那里借的书和自己的笔记,来到了宋阳标的宿舍。这些书他已经在假期反复看了很多遍,也积攒了很多问题,他已经迫不及待地想找宋阳标请教了。

来到宋阳标宿舍,却发现空无一人。耿致远等了一会儿正打算回去,宋老师和蓝明述一前一后地走了过来。

"老师好。明述兄好久不见!"耿致远打着招呼。

"致远,我正要叫明述去看看你有没有回学校,这下倒好,省得他跑了。"宋阳标说。

三人进了宿舍,耿致远发现宋老师的宿舍有些变化,仔细一看发现平时满满的书架上只摆了基本的教学用书,耿致远有些疑惑:"老师,您书架的书好像变少了啊?"

宋阳标关上了房门,轻声说道:"最近当局管控很严,虽然去年 12 月'西安事变'后,国共双方达成停止'剿共'、联合红军抗日等六项协议,国民党在内外政策上不得不作了重要调整,由武装'剿共方针',改为'和平统一'共产党的方针,基本确定了停止内战、实行国共合作的原则。但实际上对党的活动还是严防死守,尤其对具有进步爱国思想的青年学生管控更严。刚刚举行的国民党五届三中全会上,国民党亲日派代表汪精卫仍然发表继续'剿共'的反动演说。徐州当局已经组织了几次教育系统的大检查,迫于形势我不得不将一些书籍藏了起来,今后你们也要注意保密。"

耿致远和蓝明述对视了一眼,点了点头。

煊烂

"老师,我过年回了老家贾汪,和很多矿上的工人交流。他们现在的日子都过得十分艰苦,遭受着矿主、把头和黑恶势力的层层盘剥,我听了之后很气愤。如果没有共产党组织的工人运动,根本没有人替他们着想,老百姓也永远没有出头之日,我想这也反映了当下工人群体普遍的生存状况。老师,通过假期的学习,我觉得我对党的认识提高了,我也会朝着成为一名共产党员的目标而努力!也请宋老师代表党组织继续培养我。"说完,耿致远郑重地将自己的入党申请书交给了宋阳标。

宋阳标看了之后很高兴,庄重地说道:"致远,你的认识很好。现在百姓的日子都很辛苦,一个人的力量是有限的,但是我相信在党的领导下,依靠和发动群众,我们一定会推翻一切剥削,建立一个充满希望的国家!我代表组织接受你的申请,也要向你提出要求:今后,除了保证自己的学业之外,还要请你继续加强党的理论知识学习,积极投身抗日救国的实践。我相信,你一定能够成为一名合格的共产党员!"

蓝明述在一旁看着耿致远,笑着说:"致远,宋老师也是我的培养联系人,现在咱俩既是朋友,更是同志关系了,咱们要携起手来,看谁进步得更快。"

耿致远兴奋地点了点头。

接下来三人在宋阳标的宿舍吃了晚饭,随后又商量了下一阶段话剧演出的事情。

第二天,耿致远来到了话剧社,姚昕露正和同学们聊着天。

"致远!"姚昕露一见耿致远进门就欣喜地打了招呼。

耿致远心照不宣地朝姚昕露点了点头。寒假的两次通信之后,两人感觉彼此之间又亲近了许多。他对大家说道:"我来告诉大家一件事,我们的话剧马上要在云龙大舞台对外公演了!"

话剧演出也不是第一次了,可听说这次演出非比寻常,是面向全体徐州市民,又是在云龙大舞台这样的专业演出场地,同学们都很激动。

"太好了,这次我要请我爸妈来看我演出!"惠子听了后兴奋地跳了起来。

接下来,话剧社的同学在姚昕露的组织下开了一个小会,对年前的几场演出做了一个总结,也明确了未来的改进目标和发展方向。

与此同时,蓝明述也组织青年救国会的主要成员开会。

"各位同学,这次话剧演出是我们青年救国会在年后的第一次重要活动,为此,我们已经准备了很长时间,除了欣欣中学话剧社同学的辛苦付出,各位也做了大量工作。但是这次和以往的演出不一样,以前演出都在学校,我们的活动不会引起当局的注意,这次在云龙大舞台,一定要注意保密,严防当局的破坏。演出后,由我来做抗日宣传主题演讲,周向南负责现场的传单发放,刘建负责现场秩序的维护和监控。现在我来公布活动方案,大家看看有没有异议。"

蓝明述准备了两套方案,以备不虞。一套是正常情况,话剧演出后,刘建负责通知场内传单发放,蓝明述看到信号后做演讲。另外一套,如果遇到当局干扰,也由刘建发出警告,场内不发传单,蓝明述准备另外一套演讲词。刘建当天就在云龙大舞台二楼的天字二号包厢负责监视,如果有情况就将窗户紧闭,如果一切正常则将包厢窗户打开。

演出结束后,各组成员分头随观众从云龙大舞台几个通道撤出到指定的地点集中。最后蓝明述再次强调了纪律:"本次活动各个组均单线联系,一定注意保密。各组严格按照分工开展活动。"

周六晚上,话剧演出正式开始。徐州城的戏场多,平时演出有两种,一种是露天的场子,多在黄河沿岸、奎河东波墙和火车站二马路附近;还有一种是正式戏院,有大马路的云龙大舞台、中正戏院和升平剧院,等等。云龙大舞台是一座砖木建筑,能够容纳观众一千余人,还设有二楼雅座。蓝明述能够在这里举行话剧演出,多亏了他父亲和云龙大舞台曹姓老板的交情。

徐州城的老百姓平时大都观赏《玉堂春》《乐毅伐齐》《行善得子》《平贵从军》之类的传统戏曲,头一次听说曹禺的《雷雨》,还是由一群学生演出的,都感到很新鲜,再加上门票便宜,纷纷呼朋唤友前来观看。

演出开始,观众们这才明白了为何叫话剧,"原来就是大白话啊""这个倒新鲜,戏词又明白又好记"。观众们一边观看,一边悄声议论,很快,全都沉浸在这种新的表演形式当中。

负责监视现场的刘建就在二楼正对舞台的天字二号包厢,他的位置刚好能够俯视全场。演出临近结束时,十来个人鬼鬼祟祟地进到场内,进来后也不找座位坐下,而是分散开来,站在了剧场的几个过道里看演出。刘建觉得这些人形迹可疑,观察一阵后,发现这几个人根本不是在看戏,而是四下里注意着观众席中的一举一动。他们所在的位置恰好控制了剧场的几个出口。

"有情况!"刘建赶紧将包厢的窗户关上,准备撤离。临出门时,回头看了下紧

煊烂

闭的窗户,感觉不放心,又走过来从里面将插销锁死,这才开门离去。从二楼下来后,他捂着肚子,佯装要上厕所,朝出口走去。直到他走出剧场,拐进了附近提前约定的一个巷子,才长舒一口气,站在原地等待着其他人。

这时,一个穿着黑色中山装的身影出现在二号包厢门前,推门进入,打开了包厢窗户,得意地冷笑着站在窗前注视场内。

刘建等了十多分钟,没有等到蓝明述,却等来了一高一矮两个中年人。

"小兄弟,这么冷的天一个人站在这儿干啥?"其中一个高个儿有些阴阳怪气地说道,矮个儿在高个子讲话时,不动声色地站到了刘建的身后。

"等人。"刘建警惕地看着两个人。

高个子笑了,龇着黄板牙说:"别等了,你等的人来不了了,跟我们走一趟吧!"

"你们是谁?"

"警察局的,老实跟我们走!"说着不由分说抓住了刘建的肩膀。

"凭啥抓我?!我又没犯法!"

"犯没犯法,可不是你说!跟我们回去一趟就知道了。"

话剧演出结束,全体演员出场谢幕,蓝明述走到前台。抬头向正对着他的二楼包厢望去,见窗户大开,蓝明述松了口气,扫视剧场一圈,看到传单正在观众席中传递,便定了定神,平复一下心情,开始了他的演讲。蓝明述主要讲述了日军的侵略罪行、抗战的形势和统一战线的开展情况以及国共双方坚持抗战的事迹。他的演讲慷慨激昂,空前成功,在观众中引起了强烈反响。当观众听到日军在东北的种种暴行时,很多人失声痛哭;当听到"全民抗战、有人出人、有钱出钱"时,当场便有人慷慨解囊,将铜板、银圆掷向舞台,叮当之声此起彼伏。"抗日则生,不战则亡""打倒日本帝国主义"的口号声响彻全场,久久不散。

二楼的天字包厢,一个中年人走进了包厢,说道:"许科长,现在动不动?"

被叫科长的人没有回头,说:"再等等,等这些观众散场。"

观众离席,耿致远和话剧社的人忙碌地收拾道具,准备返回学校。蓝明述集合参加活动的救国会成员,却发现唯独少了刘建。几人正要寻找,一阵急促的脚步声传来,一群警察和几个身着便装的人冲了进来,二话不说就控制住了蓝明述和救国会的同学,话剧社的一群人都被眼前的情况惊呆了。

"统统带走!"许科长大声吼叫。

"凭什么抓我们!我们表演话剧有什么错?"蓝明述辩解道。

甄别奸细

许科长走到蓝明述面前，看着他，说："同学，你们演话剧是没错，但聚众发表赤色言论可是违法的。"说着转过身，狠狠地喝道："把这些散传单和演讲的人全都带回去审问！"

救国会的蓝明述等人被带走，话剧社的一帮同学方寸大乱。姚昕露看着默不作声的耿致远："致远，现在我们该怎么办？"

"还是先收拾东西回去吧！明天看看什么情况。"耿致远一边说，一边想着回学校之后要赶紧将这个情况告诉宋老师。

耿致远回到宿舍已近晚上十点，正想这个时间去找老师是否合适，同宿舍的同学交给他一封信，说是宋老师下午让他转交的。

耿致远疑惑着打开。

致远：

  顷接家书，得家人突患重症讯，仓促间于今日午后离徐返乡。此去一别，不知何日再见，诸君且珍重。近日徐州乍暖还寒，请转告同学务必小心，切记以身体健康为重，至嘱。

  另，今后学习参考用书，可至图书馆赵老师处咨询。

宋阳标 即日

看完来信，耿致远陷入沉思，他知道宋老师出于保密需要，很多话没有说明，但信中有几条是可以肯定的：一是宋老师已经离开了徐州，可能很长时间都不会回来；二是形势紧急，如同演出前他所强调的一样，让救国会同学们暂缓活动，保存实力；三是图书馆的赵老师可以帮忙找到自己需要的进步书籍。可宋老师所说的"家人突患重症"是什么含义呢？难道和蓝明述等人被抓有联系？现在蓝明述一干人被抓，宋老师又不在，自己势单力孤，怎么应对当前的局面呢？耿致远思来想去不得其解，辗转反侧直到后半夜方才入睡。

接下来的两天，耿致远每天都在焦灼中度过。有关宋阳标不辞而别的流言在整个学校不胫而走。有人说他家人生病，请长假回家了。也有人说他是共产党，周六下午就有政府的特工带着警察到学校抓人，却被他逃掉了，来人还在校长室待了一下午，传唤了好几个平时跟宋老师关系较近的老师。

耿致远中间去过一趟警察局，以探望被扣押的同学为名，可是看门的警察连大

煊烂

门都没叫他进。他现在觉得,离开了宋老师,离开了党组织,自己独木难支,连搞清楚蓝明述等人在警察局的情况都很困难。此刻的耿致远感受到前所未有的孤独与挫败。

周三中午,杳无音信的蓝明述却自己找上了门。

耿致远正在宿舍看书,见蓝明述带着一份报纸推门而入,又惊又喜,猛地站起。

"明述,这几天可急死我了,你们没事啦?"

"致远,被抓的同学都没事,现在都被放出来了。我来找宋老师,他不在,只好先到你这里来了。给你看看这个!"蓝明述说完将手中的报纸递给了耿致远。

耿致远接过报纸,是一张当天的《徐报》,头版中间的一则消息引起了他的注意,《刘灿山等十七人脱离青年救国会启事》,大意是说因被赤色分子宣传洗脑,蒙蔽视听,一时误入歧途,影响学业,现登报声明脱离救国会,望徐州学子引以为戒。

"为啥会有这样的声明?"

"这些人都是当天参加传单发放的救国会同学,他们在警察局被告知如果不登报声明脱离救国会,就报到学校叫他们全部退学。正是有了这份声明,我们今天才全部被释放了。"

"那为何不直接宣布救国会非法,解散它呢?"

"我想有两个原因:第一,现在抗日救国的氛围浓厚,当局不敢冒天下之大不韪将救国会解散;第二,借同学的脱离声明,打击救国会力量,警示广大学生。"

"为何这当中没有你们几个人的名字?"耿致远突然想到声明的十七人当中没有蓝明述、周向南、刘建的名字,不禁有些奇怪。

"我们是救国会的主要成员,如果我们写声明,那和解散救国会也没啥区别,更何况学校也给了我们严重处分。另外,致远,我还有一个想法……"蓝明述盯着耿致远,话说了一半,便停了下来。

耿致远好奇地看着蓝明述,等着他的下文,可接下来的话却让他眉头一皱。

"我们的主要成员当中,有奸细!不叫我们写声明,也许是想放长线,钓大鱼!"

"明述,你为啥这么肯定?"耿致远似乎有些激动。

蓝明述接着讲了他的想法。开学前一天,他和耿致远在宋老师的住处商量了演出的事情,明确了时间地点。第二天蓝明述就给救国会的几个人开了会,参加会议的只有三个人,蓝明述本人,副会长周向南和秘书长刘建,在会上他们确定了两套方案。现在根据刘建的描述,演出临近结束时,刘建发现会场进来了十来个身份不明的人,他们明显不是来看戏的,而是将注意力集中在会场观众,因此刘建断定这些人是来破坏救国会活动的。他按照会上约定的警告方式,将云龙大舞台天字二号包厢的窗户关闭锁死,随后撤退到提前约定的集合地点,却被两个守在那里的警察抓住。按照周向南的描述,话剧结束时,他看到二号包厢的窗户是打开的,所以才在现场组织人发放传单。我在演讲前,也特别注意了二号包厢,看到的和周向南所见一样。活动前我特别强调了纪律,警告的方式只有我们三个人知道,所以我们三人当中,肯定有人说了假话,或者肯定有人将开会的信息泄露了出去。蓝明述不是没有怀疑过耿致远,但想到耿致远并不知道会场的具体联络方式,才将这种想法否定。

耿致远听完了蓝明述的描述,陷入沉思。泄密的人会不会是眼前的蓝明述呢?脑海中刚有这个念头便被他否定了。蓝明述从年前就开始和他讨论准备这场演出,他没有理由这么做。耿致远猛地想起宋老师的信,"家人突患重症",是不是说内部突然出现了奸细?知道宋老师身份的人只有救国会的三人和自己,宋老师的离开和救国会之间会不会有什么联系?有没有可能就是这个人突然变节,既破坏了救国会的活动,又泄露了宋老师的身份?想到这里,看着面前坐着的蓝明述,耿致远也不敢确定他究竟是不是那个曾经认识的蓝明述了。

耿致远没和蓝明述说宋老师离开的事情,只说宋老师家中有事请了长假。他建议蓝明述先回去,并留心观察周向南和刘建近期有无异常,如果有什么情况两个人再商量。

晚上,耿致远躺在床上,想着宋老师的离开,想着自己和蓝明述、刘建和周向南之间的交往,一种责任感和紧迫感油然而生。他感觉为了宋老师,为了今后救国会工作的开展,自己必须做些什么。

现在的他没有任何人可以依靠,只能靠自己!

窗外,三月的风还带着些凉意,轻轻吹进室内,宿舍里的同学已经熟睡,耿致远睁着眼睛,等待着他的,又是一个难以入眠的长夜。

第二天一早,耿致远如同往常一般六点起床,洗漱完毕后出去跑步。他把昨晚的想法梳理了一遍,觉得没有什么问题,便打定了主意。路过学校旁边的文具店时,他买了三个信封带回了宿舍。

中午放学,耿致远约了姚昕露等欣欣中学话剧社的同学,在话剧社集中。

"各位同学,自从咱们话剧社的《雷雨》第一次演出之后,我们就都是青年救国会的一员了。我们的话剧演出,因为救国会而有了更为特殊的意义。通过演出,我们宣传了抗日救亡,振奋了大家的精神,为统一战线贡献了自己的微薄力量。现在,救国会的处境很艰难,前天的报纸上还刊登了十七人公开退出青年救国会的启事。昨天,蓝明述找到我,说救国会遇到了困难,需要我们话剧社的支持,这个忙你们说是帮还是不帮?"

"当然要帮了,我们都是救国会的成员!"

"致远,你就别卖关子了,快说说是怎么回事吧。"

"是啊致远,你就直接说要我们剧社做什么!"

经过这段时间的相处,话剧社与救国会的几个主要成员都比较熟悉,尤其上次演出结束后,大家眼睁睁看着蓝明述等人被当局带走而无能为力,每个人都心有不甘。现在听耿致远说有能够帮得上他们的地方,自然没有二话。

"这次帮忙,我们只要做一件事——演戏!"

"演戏?你这唱的是哪出啊?"惠子皱眉问道。

耿致远不再卖关子,直接将话剧社的二十几个人分成了三组,赵红雷在第一组,马铭楚第二组,他自己第三组,每组七到八人。

"哎,致远,你这分法有些重男轻女吧?为什么你们三个男生当组长,我们当小兵?你别忘了,咱们剧社的社长可是姚昕露大小姐!"惠子站起来有些不满地说。

姚昕露笑着拍了一下惠子,看着耿致远示意他继续往下说。

"我们要演一场有关学习的戏,而我们三人要扮演一位男老师。至于为什么这样安排,请同学们不要再问了。但请各位同学保守秘密,一定要假戏真做!"接下来,耿致远将三组的演出时间地点分别作了安排。周日下午两点,第一组在云龙山放鹤亭,第二组在燕子楼,第三组在快哉亭古城墙,每组演出持续两小时后,准时结束。安排停当后,耿致远又对组长的装扮提出了要求。虽然不知道耿致远葫芦里卖的什么药,但大家凭着对他的充分信任,都觉得他这样做自然有他的道理,也就不再追问,这倒让这次任务显得更加神秘。

耿致远说完后交给马铭楚、赵红雷和霍启光一人一个信封,说是宋老师临走前叫他帮忙转交的信件,请他们帮忙务必在周日上午亲手交给蓝明述、周向南和刘建。

周日下午三点,春和日丽,快哉亭古城墙。墙边的柳树已绽发出点点嫩芽,淡淡的鹅黄色枝条随风摆动。不时有三三两两的游人来此踏青。

一个老师带着七八个学生,好像在城墙根上课,老师的手在一本书上指指点点地说着什么,同学们有的拿着本子埋头记录,有的认真听讲。

"不好意思,我来晚了!"周向南来到了讲课的老师跟前。

"啊?周向南,你先坐在这儿等会儿,我们马上结束。"

看到说话的人竟然是耿致远,周向南虽然有些吃惊,但还是坐了下来。

耿致远接着说道:"试卷第二十一题,是一道力学题目,也是大家最容易错的……"

原来这群人在讲物理试卷,周向南听出了门道,有些着急地左顾右盼,似乎在等待什么。

这时,五六个身着便装的人像是从天而降一般突然出现在耿致远这群人周围,正在听课的同学都吓了一跳。

"都给我老实点,别动啊!"为首的一人喝道。

他缓缓走到耿致远面前,说:"宋老师,可算是逮到你了啊。"

"宋老师?您认错人了吧?我们是欣欣中学的学生,你们要干啥?"耿致远疑惑地问。

来人一阵迟疑,看着眼前穿着中山装,戴着黑框眼镜的耿致远:"你是学生?"

"是啊,我们物理学习小组今天在这里开展学习活动,你们是?"

来人哈哈一笑,装作不在意地朝周向南的方向瞪了一眼,周向南慌忙低下了头。

"不好意思,认错人了!同学们,你们继续,继续。"说完带着几个人悻悻地走了。

这一切,都被耿致远看在眼里。他看着离去的几个人,又瞥了一眼低头不语的周向南,心里想:"我终于逮到你了!"

学习小组结束了下午的学习,同学们纷纷回学校。

耿致远走到周向南身边说:"周向南,找我有事吗?"

周向南有些支吾地说:"也没啥事,宋老师人不在学校吗?"

"宋老师不是请长假回家了吗?你找他?"

"没有,挺担心他的。最近救国会的事情有些多,想来看看剧社演出的安排。"

"还话剧呢,上次你们被抓,话剧社的同学们都有些害怕了,不敢演了!学校后来还找剧社的同学谈话,要求以后参加校外演出,要先在校内申请报备。听说你们几个被学校处分了?"

"唉,学校给了个记过处分。"周向南说得有些沮丧。

"人没事就好,我还听说如果不登报声明脱离救国会,那十几个同学就得被学校开除呢。这群祸害学生的王八蛋,真该将他们送到前线去!"

两人也算是各怀心事。

最后耿致远邀请周向南到学校坐坐,周向南推说家里还有事情谢绝了,二人握手告别。

下午四点半,耿致远回到了话剧社,果然如他所料,见到了蓝明述和刘建。

蓝明述看到耿致远来了,说道:"致远,你搞的什么鬼?我收到宋老师的信,是真的吗?宋老师回来了?赵红雷跟你一样打扮得人模人样的,离远看我还真以为是宋老师!"

刘建的遭遇跟蓝明述一样,也一脸疑惑地问:"是啊,致远,你叫我们空跑一趟,到底什么目的?"

"怎么能是空跑?这风和日丽的天气,邀你们游山玩水,不该感谢我吗?"耿致远心情大好,开起了玩笑。

蓝明述起身作势要打,耿致远忙说:"别急,听我慢慢说来。"

随后,耿致远将事情的来龙去脉讲述了一遍。他周三听了蓝明述的讲述,本将泄密的嫌疑锁定在周向南和刘建两个人身上,但是和宋老师的事情联系到一起,却又不确定起来。宋老师说"家人突患重症",实际上就是在告诉他内部突然出现了奸细,知道宋老师党员身份的有他自己、蓝明述、周向南和刘建四人,如果有人突然叛变,蓝明述、周向南和刘建都有嫌疑。宋老师肯定是接到了要抓捕他的信息才匆忙离开徐州,但是他也不知道究竟是谁泄密。所以耿致远便伪造了宋老师的一封信,信的内容基本一致,请他们三个人周日下午三点见面,只是见面的地点分别安排在云龙山放鹤亭、燕子楼和快哉亭古城墙。他安排人伪装成宋老师的样子,在三个地方指导学生学习,如果哪组遇到抓捕的突发情况,就可以肯定收到信的人就是泄密者。事实证明,周向南就是泄密者。

当然耿致远这样安排也是有私心的,他和蓝明述、刘建接触得更多,所以他把自己排在第三组,他也不希望看到二人中有任何一个是泄密的人。

"你这滑头,连我也不相信!"蓝明述重重地擂了一拳耿致远。这一拳,有发自内心的欣赏,也有对他揪出救国会奸细的感激。

"哈哈哈,革命工作可容不得半点虚假!"

耿致远这几天来第一次舒心地笑了。

7 昕露受伤

周向南走在回去的路上，还在琢磨着下午与耿致远的见面。

宋老师到底去了哪里，为何约自己见面又没有出现，难道自己泄密的事情暴露了？周向南仔细回想上周六演出的细节，刘建说将窗户紧闭后撤出了剧场，蓝明述和自己一样都看到了窗户是打开的，他们应该没有理由怀疑到自己的身上。周向南安慰自己，这个时候一定要沉着冷静。

可今天下午又是怎么回事呢？上次没有抓到宋老师，警察局的许科长对自己已经有所不满。今天上午看到霍启光送来"宋老师"约他在快哉亭古城墙下见面的信，他马上跑到外边的公话亭给许科长汇报了这事。可谁知道又扑了空，他想起许科长临走前瞪他的眼神，不禁心头一颤。

那个人，简直是他的噩梦。

去年，随着影响力不断扩大，青年救国会进入了负责稽查治安的许科长的视野。他很快锁定了救国会的三名主要成员，决定从他们三人中打开缺口，最后将目标定在了周向南的身上。之所以选择周向南，一是因为周向南家境贫寒，他的父亲是一名老教师，在徐州没什么影响力。二是因为周向南的弟弟周冲现在在他的手上。

龙生九子，各不相同。周向南兄弟俩为人迥异，周向南知书达理，勤奋好学，成绩从小一直在班级名列前茅。周冲不学无术，游手好闲，整天和一帮闲散人员混在一起。前一阵因为盗窃，被抓进警局。

一天中午，许科长在师范学校找到了周向南，约他在附近的"学府餐厅"吃饭，说是谈谈他弟弟的事情。周向南跟着许科长在二楼一处靠窗的位置坐下，饭菜还没上齐，许科长就直接拿出一摞大洋摆在周向南面前。

"您这是啥意思？"周向南疑惑地看着许科长。

"周向南，我知道你是青年救国会的副会长，我今天找你来，就是想用这十块大洋，雇你为我工作。"

周向南起身就要走。

许科长喊了一声："慢着！"引得二楼吃饭的食客都朝他们的方向看了过来，周向南又缓缓坐了下来。

"我是警察局负责稽查治安的许鲲鹏。周向南，我实话告诉你，现在摆在你面前的只有两个选择。第一，跟我合作，将青年救国会的行动及时向我汇报，你们只要不涉及罢课、游行、发表反政府的言论，我不会干涉，而且还会根据你的表现每次给予一定的报酬。第二，你可以离开，只是你弟弟的问题有些麻烦。此外我会将近期对你调查的结果形成一份材料，并建议学校给予你退学处分。怎么样周向南，至于如何选择，你自己决定吧！"

听完许鲲鹏的话，周向南的内心是抗拒的，可他的双脚却像是被钉子钉在了原地动弹不得。父亲身体本来就不好，他又上学，家里的负担很重，弟弟的事情更是让父亲的身体状况雪上加霜，如果答应眼前的许鲲鹏，这些问题就再也不要父亲操心了。况且只是告诉他救国会的事情，应该无关大体吧？那一瞬间，周向南做出了选择。

看到周向南抬起手来，收下了桌子上的大洋，许鲲鹏笑了。

接下来，周向南的弟弟周冲很快被释放，周向南的父亲也少了一块心病。每次将救国会的活动情况向许鲲鹏汇报后，许鲲鹏都会给周向南相应的奖励，渐渐地，周向南认为透露信息这种事情，只要价钱合理，都是理所当然。蓝明述在话剧演出之前给他们开了会，会后周向南就拨通了许鲲鹏的电话。

将演出的细节听完，许鲲鹏问："欣欣中学的话剧社和救国会是如何联系的？"

"通过欣欣中学的一位老师。"

"是谁？"许鲲鹏的语气很急迫。他们一直怀疑欣欣中学隐藏着中共地下党员，可是几次搜寻都竹篮打水，周向南的话马上引起了他的警觉。

"宋阳标！"周向南沉吟片刻，还是说出了宋老师的名字。

许鲲鹏马上召开了紧急会议，当即安排两队人，一队到欣欣中学抓人，一队准备应付晚上的学生演出。他意识到，这是个重创青年救国会的好机会。幸亏宋老师在警察局的熟人提前将身份暴露的信息告诉了他，这才化险为夷。

周向南的泄密对救国会工作的开展产生了很大影响，宋老师被迫离开，救国会等于同组织失去了联系。十七名同学在《徐报》上的脱离救国会声明也让很多在校学生心生畏惧，害怕因为参与活动而影响学业，对于抵制日货、宣传抗日的活动，同学们的热情也减弱了很多。蓝明述非常着急，他找到刘建和耿致远，提出要将周向南清除出救国会。

"绝不能让他这样舒舒服服地离开救国会,宋老师因为他离开了徐州,我们得叫他为泄密付出代价。"刘建恨恨地说道。

"我也这样认为,只是凭我们几个能怎样呢?"蓝明述说。

"以前我们不知道叛徒是谁,做起事来缩手缩脚。现在他在明处,我们在暗处,应该好做得多。不管如何行动,我想我们都该实现两个目的:第一,惩戒周向南,要让他为泄密付出代价。第二,还要通过这件事让他的上线知道,他的身份已经暴露,再没有利用的价值。"耿致远说出了自己的思考。

蓝明述二人听得连连点头,慢慢地,一个方案在三人的讨论中逐渐明朗起来。

第二天,蓝明述召集青年救国会主要成员开会。

"各位同学,因为当局破坏,前些天我们救国会很多同学被扣押,一些人被迫写下了脱离救国会的声明,严重挫伤了同学们参加抗日救亡活动的积极性。作为会长,我应该进行反思。问题的根源究竟在哪里? 我认为不是我们青年救国会做工作不够小心谨慎,而是我们太小心谨慎! 在抗日形势严峻的今天,咱们必须发出青年学生的声音! 宣传抗日有什么错? 游行示威又有什么错? 所以,我建议在周日上午七点,发动各个学校的救国会成员,组织一次抗日游行,给那些心存疑虑的同学看看,也给反对咱们救国会活动的当局看看,咱们青年救国会绝不会轻易屈服。十七个学生退会也不会动摇咱们抗日救亡的决心! 选择这个时间不会影响同学们上课,也不会对交通产生影响。大家看看有没有意见?"

"我同意。"刘建率先表态,其他参会的同学也表示同意。

"那好,现在我把这次活动的方案跟大家说一下,参加游行的学校有徐州中学、欣欣中学、铜山县立师范学校、培心中学、省立师范学校……刘建,你来负责与各个学校联络人沟通。"刘建点头答应。

蓝明述继续说道:"集合地点定在北门外牌楼,周向南,由你负责给各个学校的联络人发放宣传单——集合点离你家很近,你六点钟带着传单赶到现场。有没有问题?"周向南听后立刻表示没有问题。只是他不知道,这次会议就是为他而开。

随后,大家又讨论了游行的路线。一切细节敲定之后,每个人领着任务回去了。周向南回去的途中,顺路溜进了邮局,给许鲲鹏打了个电话,许鲲鹏叫他在户部山一处临街的茶馆等着。

临近中午,茶馆二楼客人寥寥无几。小二端上来一杯茉莉花茶,又摆上了花生、果脯两道茶点,打了声招呼就下去了。周向南捧着茶杯来到窗前,看着窗外的人来车往,陷入了思考。近来,因为许鲲鹏,他的手头阔绰不少,心态也发生了变化。他觉得从前那个只谈理想的自己太不切实际了。理想既无法给父亲买药，也不能释放被关押的弟弟，更不能填饱自己的肚子。现实是什么？读好书，找个好工作，认识像许鲲鹏这样的人，似乎对自己更为有利。哪怕自己出卖了朋友，可这种出卖似乎也没对他们产生什么影响。看着窗外忙碌的行人，周向南似乎多了一种掌控人生的成就感。

随着楼梯间一阵有节奏的脚步声，许鲲鹏走了上来。

等上茶的小二离开后，许鲲鹏说："刚才你说的情况很及时，没想到蓝明述这个人还挺有志气！"

许鲲鹏负责稽查治安，学生上街游行这些事，他是一定要管的。对于上次宋阳标的漏网，他耿耿于怀。如果能抓住这个共产党，对他来说也是大功一件。由此他倒更加看清了周向南的价值，这个棋子，算是选对了。果然，今天又将学生准备上街的情况告诉了他，否则由着他们闹，肯定又会被局长骂得狗血喷头。

"这个，是我记录的参加游行的学校和游行的路线。"周向南从笔记本撕下来一页纸，扣在桌面推给了许鲲鹏，这是他会议期间特别记录的。

许鲲鹏很满意，微笑着伸手去拿，不料周向南将纸片压得很紧，没能抽出。他马上明白了周向南的用意，左手伸进口袋，掏出了两块大洋放在了周向南面前。

周向南松开了手："谢谢许科长，这也算是我上次受处分的补偿了。"

许鲲鹏心里暗骂，嘴上还是笑呵呵："小老弟，上次处分不过是走个形式，不会对你有什么影响。只要你能继续配合我的工作，好处自然是少不了的。"

告别了周向南，许鲲鹏在路上便打定了主意。一定不能让学生的队伍集合起来，否则很难控制局面。他打算在各个学校的出口提前布置好警力，限制学生结队出行。同时他的心中还有一个更恶毒的想法，这次不仅要逮捕各个学校的联络人，让他们也在报纸上登启事，还要找些地痞流氓教训教训这群不知天高地厚的学生。这样一来，这群学生应该会安生了。想到这里，许鲲鹏不禁露出了得意的笑容。

周六下午，耿致远独自一人来到了学校的图书馆。宋阳标临走前给他的信中说"今后学习参考用书，可至图书馆赵老师处咨询"。前几日一直忙着找奸细，今天终于能腾出时间看看宋老师到底给自己留下了什么。

图书馆阅览室耿致远很熟悉，除了教室，这里是他来得最多的地方。宋阳标在信中提到的赵老师他也认识。此人四十来岁，圆脸，戴一副圆眼镜，身材微胖，平日里待人很和善，喜欢坐在桌子后面看书，这份职业由此看来倒是非常适合他。这会儿阅览室里学生很多,却没有一点声音,大家都在静静地看书,连起身走路都很小心,生怕破坏这宁静的学习氛围。

耿致远拿着图书目录,悄悄走到管理员赵老师身边:"赵老师,我是宋老师的学生耿致远,宋老师说您这儿有些学习的参考用书,不知道在哪里?"

赵老师没有抬头,眼珠上挑,从镜框的上方打量耿致远:"你们老师说的那些参考书不在这里。"说完目光朝阅览室正在看书的学生扫视了一圈,抬了抬下巴示意了旁边的空座。

耿致远听出赵老师的话外之意弦外之音,于是拿了本《岳飞传》,坐在一旁的空座上埋头看了起来。晚上八点,图书馆闭馆时间到了,同学们陆陆续续走出阅览室,只剩下耿致远和赵老师两人。

赵老师走到正在看书的耿致远身边:"同学,跟我来吧!"

耿致远跟着赵老师来到了图书馆平时并不开放的一间库房,推开门进去,看到了几排书架。二人走到最里面,赵老师拉开了罩在书架上的布,露出了整整两个书架的"禁书"。

"这些书现在都不能给学生看了,咱们学校也就你们宋老师看。前一阵查得严,他把自己的好多书也放在了这里。"

耿致远惊呆了,在库房微弱的灯光下,他看到整排的马恩著作:《共产党宣言》《资本论》《反杜林论》等,还有从苏联著作中翻译过来的《辩证唯物论》《政治经济学》。此外,还有很多进步的期刊。

"赵老师,这些书我能借走看吗?"

"当然可以,宋老师的学生我信得过。只是一定要注意保密!"

耿致远告别了赵老师,走在回宿舍的路上。三月的风温和地拂在身上,他感觉全身的毛孔都舒展开来。耿致远深深地吸进一口初春季节清新的空气,停下脚步,仰望星空,想到宋老师离开徐州已有些时日,又想到宋老师虽离开得仓促,却没有忘记自己的学习与进步。耿致远在心底默默地问:宋老师,您在哪里?

周日早上,天刚蒙蒙亮。

周向南起了个大早,将宣传单塞进了书包,单肩背着出了门。没用多长时间,就到了集合地点。牌楼上"五省通衢"四个大字在晨曦的映照下,分外显眼。周向南没等多久,远远地就看到一群人走了过来,他本以为是学校的同学过来了,高兴地朝前走了过去。还没走几步,他便停了下来。

煊烂

原来，这帮人一路吆五喝六，骂骂咧咧，没有一点学生的模样，分明是一群本地的地痞流氓。他们径直朝着周向南的方向走了过来，看到牌楼底下就周向南一个人，为首的胖子不满地说道："妈的，弟兄们起得这么早，本以为能逮着十个八个的，给那姓许的交差！谁知就碰到这么个货。"说完一把扯下周向南的书包，把里面的传单倒了一地。

"你们干啥？姓许的，是许鲲鹏吗？"周向南问道。

"呦？还是我大哥声名远扬啊！连学生都知道。你说你不好好读书，一大早来这里干这个，弟兄们，给我打！"胖子抖着手上的传单，趾高气扬地说。话音一落，身后的五六个人走上前来，围着周向南拳打脚踢。

周向南此时已经知道这群人是许鲲鹏找来的，一边拼命抵挡着眼前的拳脚，一边大叫："别打了！我是自己人！我也是……"话还没说完，便被一拳击中脸部摔倒在地。身旁的几个人仍然不依不饶，对倒在地上的周向南又是拳脚相加。

"自己人？你这细皮嫩肉的跟我说是自己人？"胖子以为周向南吓得说了胡话，许鲲鹏说牌楼下会有十来个学生，让胖子教训一顿之后全部抓来交给他，如今只碰到这一个。"总比没有好吧，好歹也算抓了一个！"胖子心里琢磨。

周向南挨揍的时候，徐州城的警察几乎全部出动，如临大敌。各个街口路边，都有穿着灰色制服的人，警惕地打量着来往的行人，看到有年轻人三五成群地从旁边经过，马上会上去盘问一番，呵斥他们回家。

七点到了，各个学校门口一片宁静。许鲲鹏在离警察局最近的欣欣中学门前，透过学校的铁门朝里望去，路两旁的法桐树随着微风轻轻摆动，静得能听得见鸟叫。路旁的操场上，有几个早起晨练的学生围着操场跑步，未见一丝与往常周末不一样的氛围。

一直坚持到九点，也没见到什么异常，只是路上的行人渐渐多了起来。许鲲鹏气得一跺脚，挥手吩咐手下："通知各个单位，撤了吧！"

回到警局，看到了被打得鼻青脸肿的周向南，许鲲鹏知道，这次被一帮学生给耍了。周向南的身份肯定暴露了！他仔细回忆了最近两次周向南透露的消息，上回在古城墙，围捕宋阳标扑了个空；这回更离谱，全城的学生游行说取消就取消了，由此他得出了这样的结论。

"许……许科长，这，这群人不分青红皂白，上来就动手打人，你跟他们说说，我，我冤枉啊！"周向南被揍得话都说不清楚了。

"许科长，这个学生咋办？"一个警察问。

"什么咋办？该咋办咋办！"许鲲鹏有些气急败坏，头也不回地朝自己办公室走去。

几天之后，周向南所在的学校贴出一则处分通知："兹有我校高二年级学生周向南，聚众闹事，扰乱治安，屡教不改，经学校研究决定，给予开除学籍处分。"

泄露消息的周向南终于为自己的行为付出了代价。

接下来的日子，耿致远一有空就往图书馆跑，专心阅读库房里的那两架图书，如同旱苗逢甘霖。在他的带动下，宿舍里的同学也对他看的书产生了兴趣。耿致远每看完一本，书必然会在宿舍里传阅一圈。大家经常聚在一起讨论，对这些进步书籍被列为"禁书"都颇有微词，每当熄灯后，整个宿舍如同一个小型的读书会。

这天中午，耿致远来到了话剧社，一般这个时候话剧社没有人活动，正好适合他看书。可最近话剧社正在排演一部新的独幕话剧《放下你的鞭子》，讲述的是"九一八"以后，从中国东北沦陷区逃出来的一对父女流离失所，不得不沿街卖唱为生的故事。话剧社的同学认为这部剧时间短，以街头卖艺的形式演出，不受场地、道具的限制，很适合小型的宣传演出，因此排演得格外卖力，期待着尽快排练成熟在校园演出。

耿致远进来时，姚昕露正和同学对戏。他远远地就分辨出那是姚昕露的嗓音："高粱叶青又青，九月十八来了日本兵。先占火药库，后占北大营……中国的军队几十万，恭恭敬敬让出了沈阳城！"乐曲哀怨动人，演唱如泣如诉。姚昕露在剧中扮演女儿"香姐"，此时的她穿着蓝布棉袄，藏青色裤子，腰间系着一条黑色的布带，俨然是一个逃难的农家闺女。

此刻"香姐"双目含泪，望着前方，因为太专注完全没有注意耿致远的到来。唱着唱着却因为一不留神，踩到地板缝隙，一个趔趄后"扑通"一声摔倒在地。

按照剧本，"老父亲"举起鞭子就要打，可鞭子举到一半却停住了。

"姚昕露，没事吧？"扮演"老父亲"的同学喊道。

耿致远这才发现姚昕露是真的摔了，赶紧跑向前去关切地问道："昕露，没事吧？"

姚昕露倒在地上捂着脚踝，额头上渗出了豆大的汗珠，看到耿致远来了，知道自己的窘态被他看到，不由尴尬一笑："一不留神真的崴了脚，这下出丑了。"

耿致远扶着姚昕露坐起来，让她先坐着歇一会儿。

"致远，你怎么来了？"

煊烂

"我中午在这儿看书，没想到你们今天排练。摔得不轻吧，刚才听见好大的声响。"

姚昕露脸上一红："我光想着台词了，没注意地板上有个坑，脚崴了一下，应该没什么问题，你扶我起来试试。"

耿致远伸出手扶姚昕露缓缓站起，还没站起一半就听姚昕露"哎呀"叫了一声，整个人好像失去了支撑又软软地跌坐了下去。

姚昕露挽起裤脚，脚踝的位置已经肿得跟馒头一样。她抬起头来对一起排练的同学说道："刘显明，不好意思，看来今天中午排不成了。不过惠子他们马上到了，等会儿你们接着排。"

"你就别操心这话剧了，赶紧去医院看看吧。"刘显明说。

"看起来挺严重的，我背你去医院吧。"耿致远见姚昕露根本没法站起身走路，便和身边的男同学一起将姚昕露架了起来。他弯下腰去，姚昕露单脚着地趴在了他的背上。耿致远挺起身，背起姚昕露走出了话剧社，朝位于大马路的基督医院走去。

一路上，来往的路人都好奇地看着这二人。姚昕露话剧的服装还没来得及更换，耿致远穿着欣欣中学的校服，在旁人看来，一个高个儿学生背着农村来的小媳妇，这种搭配确实极少见到。平时待人接物大方热情的姚昕露，此刻也禁不住再次羞红了脸，低头埋在耿致远的肩膀上，一颗心通通乱跳，竟然忘记了脚踝的疼痛。

耿致远背着姚昕露，感觉女孩儿的身体轻轻的，还比不上自己在家帮忙干活时扛的一整袋小麦。女孩儿趴在他的肩头，他能听到她轻轻的呼吸，感觉缕缕发丝撩动他的脖颈儿，耿致远的脖子"唰"地红了起来。他忙挺起身，镇定心神，大步流星地往医院赶。

女孩儿"扑哧"笑了出来："耿致远，我还没不好意思，你的脸倒先红了起来。"

"我这是热的，可不是害羞。"

"狡辩，不过还是谢谢你！"姚昕露本来还在因受伤不能参加话剧彩排颇为懊恼，现在心情倒愉快起来。初春的和风从耳边轻轻拂过，湛蓝的天空中飘荡着悠悠白云。她安静地趴在耿致远的肩背上，用心地感受着背着自己的耿致远匆匆前行的每一个脚步，路人的眼光早就被她抛到了一边。

走了十几分钟的路，二人来到基督医院。

一名戴着近视镜的中年大夫仔细检查了姚昕露的脚踝，诊断是韧带拉伤，开了些治跌打损伤的药，说回去静养即可。

耿致远拿上药,背起姚昕露送她回家。

"幸亏没伤到骨头,不过估计得休息一阵子。"耿致远边走边说,知道姚昕露的脚没有大碍,他悬着的心算是放了下来,步伐也放慢了许多。

"这下本小姐'香姐'是演不成了,只能当'瘸姐'了。不过也好,惠子正因为不能演'香姐'抱怨我呢,我这一摔,她可以得偿所愿了。"

"还是把你的脚养好了要紧,这个时候还想着话剧呢。"

姚昕露倒是乐得听耿致远的抱怨:"致远同学,你看到我摔倒什么心情?"

"惊讶!"

"为啥惊讶?"

"我很好奇这么轻的身体,摔倒为何会发出那么大的响声。"

姚昕露哈哈大笑。

两人一路闲聊,很快到了姚昕露的家。姚昕露的母亲正准备出门,看到女儿这身装扮被一个男孩儿背回家,着实吓了一跳。耿致远将姚昕露放在客厅的沙发上,姚昕露将排练时不慎跌倒的事如实告诉了母亲。

听完姚昕露的讲述,母亲悬着的心才算放下,细细查看女儿扭伤的脚踝后,不无责备地说:"这么大的姑娘怎么还像男孩子一样粗心大意?"

姚母抬头看到耿致远还在旁边站着,连忙起身打招呼:"你就是耿致远啊,我们昕露在家经常提起你。快坐快坐,今天真是多亏你帮忙!"

耿致远忙说道:"阿姨,您别客气,我和姚昕露一个班,又是不错的朋友,这是我应该做的。"

就在这时,外面的敲门声响起,姚昕露母亲起身开门,惠子、马铭楚、赵红雷几个人走了进来,客厅里顿时热闹起来。姚昕露的母亲端了一盘糖果,招呼同学们坐下来吃,又对姚昕露叮嘱了几句就出门去了。

"没事吧? 刚到学校就听说你摔倒了。"惠子担心地问。

姚昕露指了指自己的脚踝:"哎,现在就是这个样子了! 这下没人跟你抢'香姐'了!"

"要是你能不摔,我宁愿不演这个'香姐'。"

惠子又凑到姚昕露耳边,悄声说道:"听说是耿致远把你背回来的?"说完回头看了眼正在和赵红雷聊天的耿致远,露出了意味深长的笑容。

姚昕露拍了她一下,随手拿出一块糖塞进她嘴里:"有好吃的还堵不住你的嘴!"

三天后,姚昕露的脚踝已经消肿,勉强可以自己行走。她一直牵挂剧社的排练,便约了惠子几个人中午进行彩排。一遍下来,姚昕露觉得惠子几个人这几天是下了功夫的,就连"香姐"卖艺的唱腔都学得有模有样。

彩排结束,姚昕露朝舞台上的几个人伸出了大拇指:"太精彩了!我觉得再排练几天,就可以演出了!"

"咱们这就叫作'不待扬鞭自奋蹄'!"惠子得意地说。

"咦?地板上的坑咋没了?"姚昕露突然发现舞台上的地板很平整。

"上次从你家回来,耿致远也不知从哪儿找来的工具和材料,都给修好了。"

看着修补好的地方,姚昕露好像看到耿致远蹲在那里干活的样子,想着摔伤那天耿致远一路背着自己去医院的情景,眼眶湿润了。

冒名滋事

许鲲鹏最近极其烦闷。

周向南的情报并没有收到预期的效果,尤其是上次几乎出动了警察局的全部警力,兴师动众却一无所获,被局长叫到办公室骂了个狗血喷头。他向局长提议能否直接解散救国会,局长听后反而更加生气了,说话的声音提高了八度,一直到现在局长的话仿佛还萦绕在他的耳边。

"如果能直接解散救国会,我还要你这废物?干活要动动你的脑子!这群学生以后只要不闹事,就别再招惹他们!"许鲲鹏笔直地站着迎接局长的怒火,任凭局长的手指头频频戳向自己的额头,一动不敢动。

想起局长戳向自己的手指头,他的脑门又隐隐作痛。

坐在办公桌前的许鲲鹏皱着眉头,揉着额头,整理自己的思绪。他一直觉得救国会的背后有位神秘的人物,狡猾又低调,察觉到周向南的泄密,又针对他的行动指挥着青年救国会。这个人会是谁呢?此前他一直怀疑是欣欣中学的地下党员宋阳标,可宋阳标逃走之后,这个指挥救国会的人似乎还没有消失。难道宋阳标并没有离开徐州?他会躲藏在哪里呢?

他在纸上写下宋阳标的名字,又将周向南描述的与他走得最近的几个人的名字一一列出,三个人名进入视野:蓝明述、刘建、耿致远。他盯着耿致远的名字,听周向南说耿致远只是宋阳标的学生,自从话剧演出才代表话剧社与青年救国会接触。此前他只是将重点放在了前两人身上,并没有关注过耿致远,会不会是这个耿致远呢?

许鲲鹏用笔尖轻点着耿致远的名字,陷入沉思。突然,他下定决心,不管这人是谁,他都要给这帮学生一个教训,一个恶毒的计划在他的心中已然成形。

周三的上午,徐州城最繁华的大同街上热闹非凡。此刻,钟鼓楼上大圆钟的时针已指向九点,悠扬的钟声随着春日的和风飘出老远,整个徐州城都能听到。路上人来人往,有西装笔挺提着公文包、一脸严肃的公务人员,有穿着丝绸马褂从周边县城前来进货的商户老板,有拉着各色商品的小商小贩,还有三五成群叽叽喳喳逛街的太太们。

一群穿着学生制服模样的人走进了大同街上的一间钟表店。

伙计见了来了客人,连忙起身招呼:"几位小哥,来买钟表?"

"买啥钟表?我们是青年救国会的!"为首的胖子嚷道:"现在全城都在抵制日货,你们店里可还卖日本货?"

"俺店可没有日本货,卖的钟表都是从英国、瑞士、德国进口的,再说现在商会共同抵制日货,小店可不敢冒天下之大不韪。几位小哥,门口俺店的牌子上写得很清楚:'本店概不出售日货。'"伙计生怕这群学生给小店招惹什么麻烦,客气地介绍着。

"哦?表壳子不是日本货,谁知道你这机芯是不是?把这个柜台打开我们检查一下!"为首的学生指着一个怀表柜台命令道。

伙计看到这群学生不依不饶,有些生气,强压着不快说道:"几位小哥,俺只是个干活的,老板现在不在,要不等他回来你们再问问他?"

"叫我们等?你们老板好大的架子!今天你开也得开,不开也得开!"话音刚落,两个学生控制住店伙计,说话的学生自己动手打开了玻璃柜台,把柜台里面的怀表手表一股脑儿拿出来摊在柜台上,装模作样地在那里一个一个地摆弄。

"你们这是干啥?这不是明抢吗?"伙计高声叫喊起来。

听到店里吵闹,门口马上挤满了一群看热闹的人。

胖子见围观的人多了起来,便大声说道:"各位父老乡亲,我们是青年救国会的,现在全城都在抵制日货,这家店,门口还挂着不卖日货的牌子,可经过我们检查,这些表的机芯全是日本货!今天,我们就要代表青年救国会,砸了他这卖国的黑店!"说完一挥手,身边的几个学生立马随手抄起板凳桌椅,乒乒乓乓地砸了起

煊烂

来。

"胡说,这些都不是日本的!"伙计大声辩解,可是这群学生根本没人理他。他冲上去阻止,两个学生冲上来一脚把他踢倒在地,接着对他拳打脚踢,嘴里骂骂咧咧:"狗汉奸还嘴硬!"

顷刻之间,原本整洁干净的店面一片狼藉,柜台玻璃碎了一地,店里的大件东倒西歪,地上散落着各式钟表,有摔坏的有踩坏的,损失惨重。

"这些日货,全部没收!"领头的学生拿了个布袋,将收拢的一堆手表怀表装进了袋子,带着一群人扬长而去。

店里的伙计好不容易爬起身来,看着如同被扫荡过的铺子,忍不住抹起了眼泪。

当天晚上,一个身影敲响了许鲲鹏的家门。

许鲲鹏打开房门,让来人进屋。在昏暗的灯光下,来人一张胖脸显得格外狰狞,但此刻却挂着谄媚的笑,正是那个前一阵在牌楼段打周向南的流氓。

"大哥,今天的收成都在这里了。"胖子拿出了一个口袋,"哗"的一声全倒在了桌子上。顿时,桌子上多出一堆怀表手表,嘀嘀嗒嗒的走针声响成一片。

许鲲鹏笑着点点头,将桌上的表分成两份,从胖子手中拿过布袋,将其中一份装回了袋子里,递给胖子说:"给兄弟们分分吧!"

"谢谢大哥!"胖子笑得心花怒放,"以后再有这种好事,大哥可千万别忘了小弟!"

"只要接下来你好好做,好处自然少不了你的!"看到胖子一脸狡诈,许鲲鹏甚是烦躁,他看不上这帮唯利是图、利欲熏心的小人,可眼下还得指望他们给自己做事。

第二天,许鲲鹏到了警察局,泡了杯茶刚准备坐下来,门便被一脚踢开,局长带着怒气走了进来。

"都啥时候了! 你还有工夫在这里喝茶?"

"您是说昨天学生在大同街闹事的事儿吧? 局长,我了解了情况,他们说是救国会的学生。"

局长马上会意:"小许啊,还因为上次我骂你生气呢? 不叫你招惹他们又不是放任他们抢劫,一定要尽快找到闹事的人,抓到之后严惩!"

"我哪敢跟您生气啊,只是有您这尚方宝剑,我才能放开手脚去干不是?"许鲲鹏嘿嘿地笑着说,"局长,我们昨天就出警了,只是闹事的人一时还没抓到。"

"查,一定严查,这群学生真是越来越无法无天了!"

"局长放心,我们一定尽快将凶手抓到严办!"许鲲鹏微笑着目送局长离开后,推开门喊了一个手下,交代了几声,又目送着手下领命而去。

中午,耿致远正在话剧社看书,蓝明述与刘建推门进来。

"可算是找到你了,宿舍也没个人,就知道你小子在这里用功!"蓝明述看到耿致远在,舒了口气。

"你俩怎么有时间过来了?"

"找你这个大军师给出出主意。"刘建拿出了一张报纸,递给了耿致远。

耿致远接过报纸,那是一张《徐报》,看到头版有一条报道,题目是《打抗日之名,行抢劫之实》,大意在说昨日一帮救国会的学生在大同街以检查日货为名,砸抢了一家钟表店,钟表店损失惨重,混乱之中很多钟表失窃,经济损失高达六千余元。最后在谴责这种行为的同时,呼吁青年学生爱国更需要理智清醒。

看完报纸,耿致远皱起眉头。

"这肯定是栽赃嫁祸!"蓝明述气愤地说道。

耿致远认为蓝明述说的有道理,救国会的学生虽然平时也宣传抵制日货,但在市场监督检查、砸抢商店的事情是绝对不会做的。看报纸上的描述,倒像是地痞流氓趁火打劫的行径。他思索了一会儿说:"我觉得有两种可能:第一是社会上的地痞流氓趁火打劫,假冒救国会学生的名义抢劫,如果是这样,那我们也就只能寄希望于警察能尽快抓住这群人,让真相大白于天下;第二,我还有个怀疑,这次事件会不会和上次的学生退出救国会声明一样,是一些别有用心的人故意借机打击救国会。如果是后面这种情况,那我们就别指望警察能抓住他们了,只能咱们自己想办法。"

"听你这么说,还真有这种可能。这群人大张旗鼓地专挑人多的时候去抢,还特意说自己是救国会的学生,这不就是故意落人把柄吗?这下咱们救国会又被推到了风口浪尖。"刘建说。

"一定得逮着这群栽赃嫁祸的人!"蓝明述咬牙切齿。

"就怕他们做了这一回,不会再轻易出现了!"

耿致远看着二人说道:"不管他们出现不出现,当务之急是尽快挽回青年救国会的声誉。"

蓝明述拍了下自己的脑袋:"致远说得对!我们俩这才叫关心则乱!这才是眼

前最重要的。"

接下来三个人讨论了一套应对的方案,一是由蓝明述回去起草一份声明,主要包含三点内容:青年救国会没有在周三上午安排相关的抵制日货活动;救国会宣传抗日有严格的纪律,绝不会滋扰市民商户;呼吁警方尽快破案,严惩暴徒,还爱国学生一个公道。声明起草完毕后尽快印制传单,集中在周五晚上广泛张贴。二是周日下午举行救国会抗日宣传活动,在快哉亭公园门口表演话剧《放下你的鞭子》,现场向市民发放传单,并邀请报社记者参加。他们约定此次活动不搞演讲、不游行,以避免麻烦。

方案定了下来,又明确了各自的分工,蓝明述和刘建都松了口气。

耿致远接着说:"我们还得成立一个应急组,当天在公园内外分散隐蔽,用来应对突发情况。"

"你是担心那群人来捣乱?"蓝明述说。

"我就担心他们不来啊!"耿致远平静地说,看起来胸有成竹。

看着眼前的耿致远,蓝明述突然觉得,能和他成为同一个战线上的朋友,是一件很幸运的事情。

周六早上,一份青年救国会的《告全体市民书》放在了许鲲鹏的案头。

徐州青年救国会,乃群众性青年抗日救国组织。自成立以来,始终以保家卫国、抗日救亡、教育青年、训练青年为宗旨。近闻不法之徒、宵小之辈窃我救国会之名,假抵制日货之名,行打砸商铺、抢劫物资之实,故而严正声明,以正视听。

凡青年救国会组织之活动,时间、地点均有详细记录,参与活动者均系各校品学兼优之学生,均受严格纪律之约束。救国会所从事之活动,唯关抗日救亡,绝无光天化日之下打砸抢夺之恶行。案发之日,救国会并未组织任何抵制日货之活动。为此青年救国会呼吁警方尽快破案,严惩暴徒,还青年救国会以清白。

天下兴亡,匹夫有责;国难当头,无所逃遁。日后青年救国会仍将与徐州各界共资策励,坚决抵抗日寇侵夺我大好河山,残害我无辜民众。吾辈青年誓与万千民众勠力同心,百折不挠,扶大厦之将倾,拯国家于危难。从今往后,恳请徐州社会各界,监督青年救国会之所有活动。

传单的最后附有一则活动通知:欣欣中学话剧社将于周日下午在快哉亭公园门前广场举办抗日话剧演出《放下你的鞭子》,欢迎市民们前往观看。

"这传单是从哪里拿到的?"许鲲鹏问手下的警察。

"估计是昨晚贴的,现在大街小巷都是。"

"先尽快清理干净!"许鲲鹏吩咐道。

"是!"手下的警察转身离去,许鲲鹏陷入沉思。

周日,蓝明述中午就到了快哉亭门前的广场,一来是演出场地需要布置,二来是因为约了几个报社的记者,蓝明述提前准备了一份活动的通稿,准备交给记者们。

悬挂好横幅,安排完发放传单的人员,蓝明述已是满头大汗。欣欣中学话剧社的同学都到了,姚昕露帮着惠子在化装,其他演员也在做演出前的最后准备。开场锣响,一个男生上台唱了一首《在松花江上》作为暖场节目。很快这片场地人头攒动,路过看热闹的行人、看了传单慕名而来的市民、周末携家带口的游客,一下子全围了上来。刘建带着一群男生远远地走了过来,和蓝明述点了点头,就混在了人群中。

耿致远此时正和一个戴着毡帽的人坐在公园入口附近聊天,那人帽檐压得很低,一时看不清容貌。

蓝明述带着记者来到了耿致远身边:"致远,这位是我们邀请的《徐报》记者刘明汉,你给他介绍下话剧吧。"

"《放下你的鞭子》是剧作家陈鲤庭创作的抗战街头独幕剧,讲述了从中国东北沦陷区逃出来的一对父女,流离失所、以卖唱为生的悲惨生活。这是我们欣欣中学话剧社继《雷雨》之后,历时近一月排出的又一部话剧。同学们为了排好这部剧,牺牲了很多休息时间,就连星期日也是从早排到晚。大家之所以这么努力,就是为了能尽快演出,用于我们的抗日宣传。"耿致远胸有成竹,娓娓道来。

"这位同学,你对本周救国会的学生抢劫钟表店的事情怎么看?"

听了记者的问题,同耿致远一起坐着的毡帽男子也微微抬起头。

"我们青年救国会的抗日救亡活动,都以宣传教育为主,就拿我们话剧社来说,希望可以通过话剧表演,让观众耳濡目染,达到宣传抗日救亡的目的。你们报纸上的那篇评论我也看了,我觉得说得失之偏颇,凶手的身份都没有确定,仅凭他们的一面之词,怎么能将这罪名扣在救国会的学生头上呢?我们对这种栽赃嫁祸的行为表示强烈愤慨,也希望当局能够尽快将这帮匪徒绳之以法,同时也还青年救国会一个公道。"

听了耿致远的回答,旁边的记者刘明汉、蓝明述和毡帽男子连连点头。刘明汉又问了几个问题,耿致远都一一作答。

话剧还没开始,围观的人群中一阵骚动,似乎是两个人吵了起来,正在采访的蓝明述几人赶忙朝演出场地走过去。

一个胖子正拽着一个学生模样的人在那掰扯,一群人走近一看,正是话剧社扮演"香姐"父亲的刘显明。

"踩了我的脚,想溜?哪有这么容易!"

"我不是一直在跟你道歉嘛。"刘显明觉得这个人有些莫名其妙。

"道歉?道歉值几个钱?你这是道歉的态度吗?"

"要不是你一个劲儿往前挤,我也不会踩到你!还有,这是我们演员的准备区,请你不要站在这里影响我们演出。"

"哎哟,你这孩子倒是有意思,踩了我还是我的不对啦?"

刘显明看围观的人都在望着自己,顿时涨红了脸,心想不去与他争吵,免得影响即将开始的演出。他扭头就要走掉,没想到那胖子却不依不饶,一把揪住了他。

"你也不打听打听我是谁,踩了你马二爷,想这么轻轻松松跟没事儿人一样,可能吗?"

"这学生也太不像话了,我看就是欠收拾!"又有几个年轻男子凑到胖子身边。

话剧社的人也围了过来,姚昕露的声音响起:"不是给你道歉了吗?你这人怎么得理不饶人啊!"

"刘显明你先给他们认个错,有什么事等演完了再说。"惠子着急地说。

"我一直在道歉,可他们还抓着我不放,不知道想干啥!"刘显明急得说话带哭腔。

"干啥?"胖子冷笑一声,"今天我就要替你爹娘管教管教你!"说完一把将刘显明推倒在地,几个年轻男子也围了上来,看样子一场群殴已无法阻止。

"住手!"犹如平地起惊雷,一声怒喝陡然响起,正是耿致远。

耿致远、蓝明述几个人赶到了。

"谁的裤裆开了,露出了你们几个呀?"

胖子几人被喊声吓得微微一怔,见来的只是三个年轻人,心中不以为意,撇着嘴轻蔑地说。胖子正是许鲲鹏派来的,许鲲鹏叫他今天下午想个法子干扰话剧的演出。胖子来到现场踅摸了半天,思来想去也没想到什么好办法,突然看到了后面在化装的刘显明，灵感乍现："把这个演出的给揍一顿，他们的戏自然没法唱。"于是挤到刘显明的身边，发生了前面的一幕。

"不过就是踩了你一下，也给你赔礼道歉了，您大人不记小人过，还是别跟他一般计较了。"耿致远笑着说。

"你是哪根葱？"

"我们一个学校的，踩你的人是我的同学。"

"啥狗屁同学，给我滚蛋！再挡爷的道儿当心连你一块儿揍！"胖子眼看这不知从哪里冒出来的瘦高个儿要坏了自己的事儿，气急败坏。上前一步伸手去推耿致远，却好像推到了城墙上，耿致远纹丝不动，胖子不由一愣。耿致远虽然看起来瘦，可身体素质是学校里有名的强，同学都戏称他是"骨头里面长肌肉"。

耿致远见胖子动手，大喊起来："你们几个人无事生非，干扰我们青年救国会的话剧演出，还动手打人！"

"一点儿小事儿别计较了，人家还得演出呢！"

"就是，咋搞的，几个大男人欺负学生。"

人群中有看不惯的人也喊了起来。

胖子趾高气扬地指着说话的人："没你们事儿啊，都给我闭嘴！"他打定了主意，无论如何都得把演出现场掀个底儿朝天。他朝身边几个年轻人使了个眼色，几个人一把推开身边围着的姚昕露等人，气势汹汹地朝耿致远他们冲了上来。

眼看胖子挥出的拳头就要打到耿致远的脸上，一个人从耿致远身后飞起一脚踢到胖子脸上。

"干啥？觉得我们学生好欺负？"刘建站在耿致远身边说道。

原来刘建一听到这边闹起来，就知道出事了，连忙集合了应急组的学生赶过来，踢到胖子的正是他专门挑的几个练武的学生之一。

胖子和身边的几个人一下呆住了，本以为自己这几个人能轻而易举地对付眼前的几个半大孩子，谁知道一下冒出了这么多人将他们团团围住。好汉不吃眼前亏，胖子是个老江湖，觉得今天已经没有希望完成许鲲鹏的任务，顿时萌生了退意。

"几位小哥对不住了，哥几个中午喝了点酒，脑子糊涂了。"胖子变脸比变天快，嬉皮笑脸地给自己找了个台阶下，说完就要带着身边的几个人转身离去。

"慢着！"耿致远喊了起来，胖子几人站在原地不动了。

"你们以为这是啥地方，想来就来想走就走？"耿致远笑着问。

"你想跟老子玩狠的？"胖子见软的不吃，马上又换了一副面孔，逼近耿致远瞪

煊烂

着他说。

耿致远纹丝不动："你能不能走，我说了不算，得这位兄弟说。"耿致远看了看旁边的毡帽男子："兄弟，你看看他们是不是礼拜三抢劫的人？"

毡帽男子拿下帽子，露出了真容。此人原来就是被抢的钟表店的伙计，脸上当天被打的瘀青此刻还没有彻底褪去。他盯着胖子和身边的几个年轻人，一眼认出这几个人正是当天装成学生进店抢劫的家伙，再看看胖子的手腕，上面还戴着一块明晃晃的金色手表，正是店里独有的款式。

"就是他们，没错！这人戴的表就是从店里抢的！"钟表店伙计恨恨地对耿致远说。

"不好意思几位，这下人证物证都在，我看你们是走不了了！"

原来耿致远担心这次演出会有人前来捣乱，所以和蓝明述、刘建商量成立了应急组应对突发情况。此外他还担心如果故意破坏的人和在钟表店冒充学生抢劫的人是同一伙儿，他们无法辨认。所以当天和蓝明述二人分别之后，耿致远就来到了大同街钟表店，并见到了店老板。店老板听耿致远说可以帮忙抓住抢劫的人，只要店里的伙计出面指认即可，当即就答应协助耿致远。

"你，你少血口喷人啊！乱说小心老子弄死你！你怎么知道这表是你店里的？"胖子手指着店伙计威胁，可明显有些色厉内荏的味道。

"他有没有胡说，去了警察局自然见分晓。"见钟表店伙计已经指认了胖子几人，此时耿致远内心笃定，轻声跟旁边的刘建说叫他抓紧时间去报警。

记者刘明汉哪里肯放过这么难得的机会，他本以为只是参加一个普通的抗日宣传活动，谁想到遇到了一个大新闻，连忙举起手中的相机对着胖子几人"啪啪"拍个不停。

围观的群众更是义愤填膺："怪不得这么横，原来就是他们冒充学生抢劫！""就得揍死这帮趁机发国难财的龟孙！""管，揍死这些死熊！"甚至有的群众直接就近抄了家伙要上前围殴几人。

此时，胖子肠子都悔青了，想死的心都有，被围了个里三层外三层，纵是他们有通天的本领，此刻也无法施展。看着外边要冲进来殴打他们的人群，胖子几人吓得脸色发白。围住他们的学生倒像是保护他们一般，挡住了义愤填膺的市民。否则真的犯了众怒，保不准今天的小命都得丢在这儿。

"都给我蹲下！"耿致远冲着胖子几个人说。

胖子几个人再也不敢横了，一个个垂头丧气地蹲了下来。

耿致远拿过一个演员化装用的凳子,站在上面喊:"各位叔叔大爷,今天我们青年救国会演话剧宣传抗日,却意外抓到了这几个冒充青年救国会学生打砸抢劫的家伙。请大家冷静下来,他们绝对跑不掉!我们已经报了警,警察很快就会赶到,相信这些人必将会受到法律的严惩!请大家少安毋躁,处置好这几个人就开始我们的演出!"

蓝明述忙将准备好的传单在人群中分发。这个时候救国会的传单更加让人信服,蓝明述发得也特别有底气:"大家看看,这是我们救国会的声明!"

快哉亭离警察局很近,不大会儿工夫,许鲲鹏就带着四五个警察大步流星地跑了过来。看到蹲在地上的胖子几人,还有众多围观的市民,许鲲鹏气得直喘粗气,这几头蠢猪!刚刚听到手下向他汇报,说有人报警称抢钟表店的人被抓住了,他就吃了一惊。他实在搞不明白胖子几个人到学生演出的现场闹事,怎么会被揪出抢钟表店的事情,所以着急忙慌带着手下赶了过来。

胖子看到许鲲鹏的到来,像是抓住了救命稻草,眼巴巴地盯着许鲲鹏,许鲲鹏只当没看到。

"咋回事?"许鲲鹏问。

"这位警官,我们在这里做抗日宣传,这群人却殴打我们的演员。被我们学生制服后,刚好被钟表店的小师傅认出来,他们就是周三抢钟表店的那群人。这位《徐报》的记者可以做证。"耿致远记忆力超群,他已经认出来此人就是几次三番找青年救国会麻烦的警察,他甚至有种直觉,眼前这人恐怕和这胖子脱不开关系。他生怕此事会不了了之,因此又将记者搬了出来。

许鲲鹏朝钟表店伙计吼道:"你可看清楚了,是他们抢的钟表店?"

伙计忙回答:"我看得清清楚楚,就是这个胖子带人砸的店,他手上戴的表也是店里的货!"

许鲲鹏皱了皱眉头,暗骂胖子蠢货,又转身问耿致远:"你们是哪个学校的?"

"欣欣中学。"

许鲲鹏突然觉得眼前的学生似曾相识,问道:"你叫什么名字?"

"我是欣欣中学话剧社的耿致远!"

许鲲鹏这才留心观察眼前的耿致远。他从头到脚上下打量了一遍,将耿致远的样子牢牢记在了心里。然后回头对手下说:"把蹲在地上的几个人,还有这钟表店的伙计,统统带走!"

几人正要离去,记者追了上去:"这位警官,我是《徐报》记者刘明汉,现在人证

煊烂

物证都有了,想必这几个人和上次大同街的抢劫案脱不了干系,我想给您和犯人拍张照,准备刊登在明天的报纸上,不知您可否同意?"

许鲲鹏知道,这下胖子的罪名恐怕是坐实了,只要他进了局子不乱说话,自己自然会在后面打点一二,想必胖子也会明白其中的利害。既然如此,何不干脆将这抓捕犯人的功劳算在自己头上,于是欣然同意,站在垂头丧气的胖子几人身后,叫刘明汉给拍了照。

东窗事发

仅仅三天时间,钟表店抢劫案告破,许鲲鹏的破案效率之高让局长大加赞赏,许鲲鹏自己却是哑巴吃黄连,有苦无处诉。《徐报》第二天就将钟表店抢劫犯落网的消息报道了出来,还配上了许鲲鹏和罪犯的合影照片,许鲲鹏算是着实出了把风头,也就这件事对他而言算是个安慰。胖子等一干流氓悉数落网,除了将钟表店的损失全部赔偿,还要面临长短不等的牢狱之灾。好在胖子在社会上混迹多年,深谙其中利弊,绝口不提受许鲲鹏指使之事。许鲲鹏觉得胖子除了笨,也算是个听话的人,以后说不定还有用得上的地方,打算等风头过去打点一番,让他早些从监狱里出来。

救国会的话剧演出非常顺利,大家都很兴奋。蓝明述和刘建商量了一下,决定在故黄河畔的天水阁请耿致远等人吃晚饭。蓝明述家境殷实,他请客吃饭的馆子是寻常人难得一去的地方。天水阁临水而建,楼下接待散客,二楼三楼各有十几个包厢,临河的包厢都有一个阳台,可将黄河故道两岸风光尽收眼底,好不惬意。

当晚,天水阁的三楼包厢,蓝明述、刘建,欣欣中学的耿致远、姚昕露、惠子、马铭楚、赵红雷等人悉数到场。惠子推着姚昕露挨着耿致远坐,姚昕露半推半就地坐了下来,落座后有些不好意思地朝旁边的耿致远看了一眼,耿致远也在看她,两个人相视一笑。

众人坐定,蓝明述拿出了两瓶酒,说:"这是我从老爷子那里偷来的汾酒,今天心情舒畅,每个人都必须多喝几杯!"

刘建给众人倒上酒,蓝明述举杯说:"今天是个值得庆贺的日子,我们办成了两件大事,一是话剧演出成功,在市民中进一步宣传了抗日精神,扩大了我们青年救国会的影响。二是抓住了大同街钟表店的抢劫犯,洗清了救国会的不白之冤。这些成绩的取得,和各位好朋友的共同努力是分不开的,我代表青年救国会谢谢大家!"

众人纷纷举杯,男生都一饮而尽,女生们也端起杯子轻抿一口。

蓝明述将手中的杯子倒满,继续说道:"这第二杯酒,要敬给我们的功臣耿致远!今天能够抓住冒充救国会学生抢劫的那群人,全靠致远的策划。在我们青年救国会面临危机的时候,我和刘建都慌了,是他和我们一起讨论了应对的办法。更出人意料的是,他把钟表店的伙计也请到了演出的现场,把那群恶意破坏的人抓了个现行!"

"是啊,要不是致远,刘显明今天肯定得挨打,演出也没法进行了。"

"看你平时说话不张扬,关键时刻吼一嗓子还真有气势!"

几个人你一言我一语,皆对耿致远下午的表现心悦诚服。姚昕露笑盈盈地看着身边的耿致远,眼神中充满着欣赏和敬佩。

众人的夸赞使耿致远有些不好意思,他诚恳地说:"大家别那么客气,我这也是误打误撞。想法再好,也需要大家的努力和配合!"

年轻人聚在一起,总有聊不完的话题。酒过三巡,他们的兴致愈发高涨,有的在谈论学业,有的在回忆参加救国会活动的共同经历,还有的在讨论话剧表演的细节。马铭楚在惠子旁边眉飞色舞地说着什么,逗得惠子不时开怀大笑。耿致远是今天酒桌的主角,每个人都向他敬了几杯酒。酒过几巡,他觉得身体发热,微有醉意,于是站起身打开通向阳台的房门,走到了房外。

徐州的三月正是乍暖还寒时节,晚上气温还是很低。一股凉风迎面吹来,耿致远醉意消去一半。

"外面风大,当心着凉啊。"姚昕露也走了出来。

耿致远回头朝姚昕露一笑:"喝了点酒身上发热,出来透透气。脚上的伤好了吗?"

"这会儿已经感觉不到疼了,还没谢谢你修好了话剧社的地板呢!"

"谢什么,我也算是话剧社的一员啊。"

两人凭栏而立,望着窗外的夜色出神。自从上次耿致远背着姚昕露去医院,二人之间的关系比以往要更近了一些。只是耿致远更愿意维持现在的局面,不愿意捅破喜欢对方的窗户纸,好像一旦捅破了那层纸,压在心底喷薄而出的感情会将自己淹没和吞噬一样。如今能够和姚昕露相处共事,在一旁安静地欣赏对方,对于他

煊烂

来说已经非常满足了。姚昕露虽然热情开朗，性格直率，但毕竟还是个女孩子，她觉得彼此的欣赏和喜欢二人已经了然于心，只是这个榆木疙瘩难道还在等着自己主动不成？

没说几句话，身后的包厢内突然安静下来，引得阳台上的耿致远和姚昕露回头。

一桌人正意味深长地看着他们。"喂，这还有一大群人看着呢！"惠子打趣说道。姚昕露红着脸跑进屋内，与惠子闹成了一团……

救国会的麻烦解决了，耿致远却陷入了另一个无法解决的麻烦。

多日来许鲲鹏寝食难安，周向南退学了，姓宋的教员跑了，胖子也被关了起来，几次为救国会设的局都以失败告终。思虑良久，他觉得要对付救国会，还是要找准一个突破口。他想到了耿致远，这个耿致远跟姓宋的还有救国会的几个领头的都走得很近，或许从耿致远身上能有点收获。

他当即给欣欣中学的教导主任打了个电话。

"老高啊，我是警察局许鲲鹏。"

"哦，是许科长啊，请指示！"

"别客气老高，前一阵你们学校出了个姓宋的共产党，虽然我们及时发现，但还是让他给跑了。最近我们又接到线报，说欣欣中学的学生当中赤色思想比较严重啊，这个问题你们一定要注意！"

"许科长，您说的问题我们学校一直都很注意，除了平时加强对师生的思想教育，我们还经常组织一些突击检查，但您也知道，学校师生上千人，教导处办事的就我一个，我也是有心无力啊！"

"你那儿的情况我都知道，这样高主任，今天下午，我们两家一起，对住校生进行一次突击检查，一来对学生起到警示教育作用；二来我们也希望能够从中找到一些线索，你看怎么样？"

老高知道这不是和自己商量，就是通知自己一下，当下应道："我们一定全力配合！"

下午三点，许鲲鹏带着两个手下，着便装来到了欣欣中学。高主任已经在校门口恭候，看到他们来了，连忙上前打招呼。

高主任感到有些奇怪，虽说平日里警察也会安排一些检查，但都以学校为主，且大多是走走过场，今天许科长亲自前来，想必干系重大，便开口问道："许科长，今天您亲自带队,难道学校有什么我们没有掌握的新情况?"

"老高,你别担心,我也是随便过来看看。前一阵你们一个姓宋的老师被查出来是中共地下党,我们一直都没有抓到此人,直到现在也没什么头绪。今天我来学校,就想从他带的班级学生当中看看能不能有什么线索。去他们宿舍看看吧!"

一行人来到男生宿舍,高主任指着一排平房之中的三间说:"许科长,这就是宋老师班级的学生宿舍,这会儿学生在课外活动,估计都不在。"

果然,开了第一间宿舍,一个人都没有。许鲲鹏说:"宋阳标是不是有个学生叫耿致远?"

"这个耿致远我还真知道,成绩非常优秀,综合表现也都很不错,老师们评价很高。"

"那就到他们宿舍去看看!"

耿致远的宿舍里,马铭楚一人正躺在床上看书,看到高主任带着一群人进来,他明显有点慌张,忙将手头的书塞到枕头底下,从上铺一跃而下。

"高老师,你们这是⋯⋯?"

"检查宿舍!同学,请你配合我们的工作。"高主任严肃地说,示意马铭楚站在一旁。

许鲲鹏在宿舍里踱了一圈,边走边问:"这屋住几个人啊?"

"八个人,都是一个班的。"马铭楚紧张地盯着许鲲鹏说。

"哦,宿舍里其他人呢?"

"今天下午我们没有课,他们应该在图书馆。"

"都很喜欢读书嘛!"许鲲鹏冷冷一笑,在马铭楚的铺位前站定。

那一刻时间似乎凝固,马铭楚的心紧张得几乎要跳出胸腔。他知道,枕头下的书是学校明令禁止传阅的"禁书",如果被发现,是要被开除的。

真是怕什么来什么,许鲲鹏在床头站了一会儿,将手缓缓抬起,掀开了床头的枕头:"我来看看你们都学的什么书。"

马铭楚痛苦地闭上了双眼。

枕头下面,是一本《共产党宣言》。

许鲲鹏笑着拿起那本书看了看,转向高主任,摇晃着手中的书说:"这可是禁书啊!高主任,你们所谓的突击检查看来效果一般啊。"

"许科长,这只是个别现象,我们一定严肃处理这种违反校规校纪的行为,绝不姑息,以儆效尤!!"

煊烂

"恐怕没有这么简单,你这刚出了逃跑的共产党,现在又在他的学生这儿查到了违禁书籍,这个人,我得带回去问问。"许鲲鹏对高主任说完,又对手下说:"你们几个再搜搜这间宿舍,看看还有没有其他问题!"

一群人又在宿舍里翻了一遍,在马铭楚的铺盖下又发现了一本鲁迅的《伪自由书》。许鲲鹏晃着手里的书说:"这位同学不仅看共产党的书,看来对讥评攻讦政府当局的禁书也很感兴趣啊!跟我们走吧!"

马铭楚感到眼前发黑,这些书都是他从耿致远那里借来的。给他书的时候,耿致远还一再交代自己,要妥善保管,不看的时候藏在宿舍的天花板或者书桌抽屉的夹层中,可自己一直不以为意,万万没想到今天被抓了个正着。想想后面即将面临的处境,学业、前程一朝尽毁,马铭楚大脑一片空白。

警察局审讯室。

这是一个没有窗户的房间,原本是警察局大楼楼梯一侧的地下室。房间灯光昏暗,阴冷潮湿。斑驳的墙皮上沁着一颗颗水珠,空气中弥漫着霉腐和烟草混合的气味,令人窒息。房间中间摆着一张桌子两把椅子,此刻马铭楚坐在桌前,头埋得很深。

许鲲鹏走了进来,将手中的两本书摔在桌上。

"啪"的一声,马铭楚被吓了一跳,胆怯地抬起了头。

"小同学,接下来我要问你一些问题,希望你想想清楚如实回答。如果你配合我的工作,我会积极和学校协调,帮助你减轻处分,可能就是写份检查。但是,如果你顽固不化、冥顽不灵,能不能从我这里出去就看你的造化了!"许鲲鹏深谙学生涉世未深的心态,讲起话来也是软硬兼施。

"听明白没有!"许鲲鹏突然吼了一声。

"明……明白。"马铭楚从没遇到过这种阵势,嗫嚅着回答。

"叫啥名字,哪里人?"

"马铭楚,我……我是贾汪人。"

"说说吧,这些书是从哪里来的?"

"是……是我自己的。"

"从你床上发现的,当然是你的!问你从哪里得到的?"

"我自己买的。"

"买的?"许鲲鹏嗤笑一声,"啥时间在哪家店买的,花了多少钱,有没有收据?"

马铭楚一时语塞:"我……我忘记了,买了很久了。"如果要他说出书是从耿致远那里借来的,他是一万个不乐意的。

"同学,看来你还是不老实啊!你可能不知道,你宿舍的其他人现在也被我请来了,全都在隔壁。如果你和他们口供不一样,谁没说实话可是一目了然的,到时候,说谎的人就是包庇罪,是要被扣押的!学校也会开除你,你回家怎么跟父母交代这事儿?"

马铭楚瞪大了眼睛,宿舍里其他人也在警察局?他们会不会说出耿致远的名字?如果自己说出耿致远,怎么对得起他们这么多年的交情。可是,如果自己因为这事儿被退学,回家怎么跟父母交代?

看到马铭楚目光犹豫,许鲲鹏知道自己的目的达到了,脸上露出了一丝不易察觉的笑意,心想这帮学生果然好骗。

"我再给你几分钟好好想想,我到隔壁几个房间去看看他们的情况,如果我回来你还是不说实话,那就别怪我不客气了!"说完,许鲲鹏摔门而出,故意站在门口大声朝空气喊话,"老吴,旁边的几个学生都交代了吗?什么?有两个说了?快把他们的口供拿给我看看!"

坐在房间里的马铭楚听得一清二楚,此刻他心乱如麻,致远从哪里借来的这些书,他是一概不知,可宿舍里每个人都知道,想看进步书籍,就从耿致远那里借,难道这些人都说了?

十分钟之后,许鲲鹏又推开了审讯室的门。

"这书是啥情况啥来历,从你的同学的供词中,我也大概清楚了。我明白告诉你,你的未来如何,现在就看你的表现。进了这间屋,就得留下口供。如果你知情不报,啥个后果我就不多说了。要是这件事和你没关系,仅仅是因为好奇翻翻这些书,我也不会为难你。还有一点请你放心,你们每个人的供词都是保密的,从这间屋走出去,没人知道你都说了什么。怎么样,想好了吗?"

马铭楚的内心动摇了,开始权衡起利弊:如果他不说书的来由,而宿舍里其他人都交代了,耿致远传阅禁书的事情肯定会暴露,自己也会因为包庇被处罚。如果他说了,按许鲲鹏所说,宿舍里应该也没有人会知道,自己的学业也能够继续。既然不管怎么做,耿致远都会被揭发,相信他即使知道,应该也不会责怪自己的选择吧……

"我说了什么,其他人真的都不清楚?"马铭楚问。

许鲲鹏心中暗喜,一本正经地说:"你放心,我对我说的每一句话负责!"

"这……这书,是耿致远的!我只是借来看看。"马铭楚终于没能扛住。

马铭楚被带走的事情其他人并不知情,除他之外,同宿舍的同学也没有一个人被请到警局。被许鲲鹏放回的马铭楚回到学校,感觉宿舍里的气氛好像跟平时并没有什么不同,他以为大家彼此都是心照不宣,于是对此事也闭口不谈。

"铭楚,咋回来这么晚,吃了吗? 一起去食堂!"耿致远扬起手中的饭盆。

"唉,走走走,肚子正饿着呢!"为了掩盖自己的紧张,他连忙热情地回应,手忙脚乱地到处找自己的饭盆,可找着找着竟然忘记了要找的东西,只是翻箱倒柜地一阵折腾。

"你这就叫灯下黑,不是在这里摆着嘛!"耿致远笑呵呵地从桌子上拿起马铭楚的饭盆,递给了他。

第二天一早,正在上课的耿致远被"请"到了警察局。

同一间审讯室,许鲲鹏望着眼前的耿致远,脸上露出得意的神色。这个叫耿致远的,终于落在了他的手上。他拿出了马铭楚的那两本书晃了晃,扔到耿致远面前:"这是昨天我们和学校一起突击检查,从你们宿舍找到的书,说说看,这是谁的?"

耿致远内心一沉,认出了那两本书是他上周从图书馆赵老师那里拿的,宿舍里的其他人都很爱看。现在这书应该在马铭楚的手里,耿致远想肯定是他没有收好,被突击检查发现了。他既不能说这书是同学的,也不能将图书馆的事情说出来,那样会连累到赵老师。

"书是我的,我借给同学看的。"耿致远说。

许鲲鹏有些惊讶于耿致远的坦白,不禁一愣:"你的? 传阅禁书你不知道是犯罪吗? 你从哪里得到的这些书?"

耿致远直视许鲲鹏的眼睛:"宋老师送给我的。他说这些书很好看,我可不知道这是禁书。"

许鲲鹏听到"宋老师"三个字眼前一亮:"你说的是宋阳标吗? 你们是什么关系?"

"宋老师是我的班主任,他很关心我,知道我家境不好,还经常请我吃饭。"

"宋阳标是共产党!"

"他是啥身份我不管,我也不想知道。我只知道他是我的老师,我们班同学都很喜欢他。"

"他现在哪里?"

"我只是个学生,你们都不清楚宋老师去了哪里,我咋能知道?"

看到眼前的耿致远不慌不忙、应对如流的样子,许鲲鹏又搬出了对付马铭楚的那一套。他"啪"地猛一拍桌子,密闭的审讯室顿时嗡嗡作响。许鲲鹏很满意自己这一下,觉得起到了震慑效果,只可惜用力过猛,震得自己的手掌有些发麻。他抬起手舒缓了下隐隐作痛的手掌,大声呵斥道:"同学,你想清楚了! 你今天所说的话会直接关系到你的未来和前途,传阅禁书影响恶劣是犯罪行为,学校也会开除你的学籍!"

耿致远当然知道这件事会给自己带来什么样的后果,想到家中的父母和爷爷,心中不禁有些黯然,可眼前的情况他又能如何呢?

看到耿致远若有所思,许鲲鹏觉得自己的话起了效果,便和缓了一下语气,说道:"小同学,现在你只要能交代这些书的来历,或者告诉我宋阳标的下落,就是将功赎罪,你传阅禁书的行为我可以既往不咎。怎么样,孰轻孰重,你好好考虑考虑。"

"我没啥好考虑的,书是宋老师给我的,至于他去了哪里,我确实不知道。就算是我知道,宋老师是我最尊敬的人,平时对我关爱有加,我也不会告诉你!"听完许鲲鹏的话,耿致远知道就是眼前这人害得宋老师被迫离开,有些气愤地说道。

"你……敬酒不吃吃罚酒! 我看你能耗到啥时候!"许鲲鹏指着耿致远恨恨地说完,拂袖而去。

之后三天,许鲲鹏用尽了威逼利诱的各种手段,虽然没有用刑,可打骂是免不了的,耿致远的回答还是和以前一样:"书是宋老师给的,他人去了哪里,我不知道。"

学校里,耿致远的同学这几天想方设法打听他的情况,尤其是姚昕露,急得满嘴起了燎泡。她找到蓝明述、赵红雷、马铭楚几个人商量。赵红雷说他班上有个学生家长在教育局工作,看能否请家长出面,以教育局的名义向警局问问情况。蓝明述则表示回去请求父亲将耿致远尽快保释出来。此时的马铭楚已经间接知道,除了他自己,宿舍的其他人当天看书的看书,外出的外出,并没有一人被带到警察局,他的心里懊悔不已,可已经于事无补。

许鲲鹏的压力也不小,本来他以为找到了突破口,但是眼下的情形令他一筹莫展。虽然找到了两本禁书,但传阅的影响并不大,也没有实质性的证据表明耿致远与消失的宋阳标有什么关系。他也不能仅因为这两本书将耿致远扣押这么长的时间,而且这件事教育局也表示了关切。最可气的是耿致远油盐不进,几天的审讯不光白搭上不少精力不说,还毫无收获。恰好此时有人出面保释耿致远,他给欣欣中学的高主任通了个电话,强调要严肃处理后,便极不情愿地将耿致远释放了事。

耿致远回到学校,也接到了学校开除其学籍的通知。

几天以来,耿致远不是没有想过这件事会带给他的后果,但在警察局里,他就一个心思,绝不能将赵老师的事情交代出去。如今看着手中的告知书,一种无力感不由浮上心头。宿舍里静悄悄的,几个同学围坐在耿致远的周围,大家都为他感到不平和可惜,可又不知道该如何劝慰,气氛显得格外压抑。桌子上摆着马铭楚从食堂打来的饭菜,早已没了热气,显然已经放了很久。耿致远一言不发,呆呆地出神。今后,他该怎么办?该如何跟父母爷爷说起这件事,自己的未来又在哪里?

"致远,吃点东西吧,这几天你都饿瘦了。"马铭楚将手按在耿致远肩头声音低沉地说。如果可能,他甚至希望现在被开除的人是自己。可事已至此,他又害怕自己泄密的事情被耿致远和同学知道,他珍视他们之间的友谊,又痛恨自己的懦弱,此刻他的内心如同翻江倒海一般撕扯纠缠:"这件事都怪我,没能将书保管好,致远,你打我吧!"

思绪被打断,耿致远回过神来,拍了拍马铭楚,又环视一圈宿舍的几个人,强打起精神说道:"书是我的,和你没关系,谢谢大家,我没事! 都各忙各的吧。"他端起桌上的饭盒,强打起精神吃了几口。

夜晚,耿致远躺在床上辗转难眠。他的行李已经收拾好,准备明天一早乘车回贾汪。天气渐暖,窗外已经有了鸣虫的叫声,往日听来如同催眠的小夜曲,今夜却显得有些刺耳。似乎是在与过去告别,上学期间遇见的很多人和事如同放电影一般一幕幕在眼前浮现,最后姚昕露的笑脸在脑海中定格。他特别嘱咐了蓝明述、马铭楚等人,别将他回到学校和被开除的事情告诉姚昕露。此时的耿致远不敢想象姚昕露知道此事后会是怎样的反应……他叹了口气,既然离别和伤心无可避免,那就不如不见吧!

耿致远又想起家里的亲人,现在他们在做些什么呢?劳累一天的父亲现在应该已经睡了吧,母亲一定还在灯下忙碌着针线活。明天听说自己的事情对他们而言肯定是个不小的打击,耿致远心头又是好一阵纠结。突然,他想起宋老师临走前在信中说的话,"好男儿志在四方,天下之大,自然要好好地闯荡一番",是啊,未来有很多可能,对于自己来说,也肯定不止读书这一条路可走。既然结果已无法改变,那自己就得坦然去面对。想到这里,他精神稍稍振作了起来,但还是久久不能入睡。夜深了,困倦已极的耿致远意识逐渐模糊起来,终于沉沉睡去。

第二天上午,徐州北站月台。

耿致远与前来送别的蓝明述、刘建、赵红雷、马铭楚等人话别。

"致远,虽然你不是欣欣中学的学生了,但你还是我们救国会的一员。以后有什么事情,我和刘建还是要到贾汪去找你的,你可不能不管我们了!"蓝明述拍了拍耿致远的肩膀,故作轻松地说。

"是啊致远,你可是我们的大军师。还有,有什么难处,一定要跟兄弟们说一声,大家伙儿一定会全力以赴!"刘建也把手搭在了耿致远的肩头。

赵红雷走上前来和耿致远拥抱:"你这一走,我也没机会赢你了,看来在我们年级,你这个第一是要一直当下去了。下次见面,我们再来比试下引体向上,你可不能因为不在学校就松懈下来啊!"

马铭楚站在一旁,神情复杂地朝耿致远点点头,他实在没勇气面对与耿致远的分别。

月台上响起了一阵急促的哨子声,火车就要启动了,列车员在催促乘客上车。望着身边的四人,耿致远说:"谢谢大家,我来徐州上学时孤身一人,临走还有你们几位好兄弟前来相送,我很满足。你们放心,退学打不垮我!有机会来贾汪我们一起喝酒!"说完耿致远扛起行李,登上火车与众人挥手告别。

在一声长长的汽笛声中,火车缓缓启动。

"耿致远不会这样消沉下去吧?"刘建担心地说。

蓝明述看着耿致远的方向说:"被开除对谁而言都不是能轻松接受的事情,不过我相信他,这个男人沉稳得像是一块石头,我相信没有他克服不了的困难!"

"致远,致远!"一个女孩儿朝耿致远几个人的方向跑过来。她跟着火车奔跑,时不时抬手抹着眼泪,全然不顾月台上众人惊异的眼光,是姚昕露!早上她从惠子的口中得知耿致远被开除,今天马铭楚几个人给耿致远送别,她假也没请就赶到了车站。此刻,她已然顾不得埋怨耿致远的不辞而别,只想快点赶到他的身边。

耿致远也看到了奔跑的姚昕露。他将半个身子探出了车门,朝姚昕露挥手,示意她别再追了,一行热泪禁不住夺眶而出。

"给我写信!我等你!"眼看无法追上火车,姚昕露拼尽全身的力气朝着耿致远喊。她确信,耿致远听到了她的喊声,她看到耿致远在朝她点头。

女孩儿停下奔跑的脚步,一边努力地朝耿致远挥手告别,一边号啕大哭起来。

望着远去的列车和落寞的姚昕露,马铭楚心如刀绞。如果在警察局他勇敢一点,坚定一点,机智一点,此刻,在火车上的人应该是自己吧?虽然或许会被开除,但是内心一定比现在更坦然,不会像眼下这样备受煎熬。

他意识到,自己犯了一个这辈子都无法原谅的错误。

10 重返贾汪

贾汪,大泉村。

村口的那棵古槐枝繁叶茂,绿意正浓,远远看去,如同一张绿白相间的花伞,覆盖着百余平方米的空地。一簇簇洁白的槐花,散发出沁人心脾的幽香。村里老人说这棵槐树是吉祥树,能庇佑全村人,正所谓"门前栽槐,升官发财",所以家家户户对这棵槐树也是分外爱惜。槐花盛开的季节,村里人采槐花也会尽量不打这棵树的主意,偶尔有不开眼的熊孩子爬上树去摘槐花,也会被大人呵斥。树下的空地是村里的人场,现在正有几个汉子在树下纳凉。

耿致远推开自己家的院门,一家人正坐在堂屋吃饭,妹妹耿致馨中午在学校吃饭,没有回来。母亲看到耿致远回来,放下碗筷站起身来:"老大怎么今天回来啦,学校放假了?"

耿致远放下行李,看着一家人:"爷爷、爸、妈……我今天要告诉你们一个坏消息,我……我被学校开除了……"耿致远说到这里眼角发红,垂下了头。一直以来,他都是这个家的骄傲,今天却要让家人伤心了。

听到耿致远的话,一家人都愣住了。他们知道耿致远向来是个诚实稳重的孩子,被开除肯定有他不得已的原因。母亲看了一眼父亲,又看了看站在一旁低着头的儿子,眼睛也湿润了。她给耿致远搬了一张凳子,拉着儿子坐了下来:"致远啊,别难过哈,有啥事儿慢慢说。"

耿致远坐了下来,抬起头看着一家人,将学校里宋老师、救国会与话剧社的活动、禁书的事情一一说了出来。

"爷爷,对不起,让您失望了!爸、妈,这么多年您二老省吃俭用供我上学,儿子实在是不孝!"

"致远,一家人说啥对不起,我觉得你在学校干的事没错儿,咱们老耿家人就该这么做!"爷爷疼爱地看着孙子鼓励他说。

父亲耿成文说:"书在哪里都能念,男子汉大丈夫,走哪儿都能干成事儿,先吃饭。"

母亲连忙盛了满满一碗饭,放在儿子面前,疼爱地拍了拍耿致远的肩膀:"只要咱们一家人平平安安的,比什么都强!"

耿致远曾经想过很多次家人知道自己被学校开除之后的反应,他想的更多的是自己应该如何坚强,如何宽慰他们。今天真正说了出来,爷爷、父母没有一句责备的话,被宽慰的人反倒是自己,看着面前的饭碗和一家人鼓励的眼神,两行热泪禁不住夺眶而出。他埋头大口吃着白饭,觉得这是他吃得最香甜的米饭,整个人被家的温暖氛围包裹着,这段时间的不安和焦虑,似乎在此刻化作云烟消散了。

"致远,正好你回来,下午到镇上给爷爷去抓点药,最近天气忽冷忽热,你爷爷的咳嗽总不见好。"父亲耿成文说完又给耿致远碗里夹了点菜,他担心儿子自己在家心情不好,便给他安排点事情做做。

晚上,耿致远早早地洗漱上床了。母亲因为儿子回到了家,特意将他从学校带回的被子晾晒了一个下午。带着春阳暖意的被子盖在身上,耿致远觉得柔软又温暖,但他还是辗转反侧,难以入眠。夤夜更深,他听见母亲轻轻推开房门,踮着脚走了进来,到床头轻轻地给他披了披被角,又蹑手蹑脚地出去了。

"致远睡了,这阵子他心里肯定不好受,这孩子心思重,啥事都喜欢自己扛。他爹,咱可不能再埋怨孩子啦!"耿致远听到母亲对父亲说。

"咋会?最近也没啥吃紧当忙的事儿,让他在家好好歇几天。"

"我看这学不上也好,致远也老大不小了,村里跟他一般大的孩子都娶媳妇了,前些天隔壁村的三婶儿还要给致远说媒呢。要是不上学,说不定咱们都当爷爷奶奶了。"

"娶媳妇又不着急,现在最要紧的是不能让他闲在家里,得让他有个猴牵着,有点事做,不然他不得天天瞎寻思呀。"父亲沉默了一会儿又说,"你看叫致远跟我到矿上干一阵咋样?"

"矿上那么苦,孩子还那么小。再说咱们致远咋说也念到高中了,就不能给他找些轻快的事儿做?你望望咱致馨他们学校老师,那学问还不如致远大呢!"

"你不知道,下午村里保长就找到我了,说是市里头警察局发了话,致远偷看违禁书籍,现在叫他们注意看着咱致远,看样子学校这样的地方暂时是去不成了。唉,到矿上吃点苦也好,先过了这一阵风头再说吧。"

"他爹,你说这书写出来怎么还不让别人看?看了还会被开除!还有致远愿到矿上去干活吗？"

"咱们致远做得没错，他看的那些书很多人都在看，只是现在这世道找谁说理去？出去干活的事过两天我再跟他说说吧。"

父母说完话睡了，耿致远心下大恸，在被窝里泪流满面。他为自己这么大还让父母操心而自责，暗暗下定决心，父母多年省吃俭用供自己在外读书，如今已不算年轻，自己是该帮着扛起养家的担子了。几天之前，他还想着毕业之后读师范类的大学，现在的自己，却做好了成为一名煤矿工人的准备。人生有时候就像是一条没有风帆的小船，漂荡在暗潮涌动的海面，随着波浪起伏，不知道会被推向何方。

第二天，父亲早早地起床上工去了。耿致远白天没有出门，上午陪着爷爷下了几盘象棋，下午一直在屋里看书。临近傍晚，妹妹耿致馨心事重重地踱进了他的房间："哥，三胖说你被学校开除了，我把他狠狠揍了一顿。"耿致馨听到哥哥被小伙伴数落，感到非常气愤，和小伙伴打了一架，现在来到哥哥面前，又感到一阵委屈，低头抽泣起来。

耿致远听了之后笑了，他知道现在自己被开除的消息肯定已经传遍了本就不大的大泉村。他摸着妹妹的头说："致馨，打架可不对，现在你们还不懂，哥不上学也不是什么丢人的事情。再说，以后哥哥每天都在家，可以陪你玩儿了，应该高兴啊，咋还抹眼泪呢？"

耿致馨听完觉得似乎很有道理，止住了眼泪。

"走，哥带你去遛着玩儿去，路上再给你讲个故事好不好？"

妹妹听完笑了起来，拉着哥哥的手就朝外走。

"妈，我带致馨出去转转。"耿致远朝正在厨房忙碌的母亲说。母亲看儿子一下午都躲在房里，还有些担心，现在看致远主动出门，高兴地说："早点回来，别晚了吃饭！"

晚饭后，耿致远跟爷爷和父亲坐在一起聊天。

"爷爷，我想跟着俺爸到矿上找点事做，一来总在家闲着不是个事儿，我自己也觉得无聊；二来多少能挣点钱贴补些家用，您看行不行？"

"致远，你这才刚回来，上矿的事情又不着急，好好在家多歇几天。"耿成文见儿子说出了自己的想法，很为儿子的成熟懂事感到欣慰，同时又有些心疼和担心。

"爸，您别担心，我没事，反倒是这么闲下去，我怕是要憋出毛病来了。"耿致远笑着说。

"成文，就按孩子说的办吧。"爷爷耿博众说完又慈爱地看着孙子，"致远，你可千万别有啥心思，想当初我一个人来到贾汪，也是一穷二白举目无亲，现在不也都过来了吗，日子长着呢，总要一步步向前走。"

"致远，矿上的活很辛苦，你可要做好准备。"

"爸，您这么多年都干下来了，我吃这点苦算啥呢！"

"那行，回头我跟矿上说说！"耿成文拿定了主意。

一周之后，耿成文带着耿致远来到了兴盛矿。耿致远上次踏进兴盛矿的大门，还是个七八岁的孩子，如今快十年过去了，眼前的景象既熟悉又陌生。看门的老王头除了脸上多了些皱纹似乎没什么大变化，佝偻着身子看着耿成文父子进门。

"王师傅，我带儿子找萧老板。"

"这是你儿子啊？都长这么高了！"老王头笑眯眯地看着耿致远。

"是啊，他小时候可没少给您添麻烦。这也老大不小了，准备带他在矿上找点事儿干。"

"王师傅好！"耿致远也打招呼。

"好好好，快进去吧！恭喜你啊成文，你这家里又添了个壮劳力！"

"萧老板在吧？"

"他还能在哪儿？肯定在他店里呢。"老王头撇了撇嘴。耿成文会意一笑，带着耿致远朝大门旁边的一间房子走去。工头萧三是"李拔毛"李富贵的侄子，在矿上开了个杂货铺。外地的矿工吃住都在矿上，为了让他们都在自己店里买东西，萧三动了不少歪脑筋，矿工们对他的行径深恶痛绝。萧三可不管这些，只要能捞到钱，哪管他人论短长。

"萧老板在吗？"

"哦，是成文队长啊，来来来，里面坐！"一个三十来岁的中年男人起身打招呼，此人尖嘴猴腮，却留了一撮山羊胡，更显得一副长脸与身材不成比例。一双眼睛眯缝着，眼珠子却滴溜滴溜地来回晃动，此刻正上下打量着站在耿成文身边的耿致远。

"萧老板，这是我儿子，叫致远。上礼拜和您说过，现在出了学屋门想叫他来矿上磨炼磨炼。"

萧三这个人飞扬跋扈，嗜财如命，平时和矿上的一些把头称兄道弟，净干些盘剥工人、中饱私囊的龌龊事。耿成文跟他们向来不是一路人，曾经还因为维护工人利益和他有些过节。但让萧三无奈的是，耿成文工作多年，为人热心，在工人当中

煊烂

威望很高,而且又是一线操作的技术高手,采矿过程中出现一些具体问题还只有他能解决,因此萧三虽然看他不顺眼,却也拿他毫无办法。今天耿成文因为儿子的事情找到了自己,他就想借机难为下对方。

主意打定,萧三说道:"耿队长,你这儿子真是一表人才,只是这细皮嫩肉的,来咱矿上有点大材小用啊。"

耿成文客气地说道:"萧老板,您看这样,先试用几天,能不能干看情况再说。"

"这是啥话! 你耿队长带来的人我能信不过吗? 再说还是你的亲儿子,我就是担心咱娃吃不了矿上的苦啊!"

"都是矿上人家的孩子,没那么金贵,啥苦都能吃!"

萧三一双眼睛滴溜溜又转了几圈:"这样吧,看你耿队长的面子,他这初来乍到,叫他先在煤场挑煤吧。你要是同意,明天开始干。"

耿成文听后沉吟了一下,说道:"好,就按萧老板说的办! 俺们先回去了。"

萧三看着耿成文父子走出店门,得意地冷笑着。

"你耿成文平时不是很牛吗,现在还不是得求着我,乖乖听我的! 哼!"他说的挑煤可不是个轻松的事情,兴盛矿上有些大井在地下数百米,采煤运煤需要动用机械矿车,也有一些零星煤层离地面很近,开采这些煤层往往选个地方,挖一个斜洞,就算是煤窑了。这些煤层的开采和运输只能依靠人工,萧三说的挑煤就是要将这些煤窑采出来的煤炭用扁担挑到煤场,工钱按工人挑煤的数量过磅计算。有些煤窑工人进出的时候累得连腰都伸不直,要跪在地上把煤从窑里拖出来,一天下来,膝盖和手掌都磨得肉烂血流。煤窑离煤场距离远近不等,远的来回要走上好几里路,体力好的人一天也跑不了几个来回,他给耿致远安排这个活,的确是没安什么好心。

第二天一早,耿致远出门去矿上。母亲知道他要去挑煤,心里当然舍不得。她半夜就爬起来给儿子准备早饭和中午吃的干粮,看着儿子吃完,又再三叮嘱着别逞强,送儿子出了门。

耿致远来到了装煤的地点,与煤窑外四五十个工人站在一起,管事的工头开始训话,此人五大三粗,肚子滚圆,胳膊上有一条分不出是龙还是蟒蛇的刺青,露出狰狞的獠牙,一看就不是善茬。他骂骂咧咧地集合好队伍,点齐了人头,给每个工人发了一条扁担两个柳条筐。站在煤堆旁的四五个工人依次将筐填满,然后挑煤的人将筐子挑送到煤场。

轮到耿致远了,他想一次多运点,就让装煤的工人将两个柳条筐填满,蹲下身拿起扁担扛在肩头试了试,发现很难起身,于是又放下扁担,想再去掉一些。

"你他妈能不能干?不能干滚蛋,别在这里烦人!癞蛤蟆趴脚上,不咬人恶心人!"站在一旁的工头不耐烦地叫嚷着。

耿致远心里一横,又将扁担放在肩头,蹲下身两腿发力,起身就走。

走出百余米,渐渐跟上了前边人的脚步。煤窑到矿场这段路起伏不平,中间还有几个矿坑和土丘,也正因为如此车开不进来,需要人力运输。一条被挑煤工人踩出来的小路上撒满了煤灰,稍不留神就会滑倒。耿致远小心翼翼地看着脚下走路,有几次险些摔倒,两个百余斤的柳条筐像是不受控制的钟摆荡来荡去,扁担压得肩膀生疼。

他放下扁担准备换个肩膀,拉开衣襟,看到左肩上已经蹭破了皮,有些红肿。看着前面的挑煤工人一个个健步如飞,离他越来越远,不禁摇摇头叹了口气。身后一个挑着担子的老人走过他的身边:"小伙子,头天干这个吧,中间可不能歇,要不觉得更重!"老人笑呵呵地走了过去。

"谢谢大爷!"耿致远明白老人说的话,就像是他跑长跑,中间会出现一段最难受的"极点",感觉心跳加快、呼吸不畅,肌肉疲惫到了极限,这个时候最是需要一口气顶住的。如果这个时候泄气,头脑中就会出现放弃的念头。挑担子也是如此,歇一次就会想有第二次,肩头的担子就会越发沉重。

耿致远深吸一口气,将扁担顶了起来重新上路。他边走边为自己打气:自己只是还没干习惯,自己引体向上能做三十四个,每天还坚持体育锻炼,体力不比任何人差!也许是心理暗示的原因,这一趟感觉轻松了许多,慢慢能看到走在前边工人的身影了。

耿致远心里高兴,却没留神脚底下绊了块石头,身子一个趔趄狠狠地摔倒在路边,两筐煤撒了一地,整个人顺着路边的土坡滚了好几米远,胳膊上划出了几道口子,裤子也扯破了,膝盖的位置慢慢渗出了鲜血。浑身疼痛的耿致远索性仰躺在土坡上,天空在阳光的沐浴下清澈得一尘不染,他痛苦地闭上了双眼,泪水无声地从眼角渗了出来。

等情绪稍稍平复,耿致远不禁反思自己。这是最近一段时间自己第三次流泪了。在火车站与姚昕露分别时他哭了,那是因为对这段纯真感情的不舍。在告诉家人自己被学校开除的时候他哭了,那是因为对父母辛苦付出的愧疚。现在为什么而哭?因为生活的变化和磨难,还是因为感到失败和屈辱?来矿上工作是自己

煊烂

主动提出来的,现在却因为受不了这点苦而流泪。耿致远,你不能被这点苦难打败,那个笃信好男儿志在四方,胜不骄、败不馁的人去哪里了? 要是这一幕被宋老师、父母、同学看到,他们会怎么想?

如果说在每个人的生命中,总有一个瞬间见证自己的成长,那么对耿致远而言,那一瞬间就是此时此刻。红肿的肩头跟被开水烫过一样火辣辣地疼,胳膊和腿上的伤口仍在流血,疼痛感没有丝毫减轻,耿致远挣扎着站起身来,环顾四周,别的挑煤工人大概都到煤场了,只剩下他自己还留在荒坡上。他默默将路上撒了一地的煤炭一块块捡起,重新装进筐子,又挑起扁担向煤场走去。

这一天,耿致远往返了九趟。

收工了,耿致远回到家里,瘫倒在床上,浑身像是散架一般一动也不想动。

母亲走进房间,轻声问道:"致远,累坏了吧?"

耿致远怕母亲担心,连忙坐了起来,笑着说:"妈,我没事,干了一天活,想歇一会儿。"

看着灰头土脸的儿子,母亲说:"我去给你打点水洗洗。"

不大工夫,母亲端了一盆热水进来,拿毛巾蘸了水给儿子擦脸。这才发现耿致远的胳膊和膝盖都出了血。

母亲心疼地问:"咋伤成这样?"

"妈,今天第一次挑煤,不习惯摔了一跤,没事,伤口不大,已经结痂了。"

耿致远感觉母亲的手有些颤抖,抬头一看,她的眼泪已经流了下来。

"妈! 您可别担心,都说了没事! 我今天挑了九趟,跟那些老工人干的一样多! 明天我还去。"耿致远抢过毛巾先给母亲擦了把脸,自己边洗边问,"妈,饭做好了没? 我都饿了!"

母亲被儿子逗笑了:"都在锅里呢,等你爸回来咱们就吃饭!"

耿致远第二天没挑成煤。早上刚进矿场就被门口的萧三叫住:"致远,快别挑煤了,跟我走,老郑的班上缺人手,你去跟他干。"昨天耿致远挑了九趟煤的事情萧三知道了,心说这小子倒是个壮劳力,干挑煤有些浪费,正好一个河南的小把头找到他说老郑的班上还缺个人手,叫他无论如何给配齐,不然今天就不上工。兴盛矿上的外地工人很多,很多都是大小把头从外地集中带来与煤矿签订劳务合同,这些工人吃住都在矿上,与本地的一些季节短工相比更受矿上欢迎,萧三可不敢得罪这些把头。左思右想,萧三觉得耿致远最合适。耿成文听了萧三的安排,也表示同意。

萧三将耿致远带到老郑面前，交代了几句之后就离开了。萧三口中的老郑叫郑运昌，是个河南人，四十来岁，身材壮实，两道剑眉之下一双大眼炯炯有神。此人似乎不爱讲话，听说耿致远是个高中生，上下端详了两眼，递给他一个柳条编的矿工帽，说道："井下是个危险地，你是新人要跟着我，更要听话！"说完就自顾自朝前走去。

跟着老郑进矿门，领矿灯，领工牌，耿致远肩扛几十斤重的钢钎，沿着运输坑道，深一脚浅一脚地朝前走。老郑这个班十九个人，似乎是受队长老郑的影响，彼此之间交流都不多。

时隔多年又到了井下。

如果耿致远不是小时候就来过，现在肯定会心生恐惧，这是一种源于对死亡的恐惧，整个人仿佛被黑暗吞噬，除了手头的矿灯，四周都是深不见底的黑，耿致远的脑海中不知为何跳出了"混沌"这个词，盘古开天地之前，应该也是这种黑暗吧。除了黑暗还有寂静，静得可以分辨出彼此的脚步声和呼吸声，如果这些声音全都消失，也许更让人毛骨悚然！

走在前面的老郑似乎觉察到耿致远的不适，说道："别乱蹚摸，注意脚底下。"

"好的郑师傅！"耿致远连忙加快脚步跟上。他心里奇怪，这么黑的地方，郑师傅难道能看见自己？

"小耿，头次下井不适应吧？"耿致远身旁的一个汉子说。

耿致远不禁回忆起孩童时偷偷下井的情景："还好，是挺新鲜的。不过我小时候背着大人偷偷钻到井下玩儿过。"

"哦？胆子怪大，不过这里可没啥好玩儿的。干几天你就知道了！"汉子身边的几个人也跟着笑了起来。

步行大约两公里，郑师傅一班人到达了巷道掘进工作面。郑师傅确认了采掘方向后，十几个人自然分成几组，有的负责安装检查护顶板，有的拿铁镐采煤，还有的负责将煤炭装进柳条筐抬进矿车运输。郑师傅拿着铁镐负责掘进，他递给耿致远一把铁锹，指着旁边的几个大筐道："今天你的任务，就是把我掘的煤装筐给他们搬运。"

郑师傅说干就干，沉重的铁镐在他的手里像是没了重量，一下又一下抡起来如同风火轮一般，整个人仿佛一台不知疲倦的机器，时刻保持着进度和节奏，很快，他的身后便出现大量的散煤。耿致远连忙拿起铁锹往筐里装，可装煤的进度总是赶

煊烂

不上郑师傅挖掘的速度。一会儿的工夫,耿致远就累得满头大汗,汗水顺着额头流进双眼,淹得眼都辣了,耿致远索性将毛巾扎在额头。一个钟头后,耿致远早已双腿打战,双手和胳膊仿佛不是自己的,但借着微弱的矿灯,看到弓身在前面掘进的郑师傅,他还是咬紧了牙关埋头干活。这时候他好像明白了郑师傅话少的原因,他那是在保存体力吧!

"歇半个钟头!"大概又过了一小时,郑师傅的声音响起。

身边忙碌的人群一下子松弛下来,就近找地方坐下来歇息,间或长舒着气。

"致远不瓢①啊!看起来细皮嫩肉的没啥力气,装煤的速度能赶得上队长。"一个叫刘元的工人说。

"没听萧三说吗,这小子一天挑了九趟煤呢,我看他比你刚来的时候强多了,你说说你第一天哭了几回?"旁边一个工人打趣道。

"我啥时候哭了?"刘元被提起糗事有些不好意思。

"你觉得井下黑,哭得稀里哗啦的跟小娘们儿似的。"

"我那是想家。"刘元分辩道,似乎"想家"比"害怕"更加光彩一些。

老郑走到耿致远身边,递给他一个水壶说道:"喝口水,要小口喝。"然后又拿出自己的帆布包,借着微弱的灯光拿出了一件东西塞给了耿致远:"干活时戴上这个!"

耿致远定睛一瞧,是副手套,不禁有些感动:"谢谢师傅!"很久之后耿致远才明白老郑说"要小口喝"的含义,一天就只有这一壶水,对于繁重的井下工作而言,一个工,长着呢。

"我可没说收你做徒弟啊。"老郑笑着说。

"师傅,您就算只带我一天,我也是您的徒弟!"

老郑已经开始喜欢这个懂事的"小半截"。

上午的工作很快过去,午休时分,工人们拿出准备好的干粮在井下吃。饥肠辘辘的耿致远拿出了母亲给他准备的韭菜鸡蛋煎饼卷,拍了拍手上的煤灰就大口吃了起来。干了一上午的体力活,此刻他感觉手中沾了煤灰的煎饼比起徐州城故黄河畔天水阁的饭菜丝毫不差,吃得也非常满足。中午有一个多小时的午休时间,干重体力活的人入睡得也快,工人们吃完饭一个个都沉沉睡去,不一会儿整个巷道便安静下来。耿致远感觉自己还没从初次下井工作的新鲜感和重体力劳动造成的兴

---

① 瓢:方言,软弱。

奋中走出来,整个人毫无睡意。他熄了矿灯,靠在一个装煤的柳条筐上休息,四周一片漆黑,伸手不见五指,似乎不需要闭上双眼也能达到闭目养神的效果。

黑暗中他想起了自己的那些同学,他们此刻在做些什么?每当脑海中浮现出姚昕露的身影,耿致远总是强迫自己想些别的事情,将脑海中她的影子抹去。他感觉如今的自己和姚昕露已经是两个世界的人了,她会读书、考大学,找到一份安稳的工作,幸福度日。而自己,很可能一辈子和煤炭打交道。耿致远想到这里又有些不甘心,他感觉眼前深不见底的黑暗总能触发出自己心底最真实的想法,强迫着他去思考,去思念。他想起从徐州离开时,那个追着火车奔跑哭泣的女孩儿和她朝自己喊的话,难道那次分别,注定是两个人的永诀?想到这里,耿致远情绪低沉起来,整个人沉没在地下几百米的黑暗中。

不知过了多久,郑师傅的声音响起:"起来干活了,活干不完,要扣工钱的!"

"郑队长,咱们兄弟只要跟着你的班,从来也没被扣过工钱啊!"

"是啊,要不是大把头和萧三这些坏种每月吃拿卡要,咱们还能多挣点。"

"别抱怨这些没用的,干活!"郑师傅说道,黑暗中也看不清他的表情。

下午,耿致远还是不声不响地跟着郑师傅后面装煤,年轻人体力恢复得很快,再加上戴上了郑师傅给的手套,感觉手也没有那么疼了。渐渐地,耿致远似乎也找到了装煤的节奏。他感觉就和上学时做引体向上一样,特别夸张地用力只会适得其反,他只需要将力气平均地分摊在每一锹上,这样自己不会很快地劳累,速度也不会比全力以赴慢多少,逐渐就能跟上郑师傅的节奏。

老郑对身后的耿致远也很满意,他知道凭自己的进度,有时候两个人也未必跟得上,可这个小伙子不吭不响的就行!耿成文这个家伙,养了个好儿子啊!突然,老郑感觉身后装煤的声音停了,他还以为耿致远出了什么事情,回头看到耿致远手里拿着一块煤矸石,站在那里正借着昏黄的矿灯端详。

到底还是个孩子啊,老郑知道耿致远看的是什么,笑着走到耿致远身边:"发现什么宝贝了?"

"师傅,您看看这是不是化石?"

老郑伸手接过,那是一块手掌大小的石头,上面有三片清晰的蕨类植物叶片纹路。"化石什么的我不懂,不过这东西在矿上很常见,但是能这么清楚的也很难得!喜欢就留着吧。"说完将石头递还给了耿致远。

"谢谢师傅!"耿致远欣喜地将石头塞进了自己装干粮的背包,又拿起铁锹干起活来。

煊烂

第一天的工作结束,交了矿灯、工牌,走出矿门,太阳已经落山了。早上六点出门,现在已经是下午六点了。矿上有澡堂子,这也是这些矿工为数不多的一项福利,说是澡堂子,其实简陋得不能再简陋了,可是工人们已经很知足了,他们把工作结束后的洗澡当作一种神圣的仪式来做。耿致远脱了衣服,看着镜子当中的自己,头上脸上身上全是煤黑,形同鬼魅,不由一阵苦笑。眼眶四周和指甲缝渗进的煤黑特别难清洗,耿致远在脏兮兮的污水里泡了好一会儿,好不容易才清洗干净。

耿致远神清气爽地走在回家的路上。他把从矿上找的那块石头拿在手中,其实他早想给姚昕露送个礼物,可一直都不知道送什么好,直到今天发现这块石头,这是他第一天下井在三四百米深的地下找到的,只是不知道还有没有机会给她呢。

11 师生邂逅

耿致远每天早出晚归,有半个月没见过日头了。现在,他对矿工的别称"煤黑子"有了自己的理解,除浑身上下都被煤粉染得乌黑之外,长年累月待在井下见不着日头也是一个原因。这些日子,他的手掌上已经磨出了厚厚一层坚硬的老茧,整个人看起来也结实了许多。师傅老郑打心眼儿里喜欢这个"徒弟",他干活舍得出力,学东西又快,记忆力更是异乎常人,很多事情老郑交代一遍就不用再操心。一起上工的工人也很喜欢这个年轻人,他为人热心,同事有什么困难让他帮忙从来都不推托,并且耿致远书读得多,总能讲出些他们平时听不到的故事和道理。休息的时候,不管是"喷空儿"还是"拉呱",大家都喜欢叫耿致远给说上一段。耿致远有时候讲些书里的故事,有时候说说学校的见闻,有时一时想不起来就将爷爷曾经讲的老段子说给众人凑数,就算是这样,大家也是大呼过瘾。很快,耿致远和老郑班上的一群河南人成了无话不谈的朋友,大家也都很爱护这个少年老成的"小老弟"。

为了赶进度,大半个月大家都没有休息。这天上工之前,工头说明天可以休息一天,因此大家干活的劲头也分外高涨。

一个叫长发的工友提议:"队长,明天咱们趁着休息,该一起撮一顿了吧!这半个多月没见荤腥,馋虫都养大了。"

另一个队友回应:"长发,我看你是又想叫队长出血了吧!"大伙听了一起乐了起来。老郑很关心跟着他干活的这群年轻人,常在休息的时候领着大家凑份子买点肉,煮上一大锅当作聚餐。当然每次凑份子,他出的钱都是最多的。

长发嘿嘿笑道:"队长挣得比咱多,多出点也应该。"

"你只看见队长挣得多,他干得多你咋看不见?跟着郑队长,你说说哪天没完成工作量?现在干得多的多出钱,你这干得少的少出钱,这是啥道理?我看这次要聚餐就该改改规矩,干得少的这次多出,就从你长发带头!"

"对,长发带头,我们拼钱!"众人跟着起哄。

"带头就带头,我长发也不是小气的人。"叫长发的工人被大伙说得有些不好意思,他心里也清楚,以前没在老郑队上,别说吃肉了,吃饭都成问题。

老郑开口道:"别吵了,这一阵大伙辛苦,咱们明天是该放松歇歇。还是老规矩,每人一毛,我出五毛。下了工长发你去买肉,这次机灵点,别又被萧三盯上了。"矿上采矿工人工资一般就是三毛一天,郑队长这是出了一天多的工钱,大伙都没话说,打心眼里佩服他的为人。这帮吃住都在矿上的外地人,平日里的吃穿用度如果不从萧三的店里买,那是要被萧三报复的,工人都是敢怒不敢言。可同样的东西,萧三店里卖的比镇上能贵出五成,所以大家只能偷偷摸摸地跑出去买。上次李长发去买肉进门的时候没藏好,萧三看到了表面上没说啥,发工资的时候嘱咐把头,硬是多扣了他一块钱的"管理费",李长发心疼得眼睛红了好几天,直到大伙给他凑了一块钱才好起来。

"明天致远也来吃肉,你就不用凑份子了,你这刚来,算是大家欢迎你入伙!也是听了你半个月故事的酬劳。"老郑的提议大家一致同意,事情就这样定了下来。

第二天上午,李长发抱着铺盖卷走出矿场大门,看到萧三正在他店门口晒着太阳,李长发心头一紧。看门的老王头和他打招呼:"长发,这抱着铺盖卷干啥去?"

"嗨,被子都硬得像砖块了,趁着今天歇班我出去找人给弹弹重做。"李长发如同发现救星一般,大声地回答老王,生怕一旁的萧三听不见。直到确定出门的理由被萧三听见,这才如释重负地走出了兴盛矿。他摸了摸裤兜,里面藏着大家凑的两块多钱,心里一阵兴奋,大伙儿都喜欢吃肥膘,这些钱能买上十多斤,今天中午终于能解馋了。

中午时分,耿致远来到了矿上的工人宿舍。矿上专门开辟了一块区域,建了几溜拱地龙一样的平房供这些外地工人集中居住。老郑班上的十九个人挤在边上的两间屋里,都是通铺,工人们平时吃喝都是自己做,所以门口都有简陋的灶台。老郑他们的宿舍处在整块宿舍区的边角,这会儿其他工人还在当班,中午没什么人,这倒为老郑这帮人聚餐提供了方便。

煊烂

李长发的猪肉已经买了回来,老郑又叫人到萧三的店里买了四颗大白菜,此刻一群人正围着灶台热火朝天地忙活着。耿致远第一次到宿舍,老郑让李长发带着他在宿舍四处转转。

"兴盛矿上河南人不少,都是一个把头柜上的。咱们这队刚好二十人,两间屋,一屋十个人。"

"可平时队上不是十九个人吗?"

"最近又新来一个人,暂时编在其他队里了。跟你一样是个爱看书的,你瞅瞅,床头还放着书呢,也不知道讲的啥。"李长发随手拿起一本书,递给耿致远看。

耿致远将书拿在手中,这是一本医学类书籍。

"听说他以前做过大夫,在家里治病看死了人,人家不依不饶地闹,不得已跑到咱这儿挖矿来了。"

整个房间就两排通铺,中间留有一条过道,过道上有一张长条桌,摆放着工人的杂物。长条桌上摆放的一副象棋引起了耿致远的注意。他走上前去仔细看,棋盘是用刀刻在桌面上的,棋子是由黑白两色的矸石雕刻而成,刀工很粗犷,但每一枚石子都打磨得圆润如玉。

"这些是郑队长的宝贝,大家平时拿来解闷的。"

"想不到郑队长还有这手艺,咱俩杀上一盘?"

"好啊! 不过你可得小心,吃子儿的时候可不敢用力,拍碎了队长要发脾气的!"

二人的棋下了一半,屋外传来老郑的声音:"开饭了,都带上家伙!"

耿致远和长发放下棋子出门,见房外的两口锅大敞着,一个是刚蒸好的杂粮米饭,一个是猪肉炖白菜,此刻正热气腾腾,香气袭人。工友们手拿饭盆排着队说笑着,时不时瞟一眼锅里白花花的肥肉块,响亮地吞咽着口水。矿工们饭量大,这样的饭菜一个人干上三五碗一点问题没有,因此今天的饭比平时多烧了一倍。

"老郑,吃得不孬啊!"随着说话声响起,四五个身穿黑色马褂的人走了过来,为首之人腰圆肚肥,颤颤巍巍的"槽头肉"一走一抖,如同庙里的弥勒佛一般胖得看不见脖子,虽然带着笑容,但那笑看起来像是浮在脸上,显得假模假式的,叫人心里不舒服。

工人们看到他们来了都不说话了,现场突然静下来,只有锅子里的菜还在咕嘟咕嘟地沸腾。

"这人是谁啊?"耿致远悄声问身边的李长发。

李长发小声说道:"这就是我们河南这帮人的王把头,人称'笑面虎',今天咱们这顿饭别想吃好了。"

"是大柜啊,来得早不如来得巧,今儿个带弟兄们改善伙食,正好一起来尝尝。"郑队长知道来者不善,热情招呼道。

对这些工人而言,把头可不好惹。平时矿上给工人的工资都由他们来统一结算。把头们平日里挖空心思巧立名目,像什么"修理费""婚丧费""寿礼""押钣金"等花样繁多,每月都从工人微薄的工资当中克扣。这个王大柜更不是好鸟,看到夏桥矿开业时,矿上请了当地有名的书法家题写矿名,给了一笔润笔钱,他也依葫芦画瓢,开创了一个把头收费的新名目"润口费"。工人提出质问,他就会说:"平日里为了给你们争取利益,我可是操碎了心,没少费口舌,收你们点润口费还不是理所应当?"工人但凡敢道一个"不"字,他就唆使手下的一帮狗腿子连打带骂,甚至扣上"破坏"的帽子,工人只得默认吃亏了事。

"郑队长,谢谢你的好意!其实你们这些饭菜我瞧不上,可无奈我手下还有一帮兄弟,就请他们吃点吧。"

"应该的,咱们不都是靠您王老板照应!"老郑虽然心里暗骂,但无奈胳膊拧不过大腿,表面上还是客气地应付道。

"那就替他们谢谢郑队长了!"说完带着一群人扬长而去。不大工夫,刚才跟着王把头的两个人一人手里拎着一个脸盆回来了,二话不说拿起饭勺狠狠地装满了两盆热气腾腾的饭菜,嘴里哼着小曲走了。

"呸,咋不撑死你们!"一个工人在他们走远后恨恨地骂道。

好好的一顿饭被这群无赖搅了局,看着锅里少了一半的饭菜,大家都有些不乐意。

"行啦,咱们也吃吧,好在还够咱们这些人吃的,来来,我给大伙儿分分。别叫这群孬种败了咱们的胃口。"老郑说。

吃罢饭,耿致远和师傅聊天。

"师傅,咱们矿上工人这么多,咋能任由这群人无法无天地欺负?"

"这个世道到哪里说理去!穷人在哪里都是被欺负,大家都是有家有口,又出门在外,多一事不如少一事啊。"

"听我爹说,以前咱们矿上不是也有过工人罢工的事情吗?大家拧成一股绳,我就不信还会怕这些地痞流氓。"

老郑急忙止住致远,扭头看了看四周,似乎王把头和他的跟班还在周围,然后

煊烂

小声说:"小耿,这些话也就和我说说,平时可不敢乱讲。以前那是因为有共产党,听说也都带着工人闹过,逼着资本家答应了咱们矿工的条件。"

"那现在矿上没有共产党了?"

"唉,就算是有,咱也寻不见。"

耿致远告别老郑等人往家里走,快出矿场大门时候,迎面一群工人有说有笑地走过来。其中一人的身形似曾相识,耿致远忍不住盯着来人看,但因为刚刚收工,此人脸上被煤灰抹得黢黑,一时看不清楚长相。来人也注意到了耿致远异样的目光,朝他看了一眼,略微有些错愕,愣了片刻,连忙又蹲下身去绑鞋带,也借机和一起的工友拉远了距离。

耿致远的脑海里浮现出一个人的名字,走上前疑惑地问:"你是? 宋……宋老师?"

"耿致远!"

这对欣欣中学的师生,怎么也没想到,会在这样的时间和这样的地点重聚。两个人心中都有一个共同的疑问:他怎么会在这里?

"真的是您,宋老师!"

宋阳标将食指竖在面前,做了一个嘘声的手势:"致远,现在不方便和你详谈,下午四点我们在镇上的汪清茶馆见面再说。"说完便转身朝前面的工友走去。

目送宋阳标离开,耿致远心里一阵狂喜。宋阳标是他的老师,也是他的领路人,在他心中,宋阳标就代表着党组织。自从宋阳标离开学校,耿致远感觉自己和组织一下子失去了联系。他郑重地递交了入党申请书,也自愿接受组织的考验,但随着宋阳标的离开,他的目标和方向好像也一起离开了。现在,随着宋阳标的出现,他感觉心里暗淡已久的光似乎又亮了起来。

下午四点,耿致远来到了镇上的汪清茶馆。这是一座临街的二层小楼,左右紧挨着布店和客栈。耿致远上楼选了一个靠窗的位置,又起身站在二楼的阳台上俯瞰街景。因为采矿的缘故,与周边村庄集镇相比,贾汪镇的空气里弥漫着煤末子的味道,耿致远的心情却是明朗的。站了没多大会儿,一个熟悉的身影朝茶楼走了过来。

宋阳标上楼,耿致远站在楼梯口迎接。

"宋老师,真没想到会在贾汪遇到您!"

"耿致远,我们有快半年没见面了吧! 我走得匆忙,写了封短信,也没来得及和你当面告别,不会埋怨老师吧?"

"宋老师,瞧您说的! 平时您对我帮助这么多,我怎么会怪您呢?"

宋阳标给耿致远倒了一杯水,坐下后便娓娓道来:"回来之后,我就委托徐州特委帮助和你们取得联系,现在还没得到回复。还是先说说你的事情吧,你不是应该在学校读书吗?"

耿致远将宋阳标离开后发生的事情讲述了一遍。宋阳标的表情也随着耿致远的讲述时而开心时而难过,开心的是耿致远、蓝明述等人的成长,自己离开后将救国会的工作开展得有声有色,难过的是因为自己让这群学生受到了牵连。听到耿致远被开除的事情,他叹了口气:"说到底这件事的根子还是在我,警察之所以盯上你们,目的还是抓我啊!"

"宋老师,这件事情怎么能怪您呢! 我不怪任何人,既然我选择了道路和信仰,就要坚持自己的选择,也当然有勇气来承担后果。您离开之后,我和组织就失去了联系,现在见到您,我发自内心地高兴。但现在我只是一名煤矿工人,不知道还能为党做些什么。"耿致远说完,沉默了片刻。

"致远,千万不要小瞧自己。现在我们党号召建立抗日民族统一战线,主要依靠工人、农民、城市小资产阶级这三股不可小觑的政治力量,他们也是抗日的主力军。你是我的学生,我相信你的为人,更相信你的能力,一定要对自己有信心! 我们青年救国会的'小军师'不管在哪里都能够发光发热!"宋阳标拍着耿致远的肩膀,半年不见,小伙子更加结实了,"我相信凭你的能力和表现,即使我没来贾汪,组织也会找到你的!"

耿致远听得心里一暖,赶紧收住心神,问道:"宋老师,您为什么会在贾汪矿呢?"

宋阳标压低了声音说道:"我的身份暴露后,在徐州特委的安排和掩护下,我在河南待了一段时间,因为我对徐州的情况很熟悉,贾汪矿区一带党的工作又比较薄弱,所以组织安排我和一批河南工人一起来到贾汪,以矿工身份作掩护开展工作。"

耿致远突然想起上午参观宿舍时候提到的一个人:"难道您就是我师父老郑宿舍新来的那个大夫?"

宋阳标瞪大了眼睛:"我被分到和一帮河南工人住在一起,队长就是郑运昌!"

"太好了,宋老师,我终于找到组织了! 并且以后还能和您一起工作。"耿致远有些兴奋地擂了下桌子。

"今后我们可不是师生了,是一个队的工友。还有,我现在的名字叫宋豫。矿上的事情我还不太熟悉,很多事还得向你请教啊!"接下来,宋阳标向耿致远交代了自己来贾汪矿的任务,一是恢复贾汪党组织的活动,做好党组织发展工作。二是维护工人权益,团结工人,凝聚人心,条件成熟时向他们宣传党的主张和团结起来闹革命的道理,启发矿工的阶级觉悟,开展工人运动。他告诉耿致远,汪清茶馆的赵老板值得信任,以后汪清茶馆就作为他们活动和联络的据点。

耿致远说道:"矿上的工人生活十分辛苦,那些流氓把头更是肆无忌惮地压榨工人。今天上午,我们队上的工人凑点辛苦钱想吃顿饱饭,硬是被那个王把头抢去一半,更别提平时随意克扣工人工资、打骂工人的事情了!很多工人都觉得势单力薄,只能忍气吞声任人宰割。宋老师,我觉得当前我们首先要发出声音,让矿上的工人知道!"

宋阳标朝他瞪了一眼。

"对,宋豫,宋豫。"耿致远反应了过来,朝宋阳标吐了下舌头。

宋阳标笑道:"你说得很对,贾汪党组织的活动已经中断了一段时间,我们要团结身边一切可以团结的力量,让受到剥削和欺凌的工人看到希望!我请赵老板帮助找个地方,我来写一些传单。但是因为我才刚到,对这里的情况还不熟悉,如何将这些传单发到工人手中还没考虑好,致远你也可以帮忙想想办法。"

晚上,耿致远躺在床上,思考着宋阳标提出来的问题。他想过找父亲或者儿时的小伙伴来帮忙散发,却又担心一旦追究起来就会牵连他们。直到深夜耿致远还是一筹莫展,眼看再不休息要影响明天工作了,一个念头在他的脑海中出现:传单无非张贴和散发两个途径,既然散发不行,那就采取张贴的办法,就看贴在什么地方了!

第二天上工集合,宋阳标果然被编在了郑运昌的队伍里。热心的长发给耿致远介绍:"致远,这个就是昨天我和你说的大夫,叫宋豫,今天起就在咱们队上啦!"

"你好,宋豫!我叫耿致远,是贾汪本地人。"耿致远朝宋阳标眨了下眼睛。

宋阳标朝他点了点头,指着耿致远对长发说:"这小兄弟看起来挺精干的!"

"别看他瘦,有把子力气,他可是咱郑队长的徒弟,还是个高中生呢!"

"噫,还是个文化人儿!"

这群人在队长郑运昌的带领下,有说有笑来到矿门前,挨个领了装备下井。

"致远,宋豫也是个新人,你就把这几天学到的教教他吧!今天你们俩一组运煤!"

"好嘞,师傅!"耿致远爽快地答应。

"致远,你这自己还没出师呢,就有徒弟了?"长发打趣说。

"要么你来?"老郑头也没回说道。

长发佯装不满地回嘴:"队长,我跟致远开句玩笑,你这也太护犊子了!"他知道致远虽然只来了半个多月,可矿上的活干得是没话说。要是叫他长发带新人,估计自己的工作量也完成不了。

路上,耿致远和新来的宋豫似乎颇为投契,聊得不亦乐乎。

"东西准备好了?"

"昨天下午赶着回矿上,只写了五十份。"

"宋豫,传单的事情我想了个点子……"耿致远悄声将想法告诉宋阳标。

"安全吗?"宋阳标听后踌躇道。

黑暗中,耿致远朝他点点头:"放心吧,到晚黑你就把传单给我!"

收工了! 一个个通体黢黑的汉子疲惫地挪出矿井,刚刚在地下的世界历经苦难,如同从地狱归来,显得和充满生机的地面世界有些格格不入。将工具装备交回仓库,洗漱完毕后,总算是恢复了几分正常人的模样。

耿致远对郑运昌说:"师傅,今天累得走不动路了,晚上想到您那里蹭顿饭,玩玩您的宝贝象棋,缓缓劲儿再回去,管不?"

头一次听见耿致远抱怨累,老郑笑着说:"好啊,我还以为你小子是铁打的,不知道累呢!"

"致远,正好昨天我们棋下了一半,还没分出胜负,今天接茬下!"一旁的长发说。

宋阳标从后面跟上来:"今天是我拖累了致远! 很多活我干不好,都是致远帮忙。"说完有些不好意思地抢过耿致远的背包:"致远,我来替你拿吧,今天真得谢谢你!"

耿致远连忙拒绝:"宋豫,你怎么还客气上了!"可无奈的是包已经被宋阳标不由分说抢背在了身上。

和工友们一起吃了饭,耿致远又和长发大战了几个回合,眼看时间不早了,起身和工友告别准备回家,临出门又被叫回。

"致远,别落下你的包!"宋阳标将床铺上耿致远的帆布背包递给他,偷偷拍了拍致远的手,有些担心地说,"路上慢点!"

耿致远接过背包,手里捏了一下,里面装着厚厚的一沓纸。

他朝宋阳标点点头,转身走出了宿舍。

夜幕降临了,天空中星光点点,路上悄无行人,显得有些阴暗。路灯闪烁着昏黄的亮光,耿致远朝矿场大门走去。此时矿上的工人早就躺倒梦周公了,监工们大多正在吃喝,而值班巡夜的矿警还没开始上班。

宿舍区在矿场的北面,路过仓库时,耿致远停下脚步,左右观察了一下,闪身进了一间库房,和他白天观察的一样,这个门没有锁。仓库一共三间,有两间放着铁镐钢钎等采矿工具,另一间则存放工人的安全帽等防护用品。平时矿里对工具看管得很紧,一个大铁锁时刻紧紧地挂在门上。而对另一间摆放安全帽的房间则不管不顾,甚至连门鼻都掉了半个,耿致远进的就是这个房间。

进屋之后,耿致远将门轻轻关上。房间有几十个大筐,每个筐子里摞着满满的柳条帽。矿上每个队出工时,负责库房的监工都会叫工人按照编号拖出一个筐子,将帽子分发给矿工,收工时再将帽子还回。

耿致远掏出了包里的那沓纸,借着路灯透过窗户的微亮,看清了纸上的字,"告贾汪矿工书",字迹和宋阳标平时的笔迹不同,耿致远看出是用左手写的。他顾不得细看,忙走近一个个大筐,随手掏出一个柳条帽,将传单反着垫在帽子里。有的大筐放一张,有的放上两张,不一会儿,就将五十份传单全部"张贴"完毕。平时就有些工人为了防止漏灰,在柳条帽里垫上毛巾报纸,这样戴起来也舒服些。耿致远正是受到这些工人的启发,产生了将传单塞进柳条帽的想法。

轻轻关上库房的大门,耿致远舒了口气,正要离开。

"站住! 干啥的?"一道手电光打了过来,照在耿致远的脸上,让他一时什么都看不见,只觉得对面隐隐约约有两个人。

直到两人跑到耿致远面前,耿致远用手遮挡着手电的强光,这才看清是两名矿警!

一个矿警拿起手中的短棍指着耿致远:"干啥的?"

"两位哥哥,我是一号井郑运昌队上的。"耿致远一边回答,一边告诫自己冷静。此刻他的头脑快速运转想着对策,一行汗水顺着鬓角流了下来。

"大晚上鬼头鬼脑在这儿干啥?"

"我钥匙掉这门口了,收工抬筐走到这里时我听'叮'的一声,没在意。现在回家进不了门,又跑回来找的。"

"找钥匙? 俺看你是要偷东西吧!"

"哥哥们,咱这儿除了柳条帽有什么好偷的? 就算偷了,我也得能拿出去啊!"

"把你的包拿出来!"两个警察的目光将房间里的大筐扫视了一圈,还有些怀疑。

"我真不是坏人,俺爹叫耿成文,俺叫耿致远,一家都在矿上干,怎么能偷矿里的东西呢。俺就住大泉村!"耿致远将身上的帆布包递了过去。

矿警用手电照着耿致远的包乱翻,见里面只装着饭盒、毛巾、漆黑的手套,便相信了耿致远的话。其中一个矿警又拿手电照了耿致远的脸,对旁边的人说:"你别说,长得跟老耿还真有点像。"

"岂止像,那就是俺亲爹啊! 两位哥哥行行好,给俺用手电照照。俺爹刚换的门锁舍不得砸,一家人等着进门呢! 要是找不到,估计俺又得挨揍!"耿致远说完可怜地抹了下眼睛,又弯下腰,着急地四处蹅摸。

拿手电的矿警在库房门前的地上晃了一圈,在一个石头缝里看到一把明晃晃的钥匙泛着光:"是不是这个?"

耿致远跑到手电照亮的地方,兴奋地捡起那把钥匙:"是的! 就是这把,谢谢哥! 这下能回家了!"

"赶紧滚蛋! 要不是看你爹帮过我忙,早给你逮起来了!"

耿致远咧嘴朝两个矿警笑了笑,转身欢天喜地地跑了。

12 合力擒"虎"

一犯黑盐,
二犯抄(抢劫),
千条路走尽,
才把黑炭掏……

这是在贾汪当地流传的歌谣,也是宋阳标传单中引用的反映矿工生活苦难的句子。这份传单犹如甘霖洒在矿工们久旱的心田,很快就秘密地在工人当中传播开来。

这天下午,长发和耿致远被分到一组推矿车。他环顾四周看到没有监工,便凑

煊烂

到耿致远耳边:"兄弟,俺给你说个秘密!"

"啥事神神道道的?"耿致远有些好奇。

"你得答应我,千万不能给别人说!"

"放心吧长发哥,我嘴严得铁镐都撬不开。"

"这两天矿上很多工人都看到了一份传单,都说是共产党发的,在工人当中已经传开啦!俺河南老家就有共产党,那里的穷人心里就舒坦,要是咱们矿上也有共产党,咱们矿工就有盼头了!"长发说完兴奋地笑了起来。

"真的假的? 传单说的啥?"耿致远也一阵激动。

"昨晚上俺从一个亲戚那里听说的,反正都是在替咱们矿工说话,让大家伙团结起来,跟狗日的资本家和把头斗,句句在理啊! 队长说是好事,让大伙保密呢!"

"传单呢?"

"传给其他的队上了,说不定很快就到咱们这儿了呢!"

耿致远听到传单起到了这样的作用,甚是快慰,休息的时候他就将这个情况报告给了宋阳标。宋阳标听后脸上也露出了笑容:"好啊,这说明党在群众中的威信是很高的! 致远,传单发得巧妙啊! 革命工作就得这样,有勇有谋,能够随机应变,这次任务给你记上一功!"

当天晚上,耿致远回到家已经近九点,父亲、爷爷和妹妹吃完饭都早早休息了,母亲在灯下缝补衣服等他回家。耿致远从兜里掏出了一沓钱递给母亲:"妈,这是我这个月的一点工钱,您收起来。"

母亲看着致远递过来的钱,眼睛有些泛红。儿子刚出学校就进煤矿干粗活,没有一点抱怨,懂事得叫她心疼。她拒绝道:"家里的钱够用的,你赚的钱留着给自己买身衣裳啥的,你也大了,身上哪能不带钱?"

"我这天天搁矿上干活,穿新衣裳也给糟蹋了! 俺爷爷看病、俺妹妹上学哪个不要花钱,您快收着吧。我这么大个人可不能在家吃闲饭!"

"吃闲饭怕啥,还能没你吃的吗?"母亲怜爱地对致远说。在她眼里,致远永远是个孩子,"那这钱妈都给你攒着,留着娶媳妇用!"

耿致远笑着摇摇头:"您就不怕我娶了媳妇忘了娘?"

"你敢!"母亲被耿致远逗乐了,转身到厨房去给儿子热饭。

门外响起敲门声,致远妈打开门,二毛带着几个小伙伴走了进来。

"婶儿,这么晚来别嫌我们烦啊,明天矿上不用出工,我们来找致远喝酒! 您把

合力擒"虎"　　　　113

这些菜切切装盘就行,就在锅屋里吃,省得喳喳地让你们睡不好觉。"说罢把手里拿的几包熟食递给了致远妈。

"你看你们这几个孩子,想喝酒跟婶说一声,提前给你们备好,还花啥钱!"看到这些致远儿时的小伙伴到家里来,致远妈很高兴。她觉得儿子被学校开除,心里肯定带着委屈,话是开心锁,他能和这群小伙伴经常相聚,说说平时不好和家人讲的心里话总是好的。

耿致远连忙招呼几个人坐下,笑着说:"今天啥日子?咋来得这么齐!"

二毛说:"致远,咱们村又不大,大伙也都听说了你的事儿。一开始我们几个就合计要来,但是又怕你心情不好觉得烦。今天咱们兄弟难得凑齐,一起喝点酒解解乏!"其他几个人跟着点头。

耿致远心中一暖:"好呀!要不是天天从矿上回来都半夜了,我早就想喊你们聚聚了!"

春生说道:"后来听说你在矿上干了快一个月了,大家知道你没事,也就放心啦!"

致远妈很快将酒菜摆上饭桌,招呼过几个人就回屋去了。年轻人有年轻人的世界,她怕自己在这儿,孩子们放不开。

年轻人在一起总有聊不完的话题,二毛几个人怕耿致远难过,对他退学的事情只字不提,说的都是谁又娶了新媳妇、谁家的孩子孝顺、谁家做小生意赔了钱、镇上哪家馆子的菜好吃,等等。耿致远听着这些家长里短,心里也感到前所未有的轻松。

酒过三巡,话题还是回归到矿上。几个年轻人聊起矿上工人的处境,随着话题的渐渐深入,大家变得义愤填膺。耿致远将前阵子河南把头"笑面虎"的事情跟几个人说了,又引来一片咒骂,看来这些把头在矿工当中怨念颇深。上次和这群小伙伴一起聊天,耿致远还是个学生,如今在矿上工作了一个月,对他们的话也有了切身的体会。从他们的介绍中,耿致远对矿上的情况也有了更深的了解。

贾汪煤矿和许多近代工矿企业一样,工人有"里工"和"外工"两种。里工由煤矿公司直接雇用,多是一些技术和管理人员。外工由包工柜招募,主要就是采煤工人,和煤矿公司没有直接关系。包工柜的大把头们负责向资本家承包采煤任务,按出煤的数量和质量领取承包金,从中克扣、割"耳朵"之后,再给工人发放工资。贾汪煤矿有十家包工柜,每柜都有外工四五百人,矿工总数在五千人左右,大概占煤矿总人数的百分之八十。这些煤矿工人不仅受到资本家的剥削,更是受到把头的野蛮管制和无情压榨。包工头子之下,还有二头子、查头子、车头子等一套完整的组织,层层盘剥工人。虽然贾汪煤矿也有工会组织,按理说可以代表工人利益与煤矿和把头进行谈判交涉,但颇具讽刺意味的是,工会领袖就是里工,他们很少能为占工人大多数的外工仗义执言,再加上煤矿公司的拉拢和把头势力的渗透,工会早就名存实亡。

"你们知道吗? 咱们矿上现在也有共产党了!"春生神秘兮兮地说道。

"知道不? 共产党的传单《告贾汪矿工书》,现在工人都在偷偷传看,我也看过!""四辫儿"满是骄傲地说道。

二毛说:"致远,上次你说共产党是咱们老百姓的党,欢迎一切工人、农民、青年学生加入。我们当时几个人就合计,要是有机会一定一起加入。你书读得多,不知道你在徐州有没有见过共产党,你说说咋样才能加入呢?"

儿时伙伴们发自肺腑的话,使耿致远想起宋阳标所说的两项任务,此时不就是最好的时机吗? 看着二毛等人满是渴盼的目光,他缓缓说道:"我在学校读过很多宣传共产主义的所谓'禁书',也正是因为这样,警察逼着学校开除了我。如果你们想听,我今后就给你们讲讲共产党咋带着穷人闹革命的。但是一定要保密,不然让那些欺负咱们的人知道了肯定要找碴儿,没见咱矿上的传单也只能偷偷摸摸地传着看吗?"

"致远,依俺看,那些欺负咱老百姓的坏种越是他娘的不让咱干的,就越是他们害怕的! 咱们还就得干。"

"对,咱就要跟共产党走!"

"那好,那今后咱们可以成立一个学习小组,就从我之前看的共产主义理论知识学起。同时,咱们也要多交朋友,团结更多的人,不断壮大自己的力量,协助共产党做好工作。"

"咋协助? 大家伙连共产党搁哪儿都不知道!"

"其实很简单,现在共产党不是在散发传单吗? 我们就要让更多人参与和了解,但是一定要注意保密和安全。共产党不是要维护工人权益吗? 我们就要和身边欺压工人的行为作斗争。我想只要我们坚持下去,即使我们不去找共产党,共产党也一定会找到我们!"

几句话说得伙伴们连连点头:"致远,往后都按你说的办!"

这顿饭一直吃到凌晨,谁也不会想到,今天在场的人,日后都成了中共贾汪支部的骨干成员。

致远送众人离去后才转身进了院子。凌晨的夜正是最深沉的时候，四面静寂，万籁无声，唯有阵阵夜风吹过庭院。致远驻足院中仰望苍穹，繁星满天，河汉耿耿，夜露寂寂，夜风轻轻，恍惚间，在群星璀璨中，致远看到一张少女纯真的笑脸渐渐显现——大大的眼睛、明亮的笑容、浅浅的酒窝，正调皮地盯着自己——是昕露！啊，亲爱的人啊！致远下意识地向空中伸出了双手，似乎指尖触摸到了昕露的面庞，啊！昕露！我的爱人！致远脱口而出，他太思念她了！致远轻轻闭上了双眼，夜深人静，分明有晶莹的东西在睫毛上抖动。是的，致远流泪了，在深夜中，他叹息了一声，这个铁骨铮铮的青年，在这一刻是脆弱的！

一声轻轻的咳嗽，惊回了恍惚的致远，哦，是爷爷。不知道是被自己关门声音吵醒了，还是老人原本就没睡着，致远定了定神，轻轻走近爷爷的房外，压低声音，问："爷爷，还没睡？"

爷爷又轻咳了一声，说道："致远，你来！"

耿致远轻轻推开了爷爷的房门，皎皎月光洒在窗前，碎碎地淌了一地，爷爷正躺在床上，和蔼地看着自己，黑暗里眼神炯炯，坚毅而又深邃，宛若空中的明星皓月。

致远轻轻走到床前，爷爷朝里面挪了挪身子，致远一侧身，就势躺在爷爷旁边。爷爷掀起被子，盖在致远身上，这一瞬间，致远仿佛回到了孩提时代，那时候自己就是这样偎依在爷爷的怀里，捻着爷爷的胡须，搂着爷爷的脖颈儿，听爷爷说古道今。

爷爷轻轻拍拍致远后背，说："累了吧？"

致远缩了缩脖子，往爷爷身边靠了靠，没有说话。

黑暗中，爷爷吸了口气，说："我在这屋里，都听到了……"

耿致远顿时一阵心虚，宛若被发现了秘密、做错事的孩子，稍稍嗫嚅着叫了一声："爷爷……"

老人止住了致远的话头："你们还是嫩呀！商量大事，怎么能那么不避人呢？"

致远愕然了一下，旋即反应过来，黑暗中似乎松了一口气：原来爷爷说的和我想的不是一回事呀！

老人继续说："万事小心好呀，小心驶得万年船！你们年轻，有闯劲，可你们也要知道，隔墙有耳呀！我都能听到，万一有人听了去呢？你没听人家说书唱扬琴的先生说，'做大事，要秘而不宣''事以密成，语以泄败'，你们几个可怪好，那么大声。哎，你也不想想，就咱这屋，你在屋里咳嗽一声，庄前头就听到了，你们可得当心呀！'诸葛一生唯谨慎'，这要是让哪个坏心思的听了去，那可就毁完了！"

煊烂

刚才被发现秘密的羞涩瞬间消失殆尽,取而代之的是不尽的后怕。爷爷说得对呀,斗争形势复杂,任何一点点的不谨慎都将招致灭顶之灾,如爷爷所说,自己确实还太嫩!刚才讨论到兴奋处确实不自觉提高了嗓门。唉!回想自己刚才的孟浪忘形,致远暗暗告诫自己:"天下难事,必作于易;天下大事,必作于细。"这是宋老师讲过的《道德经》,自己一定要铭记在心!

　　老人可不知道致远想了这么多,黑暗中他自顾自说:"替咱们老百姓出头的人,十几年前,在咱们矿上就有了,领头的那可真是英雄,瘦瘦的,真是汉子!"

　　老人扪了扪头皮,陷入了对岁月往事的沉思。

　　耿致远想不到的是,在这个夜晚居然听了共产党斗争事迹亲历者的口述历史,而这个当事人竟是自己的爷爷。

　　致远当然知道爷爷所说的这条汉子是谁,他更知道中共贾汪煤矿特别支部就是1928年在大泉村成立的,那是江苏工矿企业的第一个党支部,而这个特别支部的负责人就是爷爷所说的那条汉子,叫鹿周继,是他尊敬的宋老师的挚友和战友。宋老师曾经说过,他和鹿周继一起在湖南参加过罢工。耿致远的脑海中此时闪现出一片火红,火红中有一个身影特别高大……

　　黑暗中,耿致远闪动着眼睛,双眸里闪烁着晶莹的东西,饱含了坚毅、激动、自豪和渴望!他多么想将这光荣神圣的历史讲给爷爷听!可是,他生生止住了这个念头——并不是不相信爷爷,他要从现在开始习惯谨慎与小心,为了自己,为了家人,也为了自己所从事的事业。

　　耿致远按捺住兴奋与激动,听爷爷继续说。

　　爷爷告诉他,那是农历的十一月,也就是冬月,正冷得要命的时候。寒冬腊月,腊月寒冬,过了寒月是冬月,过了冬月就是腊月了,一进腊月可眼瞅着就是年了。

　　老人说那年冬天特别冷,滴水成冰,呵气成霜,冷得那叫邪性,小风刮过来,跟鞭子抽没啥两样。别看咱们守着煤山煤海,咱是一丁点儿煤炭也用不上。天可怜见的,老天爷好歹还给咱穷人留条活路,咱庄后山上的这些树枝干柴,在那年可给咱们庄户人家续了命了。小树枝烧火取暖,粗树干卖给矿上做"坑木","坑木"是年初卖给矿上的,当时矿上不给开现钱,说是三个月后再结账。咱们庄户人家厚道,三个月就三个月吧,就先赊着了——当时觉得反正这周边十几个村子给矿上送"坑木"都是打条子赊的,咱们也不怕矿上跑了。

　　开了春,转眼就到清明,上坟添土,扫墓之后十几天吧,大伙一合计这三个月差不多也到了,就攥着欠条去矿上要账。想着要了钱好歹给家里大人孩子弄身衣服,天热了，大家还穿着大棉袄二棉裤。谁承想，到矿上一说要"坑木"钱，那些狗日的看大门的杂碎，老人恨恨地说，这些家伙平时圣人蛋惯了，狗日的眼一瞪就要撵人，再说一句就要揍人，你说可恨不可恨！

后来矿上的那些人看四周围村里的人越来越多，他们也不敢硬来，就推了一位据说是管事的出来应付我们，说是矿上艰难，请父老再宽容三个月，到时候一定全额结账。这管事的一边说一边还眯眯笑着拱拱手，那笑丝子还没送到眼角，就变脸了，说要是再堵着大门继续要账，那可就不好说有没有钱给了。说完砰一下就关上了门。

唉，这连唬带吓的，可好了，那时候咱们也是好哄，另外也是心不齐，都怕自己的那点"坑木"钱写到水瓢底上——淹死了，就咋去的又咋回来了。现在我想，矿上那些人就没打算给钱，要不然的话到过了六月初一再去要账的时候，那个管事的就不会又说矿上困难，请父老乡亲再宽容三个月了。这一拖，可就到年底了。眼瞅着过年了，"坑木"钱要不回来，可咋办？愁死人了——这时候那好汉就来了。

耿致远差一点就喊出来"鹿周继"三个字，生生咽了回去。

爷爷说，那汉子精瘦精瘦的，胸膛挺得鼓鼓的，眼睛里满是光芒——或许爷爷理解不了，那是信仰的力量。

矿上的矿警端着枪，架着炮，食指就搭在"枪搂子"上，黑洞洞的枪口正对那汉子，致远哪，我当时真怕矿上那些人开枪呀，就算不是开枪，走火也要命呀！你知道吗，四乡八村的上千口子老少爷们就跟在这汉子身后，那汉子好像关老爷临凡，浑身散着红光，你还别不信，大伙都见了，他们说那叫"红光罩体、真神临凡"！咱跟在他后面，也不知道啥叫害怕！他就跟长坂桥上的张三爷一样，他向前一步，那些矿警就齐齐退一步，他一个人硬是把那一伙子真枪实弹的矿警给逼到了矿井口！拖了咱一年的"坑木"钱就这么要了回来。那年的年，过得好呀！

在爷爷的叙述中，耿致远感觉自己浑身的血液都在燃烧，仿佛身临其境一般，看到鹿周继毫不畏惧走在队伍的最前面，四乡八村的老少爷们跟在他身后，直逼矿警，痛斥宵小。

多年以后，耿致远才从宋阳标口中得知更为详细的过程。宋阳标说当时党组织动员了将近八百人去向矿上讨债，矿上认定了"擒贼先擒王"，打算用三百块大洋买通鹿周继"反水"。面对一块块现大洋，面对真金白银，鹿周继不为所动，义正词严，据理力争，桌子拍得"啪啪"响，终于在那个冬天从资本家手里硬生生要回了本就属于村民的血汗钱！

煊烂

耿致远永远都记得这个夜晚,窗外万籁俱寂,房里月影斑驳,爷爷作为亲历者的叙述,如同一根火柴,点燃了致远那本已沸腾的热血,炽热的烈焰在胸膛熊熊燃烧,信仰的力量充斥全身……

这天,耿致远早上出工,走到矿场大门时发现围了一群人,一个蓬头垢面、胳膊上缠着绷带的年轻人在那里呜呜直哭。

"叔叔大爷们,你们得为我做主啊!"

耿致远看到围观的人群中有一个熟人,便向他打听发生了什么事。

"还不是那个'孟老虎'造的孽!"

那人向耿致远述说了事情的经过。贾汪矿上每个井都有一条运输大巷,一般长度在千米左右,大巷当中铺设铁轨,如同开枝散叶般分出很多支巷。煤炭从各个支巷的工作面汇集到大巷的矿车里,再由工人手推到井口通过绞车提拉出井。"孟老虎"真名叫孟虎,是一号井大巷中的一个小把头,专管推车。此人脾气暴虐、心狠手辣,平时哪个工人推车速度不快,被他看见免不了一顿殴打。哭诉的工人叫张井兰,是个外地人。因为那几天发烧身体不适,孟虎嫌他推车慢,拉到一旁用镐头一通猛打,张井兰躺了两个月才好。当他养好伤回来上班时,才知道自己已经被矿上开除了,之前没领的工资也被孟虎扣了,现在既没工作又没钱,只剩流落街头,沿街乞讨一条路可走了。

"都在这儿看他娘的什么呢?该上工的上工去!"一声呵斥中,孟虎带着两个矿警来到了矿场门口。他听说张井兰在门口哭,便马上通知了矿警队,说门口有人滋事。

"又是你,干活偷懒耍滑,还他娘的敢来闹事,反了天了!"

张井兰也豁出去了,抹了把眼泪说:"把扣我的工钱给结了,我就走!"

孟虎看围了这么多人,恼羞成怒,上前一脚将张井兰踢翻在地,大声号叫道:"欠你的钱?你怎么不算算旷工两个月给矿上造成多大损失?"

张井兰说:"我这俩月都在养伤,怎么能算是旷工呢?"

"想要钱是不是?跟老子走,我送你副柳木棺材钱。"孟虎狞笑着说完,示意旁边的矿警将张井兰带进矿里,准备再给他吃点苦头。

一个年纪大点的工人上前将张井兰扶了起来,对孟虎笑脸相劝:"算了孟头,小伙子年轻不懂事,把他撵走得了!"同时又低声劝道:"小伙子,好汉不吃眼前亏,赶紧走吧!"

张井兰被劝走,孟虎仍不依不饶地骂道:"也不打听打听老子是谁,在我这儿撒野,再让我看到非打断你的狗腿!"

工人们纷纷摇头走开,他们心里清楚得很,孟虎无端将人打伤,又扣人工资,简直是丧尽天良。可这样的事在矿上司空见惯,工人们早已见怪不怪,只能指望这种倒霉事别落到自己头上。

晚上,耿致远家。

在几个年轻人组成的学习小组会议上,耿致远将早上看到的一切告诉了大家。几个人听后都很气愤,很快你一言我一语地议论开来。

"咱们矿上有几只'恶虎',这个'孟老虎'就是其中一个,平时手里拿根镐棒耀武扬威,说是监管工人推车,实际上只要他看不顺眼,就算工人没毛病,也会被他无缘无故地打几棍。工人要是犯了事落到他手里,不脱层皮别想脱身!这些工人全靠一身力气干活养家,身体残废了一家老小都跟着活不下去,跟杀人也没什么两样!"

"这个张井兰我知道,无依无靠,带着伤又没法干活,都在镇上讨饭讨了好一阵了。"

"真是太气人了!这些恶人难道就没人管吗?致远,你说咱们几个人平时除了学习提高认识,是不是也应该干点实事?我看就得教训教训这些无法无天的小把头!"

"是啊,我们自从加入了学习小组,平日里也特意结交了一些矿工,宣传革命思想,但我总觉得只是宣传是不够的,还得干一些实事让大家伙儿看看!"

"对!咱们以前能教训'李拔毛',我就不信治不住'孟老虎'!"

致远听了大家的议论之后说道:"你们说的都对,这些压榨工人的坏人是该给他们个教训!如果所有的工人都只顾自保,放任这些人不管不问,保不准哪天同样的事情就会发生到自己身上!这些坏人也会更加无法无天。不过如何教训,我们得先好好计划一下。"

这是学习小组成立以来第一次"实践",大家都很兴奋,一直讨论到凌晨才形成了个比较满意的方案。待大家离开,耿致远躺在床上又补充了一些细节,准备明天向宋阳标汇报,征求他的意见。

第二天,耿致远满怀激动地向宋阳标汇报了学习小组的计划。宋阳标听后却

煊烂

心下惴惴。

"致远，你们的想法没错，前一阵我们的宣传产生了一定效果，现在我们是该谋划些具体的事情，让大伙看到团结的力量。我只是担心大家斗争的经验还不足，这件事弄不好很容易暴露你们的身份，遭到对手的报复！"耿致远说大家干劲十足，此次行动也经过了充分的讨论，如果取消行动恐怕会影响大家的积极性。经过一番软磨硬泡，两个人又讨论了一些具体的细节之后，宋阳标总算是同意了。

得到宋阳标的支持，耿致远便打定主意开始行动。

曾几何时，孟虎还是个浪荡在贾汪街头的无名小混混，干的都是些祸害乡邻、偷鸡摸狗、打架斗殴的勾当。十几年混迹江湖，养成了他好勇斗狠的习性，后来因为一次斗殴被山东的一个把头看中，将他招到身边，负责监管工人。自从进了矿里，孟虎便更加如鱼得水，靠着剥削工人小日子过得很滋润，没多久就在镇上买了个小院，与老婆住在一起。

二毛和春生两人的任务，是摸清孟虎的活动规律。他俩一早一晚分工明确，没几天就将孟虎的起居习惯和行踪轨迹摸得一清二楚。

四月初的一个下午，矿上休息，耿致远将学习小组的会议定在了汪清茶馆。进门和茶馆赵老板打了声招呼，几个人在店伙计的引领下穿过大厅进入后院。茶馆的后院别有洞天，院子当中一棵油松枝叶茂盛，树下堆砌着假山碎石，一条鹅卵石铺就的小路环绕着假山通向东西厢房，原来在内院当中，还有两个雅致的包厢。几个人在西边的包厢坐下来，二毛几人第一次来这样的地方，看着屋内的茶桌摆设和雕花屏风，纷纷啧啧称奇。

"致远到底是有学问、见过世面的人，平时我们只是路过汪清茶馆，从来没料到茶馆后院还有这样的地方！"

"我也是头一次来！"耿致远说。

"我看不像，老板和你挺熟的。"

"先不说这个，今天来这里除了开会，我还要给大家介绍一个人认识。"耿致远故作神秘地笑了笑。

"谁？"

"就是你们经常念叨在咱们矿上散发传单的人。"

"共产党？！"几个人瞪大了双眼，随即一个个又变得兴奋起来。

不大工夫，宋阳标推门进来。

耿致远向大家介绍："这位是我们贾汪支部的宋书记！你们不是一直希望能够加入党组织吗？现在组织联系我们了！"

几个人一一自我介绍。

"二毛赵洪林。"

"春生耿彭城。"

"'四辫儿'韩天民！"

…………

宋阳标看着一个个淳朴壮实的小伙子，笑呵呵地说道："好啊！现在贾汪党组织刚刚恢复，正是扩大队伍、增强力量的时候。有了你们的参与，我相信今后党在工人中的工作会开展得更顺利！大家都坐，我们来商量下你们的计划！"

耿致远让二毛赵洪林给大家通报几日来跟踪孟虎的情况。赵洪林有些拘束地说道："宋书记，经过我和春生，不，和耿彭城几天的盯梢，发现这个坏种每天早上六点不到就出门，到家旁边的包子铺喝辣汤，然后到矿里上班。下午六点下班后，要么在'醉泉城'和一帮狐朋狗友喝酒，要么去赌场赌钱。他还有个特别的嗜好——抽大烟，晚上回家之前雷打不动要到镇上唯一一家大烟馆蓬莱烟馆去抽上一泡过烟瘾。我们连续盯了三天，每天他都是下半夜才晃晃悠悠溜达回家。"

耿致远接着说道："所以我们打算将行动的地点定在他从烟馆回家的这段路上。一是烟馆在镇子最东边，孟虎回来途中有段必经之路是片荒地，附近没有人家，那段道路两边有些煤渣堆成的土坡，好藏人；二是这个时间一般人早都睡觉了，路上没啥人，不容易被人发现。"

宋阳标听了点点头，不无感慨地说道："感谢同志们对组织工作的支持，以后大家称呼我为宋豫就可以。'孟老虎'确实是条恶虎！我在矿上做了调查，被他打残的工人少说也有十几个。惩治教训了他，对于矿工来说，是一件大快人心的好事！也是我们党团结矿工、扩大宣传的一个好机会。我听致远说了，你们这些同志都希望加入党组织，对于贾汪支部来说，你们是未来的希望，在执行任务的过程中一定要注意保护自己。对孟虎也以教训为主，不要伤及性命。我想，这次行动便是对你们勇气和智慧的一次考验，我看就叫'打虎行动'好了！"

三天之后的晚上，天色阴沉。夜渐渐深了，除偶尔路过的黄包车，街上已看不到什么行人。几个年轻人在镇上的一家酒馆喝酒聊天，此时似乎才刚喝到兴头，大声吆喝着划拳行酒令，丝毫没有散场的意思。徐州人好酒，正如一首歌谣所说："大

煊烂

江南北,喝不过安徽;黄河两岸,喝不过宿县;宿县人都喝倒,徐州人没喝好!"贾汪这地方的酒风也很盛,对此,酒馆的小二已经见怪不怪,反正每天都得到凌晨打烊,此刻也没什么事,索性守在一旁打瞌睡。晚上十一点左右,又进来一个年轻人,与正喝的几个人坐在一起,没多会儿,一桌客人便结账晃晃悠悠地走出了酒馆。

几个人出门朝镇东方向走去,一开始还互相搀扶着,一个个似乎都喝了不少。没走出多远,他们却健步如飞,没有半点喝醉的样子,很快便消失在夜色中,这几人正是耿致远他们。

"致远,'老虎'晚黑儿一从酒馆出来就去了烟馆,宋书记准备的东西也都安排好了!"二毛说道。

"好,今晚咱们就过一把武松的瘾!"

"哈哈,打虎亲兄弟!"

所有人都干劲十足。

很快到了行动地点,扒开一个草堆,找到了宋阳标提前准备好的麻袋、麻绳、棍棒、手电和板车,大家拿好了家伙,在路一侧埋伏下来。

周围一片黑暗沉寂,只有路旁的柳树随风摇曳,发出唰唰的声响。耿致远几人屏气凝神,仔细留意着周围的动静。

远处隐隐约约传来断断续续的声响,似乎是人的说话声。

"晚上去烟馆的有几个人?"耿致远问。

"就孟虎一个,没见其他人。"赵洪林说。

"难道不是他?"耿致远又竖耳细听。

一阵风吹来,说话的声音又清楚了不少。

"我……我没事! 不……不要扶。"

"孟老板,您喝多了!"

"我没喝多,我……我千杯不醉……"

"是孟虎! 他的声音我很熟悉。"韩天民笃定地对几个人说。

"致远,看来来的不止孟虎一个人。情况和我们预想的不一样了,今晚还行动不?"几个人一齐望着耿致远,如同孩童时期一样,等待着他的决断。

耿致远示意几人别出声,继续听来人断断续续的对话。

"没几步就到家了……别送了! 回……回去告诉杨老板……赶明儿个,我还来……"

"孟老板,您留神,别摔着了。"

人渐渐近了,只是还看不到身影。耿致远从声音判断,来人就两个人,应该是烟馆差人送孟虎回家。他稍稍犹像了一下,对身边几个人说:"我出去看看,你们看我手电信号,一关一开就动手!"说罢猫着腰走到路上,打开手电朝来人方向迎了上去。

"前面是虎哥吗?"耿致远大声询问。

走了几十米,在手电的照射下,黑暗中人影渐渐清晰起来,和耿致远判断的一样,迎面是一胖一瘦两个人。

"你……你……是谁?"孟虎身子趴在瘦子的身上,眼神在酒精和大烟的作用下,已经恍惚迷离了。

"俺是'杆子'哥手下,'杆子'哥说嫂子在家等着急了,叫俺去烟馆接你回家,赶巧在这儿就碰上了。"耿致远讲话故意带上了山东口音。

"这……臭……臭娘们儿,有啥好急的!""杆子"是孟虎的小弟,矿上的人都知道。孟虎凭着仅存的一丝意识相信了耿致远的话。

耿致远连忙走到瘦子身边,接过孟虎的一只胳膊搭在自己肩膀上,对瘦子说:"辛苦啦,兄弟!给烟馆添麻烦了,后面就交给俺吧。"

瘦子巴不得有人接手这将近二百斤重的胖子,喘了口气说道:"那行,孟老板交给你,我也赶紧回烟馆忙活了。"说完如释重负地转身回去了。

耿致远与瘦子告别,装作很费力的样子,搀扶着孟虎跟跟跄跄地向前走,十几米的距离磨蹭了几分钟。

"你……你这小身板,不管啊!"孟虎抱怨道。

"虎哥,恁可千万不能倒下啊,不然我可扶不起来恁!"

孟虎听了似乎故意刁难耿致远,将全身的重量都压在耿致远肩头,得意扬扬地说:"小'杆子'的小弟,也瘦得跟麻秆一样。"

"虎哥,恁别压俺,恁这一堆忒沉了!"耿致远一边吆喝,一边走两步歇三步,又拖延了十几分钟,踅摸着烟馆的人已经走远,便挺起身子搀着孟虎朝前走。

很快来到了赵洪林几个人埋伏的地方,耿致远将一只手中的手电筒朝他们埋伏的地方照去,给了个信号,继续搀扶孟虎向前走。

黑暗中几个人影在二人身后悄然出现,一个麻袋准确无误地罩在了孟虎的头顶。耿致远随即双手抓住孟虎搭在自己肩头的胳膊,反转拧了半圈。孟虎"啊"的一声,肥胖的身子弓了下来,被控制的那只手拼命反抗,想要摆脱耿致远的擒拿,却震惊地发现控制自己的两只胳膊如同铁钳一般,似乎再反抗下去,整个手臂就要被

煊烂

拧断了。

耿致远一脚端向孟虎的胳肢窝,孟虎肉山一样的身体如同一堵墙般轰然倒地。

"我是'山东王'的人,敢动老子叫你们狗日的吃不了兜着走!"孟虎倒在地上,嘴里仍然强硬。惊吓加上疼痛,他被酒精和大烟麻痹的神经陡然清醒过来。

几个人根本没有理会孟虎的叫嚣,一言不发,手中的棍棒如同雨点般落在麻袋上,想着平日里"孟老虎"作威作福、殴打工人的样子,手中的棍棒更加用力,每一棒都实实在在地打在肥猪般的孟虎身上,发出"砰砰砰"的闷响。

"哎呀!啊!"孟虎发出杀猪般的号叫。他的双手抱着脑袋,整个身体蜷缩着如同一只煮熟的肥胖虾米。此刻他有些后悔,晚上不该和那帮酒囊饭袋喝了那么多的猫尿,头脑已经不太灵光了。他努力想记起耿致远的样子,但因为天黑和手电亮光的缘故,怎么也想不起来对方的长相,只知道看起来有些瘦,年纪不大。

"几个小哥来,求求恁了,有话好说,别打了!"孟虎忍住剧痛挣扎着说道,"俺孟虎也不知道哪里招恁惹恁了!恁到底想要什么?要钱还是要东西,只要恁提出,俺马上去办!"好汉不吃眼前亏,嘴上这么说,孟虎可是憋了一肚子火,心想只要叫我知道你们的来历,不把你们这些狗日的扒掉一层皮,我就不叫孟虎!

棍棒稍停,孟虎感觉自己的话起了作用,继续说道:"我说几个小哥来,咱无冤无仇,要是别人出钱雇的你们,我出双倍!贾汪就这么大点地儿,俺认识的人也不少,咱们低头不见抬头见,有能用得着兄弟的地方尽管吩咐。这次就请恁高抬贵手,放我一马,可好?我身上的钱全在这了……"他抱着头的双手松了开来,气喘吁吁地坐起身子。

赵洪林几个人望着耿致远,等着他说话。

突然,孟虎真的如同一只猛虎一般动了起来。手电筒亮光之下,只见他一只手在胸前乱抓,似乎要把麻袋揭开,另一只手已然伸向腰间,掏出了一个黑漆漆的东西。

"枪!"

耿致远惊出一身冷汗。

13 突发矿难

乌黑的手枪已经举起，"老虎"头上的麻袋也要被掀开。

手持棍子的韩天民眼疾手快，听到耿致远的叫声已经反应过来，一棍猛地打在孟虎持枪的手腕上。孟虎惨号一声，手枪掉在了地上。赵洪林、耿彭城将孟虎踹倒之后对着麻袋又是一通猛打。

"别打了，大哥，我错了！"

赵洪林几人也是后怕，如果被这厮放了枪，后果不堪设想。想到对方如此狡猾，对他的恨意不禁又加重几分。很快，倒地的孟虎再无反抗之力，只有肥硕的胸脯不停地剧烈起伏着。耿致远示意几人停手，拿绳子将孟虎五花大绑起来——捆得叫一个结实。

耿致远捡起枪，拿在手中，隔着麻袋顶住孟虎的额头，压低声音说道："你不想知道我们是谁吗？告诉你，我们就是在矿上发传单的人！"

"大哥，我错了，我再也不敢了！"孟虎心里一沉，这群人可不好惹，矿警队查了很久，也没能查出他们的身份。

"姓孟的，现在知道错，晚了！今天我就代表被你欺负的工人，崩了你！"

孟虎听了如同五雷轰顶："大哥大哥，别，别，别，俺知道错了，往后俺再也不敢欺负工人大哥了。求求恁，饶俺一条狗命吧！大哥，别杀俺，俺一定改！"孟虎说完哭了出来，整个身子吓得哆嗦不止。站在他身旁的耿致远皱了皱眉。手电照射之下，孟虎的身下一片水渍，原来已经吓尿了。

赵洪林几人互相对视，忍不住想笑。看到平日耀武扬威的坏人这个下场，实在是解气。

耿致远说："姓孟的，我们不随便杀人，杀的都是罪大恶极之人！记住你今天说的话，要是今后再欺负工人，我们就叫你在贾汪消失！"

"感谢大哥不杀之恩，我以后一定改！一定改！"此时的孟虎磕头如捣蒜，现在只要能活命，叫他挖一辈子煤也是心甘情愿。

"死罪可免，活罪难逃，还得辛苦孟老板跟我们走一趟！"

韩天民拿出一块烂布，揭开麻袋，将孟虎的嘴巴堵得严严实实。几个人将他抬

煊烂

上板车,盖上烂草,拉着车出了镇子向贾汪矿一路跑去。

第二天,贾汪矿门前又被围得水泄不通。

矿场门前的一棵柳树上,绑着一个鼻青脸肿、浑身淤青的人,此刻围观的人已将罩在他头上的麻袋揭开,露出了猪头一般的真容,认了半天,才发现是把头"孟老虎"。他的身旁还插了一块牌子,上面写着"欺压矿工,下场如此"!矿上很快得知情况,出来几个矿警,将工人驱散,把孟虎抬进了矿区医院。

这件事在工人当中如同一瓢冷水倒入油锅一般炸开来,知道这件事情的人没有一个不拍手称快。从前,矿上沉闷得如同一潭死水,工人们忍气吞声太久,现在终于有人站出来替他们说话了,大家伙儿感觉看到了希望。

矿上的管理层都噤若寒蝉,先前的传单事件还没有任何眉目,现在又有把头被打伤。一些素以压榨工人为乐的把头监工个个心里都在打鼓,不知道下一次会不会轮到自己。这件事直接的后果是矿警队在把头们的一致要求下再次扩编,二毛在宋阳标的支持下,通过应聘进入了矿警队。

一周之后,挨了打、丢了枪的孟老虎出院。出院后的他像是变了一个人,彻彻底底地老实了下来。常拿在手中殴打工人的镐把也丢了,见到谁都是一副笑脸。此外,他还主动找到流浪在贾汪镇上的张井兰,给他补上了工资,重新招进了矿里。"山东王"见一向好勇斗狠的手下被折了性子,也就逐渐和他疏远起来,派给他的也是些不紧不慢没有油水的活儿,不过"孟老虎"不以为意:"还是命重要啊!以后再也不敢欺负工人了。"他茫然地看着乌压压一片走出矿井的工人,像是对着一个莫须有的人在表着决心……

1937 年 4 月 15 日,是耿致远永远铭记的一天。

汪清茶馆后院,宋阳标、耿致远、赵洪林几个人正在开会。会上总结了"打虎行动"取得的卓越成效,宋阳标说:"这次行动在大家的努力下非常成功!一开始我还担心大家斗争经验不足,事实证明我们的队伍虽然年轻,但绝对是一支极具战斗力的队伍。耿致远在方案的制订、临场应变方面表现得尤其突出,在此提出表扬。"

大家一起鼓掌。赵洪林几个人也是心服口服:"宋书记,您是不知道,耿致远从小就是我们的头儿,有他在我们就有主心骨!"大家纷纷点头。

待掌声止住,宋阳标严肃说道:"但同时,我也要指出这次行动中的不足,比如我们的工作还不够细致,没发现孟虎配了枪,这点,我要负主要责任,如果行动中被他掏出枪,我们很可能就得付出血的代价!"

耿彭城说道:"宋书记,矿上的把头都没有枪,谁也没想到这个孟老虎会有一把,这不是您的责任,是我们的工作没做到位。"

"你们还年轻,又是在我的指导下开展工作,我应该考虑得更周全一些。和今天一样,大家以后对组织工作和我个人有什么意见和建议,都可以在会上提出来,这样我们才能够不断地吸取教训,取得进步!"宋阳标接着说道,"今天,我还要向大家宣布一个好消息!耿致远同志,请起立!"

耿致远站起身,有些不明所以。

宋阳标上前握住了耿致远的手:"致远同志,经组织考察,鉴于你在校的表现、在青年救国会为抗日救亡所作的努力和在贾汪煤矿的工作,你的入党申请组织批准了。我就是你的入党介绍人!"

宋阳标接着打开了随身带来的一个箱子,小心翼翼地取出了一面绣有镰刀和锤子的红旗,郑重地挂在房间的屏风上。"这是党旗,现在请你跟着我向党旗宣誓!"

"严守秘密,服从纪律,牺牲个人,阶级斗争,努力革命,永不叛党。"

耿致远跟着宋阳标一句一句地宣誓,也在回忆自己向党靠近时走过的每一步,他觉得此刻的自己被一把火点燃了,眼睛禁不住湿润起来。身旁的小伙伴看着宣誓的耿致远,感觉他整个身子都发出光来,一个个露出向往和羡慕的神情。

"致远同志,从今天起,你就是一名共产党员了!"宋阳标伸出双手紧紧地握住耿致远的双手。

之后的一段时间,郑运昌班组的日子不太好过。"笑面虎"王兴伦拿下了六号井东大巷的承包权,为了完成向矿上承诺的采煤任务,逼着手下三百多号工人日夜不停地加班加点。王兴伦还安排了一帮子监工,工人们稍作休息便打骂责罚。他自己也没有闲着,没事就在井下转悠。在这种高强度的压力下,老郑的班组已经连续近二十天没有休息了,工人的体力和耐力都达到了极限。

六号井东大巷,煤炭的质量非常好,但是煤层较薄。厚的地方有三四米,薄的地方仅仅几十厘米,且倾斜分布。一些窄的地方上下都是岩层,掘进的工人进去之后必须趴下来手脚并用地爬行。老郑的班组这些日子就在一块较窄的煤层中作业。这天上午,只休息了四个小时之后,便又被要求出工,工人们虽然怨声载道,但一个个却也无可奈何。

煊烂

夜班的工人已经离开,到达作业面之后,耿致远跟着老郑负责掘进。

耿致远弓身走进巷道深处,说:"师傅,我算是知道为什么大家都把作业面叫'掌子面'了。"

"为啥?"

"你看看咱们干活的这块地方,宽度只能容下三四个人,高度勉强能猫着腰,还是倾斜朝下的,也就巴掌大小!"

"你说得对,掌子面就是这样叫开的……"

老郑正说着,突然停住,将手头工具放在一边,四下张望。

"师傅,有啥不对吗?"

"致远,你没感觉这块地方特别阴冷吗?"老郑一边说着,一边将上衣也脱了下来,伸出手去摸矿洞的墙壁。

"您这么说还真有点冷。不过师傅,冷就冷呗,怎么还把衣服脱了? 咱们这东大巷一直这样啊。"耿致远不解道。

老郑没有理会耿致远,又摸索了一会儿说道:"情况不对,你去把监工叫来。"

不大工夫,耿致远带着一名监工爬了进来。

"咋回事,郑队长? 这个月产量催得紧,你可别给我磨洋工啊。"监工带着怨气问道,他们这个月也不轻松,每天都要守在井下连轴转。换作平时,他这会儿还在被窝里搂着光腚老婆睡大觉呢。

老郑说:"这巷道温度比外边低了三四摄氏度,明显是透水的前兆! 这活不能干了。"这时耿致远才算是明白了老郑刚才那样做的缘由,透水也叫突水,是指煤矿采掘工作面发生大量涌水,淹没井巷的事故。在煤矿的灾害中,透水造成的伤亡大,一旦发生往往就是很大的灾难。

监工不依不饶:"老郑,上一班人干得好好的,咋到你这里不能干了?"

"上一班人没出事并不代表我们干了也没事! 万一透水,咱们班组这些人谁都跑不掉!"

监工提高了嗓门:"少跟我废话啊,要不是看你年龄大,平时干活又卖力,我早就教训你了!"

附近一些工友见这边争执,也围了过来,一时间本就狭窄的巷道围满人,大家都在那里议论纷纷。

监工见人多了起来,忍住心中的火,尽力缓和着口气说道:"老郑,这个月的任务你是知道的,完不成,大家全都喝西北风! 别在这吵吵了好吧,有这工夫,能挖多

 突发矿难

129

少煤了?"说完又回头对围观的工人说:"都皮痒了是不是?看啥看,全都给我干活去!"

"不管你说啥,这活我不干。我不能拿兄弟们的命不当回事!"

老郑的一句话彻底激怒了监工:"还反了你了,干不干你说了算?"监工掏出腰间的棍子,作势要打。可棍子还没举到头顶,就被棚子顶住了。这个巷道实在是太窄了。监工见状又将棒子平持着捅向老郑,还未捅着,就被耿致远一把夺下。

看到气势汹汹的耿致远,监工一下子怔住了。

"能不能干,我们郑队长说了不算数,也不是你说了能算的!万一突了水,大家都活不成命!让王兴伦来!"耿致远怒视着监工说道。老郑在他的心目中跟他的父亲一样,还是老矿工,井下经验丰富,待人又仁厚,他相信老郑的判断,同时,也见不得老郑被欺负。

"管,叫'笑面虎'来!"围观的工人们也跟着附和。

"管,你们等着!"监工看自己势单力薄,一时也有些害怕,于是猫着腰转身跑回去搬救兵。

老郑提着矿灯在巷道深处观察摸索着,耿致远默默地守在一旁。工作暂时停了下来,工人们聚在一起,等待事情的进展。

十几分钟后,一群人骂骂咧咧地走了过来,为首的正是"笑面虎"王兴伦。

"咋个回事,郑运昌?你可不像是个闹事儿的人啊!"

"王老板,正好你来了,你看看,咱们这巷道里的温度比外边大巷低了有三四摄氏度,煤壁也发凉,这是透水的前兆啊!"

王兴伦不以为然:"郑队长,今年雨水足,再加上六号井本来就比其他井多水,你说的这些都很正常!"

"那你跟我来看这个。"老郑提着矿灯带王兴伦来到工作面,指着煤墙有些焦急地说,"你看看这个煤墙,这都'挂红'了,咋能正常呢?"

老郑口中的"挂红"是矿井出水的信号,这也是一代代矿工用血泪总结出的经验,"地水将至,煤带红色,谓之挂红",因为矿井水中含有铁的氧化物,在它通过煤岩裂隙渗透到采掘工作面煤岩体表面时,就会呈现暗红色水锈。

"我说老郑啊,你怎么这么顽固呢?要论干矿,矿上请的工程师知道的能比你少?六号井人家已经勘测了,说没有问题,别在这儿跟我疑神疑鬼危言耸听。我实话跟你讲,这几块煤我承包着,眼看工期就到了,到时候挖不完,亏的是我!今天你干也得干,不干也得干,我就在这附近看着你们!"

煊烂

王兴伦说完，招呼自己的手下，指着一群在旁边窃窃私语的工人说道："叫他们干活去！"

这群爪牙如同虎入羊群，拎着棍棒连骂带打，很快将工人赶到各自的岗位上。

"今天谁不给我干活，不等水来，我先把他弄死在这儿！""笑面虎"终于露出了自己的獠牙。

老郑见状，知道多说无益，也招呼自己队上的工友开始干活。刚才与老郑争执的监工又耀武扬威地站在老郑和耿致远的旁边："老郑啊老郑，你咋不抖威风了？折腾一圈还不是跟我刚才和你说的结果一样？老糊涂了吧你！对了，今天你干扰生产，扣你半天工资！"说完，又狠狠地瞪了一眼耿致远。

这个监工似乎今天就和他们杠上了，顺势就坐在距离二人不远的地方。

老郑叹了口气，拿起铁镐开始掘进。他轻声对身边的耿致远说："致远，机灵点啊，我看这里十有八九得透水。运煤的时候找机会和大伙说说，一旦出事，来得及就向大巷跑，来不及就往附近的四号巷跑。那里煤层高还通风，已经挖空了。"

耿致远听了心里也很忐忑，借着拖煤的机会，他将老郑的话告诉了队上的工友，叫他们互相转告。王兴伦带来的人果然没走，一个个拎着矿灯虎视眈眈地四处乱晃。耿致远焦急地去找宋阳标，想告诉他这里的情况，可问了几个人才知道宋阳标和长发已经被派去推煤车了。"在大巷里推车也好，万一透水更容易逃生。"耿致远想到这里，心安了一些。

两个小时过去，一切平安无事。

监工似乎有些无聊，打了声哈欠，又拿老郑开涮："老郑，这都半晌午了，你说的透水呢？刚才还有鼻子有眼地咋呼，我看你脑子才透水了！"

"还有你，王八羔子刚才还抢我的棍，今后有你好日子过。"

耿致远气得要上前理论，老郑赶紧拖了一下他，拉住他悄声说："别理他。"

二人继续干活，没过多久，前方的煤墙突然发出"嘶嘶嘶"的声音，那声音如同皮球漏气一般，在几百米的地下，煞是诡异。老郑赶紧停下了手中的镐头，回手又一把按住正在忙活的耿致远，示意他安静下来。老郑拎起旁边的矿灯，对着煤墙仔细观察，"嘶嘶嘶嘶"的声音更明显了！煤墙似乎还有些颤动，发出"咔咔"的声响。

"'水叫'了，快跑！"老郑喊了一嗓子，拉起耿致远，转身就跑。

身后的监工看着老郑和耿致远猫着腰朝他跑了过来，以为他们气不过要跟他拼命，如临大敌般将棍子抱在胸前，身体紧贴着巷道墙壁。谁知二人经过他身边，看都没看他一眼便朝前奔去,转瞬就消失在巷道中。

监工反应过来又羞又气,站在那里狂叫:"你们两个今天就是想找难看,我要不打断惩的狗腿就不是人!"话音刚落,掌子面的煤墙轰然倒地,发出闷雷般的巨响,一股粗大的高压水柱势不可当地喷涌而出。监工刚才的羞愤还未平复,瞬间便被吞噬了。

"透水了! 快跑!"老郑二人一边跑一边喊,从声音判断,此时跑到主巷道肯定来不及了,老郑带着耿致远奔向四号巷道。队上提前得到通知的工友反应都很迅速,马上放下手中的家伙跟着两个人跑。

这个时候,王兴伦听到一声巨响和随之而来的水声,知道出了事。"真让这个老郑说准了!"这个时候他的手下如同一群无头苍蝇,跟着另一个工作面拥出的工人朝大巷的方向跑,一时间本就不宽的巷道一下子挤了几十个人,拥堵得水泄不通,偶尔有人摔倒在地,瞬间便淹没在后面的人群中。王兴伦此时很冷静,他没有跟着手下朝大巷拥,看到老郑一群人朝四号巷跑,他也调整方向,跟着跑了过去。

巷道里水涨得飞快,很快便流到了主巷,污浊的黑水散发着一股腥臭的气息。刚才距离透水点最近的拥堵的支巷中,一个人也没能跑出来。其他工作面和大巷中推车的工人都知道出了事,拼了命地向井口跑,好在他们离透水点较远,都逃了出来。

在井口,宋阳标和李长发焦急地等待着。据后面几名死里逃生的工人说,透水的地方离四号巷很近,离地面有三百米,进水的巷道大概一百米长,那里正是老郑的班组工作的地方。矿上的管理层知道出了事,也赶到了井口。大小把头现场清点人数,当天在东大巷的各类人员一百二十三人,目前五十八人下落不明。

"致远,你可千万不能出事啊!"看着乌黑的井口,宋阳标眼睛里噙满了泪水⋯⋯

四号巷内,一群人惊魂未定。漆黑的水如同沸腾了一般向上翻涌,不断压缩着这群人的活动空间。随着水位不断升高,人们不断向四号巷的顶层退去,神经也绷得越来越紧,不一会儿有人已经承受不住巨大的压力,失声痛哭起来。绝境里绝望的情绪极具传染力,越来越多的人绷不住跟着哀号起来。还有一些原本强作镇定的,此刻也忍受不了,在那里大声叫嚷。一时间,巷道里的场面几近失控。

嘈杂中老郑大声喊道:"大家伙儿莫慌,从这涌水的颜色和气味判断,该是打通了老窑中的积水。水不会一直涨下去,咱们还有盼头!"这群人当中有老郑队上的,

煊烂

也有其他队上的,熟悉老郑的人心里稍安,但其他人依旧情绪激动,该哭的哭,该闹的闹,大呼小叫呼天抢地,老郑看到这样的情况一时也没了主意。

耿致远心里也怕,但他知道眼下这种情况害怕无济于事,先要稳定这些人的情绪,他大声喊道:"都别哭了!这不还没死呢嘛!"

经他这么一吼,矿洞里倒安静下来。

耿致远提着矿灯走到涌水的位置照了照:"这水已经比刚才小了很多,我师傅说了,咱这是老窑突水,这四号巷虽然是个独头巷,但地势高,又有通风口,咱们不会被淹死,也不会被毒死!他在矿上干了近三十年,我相信他!你们在这儿又哭又号,能解决什么问题?越是这样的时候,我们就越得清醒冷静,不然不等被水淹死,大家先被你们吓死了!"

又有几个胆大的工人小心地凑到耿致远身边,看向翻涌的水势,果然比一开始小了很多,上涨的速度也慢了下来。四号巷是一个向上的斜巷,后面到底部还有很长的一段距离,大家的不安也都逐渐缓和了许多。失控的工人听耿致远说得有道理,也都慢慢冷静下来。

"咱们这个时候都是拴在一根绳上的蚂蚱,大家只能心往一处想,劲儿往一处使,才有可能逃出去。你们想想是不是这个道理?具体怎么办,我建议听我师傅郑运昌的,咱们这里我们队上人也最多,你们有没有意见?"

老郑班上的人当然没有意见,其他人没什么主见,也就都同意。

老郑看着年轻的耿致远临危不乱,还很快控制了局面,不由更加满意这个徒弟,但隐隐地又有一丝不安:这水,什么时候才能退呢?接下来该怎么办,他一时也想不到什么更好的办法。四号巷已经淹没了近五十米,看这样的深度,水肯定已经流到了主巷,即使水性很好的人也不可能在黑暗中潜这么远,况且这水可是沉积废井多年的毒水啊。经验丰富的老郑陷入了沉思中。

"这不是'笑面虎'吗?就是这狗日的害得咱们被困在这里!"一个工人发现了把头王兴伦,指着他咬牙切齿地叫了出来。

"揍他狗日的!"两个工人起身就朝王兴伦走了过去。

王兴伦暗叫一声不好,刚才他一直沉默不语,知道这次透水事故主要原因就在他没有听郑运昌的建议,如果这些人认出了自己,肯定要将愤怒发泄在他的身上,可怕什么来什么,终究还是被身旁的工人认了出来。

"打死他!"旁边的工人抬脚就将王兴伦踹倒在地。

平日里王兴伦带着身边一群爪牙无恶不作,工人们恨之入骨却只能打碎了牙齿往肚里咽。眼下大家都是生死未卜，新仇旧恨一齐爆发开来，恨不得现在就将王兴伦撕碎。

"几位大哥，我错了，我再也不敢了！"王兴伦叫苦不迭，他真觉得眼前黑暗的四号巷就是自己的最终归宿了。眼前这些失控的人，打死他如同捏死一只蚂蚁，就算出去也可以说自己是被透水淹死的。

眼看王兴伦要被活活打死，耿致远又是一声猛喝："住手！"

工人们见耿致远发了话，停了手。王兴伦像是抓到了救命稻草，爬到耿致远身边，涕泪横流："小哥，求求你了，饶我一命！"

一个工人说："小兄弟，刚才你说的都在理，可这王八蛋平时蹲在我们头上拉屎，趁这个机会，干脆打死他得了。"

"打死他咱们就能出去了？除了浪费体力又有什么用？我刚才说了，咱们是一根绳上的蚂蚱，要出去一起出去。"耿致远有自己的打算，"笑面虎"虽然坏，可毕竟是矿上的大把头，外面也有很多人脉。如今他被困在井下，矿上施救的压力也会大一些。

"可这王八蛋要是活着出去报复我们咋办？"

王兴伦直接跪在地上磕头："几位哥哥，假如能有幸活着出去，咱们就是共过生死的兄弟，我王兴伦对天发誓，绝不报复！"王兴伦此刻说的绝对是真心话，同时他也打心眼里感激眼前这个出言相救的年轻人。可他心里也很清楚，这么大的透水，凭六号井的抽水设备，等到抽干积水估计被困的人早就饿死了。另外，矿上肯花费巨大代价来解救这二十来个工人吗？想到这里，他悲从中来，呜呜抽泣着说道："如果我们逃不出去，黄泉路上咱们好歹也是个伴儿啊……"

工人们都是善良的人，见平日不可一世的大把头如今的可怜样，也都动了恻隐之心。动手的几个人也不再言语，默默地退到一边。

"行了，大家先歇着吧。刘哥，辛苦你在这儿看着水位。我和师傅商量商量接下来咱们怎么办。"耿致远将手中的矿灯递给身边同队的工友，转身朝老郑走去。

十几分钟之后，二人似乎确定了一个结果。

耿致远对老郑说："师傅，那就先这么办，你跟大伙儿说说吧！"

"不，还是你来说，刚才一路跑得我心里有点慌，可能老毛病又犯了。"

"那行，师傅您歇歇，我来跟大伙说！"

接下来，耿致远清点了被困的人数，一共二十七人。他公布了初步商量的结果，就是做好长期坚持的准备：工人们随身所带的干粮全部集中，统一分配；搜集所

煊烂

有能利用的随身工具,做好自救的准备;所有矿灯集中管理,只留一盏灯兼顾照明和观察水位;除轮流观察水情的工人外,所有工人保持静卧,减少体力消耗;井下水用衣物过滤后才能饮用等。

最后耿致远说道:"各位工友,我们被困在三百米的地下,我们距离主巷也有三百多米的距离,脱困肯定是个艰难而又漫长的过程。我们这二十七个人,也许平日里有各种各样的恩怨,但现在我们就是一个整体,我们要互相鼓励、互相信任,绝对不能掉链子干憨熊事!我相信上面的工友不会扔下咱们不管,我也相信只要咱们齐心协力,一定能够克服各种困难,一起走出矿井!"

听着耿致远的一席话,老郑很满意,他很欣赏徒弟一直以来的作为,也很希望看到徒弟被更多的人认可。工人们听着耿致远的话,一个个都被他感染,变得冷静、坚定起来。他们觉得耿致远身上透着一股劲,这股劲犹如这幽深暗黑坑道中的一束光亮,给濒临绝境的矿工们带来生的希望。

"他叫个啥?"王兴伦问身边一个工人。

"耿致远!"旁边的工人本不想搭理王兴伦,但还是告诉了他耿致远的名字。

14 罢工救人

地下的人遭罪,地上的人煎熬。

听闻矿上出事,四里八乡的人都赶了过来。对于这个时期的煤矿公司来说,井下事故难以避免,几乎每个月都会发生。而对于矿工家庭来说,事故发生到自己身上便是灭顶之灾。六号井门前人声鼎沸,乱作一团,有拉着亲人嘘寒问暖的,有坐在地上抱头痛哭的,还有一些前来围观者,站在一旁窃窃私语,久久不肯离开。

矿警队到达后,很快将人群隔开,井口只留下管理层和一些把头在商量处置办法。过了好一会儿,一个看似管事的人站到高处对围观的众人说道:"诸位,今天六号井东大巷的一个工作面发生了突水事故,淹没巷道三百多米,现在看被困在井下的人活着的可能性不大。对于这次事故,矿上也很不好受!在这次事故中遭了难的矿工,矿上会安排会计科尽快核算,给予家属一定的经济补偿。"

"困了这么多人,难道矿上就不管不问了?"见矿上不准备救人,只想赔钱了事,宋阳标在底下喊道。他的喊声马上得到了周围人的响应。

"就是,赔那点钱有啥用,现在得先救人!"

"救人!救人!"

一时间人群中呼声响成一片。

管事的伸出手,示意大家安静,大声说道:"救人?你们给我说说我咋个救法?这是三百米深的地下!"

见人群再次安静下来,他才又开口说道:"请大家少安毋躁,现在矿上正在研究应对的办法。大家不要围观,先回去,不要影响矿上正常的生产!"

这人话音刚落,矿警队便拎着家伙行动起来。围观人群很快被驱散,遇难矿工的家属则被统一安置到矿上的一间仓库。

矿警赵洪林走到宋阳标面前,眼睛泛红,低声问道:"致远在下面?"

宋阳标沉重地点了点头:"看样子矿上并不打算全力营救。洪林,晚上你带我到致远家去一趟,也麻烦通知大家晚上在致远家里集中。"之后宋阳标并没有回矿上宿舍,而是来到了镇上的汪清茶馆。他先用茶馆的电话向徐州特委汇报了贾汪矿的情况,说了自己的打算,得到特委支持后,他迅速厘清了救援的思路。

晚上,耿致远一家人围坐在堂屋里,神色黯然,全都在为耿致远的安危担心着。

见到赵洪林一帮人进来,耿成文对致远妈说道:"孩儿他娘,你带着致馨先去睡吧。"说完又看向愁眉不展的耿博众:"爹,致远他机灵得很,队长又是老郑,他肯定会没事的,您也别担心了,早点睡吧!"

致远的亲人们满面阴云回了屋。

赵洪林对耿成文介绍说:"叔,这是致远队上的工友,宋豫。"

耿成文站了起来,他从致远那里听说过宋豫:"致远跟我说起过,他平时多亏你照顾!"

宋阳标拉着耿成文的手说道:"成文队长,事态紧急,我们也就不说客气话了。你是矿上的老队长,六号井你也去过,你说说致远他们逃生的概率大不大?"

看着一屋子人,耿成文冷静下来,神情严肃:"下午矿上说巷道被水淹了三百多米,六号井是个新井,排水的水泵也是矿上新安的大功率水泵,但就算昼夜不停地运转,我估摸着这么多水没有半个月也很难排清。从致远他们的工作面到主巷还有三百多米的距离,跑出来的工人说很多人根本来不及逃出来,都挤在通往主巷的支巷里动弹不得。这中间虽然有个别支巷由于煤层分布向上倾斜,还有通风口,但这么急的突水,不知道致远他们有没有时间逃到那些支巷去。现在要说还有活着的可能,也就是老郑能领着他们躲进这些支巷了!"

宋阳标安慰耿成文："老哥，听工人讲，上午郑队长还因为发现了透水的兆头，和把头发生了冲突，但把头根本不听，逼着工人继续干活。我觉得老郑经验丰富，他肯定提前想到了应对的办法。致远他们既然没跑出来，现在大约莫躲在这些支巷里！我们得想尽一切办法营救他们，我们今天来，就想听听你这个老矿工的建议。"

"谢谢大家啊！我替致远感谢你们！"

"老哥，即使今天被困的人当中没有致远，我们同样会这么做！这可是几十条人命啊！下午矿上统计被困的人员名单，大部分都是河南人，河南的大把头'笑面虎'也在里面，他的哥哥在外边急得直跺脚！从下午的情况看，矿上并没有全力救人的打算。现在咱们要做的，就是要尽快给矿方施加压力，迫使他们集中全部力量先救！如果这些能够生存的巷道里有工人，我想他们撑个三五天是完全没有问题的。"

"你们打算咋办？"耿成文问道。

"我们要发动工人罢工！同时也要争取一切能够争取的力量，逼着他们救人！"宋阳标坚定地说道。

一开始，赵洪林几个人听了宋阳标的想法还有些疑虑，凭着他们这几个人，能成吗？可随着宋阳标详细说出自己的计划，在场的人听了眼神越来越亮："不孬，这样干肯定能成！"接着大家又商量了具体的细节，明确了所有人的任务和分工。

宋阳标又问了耿成文一些关于六号井的巷道分布和排风的情况。布置妥当，宋阳标说道："就像耿老哥所说，现在突水形势很严峻，但我想只要发动我们能够团结的一切力量，逼迫矿方全力施救，这些都是能够克服的。一个井上的排水泵不够，就拆其他井的，我就不信把矿上的水泵都拆了还抽不完！对于被困井下的人来说，咱们多争取一秒的时间，他们就多一分活下来的希望。所以，从现在开始，大家就进入工作状态，赶紧按照安排分头去做工作！"

与此同时，贾汪矿会议室里也是灯火通明。矿上正副经理、工程师和事务处、工程处、保安处的负责人，以及外柜代表满满当当地挤了一屋。总工程师在会上说明了透水工作面的地质情况，预估了积水量以及正常排放的时间。各个部门负责人提出了相应的处置意见和理由。不出宋阳标所料，最后基于生产和成本的考量，会议的基调朝着不开展营救，维持煤矿正常生产秩序的方向发展，虽然外柜代表"笑面虎"的哥哥王兴昆提出尽力施救的不同意见，但也很快被淹没在反对的声音中。最终，会议形成了几条具体意见：一、全力保证煤矿生产，加强值班巡逻，稳定工人情绪,维持正常的生产秩序;二、遇难之五十八人,根据职务不同,补偿抚恤金五十至八十元不等,由总务处核发;三、利用现有排水设施尽力排放积水,保证六号井西大巷的正常运营;四、外柜东大巷承包合同顺延,采用增加工资的方式适当补贴外柜损失。

今晚,注定是个不眠之夜。

宋阳标从大泉村出来,带着韩天民来到了汪清茶馆,之后,便在茶馆的后院里踱来踱去,他在焦急地等待一个人。

九点刚过,赵洪林跑了进来:"矿警队刚开了会,对被困的工人矿上并不打算救他们啦,就是想赔钱了事。明天工人们正常上班,还要求我们加大值班巡逻力度,防止工人闹事!"

宋阳标当即进屋坐在桌前,拿出笔墨写了几张纸,写完后分别交给了茶馆的赵老板和韩天民。赵老板驱车直奔徐州,韩天民则来到了镇上孟虎的家。

"孟老虎"自从被教训了一顿之后,烟馆也不去了,每天都早早地关了院门睡觉。这晚还没睡熟,便被院门咚咚的响声敲醒,他穿着衣服走到院子中问道:"这么晚了,谁呀?"门外无人应答,却听"啪"的一声,一个东西从院外飞进落在了院子里,显然是敲门之人扔进来的。孟虎小心翼翼地走上前去,是一个包了石头的纸团。进屋打开了纸团,看清两张纸的内容之后,睡意全消。他着急忙慌地穿上衣服,一路小跑出了院门。躲在黑暗中的韩天民看着孟虎出了家门,便朝着汪清茶馆的方向走去。

孟虎要找的人是"笑面虎"的哥哥王兴昆。

"我先说清楚,我不是共产党,只是负责传话!被困的人当中也有你的兄弟,该咋办你自己掂量。这张纸条的内容能不能在矿上传开,就看你的了!"

王兴昆看着手中的纸条,上面写着"定于六月二十日起,全体工人罢工,严正抗议贾汪矿见死不救,不愿意解救透水被困工友"。想起晚上在会上自己提出救人意见时,资方的轻蔑和无视,心头一横:"俺不管你是谁,现在矿上这帮孬种连俺兄弟都不救,这个事俺干了!"

当天晚上,这条信息在矿工宿舍不胫而走。

矿工们见惯了各种矿难之后,矿上管理层的推诿和不作为,得知这次被困了五十八人,每个人的心头都是沉重的。矿上赔的那点钱,经过层层盘剥,最终家属拿到手的,也就是个棺材本儿。可这样的世道,无权无势的他们又找谁说理去?现在

煊烂

听到这个消息，他们好像找到了主心骨，每个人都感觉有为工友做点事情的责任和义务。各种各样的议论在工棚中此起彼伏。

"明天罢工，你干不干？"

"干，有人替咱说话，为啥不干？"

"你不怕把头和矿警？"

"兄弟，大伙儿齐心他们能咋样谁，又不要咱们说话，咱们就是架势。"

"大家都不动，那些人能把咱们咋样？"

"谁要是出工，就是跟咱们大家伙儿都过不去！"

"你说得对，这次救了别人，万一哪天等咱们真出事，自然也有人替咱们说话！"

"呸呸呸，快吐口唾沫，徐州地邪！"

同时，"笑面虎"的哥哥也给"山东王""马家帮"等矿上的大小把头放了狠话："罢工虽然不是我起的意，但哪家柜上出工，耽误了救我亲兄弟，休怪我今后翻脸无情！"各家把头平日里都是同进同退，见王兴昆说得这样坚决，想想反正是一起和资方闹，也不会有自己什么损失，便纷纷默许了。

耿成文和耿彭城负责通知贾汪矿周边的本地工人。这个时候，耿成文平日的为人发挥了重要的作用。他找到了矿上的几个老伙计，希望他们帮忙劝说周边矿井一起罢工要求矿上救人。听说被困的工人中还有他的儿子，这些生死与共多年的工友连觉都不睡了，跑遍了附近的村庄。一时间，六月二十日罢工的消息像是一块石头扔进平静的湖面，激荡起层层涟漪，很快传遍了贾汪矿周边。

三百米地下，耿致远提着矿灯，观察着巷道进水的情况。水面已经停止上涨，却也丝毫没有下降的趋势，昏黄的灯光映照下，乌黑的水面还带着丝丝纹理，平静得如同黑色的磐石。矿工们的情绪都还算稳定，晚上每人分配了巴掌大小的口粮，都是窝头、烙饼之类，虽说已是尽量减少配给，可按照这样的消耗速度，食物仅能够维持两三天。工人们喝了利用矿工帽和衣服层层过滤的积水，倒是没有什么问题，此刻都安静地躺着，各怀心事，难以入睡。

忽然，身后传来了脚步声，耿致远借着矿灯看到是师傅郑运昌。老郑盯着水面仔细看了一会儿说："看来水不会再涨了，咱们这些人暂时是安全了。"

"师傅，咱们还有没有可能挖通其他巷道逃出去？"

老郑叹了口气说道："这样的深度，方向本就难辨。再加上大家连饭都吃不饱，没头没脑地乱挖，只会白白消耗体力。况且距离这四号巷最近的巷道，究竟是什么情况都很难讲。眼下也只能指望上面的人救咱们出去了！"

"那您估计这水排净，得多久？"

老郑沉吟了一会儿，说出了一个和耿致远的父亲大致相当的答案："看这情况，至少要十天。"

听到这个数字，耿致远感到一阵无力，这么多人，能不能撑这么久？

又是一阵窸窸窣窣的声音，王兴伦也来到了二人身边。

"老郑，今天我被猪油蒙了心，就想着多出煤多挣钱，弄到这个地步，实在是对不住啊！"

郑运昌面无表情地说道："王老板，你对不住的可不只是我，还有咱们这儿的每一个人。当初你把大家从河南带来，是咋说的？现在外边还有很多被淹死的老乡，你咋个交代？"

一席话说得王兴伦无言以对。他掏出一个东西递给耿致远："小兄弟，这个东西在你手上兴许还能有点用，你收下吧，也算是谢谢你今天的救命之恩。"

耿致远借着灯光，看清了王兴伦放在他手中的东西——一块瑞士怀表。对于不知日夜的当下来说，这倒真是个实用的东西。

看着转身离开的王兴伦，老郑说了句："还算是没有坏透。"

凌晨四点，汪清茶馆从外边看门户紧闭，悄无声息。

茶馆内院的一间厢房中，宋阳标坐在桌前，望着桌上火焰跳跃的油灯出神。旁边摆着一杯浓茶，此刻已没了热气。刚才赵洪林、韩天民、耿彭城都已来过，他们都完成了会上确定的各自的任务，现在就差赵老板了。宋阳标一个人坐着，不免又有些担心："致远，老郑，你们现在到底是什么情况？大家可都要挺住啊！"

"丁零零……"一阵电话铃声打断了宋阳标的沉思。他拿起电话，赵老板的声音在听筒中响起："新茶都安排妥当，明天就发货！"

宋阳标内心的忧虑涣然冰释。他缓缓搁下电话，一切都按照他的计划在进行。

浓重如墨的夜色倾覆在这片大地之上。看似平静的深夜，却处处暗潮涌动，隐隐积蓄着力量，似乎都在等待振奋人心的那一刻。

第二天一早，欣欣中学早读课上，赵红雷将一份报纸放在了马铭楚的课桌上。

"马铭楚，看报纸了吗？这是不是耿致远上班的地方？"

耿致远虽然没和姚昕露通信，但和马铭楚还一直保持着联系。所以他的近况，

煊烂

欣欣中学的这些同学通过马铭楚也有所耳闻。姚昕露、惠子几个听了赵红雷的话，也马上跑了过来，要看看报纸上报道了什么内容。

马铭楚连忙打开，头版的显著位置刊发着一条消息："贾汪煤矿发生透水矿灾，五十八人被困，生死未卜。十九日中午，贾汪矿六号井东大巷工作面发生透水事故，水淹巷道三百余米，五十八名矿工被困井下，生死不明。据悉，此次矿难系砸穿老窑所致，截至报道之时，贾汪矿唯商讨工人罹难赔偿金额多寡，未见救人之切实举措。"

"啪嗒！"一滴水珠将报纸浸湿，几人抬头，却发现姚昕露的眼泪已如断了线的珠子一般夺眶而出。

"昕露，别着急，贾汪矿上那么多矿井，致远不可能那么巧就在出事的井上！"惠子连忙安慰姚昕露，掏出手帕帮着她擦眼泪。

"不行，我要去找他！"姚昕露推开惠子的手，抹着眼泪跑出了教室。

惠子瞪了赵红雷和马铭楚一眼，也跟着跑了出去。

六月二十日上午八点，贾汪矿上还是一片沉寂。如果在平时，此时可是矿上最热闹的时候，轰鸣的机器、喧闹的工人、来往穿梭的车辆一下子就将沉寂一夜的矿场唤醒，像是一个大蜂房，喧嚣忙碌且秩序井然。然而此刻安静得有些不同寻常，萧三杂货铺门前，几口大锅中满满的热粥还冒着热气，以往这时候这里早坐满了吃饼喝粥的人。门房老王拿着扫帚清扫门前的路面，几只麻雀在路上跳来跳去地寻食，老王一边扫还一边嘀咕：难道今天矿上停产了？

矿上的陈经理从进办公室就没闲着，桌上的电话一直响个不停，市里司法、农矿、工商、交通一个个的电话轮番轰炸，他已经疲于应对。他很奇怪昨天发生的事情，为何这么快便天下皆知。直到秘书给他送上了一份当天的报纸，他看过之后才恍然大悟，将报纸拍在桌上道："这是有人故意将我们的军啊！"一波未平，一波又起。不断有人找他汇报，今天没有工人上班，不一会儿经理室门前便挤满了人。陈经理指着一帮人的鼻子痛骂："没有工人我能给你们变出来？都给我找去！"

总务处内，矿上外柜的几大把头齐聚一堂。总务处长刚刚挨了陈经理一通骂，好不容易才把心头的火气压住问道："各位掌柜，都说说今天啥情况？为啥工人们都不出工？"

一个把头看了眼王兴昆，说道："谁知道犯了啥个邪劲，一个个都不肯上工了。"

旁边一人接着道："他们说矿上不营救被困的工人，都不肯上工了，没法子。"

见把头们似乎事不关己的样子，总务处长的火气腾地冒起，再也控制不住。平日里这些把头在他面前毕恭毕敬，把他的话当圣旨，为了矿上的承包权也没少给他送礼，今天倒像是招呼不动一般。"你们可别忘了，你们都是和矿上签了合同的，耽误了工期，你们要赔偿矿上造成的损失！"

"山东王"说道："总务长，矿警队的那帮人拿着枪逼都没用，我们能有什么办法？"

"我兄弟还在井下困着呢，这些工人也不听我的。不过总务长，工人罢工的原因是矿上不施救，拖延工期的责任不在我们。我们总不能把他们全开除了吧。"王兴昆说。

"我看要是叫这些工人上工，还是得救人才行！起码得做个样子给工人看看。"

总务处长一时语塞，不过也算是问出了工人罢工的原因，连忙离开了办公室，向经理汇报去了。

如同约好了一般，上午十点，工人们齐聚在六号井井口，看规模有三四千人之多，再加上附近的村民百姓，贾汪矿如同逢集一般热闹。宋阳标、耿彭城、韩天民、耿成文等人背着印制好的传单赶到，他们分头钻进密密匝匝的人群，一份份写满标语的传单很快在人群中散发开来。紧接着，"严重抗议煤矿见死不救""解救被困工友"的口号声此起彼伏。

矿警队如临大敌，此刻三百多人的队伍在这乌云压城般的人群面前显得过于势单力薄。每个矿警都提心吊胆，他们都担心愤怒的人群一旦失控，将怒火延烧到自己身上。因此只是在矿井旁边的办公楼附近站成几排，并不敢做出任何刺激工人的举动。

把头矿警都不行，矿上又联了警察局，可一听这里聚集了这么多工人，人家根本不露面。百般无奈之下，陈经理亲自出头。他站在办公楼前的卡车上，等电工扯好喇叭布上线，举着话筒喊："工人师傅们！我是经理陈鸣明，请大家听我说！"

喧闹声渐渐小了下来，现场的工人朝着卡车的方向拥了过来。陈鸣明看到这么多人不由得心里发怵，但现在的局面只能靠自己硬挺，便强打精神接着说道："大家的心情我理解，请你们放心！矿上不会对被困的工人不闻不问，六号井的三台新进排水泵正在全力排水，相信用不了几天，巷道中的积水就会排净。请大家安心工作，不要影响矿上的正常生产！"

"等水排完，工人早饿死了，我们不答应！"人群中有人高喊。

"不答应！"马上响起一片呼声。

  煊烂

"那这样,请你们推荐几位代表,和我们坐下来谈好不好?"

陈鸣明的话说完,现场倒安静了下来。工人们都是来声援罢工的,目的就是要营救被困的工友,可要说推荐代表和矿上谈判,他们一时间也没个章程。

人群中的孟虎正在看热闹,不知被谁在手上塞了个信封。他刚要抬头看,又被身后的人推了一把:"上去照着念!"

孟虎心里一紧,他知道推他的人和昨天扔纸条的人是同一拨人,却不敢回头。看这阵势,自己就是那个"代表"了,想到自己已经给王兴昆传了话,索性把心一横,举着信封朝前面挤。

他高举着信封爬上卡车,先朝陈鸣明鞠了一躬:"陈经理,矿工的要求都在这儿,我给大伙念念!"陈鸣明疑惑地将手中的话筒递给了孟虎,孟虎接过之后,先"喂喂"两声,如同告诉王兴昆一样:"我把话说清楚,我只是负责带个话,至于谁递给我的,我也不知道。"底下的工人笑了起来。

孟虎打开信封读了起来:"各位工友,矿上六号井透水,被困矿工五十八人,这是五十八条鲜活的生命,更是五十八个家庭的顶梁柱。如今,被困之人生死未卜,矿上却不积极营救,我们为了这五十八位工友,更为了我们贾汪矿的全体矿工,提出如下条件:一、成立由被困矿工家属代表参与的救援工作组,全力开展矿工的搜救工作;二、立刻从其他矿井抽调排水设施,加快排水进度;三、从地面位置进行打钻,增加排水通道;四、罢工期间工人基本工资正常发放;五、工人待被困人员获救之日起,全面复工。"孟虎每读完一条,下面的工人就响起一阵欢呼声,显然大家对于这些条件是认可的。渐渐地,孟虎被工人的情绪所感染,嗓门越来越大,仿佛这讲稿就是出自他手。

当他中气十足地读完,下面的工人竟齐齐喊起了口号。

"支持孟虎合理要求!"

"解救被困工友!"

陈经理听了孟虎读的条件,心中不以为意,他认为这些矿工简直是痴心妄想。眼下最重要的,还是安抚这群工人的情绪,让他们先回去。于是他清清嗓子说道:"大家提出的要求我们知道了,我们充分尊重工人师傅的意见,接下来我们将召开会议研究讨论,请大家相信,矿上一定会给大家一个满意的答复!"

"没有结果,我们不走!"一个声音在人群中响起,要是耿致远在这里,肯定能听出来,这是韩天民在喊。一时间,周围的矿工都跟着喊了起来,各种各样的口号声此起彼伏。

陈鸣明无奈，拿着纸条跳下了卡车，在各个部门负责人的簇拥下，朝会议室走去。大家坐定，他将纸条朝桌子上一扔："说说吧，这几条你们都咋想的？"总工程师说从纸条的内容能看出提条件的人对煤矿生产是熟稔的，要是开展营救，这些举措都可借鉴。财务部门将实施救援的预计天数和工人罢工期间的应发工资也统计了一个数字。陈鸣明听了之后一阵冷笑："咋，这样你们就都屈服了？"他心中还有一个更加恶毒的计划，那就是与驻军联系，请他们来镇压这帮不知天高地厚的矿工。虽然这样所费不赀，但他认为有其一就有其二，一旦这次答应了这帮矿工，就是长了矿工的志气，灭了自己威风，今后的日子好过不了。

秘书一路小跑进了会议室，小声在陈鸣明耳边说道："电话。"

陈鸣明一愣："谁的？"

"刘董事！"

陈鸣明一听吃了一惊，连忙起身朝办公室跑去。

秘书口中的刘董事是刘鸿生。刘鸿生以经营开滦煤矿起家，后投资火柴、水泥、毛织等行业，被誉为"中国火柴大王"和"毛纺业大王"。1956年公私合营时，是当时中国仅次于荣氏家族的最富有企业家。1932年他主持贾汪煤矿经营开采，因为开办徐州煤矿之时，刘鸿生是开平矿务局的煤炭买办，为避免同类产品竞争的合同纠葛，这位徐州煤矿的实际大老板只以大股东身份出现。

陈鸣明毕恭毕敬地向刘鸿生汇报了贾汪矿的情况和工人提出的要求，以及他自己的打算，他本以为会得到这位负责人的赏识，谁知得到的答复只有冷冷的一句话："按照工人提出的要求办！"

15 云开见日

刘鸿生一言九鼎，陈鸣明再不敢有其他打算，回到会议室便研究如何落实工人提出的条件。工人的罢工取得了阶段性胜利！得知矿方答应了工人提出的全部条件，整个矿场的工人沸腾了，如同过节一般欢呼雀跃起来。

营救工作当即展开。经过推算，发生透水的位置距地面垂直距离三百二十米，在三百一十到三百二十米之间积水最多，因此，救援组认为主攻方向应该是那些小于地下三百一十米的巷道，而耿致远他们所处的四号巷，因为通风良好，距离事发

煊烂

地点最近,被确定为营救重点。三台大功率水泵马力全开,源源不断地将积水排出,同时矿上又抽调了其他矿井的排水设施,仅仅一个下午就安装调试完毕,立即投入了使用。

时间如同井下逐渐下降的水位一般不紧不慢地走着,耿致远这些人被困在地下已经过去了四十八个小时。幸亏有了王兴伦的怀表,大家才有了时间的概念。但也因为如此,井下的时间被拉长了,一个小时感觉是平时的好几倍。工友们问得最多的问题就是:现在几点了? 发问者每得到一次回答,失望焦灼便增加一分。耿致远觉得,如果再这样下去,工人会焦虑更甚,不可收拾。于是告诉大家由他来掌控时间并定时通知,所有人一律不许再提问。

巷道里面始终有空气,并且过滤的水也可以饮用,这为他们能够生存下来提供了最基本的条件。但饥饿却像瘟疫一般蔓延开来,食物终于还是被分完了,工人当中有人开始扒巷道木的树皮。这些巷道木经年累月暴露在井下环境中,树皮全是煤灰,虽然用水洗过也浸泡过,但还是又脏又难吃。可每个人的肚子里此时像是有只贪婪的怪物,可以吞食下一切可以充饥之物。工人们睁大眼睛,脖子前伸,拼命地吞咽着。耿致远小心地撕下了一条,塞进嘴里慢慢咀嚼,一股苦涩的味道充斥口腔,又喝了一大口水才算是勉强咽了下去。他摸了摸裤兜,那里还藏着昨天他分到的一小块饼,这是他省下来给师傅老郑的。这两天老郑的老毛病又犯了,不仅如此,还发了高烧,已经昏睡了一天。

"师傅,吃点东西吧!"耿致远扶起昏迷的老郑,从兜里掏出那块饼,用水泡软了,一点点地抹进老郑的嘴里。工友们看着耿致远手中的饼,食指大动,虽然难以掩饰想吃的欲望,但打心眼儿里佩服这个年轻人。在极度饥饿的境况下,宁肯自己啃树皮,省下仅有的食物给师傅吃,有几个人能做到? 耿致远不让大伙浪费体力,但过滤饮水、值班观察水势等工作总是自己抢着干,他还经常安慰一些情绪低落的工友:大家一定能出去,家里人都盼着回去呢! 几天下来,工友们一直在小声地交流,互相鼓励缓解焦虑情绪,但此刻他们感觉这辈子的话都说完了,整个矿洞常常一片死寂,耿致远就时不时地给大伙拉个呱,给大家鼓劲。

第三天,仅有的几根巷道木的树皮也被吃光,且啃树皮的后遗症也逐渐暴露出来,每个人的肚子里都像是灌了铅。弹尽粮绝,整个巷道里弥漫着极度压抑的情绪,大家没有看到任何救援的信号,每个人心里都充斥着绝望。虽然耿致远一直安慰大家说:"咱们这里有水有空气,就算不吃饭也能撑一个月,大家一定得挺住!"可是他自己心里也在打鼓,这样下去还能坚持多久? 叫他担心的还有师傅老郑的身体,烧虽然退了,人也从昏迷中清醒过来,但因为没有食物,整个人仍然十分虚弱。

王兴伦先忍不住了,平日里养尊处优、大鱼大肉,哪里受过这样的罪,他的身体也是最早提出抗议的。他红着眼睛咆哮:"咱们不能再这样坐以待毙了,得想办法逃出去!四号巷是个斜巷,咱们顺着排风管向上挖,我就不信挖不到上一层!"

矿工们似乎被他说动了,纷纷看向耿致远,等着他拿主意。老郑摇摇头,撑着身体坐了起来,用虚弱的声音断断续续低声说道:"王老板,你说的法子我想过,四号巷距离上一层五十多米,我们要挖的斜巷得有七八十米长。凭咱们现有的工具根本不可能,这中间一是挖掘的方向无法确认;二是还可能有无法突破的岩层,就算能挖通,这么长的巷道连起码的支护都没有,怎么可能不塌方?行不通啊!"

"那咋弄呀,难道就让大家伙儿在这里等死不成?矿上能干出啥事我最清楚,以往哪次出事,不都是简单赔钱了事?指望他们尽全力救咱们这些人,想都别想!"

老郑叹了口气,无言以对。

矿工们思考着老郑和王兴伦的对话,认为他们说的都有道理。王兴伦越想越悲观,工人们虽然不再对他拳脚相向,但也是不理不睬。回忆自己这几天的遭遇,逃生不现实,苦等又毫无希望,与其在煎熬中等死,还不如索性来个痛快。他眼睛发红,猛地抽出腰带就往巷道顶棚上系:"我受不了了,干脆吊死得了!"旁边的人看到他如困兽一般歇斯底里,有的木然无语,有的悲恐神伤,却没有一人上前阻止。

耿致远一脚踢倒了王兴伦。他那虚胖的身子趴在地上抖动着,看样子是在哭泣。从顶棚上抽下了他的腰带,耿致远想了想说道:"这才几天就这熊样啦?刚被困的时候说咱们大家要抱成一团,现在看到他要寻死都不管不顾了吗?大家不要忘了,就算矿上不想救咱们,但咱们矿上现在还有另外一群人,他们在工人当中散发传单,教训了那个喜欢殴打工人的'孟老虎',跟压榨矿工的恶霸斗。我相信,他们一定不会冷眼旁观的!"

有工人问:"你是说共产党?"

"对!欺压矿工的事情他们都要管,更不用说我们这里的几十条人命了。虽然我们没有主动逃生的手段,现在看来只能等待救援,但大家要活下去,大家伙儿抱成团的念想更不能丢!我相信矿上的共产党一定会想尽办法,救咱们出去!"

耿致远的一席话如同一根划着的火柴,将所有人的希望再次点燃。

他举着手里的东西又说道:"困在井下,正常人不吃不喝都能坚持五六天,我们这里还有水,还有空气,还有矿灯,还掌握着时间,坚持个十来天根本没有问题,并且现在咱们这里又多了一个可以吃的东西!"

煊烂

一听有吃的,所有人的目光都集中到耿致远手里的东西上。借着昏黄的矿灯,他们看清楚了,那是刚刚王兴伦解下的皮带。

"这……这东西能吃?"

耿致远也是将王兴伦的皮带拿在手中,才突然想起宋阳标曾经跟他讲过的红军过草地的事情。他接着兴奋地向工人讲道:"怎么不能吃,用水泡了再煮。当年红军过草地,一般战士准备的干粮,两三天就吃完了。这时候,草地才过一半,有的甚至不到一半。在食物极度缺乏的情况下,红军战士就靠吃野菜、草根、树皮充饥。没有能吃的野菜,就将身上的皮带、皮鞋,甚至皮毛坎肩脱下来煮着吃,还有煮马鞍子的,就是这样才走出了荒无人烟的草地!"

"他们能吃,咱们也能吃,我也有皮带。"一个矿工说完解开了腰间的皮带。

"我也有!"

片刻后,耿致远身前就多了五六根皮带。他将其中一条分割成一寸大小的小块,说道:"今天就先吃这一条!"其他工人也没闲着,有的拿着搪瓷碗,有的拿着铝饭盒,将切割好的皮带放在水里浸泡。还有一些人找来巷道中丢弃的橡胶轮胎、破损的巷道木准备生火。浸泡的时间还要很久,可大家眼巴巴地盯着这些皮带段,时不时还有人伸出手去捏一捏,看有没有变软,一个个急切的样子如同过年时候围在灶台前的孩子。

漫长的等待之后,每个人分到两块皮带。他们顾不得烫,一拿到手就迫不及待地将牛皮塞进口中。皮带还没煮透,外边一层松软,里面还有些硬,嚼起来只有一股咸味。可在饥肠辘辘的工人眼中,这些就是天下最美味的食物。他们一边吹着热气,一边幸福地咀嚼着满口的胶原蛋白。"这比老子以前吃的牛肉香多了!"王兴伦也不寻死了,大伙吃的皮带也有他的一条,对他的态度又缓和了许多。

好消息一条接一条,水开始退了!

最先发现的还是耿致远,他负责值班观察水面的次数最多,上次值班时他用石膏在积水的位置画了一道线,这晚在当班时他惊喜地发现水面距离他所画的地方已经下降一米多了。他连忙拉老郑过来看,二人的举动引起其他工人的注意,马上他们身边就围过来一群人。大家七嘴八舌地议论开来。

"郑师傅,这是有人救咱了吧?"

"肯定是。"老郑激动地说,"离致远上次画线的时间才过去不到半天,这水面就下降了米把,按照六号井自然的排水速度,不会这么快。上面的人在救咱们!"

和老郑说的一样,地上的人一刻也没有懈怠。

矿上管理层组成的救援工作组从来没有像现在这么得心应手过，铺设管道、维护设备、开挖排水通道……只要提出计划，矿工马上就群起响应。救援工作进行得很顺利，被水淹没的近百米巷道已经退下了三十多米。按照这个进度，再来两天，基本就可以达到透水工作面。

宋阳标靠在六号井旁的一根管道上休息，耿成文向他走了过来。

"老弟，你三天没合眼了，回去躺一会儿。"看着疲倦的宋阳标，耿成文不忍地说道。耿成文是被困矿工的家属，也是矿上的老队长，经验丰富，在矿工的提议下进入了矿上救援组，负责组织协调救援人员。而实际上组织安排工人的事，一直是宋阳标和赵洪林、韩天民、耿彭城几个人在操持。

宋阳标双眼布满血丝，看着耿成文笑道："老哥，我没事。天民去通知工人救援，不知道怎么样了。有烟吗？给我来一根。"从不抽烟的宋阳标接过耿成文递来的香烟，点上火，狠狠地抽了一口，被呛得直咳嗽，并未像老烟枪那样立时精神起来。"依你所说，得小心被水浸泡的巷道冒顶（坍塌），这一拨儿加固巷道的工人下去也有四个小时了吧，我再安排人跟他们换个班。"

一根烟没抽完，韩天民跑了过来："老宋，耿叔，我又跑了好几个柜上的矿工队，他们队长都说了，罢工期间，矿上安排的事坚决不做，但涉及救援，他们绝无二话，随时听咱们安排。"

"好，你通知山东那班人，和现在井下的队伍交班吧！之后你回家歇着。"宋阳标安排道。

"好，回去后我叫耿彭城过来盯着。"韩天民与二人告别离去。

"这群娃娃都长大了。"耿成文看着离去的韩天民倍感欣慰地说道，回头却发现宋阳标已经靠着管道睡着了，手中的烟头还冒着缕缕的青烟。他轻轻地将烟头从宋阳标手中拿掉，又脱下身上的一件衣服给他披上……

两天之后的上午，离被淹主巷道还有十余米，救援人员感觉胜利在望，一个个都很兴奋，干劲更足。但当突进到工作面和大巷连接处时，他们看到了平生最恐怖的一幕，每个人心里顿时凉了半截。几十具工人的尸体被水冲得纠缠在一起，堵塞了通道，尸体被浸泡数日，一个个涨发得面目狰狞，在地下黑暗的环境中，犹如人间地狱。

找到遇难矿工的消息马上传到地面，六号井井口再次被围得水泄不通。随着尸体被一具具抬出，人群中不时发出一阵阵唏嘘和哀号。

耿成文和救援组的人站在一处，似乎在商量接下来的办法，好一阵过后，救援组的人离开,只留下耿成文一人。

耿成文走到宋阳标跟前,低声说道:"目前在工作面通往主巷的通道发现二十九具矿工遗体,当中的十几个都是'笑面虎'的手下。估计都是水上来的时候被堵在通道里没来得及跑出来的,没有致远他们队上的人!"耿成文刚刚经历了一段他毕生难忘的体验,每一具尸体抬出,他的腿都是颤抖的,他不敢看,怕看到耿致远的面孔,可因为他是救援组的,又不得不去确认每一个死者的身份。

"接下来他们咋想的?"

"这些官老爷都说不清楚井下到底咋回事,工程师只给我们提供图纸,让我来安排人接着抽水。现在实际上水已经排得差不多了,目前最重要的是要尽快确定幸存人员藏身的地方。"

宋阳标脸色阴沉:"老哥,下面情况你熟悉,我们一起下去!"

耿成文阻止道:"你不能去,现在巷道被水浸过,井下情况复杂也非常危险,我自己去就行!"

"别争了,多一个人就多一份力量,再说下面还有我们队上的十多个兄弟,我必须去。"

宋阳标主意已定,接下来无论耿成文如何劝说都没有用,只好跟他一起带着工人下了井。

工作面到了,巷道中一片潮湿,刚刚完成加固的顶棚上,还不时掉落团团泥水。空气中弥漫着一股淡淡的臭味,耿成文连忙安排工人加大排风,防止瓦斯中毒。又陆续发现了两具矿工的遗体,他们的面色更加凝重了。

"目前透水已经排空,剩下的工人极有可能躲藏在四号巷中。只是这四号巷的位置,不好确认了。"耿成文拿着矿灯,对着工程师提供的图纸,在黑暗中摸索着。

"为什么?"宋阳标不解。

"我估计因为水淹,巷道口坍塌了。"耿成文拿出随身的铁镐,在一侧墙壁上敲敲打打。金属碰撞岩石,发出清脆的"当当"声。

耿成文示意宋阳标侧耳细听,坑壁隐隐约约传来敲击声。

耿成文又有规律地敲击了三下,稍作停顿之后,果然又传来三声回应。

"有人!"耿成文兴奋地说道。他急忙又展开图纸,循着声音的方向找到一个位置,跟身边的工人说:"四号巷就在这里,在这里挖!"

几拨儿工人轮番上阵,掘进、支护同时进行,半个小时之后,终于将坍塌的巷道挖出一个半米宽的通道,一股水涌了出来。紧接着一个浑身乌黑湿漉漉的人从洞口爬了出来,有气无力又异常兴奋地朝里面喊:"有人救咱了,咱们有救啦!"耿成文定睛一看,喊话的人正是"笑面虎"王兴伦。

紧接着,一个又一个工人从洞口爬出,参加救援的工人异常激动,一个个争相上前搀扶。耿成文和宋阳标既兴奋又担忧,喜的是几天的辛劳终于有了回报,忧的是已经出来十几个人,还没看到耿致远的身影。

宋阳标认出一个自己队上的工友,急切地问道:"郑运昌和耿致远在里面吗?"

"在,他俩叫俺们先出来!"

耿成文和宋阳标浑身仿佛抽去了筋一样,连日的紧张、担心、疲惫一下击垮了支柱,瞬间感到了瘫软。

一根烟的工夫,郑运昌爬出了洞口,耿致远紧随其后。发现救自己的是父亲和宋阳标,耿致远的眼泪夺眶而出,和他们紧紧拥抱在了一起。

在工人的搀扶下,被困的人员走出了矿洞,连日来的黑暗环境使他们的眼睛已不适应外界的强光,在宋阳标的提醒下,他们都找东西蒙住了眼睛。

人群中发出阵阵欢呼声,罢工近一个礼拜期间,坏消息接踵而来。如今,看着这二十多人活着走了出来,工人们发自内心地高兴。人群中有几个年轻人忧心忡忡地张望着,正是耿致远在欣欣中学的同学。在报纸上看到矿难的消息后,马铭楚第二天便赶到了耿致远家,得知耿致远也在被困矿工之列,马上将这个信息通知了同学。大家都非常担心耿致远的安危,此时已经在矿井口守了整整两天了。

在耿成文和宋阳标的搀扶下,耿致远也蒙着眼睛走出矿洞。

"耿致远!"一个女生哭着朝他们奔跑过来,蓝明述等人紧随其后。

宋阳标远远地看着跑来的同学,很快明白了一切,怕他们认出自己,与耿成文耳语两句便转身走开。

迷迷糊糊中,耿致远听到了姚昕露的声音,接着他被一个人抱住,随后又听到蓝明述、马铭楚等人的声音。几天以来,耿致远凭借强大的意志力支撑着被困的工友,也支撑着自己。现在大家获救了,他如释重负,饥饿困倦一并袭来,他失去了意识,昏了过去。

耿致远被众人架回到家中,昏睡了一天。

他做了一个很长的梦,和一群同学正在石狗湖泛舟,风和日丽,马铭楚时不时说些俏皮话,逗得大家哈哈大笑。耿致远和姚昕露坐在一起,欣赏着美丽的湖光山色,但不知为何天气突变,一个浪头朝他迎面打来。耿致远猝然惊醒,发现姚昕露坐在床头微笑地看着他,长长的睫毛下双眸温柔如水。

"你醒啦?"

"我睡了多长时间?"

"现在是下午五点,嗯,你已经睡了十个小时了。这些天你累坏了吧! 中间婶子给你擦了擦身子,喂你喝了点水。"姚昕露说话间眼睛泛出了泪花。

"我没事,同学们呢?"耿致远挣扎着坐了起来。

"他们去马铭楚家里了,晚上赵红雷让他爸派车子来接我们回徐州。"

屋子里光线暗了下来,两个人一时间似乎都不知道该说些什么,显得有些局促。

"我起来带你出去转转吧。"

"能行吗?"姚昕露有些担心地看着他。

"没问题!"

耿致远起来穿衣服,姚昕露走到院中,和正在院子里喝茶的爷爷相视一笑。厨房里,耿致远的父母正在忙活着,显然正准备着晚饭。

"爷爷,我们出去走走。"耿致远跟爷爷打招呼。

"这哪行,你得好好在床上躺着!"正在洗菜的母亲听到,忙用围裙擦手要出门阻止,却被耿成文一把拉住,朝她使了个眼色。

"没事,睡了一觉感觉轻松多了。"耿致远在院子里说。

"去吧,井下憋了几天,出去透透气也好!"耿成文说。

看着两人成双成对地走出院门,致远妈豁然开朗,笑着打了他一下。

"这个闺女,不孬!"爷爷耿博众也笑呵呵地说道。

夕阳西下,耿致远和姚昕露走在村外的小路上。清风拂面,绿意盎然,二人的身影一个健硕、一个窈窕,被太阳拉得很长。

"为什么不给我回信?"姚昕露嗔道。姚昕露给耿致远写了很多封信,都杳无音信。

"井下工作太辛苦,回到家都很晚了……"耿致远望向姚昕露,心下歉疚。

"别哄人了! 我的每封信你都回了,和我写给你的信放在一起,就压在你书桌的书下面,在你睡着的时候我都看了!"

耿致远一阵错愕,那些回信他本不准备寄出。每次下班回到家里,他如同写日记一般,写下自己这一段时间最真实的思念和感悟,竟然都被姚昕露看到了。耿致远呆在那里,不知道接下来怎么应付眼前的局面。

姚昕露一下子扑进耿致远的怀里,馨香的气息扑面而来。

耿致远双手不知道该往哪里放,稍作迟疑后缓缓搭上了女孩儿的肩头。

这是他们今天的第二次拥抱,刚出矿井时知道对方是姚昕露,耿致远又惊又喜,体力不支昏了过去。现在,他可以清晰地听到她的呼吸,感受到怀中的温暖,发丝撩动他的脸庞,他听到自己的心脏剧烈跳动。

接下来,耿致远身边的一切戛然而止,空间、时间、呼吸、心跳、落日、微风、鸟叫、虫鸣全部定格。姚昕露踮起脚跟,微闭双眼,热烈甜美的红唇吻了过来。

短暂轻触,又倏地分开。

"我不在乎你是矿工还是学生,我喜欢你。"姚昕露看着耿致远吐露衷情。

耿致远浑身如遭雷击。对于这个女孩儿,他曾经渴望又拒绝着,他感觉自己只能默默地欣赏和祝福。而她却像希腊神话中的西西弗斯一样,一次次地将石头推向山顶,洞开自己的心门。在那一瞬间,耿致远心中的坚硬、疏离、伪装全都被消融得片甲不留。

他终于下定决心,说出了一直想说却不敢说的话:"我也喜欢你!"

漫天晚霞中,两个年轻人紧紧相拥,晚风轻拂,白云摇曳,俨然人间最美的一幅画。

晚上,姚昕露在耿致远家吃晚饭。

一家人有说有笑围坐桌前,耿致馨好奇地坐在姚昕露的旁边问东问西。致远妈做了一桌子菜,一是为了庆祝儿子平安归来,这些日子,家里也没吃上一顿像样的饭菜;二是因为姚昕露的到来,致远一家都很喜欢这个热情开朗的女孩儿。

"这是你的晚饭。你爸说了,今天你不能吃别的。"母亲将一碗白米粥放在耿致远面前。

"妈,不是吧?"耿致远苦着脸望着一桌子菜吞咽口水。

姚昕露看到他的样子忍俊不禁:"婶子说得有道理,你好多天没有吃饭了,吃饭得循序渐进,不然你的肠胃受不了。"

"啥叫进退两难?就是我现在这样。吃吧对肠胃不好,不吃整个人都不好。喝了这碗粥我就进屋,省得看着这一桌饭菜干着急。"耿致远的话引得一家人哈哈大笑。

母亲心疼地看着儿子,望了耿成文一眼说道:"我看少吃点青菜还是可以的吧?等你能吃的时候妈再给你做。"

"井下那么多天都熬过来了,还在乎这一顿两顿?今天是要感谢你的这位同学,人家大老远从徐州来看你,咱们家得好好招待人家。"耿成文说。

煊烂

"哥,你不在这几天,爸在矿上忙活,妈每天都在抹眼泪,爷爷也是成天唉声叹气的,咱们家就没正经吃过一顿饭,都陪你挨饿呢!"

耿致远疼爱地摸了摸妹妹的头,给她的碗里夹了只鸡腿:"那你可得替哥多吃点。"

他拿起桌上的酒壶给爷爷、父母、姚昕露都倒了杯酒,端起自己的白米粥,郑重说道:"爷爷,爸妈,昕露,都是我不好,这些天害大家跟着担心了,我就以粥代酒,敬你们一杯! 来,你们干杯,我干碗!"

耿博众满脸的皱纹都舒展开来:"好,好,没事就好!"

"还有我呢!"妹妹耿致馨抹着嘴巴上的油说道。

"行,那你跟大家碰个鸡腿!"

朗朗的笑声充盈小院,连日来的阴霾一扫而空。星河在六月清澈的夜空中欢快流淌,院子中的泡桐树迎风抖擞,连树下的虫鸣似乎都比平时更加清脆嘹亮。

晚饭后,耿致远带着姚昕露回到自己房间。他拉开书桌的抽屉,拿出了一块石头。

"这是我第一天下井发现的一块化石,送给你!"

"好漂亮,这些叶子的脉络纹理都很清晰!"姚昕露兴奋地看着手中的石头,如同捧着一枚耀眼的宝石。

"致远,要是有机会你也带我到井下去看看,我想体验下你在信中描述的黑暗和安静!"

"好啊,只要你到时候别害怕。"

"有你在,我什么都不怕……"姚昕露的声音越说越小,最终害羞地低下了头。

耿致远忍不住将姚昕露拉进怀中,二人再次相拥,呼吸也变得急促起来。突然院外一阵汽车的鸣笛声打破了两个人的甜蜜。

"是赵红雷他们来接我了!"

两个人连忙分开。姚昕露将耿致远送给她的化石放在书包里,像是突然想起什么似的,忙走到书桌前,拿出耿致远压在几本书下的回信。耿致远想上前阻止,却被姚昕露一把推开:"这些都是写给我的,我全拿走了!"姚昕露把这些信塞进包里,双手将包牢牢地抱在胸前,朝耿致远调皮地吐了吐舌头。

耿致远无奈,和姚昕露一起走到院中。

蓝明述、赵红雷、惠子、马铭楚已经进了院子,和耿致远父母打着招呼。看到两个人出来,惠子朝着姚昕露露出了意味深长的笑。姚昕露回想起今天的种种,脸色又是一红。蓝明述、赵红雷见到耿致远安然无恙,都放下了心,拉着他聊天。马铭楚站在后面,眼神中带着欣喜,却有些闪烁。

"怎么,这么久不见,像个大姑娘开始害羞啦?"耿致远打了马铭楚一拳,他根本不知道警察局里马铭楚的事情,虽然知道也不会怪他,但马铭楚总是难以释怀。

耿致远的父母早就收拾好了一袋子东西,交给姚昕露:"孩子,都是些农家的干果蔬菜,还有我们贾汪的一些特产,带回去吧!"

"叔叔婶子,这太多了,我也拿不下啊!"

"不多,不多,不是有车吗? 带给你家里尝尝,也给你们这些同学分分。"致远妈说道。

惠子凑到姚昕露耳边:"婆婆大人送东西,快收下吧!"

姚昕露白了惠子一眼,忙向致远妈道谢。

所有人都上了车,姚昕露摇下窗户与耿致远道别。

"我回去了。"

"嗯,路上小心!"

"要给我回信。"

"好!"

汽车调转车头,越走越远。

耿致远站在院门口远远看着,直到那两点车灯消失在茫茫夜色之中。

16 整饬矿场

煤矿工人罢工大获全胜。

刘鸿生派他的儿子刘念智由上海到贾汪矿视察,研究煤炭生产和运输工作,并对矿上的管理层做出了调整。宋阳标因为工作需要,从贾汪煤矿中抽身出来,专门从事贾汪党组织工作。

通过这次罢工,赵洪林、耿彭城、韩天民几个人逐渐成长起来,每个人都结交了一帮工友,同时他们也不忘留意在工作中发现思想进步、有正义感的工人和技术管理人员,向他们宣传党的路线方针政策,党组织在工人中的影响越来越大。"笑面虎"王兴伦获救后将耿致远视为救命恩人,他很欣赏这个临危不乱的年轻人,直接

煊烂

将他从郑运昌队里抽调到自己柜上,负责日常管理和柜上的物资采购。一开始,王兴伦的哥哥王兴昆对这个年轻人的工作安排还有所保留,认为他只是凭借在井下和自己兄弟熟识才得到了他的信任。可耿致远才工作了几天,谈吐和才具便叫他刮目相看,更将从前柜上最令他头大的散乱账目理得清清楚楚。他对兄弟王兴伦说:"这个人请得值!到底是欣欣中学的高才生!"之后索性将工作交由耿致远一体统辖。

耿致远还给王氏兄弟提出了"缩减监工队伍,杜绝殴打工人"的建议。王氏兄弟感觉匪夷所思,过去几十年的传统,管理工人都是靠着监工威逼恐吓、棍棒皮鞭,如果没有这些人,怎么维持井下的生产?耿致远给他们算了一笔账,现在柜上工人五百余人,监工有六十七人。这些人当中除了个别是技术管理人员,大部分都是地痞流氓,棍棒之下,积怨甚多,很容易引发工人抵触情绪。这些人按每人每月二十元的工资标准计算,每月总计发放一千三百四十元,而如果将这些钱用于奖励生产,提高工人积极性,带来的收益要比棍棒管理带来的收益多得多。最后耿致远还拿出了一套奖励方案,详细列出了工人超出工作量的奖励标准。王氏兄弟将信将疑地采纳了耿致远的方案,试行一周后,效果大大超出了预期。矿工非但没有因为无人监管懈怠偷懒,反而一个个热情高涨,大大提高了产量,王氏兄弟乐得合不拢嘴。想想也难怪,这些监工平日里仗着手里的那点权力对矿工颐指气使,稍有不满便拳打脚踢,工人们本就微薄的工资还要被他们克扣,少了这些人,矿工们干活的心劲自然更足。

一时间,耿致远的做法得到了矿工的一致拥护,"河南柜上出了个能人"的消息在矿上传开了。但无形当中,耿致远也得罪了一些人。

周末,几个大柜的大把头一起在醉泉城酒楼喝酒,王氏兄弟成为其他柜上老板诉苦的对象。

"马家帮"马老板先开口:"我说兴昆、兴伦,你们哥儿俩可不能这么搞啊!你们把手下的监工都开了,弄得我们柜上的工人个个没精打采,跟着我们多年的兄弟也都战战兢兢,这怎么行!"

"这个是我们柜上自己的事情吧。"王兴昆刚刚尝到甜头,半个多月就干了平时一个月的产量,有些不以为意地说道。

又一个把头说道:"老王,你这就不对了,当初咱们说好了共同进退,怎么,你这刚把兄弟救出来就要过河拆桥?"

"这咋能叫过河拆桥？李掌柜，要是你们柜上有啥难处，我们哥儿俩绝无二话。现在就因为我们减少了些监工，就成了出头鸟了？"王兴昆看着几个把头说，"你们也可以这么搞啊！我把耿致远的方案一个字不少交给你们！"

"说得轻巧，矿上多少年的规矩，哪能说变就变了！遇到工人闹事，你们拿什么上？"

王兴伦虽然是大掌柜，但自从上次井下被困之后，痛定思痛，对自己从前的一些做法有所反思，对工人的态度也大为改观："闹事不还有矿警队嘛，几百人的队伍又不是吃干饭的！说实在的，我觉得致远这个法子不错，你们可以先试试再说。"

见王氏兄弟不松口，其他把头也觉得再说下去也是自讨没趣，一桌酒席不欢而散。

第二天，耿致远来到柜上的办公室，看到王氏兄弟正在那里争论着什么。见到他进来，王兴伦将一沓外包劳务合同递给他说："这群人明的不行玩阴的！"

致远细瞧，原来几个把头因为不满王氏兄弟的做法，故意向矿方压低了价格，抢了他们好几个用工合同。"这么低的价格，基本上利润很低，他们也肯干？"

"利润低可以再压低工人的工资，反正他们还有得赚，就是这吃相太难看了。"

一旁的王兴昆说道："致远，虽然你弄的法子确实不赖，但咱们也不能和其他外柜关系搞得太僵，不然惹了众怒，咱们也不好办啊。"

王兴伦说："抢了咱们的合同，还得跟他们站队，老子不甘心！"

耿致远想了一会儿说道："两位老板，都先别急。大家有多少人彼此心里都有数，他们多抢的合同，也未必就能吃得下。这是想给咱们一个教训和提醒，两位老板要是信得过我，我去跟他们谈谈。"

王兴伦说道："致远，我们当然相信你。只是这件事本来咱们就没错，抢生意我不怕，我就不信能把我们的合同都抢完。"

王兴昆摇摇头："现在不是意气用事的时候，我觉得叫致远去说说也没啥坏处。起码可以探探几家柜上的口风，看看到底是想逞一时之快，还是就要跟咱们死磕。咱们也好为接下来如何应对早作打算。"

"也行，那就辛苦致远跑一趟，看看他们到底在打啥算盘、卖啥药。"王兴伦觉得哥哥所说也有道理，点点头说道。

耿致远告别两位老板，先来到了矿上最大的"马家帮"外柜，见到了马老板。此人四十来岁，圆脸秃顶，两道浓眉如同戈壁沙漠上的胡杨树醒目异常。此人平日里喜欢穿一身蓝色长衫，在众多包工柜老板中倒显得有些与众不同。

煊烂

见耿致远进门，两人客套了几句。

马老板对耿致远造访的原因心知肚明，只是不点破："耿老弟年少有为，听说身陷井底，还能处危不乱，单心性沉稳这一条，就让人肃然起敬，马某佩服！"

耿致远微笑着说道："马老板谬赞了！我这叫'愚人千虑，必有一得'，哪能入得了您的法眼。我们王老板说了，您在矿上那可是首屈一指的大柜、定海神针一般的人物！马老板也是德高望重之人，今日得见是致远的荣幸。另外今天登门拜访也是要感谢马老板，小弟能被救出来也是承蒙了您的照应，否则仅凭我们那些人，人微言轻的也成不了气候！"

几句话说得马老板十分受用，看眼前的年轻人也觉得亲切许多："上次罢工，我在几个柜上那是表了态的，这么多条人命岂能放任不管，再说外柜上互相照应，也是理所当然。"

"还是马老板宅心仁厚。"耿致远端起桌上的茶杯喝了一口。

马老板呵呵一笑，心想今天我就不捅破这层窗户纸，倒看你如何开口。

耿致远放下杯子说道："有件事不知道马老板有没有听说？"

来了！后生小子到底还是道行浅，沉不住气，马老板心里颇为自得："不知老弟所说何事？"

"前些日子刘念智到矿上来视察，矿上经理陈鸣明带着矿警队在柳泉车站迎接。刘念智一下车就没给陈鸣明好脸色，之后又到了夏桥矿区，又有一百多名全副武装的矿警一身新装，列队整齐等候检阅。陈鸣明本以为这样排场大，刘念智会高兴，谁知道事与愿违，最后他的职务却被刘念智撤换了，你猜是啥原因？"

马老板本以为耿致远所说的是关于合同的事情，不想耿致远却提到了这件事，有些莫名其妙："老弟，难道不是因为上层认为陈鸣明管理不善，引起事故和工人罢工吗？"

"此言差矣，马老板，矿上的事故年年都有，也没听说有谁因为这个被撤换的。刘念智就说了一句话便把陈鸣明晾在了一边，自己走了。"耿致远说到这里停了下来，又端起了桌上的茶杯，吹了吹热气，不慌不忙地抿了一口。

马老板的好奇心被勾起："刘念智说的啥呀？"

"警卫森严有什么用，就做些吓唬工人的表面文章！"耿致远说完，又喝了口茶，大有深意地看着马老板，继续说道："陈鸣明走了之后，矿上来的新经理是个河南人。"他说的全是实情，刘念智的视察以及在夏桥矿上所说的话，都是他从赵洪林那里得到的消息。陈鸣明被撤换和来了一个河南的经理也确有其事，至于之间究竟有没有联系,谁也说不清楚。只是他要给马老板一个印象,他们柜上取消监工的做法不是自作主张,而是响应管理层的做法或者提前得到了暗示。

"马老板,说实在的,各个柜上养的监工,大都是些没什么本事的市井之徒。他们的管理能力有限,手段粗野蛮横,多多少少背后都有些中饱私囊的小动作,除了惹得工人怨声载道,不起啥好作用。还有,矿上现在不比从前,工人们都抱成一团,再去靠着从前那一套强硬的做法行不通了呀。眼下矿警队已经开始裁人了,咱们这十大柜可以不为所动,但是绝不能抱成一团唱反调,更不好顶风出头,不然咱们可都没有好果子吃。"

耿致远的一席话让马老板将前前后后的事情串联在一起,怪不得平日里阴狠的"笑面虎"前后判若两人,上次喝酒那么多人苦劝,王氏兄弟也不为所动,看来是有人撑腰啊!想到自己在酒桌上的表现,以及撺掇其他柜上老板抢合同的事情,心下忐忑。莫非这些事情已经被王氏兄弟知道了?

"老弟,你这次来是王老板交代的?"

"马老板,这次是我主动前来。第一,我久仰您第一柜的大名,想来结交,感谢您为救小弟脱困出了大力。第二,我就想告诉您,开除监工不是我拍脑袋的想法。好了,这都快到中午了,柜上还有事,我先回去了。马老板,晚辈告辞!"

耿致远再没多说什么,放下手中的茶杯,干脆地走了,留下马老板独自一人陷入沉思。

当天晚上,在耿致远的建议下,王氏兄弟带着耿致远拎着大包小包来到了矿上新任经理的家门。新经理叫秦建鸥,见初来乍到便有如此懂事的外柜老板,又加上桑梓之情,对王氏兄弟非常热情。双方相谈甚欢,直至深夜王氏兄弟方才离开。这一切,自然又被其他外柜看在眼里。

第二天起,矿上各柜不约而同,纷纷开始裁人。不仅如此,马家帮、山东柜、曹家营三个人数最多的大柜老板还登门,向河南柜的两位老板示好,甚至之前抢走的合同也拱手奉上。王氏兄弟也没想到事情就这样轻而易举地解决了,王兴昆冲王兴伦说道:"老弟,耿致远这个人,真不简单啊!"

监工们人心惶惶,平日里这群人自觉高人一等,走路都鼻孔朝天,目高于顶。如今各家柜上都开始裁人,人人自觉朝不保夕,"李拔毛"的侄子萧三更是愁得夜不能寐。他隶属山东柜,如今柜上已然裁掉二十余人,如果他也被裁了,自己在这矿上没了一丝权力,怎么再逼着那些工人到自家小店来消费,这财路眼看就要断了。

下班时间,愁眉苦脸的萧三看到河南柜的"红人"耿致远和一群工人有说有笑

煊烂

路过小店,想起几个月前还是自己将他介绍到河南柜上的,如今竟然要将自己的饭碗给砸了,不禁怒火中烧,心想无论如何要把心头的这口恶气出一出。

晚上十点,夜深人静,三个人缩头藏脑推着一辆粪车来到了大泉村外。

村口张大妈刚从亲戚家串门回来,撞见这三人鬼鬼祟祟,再加上大晚上的推着粪车也不合常理,便悄悄回家喊了男人,一起跟上去看看三人要做什么。

推着粪车的三人来到一户人家门前停了下来。张大妈和她男人在路边的一棵树后站着,看到三人交头接耳地议论,过了一会儿似乎有了结果,一个人拿着粪舀子从车内盛出满满的大粪。看到这阵势,张大妈顿时明白了,这是要朝人家门口泼粪作贱人啊!她走上前去大喊一声:"干啥的?"

三人被吓了一跳,其中一人粪勺拿不稳,掉在地上,屎尿溅了一身。

张大妈继续大叫:"快来人啊,抓坏人呀!"

她这一嗓子极具穿透力,划破了寂静之夜,瞬间传遍了整个村子,家家户户的狗也跟着叫了起来。村民们很快围了过来,大泉村民风淳厚,乡亲们也非常团结,平日里碰到谁家的牛羊走丢这种小事,全村人都会帮着寻找,碰到今晚这样的事情,村民更是同仇敌忾。

推粪车的人暗叫晦气,丢下粪车就要跑。情急之下,张大妈跑上前去扯住一个人的衣襟,她男人也拦住了另外两人的退路。看到已经有村民抄着家伙赶了过来,张大妈的底气更足了:"抓坏人呀!这群人三更半夜朝老耿家泼粪呢!"

"你给我松开!"其中一人喊道。

张大妈根本不为所动,反而抓得更紧,继续高声喊道:"抓坏人,抓坏人呀!"

被抓的那人抬手要打,被及时赶过来的村民一棒子打倒在地,张大妈还在不依不饶地喊:"打人啦!他们打我!"

其余二人也没有逃脱挨揍的命运,村民一拥而上,一阵拳打脚踢,打得他们跪在地上连连求饶,磕头如捣蒜。

耿致远正在房里看书,听到外边闹腾便走出房门,看到自家院门前围了一群人,父亲已经站在门口。

众人停了手,被打的三人一五一十交代了事情的经过。原来,他们是矿上的小监工,因为耿致远,他们没了赚钱的营生,因此怀恨在心,打算将这车大粪泼在耿家门口,不想却被村民发现了。

"这种下三烂就会干这样的事!""把他们捆起来送警察局去!"村民气愤地说

道。他们几乎家家户户都有人在矿上工作，对这些平日里作威作福、压榨工人的监工也是恨之入骨。

耿成文摆摆手，一来他们的计划没能得逞，二来他也不愿意儿子和这群人有更多的过节："谢谢大伙照应，依我看还是算了，也已经把这些家伙揍了一顿，把人放了吧！"

见耿成文这么说，跪在地上的三人连忙磕头："谢谢大哥，我们再也不敢了。"三人挣扎着互相搀扶着起身，夹着尾巴灰溜溜走了。耿成文发了话，村民也没有阻拦。

耿成文接着说道："大伙为了我家的事辛苦啦！快到家喝杯茶，他张婶，你没事吧？"

"我没事，这些狗日的想欺负咱们村的人，门儿都没有！老耿，天也不早了，我们回了。致远啊，你在矿上也得小心点，别被这些坏人欺负了！"张大妈拉起三人推的粪车朝家走去，"这倒好，白捡了一辆车和一车粪。"她和其他村民有说有笑地走了，如同刚刚打完一场胜仗一般兴高采烈。

致远妈把洒在门外的大粪铲干净。耿成文不无担心地说："致远，虽说监工少了对咱们工人来说是好事，但看来这次你也得罪不少人啊。"

"爹，您放心吧，他们不敢咋样。"

跟着村民赶过来的赵洪林待耿致远父母进屋，和他低声说道："致远，我认识那几个人，都是平时跟着萧三的小混混，我怀疑这事八成就是他弄的！"

耿致远说："随他去吧，邪不压正，咱还能怕他！"

此刻萧三正在镇上的一家小馆子喝着小酒，等着给三个小弟庆功。可左等右等，几个菜已经热了好几遍，一壶酒自己喝掉了大半壶也不见三人前来。"不会出了啥岔子吧？"萧三眼看时间已到了半夜，正准备起身离开，鼻青脸肿的三人掀开门帘走了进来，随之而来的是一阵屎尿的臭味。看这三人情状萧三便知事情没成。听完三人的叙述，萧三闻着满屋恶臭，更是感到一阵晦气，他安排三人赶紧吃饭，便离开了酒馆独自回矿。

事情比萧三想得更糟。

第二天，萧三起床洗漱完毕，如同往常一样，给自己泡了一壶绿茶。他的一天总是从一杯绿茶开始，起床后悠闲地端着茶杯，看着杂货铺的伙计忙活。喝茶的习惯还是几年前他从矿上前任经理那里学来的。他听表叔李富贵说，经理喜欢喝绿茶，于是便从此也爱上了绿茶。后来听说经理也喝咖啡，萧三就托人买了一些，只

煊烂

是那东西苦得像中药,实在难以下咽。

可今天端着茶杯的萧三却没有一丝喝茶的惬意。一张被柜上开除的通知单已经摆在了他的面前,山东柜上监工六十七人,此次只留下了二十七个。送通知单的是柜上的小刘,这小子平日见自己就像看见亲爹,今天来送通知单竟然直呼其名,气得萧三一口茶差点喷了出来。

屋漏偏逢连阴雨。半晌午矿上总务处钱科长来了,通知他杂货铺的三间门面房合同已经到期,店铺已经租给其他人了,限期三天要他收拾东西抓紧走人。

合同的事情萧三是知道的,实际上已经逾期大半年了,以前仗着表叔李富贵和经理关系好,再加上平日里也没少打点总务处这帮人,大家也就睁一只眼闭一只眼。如今经理都换人了,李富贵早回老家了,更没人搭理他这个表侄了。

"钱科长,你看我这一家都住店里,里里外外还有这许多东西,咋能说搬就搬呢!麻烦您再宽限几天好不好?"

"宽限?人家租户都准备好了,就等着你腾地儿。不瞒你说,这新租户是新经理秦建鸥的关系,萧三,你也是个敞快人儿,其中的利害不用我多说了吧?这房租……"钱科长掏出一支烟塞进口中,萧三连忙起身为其点火,随后又从柜台底下拿出四条香烟放在他面前。

"带着给兄弟们抽!"萧三满脸堆笑。

"这八个月房租的事情我看这么办,给你减免三个月租金算作安置费,但剩下的五个月租金一分不能少,明天到处里交钱。"钱科长喷出一口烟,继续说道,"萧三,这个租户我们也得罪不起,人家说了,要在矿上开个大商店,不仅你这三间屋,连老王的传达室也得隔出半间给他用。所以时间是没法宽限了,你可抓点紧啊!"钱科长说完,夹着面前的香烟起身离开。

萧三眉头紧蹙。别看他平日里耀武扬威,也没少克扣工人钱财,还有三间店铺有些进账,可实际上去掉店铺日常开销和每月打点疏通上下关系的花费,结余的钱并不多。再加上自己平日里吃喝嫖赌,挥霍无度,留在手里的也就勉强维持生计。眼下一下子要交上五个月的房租,今后又该怎么生活呢?

萧三首先想到自己的一帮朋友,被开除的就算了,还留在柜上的那些哥们儿多少总能周转一些吧,可他满怀希望转了一圈之后不仅一分钱没借到,还惹了一肚子的气。一听说是借钱,他的那些朋友有的马上哭穷;有的家里就新增生了重病的亲人,也不怕说出来的话应验;有的凭空就多出了需要大笔投资的项目,荒唐至极,平日里跟他一样吃喝嫖赌的狐朋狗友,懂项目俩字咋写吗?更可气的是有的人根本不找理由，直接板起脸来："你这被矿上扫地出门的人，把钱借给你，我还找得着人吗？！"

事情没有发生在自己身上，永远不会体味到炎凉的世态，萧三也认清了自己从前结交的这帮朋友：曾经称兄道弟推杯换盏，而今虎落平阳，身边竟然一个能出手相助的人也没有。在收到钱科长通知两天后的下午，萧三的租金还是没有着落。店里的伙计都被打发了，平日里跟着他的几个小弟现在一个也不露头了。正当他一筹莫展之际，店里又来了一群不速之客。

七八个黑色短打装扮的壮汉走进店里，萧三以为是顾客，心不在焉地上前招呼，几个人却一言不发，在店里里里外外转了一遍。其中一人说道："萧老板，我们是新房主彭老板的手下，请你今天下午给我们老板把房子腾出来。"

萧三有些气愤："矿上说好的三天期限，这不是还没到时候吗？"

"几天期限我们管不着，我们替老板办事，只知道明天老板的东西就到了，我们得在这之前把地方腾空。"

"我这一家人的东西再加上店里的存货，哪是说搬就搬的，麻烦几位和你们老板说说，再宽限我几天。"

说话之人根本没理会萧三。"宽限是不可能了，既然萧老板不肯搬，那我们兄弟们只好给你帮忙了。"说完朝身边的人示意了一下，一群人二话不说便动起手来。

萧三想要上前阻拦，却被壮汉一把推到一边。他势单力薄，知道这时候说什么也没用，急忙请传达室的老王帮忙去矿警队找人。店里的动静吵到了正在里屋休息的萧三媳妇。她抱着孩子走到外屋，看到一群人正在搬自家东西，马上大呼小叫地喊了起来，怀中孩子也被吵醒，哇哇大哭。萧三怕惊到孩子，拉着媳妇来到店外的空地上。他的女人是平时和萧三一样跋扈惯了的人，哪里受过这样的欺负，指着萧三的鼻子骂他没出息。看着自家的东西被乱七八糟堆在了一处，萧三捂着头蹲在地上一声不吭。

周围很快围了一圈看热闹的人。平时萧三缺德事做尽，工人们提起他就皱眉头，个个恨得牙痒痒。现在看到他得了现世报都感到心头舒畅，没有一个人站出来替他说话。

老王回来了，告诉萧三矿警队说这事儿不归他们管，让他们之间协商解决。

萧三唯一的希望破灭了。店铺没了，何处安家也没个着落，身边也没个能够靠得上的人。此刻喊天天不应，叫地地不灵，想到曾经风光无限而今落魄到如此境地，不禁悲从中来，也顾不上指指点点的人群，揉着眼睛呜呜哭了起来。萧三的媳

煊烂

妇哪里见过自家男人这副模样,知道他此刻尽失方寸,抱着孩子走到他身边,一家人哭成一团。

下班时间,耿致远晚上和几个小伙伴约好了在镇上的小酒馆一起吃饭,出门恰好碰到了赵洪林,二人有说有笑朝外走。看到萧三的店门口聚了一群人,耿致远便拉着赵洪林想去看看发生了什么事。

赵洪林边走边说:"你还没听说吧?萧三的店到期了,如今他表叔回了老家,经理也换了人,他那门面被矿上收走了,说是包给了新经理的一个亲戚。今儿个下午人家逼着他搬家,萧三还找到我们矿警队,警队里谁也不想惹上这麻烦事儿,就没搭理他。"

说话间走到了人群前,恰好看到萧三一家人哭作一团。

"他这样是他活该,你看看周围那么多工人,哪有一个替他说话的。"赵洪林感到颇为畅快。

"可怜之人必有可恨之处啊!"耿致远不禁感慨。

"走吧,跟咱没啥关系,咱们喝酒去!"赵洪林拉着耿致远要往外边走。

耿致远却没有动,看着眼前一群黑衣人耀武扬威的样子,皱起了眉头。虽说萧三做了很多坏事,但看到这群人欺负这无助的一家人,耿致远终是动了恻隐之心。

萧三的店已被搬空,一个人拿出来一把新的铁锁,正准备锁门离去。

"你们不能锁,不然我们一家人晚上住哪儿啊!"萧三的媳妇将孩子往萧三怀里一塞,跑上前去,如同护窝的母鸡一般伸开双臂拦在门前。

"赶紧滚一边去!"拿铁锁的人不耐烦地喝道。

"我不走,你们不能锁!"

"别觉得你是个娘们儿,我就不敢打你啊?"

"打死我我也不走!"萧三媳妇哭叫道。

黑衣人见状怒火中烧,拿着铁锁的右手高高举起,眼看就要砸下来。

"住手!"

赵洪林一把没拉住,耿致远已经大喊一声来到了人群中间。

17 疑窦初现

拿着铁锁的男子被耿致远厉声喝停，转身看到一个身材清瘦的年轻人站在面前。对方身着灰色衬衫，蓝色裤子，脚上穿了一双黑色皮鞋，倒不像是普通矿工的装束。

"你是干啥的?"男子问道。

耿致远说:"你别管我是干啥的，你们这群人仗着人多欺负人，我觉得不对!"

黑衣男子不以为意地说道:"不对? 从今儿个起这就是我们老板的房子，这家人如今也不是矿上的人了，我把他们赶走不应该吗?"

"赶人可以，打人就不对了!"耿致远说完又上前一步，双目圆睁盯着说话之人。垂头丧气的萧三看到现如今没有一人出头替他说话，只有被自己算计的耿致远为自己出头。看着耿致远义愤填膺的样子，他的眼睛不由又是一热，更为自己从前的所作所为羞愧不已。

赵洪林怕耿致远受欺负，也急忙站到耿致远身旁，指着黑衣人说道:"我是矿警队的赵洪林，你们收房子可以，不能打人啊!"在场好多人都认识耿致远，这次他站出来为萧三出头，工人们虽然有些不理解，但还是见不得耿致远被欺负，纷纷附和赵洪林。一时间风向逆转，围观的人都站在了萧三一边。

为首的黑衣人见势不妙指着萧三媳妇说道:"我就吓唬吓唬她，谁还能真动手打她咋的!"

耿致远走到萧三媳妇跟前:"嫂子，你这样也不是办法，房子已经被矿上收了，你们还是尽快想想下面咋办吧。"萧三媳妇刚才险些被打，知道自己硬挺也于事无补，便抽泣着走到丈夫身边。黑衣人将门锁了，带着手下离去。围观的人群也纷纷散了。

耿致远问萧三:"萧哥，后面你怎么打算的?"

萧三哭丧着脸说道:"我还能有啥打算，我表叔回家养老了，我老家也没其他亲人，都指望不上。如今我们一家人就剩下这点东西，再交了欠矿上的房租，我也不知道后面该咋弄。"

"今后还准备开店吗?"耿致远又问。

煊烂

"还开啥店,我算是看透了,就他这副游手好闲的死样,离开了矿上谁还知道他是老几!"萧三媳妇看到丈夫窝囊的样子又气又悲,搂着孩子哭了起来,"我们娘俩今后可怎么活呀!"萧三此时像是被霜打的茄子,低头不语,从耸动的双肩看得出也在抽泣。

耿致远说道:"洪林,你爷家里的房子还空着吗?"

"一直闲在那里呢。"赵洪林的爷爷住在大泉村村口,爷爷去世后,赵洪林便将奶奶接到了自己家中。

"萧哥,嫂子,天也不早了,我看还是先找个住的地方吧。你们要是没其他地方落脚,我兄弟家里在大泉村还空着一间屋,你们先住几天也行。至于今后咋办,过了这两天再盘算吧。"

萧三抬起满是泪水的脸,哽咽着说:"兄弟,我是真没想到最后你能出手相救。你说的法子不孬,只是我这里还有这么多卖不出去的存货,还有里里外外这么多的东西,一时半会儿我们也没法走啊。"

耿致远稍作沉吟,对赵洪林说:"洪林,你去跟其他人说,今晚上的活动取消了,叫他们抓紧来矿上。你回去把那间屋拾掇下,晚上我们帮着萧哥搬家。"

赵洪林虽然不齿萧三的为人,但耿致远既然要帮忙,他自然没有二话,答应了一声便转身离开。

耿致远大概看了看堆在空地上的东西,接着说道:"萧哥,店里的东西我看矿上都能用得着,我现在在柜上负责采办,这些东西我都要了,我回头叫人来拉,你抓紧时间将存货清点一下。至于价格,我想就打个九折吧!你看看咋样?"

萧三简直不敢相信,店里的东西他本来打算七折盘给接手的老板,谁知道人家根本不要他的东西。他也知道致远这是在真心帮他,作为采买,平日里那都是各个商户的大客户,那些老板都知道细水长流的道理,给他们的价格也就在进价的基础上上浮一成。耿致远如果九折全要,按照进价他不仅没有亏损,反而还能小赚些,他欠矿上五个月的房租也有着落了。

"致远,这样当然好,只是,只是……"萧三想说只是今后如何报答他,可是想想自己的处境,今后又拿什么报答呢?所以一时语塞,结巴起来。

"别只是了,萧哥,只要你今后老老实实过日子,比啥都强。你们在这里稍等,我去去就回。"耿致远说完告别萧三夫妻俩,朝柜上走去。

萧三的东西虽然多,但好在账本记得还算清楚,店里剩余的存货不大一会儿便清算完毕。十几分钟后,耿致远、耿彭城带着一帮人回来,将货款给萧三结清,又安排跟他来的人将货物搬到柜上库房。

正搬着东西,韩天民赶到了,身后还带着七八个拉着推车的人。韩天民快人快语:"萧三,你欠我们兄弟一场酒啊!我们几个多少日子没聚了,难得今晚上约在了一起,现在酒没喝成,都来给你搬家了。"

耿致远瞪了他一眼:"萧哥你别理他,抓紧收拾东西。"

说来奇怪,如果韩天民对他客气有加,萧三反而不知道该如何应对,如今经韩天民这样说,他反而自在了许多:"你们放心,等我忙过了这阵儿,一定在醉泉城好好请你们喝顿大的!"

萧三媳妇一听此话,气不打一处来:"还醉泉城呢,你不看看你那熊样还剩下啥?要不是你成天胡吃海喝,咱们哪至于成现在这样。我看还是我在家里烧几个菜谢谢致远兄弟吧!"

媳妇说得在理,萧三红着脸说道:"你说得对,都听你的。"

看到平日里不可一世的萧三也有惧内的一面,韩天民几人忍不住哈哈大笑起来。将萧三的家当捆扎完毕,虽说没什么值钱的东西,但锅碗瓢盆衣服杂物等生活必需品也满满当当地装满了四个推车。一群人推车离开了贾汪矿,朝大泉村走去。

过了村口的老槐树,便是赵洪林爷爷家。四方的院子长宽都是二十来米,正中间三间茅草房,房顶的茅草还泛着黄,显然是冬天新铺的,院子左边是一间厨房。房子不大,但萧三一家三口住起来绰绰有余。

"这院子我怕时间长没人住荒废了,经常过来拾掇拾掇。这屋顶的草是我去年冬天找人苫的,墙面也是新刷的。你们来住最好了,也能给房子添添人气儿。"赵洪林向萧三夫妇介绍。

萧三媳妇看到整洁的小院满心欢喜,一家人之前一直窝在矿上店铺的里间,她早就想着能住得宽敞一些了。进门前她还特意看了看小院的位置,出门五十来米就有口水井,村子离镇上也不远,生活也很方便。最叫她满意的是院子里还有两畦菜地,空闲时候她还能种上点菜。

"萧三,这院子比我家都干净多了,你可不能白住啊,房租还是要给的!我看按照现在的行情,一个月一个大子儿还是要的。"韩天民一边四处打量一边说道。

"给!给!哪能白住人家的房子。"见媳妇喜欢,萧三连忙应道。

人多好办事,十来个壮小伙里里外外进出几趟,便将车上的东西按照萧三媳妇指定的地方放好。韩天民、耿彭城带来的人告辞离开,院子里就剩下萧三夫妇和耿致远兄弟几人。

煊烂

萧三来到耿致远面前,倒头就要拜:"致远,几位老弟,经了这一出,我算是看明白了,我以前干的那真不叫人事儿。来矿上这么多年,到头来一个真心朋友也没有处到,落了难,还是你们哥几个出手相救,我感激不尽,请受我一拜!"

耿致远忙说使不得,上前一步拉住。萧三看着耿致远说:"尤其是你致远,前儿天我还记恨你,叫人到你家门前泼粪,我心里有愧啊!"他推开耿致远,郑重地跪了下来。萧三这人从前虽然跋扈,但谁对他好心里有数。

男儿膝下有黄金,萧三话说得也真诚。赵洪林几个人想,要是这个人能够从此改过自新,倒也没有白帮他一把。

耿致远将萧三扶起:"萧哥,这些话以后别提了。天色也不早了,你们刚搬了家还要收拾收拾,想必也没法生火做饭。稍等我一下,我去镇上买点现成的熟菜,晚上就在你这儿一起吃饭,也算给你老哥燎锅底了。"他又对赵洪林几人说道:"哥几个在这儿看看还能帮着干点啥,等我一会儿工夫。"说罢不顾萧三夫妇的阻拦,直接出了门。

耿致远到镇上切了二斤熟牛肉,又买了两个捆蹄儿和一些花生米之类的下酒菜,手里拎着一坛绿豆烧便来到了萧三家中。院子里一张方桌已经摆好,赵洪林几个人也各自回家拿了些现成的饭菜,满满一桌倒也显得颇为丰盛。

众人坐定,萧三媳妇给每个人的碗里倒满了酒。

萧三环顾一圈,讪讪举起手中的酒碗:"今天多亏了几位兄弟,不然俺一家人就流落街头了,经过这些天我算是看明白了很多事情,回头想想自己真是白活了这么多年。俺心里有愧啊,尤其是对致远!所以这第一杯酒,俺敬大家,谢谢几位兄弟!今后各位有用得着我的地方,萧三绝无二话!"萧三说到动情处,眼睛里泛出晶莹的亮光,他举起手中的酒碗仰脖要喝干,不想喝得有些猛,眼泪鼻涕都呛了出来。

萧三媳妇忙接过萧三手中的酒碗:"几位兄弟,今天多亏你们了!我也看透了,我家老萧虽然大你们几岁,但凭他自己不会有长进,以后还得请你们多敲打帮衬。他不能喝,我替他干了。"萧三媳妇端起酒碗,一饮而尽,没想到还是个海量!

萧三抹了把脸苦笑一声:"媳妇,改,一定改!"

其他人都端起了酒碗,耿致远说道:"萧哥、嫂子,今后都是大泉村的人啦。萧哥,从前咱们是工友,现在咱们是乡亲。我们兄弟几个祝你们今后的日子越过越好!"赵洪林、韩天民、耿彭城几个人一起举杯,共同干了碗里的酒。

萧三夫妇看着眼前的几个年轻人,心里又是一阵感慨,二人怎么也没想到今天能够有这样绝处逢生的结局。他们被这群年轻人温暖,也被深深感动,他们更加珍惜这段意外的情谊。夏夜的小院中,一阵轻风吹来,裹挟着阵阵凉意,在萧三夫妇的记忆中,似乎从没有像今天这样踏实过。

接下来的日子,萧三一家很快融入了大泉村的生活。萧三媳妇在村里一家田地多的大户帮忙,闲下来还能做些针线活贴补家用,此外还认识了村里的很多小媳妇大闺女,日子比以往倒充实许多。萧三结清了矿上的房租,耿致远又让汪清茶馆的赵老板帮忙,介绍他到镇上一家卖南北杂货的商铺做伙计。萧三本身就有多年经商的经验,现在下定决心戒掉一身毛病,一门心思干好工作,很快就在店里做得得心应手,能够独当一面了。

这天,萧三独自一人在店里忙活。一位身穿长袍、头戴毡帽的客人走了进来,来人身材不高,体型精瘦,走起路来不疾不徐。进店脱下毡帽之后,萧三看清了来人的容貌,此人三十岁左右,剑眉小眼,两颊如同刀削一般棱角分明,看起来是个不苟言笑之人。

"这位先生,您买点啥?"萧三招呼道。

来人扫视一圈之后问道:"掌柜的,你们这里可有画纸卖?"

"有,您等等!"萧三转身走到身后一个货架前,弯腰抽出一沓宣纸,"这是上好的泾县宣纸,整条街就俺一家有这样的货!"

客人手摸着宣纸摇摇头:"我想要买些画纸,比这个纸要厚,学生素描要用的,这个纸不行。"

"那对不住了,俺这儿就这一种,估计您得到徐州城才买得到了。"

"实不相瞒,我是中央大学美术系的教授,带着一群学生来贾汪写生的,这里的煤矿生产很有特色,是很好的工业题材。我们来得急,准备工作做得不够充分。眼看学生都没法作业了,能不能请贵店帮忙进两箱这种纸过来?"

听到这话萧三心动了,正好明天自己也要到徐州进货,做了他这单生意,还能多赚点钱,想到这里他故作为难地说道:"这位先生,您的事情明天俺可以帮忙办,只是您这需要的数量不小,俺只是小本买卖,这本金……"

来人心下豁然:"掌柜的您放心,只要能够解我的燃眉之急,我可以出双倍价钱,并且先付给你一半的定金!"

萧三心里乐开了花:"先生一看就是敞亮人,俺丑话也说在前面,时间紧急,能不能进到您要的东西我可不敢打包票啊!但我可以保证只要徐州城有,俺就给您带回来。"

煊烂

"这是自然,我这人手不足,这件事还请务必放在心上!"

萧三很快估算了价格,收了定金,约定交货的地点就在镇上的来旺客栈。来人又买了些绘图常用的尺子和铅笔,便匆匆告辞离去。

萧三美滋滋地数着钱,心说这单生意划算,相当于给自己接了趟私活。第一他没挪用店里的本金,第二他也没卖店里的东西,两大箱绘图纸,等于自己一个多月的工钱。明天进来东西先到来旺客栈交货结账,再回到店里,神不知鬼不觉,真是天上掉馅儿饼的好事,看来自己时来运转了啊!

心情大悦,萧三在店铺关门后顺路买了两个下酒的小菜,回到家里便去找耿致远和赵洪林喝点小酒。饭桌上萧三将下午的事情告诉了两个人,最后萧三兴奋地说道:"老哥俺这趟徐州跑得值,顶俺这起早贪黑一个月呢。"

耿致远虽然看不惯萧三占小便宜的做派,但看他正在兴头上,也没有说叫他扫兴的话,只想着抽时间还是得再跟他拉拉。

赵洪林听完皱起眉头:"怪不得矿场附近最近总有些年轻人拿着各种家伙什四处乱转,说不定就是萧哥你说的那些人,没看出来都是中央大学的学生啊,也不知道为啥对咱们这荒郊野外的几座煤矿这么感兴趣?"

说者无心,听者有意。耿致远将两人的话联系到一起,猛然想起前一阵宋阳标在开会时说的话,继九一八事变东北沦陷之后,日本侵略军在侵犯华北地区的同时,还向东北以外的地区,尤其是中国的重要城市投放了大批间谍。他们暗中刺探各类军事机密、屠戮抗日志士、猎杀中方顾问,简直是无恶不作。徐州作为重要的交通枢纽和煤炭能源基地,也有很多日谍混入其中,比如前一阵就出现了趁机扰乱市场、破坏抗日的有组织活动。宋阳标要求大家严阵以待,发现可疑情况及时上报。"这件事会不会和宋阳标所说的日谍有关系呢?"耿致远心生疑窦,但没有声张,决定明天和赵洪林一道去探探究竟。

第二天是个周末,耿致远在赵洪林的带领下,来到矿区旁边的一座土山上。二人装扮成村民模样,爬到山顶,果然看到有五六个年轻人在绘图测量。耿致远装作很感兴趣的样子上前搭讪:"恁干啥的? 俺咋以前没见过你们呀?"

"老乡,我们是中央大学地理系的学生,来你们这儿考察的。"

"考察? 这里有啥考察的呀?"

"老乡这你就有所不知了,就说你们这儿的煤矿,论产量可是在全国也数得着。我们就是要将贾汪煤矿分布图科学地绘制出来,这项工作从前没有人做,即使做也不是特别精确,我们就是来干这个的。"年轻人欣喜地晃了晃手中的仪器,似乎很为自己所做的事情感到自豪。

"乖乖,你们读书人干的都是大事儿!还有你这手上的东西看着怪稀罕,上面的洋字码也怪难认吧?"耿致远故作好奇地问道。

"这叫经纬仪,绘制地图用的。我手上这台是日本生产,比一般的经纬仪看得更远。"

"看起来跟大炮一样,挺沉吧?你们这大老远地跑来,也不容易。俺家就在山下不远,回头我烧两锅绿豆汤,你们渴了就来俺家喝!"

学生们看耿致远言语朴实,年龄和他们相当,人又特别热情,都很喜欢他。"老乡,我们这次考察是政府的资助项目,我们也是被雇来干活的,所以什么都不缺,您的好意心领啦,谢谢啊!"

"哦,这么回事呀,那黑里恁都上哪儿去睡觉呀?要是没地方去,俺在家给你们搭几个床铺。"

"您可千万别麻烦,我们二十来个人呢,您家里可住不下。我们现在都住在镇上的来旺客栈。"

话到此处耿致远已经断定,这群学生和向萧三买纸的人是一起的。从学生的反应来看,赵洪林和耿致远都没有发现什么可疑之处,但对比萧三的话,耿致远对那位自称是美术系老师的人起了疑心,既然是光明正大的政府项目,为何声称自己是美术系老师,又为什么要以双倍的价格找萧三购买材料?

告别了这群学生,耿致远和赵洪林找到了宋阳标。宋阳标离开煤矿后,现在的身份是汪清茶馆的账房先生。

茶馆后院,宋阳标听二人讲述了事情的经过后问:"你们认为有什么可疑?"

赵洪林说道:"学生那里我觉得没什么问题。我就觉得萧三这钱赚得轻松,要是有问题肯定出在那个买画纸的人身上。"

宋阳标又将目光投向耿致远,耿致远说:"我觉得这事有些蹊跷,原因有下面几个:第一,从事情本身来看,如果是政府行为,应该会和煤矿和地方打招呼,地方上能够提供支持,煤矿方面也能提供相应的材料,而洪林说矿警队并不知情;第二,绘制地图都由专门的勘察测绘机构负责,当局放着自己专业的工作人员不用,反而大费周章花钱去找来一群没有经验的学生,有点不同寻常;第三,就像洪林所说,用两倍的价钱购买画纸,这也不符合给政府办事人员的习惯,他们那群人不吃拿卡要就阿弥陀佛了,怎么会让萧三的钱赚得这么容易呢?第四,我看了他们的测绘工具,

  煊烂

学生使用的经纬仪都是崭新的日本货,现在大家都在抵制日货,政府也会有这方面的顾虑吧,即使出于工作需要,也应该有很多其他国家的替代产品。"

宋阳标面带微笑地听着耿致远侃侃而谈,仿佛又看到那个站在讲台上的学生,只是现在的他比起当时,又老练了许多。

赵洪林听完也对耿致远竖起了大拇指:"致远哥,还是你的脑子好使!"

宋阳标说道:"你俩说得都对,这个找萧三买货的人是很可疑,今天下午,我们就一起去会会他!"

来旺客栈是一栋砖木结构的两层小楼,从沿街的大门进入便是客栈的柜台,整个客栈只有这一个出口。穿过柜台是客栈的院子,院子里面有三棵茂盛的水杉,每棵树下都用石块围了个小园子,里面种了些花草,此刻生气勃勃。客房呈回字形分布在院子四周,南北两侧各有楼梯通向二楼。

下午两点,三个矿警打扮的人出现在来旺客栈门前,正是宋阳标、耿致远、赵洪林三人。宋阳标左右环顾,发现了正在客栈对面茶馆里喝茶的韩天民和耿彭城,简单眼神交流后,便走进了客栈。

"掌柜的,你们这儿有没有住进来一个中央大学的老师?"赵洪林严肃地问道。

"倒是有一个,不知几位爷有什么事?"按照规矩,客栈是不向陌生人透露住客信息的,但掌柜的看到三人面色不善,怕受到牵连,便小心翼翼地回答道。在当地,矿警是个特殊的存在。贾汪矿区的面积本身就很大,矿工人数也很多,地方上大大小小的事情,只要牵扯到矿工,矿警队都可以管。他们与当地警察相处融洽,也有着千丝万缕的关系,就连制式服装也基本一样。警察局的一些人员也在矿警队任职,碰到重要事情警力不足时,也会拉矿警队应急。对于普通百姓而言,矿警与警察并没有什么区别,所以人人都不敢得罪。

"啥事你别管,人在哪个房间?"赵洪林显得有些不耐烦。

"就在二楼北面丙字号房,人应该没出去。"掌柜回答得飞快。

得到答案,三人径直进入院子从北侧上了楼。

"咚咚咚"三声敲门之后,一个人探出头来,正是那个向萧三买纸的客人。看到门外三人的装扮,他狐疑地问道:"不知三位是……"

"矿上搞测绘的学生是你带来的吧?"说话间赵洪林已经不由分说推开了房门,进入屋内。房间是个两间房的套间,外屋供会客用,北窗下摆着两把太师椅,中间是一张榆木桌子,桌上摆着一对青花瓷瓶。耿致远站在客厅向里屋观望,里间摆放着一张雕花木床，床边是一张书桌，桌面上放着半杯茶水。耿致远上前看了一阵，又一言不发地走到了外间。

"你们怎么可以随便进我的房间？"房内的客人显得有些气愤。

"我们还没问你，你倒先问起我来了，老实点！"赵洪林指着那人针锋相对地说道。

"我怎么不老实，我又没犯法！"

宋阳标朝赵洪林摆摆手，问道："这位先生贵姓？"

房内客人没好气："姓周。"

宋阳标不紧不慢地说道："我们矿上最近出现了一群搞测绘的学生，经过我们盘问，是周先生你聘请过来的，所以我们想找你了解下情况。"说完他紧盯着对方的眼睛，留意着对方的神色。

对方镇定自若："我公司是受省政府建设厅委托，对全省煤矿分布进行实地勘测的，目前项目进行到贾汪这里，我是项目的负责人周嗣翔。你说的那些人全部是本公司在中央大学雇用的相关专业的学生。"

"可有证据？"

"稍等！"周嗣翔转身进到里间，很快拿着一个信封走了出来。他从信封内掏出一沓纸交给了宋阳标。宋阳标拿在手中一张张翻阅，建设厅的委托书、合同、批文等材料一样不少，材料也不像是造假。赵洪林看着宋阳标手中的东西，有些惊讶，他没有想到对方的身份真的和学生所说的一样，不禁有些担心，一旦对方怪罪下来，自己这边如何收场。

宋阳标看证明材料没有问题，抬头看向周嗣翔："先生可否将你们测绘的地图拿来看看？"

周嗣翔似乎被激怒了："你们有完没完？我打几个电话，就能叫你们几个吃不了兜着走，信不信！"

宋阳标不为所动，仍然微笑着看着他。赵洪林一听这话噌地火起，厉声说道："老子不管你是从哪儿来的，只要你画的是矿上的图，就归我们管，让你拿你就拿，哪来这么多废话！"

周嗣翔见三人并没有被自己的话吓倒，心中暗暗叫苦，心说今天这事不会这样轻易过去，装作无奈的样子摊开双手："大家都是为公，这是何苦呢？既然你们非要看，我拿给你们看便是。"他转身再次进了里屋。宋阳标示意了一下，三人一起跟着走到了里间。

见三人跟进来,周嗣翔站在里屋稍微迟疑了一下。"来来来,我给你们拿。"他弯下腰打开书桌的一个抽屉,又拿出一沓图纸递给宋阳标。宋阳标一张张仔细翻看,他从地图上没看出什么端倪,却被绘图的专业水平惊到了。地图按照五千分之一的比例绘制,精细程度超过了宋阳标等人曾见过的所有地图,标高、地名、方向、距离、土质等内容标注得清清楚楚,不仅详细标注了贾汪每一处煤矿的位置,贾汪地区的山丘、河流、街道、桥梁的名字密密麻麻写满了图纸。

"周先生工作的细致程度真是让人佩服啊!"宋阳标情不自禁地赞叹。

周嗣翔本以为这几个做警察的粗人看不懂他的地图,听宋阳标这么说,不禁扬扬得意:"我不是吹,我们公司的测绘技术在全国都是数一数二的,要不然建设厅怎么会找到我们来做这项工作!"

耿致远在他说话的工夫走到了床前,猛地掀开床上的枕头:"这里咋还有一张图?"

周嗣翔面色陡变,喊了起来:"你干啥?"

但已然迟了,那张图已经落在了耿致远手上。

18 智捕间谍

耿致远手中拿着的,同样也是一张图。

原来刚才耿致远在里屋桌前,便观察了房屋的摆设。桌上的茶水喝了一半,正冒着热气,耿致远伸手摸了下椅子,还留有余温,桌面上散落着一些橡皮的残渣,显然周嗣翔刚刚就坐在这里,但他所做的事情并不想被别人看到,听到来人敲门才仓促收拾了一番。三人跟进里屋时,周嗣翔尽管表面强作镇定,但走到桌前时朝床头不经意的一瞥,还是被耿致远敏锐地捕捉到。循着周嗣翔的眼光看去,他发现了枕头旁床单的褶皱,所以断定枕头下面一定藏着什么东西。

赵洪林上前一步拦住他:"周先生,慌什么?"

"这可是我们这半个月辛苦的成果,你们可别给我弄坏了!"周嗣翔解释道,却并不敢阻拦。

"哦? 那我们更要仔细欣赏下先生的大作了。"宋阳标说话间展开了地图。

地图一米见方,除了尺寸更大,同样精细,宋阳标几人并没有发现有什么特殊。

这张图可以说是其他地图的汇总,地图上的一些位置还标出了一些圆形和三角形的符号。

"这些符号是什么意思?"

"这些只是地图中标注自然条件的图标,现在并没有统一的标准,如何标注都是我的职业习惯。比如这张图上三角形表示一些土山土丘,圆形表示贾汪当地的森林矿产。"周嗣翔不以为意地解释道。

"原来如此,先生这些图可比我上学时候见过的地图精细多了,让人佩服。"宋阳标将地图小心翼翼地叠起,却并没有交还给周嗣翔,而是装进了随身携带的背包里。他朝着赵洪林和耿致远使了个眼色,三人准备离开。

"哎!我说你们这些人怎么回事儿,我又没犯法,凭什么拿走我的地图?"

"周先生,画地图我们不专业,你这些东西究竟合不合法我们说了不算,所以我们要把图带走交给专业机构来验证。另外,这些委托书、合同及批文我们也要带走,如果查证属实,我们两天内就将这些东西原样奉还,还请您配合!"宋阳标盯着周嗣翔的眼睛说道,眼神中透着不容抗拒的威严。

"耽误了我们的工作,你们吃罪得起吗?"

"这位先生,我是矿警队稽查组赵洪林,要是你有什么不满,可以找我的上司反映。"说完从胸口的衣袋中掏出工作证亮给对方看。

周嗣翔虽然满腔怒火,却也无可奈何,只能眼睁睁地看着对方将自己的地图和材料带走。望着三人的背影,他心里在盘算:这些人的目的是什么?难道自己的身份暴露了?来到贾汪之后,他已经慎之又慎,就是不想让自己所做之事得到更多的关注。他仔细回忆三人进屋后发生的一切,更愿意相信这只是一次例行的检查和盘问。相信凭他们的水平,不可能发现地图中隐藏的秘密。眼下工作还没有全部完成,这个时候抽身就等于前功尽弃。他决定先打几个电话,静观其变,然后再做打算。

汪清茶馆,宋阳标、耿致远、赵洪林、韩天民几人围在桌前,桌上摆着的正是那张地图,宋阳标指着地图对众人说:"我和茶馆的赵老板都仔细看了,他做过多年地下交通员,对于地图绘制很有经验。这张图的特殊之处第一是特别精细,第二就在于这些符号。我看了一下,大大小小有十几处,我想今天下午大家都跑一趟,搞清楚符号代表的具体位置和地形,看看到底有什么猫腻!"宋阳标将地图上的点用宣纸临摹出来,分发给众人,算上茶馆的老赵,大约每人得跑两到三个地点。

耿致远的两个点距离不远,都在贾汪城西。耿致远来到其中一处,正是东西走

煊烂

向的两山之间的夹缝,此处林木茂盛,人迹罕至。他在周边观察了半天,并未发现有何特殊之处。天气燥热,耿致远虽然走在树荫之下,但因为山的阻拦林中并没有一丝凉风,暑气反而因为树冠的阻拦积聚在林中,不大会儿工夫便汗流浃背。兜兜转转之间不知不觉距离第二处地方已然很近。耿致远来到一座山前,从地图上看,三角形的符号标在山峰正中。耿致远没有丝毫犹豫便向山顶爬去。山并不高,大概十几分钟便登到峰顶,耿致远的衣服已经被汗水浸透。

山顶并没有高大的林木覆盖,耿致远站在一处凸起的岩石上四下观望,附近山川草木尽收眼底,心胸豁然开朗。一阵山风袭来,将浑身热汗吹得一干二净,此处倒是个登高望远的好地方。山的西侧是自己来时的路线,东侧林木比西侧稀少,估计是靠近村庄,被山民砍伐所致。而西边不远的山坡下,有一群羊正在吃草,耿致远连忙朝那边走去,见一位牧羊老人正在一棵树下抽烟休息。

"大爷好!"耿致远上前打招呼。

老人似乎对这个时间出现在此处的年轻后生很好奇,上下打量一番后,朝他点了点头。

"小爷们,你这大热天的一个人在这山里瞎溜达啥?"

耿致远席地坐在老人跟前:"大爷,俺是大泉的,省里有人来咱这儿画地图,雇俺给他们抬设备,半路上走散了,您看到他们了吗?"

"恁说的人几天前俺倒是见过,就在这山顶,整了半天是画地图的呀!不过今儿个倒是没碰见。"

耿致远装出失望的样子:"唉,不知道他们去哪里了,今天的工钱我看是泡汤了。您老怎么在这里放羊啊?我从西边爬上来可给我累坏了!"耿致远生在农村,知道放羊不能让羊群爬到那种太高的山坡上吃草,因为坡度太陡羊群爬山的过程中会消耗大量体力,容易造成劳累过度而伤亡的情况。

老人笑着说道:"这山坡可是俺放羊的好地方,好多人跟你一样觉得这个山陡,羊爬上来吃草太费劲,容易累着,都不大来这块儿。这个山西边陡东边缓,你要是从东边上来就没那么费劲。这里还开阔,不怕羊跑丢喽。"

"原来是这样!怪不得您这羊一个个膘肥体壮。您这群羊能养活一大家人啦!"

老人闻言大喜,也愿意和这个年轻人多说几句。"指望放羊发财是不可能了,只是这把年纪没法到地主家干重活了,俺把自己这群羊养好了,倒不比几个孩子干农活来钱儿少,还算没白活!"

耿致远继续说道:"也不知道那群人想干啥,净跑到这些个山头来,这阵子我跟着他们干活,可给俺累坏了。"

"你可别小瞧咱这山头,这可是风水宝地啊!老话说得好,山主人丁水主财,你瞅瞅,就拿咱这块来说,四面环山,中间平缓,等俺老了就叫儿子给俺埋这块儿,准保家里人丁兴旺。这山头平日里不显,要是碰上打仗那也是一夫当关万夫莫开的地势。对了,你从西坡上来没碰到大兵吗?"

"没有啊,咋附近还有当兵的?"

"前年就有了,这些当兵的就驻扎在西边的山坳那块,平时山里人到那一块砍柴都不叫进。偷跑进去被逮着的话,不是挨揍就是罚钱。俺从不敢朝那块走,不然这群羊能不能保住还难说!"

耿致远虽说也是贾汪人,但因为常年在外上学,对老人说的这些感到很新鲜,和老人又聊了一会儿之后,便告辞离开。

回到汪清茶馆,赵老板、韩天民等几个人都已返回。宋阳标说道:"就等你了,快把你看到的情况跟大家说说。"

耿致远将两个点的情况跟几个人说了一遍,宋阳标陷入沉思。从大家反馈的结果看,并没有什么特殊之处,真的如同周嗣翔所说,这些地方大多是土山土丘,或者是森林矿产。周嗣翔的合同等材料也没有看出问题,这个人难道真是清白的?

"对了,我在勘察的地点还碰到一个放羊的老人,他说附近有驻军。"

宋阳标听后猛捶了一下桌子:"这就对了,咋没想到这个呀,这很可能就是一张军用地图啊!"

几个人听了宋阳标的话还有些摸不着头脑,宋阳标兴奋地走到地图边说道:"大家看看,按照周嗣翔所说,他的目的是对省内的矿产资源进行勘测,可这张图不仅注明了贾汪的矿产,还详细标注了各种道路地形,工作量显然已经超过了他们的业务范畴。仅仅画图用的纸张,都可以花上几倍的价格来购买,不计成本地花费这么大的精力和财力,显然和以盈利为目的的公司行为是矛盾的。刚才致远说到驻军的事情,我才意识到这些符号标注的地点,全是一些重要的军事战略目标,大家将你们所了解的有驻军的地点说说看!"

其余几个人对贾汪的情况了如指掌,你一言我一语,将平日里了解到的附近驻军的地点一一指出,果然和地图上的圆形图标一个个印证起来,甚至有些圆形他们本地人也不了解。赵老板将所有人的勘探点统计出来,神色严峻:"这些图标,圆形代表驻军,三角形表示重要的隘口和有利地形,而菱形则标注了一些不为人知的路

煳烂

线的起点和终点,如果发生战争,这张图毫无疑问会是军队的眼睛!"

"事不宜迟,我马上将这张地图上报组织!"宋阳标说道,"赵洪林、韩天民、耿彭城,你们三人到来旺客栈负责监视。致远,你负责联系萧三,拖延交货的时间。大家注意,我怀疑这人是日本的间谍人员,这些人都接受过专业训练,十分危险,一定注意自身安全。如有特殊情况不要轻举妄动,马上回茶馆汇报!"宋阳标安排停当,众人各自领了任务出了茶馆。

赵洪林三人走在街上,恰好碰到一群学生扛着各式器材有说有笑地朝来旺客栈走去。三人不动声色地跟在他们身后,突然一只大手"啪"的一声拍在赵洪林肩膀上:"洪林,你怎么在这,队长可找你半天了,赶紧回去看看!"

赵洪林扭头,正是矿警队的一个同事,"啥事儿这么着急?还想去镇上喝两盅呢!"他无奈地瞅着耿彭城二人,"唉,两位哥哥,真是不凑巧,你俩先去喝吧,我忙完了矿上的事再去找你们!"

耿彭城二人心领神会:"工作要紧,你先去忙好了,不过我们俩可等你付钱啊!"

"那是自然,两位哥哥一定等我!"

矿警队,赵洪林刚进门便被队长指着鼻子骂。

"我说赵洪林,看你小子平时挺能蛋,这怎么半夜起来收玉米——瞎干啊! 省厅的人你也敢招惹?"

"老大,你这是发的哪门子火啊?"赵洪林装糊涂,他敢肯定周嗣翔动用关系将电话打到了队长这里。

"警察局的电话都打过来了,人家厅里来人搞测绘,你咋去把人图纸都给收了? 谁叫你干这个的?"

"嗨,老大,原来你说的是这事儿啊! 先别着急,听我慢慢讲来。"赵洪林拉着队长坐在椅子上,顺手又给他点了支烟。

"说! 我看你耍的什么花花肠子!"队长叼上烟,狠狠地说道。

"嘿嘿,老大,你可千万别被警局那帮人唬了。他们一个个吃得脸肥肚大,啥时候考虑过咱们兄弟? 什么厅里来人,全是唬人的。我看了他们的合同资质,不过是个委托公司的人,你猜怎么着,我收了他的材料和图纸,他屁也不敢放一个!"

"那警局的人咋这么上心?"队长听了赵洪林的话不由一愣。

"警察局当然上心了,这孙子没少打点。老大,您不知道,这群人财大气粗,光是画图的纸都肯花几倍价格采购。就说测绘这事啊,他来量的可是咱们贾汪的矿场啊,把咱们几个矿里里外外转了个遍,可我们见到啥了? 对警察局大方,可对咱们，那就是三分钱买烧饼还看厚薄——小气得很！我气不过，就把他的图给收了！"

"这，不会有啥问题吧？这些人咱们可惹不起！"队长似乎快被赵洪林说动，但还是有些担心。

"队长，您想想能有啥问题？他们来矿上搞勘测，没给我们打招呼，我们没收地图还不是理所应当？有句话咋说的，不知者无罪呀。万一有什么事情，我们大不了再把图还给他，就说查实无误，大不了赔个笑脸，谁也说不出我们一个不字来。"

"这……"队长似乎已被赵洪林说动。

"队长您就当不知道有这回事儿，警察局再打电话您就说还在了解，我向您保证，两天后有个结果，怎么着也得敲他一杠子！"

…………

萧三一路风尘，满载货物美滋滋地从徐州赶回来。为了防止掌柜发现他接了私活，他没有直接回商铺，而是先来到了位于大泉村的家中，将周嗣翔订购的两箱纸卸了下来，正准备出门，迎面碰上了耿致远。

"萧哥，您这是去哪儿啊？"

"这不刚从徐州进货回来嘛，回家喝两口水，准备去店里。"

"两箱纸放在家里了？"耿致远知道萧三的小心思。

"嘿嘿，啥事情都瞒不过老弟你呀！"

"萧哥，我也不是不叫你赚这个钱，只是你得答应我，今天先别把纸交给他，就说图纸暂时缺货，明天徐州的人才给送过来。"

"这哪成，都和人家说好的事儿，今天一手交钱一手交货，晚了耽误客人的事情，我这煮熟的鸭子别再飞了！"萧三生怕跑了这一单生意。

"你放心，我保证飞不了，他们这一时半会儿还走不掉。还有萧哥，我可告诉你啊，他们画的图纸已被矿警队洪林他们没收了，是不是合法矿上还没有定论，你可当心定你个共犯啊！影响他们办案，你赔钱事儿小，赔人事儿就大了，这一家老小可还都指望你呢！"

"我咋就成共犯了？"萧三见耿致远说得郑重其事，也有些害怕，"致远，我听你的就是了，你咋说我就咋办！"

"这就对了，退一万步来说，反正本钱都拿过了，你也不会亏本啊。"

"你说的对！我就按你说的办。"

萧三打定主意，从商铺卸了货，跟掌柜的告了假，便直奔来旺客栈见周嗣翔，将耿致远告诉他的理由说了一遍。周嗣翔并没有起疑心，只是觉得流年不利，交代萧三收到货后尽快送来,便将其打发回去了。

当晚,组织上以"徐抗日"的名义将宋阳标提供的情报转交给了国民党情报部门中的内应——一个叫龙士宇的人,此人正在为挖出潜伏徐州的日谍绞尽脑汁。得到消息后如获至宝,马上着手部署人马,连夜赶往贾汪。

凌晨时分,寂静的来旺客栈来了几拨赶夜路的客人。对于这家镇上最大的客栈而言,不管什么时间,开八面窗迎四方客,这也是常有的事情。后来的客人们动静大了一些,被其他客人呵止,他们连声道歉回到房间,熄灯休息。客栈再一次安静下来。两个小时后,来旺客栈突然灯火通明如同白昼,一阵阵叫喊声接连响起,紧接着几声枪响,这么大的动静将整条街都唤醒,警察局也很快来了人。

潜伏在附近的耿彭城马上将情况报告汪清茶馆,宋阳标几人得到消息,对屋内的众人说:"大伙都散了吧,这件事情已经有人接手处理了。致远、洪林,你俩现在就去将这张地图交到来旺客栈行动的负责人手中!"

第二天,一则消息不胫而走,很快传遍贾汪的大街小巷:来旺客栈住进了日本间谍!他们假借矿产勘测的名义雇用了一群不明真相的学生,光明正大地活动了半个多月,警察局竟然毫无察觉。幸亏矿警队队员警惕性高,将地图没收并将情况上报。昨天晚上情报部门逮捕了二三十个人,现场打死一名间谍,可惜的是,间谍头头趁乱跑了。

赵洪林晚上没睡觉,天亮了索性睡了个饱,半晌午才出门去矿上上班。一进门就被队长一个熊抱:"呦!抗日好汉来了,你小子还真是员福将啊,这下子警察局那帮家伙弄了个大红脸。今天上午我接到了经理电话,说上级对咱们矿警队的专业素养非常满意,锦旗和嘉奖下午就到!"

睡眼惺忪中,耿致远被萧三摇醒:"致远,你知道吗?来旺客栈的人是小日本的间谍!昨天幸亏听了你的话,不然我差点就当了汉奸!"

两天后的上午,耿致远、赵洪林还有萧三,一道走在徐州公安街上。

"徐州城可比咱贾汪热闹多啦!你看看,这路多宽。哎!这个大门真够排场,这里是做什么的?"赵洪林一边好奇地东张西望,一边不时地询问。他打小在贾汪长大,进城的次数屈指可数,对于城里的一切都感到新奇。

赵洪林这次进城还是沾了耿致远的光,河南柜上要采购一批物资,王兴伦安排耿致远负责采购,因为随身带了不少现金,便提出请矿警队安排一人同行的建议。

耿致远自然想到了赵洪林,跟王兴伦说了自己的想法。王兴伦听说二人是一个村儿的,当即给矿警队打了电话要赵洪林过来,于是便有了这趟徐州之行。

萧三见过些世面,对徐州城也很熟悉。见耿致远二人要去徐州,他马上提出了同行的要求。出了徐州站的第一件事,就是将周嗣翔的那两箱绘图纸给退了,算上定金,这里里外外,他又多赚了一个月的工钱。萧三心情大好,虽然对赵洪林孤陋寡闻的表现有些不屑,但平日里赵洪林对他萧三还是关照的,所以他耐心地一一解答。

"洪林,等忙完了正事,我带你好好逛逛,你这趟'保镖'辛苦,得请你在徐州城吃顿好的,解解馋。"耿致远一直将赵洪林当成自己的弟弟,有些疼爱地说道。

"辛苦啥啊致远哥,这可比我在矿上巡逻轻松多了。以后再有这样的好事儿,你可一定想着我,苦算个啥!"

"哈哈哈……"三人一起大笑起来。

谈笑间三人来到了城隍庙边上的一间商铺,河南柜是商铺的老主顾,店掌柜姓赵,听耿致远自报家门后连忙起身,客气地将他们请到后堂,端上茶水。

几人坐定,赵老板说道:"小哥瞧着面生,是头一次来小店吧?"

"确实,我在柜上做采买不久,这还是头一回出差,今后还得请赵老板多多关照。"

"小哥客气,我和你们柜上合作多年,两位王老板都很熟悉,逢年过节的也多有走动,今后还要请小哥对店里多加关照。"

"赵老板请您放心,我虽然接触这行不久,但我也知道做生意得细水长流的道理。两位老板对您青眼有加,说明您眼光长远,从不计一时得失,我说得可对?我是个新手,没什么经验,只知道做什么事情都得多听、多记、多看、多问,赵老板您可得多多指教,让兄弟这第一单生意做得漂亮些!"

"哈哈哈,致远兄弟真是年少有为,叫人佩服!"赵老板看耿致远年纪轻轻,本以为是个愣头小子,但几句话下来,就感到他言谈举止得体大方,不由得心生好感,另眼相看。赵洪林向来将耿致远当作大哥看待,对他愈发崇拜。萧三从前只是听闻,今天才算是见识到,短短几句话滴水不漏,既让对方高兴,又表明了立场,心想到底是读书人出身,对这个年龄小自己好几岁的兄弟更加敬重起来。

接下来耿致远拿出了采购货单,赵老板接过交给伙计。

几人喝茶闲聊,不大工夫,伙计便将报价单送了进来。

耿致远拿在手中扫了一眼,抬头问道:"赵老板,其他没啥问题,只是这些建材

煊烂

怎么比往日贵上许多,有的甚至比上次采买高出近五成?"他将货单放在桌面,将一些有疑问的货品一一指出。耿致远提前做足了功课,将近年来的购货单看了个遍,故而对这批采购物资的价格很清楚。

赵老板不敢怠慢,急忙解释道:"致远贤弟,这可不是老哥我故意抬价。今年虽然局势紧张,但以上海为中心,沿江一带的工业都在迅速发展,各类建材缺口很大,因此价格比去年要高出不少。不仅如此,能源的需求也很大,你们矿上不也准备开新矿买火车了吗?"

赵老板说的是实话,只是不仅长江中下游地区,津浦铁路沿线经济也一天天趋于繁荣,很多城市都兴办了新的工厂。除了上海周边,贾汪煤矿的煤炭还打入了山东省济南、济宁、泰安等中兴煤矿的传统市场,并且沿着陇海铁路西销。今年煤炭的价格也有增长,贾汪煤矿在营业形势大好的情况下,决定再筹巨款,开凿韩桥新井并购置铁路运输的运煤车辆,以增加产量和解决运输问题。

想到此处,耿致远点头称是:"听老哥如此一讲,疑虑顿消。兄弟回去也好向二位王老板解释价格问题。那就烦请老哥安排备货吧。"

"好,我现在就安排他们备货装车,估计下午即可发货!老弟如此爽快,今天咱们第一次合作,这样,在报价的基础上,我再让老弟五个点,算是老哥我的见面礼!"

"哎呀,那就多谢赵老板了,这下小弟回去在两位老板跟前可太有面子了!"耿致远连忙起身道谢。

耿致远付了定金,三人起身告辞离去。赵老板挽留用餐,耿致远惦记着还要带赵洪林逛逛徐州城,便婉言谢绝了。赵老板忙招呼伙计低声嘱咐几句,伙计随即跑出门拿了一个信封回来,交至赵老板手中。

"一点心意,还请笑纳!"赵老板拉着耿致远将信封塞到他的手中。

萧三对这种场面心知肚明,装作没看见拉着赵洪林向外走。

耿致远稍作沉吟,接过信封:"那就多谢赵老板了,小弟告辞!"

三人走出公安街,萧三狡黠地看着耿致远说:"致远,今天你得大出血,请我们好好撮一顿!"

"萧三,致远哥凭啥?"赵洪林不明所以。

"你不懂,刚才那个老板拿给致远一个厚厚的信封。"

"那咋啦?"赵洪林充满疑惑地看着萧三。

"回扣听说过吗?赵老板从货款抽出一定比例私下给致远作为报酬,并不走账。因为致远这单生意不小,我敢肯定回扣少不了,当然得叫他请咱俩吃一顿!"

"这……这不是中饱私囊吗?"赵洪林瞪大了眼睛。

"呦,你还转上文了? 这是这一行的规矩知道不,民不举官不究!"

"洪林,别听他胡扯!"耿致远终于忍不住了,狠狠瞪了萧三一眼,正色说道,"萧哥,啥规矩都没用,这个钱,我绝不会装进自己腰包。"

萧三实在想不通,他知道以耿致远的为人,既然这样说,肯定会这么做。"致远,那你图啥,为什么刚才又收了赵老板的信封?"

"萧哥,就像你说的,既然有这个规矩,如果我不收,赵老板怎么能放心? 做采购也是做人缘,拿这个信封也是交个朋友。但作为我个人,我不会赚这种来路的钱财,回去后我如数交出,每一分钱最后都会用在为矿工做事上。"

耿致远的一席话说得萧三哑口无言,看着这个一脸正气的年轻人,他觉得自己以小人之心度君子之腹,又渺小了许多。

赵洪林高兴地说道:"致远哥,你做得对,我支持!"

"不过,这顿饭我还是要请的,前面一转弯,就有个菜馆不错,今天中午咱们兄弟三个喝上几杯!"

萧三握着手中绘图纸的退款:"别啊,致远! 当哥哥的惭愧,我这手里还有小日本的钱呢,今天咱们就让小日本请客……"

19 金榜题名

1937 年 7 月 7 日,"七七事变"爆发。

消息传来,群情激愤,要求结束内战一致抗日的呼声空前高涨。为了顺应民心,中国共产党于 1937 年 7 月 15 日向国民政府递送《中共中央为公布国共合作宣言》。两个月后,蒋介石在庐山发表《对中国共产党宣言的谈话》。至此,以国共两党合作为基础的抗日民族统一战线正式建立。

卢沟桥事变后,地区性冲突升级为中日全面战争。不久,北平、天津、上海、南京等地相继告急,整个形势急转直下。随着抗战之火在中华大地蔓延,徐州成为全国抗战的重心,抗战力量迅速向徐州汇聚,全国各地的爱国青年学生潮水般涌向徐州,全国各地救亡团体和知名人士也纷纷到徐州演讲、宣传。10 月 12 日,国民党军

煊烂

事当局任命李宗仁为第五战区司令长官,驻节徐州,负责指挥津浦线的对日防御战。10月下旬,第五战区民众总动委员会成立,李宗仁任主任委员,中共铜山县工委书记郭影秋为组织部总干事。

刚刚复苏的民族工商业遭受重创,贾汪煤矿准备开辟韩桥新矿的计划也被迫停止。不仅如此,由于日本帝国主义对国内铁路交通的狂轰滥炸,贾汪煤矿的运输受阻,煤矿的销售量迅速下降。为应对战争时期的非常情况,贾汪煤矿管理层召开紧急会议,制定"限制产量、紧缩开支"的应变计划,具体措施包括裁汰冗员,贾汪煤矿裁减员工一百九十人;紧缩其他各项经费开支;贾汪、夏桥矿区立即减少每月产量等。

十月的一天傍晚,耿致远、赵洪林、耿彭城几人在致远家闲聊。由于矿上限产,虽然每个月的收入降低了不少,但是这群人的休息时间也多了起来。

爷爷耿博众背起一个柳条箕子走出家门,说是去给致馨的兔子割点草。

"爷爷,您老歇着吧,我来割!"耿致远忙起身说道。

"你们聊你们的,我这身子骨还算硬朗,割几把草累不着。"

"叫你爷去吧,正好也能出门活动活动。"耿致远母亲从厨房里走了出来,"你们几个也别在那胡扯了,一起到韩天民家看看去,他爹都病了几天了,不知道现在咋样了。致远,把这个给他端过去,别烫着哈!"

耿致远接过母亲手中的罐子,是刚炖好的鸡汤。

"婶,刚才我就闻着您做好吃的了,原来是鸡汤啊,怪不得这么香!"赵洪林口水已经流了下来。

"路上别偷吃啊,锅里还有,晚上都来家里喝鸡汤。"耿致远母亲朝赵洪林瞪眼笑着说道。

"您就放心吧,我看着他俩!"赵洪林吐了下舌头。

三人有说有笑来到了韩天民家,正巧碰到韩天民出门:"你们几个怎么来了?"

"听说俺大爷病啦,俺们来看看。"耿致远说道。

"还是老毛病,我得赶紧去给俺爹抓药,再晚药房要关门了!你们先进去吧,韩静在家呢。"韩天民顾不上招呼几个人,匆匆出了门。

韩天民兄妹两人,他娘去世得早,他爹又因为早年过度劳累亏了身子,一直病恹恹地做不了重活,全家生活的担子都压在他一人身上。

三人进了屋。"几个哥哥来了啊,快进屋坐!爹,致远哥他们来看您了!"韩天民的妹妹韩静热情地招呼。

屋内传来几声咳嗽:"快请他们进来坐,静儿,倒水!"韩天民父亲挣扎着要从床上坐起来。

"千万别忙活!"耿彭城忙快步上前,"大爷,您快躺下,现在得好好歇着!"

"也没啥大事儿,还是早年挖矿落下的老毛病,夏天还好,这秋天早晚一凉就喘不上气儿。我说你们几个都在矿上可得注意啊,年轻时候不在意,真落下毛病可就晚了。"

耿致远将鸡汤放到床头,轻声说道:"大伯,俺娘给您熬了碗鸡汤,一会儿叫韩静盛给您喝,补补身子!"

"唉,劳大家费心了! 俺家天民多亏有你们这帮子兄弟帮衬。他娘走得早,我又没用,拖累了两个孩子了⋯⋯"韩天民父亲说到伤心处,老泪纵横。

"瞧您说的,俺们都是从小玩到大的兄弟,又没有外人。现在韩天民、韩静都大了,也能挣钱养家了,您老安心养病就成!"赵洪林说道。

"是啊大爷,您就放心吧,还有我们兄弟几个呢。"

三人宽慰了韩天民父亲一阵,便起身告辞。

站在堂屋,耿致远环顾四周,家里虽然没什么家具,打扫得却挺干净,空气中弥漫着一股淡淡的中药味儿。他伸进衣兜拿出一沓钱,悄悄压在桌子上的茶杯下,赵洪林、耿彭城知道,那是他这个月刚领的工资。

"韩天民不容易,全家就指望他一个人。现在矿上活少了,咱们大家多照应点儿!"走在回去的路上,耿致远对二人说道。

"我刚才偷偷看了他家米缸,都见底了,回去我给扛袋米过来。"赵洪林说道。

"韩大伯这是老毛病了,俺家的梨树今年结了不少,我叫俺娘每天炖一碗,能润肺止咳。"耿彭城接着说。

耿致远又提议道:"这天眼看要冷了,刚才我在院里转了转,韩天民他家房顶的茅草都不行了,要不抽时间咱们给重新苫苫吧!"

"行,明天咱们就开工!"二人一致同意。

当天晚上,耿致远伏在案头,给姚昕露写信,信中他提到了白天的事情:冬天要来了! 天气冷了,我们这些人还能抱团取暖,可如今国难当头,天下这么多百姓的疾苦,又该怎么办呢? 天下兴亡,匹夫有责,我这一介草民,又该如何报国呢?

耿致远报国的机会很快就来了。

这天他接到通知,来到了汪清茶馆见宋阳标。与茶馆赵老板打过招呼,耿致远

煊烂

来到了内院。

宋阳标一人坐在房内喝茶,见耿致远进来,示意他坐下。

"老师,您找我有啥事?"

"致远,想不想回徐州上学?"宋阳标笑吟吟地看着这个曾经的学生。

耿致远蒙了,瞪大眼睛:"您这话是啥意思?"

宋阳标哈哈大笑:"我也不卖关子了,是这样,在徐州青年抗日团体的要求下,第五战区徐州青年训练班即将开班了。组织上经过研究,认为你是最合适的人选,决定推荐你去参加为期两个月的培训。想听听你的意见!"

耿致远"噌"地站了起来,猛捶了一下桌子:"太好了,老师!"他知道青年训练班是因为时局紧张,专门为部队培养人才而设立,早在读高中时,他就想投笔从戎,时常沉浸于唐人"宁为百夫长,胜作一书生"的慷慨歌咏中,如今这个机会就这样出现,让他一时难以相信。可转念一想,又有些担心:"老师,既然是组织安排,我完全同意,只是不知道矿上能不能放我走?"

宋阳标摆手示意耿致远坐下,微笑着说道:"这个,我们会以抗日联合会的名义给贾汪矿发函,现在因为限产,煤矿生产基本上处于半停业的状态,应该没什么问题。如果你同意,今天就可以送到矿上的人事部门,同时,我还想安排赵洪林同志和你一起参加。"

"保证完成任务!"耿致远虽然极力克制内心的兴奋,但还是忍不住又站了起来。

"不过我可把丑话说在前头,这次培训班只招收三百人,听说已经报名上千人了。能不能录取,还要看你们个人的努力。你俩这次是代表贾汪矿参加培训的,千万别给咱贾汪丢脸!"

"宋书记,您就放心吧!"说话时,耿致远握紧了拳头!

两天之后的清晨,徐州中学门前被人群围堵得水泄不通。今天,这里要举行第五战区青年训练班的录取考试。

此时距离考试还有两个多小时,可来自四面八方的考生已经将校门堵得严严实实。他们中,有徐州本地的在校学生、赋闲青年,也有来自周边各县的年轻人,还有因为平津失守远道而来的流亡学生。人群中,一些抗日团体正在散发传单,他们拉起了横幅,喊起了口号。"打倒日本帝国主义!""踏平三岛,斩尽倭寇!""刺刀对外,身体向前!"各种口号声此起彼伏,大敌当前,国破家亡之痛使青年们身上热血沸腾,平时安安静静的徐州中学门前,此时犹如一锅开水在滚沸翻腾。

不知谁带头唱起了冼星海创作的歌曲《英雄的故乡》,不一会儿整个广场响起了慷慨激昂的歌声。

> 徐州是古来的战场,英雄的故乡。
> 挺起胸,拿起枪,冲锋向前方。
> 日本帝国主义一定灭亡!
> 血泪洒成河,国旗放光芒,
> 中华民族永存世界上……

上午八点,学校大门打开,一群士兵簇拥着一个年轻人走了出来。二十多名士兵很快在校门口的台阶下站成一排。其中一人手持铁皮卷制的简易喇叭高喊:"大家安静一下,请参加考核的同学在校门前集中!"在士兵的示意下,这一千多人很快就被分成了二十多支队伍,每队有五六十人,耿致远和赵洪林也站在其中一支队伍里。

徐州中学门前顿时安静了下来。

"大家好,我是首期青训班指导员陈筹,感谢大家对第五战区抗战事业的支持。今天的考核主要有两项,上午体检及体能测试,下午文化考试。大家也知道,我们这批学员只收三百人,淘汰比例接近百分之八十,竞争十分激烈,不拼尽全力者注定会被淘汰,所以请各位务必重视起来!等一会儿你们每个队伍的教官会发给大家每人一张表格,上面就是上午测试的详细内容,只有全部合格,才有资格参加下午的文化考试。如果有一项不合格,则自动淘汰。大家都听明白没有?"

"明白了!"队伍中响起了七零八落的回答。

"你们报考的是第五战区第一届徐州青年训练班,青训班是干啥的?是为部队培养年轻干部的,是要在战场上带领士兵打日本人的,从你们报名的那一刻起,你们就要有军人的觉悟。没有铁的纪律、过硬的作风,怎么带队伍?怎么打胜仗?大敌当前,如果没有报效国家、视死如归的决心,现在就可以直接离队!我再问一遍,听明白没有?"

候考者的队伍中,刚才还有些人谈笑自如,听完陈筹这一番关于参加青训班人员肩负的责任与使命的慷慨陈词,现场寂然无声。青年们从沦陷的家乡、平静的教室、田间地头,带着满腔的热血来到此地,有的曾经走在游行的队伍中,也曾高喊过

煊烂

救亡的口号。然而此刻,真的就要作为一名"战士",接受挑选,慷慨赴国难了! 每一个人的神色瞬间变得庄严肃穆,腰板也挺直了,一齐大声回答:"明白!"

"很好,现在开始进校测试!"

各个队伍的带队教官给每人发放体检及体能测试表格,然后依次带领队伍进入学校。耿致远拿着表格边走边看,上午的考核分成体检和体能测试两块,体检都是正常的身高、血压、视力、肺活量等基本指标,最后一项综合评价。体能测试则包括立定跳远、引体向上、八百米跑等项目,只是简单的三项考试,便可以测出学员的弹跳爆发、腰腹臂力、耐力和协调性等综合素质,可以看出,这样的环节也是经过精心设计的。

校园内的体检区域里,几十位身着白大褂的医务人员已经准备就绪,每五人一组,端坐在由两张课桌拼合而成的测试台前,五人中的最后一位,面前摆着两枚印章,受检者完成所有体检项目后,将由执印的医生在每张体检表格上盖上"合格"或者"不合格"的蓝印。经过前面的训话,每个队伍的纪律性明显好了许多,在教官的带领下,大家安静地排队接受体检,场面秩序井然。

体检结束后,几家欢喜几家愁。有的青年笑容满面,准备到操场集中接受接下来的体能测试。有的则拿着盖着"不合格"印章的表格垂头丧气地离开队伍,甚至还有人因为被淘汰当场哭鼻子。

耿致远和赵洪林所在的队伍体检顺序比较靠后,体检很顺利,结束后他们举着盖着"合格"印章的表格相视一笑。等他们来到操场,前面队伍的体能测试已经开始了。

第一轮体检淘汰的人数不是太多,操场上乌压压地站满了人。接下来的立定跳远、引体向上和八百米跑,淘汰率便高得多了。

耿致远上学期间就注意体育锻炼,军事训练的成绩在全年级也是数一数二。加上这些日子里,耿致远在矿上的历练,体能和耐力自觉比上学时更上了一个台阶。赵洪林小时候便是在田间地头嬉戏玩闹的孩子,到矿场后又从事体力劳动多年,进入矿警队还定期参加训练,体能本身就要比同龄人好上许多。测试的这些内容对二人来说,自然不在话下。三轮下来,耿致远成绩全优,赵洪林两项优秀一项良好,他们两人都通过了测试。耿致远环顾四周,操场上已经少了近一半的人。

通过测试的人员集中在一处,叫陈筹的指导员又站了出来:"大家也看到了,跟你们一起的很多人都被淘汰了。国难当头,徐州城汇集了一大批失学、失业青年,他们报国心切但请缨无门。站在这里的你们很幸运,还能够接受下午的测试,一定要替自己,也替他们珍惜这次机会!同时,我也要告诉大家,抗战的大门对每一个人都是敞开的,不管有没有参加青年训练班,只要心系国家,都能为抗战事业作出贡献!无论你身在何处,只要有满腔热血,不忘杀敌报国,都是我中华好儿女!这一点,也请你们转告你们的同学、朋友,明白没有?"

"明白!"

操场上的回答整齐而响亮。

下午的文化课考试是一张综合试卷,监考教师将试卷发放到每个考生的桌子上。考试铃声响起,答题时间三个小时。按照从前在学校养成的习惯,耿致远并没有着急作答,他拿起试卷从头至尾浏览了一遍。试卷分成两个部分,前半部分有算数、历史、地理、物理等题目若干,最后是一篇作文,题目是"青年救国当以何为最急,试分析详论之"。

耿致远稍加思考,认为试卷的难度并不大,同时他也暗自开心,与作文差不多的话题他们几个伙伴平时也讨论过,有时还会因为一些观点发生争论。

"希望洪林也能考得不错!"耿致远长舒一口气,开始作答。

考试结束,耿致远在学校门口等到了赵洪林。

"洪林,下午考得怎么样?"耿致远关切地问道。

"你知道我啥个水平,高小都没读完,幸亏这些年跟着你看了几本书,感觉有了些底气,马马虎虎吧。有些题目没学过只能干瞪眼,作文我感觉写得不错,咱们还讨论过呢。"

"还好你没忘。"耿致远也替洪林开心。

"其实跟你来我心里挺没底的,万一没被录取,回去之后怎么向组织交代呀!"

"你这些年的历练比我可丰富多了,再说最后录取要综合文化和体能考试的成绩,我觉得你一定没问题!"耿致远给洪林打气。

"致远,上午那个指导员说我们如果能参加培训班,就能真刀真枪地和日本人干了?"

"应该是这样,如果能录取,咱们可得珍惜这次机会,好好表现。我上学的时候就盼着这一天呢!"耿致远觉得下午自己发挥得很好,考试涉及的比如对时局的看法、对统一战线的理解等也是平时他和宋阳标以及伙伴们经常交流的问题,但同时隐隐也有些担心,因为考生的学历层次高,有很多人甚至是大学生,面对这么高的淘汰率,他自己也没有十足的把握。

因为要等着看第二天的录取结果,耿致远和赵洪林都没有回贾汪,而是暂住在

煊烂

少华街上的一家小旅馆里。

二人在旅馆旁对付着吃了碗面,耿致远带着赵洪林在城里随便逛逛。

深秋的徐州城,晚风中带着些许凉意,倒也令人神清气爽。

不知不觉散步至三马路,耿致远脑海中不由得回想起自己上学时的情景。他还没来得及将自己到徐州的消息告诉同学。不知道这个时候姚昕露在做些什么,还在排练话剧吗?耿致远幻想也许在某个街角路口,会同她来次偶遇。可徐州城说大不大,说小不小,两个人要想不期而遇并不是那么容易的事情,直到绕回到旅店,陪在他身边的还是只有赵洪林一个人。

第二天上午十点,放榜的时间到了。耿致远、赵洪林两人来到校门口时,录取名单已经张榜公布,共有八张大红纸,张贴在校门前一侧的墙壁上。红纸前面已经围着一大圈人,第一张红纸前面更是人头攒动,耿致远两人好不容易从人堆中挤到最后一张红纸前,抬头就看见了赵洪林的名字。

"洪林!你被录取了,有你的名字!第四小队!"

"致远,我不是在做梦吧?"赵洪林露出难以置信的笑容,"致远,你快掐我一下,我不是在做梦吧?"

耿致远笑着朝他的胳膊用力拧了一把,疼得赵洪林吸了口冷气。

"疼!真疼!是真的,是真的!"赵洪林一把将耿致远抱了起来,"哈哈哈,我考上了!"

赵洪林这次和耿致远一起参加考试,其实心理压力很大,他感觉无论在哪个方面,自己都和耿致远有不小的差距,他担心两个人一起来考试,最后很可能一个录取一个淘汰。而淘汰的那个人,肯定是他。如今自己考上了,回去终于可以向组织有个交代了。

赵洪林咧嘴傻笑道:"致远,小时候听你爷爷给我们讲范进中举的故事,我还奇怪为啥高兴还会发疯,我现在的心情跟范进也差不多了。"

"祝贺你,洪林!"

兴奋了半天,赵洪林才想起自己只顾着高兴了,耿致远的名字还没有看到,看到他不急不躁地跟着自己傻乐,不禁心生愧意。

"对不住致远,我只顾自己高兴了,你的名字还没看到呢。我这水平都考上了,你被录取肯定也没问题。你在这里等着,我挤到前面去看!"

看榜的人很多,有的像赵洪林一样兴高采烈,挤在自己的名字跟前和同伴评头论足，不肯离去。有的垂头丧气却心怀不甘，生怕仓促中遗漏了自己的名字，在一张张榜前仔细地筛查过滤。还有的则彻底放弃希望，要么一言不发神情沮丧地朝外面挤，要么则躲在一旁悄悄地抹眼泪暗自神伤。

将近五百人拥堵在徐州中学门前的这一块地方，榜前更是摩肩接踵密不透风，耿致远感觉自己连转动身体都十分困难。赵洪林此时正在兴头，身上仿佛有使不完的力气，在人堆里左挪右闪，不一会儿就看不到身影。

耿致远又看了两张榜，算是搞清楚了这次录取的情况。一共八张榜录取三百人，分成四个小队，每张纸有三四十个名字。

耿致远刚看完第三小队名单，就听到前面赵洪林叫自己的名字。

赵洪林的身高不到一米七，此时正在人群中跳跃着朝耿致远喊。最后索性让身边的两个人帮忙，撑着二人的肩膀朝着耿致远的方向喊："致远，看到你的名字了，第一小队！第一小队！"

当晚，耿致远和徐州城的同学们聚到了一起。

耿致远向大家介绍了赵洪林。听到赵洪林是耿致远的发小，如今年纪轻轻便是矿警队的骨干，还曾经参与抓捕了日本奸细，每个人都很佩服，纷纷朝赵洪林敬酒。赵洪林没经历过这种场面，显得有些局促，但年轻人之间容易沟通，很快便和耿致远的这些朋友熟识起来。

大家各自交流了近况。战事将近，风雨飘摇，每个人的境遇多少都发生了些变化。

"致远，多亏你来徐州，我们才有了聚在一起的机会。我记得上一次大家见面，还是在你被困井下获救的那天。如今国难当头，北平上海的高校都停办或者内迁，我们这些在校的学生更是无心读书，大家都想竭尽全力为抗战做点事儿。你们俩被青年培训班录取，也算是帮助我们大家做了一些实事！"蓝明述看着耿致远、赵洪林二人，羡慕之情溢于言表，其实他早就打算报名参加培训，可是一来学业未完，救国会的工作也很多；二来他的父亲身体欠佳，毕业后帮助父亲打理生意，已经成为板上钉钉的事情。

"你们做的实事也不少呀！又学习知识又参加救国会的抗战宣传员，我听说你还给话剧社写了好几个剧本让大家排练，相比之下我可差远了！"耿致远谦虚地说道。他笑着看了一眼旁边的姚昕露，这些事情都是在他们的通信中姚昕露告诉他的。

煊烂

马铭楚站起来郑重说道："致远,上学时候你就是我的榜样,回家参加工作也做得有声有色,现在又参加了青训班,这一路走来,我是打心眼儿里佩服。我要给你端杯酒!"他走到耿致远身边,煞有介事地拿起他的酒杯,躬身捧起递到面前:"请受小生一拜!"徐州当地有晚辈在酒桌上给长辈"端酒"的习俗,用来表示尊重。此刻马铭楚将头低下,手中的酒杯高高举起,做足了姿态。

耿致远笑着捶了他一拳:"马铭楚,你对我有意见是不是?"

一桌人被他们逗乐了,只是没人发现,此时马铭楚眼中闪烁着泪花。看着好兄弟因为自己被学校开除,成为一名矿工还差点丧命,他每天都在愧疚和煎熬中度过,如今耿致远考上了青年培训班,他是由衷地替他高兴,看到耿致远有成就,似乎自己的愧疚和煎熬也减轻了几分。

"铭楚,端酒就算了,我看领酒还是可以的!"赵洪林在旁边起哄。领酒也是当地的酒文化,起到活跃气氛的作用,一般领酒的人带头先干为敬,还要比其他人多喝一些。

赵洪林起身给马铭楚身前的酒碗添满。马铭楚也不推辞,藏在心底的秘密无人可以诉说,正憋得难受,便把这碗酒当作宣泄的出口。他干脆利落地端起酒碗一饮而尽,全然不顾惠子在旁边的劝阻。

众人齐声叫好,一起回敬了一杯。

马铭楚喝完酒却有些伤感:"因为矿上减产,我家的日子都快过不下去了,估计我这个学也快上到头了。不过看到致远和洪林,我觉得一点也不难过,即使没学上,我也要像他们一样认真地面对自己的生活!"马铭楚坚定地说道。众人齐声鼓掌,马铭楚也说出了在座所有同学的心声。

"马铭楚,你可别当逃兵啊,有困难还有大家在。再说咱们这届学生,能不能熬到毕业还不知道呢。"一旁的惠子眼睛已经红了。她的话引得在座的人也感伤起来,连平日里油嘴滑舌的霍启光也仿佛心事重重。

赵红雷说道:"我说你们几个,打住啊!今天咱们是来给耿致远和赵洪林庆贺的,他俩可是从一千五百余名应征者中经过层层选拔脱颖而出的,大喜的日子,烦心事明天再说。"

姚昕露也站起身来:"耿致远,祝贺你,离你参军报国的愿望更近了一步,只是你这身份转换得太快了点,让大家一时间不太习惯。"

"加入青训班就等于参军了吗?"惠子问道。

"那是当然,这青训班可是为抗日部队输送人才的,说不定,以后致远能当上个将军！"马铭楚解释道。

"来来来，咱们一起敬两位将军！"赵红雷提议，所有年轻人起身共同举杯。

晚饭后，赵洪林回旅馆休息，耿致远送姚昕露回家。

二人沿着少华街向西走。少华街原名七星街，因街口呈北斗状排列的七口水井而得名。1912 年 7 月，王少华被推选为铜山代理民政长，负责维护地方治安，因其拒绝与张勋共谋复辟大计，张勋唯恐事情败露，命令部下将其杀害，并制造了跳楼的假象。为纪念王少华，七星街从此更名少华街。道路两旁茶食店、饭店、洋货铺子、书店等各种商铺林立，只是很多店家都早早关门打烊。看来因为战事临近，徐州城内的百姓生活多多少少还是受到了影响。偶尔有几家还开着的店铺也是顾客寥寥，昏黄的灯光穿过店门映照在门前的石板路上，路上几乎没有行人，有种不同寻常的萧瑟。

耿致远与姚昕露自从在贾汪表明心迹之后，虽然没有像普通恋人那样朝夕相处，但是通信一直没有中断，交流与从前相比还多了起来，因此这次见面并没有久别的生疏。

"致远，你们参加这次培训班，会在徐州待一阵子吧？"

"大概有近两个月时间。"

姚昕露的眼睛亮了起来："最近话剧社又排了几出抗战话剧，演出效果很好，大家的干劲也很足。周三晚上就有一场演出，欢迎你来看。"

"那很好啊，我也经常想起咱们一起排练话剧的情景。就怕培训班要求严，到时候不知道能不能请假出来。"

一阵凉风吹来，耿致远犹豫了一下，试探着牵起了姚昕露的手。

姚昕露心头一阵甜蜜，默不作声地让他牵着，想不到这个榆木疙瘩也有主动的时候。

"致远，以后对你我要有一个专属的称呼。"

"什么？"

"嗯，'萍哥'，好不好？"

"萍哥？"

"你不记得了吗？咱们《雷雨》的第一次演出，你扮演的是周萍，那次演出多亏了你的救场。"

耿致远恍然大悟："我可不是周萍那样的人啊！"

煊烂

"你当然不是,可对我而言,这个'萍'字有着另外的含义。你就像浮萍般四处漂浮,行踪不定。以后如果你参军,我又该到哪里去寻你呢?"姚昕露说完将头靠在了耿致远的肩膀上。

耿致远疼爱地抚了抚姚昕露的长发,柔声说道:"'山河破碎风飘絮,身世浮沉雨打萍'。现在的世道,每个人都像浮萍一样吧。昕露,我相信终有一天,咱们都能在这片土地上扎下根来,过上属于我们自己的好日子。"

"那我叫你'萍哥',你不反对了?"

"怎么叫都听你的。"

夜色朦胧,二人享受着难得的独处时光,不知不觉就来到了石牌坊街。

"天气冷了,我给你织的围巾要记得围。"姚昕露整理了下耿致远的衣领,不舍地说道。

"你看我平时做的事情,每天都蓬头垢面的,哪舍得围呀。"耿致远确实是舍不得,生怕自己会不小心弄脏。

"我不管,那可是我的一片心意,你要是不围就还给我。"姚昕露噘起了嘴。

"好好好,我放在行李中呢,回去就围着睡觉。"

"这还差不多!"姚昕露笑了起来。

"你放心用,我以后多给你织!"

20 入营培训

第五战区首期抗战青年培训班经过紧张筹备,如期开班了。

青训班共分四个大队,由四名教官任大队长,每队又设三个小队,耿致远是第一大队第一小队的队长,队里成员一共二十五人。

开学当天,指导员陈筹便将各队的教官和小队长召集到一起。

"从今天开始,我们首期青训班就要开课了。我们这届青训班的目的有两个:第一,着力提升学员军事素质,为第五战区提供军事和政工人员;第二,为本地区地方行政及民众动员培养组织和公务人员。在座的都是青训班的学生,我看了你们的简历,每个人的学习经历、生活经历、工作经历、政治取向都各不相同。你们当中有国民党、共产党,也有其他党派。学历有大学、高中、初中。职业有学生、工人,也有公职人员。但来到这里，我们便是一个团队、一个集体。在今后的训练当中，我希望大家坚持'两不'的原则，即不问学历与信仰，不管职业与资历，只要坚决抗日，就是我们的同伴和战友！你们这十二个小队长从考试当中脱颖而出，用成绩取得了考官的信任，我希望，在今后的培训过程中，你们也能用行动去取得你们小队学员的信任！当然，如果你们今后的表现和现在的成绩不匹配，我会毫不犹豫地选择更优秀的人取而代之，明白没有？"

"明白！"在场的小队长挺直胸膛，异口同声。

各小队长的表现让指导员陈筹甚是满意，接着他又将课程和训练的安排做了通报，并下达了有关装备发放的具体任务，大家各自领了任务散会离开。

耿致远发现，自己每次听指导员陈筹的讲话总是心潮澎湃、干劲十足。他着急地回到自己所在的小队，将会议精神做了传达，随即带着几个人到培训班事务部领取装备。

学员每人分到一个钢盔、一支汉阳造七九步枪、一套草绿色棉军衣，还有一块黑色的棉布臂章，上面绣着白色的三角形，中间一个"青"字。这些学员大多是学生出身，对这一切都感到很新鲜。尤其是看到崭新的汉阳造步枪，更是两眼冒光爱不释手。耿致远提醒大家爱惜装备，子弹会在射击训练时发放。

青训班的生活紧张而又规律，两个月的时间被排得满满当当。每天早晨六点二十分起床，接着是内务、体能训练和晨会。八点二十分早餐，早餐后是各门课程。课程主要分成三大类，一是军事理论及政治科目，有游击战术、大众政治经济学、唯物辩证法、乡村建设、群众组织动员及思想政治教育等，学习方式为上大课、听报告和自由讨论；二是军事技能训练课程，如步兵操典、防空常识、实弹射击、格斗等内容；三是谍报技能训练，包括情报分析、标记和反追踪、侦察和伪装、爆炸物和毒药等。下午除上正课之外，每周还要进行两次外出集训，开展战地救护和野外演习训练。下午五点半晚餐，晚上七点到九点自修，十点休息。

一开始，第一小队的学员对于指导员关于小队长的安排颇有微词。这些人个个成绩优异，有的甚至来自上海、开封和南京等地的知名大学，虽然目的相同，但互相之间并不服气。看到队长是个清秀的男孩儿，据说还是个煤矿工人，除了个子瘦高，并不觉得耿致远有什么过人之处。可两天相处下来，他们才发现自己错了，这个看起来平平无奇的队长，简直是个"怪物"！

平日里的理论课，大家都拿着笔记本紧张地记录。可耿致远完全不带本子，只是全神贯注地听讲，老师讲过的内容他听了一遍就了然于胸。自修时间有的同学没有记全的笔记,问到耿致远,他都能脱口而出。一些晦涩难懂的理论,晚上休息前还会给大家再复述一遍。

军事训练更不用说了,别看耿致远是个瘦高个儿,可身体里似乎有使不完的力气。引体向上整个培训班,包括教官在内,无出其右。第一次野外拉练也是全培训班第一名,不仅如此,他关心队伍整体,见队里最瘦弱的"眼镜"快要落队,还帮他扛了枪。

晨会前后,耿致远会组织小队成员学习抗战歌曲,高呼抗战口号,把大家的心气全部调动起来,一大队第一小队成为全培训班最耀眼的存在。后来这种形式成为全培训班的规定动作,晨会前后的操场上,歌声和口号声此起彼伏,振奋人心。

待人热心,成绩优异,带队有方,耿致远很快赢得了小队所有成员的认可。对于这个"狠人",大家发自内心地佩服,也为能够在耿致远的小队里感到自豪和骄傲。通过几天的观察,耿致远在小队里挑选了一个叫王怀舟的人担任他的副手,协助自己做好小队学员的政治思想和生活管理工作。整个小队的工作愈发顺畅,成员们也更加积极向上,充满活力。

耿致远之所以如此,除了指导员陈筹说要带好队伍,还有一个重要原因,那就是他发自内心地喜欢现在的生活。从军是他一直以来的愿望,从退学到成为一名矿工,他一度认为这个愿望离他越来越远。现在机会就在眼前,他怎么可能不珍惜不努力!来到这里他简直像是发现了新大陆,从前的学习多是纸上谈兵,可现在不同了,每节课他都能学到能够用于实战的东西。射击理论可以提高射击精准度,谍报训练可以提高情报技能,救护防空可以提高生存能力……他像是一片干涸许久的土地上的禾苗,遇上了等待已久的一场雨水。

耿致远每门课的成绩都很优异,唯独一门例外。

这天,课堂上进来一位神秘的人,课前教官特别强调,此人是陈指导员费大力气专门请来的,要大家一定认真对待。因此,每个学员对来人都很好奇。

"大家好,我是老牛,陈指导员给我安排的任务是教大家化装与伪装。我的这门课一共只上三次,第一次讲'职业与素养',第二讲是'化装技术',最后一次为课程考核,三次课上完我完成任务走人,至于你们学到多少,就看你们个人的悟性了。"

老牛身材微胖,穿着棕色长衫、黑布鞋,头戴一顶牛皮毡帽,帽檐压得有些低。满脸络腮胡须,看不太清容貌。讲话时候眼睛盯着某一个点,偶尔环视全班,眼神锐利如鹰隼,一看就是个深藏不露之人。

"化装和伪装是每个从事情报工作的人必须掌握的一门技能。要想学好这个技能，首先要了解你所扮演的那个角色从事的职业。每个职业都有其特点和约定俗成的行业规范，从事这个职业的人也要具备特定的素养和习惯。学会化装只是掌握了一门技术，是表象。要想真正用于实战，在敌人面前完全不暴露身份，就要由表及里，了解所扮演的角色。平时要处处留心，养成观察的习惯，细节决定成败。以店小二为例，热情和气、手脚麻利、见风使舵是这个职业必备的素养……"

　　老牛摘下帽子，马上换了一张面孔，满脸堆笑地扮演起店小二来。

　　"客官您来了，里面请！"老牛将"请"字发音拖得颇长，最后又像唱歌一般往上一挑，喊得全班学员精神一振。

　　"今天您吃点啥？"他变戏法一般不知从哪里拿出了一条白色毛巾，麻利地抹了几下假想的桌子板凳，躬身招呼并不存在的客人落座后殷勤问道。

　　"好嘞，碧螺春一壶，灌蛋八股油条一份，辣汤一碗！"

　　"您稍坐片刻，我去给您沏茶。"

　　老牛表演之后说："这就是店小二，咱们平时都说小二势利眼，见风使舵，看人下菜碟，这是这个职业的性质决定的。一方面，他代表着店铺的形象，要用热情周到的服务态度吸引客源，拉拢熟客；另一方面，他还要帮助店铺解决遇到的麻烦，比如争执、乞讨、吃白食的，等等。见风使舵是这个职业必备的素养，同时也是对他个人的保护，如果对待所有人都像我刚才那样周到，那这个人工作一天下来必然会异常辛苦……"接着他又举了商人老板、黄包车夫、小学教员等几个例子。

　　老牛演什么像什么，看得众人目瞪口呆。

　　整个教室如同老牛的戏台，老牛出神入化的表演，赢得学员们热烈的喝彩。

　　王怀舟低声冲耿致远说道："简直神了，这还没化装就演得跟真的一模一样！"

　　耿致远也没料到这个其貌不扬的中年人还有如此精妙的表演术，不禁对他肃然起敬。

　　老牛待众人笑声停顿，面色一沉："在座的将来可能要从事情报工作，大家可以想象一下，急难险重时刻，你的生命和任务全都取决于你的化装和表现，任何一个细节都关系到任务的成败、性命的存亡。你们还能笑得出来吗？现在我不是演戏，而是教你保命的技术！"

　　老牛的第二堂课带来一个箱子，里面是一些脂粉颜料和服装之类，教大家如何化装。只是教室里一群士兵装扮的年轻人，围着一个络腮胡子的中年男人涂脂抹粉，画面显得有些滑稽。但教室里异常安静，只能听到老牛讲课的声音，每个人学

　　　　　　　煊烂

得都非常认真。

这堂课后,老牛宣布了课程的考核题目:化装成一个乞丐,由他现场打分点评。

听到这个题目,有的人长舒一口气,认为并不是个难题。

耿致远并不这么认为,他拉着王怀舟说道:"怀舟,讨过饭没有?"

王怀舟似乎明白耿致远的用意:"从来没讨过,也没挨过饿,咱们去体验一下?"

第二天休息,耿致远拉着王怀舟一大早就出了营地。同行的还有赵洪林,虽然他们第四大队并没有安排老牛的课,但他还是从被窝里被拽了出来。

"两位哥哥,你们这是要去哪儿?"

"带你去讨饭!"

"讨饭?咱们培训班有食堂啊!"

王怀舟将两人的打算告诉了赵洪林。

"得,你们体验生活,拉我陪着挨饿,真是我的好哥哥!"

赵洪林虽然苦着脸,可还是跟着两人直奔南关户部山。户部山是位于徐州古城之南的一座土山,也叫南山。当年西楚霸王项羽定都彭城,在山顶建戏马台,后来戏马台也成为徐州的名胜古迹。宋代以来,黄河流经徐州,洪水每每淹没城市,徐州百姓苦不堪言。户部山因地势较高能够免于水患,因此成了有钱有势的官宦和富商的聚居之地。住在户部山是身份、地位和财富的象征,因此徐州有"穷北关,富南关,有钱人住户部山"一说。

有钱人多,善长仁翁自然也不少,户部山周边也聚集了不少乞丐。

耿致远的目的就是想看看这些乞丐的日常生活。

"三位小哥,你们逗我玩儿吧?"一个中年乞丐听完三人的来意,直接拒绝,"历来讨饭都是单打独斗,带上你们三个成群结队的,我这是讨饭还是打家劫舍?不把人吓跑才怪。"这人一边说一边摇头走开,看那样子是在琢磨这三个人是不是脑子不正常。

问了几个人,回答得各不相同,但没有一个同意的。三人只好转变策略,王怀舟跑到一家沛县狗肉摊,买了一斤狗肉,又在旁边的烧饼铺买了十来个烧饼,用报纸包着拿到了路旁一棵柳树下,等候耿致远二人。

不大会儿,耿致远和赵洪林每人领着四五个衣衫褴褛的乞丐也来到了树下。

王怀舟摊开报纸,露出还冒着热气的烧饼,一个个拿起来从中间撕开,夹进狗肉。一边做一边说:"大家伙应该也知道俺们想干啥了,把你们讨饭的门道和本事讲一讲,就有烧饼夹狗肉吃。讲得好的,还有奖励!洪林,今天你陪我俩受累,辛苦了,先给你一个尝尝!"

赵洪林早上没吃早饭,此时早就饥肠辘辘,他也不客气,接过来就往嘴里塞。

烧饼表皮刷上了一层糖浆,上面撒满芝麻,烤得表皮金黄。咬一口皮酥瓤暄,再加上狗肉特有的韧而不挺、烂而不腻的特点,麦香肉香完美组合,可谓是人间美味。赵洪林满意地闭上眼睛,全身的注意力都集中到唇齿之间。

眼前的情景引得众乞丐食欲勃发,馋涎欲滴,不等王怀舟夹完狗肉,一个个便迫不及待,争相发言了。

从众人的讲述中,耿致远得知,时局板荡,兵连祸结,徐州城难民多了,讨饭的营生也更加难做。要想在户部山一带乞得饭吃,也不是简单的事情。除了要给黑帮地头蛇交税,还要应付当地的治安人员,稍有不慎,轻则拳脚加身,重则丢了性命。

听完众乞丐的讲述,耿致远感触颇多,看来乞丐谋生,也自有其道,得讲究"惨、脏、精、尖"四个字。一是要"惨",身世凄惨才容易得到施舍,所以老弱病残是乞讨的主力,四肢健全年轻力壮者行乞总会被人视为懒惰而不自惜;二是要"脏",乞讨者多为蓬头垢面、破衣烂衫,他们居无定所,风餐露宿,脏在所难免,而且越脏越容易唤起他人的怜悯;三是要"精",乞丐也要精于体察世态人心,懂得分寸,不干讨人嫌之事,比如不能讨夜饭,那样会打扰人家休息,而且会被怀疑趁机偷窃;四是要"尖",目光如炬,看人要准,只有向乐善好施者乞讨,方能乞有所得,倘若碰上蛮横霸道者,非但毫无所得,有时候还会惹上麻烦。

耿致远把自己悟得的行乞之道说给众乞丐听,问问众乞丐还有没有补充。一个十来岁的少年早就吃完了手中的烧饼,兴许是太想得到额外的奖励了,大声说道:"眼睛尖还有一个好处,有时候路上捡到钱,能顶好几天的饭钱哩!"

众乞丐哄堂大笑:"俺们捡到钱碰到失主就会还给他,规矩得很,从来不干你这个!"

少年被众人取笑,颇有些不好意思地低下头,手不知往哪里放才好,抠挖着身上衣服的破洞。天气冷了,现在他的身上还只穿了件单衣。耿致远笑着说:"你说得也对,再奖励你一个烧饼!"说完将仅剩的一个烧饼递到他的手中。

少年马上兴高采烈地接了过去,将烧饼一分为二,拿在手中比了比,将大的一块递给了身旁比他矮小的孩子,看起来像是他的弟弟,二人高兴地大吃起来。

回去的路上,耿致远对同行的赵洪林和王怀舟说道:"看那两个乞讨的孩子,让

煊烂

人心里真不是滋味。等把小鬼子打跑了,我们建设一个新国家,让这些人都能过上好日子。"

测试的日子到了。

教室里一个个学员蓬头垢面、衣衫褴褛,俨然丐帮。考官老牛端坐讲台,还是那套衣服,帽檐拉得很低。学员依次从他身边走过,算是接受考试。老牛只是待学员走到身前时,稍微抬头瞥上一眼。

"不行! 头脸是脏的,脖子白白净净,不合格!"

"你是乞丐还是强盗,眼神这么凶,不合格!"

"你这衣服的补丁是自己扯的吧,不合格!"

…………

十几个人走了过去,竟然没有一个人入得老牛的法眼。气氛骤然紧张起来。青训班的成绩是有考核的,最后成绩优异的学员,就能获得去南宁中央军校进修的机会。因此每门科目的考试大家都异常重视。如果有一门功课不合格,那进修的希望就渺茫了。

"不合格,衣服是脏的,袜子是新的!"

轮到王怀舟,他拄着根木棒,步履蹒跚地走到老牛跟前站住。

老牛也是瞥上一眼:"这个马马虎虎,六十分!"

王怀舟看了看耿致远,今天早晨他俩早就互相检查了一遍,自认为装束上没有什么问题,可是老牛只给了他六十分,多少有些心有不甘。但作为全班第一个及格的人,他也值得高兴了。

教室里一阵哗然,大家都认为王怀舟的分数低了。凭他的扮相和表现,大家认为能达到九十分。

王怀舟依旧蹒跚地走回去。

"站住!"老牛突然发声。

王怀舟满头雾水地站住不动。

"刚才的成绩取消,不及格!"

"为啥?"全体学员异口同声。

"来的时候右手拄拐右腿跛,走的时候左手拄拐左腿跛,这样的表现想从我这里及格?"

众人恍然大悟,对这个其貌不扬又神秘兮兮的老牛肃然起敬。看似不经心的一瞥,却将学员的毛病看得一清二楚。

不过这考核,也太严苛了吧!

接下来又是几个不过关的,最后到了耿致远。

耿致远平心静气,扮作了一个躬身驼背的青年。看上去身材瘦弱,双目无神,满脸黢黑。他左手捂着胸口时不时咳嗽几声,右手颤巍巍端着不知从哪里捡来的破烂陶碗,看起来如同病入膏肓一般。

走到老牛身前,老牛依旧抬眼一瞥,嘴角露出不易觉察的笑意,似乎对耿致远的表现很满意。

但老牛还是不会轻易放过这个年轻人。

"丁零"一声,一枚五分的硬币从老牛手中飞出,准确无误地落入耿致远手中的陶碗里,滴溜溜打着转儿。

耿致远一怔,马上明白了老牛的意思,连忙躬身道谢:"谢谢大爷,谢谢大爷!"

班上同学一阵哄笑。

老牛看了一下:"不及格!"

教室里一下子又安静下来,大家都不知道凭耿致远的表现,为什么不及格。

老牛对耿致远说道:"习惯了得到,便忘了感恩,人都是如此,乞丐也不例外。你的感谢真诚得过分,所以给你个不及格,你们可有话说?"

学员们哑口无言。

老牛接着说道,没有十全十美的伪装,只要有心观察,任何人的化装都是有破绽的。这堂课是教大家基本的化装技术,当然,课堂的考核对于这些刚刚进入培训班、从来没有从事过情报工作的学员来说,也许有些严苛,但目的就是让大家明白这个道理。只有从每个细节入手,将破绽降到最低,在今后的工作中才不会轻易暴露,才能确保任务的完成。

这门课程的考核全军覆没,但大家心服口服。

耿致远也没有因为不及格而泄气,反而更加努力地投入青训班的学习当中。为了提高射击成绩,他枪不离身,吃饭睡觉都背在身上。同宿舍的人问他为什么这样,他说枪是军人的生命,要做到"人枪合一",让枪成为身体的一部分。每天只要有时间,耿致远就练习端枪瞄准,为了提高难度,有时候还在枪管上用绳子挂上一块砖头,一练就是半个小时以上。在他的带领下,第一小队的军事成绩直线上升,一提到耿致远和他的第一小队,所有教官无不交口称赞。

青训班请来的授课老师颇有水平,军事教官均由营团级以上的军官担任,每门

  煊烂

课程的教材也是由教官编写，文字简练，讲求实效。此外还经常邀请社会名流、专家学者进行专题讲座。学员可以看到《中央日报》《扫荡报》等国民党报纸，也可以阅读《共产党宣言》《大众哲学》等进步报纸和书籍。培训班的氛围既紧张又活泼。

耿致远再也不用担心因为阅读进步期刊会被开除了。在他的提议下，第一小队组建了学习小组，经常在一起谈论抗战形势和学习训练的心得。

这天晚上，正在大家谈论得热火朝天之时，窗外"呜呜"响起了一长声两短声的防空警报。耿致远知道，再过不到半个小时，日本人的空袭就要来临了。

"七七事变"后，日军飞机对徐州城的空中骚扰愈发频繁，起初敌机只是盘旋侦察，后来逐渐演变为投弹轰炸。上海沦陷之后，空袭更是如同家常便饭。针对这种情况，徐州成立了由驻徐军队和警察局组成的防空指挥部，除了安排地面高射炮火，还建立了防空警戒体系，在多地建立防空监视哨所，大同街最高的建筑钟楼上，便设有防空监视哨。遇到敌机来袭，各个哨所互相传递敌机情报，监视敌机动向。同时根据敌机的距离设置了不同的防空警报。敌机侵入两百公里时，响一长两短的警报。距离三十公里时响短声，敌机飞离后响一长声解除警报。耿致远根据警报的声音，断定了敌机空袭的时间。

此时徐州城的老百姓对于空袭见怪不怪，警报几乎成了家常便饭。敌机来袭时，大家便就近躲到附近的简易防空设施中，有的集中到附近医院、警察局的地下室，有的躲进自己挖的防空地窖，有的靠山躲在山林中或者山岩下，还有很多百姓就近躲进外国教堂里。他们知道，这些教堂里都有洋人，日本人轻易不会轰炸。

飞机来袭时，大同街钟楼的楼顶就会发出刺耳警报声，全城停电，交通管制。为防日本特务间谍趁空袭时投毒，政府还要求靠近水井的人家封上井口，同时发放漂白粉用于消毒。马路上巡逻队来回奔跑，高呼"灯火管制"，市民纷纷熄灭家中的灯火。胆大一些的会跑出户外，站在开阔处循着飞机的轰鸣声张望，看着敌机编队由小变大，抛下一排排的黑色炸弹，炸弹随着刺耳的尖啸声"砰"的一声落地。地面的防空炮火随即喷出火舌，在黑色的夜空中拉出一道道光亮的弧线，像是一场惨烈的焰火表演。胆子小的便缩在防空设施中瑟瑟发抖，有些来不及跑的只能躲在家中的八仙桌下，蜷缩着身子，内心在请求神佛护佑，祈祷炸弹千万不要落在自己头上。

家家户户早就准备好了水桶和干粮以备不时之需，玻璃门窗都贴上了米字形的纸条以防震碎玻璃伤人。日机的每次空袭之后，徐州城就多出了一段段断壁残垣。但是百姓的情绪还算稳定，各类商店还是像往常一样开门做生意，城内的秩序依然总体安定。

耿致远急忙招呼大家跑出门外,每个宿舍旁边都有一个临时挖掘的地下室,学员们遇到空袭时都躲在里面。这块地方没有什么高大建筑,也很难成为敌机的空袭目标。因此,除了个别学员神色慌张,大多数人表现得都很镇定。

耿致远快进地下室的时候,远远发现一个人影在操场上,他陡然警觉起来:"每当敌机来袭时,总有一些特务汉奸趁机作乱,这人不会就是特务吧?"

他紧张地走向操场,直到看清对方容貌后才松了口气,是指导员陈筹。

"指导员,敌机快到了,您怎么还在这里抽烟呢?"

"哦,是致远啊! 别担心,我这点火星天上的飞机可看不见。"

"看您站在这里,我一开始还以为是敌特要搞破坏呢!"

"不错,警惕性还蛮高!"陈筹满意地看向耿致远,"说实话,咱们挖的这些地窖也就躲避些飞溅的弹片,如果炸弹真的落在头上,也起不到什么保护作用。"

"您这么说可不对,您是指导员,要对自己的安全负责,还要给我们学员做榜样才行!"耿致远还是劝说指导员跟着他一起进入地下室。

"好好,听你的,走,咱们一起过去!"陈筹说着掐灭了手中的香烟。

路上,陈筹问耿致远:"致远,你知道现在日本人的飞机和我们的飞机数量是多少吗?"

耿致远摇头。

"日本人有飞机两千七百多架。"

"那我们呢?"

陈筹并不言语,只是伸出两个指头。

"两千?"耿致远猜测道。

"两百!"

这个数字让耿致远感到震惊,可后面的话更叫他觉得难以接受。

"你是贾汪煤矿来的,你可知道中国一年产煤多少?"

这个问题上学时耿致远就有所了解,朗声回答道:"两千多万吨吧!"

"你说的不错,我们一年能产两千多万吨煤炭,而日本一年能生产六千万吨。"

耿致远呆住了,他想象不出在世界地图上看起来那么小的日本,竟然能生产出这么多的煤炭。

"钢铁更是离谱,我们一年大概四万吨,小日本钢产量是五百八十万吨,你想想,这些比我们多了近一百五十倍的钢铁能造出多少飞机大炮! 我们中国没有军事工业,任何列强都可以蹂躏她。就是因为这样,现在日本人的飞机才会在我们的领空横行无忌,随意轰炸我们的城市和工厂……"

远方,敌机的轰炸开始了,炸弹的爆炸和防空火炮照亮了漆黑的夜。

指导员的话,深深地烙进耿致远的心里。

21 赌债风波

随着徐州战火临近,青训班的训练安排愈发紧凑。

十一月中旬,青训班来了一个神秘的工作组,他们身着便服,不苟言笑,频繁地在各个教室和集训场地进进出出。从管理层的反应来看,显然他们了解那些人的身份,只是不知什么原因,对这些人的行为不闻不问。

这群人来了之后,第一件事就是检查培训班周边的大小标语,除了一些日常训练的口号,凡是不符合他们要求、看不入眼的标语要么揭掉,要么直接用涂料遮挡。对此,赵洪林十分不满,因为他和几个进步学员费了好大力气写成的标语口号,比如"反对抗日民族统一战线的就是汉奸""国共两党亲密合作抵抗日寇的新进攻"等,大多被这拨人涂抹掉了。

不仅如此,这群人还进入学员的理论课堂旁听,碰到宣扬国共合作、言论激进的教员,要么大闹课堂打断教学,要么直接将人带走。他们还干扰教学安排,培训班邀请了一些思想进步的知名人士定期讲座,他们对这些人进行了分类,认为有问题的便直接取消讲座。耿致远找来其他小队的队长一起找到指导员询问情况,从他那里得知,这些人来自军统。对于他们的行为,陈筹也颇有微词。他嘱咐学员要安心训练学习,同时向分管青训班工作的军务处和第五战区干部训练团反映,军务处二科的一位科长回复说军统的行动不归他们管,他们也管不了。第五战区干部训练团说会积极进行沟通,却也毫无进展。这样一来,青训班的政治空气陡然紧张,进步力量不得不转入地下。

一波未平,一波又起。

一周之后,这群人组织青训班教官及学员代表进行了一次座谈。座谈会上,一个叫张宗顺的人首先讲话,他说经过为期一周的进驻观察,对青训班工作有了一定程度的了解,想借这次座谈会的机会,听听大家对青训班工作及工作组的意见和建议,希望大家开诚布公,有什么说什么。话音刚落,一些性情耿直且早就心怀不满的教官和学员便打开了话匣子,直言工作组干扰教学、控制言论,已经影响了青训班的正常培训,一些做法违背当前国共合作和统一战线精神。一些学员言辞犀利,座谈会一边倒地成为对工作组的批判会,气氛很是紧张。主持会议的负责人明显脸色不大好看,但仍旧笑眯眯地指示工作人员将学员的意见认真记录下来,还不忘记上每个发言人的名字,说回去后一定认真研究大家的意见,给所有人一个满意的交代。

座谈会之后,青训班门前乱七八糟的人多了起来。

先是来了一群城内有名赌场"红中楼"的人,指名道姓声称青训班的几个学员欠赌债不还。门口站岗的学员想要驱赶,反倒被这拨人围堵起来,口口声声说青训班姑息养奸,仗势欺人,引得一众市民驻足围观。消息传出来,一些学员到门口帮忙,可人群中又冒出来几个"长幸坊"的妓女,说青训班学员逛妓院不给钱,今天一定要讨回公道。这群女人泼悍刁蛮,围着学员拉拉扯扯、又哭又闹,门口的年轻学员哪见过这样的阵仗,打也不是骂也不是,一个个脸涨得通红。最后索性把大门紧闭,学员们全都退回了青训班。

工作组的人如临大敌,声称这些学员的行为严重影响了青训班的名声,一定要严惩不贷,以儆效尤。他们按照要债人提供的名单,将这些人全部记录在案,准备提交青训班做开除处理。陈筹拿到名单一看傻了眼,这些人全是上次座谈会直言不讳之人,大多是共产党员,一个共产党员身份的教官也在名单之列。

一边是工作组的催逼,一边是被列入名单的学员和教官的辩解和叫屈,青训班大门还被三教九流的人给堵了,陈筹忙得不可开交。手中的名单明白人一看,便知道这事儿和工作组的人必然脱不开干系,只是接下来该如何应对,陈筹也踌躇不定。他先带人来到门口,向讨债之人承诺三天之后会查清真相给他们一个交代。一开始赌场和妓院的人还不情愿,两个妓女直接倒地撒起泼来。陈筹脸色铁青,声称这里是军事重地,如果再在这里闹事,不仅债讨不成,还要将他们扣押起来治罪,这才吓住了这些人,将他们打发走。

陈筹又找到工作组的负责人,直言说事情还没有查实,不好对学员进行处理。工作组的周组长一脸不屑,说他们这些人在训练期间出入赌场逛窑子,简直就是害群之马,还有什么可调查的,让陈筹抓紧处分了事。陈筹当场就拍了桌子说,在事实没有查清楚之前,谁也别想处理我的人!周组长冷笑,让陈筹抓紧调查,给工作组和市民一个交代,心想我就不信你还能翻出什么花样来。

煊烂

后面该怎么办呢？回到办公室的陈筹点燃一支香烟沉思起来，眼下他自己和青训班的其他教官身份特殊，再加上教学任务繁重，也不好出面调查这件事，看着手中的学员名单，他的脑海中闪出了一个名字——耿致远。

耿致远还因为上次座谈会的时候外出拉练，没能参加而懊恼。他还不知道此事的来龙去脉，倒也因此躲过了一个大麻烦。听陈筹讲完事情的经过，他愤懑不平，这些工作组的人真是太坏了，表面上假模假样地开会座谈，背地里却行些叫人不齿的龌龊勾当，尤其是他自己有过因为看进步书籍而被退学的经历，对于身边同伴碰上的这些无妄之灾，更是感同身受。他当即表态，会认真调查这件事，还身边学员一个清白。陈筹说这件事在还没调查清楚之前，不要急着下结论，一切以调查的结果为准。

耿致远思来想去，这件事不能牵扯太多人，他只喊上赵洪林，稍作交代便直奔城内的赌场"红中楼"。

午后一点，很多普通人家才刚刚吃上午饭，可城内最大的赌场"红中楼"已是人声鼎沸，进出赌场的人络绎不绝，其中有各色赌徒，也有周边商家送食盒小吃的伙计。此时战事临近，市民的生产生活都受到影响，一些无所事事的富家子弟和市井无赖之徒便在此"废寝忘食"地消磨时光，赌场生意比起以往反而好了许多。

进赌场没有那么多规矩，没费什么周折二人便走了进去，几张桌子转了一圈，便四处踅摸起来。赌场两层楼结构，一层为大厅，周边有几个半开放的隔断包厢，二楼则是专门为一些有钱有势的贵客准备的房间。大厅布置得如同鸟笼，周围一圈木质栏杆分开赌台和过道，四面墙上看不到窗户，却灯火通明光亮如昼，墙上并没有常见的挂钟摆设，此举想来是赌场刻意为之，好让赌客们来了便如同笼中之鸟，即使赌到深夜也浑然不觉。耿致远朝赵洪林使了个眼色，赵洪林心领神会，二人直接朝位于一楼楼梯拐角的房间走去，那里是赌场老板的房间。

赵洪林一马当先，径直推开房门。

"管事儿的在吗？"

房内的情况出乎二人意料，虽然是个拐角，可房间却很大，里面横七竖八地坐满了人，好像正在商量什么事情。这些人被赵洪林的喊声惊扰，目光齐刷刷地转向走进门的两人。他们个个面容阴鸷，目露凶光，显然都不是善茬儿。

赵洪林虽然没有想到会是这样的局面，但很快便调整过来，神色自若地说道："我说外边没人招呼，原来都在这里开会了，你们谁是老板？"

坐在中间的一个身穿棉服的中年人开口："我是，不知两位……"

"我们长官就找你……"

没等赵洪林说完,耿致远摆摆手,止住了他的话,微笑着对面前的中年人说道:"你好,敝人姓青,在长官司令部工作。"

第五战区司令部是国民政府一大战区的指挥中心,战区下辖五个集团军,指挥十几万人的部队。为了便于管理和战事需要,下设众多军政机关,权力很大,地方政府也无权干涉,也非一般老百姓能够接触的存在。青训班隶属五战区司令部军训处干训团,耿致远这么说,倒也不算是说谎。

屋里的人一听是部队的人,旋即收起了凶神恶煞般的眼神。老板也连忙起身,让身边的人都退出房间。

耿致远心中高兴,显然他设计的身份起到了作用。一个头戴帽子的年轻人出门前又回头朝他多看了一眼,房间里光线不好,耿致远没有在意。

"我是这个小店的老板,我姓金,不知道两位长官找我何事?"

"金老板,无事不登三宝殿,我今天是为愚弟之事而来。"

"难不成小店得罪了令弟?"

"金老板,我这个小弟,平日里老实本分,我便安排他在青训班学习,但不知道为什么在你这里欠下赌债?"

"不知道令弟怎么称呼?"

耿致远随便说出了一个名字,正是学员名单中的一人。

金老板出门,让账房拿出近日的赊欠记录,看到那个名字果然在账单之列。他低头沉吟一下,说道:"青长官,从我这里的流水来看,令弟是到过小店,还不止一个人,根据账本看同行的有五六个人,抵押的物品是个人的证件。"说完将证件递给耿致远看。

耿致远接过证件,果然是青训班的学员证,看起来也不像是伪造的。他微笑着望着金老板:"不知金老板准备如何解决?"

金老板硬着头皮说道:"长官,欠债还钱,这……这个是赌场的规矩。我们小本生意不容易,这样我也好跟手下的兄弟们交代不是。"言下之意只要耿致远把钱还了,他们自然不再追究。

赵洪林大声说道:"好你个姓金的,就凭这不知真假的什么证件就去青训班闹事,你贼胆不小!我们青长官兄弟可是出了名的老实孩子,要是他因为你这点小钱毁了前程,被青训班除了名,我把你赌场拆了信不信?"

金老板心里暗叫晦气,给这帮人赊欠的时候便觉不妥,现如今果然触了霉头。

煊烂

金老板觉得实在委屈,心想你兄弟老实,我这里是老实人来的地方吗?那群人都带着枪,输急了眼要不给他们借钱,他们就要掏家伙了。

"长官别着急,的确是令弟几人信誓旦旦地要我们去取钱,否则我们小店也不敢跑到青训班要钱去。"金老板强颜欢笑道,"这位长官,如果因为这点小钱影响令弟的大好前程,那小店的罪过可就大了!您看这样行不行,证件您带回,令弟的欠账我们也不追究了,这件事就此打住,我替店里伙计给您赔个不是。"老板说完冲着他俩深鞠一躬。

耿致远看他表现,倒也不像是虚情假意:"既然金老板如此表态,那我就放心了!"说完将手中的证件递给了赵洪林,赵洪林随即装进了衣兜。

耿致远起身走出房间。

眼看事情算是解决了,金老板暗舒了口气正要相送,却见赵洪林并没有离开的意思,他只好也停住了脚步。

赵洪林盯着金老板,待耿致远走出房门,伸出右手缓缓摊开。

"长官,您这是……"金老板一时不清楚赵洪林葫芦里卖的什么药。

"其他人的证件!"

金老板这才明白,一边心里骂娘一边又拿出几本证件交给赵洪林。

"金老板,实话告诉你,我怀疑这些学员证都是伪造的。等我回去查清楚了,再和你算算青训班闹事的账!"说罢看都不看他便走了出去。

二人走出赌场好远,赵洪林低声对耿致远说道:"青老板果然神机妙算,小弟佩服!"

耿致远也对赵洪林刚才的表现十分满意:"洪林,你这演戏的水平越来越高了,不干地下工作太可惜了!"

"这还不是跟你学的呀,这就叫啥来着,近墨者黑,近猪者吃?"赵洪林可爱地翻起了白眼,和刚才凶神恶煞的样子判若两人,"这帮开赌场的坑蒙拐骗,没一个好东西,用不着和他们客气!"

"哎哟,现在成语说得也很顺溜!"二人继续互相吹捧。

"致远,近墨者黑我懂,近猪者吃是啥意思,多吃多占吗?"

耿致远费了好大工夫才搞清楚赵洪林的疑惑,笑道:"朱红,就是红色,也是赤色,不是猪!"

"原来是这个意思!哈哈,下半句我收回。"

…………

拐过前面的街口就是青训班了，两人一路欢声笑语，并没有察觉一个人悄悄跟在身后。

"耿……耿致远？"一个声音在二人身后响起。

致远回头，看清了来人容貌，心里不由"咯噔"一下。正是赌场里会过一面的戴帽子的年轻人。

"周向南！"

耿致远冷眼看着他，心里不停盘算。这个徐州青年救国会曾经的副会长、师范学校的高才生，后来因为受到警察局许鲲鹏的胁迫利诱，出卖了自己的老师同学，被他设计清理出救国会。后来听说许鲲鹏认为他没了利用价值，便建议学校将他开除了。只是没想到现如今竟然沦落在赌场里谋生。他为什么跟着来到这里？难道想趁机勒索？

"果然是你，我还以为我认错了人。"周向南说道，"方便的话我们聊聊？"

耿致远迟疑了一下，难道事情被他识破了？

他点点头，指了指街角的茶馆，他也想知道周向南的来意。

正是上班时间，茶馆里没什么人，三人找了个靠窗的位置坐了下来。

"有啥话说吧！"耿致远面无表情。

赵洪林冷眼旁观，不发一言。

"我知道你还恨我，上学的时候是我不对，当时我被许鲲鹏蛊惑利用……不过现在说啥也没有用了。"

耿致远仍不言语，现在他还没搞清楚周向南的目的。他的确是恨周向南，如果当时宋老师没提前得到消息逃走，说不定就会因为他被捕，甚至自己的退学，和他也有着说不清的关系。

"致远，我现在真的后悔至极，我也尝到了一步错步步错的苦果。我不奢望你们能原谅我，我就想向你道个歉，如果以后有机会，我也要向蓝明述、刘建、宋老师他们道歉！"

耿致远面色稍微缓和了一些："你现在在赌场里做事？"

"我被退学了，也找不到啥正经事做，现在就在赌场管管账房。今天见了你，我觉得还是得当面向你道歉，是我对不起大家！"

"道歉我看没必要了吧，但我会把你今天的话转达给蓝明述他们。"

"那……真要谢谢你了。致远，事已至此，我也并不会因为你们的原谅而感到

 煊烂

心安一些,我做错了就得付出代价,这是我永远的污点和耻辱。"

面前的周向南低头轻声说着话,像是在自言自语。

"《论语》中有一句话,'朝闻道,夕死可矣',上学的时候我不理解它的含义,后来向宋老师请教。他告诉我说,早上明白了道理,就要按照正确的道理去做,这样,即使晚上死了,也死而无憾。周向南,希望'朝闻夕死'的道理对你能有所帮助。要没有其他的事,我们就此别过吧。"

耿致远二人起身,周向南还在那里低头琢磨。

"等一下!"周向南大声叫住了他们,"你们在找青训班赌钱的人吧?"

耿致远二人一愣,他们表明身份的时候周向南并不在场。

"我刚才偷听了你们和金老板的谈话。致远,我虽然不知道你们的目的是什么,但我想你做的事情肯定不会错。"

"你有他们的消息?"

"昨天我碰巧看到他们住在天水阁对面的巷子里,东边头一家便是,有五六个人。这算是我'闻道'之后的第一步吧,希望能对你们有用。"周向南没有说谎,昨天晚上在天水阁门前接金老板,恰好碰到五六个人走出来,正是用青训班学员证作抵押从他手里借了钱的人,他们看起来刚刚用完酒饭,摇摇晃晃走进了对面的巷子里。

"他们什么时候在你那儿押的证件?"

"五天前的晚上,七八点钟吧。"

"要是你再见到他们,还能认出来吗?"

"当然可以,如果需要帮忙,随时到'红中楼'找我。"周向南说完与二人告别先行离开。

"他的话能信吗?"赵洪林看向耿致远。

"不管咋样,都得去看看!"

耿致远主意已定。

晚上九点刚过,正是食客们酒足饭饱散场的时候,天水阁门前停了几辆准备载客的黄包车。六个喝得醉醺醺的男子从天水阁走出来,他们大声谈论着刚才酒局上的表现,打发走围上前来拉客的车夫,径直穿过马路走向对面的巷子。

巷子很深,也没有灯。入口处蹲着两个衣衫褴褛的乞丐,其中一个见有人路过,端着碗伸到几人面前:"几位老板行行好,给点吃的吧?"

"滚一边去!"其中一人大声呵斥完,突然伸出脚将乞丐手中的碗踢飞,陶碗在空中打了几个转落到地上摔得粉碎,碗中的几枚硬币滚得老远。

乞丐吃饭的家伙没了,可能是因为着急,他抓住那人胳膊:"你赔我的碗,你赔!"

"去你妈的!"那人又飞出一脚,把乞丐踢倒在地。他厌恶地掸了掸被抓的衣袖,似乎仍没解恨,冲上前对乞丐又是一顿拳打脚踢,打得那乞丐连声求饶。

其中一人制止道:"行了老二,别惹事了,赶紧回去睡觉!"

打人者停了下来,倒在地上的乞丐借机爬起来,蹒跚着朝硬币滚落的方向走去,没头苍蝇一般弯下身四处摸索,嘴里不停嘟囔着:"对不住,对不住,俺不要了,老板手下留情。"

"要不是老子还有正事,今天非打死你!"叫"老二"的男子嘴里骂骂咧咧,转身跟着众人朝巷子走去。

"张宗顺,快来扶我一下,我站不起来了!"倒在地上的乞丐朝同伴呼喊,同伴忙跑到他身边搀他起来。

正快步离开的几个人停下脚步,转身诧异地盯着两个乞丐。

"他妈的,叫这个名字!"一个人开口说完,忍不住笑了起来。

"嘿嘿!"几个人被引得一起笑了起来,随即又朝住处走去。

倒在地上的乞丐对同伴小声说道:"看清楚了,是这些人吗?"

"就是他们!"

"太好了,周向南,你赶快去通知致远!"说话的乞丐正是赵洪林。他几步就走到巷子口,贴在墙边看着六人开门进了巷口的第一个院子。

"可算等到你们了!"他在这里候了几个小时,现在他已经确定了对方的身份。

原来,当天下午回到青训班,耿致远和赵洪林便私下里找来了两个"欠下赌债"的学员,询问他们学员证的下落。对方一开始都说证件就在自己宿舍,可回去找了一通才发现,自己的证件已经不翼而飞。耿致远又询问五天前的晚上他们有没有外出,两人矢口否认,在哪里,做什么,同行之人有哪些,也说得清清楚楚。

"看起来他们讲的是真的,只是这学员证怎么会丢呢?"待两人走后,赵洪林问道。

"这还不简单,白天我们训练都不在宿舍,这个时候那些别有用心的人想拿走他们的证件是很容易的事情。"

煊烂

"青训班可不是随便什么人都能进来的,难道是工作组的那群人?"

耿致远不置可否:"等我们抓到他们,自然就水落石出了。洪林,你马上去联系周向南,到他所说的地方蹲守,我联系王怀舟和其他人做好准备,行动暂定今晚。一旦你们那边有消息,马上通知我。我就在青训班门前的茶馆等你们的消息。"

赵洪林答应一声便要出门,却被耿致远叫住。

"你就这样蹲守?"

"咋啦?"赵洪林有些疑惑。

"我们刚刚学了化装,那些考试的行头还在,你正好扮上。对了,给周向南也带上一套。"

赵洪林恍然大悟:"得嘞,我这就去拿。"

耿致远拉住赵洪林又嘱咐几句,告诉他工作组头目的名字叫张宗顺,让他出其不意喊出名字看看对方的反应。

接着,耿致远找来王怀舟和第一小队的几个人,一听说要去抓陷害青训班学员的坏人,群情激昂。

"我强调两点!"耿致远看着有些激动与紧张的学员说,宿舍里马上安静了下来,"第一,要注意保密,目前是谁做的还不清楚,但极有可能是青训班内部的人,所以知情者仅限于我们这些人,大家要注意绝不能将我们要做的事情透露出去。今晚我会以志愿巡逻的名义向教官请假,大家统一口径。第二,要注意安全,对方很可能是经过训练的专业人员,手中甚至可能有武器,我们要把这次行动当作这段时间青训班所学技能的检验和实践,留心这次行动的每一个细节,确保万无一失!"

王怀舟几人听了耿致远的话纷纷点头,大家又详细筹谋了一番,各自领了任务分头行动。

青训班附近的茶馆内,耿致远和王怀舟心急如焚。眼看商铺就要打烊了,赵洪林那边还没有消息。茶馆的伙计一边收拾桌椅,一边有些不耐烦地看着这几个在店里已经坐了很久的年轻人。

九点一刻,终于等来了周向南。

伙计看到一个乞丐跑进店刚要驱赶,听耿致远说是来找他们的这才放他进来。

周向南气喘吁吁地将刚刚的事情讲述了一遍。

耿致远听完拍了拍他的肩膀,倒上一杯水递给他:"谢谢你周向南,辛苦了!"

周向南抹了一把脸上的黑泥:"致远,让我和你们一起去吧!"

"这些人都经过专业训练,很危险。再说你过去也帮不上什么忙,接下来就是我们的事情了。"

他朝王怀舟使了个眼色,起身结账离开了茶馆。

周向南喘息稍定,望着离去的两人,被耿致远拍过的肩头一阵发热。他很奇怪,耿致远明明比他还小两岁,可刚才的感谢和鼓励,让他感觉自己像是一个受到家长表扬的孩子,心里竟然前所未有地舒畅。

这种感觉,对他而言,已经久违了。

晚上十一点,夜色已深,路上几乎看不到行人。几个戴着袖章的年轻人来到了城东故黄河畔,为首之人正是耿致远。

为应对日机空袭,城区夜间实行灯火管制,平时经常有各种自发组织的队伍彻夜巡逻,装扮成夜巡之人是耿致远深思熟虑后选择的最好的伪装办法。

这块地方靠近城郊,房价比城内便宜许多,以前是很多外来务工者的租住地,此时因为打仗,住在这里的人少了许多。

走到巷口,看到了化装成乞丐的赵洪林。

"就在第一户,我下午转了几圈了,这条巷子就这一个出口,里面的几个院子早没人住了,就第四户住了个老太太,耳朵不大好使,我讨了碗水喝。那些人一共六个,进到院子里就没出来,现在大概已经睡了。"

耿致远点点头,留下一个人在巷口放哨,其余人由赵洪林领着走进巷子。

王怀舟翻身上墙,伏在墙头细细观察了一会儿,又悄无声息地退了回来。

"里面的人还没睡,还亮着灯呢,听声音好像在打麻将。"

耿致远看看时间,眼看就要十二点了,决定不再等了:"还是按照我们的计划,现在就动手! 拿好家伙准备着。"

身边的学员像变戏法一般,手中多了一些绳索棍棒,一个个神色凝重。

王怀舟朝他点了点头,转身又爬上了墙头,跳进了院子。

"吱呀"一声,院门被从里面打开。

22 城内遇袭

小院三十多平方米,四间瓦房一字排开,两个门洞,正屋对面是一间厨房。

此刻小院里一片漆黑,只有靠近最里面的一个房间亮着灯,传出"哗哗"的洗牌声。耿致远蹑手蹑脚地走到窗下,仔细听房内的人讲话。

"谢老大,咱们这活还能干多久?"

"怎么,你干腻了?"

"二筒!"

"这么好的差事怎么可能腻啊,能赌能嫖的,还不用花自己钱。"

"好日子快到头了,估计这两天头儿就得叫咱们回去。"

"你说咱们弄这一出有用没有? 我看那个姓陈的教官好像不太买咱们头儿的账。"

"不管有没有用,反正够这些学员喝上一壶的。"

"直接抓走不就完了,也不知道咱们头儿咋想的。"

"现在可不是说抓就能抓的,你这猪脑子干啥啥不行,吃啥啥不剩,以为还是国共合作以前呢?"

屋内几个人传出"嘿嘿"的笑声。

被骂的人求饶:"得得,谢老大,您别生气,我巴不得再干几天这个美差呢! 出牌出牌……"

耿致远听了一阵之后,碰了碰身边的王怀舟,用手势向他示意进屋。王怀舟马上领了三个人堵在另一个门洞前,其他人分站在亮灯的房门两侧,一个学员拿出了手里的铜锣走出了院子。

"咣咣咣"几声锣响,学员拍着院门扯着嗓子喊起来:"灯火管制! 把灯都熄了,三更半夜赌你娘的腿啊!"

屋内的声音戛然而止,灯也随即熄灭。"真他娘晦气,老二,你去看看啥情况?"

被叫作"老二"的人打开房门,刚走出来没几步,发现身前身后黑压压站了十来个人,他惊呼一声,本能地就想向屋里跑,赵洪林和身边的学员一个抓人一个堵嘴,很快就把他控制起来。几乎是同时,剩下的学员分成两组一拥而入。

耿致远拿着手电先冲进了屋,电筒的光线在房间内转了一圈,三个惊慌失措的人站起来看看他,可因为电筒的照射什么也看不清,其中一人反应很快,转身像是要去寻找什么东西。耿致远身后的学员早就摩拳擦掌候了半天,哪会给他这个机会,猛虎般扑了上去,两三人一组很快就把房内的三人控制起来,口鼻眼都被堵得严严实实。

王怀舟进的那屋没遇到什么抵抗,房内的人也许是因为喝多了酒,睡梦之中稀里糊涂地便被捆了起来,头套上了麻袋。

六个人被带到了一起,一个个嘴里发出呜呜的声音。

赵洪林上前,他还在为刚才装作乞丐时挨打而生气,看谁出声上前就是一巴掌。不一会儿,六个人便一动不动地安静下来。

耿致远和王怀舟已经在几间房里转了一圈,又搜到了两支手枪。

赵洪林从几个人的衣物中翻出了他们每个人的证件,递给了耿致远。

"果然是军统的人!"耿致远心中高兴,将这些证件塞进衣兜。

"谁是领头的?"耿致远发问。

一个被蒙住眼睛的男子"呜呜"发声算是回答。

"好,让你说话。"他伸手扯出了那人口中的布条。

那人干呕几声,喘了几口气方才说话:"几位好汉,我叫谢文和,咱们几个全是吃军统官饭的人,老板姓戴。暂住这里也是因为公务在身没有办法,如果我们兄弟哪里做得不对得罪了大家,我先替兄弟们给大家伙儿赔个不是,咱们有什么事都好商量。"谢文和也是个见过场面的人,他想先透露自己的身份,搬出军统头子戴笠的名号加以威慑,接着低声下气地向耿致远几人赔罪。他想对方人多势众,不管是道上的老江湖还是市井的小流氓,应该都会被自己的这些话所震慑。

正如他所想的一样,自己的话讲完,谢文和听到对方两个人窃窃私语。

"青言川,你不是说这些是生意人吗?怎么变成他娘的什么军统的了?"王怀舟故作惊讶地冲耿致远小声说话,边说边眨了几下眼睛。

"闭嘴!反正干完这一票咱们也不在这儿混了,干脆一不做二不休……"

两人对话的声音低得叫人听不清楚,他们身旁的学员看着两人演戏,一个个捂着嘴憋着不笑出声。谢文和和他的兄弟们大惊失色,这个姓青的不按套路出牌啊!

"青言川,你这是猪油蒙了心还是脑子勾了芡,这些人能是我们招惹的吗?得罪他们,我们往哪里……"

又是一阵低声的交谈,时间不长,可谢文和等人却感觉如同经历千刀万剐的酷刑,分分秒秒都难以忍受。

终于,耿致远开口说话:"没想到今天绑住的还是几个官老爷,可我们也不是无事生非,你们几个好好想想,怎么得罪我们兄弟的就怎么给我还回来!"

谢文和等人绞尽脑汁也想不出他们干了什么不地道的事情惹怒了这群人,说只要大哥放一条生路,他们认打认罚。他想说不定是在赌场或者妓院发生了口角,平时手底下这些人跋扈惯了,欺负人的事情如家常便饭,他也没往心里去,谁想就惹来这个大麻烦。他提出拿钱解决,说出了一个数字,对方竟然一口答应。他又交代了自己钱袋子的下落,里面还有十几块大洋的经费,对方拿了钱,谢文和的心这才稍稍安定。谢文和想,只要别被那个姓青的愣头青脑子一热杀了,一切都好说。忽然他又想到了什么,连忙说他们几个只要能活着回去,对今晚的事情绝对既往不咎,会当作什么都没发生。

…………

谢文和他们是在第二天被发现的。等一个个被解开手脚,看到了站在面前的工作组的张宗顺,面色铁青。

几个人顾不得舒缓麻木的筋骨,连忙四下一番检查,钱袋子、身上的武器一样不少,唯独几人随身携带的身份证明不见了踪影。

"简直就是耻辱!身为党国特工,竟然无能到这般田地!"张宗顺怒不可遏。

谢文和几人一言不发,低眉顺眼地站成一排,静听长官的训斥。他们在暗自庆幸,还好命保住了。等到发泄完了怒火,张宗顺问:"对方是什么来头?"

谢文和将昨晚的经历讲述了一遍,只是省去了几人喝酒打牌的"小事",最后他说,对方有十来个人,因为天黑又被蒙上了眼睛,看不清容貌。对方个个身手都不错,一看就是惯犯。他听他们在那里小声商量,为首的叫青言川。

"长官,请您放心,回去我们就协同警察局,把这个叫青言川的捉拿归案……"谢文和终于从惊恐中缓过神来,又恢复了跋扈的面目。

"青言川……青言川……"张宗顺反复念叨着。

谢文和还要继续说,张宗顺劈脸一记耳光,喝道:"蠢得像猪一样!什么青言川,是青训,是青训班啊!"

张宗顺老奸巨猾,马上就明白了事情的来龙去脉,手下这些人身份已经暴露了。青训班的人显然在用这样的方式警告他不要在背地里使用阴险手段。他们这次来的任务,就是要摸清青训班中活跃的共产党,眼前大局虽然是合作,可他们的职责就是要替党国铲除异己。所以在进驻青训班的同时,他亲自导演了这样一出闹剧。可惜手下人办事不力，一切只能再从长计议了。

工作组第二天就离开了青训班，门前乱七八糟的讨债人也再没有出现。耿致远带队伸张正义的事迹在青训班内部不胫而走，综合他参加集训的表现，推荐进入军校的事情大家认为是板上钉钉，耿致远训练的劲头更足了。

闲暇时候，他还能和姚昕露见面。姚昕露太"有趣"了，他还是第一次在女孩子的身上发现"有趣"这种特质，无论对待学习、话剧演出还是生活中的小事，从她身上总能看出一种认真的狡黠、含蓄的热烈和计划的杂乱，这些矛盾的不和谐在她身上又显得那么自然而又真实。让他对和她的每一次见面都充满期待，让他回想起每一件小事都忍俊不禁。"萍哥，你这周不许想我！要安心训练！"他想起上次分开时她郑重其事又心有不甘的样子，又忍不住笑了起来。

"又想嫂子了吧？"身旁的赵洪林看到耿致远吃饭时露出诡异的笑，说道，"恁两人可够腻歪的，怎么着，徐州城内的小吃都快被你们吃遍了吧？这次准备去哪里？"虽然是非常时期，姚昕露总能带着他找到一些平时别人留意不到的风景和特色小吃，耿致远也经常给赵洪林带回一份打打牙祭，也正因如此，赵洪林对他俩的约会也是一样充满期待。

此时的姚昕露正在家中被母亲数落着，学校已经停学，在小学做教员的母亲一下子轻松下来，父亲整日忙于公务，这下子她把所有的精力都放在了姚昕露的身上。

姚妈妈一边做着针线活一边说道："外边太乱了，你一个大姑娘家别再东奔西走地搞演出了。"

"妈，您还是当老师的呢，咋就这觉悟？现在日本人都打到上海了，咱们不得为抗日救亡出力嘛！"

"别人抗日我支持，可我们就你这一个闺女，你要是出了什么事，让我和你爸咋活呢？今天不管你怎么说，就待在家，哪里也不能去！"母亲摆出了一副油盐不进的架势，起身拦在了正要出门的女儿面前。

"妈！我不是去演出，是和耿致远约好了出去玩儿的，我们会注意安全的。"

"哎，我看你和这个耿致远最近走得挺近啊，是不是上次你崴了脚，把你送回来的那个小伙子？"

"妈，您种的这几棵兰花怎么都蔫了啊，是不是生病了？"姚昕露顾左右而言他，手指向门前的几盆兰花说道。姚母有种兰花的爱好，几盆兰花是她的心头肉。她连忙走到花盆前仔细观察，几盆兰花一点儿问题都没有。

煊烂

"妈,我来不及了,先走了啊。"女儿已经趁机夺门而出。

留下身后无可奈何的母亲,女儿大了,有自己的主见了。

姚昕露出门如同脱了笼子的小鸟,直奔和耿致远约定的地点。

进了快哉亭公园,看到一个年轻人拿着书坐在水池的石凳上看得入迷,正是比她先到的耿致远。

"英雄好汉平时训练那么紧张,休息时间还看书啊?"

耿致远抬起头,看到穿着白色风衣的姚昕露笑盈盈地站在自己面前,忙将书收进随身的书包中:"来了啊,我们指导员推荐的一本书,正好拿出来翻翻。"

"萍哥,真羡慕你们,感觉还是在学校的样子。不像我们中学,文化课都暂停了。现在好像除了演出外,一下子就没了目标。"

"那是你没看到我们训练时候的样子,赵洪林够精神了吧,每次练完都像霜打的茄子。"

两人相约去看看姚昕露他们准备演出的场地。现在的演出都是短小易懂的宣传短剧,对场地的要求不高,田间地头、街头巷尾有块空地就能演,可是姚昕露对每一次的演出都很认真,会提前到现场去看看。

二人很快看好了南门附近的一块空地,沿着旧城墙边走边聊。冬日里的风有些凉,耿致远拉着姚昕露的手停了下来,他脱下身上的棉大衣披在姚昕露的肩头,理了理姚昕露的刘海,一声不吭地牵着她继续走。

姚昕露一脸幸福地感受着耿致远的细心:"萍哥,以你的成绩,很快就应该会被选拔到军校去了吧?"

"也难说,虽然有这个名额,但具体怎么分配还没定下来。"耿致远嘴上这么说,在心底也认为自己是不二人选。

"你的成绩那么好,表现又突出,不选你选谁? 只是那样一来,咱俩又不知道什么时候才能见上一面了。"姚昕露神色黯然,话里带着伤感,说完双眼湿润了。

"看你,这还没怎么样呢就抹眼泪啦,就算去军校也是明年的事情。等把日本人赶跑,你在哪里,我就去哪里找你!"耿致远的口气很笃定。

前面一个茶馆,姚昕露说道:"这间茶馆我来过,里面的老八样,尤其是蜜三刀做得特别好,走! 带你去吃。"蜜三刀是徐州的传统茶食点心,是用面粉、饴糖制成四方小块,油炸后从蜜锅中浸泡取出,最后撒上芝麻等,因每块上有三道刀痕,因此得名。

姚昕露拉着耿致远就往茶馆里走。耿致远抬头一看,茶馆正门前的匾额上写着"云汐茶楼"四个大字。

二人找了一个靠窗的位置。伙计很快端来茶水和蜜三刀,耿致远拿起一块,果然香甜绵软,浆亮不黏,与平时买到的颇有不同。

"怎么样?"姚昕露边吃边问。

耿致远已经吃得顾不上说话了,只是捂着嘴伸出了大拇指。

姚昕露一脸得意:"我找的地方绝对没错,在这里聊天看书都很适合,即使什么都不做,喝杯清茶也能在这窗前待上半个下午。"

"我看书上说,国外有种饮品叫咖啡,街上的咖啡馆也有很多,我想应该就和咱们这茶馆差不多吧。真是难以想象,几个月以前我还在几百米的地下采矿,那时咋都想不到还能和你坐在这里喝茶聊天。"

"我父亲经常说,人的境遇可能就是被一件事、一个选择或者一个决定所改变。我们能做的,只是尽可能地在那些时刻到来之前,做好准备。凭你的性格,我觉得好像时时刻刻都在做准备!"

两个年轻人谈生活、谈理想,耿致远又跟姚昕露说了些青训班上的事情,温馨浪漫的时间飞速流逝。

一阵急促的防空警报响彻徐州城上空。茶楼前的街面上马上紧张起来,一阵阵警笛声此起彼伏,路上的行人纷纷就近躲避。

茶楼伙计匆忙跑上楼,对正在喝茶的客人喊道:"来飞机了,大家快到城墙根避一避!"

茶楼上的人乱作一团,一桌客人甚至打翻了桌子上的茶壶。耿致远连忙起身,牵着姚昕露的手下楼,跟随众人跑向城墙。

那里已经藏了一些百姓,有的趴下有的蹲在地上,一个个心神不定地抬头望天。耿致远找了一处没人的地方,面向城墙站定,又将姚昕露拉到自己身前:"怕不怕?"

"有你在,我不怕。"姚昕露抓紧了耿致远的胳膊。

一阵飞机的轰鸣声由远及近,六架日本人的飞机出现在视野内。与往常不同,今天这些飞机离他们躲避的地方越来越近,抬头望去,似乎都能看得见机身上的太阳旗和编号。一些沉不住气的人害怕地从藏身处跑了出来,没头没脑地四下逃窜,引得身边躲藏的人也跟着他们离开了城墙根,人群骚乱起来。

"不要跑,你们会吸引敌机注意的!危险!"耿致远喊起来,可声音很快被飞机的轰鸣声吞噬,根本没人听到他说什么。

煊烂

果然一架飞机朝他们俯冲过来。

"嗒嗒嗒",机枪扫向人群,炸起一阵血雾和灰尘,人群在混乱的哀号声中倒下一大片。

紧接着日机扔下了炸弹,伴随着剧烈的爆炸与巨大的震动,城墙根这方天地瞬间被撕裂,尘土飞扬,硝烟弥漫。

炸弹爆炸产生的冲击波将耿致远震晕了。许久,他才从昏迷中清醒过来。他抖落盖在身上的尘土碎石,耳边全是人们惊恐的呼喊声,睁开眼看看自己的双手,已沾满了血污。猛然间他想到了什么,对!姚昕露!刚刚他紧紧地抱着的人,不见了!

"昕露!昕露!"耿致远挣扎着站起身,四下张望。四周一片残垣断壁,一个娇小身躯趴在墙根,身上全是土。

耿致远踉跄着跑了过去,将那人翻转过来,正是姚昕露。他担心地将手凑到姚昕露的鼻前,感觉到姚昕露微弱的呼吸,这才稍微安心。

"昕露!昕露!"耿致远坐在地上,将姚昕露的头枕在自己的腿上,一阵呼喊。

"萍哥,我的腿好疼。"姚昕露醒了,脸色有些苍白。

耿致远掀开姚昕露的风衣下摆,发现她的大腿上嵌入了一块弹片,此刻鲜血汩汩地涌出来。他的眼泪唰地流了下来。

"别担心,我会急救!"

耿致远脱下外衣,撕出一根布条,使劲按住出血的伤口的上方,将布条牢牢地捆在姚昕露的腿上。他看了一下,出血的情况有所缓解。他知道这个时候不能耽搁,抹了下眼泪,背起姚昕露便朝附近的陆军医院跑去。

姚昕露的声音在他耳边响起:"萍哥,这次又是你背着我。"

"别说话,这个时候你要保存体力。"

"我没事,被你背着,感觉好温暖……"姚昕露的声音越来越弱。

耿致远心如刀割却又不能停步:"昕露,昕露,你一定要撑住啊!"

医院里乱作一团,附近受伤的百姓都集中到这里,医院已经动用了所有的力量应对紧急情况,可还是难以应付局面,很多轻伤的人员就被暂时安排在医院的院子里。耿致远在这里碰到了正忙得不可开交的王怀舟,他正组织青训班的学员帮助运送伤员。

见耿致远背着受伤的姚昕露,王怀舟大惊失色,顾不上细说便将他带到了一个医生模样的人跟前。

"大夫,她被炸弹炸伤了,腿部有一块弹片,由于失血过多人已经昏迷了,请您救救她!"耿致远恳求道。

大夫检查了下姚昕露的腿,眉头微皱:"背着她跟我来!"

耿致远跟着那个医生来到一间病房,那人对忙碌的护士说道:"这个病人情况很危急,需要马上手术,准备输血!"

护士面露难色:"季大夫,现在医院血库的血已经用完了!"

耿致远连忙喊道:"我们的血型一样,都是 B 型,输我的!"

耿致远让王怀舟通知姚昕露的家人,自己跟着护士去抽血。

已经抽了一千两百毫升鲜血的耿致远,嘴唇有些苍白,额头上渗出了点点汗珠。

护士见状要拔针管,耿致远摇头制止:"护士,我身体很好,只要手术用的,我没问题!"

"你的心情我能理解,但我们得为你的安全考虑,你这样会有生命危险的。"护士不由分说拔出了针管。耿致远起身,一阵眩晕,又跌坐在了椅子上。

"这些血液手术应该够用了,你在这稍微休息一下,如果不舒服叫我。"护士拿着血袋离开了病房。

一个成年人的血液总量相当于体重的8%,当失血量在20%左右时便会有身体不适,产生呼吸急促、手脚无力等症状;当失血量在30%时,就会有生命危险。耿致远虽然体重有八十公斤,但这一千两百毫升血也快到他身体能承受的极限了。

手术还在进行。王怀舟带着姚昕露的父母赶到了,耿致远第一次见到了姚昕露的父亲。姚父穿一身深蓝色中山装,国字脸,戴着一副黑框眼镜,眉宇间透出一股严厉,一看便是在政府部门任职之人。姚父在手术室门口见到耿致远,朝他点了点头:"你就是小耿吧?"

耿致远有些惭愧地回答:"叔叔婶子好!"姚昕露是和他一道出门才遭此一劫,他已经做好了挨骂的准备。

姚父并没有责备他:"谢谢你把昕露送到医院。"

接下来几个人相对无言,他们都担心着手术的进展,手术室外的空气像是凝固了一般。

不知过了多久,手术室的门终于打开。

"弹片取出来了,病人现在已经脱离危险。多亏这个小伙子送医及时,又献了

煊烂

血,为抢救争取了时间,要不就难说了。"医生对围上来的一群人说。

姚昕露还需要静养,耿致远和王怀舟告别了姚昕露父母,离开了医院。路上,耿致远的心里一直在自责,如果今天不跟她一起去看演出场地,也许就不会喝茶,也许就不会出现在城墙根躲避战机的一幕,姚昕露自然也不会受伤。可是事已至此,后悔又有什么用呢?

第二天一早,耿致远赶往医院。

在姚昕露的病房,看到姚母正在给她喂粥。姚昕露正微蹙着眉头,看样子疼得吃不下。见耿致远进来,姚昕露眉头舒展开来:"萍……致远,你来啦。"她似乎不好意思让母亲知道她对致远的称呼。

"致远,正好你陪她说说话,我到医生办公室一趟。"姚母有意让两个年轻人聊聊天,搁下碗筷便走出了病房。

耿致远看着姚昕露腿上包扎的纱布,眼睛有些湿润:"怎么样,疼得厉害吧?"

"萍哥,心疼了吧,我撑得住。医生说我这没伤到筋骨,住两天院就可以回家了。只是……"

"只是什么?"

"大夫说我这腿上会留个疤,难看死了!"

耿致远这才明白姚昕露的担心:"没关系,你这么漂亮,有个疤也是瑕不掩瑜。"

姚昕露听了这话满意地笑了,温柔地看向耿致远:"萍哥,昨天你给我献血,现在没有不舒服吧?"她已经听母亲说了,耿致远为自己献了血。一想到身上流淌着耿致远的血液,姚昕露就从内心深处涌出暖意。

"只要你能好起来,献点血算什么!我可听说了,昨天城墙边二十多个百姓都不幸遇难了,受伤的也有几十个人,咱们还是幸运的。"

"要是就我一个人,我肯定吓得魂飞魄散了,可和你一起,我觉得自己一点也不怕。"姚昕露两眼出神地望着耿致远,似乎不那么痛了,她感觉只要这个男人在自己的身边,自己就有着不同寻常的勇气。

"萍哥,你靠近一点,我有话跟你说。我身上没劲,不想大声说话。"

姚昕露躺在病床上,耿致远将耳朵凑到她跟前听她说些什么。姚昕露伸出双手,抱住耿致远的脖子,在他脸上轻吻了一下,接着害羞地用被子蒙住了脸。也许是动作太猛,引得伤口疼了起来,姚昕露呻吟了一声,唏嘘着,满眼泪水,娇羞地笑着。

耿致远不能久待,青训班今天还有一天的任务,他是专门请了假出来的。和姚昕露又说了一会儿话,两人才依依不舍地分开。有了这次出生入死的经历,他感觉和姚昕露之间越发难以割舍了。

走出病房,姚昕露的父母正在病房门口谈论着什么。耿致远脸色一红,刚才的一幕不会被他们看到了吧?

见到耿致远出来,姚父说道:"小耿要回去了? 叔叔送送你。"

"不用了,姚叔。"耿致远忙推辞。

姚父未置可否,只是陪着耿致远向外走:"小耿,叔叔有事情要和你谈谈。"

陆军医院是两排临时搭建的平房,院子里有很多茂盛的水杉。之所以选址这里,也是出于防空隐蔽的考虑。在院子里一棵水杉树下,姚父停住了脚步。

姚父环顾左右,轻声说道:"小耿,有件事我要请你帮忙,我准备带家人到武汉去。"

耿致远不禁愕然,等着他接着往下说。

"现在徐州的战局很难讲,虽然第五战区筹备工作有条不紊,但一旦战事爆发,胜负依然难料。正好我的工作有所调整,我准备等昕露出院,就带着她们娘儿俩迁往武汉。毕竟那边要比徐州相对安全一些。"

"姚叔,有什么事情您尽管交代。"他有些疑惑地看向姚父。

姚父黑框眼镜下的眼神依然严肃,平静地看向耿致远,轻声说道:"我要你离开昕露。"

耿致远听来如同晴天霹雳。

23 恋人离别

耿致远神色黯然,低声问道:"姚叔,昕露她知道吗?"

"她还不知道,正是因为这样,我才希望你帮我们劝劝她。看得出来昕露很喜欢你,我女儿的性格我知道,认准的事情,我们讲话她不听。如果这话不是从你的口中说出,她是绝不肯跟着我们去武汉的。"

"我来讲,她会听吗?"

"小耿,你是青训班的学员,肯定是要上战场的。你有没有想过,如果昕露自己

煊烂

留在徐州，她的安全如何保障？你在青训班培训很快就会结束，以后还不知道到哪儿去呢。我和她妈只有这一个女儿，我们也不是不通情理的父母，如果没有这场战争，你们年轻人的自由恋爱我们并不会干涉。只是眼下时局动荡，国家危在旦夕，我不想让女儿的未来有那么多的不确定。"

"姚叔，您容我再好好想想。"耿致远胸中方寸已乱。

"好，看得出来你是一个明白事理的人，希望你真心地为昕露的未来考虑考虑。"

回青训班的路上，耿致远魂不守舍，姚父的话一遍遍在耳边回荡，他没有理由反驳。是啊，眼下的风花雪月自然难以割舍，可自己前程未卜，报国之志未酬，怎么能够有资格谈论儿女情长。他对姚昕露的父母没有任何埋怨，想到自己父母得知自己要到青训班时候的表情，可怜天下父母心！他又怎么能自私到让一个女孩子留在自己身边？爱一个人，就要让所爱的人幸福，可如今，这样的幸福自己能给得了吗？

一天的培训在恍惚中很快过去。学员们有些奇怪，队长今天有些心不在焉，甚至连平时擅长的打靶射击，也脱靶了好几发。

教官脸色铁青："耿致远，你今天丢魂了吗？你这成绩怎么可能应对即将到来的技能大考！"

耿致远说了声对不起，便默不作声地收拾枪械。

王怀舟还以为耿致远仍然在担心住院的姚昕露，上来拍拍耿致远的肩膀："致远，放宽心好了，昨天大夫不是说没事吗？这么多兄弟都看着你呢，你可得顶住啊！"

耿致远朝王怀舟感激地点了点头，心中涌起一种酸楚无奈的感觉，仿佛有无尽的忧虑和哀愁。

晚上，耿致远躺在宿舍久久难以入睡。姚父的话句句在理，他知道自己这个时候应该有所担当，不能再让儿女私情萦绕心头。可想到自己会失去姚昕露，他的内心又是一阵撕心裂肺的痛。他想起两个人第一次见面，姚昕露打抱不平的样子；想起排练话剧时，姚昕露投入的样子；想起火车站的分别、矿难得救之后的拥抱、村外小路上的拥吻……一幕幕如同放电影般在眼前掠过。不知过了多长时间，耿致远终于下定决心！眼下对于姚昕露而言，跟着她父母到武汉去，才是最好的选择，可分手的话让他怎么跟姚昕露说呢？

清晨,薄雾笼罩着大地,掩映在绿树之间绿瓦红墙的陆军医院如同一幅油画。病房里静悄悄的,姚昕露独自一人面向窗户躺着。姚父姚母站在她的身边,并没有说话。见到耿致远进来,姚昕露父母相视一眼便走出了病房。

"今天感觉怎么样?"

姚昕露转过脸,一双清澈的眼睛里盛满了幽怨,从她未干的泪痕中看得出,她刚刚大哭过一场。见耿致远进来,眼泪又如断了线的珠子掉了下来,她已经知道了父母的打算。

"萍哥,爸妈要带我到武汉去……"

耿致远强忍住内心的痛:"去武汉?"

"我才不想去呢,我要留在徐州陪你!"姚昕露期望地看着耿致远。

"留下来? 你别天真了! 你还是到武汉去吧,那边相对徐州来说要安全许多。"

"可那样我们什么时候才能再见呢?"

"我们……我们还是别再见了!"

"你说什么?"姚昕露猛地坐了起来,瞪大了双眼。

"昕露,我今天过来其实是要和你说,我们分手吧!"耿致远此刻脑子一片空白,只能如同背书一般说出自己想好的话,"我……我考虑了一夜,我们再这样下去只会互相干扰。这次要不是和我一起逛街,你也不会受伤。如果我不是总想着你的事情,我的训练成绩也不会受到影响。你生在富庶之家,根本没经历过生活的苦难,而我是矿工的儿子,门不当户不对,我们之间不合适!"

耿致远说完话低着头像是个做错事的孩子,他不敢抬头去看姚昕露的眼睛,害怕只要他一抬头,便没有勇气去面对姚昕露眼神中那无可名状的悲伤,让他再也说不出后面的话。

"你真这么想?"姚昕露没有想到在自己最需要耿致远安慰和鼓励的时候,等来的竟然是这样的结果,"你认为我拖累你了吗?"耿致远低着头不说话,只见一颗颗水珠滴在病床上的被子上,那是她抑制不住的泪水。

沉默一阵,耿致远继续说道:"是的,我以后是要上战场的,我也很难保证自己能够活着回来,现在的我没有资格和你恋爱,请你以后不要找我了!"

姚昕露激动了起来,抓住耿致远的胳膊:"我本来想好了,只要你愿意,我就留下来陪你。没想到你竟然说这些!"

耿致远知道,姚昕露的自尊心很强,这个时候自己只要表现出一丝脆弱就会让姚昕露难以割舍,只有把自己包裹得强硬起来,让姚昕露的心也跟着坚硬起来,才

煊烂

能让她离开。

"我的意思已经说明白了,希望你别来纠缠我。"耿致远面无表情,将双臂从姚昕露手中抽离。

"你放心,我会遂了你的愿!"姚昕露声音颤抖。

耿致远转身走出病房。

"姚叔、婶子,我走了。"他声音低沉地告别了门口偷听的姚昕露父母,低头向门外走去。

姚父看着耿致远的身影,无奈地叹了口气,此刻他隐隐有些后悔让耿致远做这个决定了。

没过几天,同学惠子找到了耿致远。在青训班门外,惠子递给他一个红色的丝绸布包:"昕露跟着父母走了,临走前她让我把这个交给你。"

耿致远接过布包,打开一看,是个金灿灿的手镯。这个镯子耿致远见姚昕露戴过,上面雕着朵朵梅花,背面还刻着"昕露"的名字。"昕露说,就把这个留作纪念吧。"惠子埋怨地看了一眼耿致远,好像还在为好友抱不平,"她把东西给我的时候,哭得眼睛都肿了。我是看着你们一路走过来的,但是耿致远,你辜负了她的心意!"惠子说完头也不回地走了,留下耿致远一人,呆呆地站在青训班门前。

耿致远心情沮丧,好在青训班训练任务紧张,他每天将全部精力投入训练中,让自己完全没有闲暇的时间。唯独夜深人静时,独自黯然神伤。

再过几天就是青训班的技能大考,虽然没有公开,但学员们都知道,这次考试的前三名会被直接录取到南京中央军政校。所有学员都铆足了劲地训练,尤其是一些成绩靠前的学员更是没日没夜地学习训练。因此青训班的教官们又多了一项任务,每日熄灯后加紧巡逻,督促学员休息。可学员们似乎根本不知疲倦,使出浑身解数与教官斗智斗勇,有的将宿舍窗户用棉被堵起来学习,有的熄灯之后溜出来借着锅炉房的微光看书。大家都在期盼着能考个好成绩,哪怕不能进入前三,也给这两个月的辛苦一个交代,整个培训班的学习氛围空前浓厚。

1938年1月20日,学员们期盼的青训班大考开始了。

考试为期两天,第一天考理论,第二天考军事技能。等到最后一项二十公里拉练结束,所有的学员都舒了口气。丑媳妇早晚要见公婆,接下来成绩如何,也只能静等放榜了。

再过几天就是除夕,徐州的学员有一个星期的探亲假,耿致远和赵洪林约好,要起个大早去街上的早市买些过节的礼物带回家。正准备出门,指导员陈筹的通信员来到宿舍,通知耿致远到办公室去一趟。耿致远让赵洪林在宿舍等他,自己跟着通信员朝陈筹的办公室走去。

耿致远在门前喊了声"报告",得到回应后推门进入房间。

陈筹正在和一个人聊天。耿致远定睛一看,不由惊喜交加,来人竟然是宋阳标。

"老师!您怎么来了?"

"我这次可是专门为你而来啊!"宋阳标上前拥抱耿致远,"这才几个月不见,身体又结实多了,老陈啊,看来你这训练班弄得不孬嘛。"

"你可给我送来个好苗子,致远可是青训班的精英。不仅自己成绩好,他们整个队都叫他管得不错。"

"指导员,您过奖了。"

"刚才老陈已经和我说了你在青训班的情况,尤其是听说你和军统特务作斗争的事情,有勇有谋,不孬!"宋阳标看着自己的爱徒,眼神中的欣慰和自豪难以掩饰。

"致远,你还不知道吧,陈筹同志也是我们自己人。"宋阳标说道。

"指导员?"耿致远望着陈筹面露惊讶。

"今天正式介绍一下,因为我的身份特殊,所以没有在青训班公开。我是中共苏鲁豫皖特委委员陈筹,受特委书记也就是现在的第五战区总动委员会委员郭影秋同志的领导。"

耿致远听呆了,陈指导员原来也是共产党员!"指导员,您这可真是深藏不露啊。"

三人坐定,谈论起时局,宋阳标说道:"上海南京相继失守,徐州南北受敌,情况危急。日军的一部占领南京后由镇江渡江经扬州向苏北进犯。另一部先后占领济南、泰安、兖州等战略要点,现在正在向邹县地区进犯。还有敌人的第五师团现在已经在青岛登陆,有经台潍公路南犯的倾向,估计徐州这一仗,是必然要打了。"

"南京失守,我方士气低落,也必须打一场胜仗,才能提振士气!"陈筹拍着桌子说道。

两人的谈话耿致远仔细地听着,平时他只能从报纸上获得战事大概的信息,而他们所掌握的要详细得多。二人又说了一阵,宋阳标深情地望着耿致远说道:"致远,我这次来既是带着任务,也是来告别的。我要离开徐州到敌后开展工作了,时

煊烂

间很紧,明天就出发!"

"老师,您走了那贾汪的党组织怎么办?"

"经过组织研究,由你来接替我在贾汪的工作。"

"我? 我怎么能行呀!"耿致远被这个消息惊呆了,脑子里一片空白。第一,他是这次考试的第一名,到军校去进一步培训也是板上钉钉的事情。成为一名军人保家卫国,是他一直以来积极训练的目标和翘首以盼的结果。第二,让他接替宋阳标的工作,他根本没有思想准备,以后的工作会遇到什么情况,他该如何应对,耿致远觉得自己处理不好。

"宋老师,指导员,能够成为一名军人是我一直以来的愿望。我希望到战场上去,到前线去,跟鬼子真刀真枪地剋!"耿致远有些着急。

"不错,年轻人就要有血性。但是,你要记住,你是一名党员,要服从党的安排,贾汪更需要你。"陈筹说道。

耿致远满眼失望,明显还没从情绪中走出来。

宋阳标有些疼爱地笑了,上前拍了拍耿致远的肩膀:"致远,组织上对你的工作安排是经过认真考虑的。你是贾汪人,又熟悉煤矿情况,跟着我工作了不短的时间,是现在党小组里面最适合的人选。我看了你的考试成绩,情报分析、标记和反追踪、侦察和伪装、爆炸物等课目都很突出,这些课目最好的实践场所不是在战场,是像我一样到敌后去! 你要记住,不是只有前线拼杀才是抗战,后方才是更为广阔的战场。抗战绝不是一朝一夕的事情,我们都要做好长期坚持的准备,万一徐州失守,还需要更多你这样的人才留在家乡,留在敌后,为抗战保留火种,积聚力量啊!"

一语点醒梦中人。

是的,关于投身抗战,长时间以来,耿致远无数次想到过走上前线,与鬼子真枪实弹地干,哪怕血洒疆场、马革裹尸也在所不辞。至于敌后抗战、持久抗战,他真的没有深入思考过。正如宋老师所说,中日之间的这场殊死较量,比拼的是勇气、力量、智慧和耐力! 他耿致远在青训班能行,在贾汪也能行! 在前线是抗战,在贾汪也一定能将抗战进行到底!

"指导员、宋老师,我懂了! 是我考虑问题太片面了,我服从组织安排!"

"臭小子,走,跟我们去吃早饭,顺便给你交接工作! 我可好久没喝到正宗的辣汤了,老陈啊,你这地主得请我们大吃一顿!"

"请请请,我算看出来了,我欠你们师徒的。"

三人在青训班附近一家颇为地道的早点铺子吃饭，宋阳标没跟陈筹客气，一上来就招呼老板上了三碗辣汤、一斤煎包、四根八股油条。老板一看来了大客户，殷勤地收拾桌子招呼他们落座。

　　"你这胃口可真好，这一顿顶我吃上一天。"陈筹做出心疼钱的样子，他知道宋阳标离开徐州颇久，一定是想念这一口了。

　　"对了，致远他训练辛苦，饭量大。老板，再来三个韭菜合子。他来付钱。"宋阳标装没听见，指着陈筹又吩咐老板。

　　"差不多得了，你不会几天没吃饭了吧？"陈筹夸张地笑着。

　　东西很快上桌，宋阳标舀起一匙汤送入口中，故意闭上了眼，似乎在品茶。引得耿致远禁不住笑出了声。

　　"你看你这老师的馋猫样！"

　　三人边吃边聊，耿致远也通过宋阳标了解了贾汪煤矿的近况。因为战争，现在煤炭生产陷于停滞，工人们也差不多走光了。像之前耿致远熟悉的河南人郑运昌、王氏兄弟等，现在都回老家去了。

　　耿致远不由得一阵叹息，短短几个月，矿场的变化还是挺大的！

　　宋阳标接着介绍，矿场及柳泉煤栈还有存煤两万余吨，煤栈的煤炭还能沿陇海铁路销往郑州一带，矿场不能及时清运的煤炭则用于维持现在还留在矿上工人的生计。工人们为了保护这些煤炭，自发成立了保管委员会，负责卖煤炭筹钱满足工人的生计。可还是防不住那个经理秦建鸥偷偷摸摸地盗卖这些存煤，至于工人的死活他根本不管。

　　"现在还是秦建鸥负责煤矿吗？"耿致远问。

　　"暂时是他负责照管。不过后来我听说资本家刘鸿生要'换旗保产'，过阵子会有一位德国人来接管。"

　　"什么叫换旗保产？"

　　宋阳标解释，所谓换旗保产，就是在抗日战争爆发后，中国的民族资本家为了保存那些不易拆迁或者转移困难的大型企业，采取的一种"明售暗托"的办法，在名义上将企业转给与日本外交密切的德国、意大利商人，而实际上中国人仍然保有产权。

　　耿致远点头说道："这也是权宜之计，总比被日本人占去了要好。只是别将这些资产真的卖给了外国人，那就是我们国家权益的损失了。"

　　"这个得辩证地看，这么做一要看他们是防止被日本抢掠还是故意出卖国家权

煊烂

益;二要看他们所签的协议能否确保产权在战后归还;三要看这么做的商人在抗战中是爱国的还是卖国的。"宋阳标解释道。

陈筹说道:"刘鸿生我知道,有名的爱国实业家。他眼下的处境确实是极端困难,上海已经沦陷,可他的大部分企业都在上海,他经营多年的上海水泥厂、毛纺厂、搪瓷厂等企业都被日军占领了,希望他的做法在贾汪能够奏效吧!"

一顿饭吃完,宋阳标心满意足。他说这次来徐州就两个心愿,一个是向耿致远宣布任务,一个就是想再尝尝家乡的味道,没想到一个早上就全完成了。接下来他不回青训班,直接去报到。至于去什么地方,陈筹和耿致远都很清楚纪律,宋阳标没说,他们也不会主动问。

"你这次到敌后去,任务一定很艰巨,你可要加倍小心啊。"陈筹叮嘱道。

宋阳标说:"放心,这次喝了辣汤,等我回来,请你吃羊方藏鱼。致远,汪清茶馆赵老板会配合你的工作,记得要好好干,更要保护好自己。等打跑了鬼子,咱们自有相见的那一天。"他走到耿致远身前,帮他整了整衣领,又拍了拍他的肩膀。

"告辞了!"

宋阳标转身离开,陈筹和耿致远看着他慢慢走远的身影,直至消失在街边的转角。

农历腊月二十九,耿致远和赵洪林一同回家,青训班刚刚公布了大考的成绩,耿致远得了第一。然而赵洪林一路上都在为耿致远愤愤不平,青训班推荐上军校的三人,竟然没有耿致远。"这是弄的啥事呀,大伙都看不过去,不管是成绩还是表现,你哪一项比那些人孬呀? 前三名推荐,咋就把第一名给漏了! 放完假回去,咱找陈指导员去。"

耿致远微笑着看着火车外的风景,心里想着,如果没有见到宋老师,他的反应也许会比眼前的赵洪林还要难以接受。"洪林,我这个当事人都没生气,你别跟着瞎起哄。我想好了,过完年之后,我不回徐州了,就留在矿上继续做事。"

赵洪林好像是第一次见到耿致远,眼睛瞪得滚圆:"平时你还给我说,不能轻易放弃,现在咋变成这熊样啦?"

耿致远将赵洪林拉到自己身边,将宋老师的事情低声告诉了他。赵洪林听得直翻白眼:"这可不行,咋能把我一个人扔在青训班,我得回来帮你!"

耿致远哈哈大笑:"青训班可是难得的学习机会,你还要回去。我可听陈指导员说了,很多学员毕业后会被分组安排在底下各个县,不出意外的话,你还要回来。”

“那就好，只要能和你一起，在哪儿我都愿意！”

下了火车转步行，两个人的归家旅程愉快而短暂，说笑间不知不觉便来到了大泉村口。村口的古槐树叶已落尽，枝条裸露在寒风里，村口有几户人家的房子看上去是倒了之后临时修葺的，还留有燃烧的痕迹，显然这里也曾遭到日机的轰炸。村子依然宁静祥和，鸡犬相闻，只是与往年的此时相比，显得有些萧瑟。

耿致远与赵洪林在村口告别，约好通知大家年初一晚上在汪清茶馆集合后便各回各家。

院门没关，耿致远直接推门进家：“爸，妈！我回来了！”

一家人都在，此时刚刚吃完饭，见耿致远进到院中，一个个高兴得迎出堂屋。

看到耿致远身体比出门前更加健硕，脸色红润神采奕奕，致远妈喜笑颜开。这些日子里她可没少抱怨丈夫耿成文，要不是他在儿子面前充大头，咋会这么久见不着儿子的面。她可听说儿子去的地方是要当兵的，当兵是要去打仗的，要是儿子有个三长两短，这老家伙就是老耿家的罪人。如今听致远说今后不用去青训班就留在贾汪了，致远妈更是高兴得抹眼泪：“这下咱一家人能团团圆圆过个好年了！”

耿成文对妻子的表现不以为然：“多高兴的事，你哭个啥，早说没事你还瞎埋怨。”现在矿上基本上处于半停业的状态，他待在家中的时间多了，早就被致远妈唠叨得耳中生茧，但又心疼妻子不愿争吵，每每不耐烦的时候只能说句“你不懂”便悻悻躲开，今后终于可以耳根清净了。

耿致远扶着爷爷招呼一家人进屋，从行李中拿出从徐州买来的年货和礼物，堆满了吃饭的小桌。青训班的日常生活不需要花钱，自己工作了这些日子，身上也攒了些钱，因此过年买了不少东西。赵洪林也是一样，他拖着耿致远买了很多东西，直到耿致远说两个人拿不动这么多，他才意识到这些东西是要拎回家的，方才作罢。看着一家人高兴的样子，耿致远觉得自己吃再多苦也是值得的。

“咦？这是什么东西？”妹妹耿致馨指着包里的围巾问。

“这是……”耿致远一时语塞，那是姚昕露给他织的围巾，他舍不得戴一直放在行李里，“这是围巾，是朋友送给哥哥的。”

耿致馨很懂事，知道是哥哥的东西便没有拿出来。

耿致远站起身走进自己房间：“妈，我路上走得累了，去歇一会儿。”他又想起姚昕露了，不知道这个时候，她在哪里，腿伤咋样了？

煊烂

如同往常一样,下午家里陆陆续续有一些求耿老爷子写春联的人进门。"二十四,写大字",每年过了腊月二十四到除夕的这几天,耿老爷子都要备好笔墨纸砚,静候街坊四邻上门。耿致远非常佩服,爷爷已经年近八十,可身体依然很硬朗,头脑清醒,思维清晰,记忆力更是不减当年,写出的春联每家都不带重样的,如果是新婚夫妇给人写个麒麟送子,遇到子女孝顺的便写膝下天伦,家中有人上学的便写个得书长悦、金榜题名之类。总之,让每一户得了字的人都满意而归。

老爷子写字,求字的人便坐在院中喝茶拉呱。村里矿上干活的人家多,聊得多的也是矿上的事情。

"听说了吗?咱们这儿要变天了,煤矿要给洋人管了!"

"不就是老盖吗?我都亲眼瞅见了,秦建鸥那狗腿子昨天才从徐州给接过来的,伺候洋人的模样儿跟服侍祖宗一样!那老盖一脸胡子,脸白得瘆人。还有,你说这洋人的血是不是也是白的?"

"老盖?洋人姓盖吗?"

"别人都这么叫。"

"你说这老盖是好的还是坏的?"

"跟着啥人学啥人,'跟着神妈妈会下神',和秦建鸥搅和在一起的人,你说能他妈是好人吗?!秦建鸥这龟孙子把咱们矿上存留的煤炭偷拉了不少,卖的钱都装进自己口袋了。当时矿上可是说得好好的,这些煤炭是留给咱们工人养家糊口的!"

"舔洋人腚,那不就是汉奸吗?"

"要我说,咱们就该像上次一样,再来个罢工,口号我都想好了,打倒老盖!"

"对,打倒老盖!"

"哈哈,打倒老盖!"

"别胡扯了,现在矿上都停工了,你们罢的哪门子工啊?那个洋人叫盖尔,什么老盖!这是矿老板从洋行请过来管秦建鸥的,要不然他秦建鸥怎么能那么服帖。"

"盖尔还不如老盖好叫,不是说要打仗了,咱们还能复工支援打日本人吗?我看不管是日本人还是这个洋人老盖,都不是啥好东西!"

耿致远饶有兴趣地听众人拉呱,结合之前宋阳标的介绍,多多少少也将事情的脉络理了个清楚。刘鸿生因为换旗保产请来的德国人盖尔,现在已经到了贾汪煤矿了,只是看来矿上不明就里的工人们大多数对他的态度是敌视的。

耿致远这些日子总在思考自己接替宋老师之后如何开展工作,他认为还是要

"萧规曹随",一方面团结工人群众,形成合力,与反动势力作斗争;另一方面要发展壮大党组织,传播党的路线方针,为抗战胜利积蓄力量。他觉得因为工作需要,自己还是要尽快进入贾汪矿,用煤炭工人的身份作掩护开展工作。如今的自己很有必要去和这个老盖接触一下,虽然眼见不一定为实,但听来的毕竟更虚。

这个德国人是好是坏,来到贾汪矿是按照协议换旗保产还是要图谋煤矿的资源产权,还是得亲自查探一番。这不仅关系到自己今后工作的开展,也关系贾汪众多煤矿工人的生计。只是,自己现在如何能接触到德国人盖尔倒是个问题。虽然耿致远曾在矿上的外柜工作,可眼下大柜都不在了,他没有理由到矿上去。耿致远首先想到父亲耿成文,随即又否定了这个念头,父亲只能帮着他在矿上谋个生计,如果每天下井工作,不可能接触到德国人。他又想到汪清茶馆的赵老板,可从长远打算,又不想暴露出赵老板和他有关系。思来想去,他觉得自己还是得去找秦建鸥,当初因为裁减监工引起其他外柜不满,在耿致远的建议下,王氏兄弟曾带着他拜访过刚上任的河南人秦建鸥,两方人相谈甚欢,也算有过一面之缘,秦建鸥应该对他还有印象。

24 老盖治矿

大年初三,耿致远带着一些烟酒年货,去矿上秦建鸥的住处拜会。

秦建鸥这个人,背地里偷奸耍滑,中饱私囊,表面上的功夫却做得很足。从看门的老王头那里得知,秦建鸥还没过年就把老婆孩子接到了矿上,将矿上宿舍最好的五间大房粉刷一新后据为己用,对外宣称"以矿为家",留在贾汪值班过年,实际上却是为了迎接德国人老盖,为了在洋人面前表现一番。秦建鸥心里早就盘算好了,现在整个矿都是这个叫盖尔的洋人说了算,一定得伺候好这位洋大人,仰仗着他赚大洋。为此他花大价钱专门从徐州城请来了名厨"一锅端",负责洋人的一日三餐。当然,他自己的伙食也因此水涨船高,改善了不少。

初一晚上,耿致远已经在汪清茶馆将宋阳标的事情告诉了几个骨干,大伙听后虽然不舍,但得知耿致远今后会接替宋阳标的工作,又感到很振奋。耿致远将近期的工作梳理后向大家进行了通报,一要广泛发动群众做好支前的准备工作;二要继续开展煤矿工人的思想宣传,做好积极分子的培养发展。同时,他将自己要回到矿场接触德国人盖尔的想法告诉了参会的韩天民等人。大家觉得，煤矿是贾汪的支柱产业，与管理层接触有助于今后工作的开展，都表示支持。只是大家对老盖的德国人身份有些敏感，老百姓对洋人来管煤矿的做法本身就有抵触。

耿致远顺利见到了秦建鸥。一番客套之后，耿致远说明想到矿上谋生计，秦建鸥之前和耿致远有过接触，对耿致远的能力早有所耳闻，又听说耿致远刚刚从第五战区青训班训练归来，更是刮目相看，也有意把耿致远留在身边为他所用。虽然现在矿上并没什么当紧的事情，他还是答应聘用耿致远作为他的助理，专门做好德国人盖尔的服务工作，月薪十五元。秦建鸥这么干脆当然不是出于惜才爱才，只是跟德国人老盖接触的这两天，他有些力不从心。

就拿德国人刚到那天来说，秦建鸥率领矿警队人员专门迎接，他本以为能够博个头彩，谁知道盖尔从下了车就没给他好脸色看。看到一百多人荷枪实弹排出的大阵仗，德国人皱起了眉头，板着脸对他说了一句话："我只是个商人！"接着秦建鸥在众人面前挨了洋人的训，盖尔说今后不用浪费矿上的资源做这些没有实际意义的事情，让矿警队解散回家。

这个德国人还是个坐不住的主儿，来到矿上几天，除了睡觉就没老实在家里待过。每天起来之后便出门，并且拒绝了秦建鸥为他安排好的黄包车，只要步行。他用了一天时间把矿场、煤场跑了个遍。这可苦了秦建鸥，鞋也破了，脚也崴了，还磨了好几个大血泡，心里暗骂这老盖是属驴的只知道走路，可脸上还得赔着笑。他为了给老盖留个好印象，专门置办了一身西装，头发抹油，皮鞋锃亮，脸上还抹了他媳妇爱惜得不得了的脸霜。引来媳妇好一通奚落，说他是茅坑里发大水——臭浪。他吹胡子瞪眼，说这叫洋派、时尚，洋人好这个。跟着德国人转了一天，秦建鸥刻意塑造的整洁严谨的形象已经没了人样。"秦老板，您的头发怎么变白了？"同行的手下好心问了一句，却招来秦建鸥的怒视，他清楚头发哪里是变白了，那是因为油头吸灰，上面已经沾满了尘土。

几天下来，秦建鸥感觉身子骨像是散了架，暗地里咬牙切齿，说什么也不肯再陪着老盖到处游走了。今天见到耿致远，他忽然觉得这真是个可以代替他的最佳人选：读过书见过世面，知根知底可以为他所用，就把他放在德国人身边！

在秦建鸥的带领下，耿致远第一次见到了德国人盖尔。此人有五十多岁，肤色苍白，蓝色眼珠在黑边圆框眼镜下显得格外深邃，头发胡子雪白，打理得整整齐齐，看起来干净沉稳而老练。他身材壮硕，比耿致远还要高上一头，站在那里气势很足。因为长期在中国工作，能够说一口不算流利的中文。听了秦建鸥介绍，老盖主动伸出了手,连连说了两句:"脸稍有味！脸稍有味！"耿致远琢磨了半天,才明白是"年少有为"四个字。

之后几天,矿区的人经常能够看到耿致远跟在一个高个子洋人身后,除了在矿区转,周边的车站码头、风景名胜一个也不放过。每天晚上,耿致远回来之后会将一天的行程向秦建鸥汇报。秦建鸥一边听一边暗自庆幸,幸亏有耿致远。这个老外两条大长腿可真没白长。

耿致远素闻德国人干事严谨,一丝不苟,这一点在盖尔的身上得到完美印证。通过几天的实地调研,盖尔已经将矿区的水文地质、矿产分布、生产能力、销售流程、治安消防、工人情况、后勤保障等情况了解得八九不离十。每到一个地方,他都会拿出自己随身携带的笔记本涂涂画画,虽说不认识德文,但耿致远看得明白盖尔画的各种流程图和一些关键的数据。碰到专业的问题,盖尔会在翻译的帮助下打破砂锅问到底,有时候和技术人员一讨论就是半天,经常顾不上吃饭。有时候他会用他特有的奇怪中文和工人简单交流,"吃吗？"耿致远知道他想入乡随俗问别人吃饭没有,可在朴实的工人师傅听来,总以为这位洋大人要请他们吃饭,"吃！吃！吃！"的回答响成一片,直到工人们弄明白了他的意思,又会响起一片善意的笑声。

在精明的商人盖尔看来,煤矿不管是经营还是管理,都存在很多漏洞,虽然有很多客观因素,但当下更多问题还是出在人的身上。以秦建鸥为首的一帮管理者没有把精力放在生产经营上,而是整日钻营人际关系和谋取私利,经营不善、任人唯亲、贪污腐败的问题比比皆是,工人吃不饱饭,怨气很重。通过这些日子的相处,盖尔发现耿致远与秦建鸥等人的不同。这个年轻人踏实认真,工作起来任劳任怨,有时两人会交流一些对时局的看法,他惊讶于这个年轻人见解的深刻,也被耿致远的爱国之心和报国之志所打动。在大洞山顶,耿致远指着脚下的土地对他说:"贾汪这块土地看起来平凡无奇,却在地底深处蕴藏了大量宝贵的煤炭资源,我是土生土长的贾汪人,相信您也会因为了解而喜欢,更因为走进而热爱。"

盖尔记住了耿致远的话,也记住了耿致远眼睛里闪烁的亮光。他发现这块土地与他之前所在的南方地区相比,粗犷之中带了些豪气,热烈之中又有些内敛。他跟着耿致远去了大泉村,了解了村民和矿工的生活,感受了这里风土人情的鲜活与丰盈、百姓的勤劳与朴实,隐隐之中又感觉到自身肩头的压力。当地人都以煤炭为生,他作为一个外国人,又能做些什么呢？

盖尔做的第一件事,是立规矩解决生产的问题。

虽说因为战争,南下的铁路已经停运,可煤炭的需求却更为旺盛,随着陇海线煤运的恢复,甚至有些周边的商户直接带着现钱到矿上要煤。老盖适当提高了工人待遇,吸引赋闲在家的工人恢复生产,各项生产经营的规章制度也一项项建立起来。对此,一开始秦建鸥等人还有异议,以老盖不熟悉情况为由抱团抵制,"矿上实行的都是多少年的老规矩,不能说改就改"。老盖很干脆,直接召开了骨干会议,要求反对者一个个指出新制度的漏洞,并提出可行的建议。这些反对者都是为了反对而反对,哪能拿出来什么像样的办法,一个个支支吾吾说不出所以然。相比盖尔专业的解释说明,甚至连生产中的一些细节都考虑得清清楚楚,秦建鸥等人一个个都没了脾气,盖尔已经是个内行了。

第二件事,盖尔着力解决人的问题。

每天下午一点,是盖尔固定的会客时间,他没有午休的习惯,就利用中午时间将秦建鸥身边的人挨个请到办公室谈话。谈话的内容大多都和工作相关,生产经营的状况、工作当中的成绩和不足、有什么好的打算建议,等等。秦建鸥很紧张,以为老盖针对他,每次谈话后他都要千方百计地打探。明眼人都能够看出来,老盖来了之后,秦建鸥吃瘪了。本来那帮负责财务、生产、安保的头目就是墙头草,现在一看风向不对,直接站在了老盖一边,对于秦建鸥的打探也开始虚与委蛇起来,一时间秦建鸥只觉得众叛亲离。

他眼下最着急的,还是矿场的那堆煤。那堆煤炭有两万多吨,停产前以给矿场工人开工资使用为由开采出来,可实际上没有入账,完全是他个人的小金库,明里暗里已经被他倒卖了不少,工人们看在眼里都是敢怒不敢言。秦建鸥没想到人生地不熟的老盖执行了一套严格的管理流程,一切出货都必须层层上报。现在没有老盖的签字,他的这些煤就出不了矿场。思虑良久,秦建鸥决定试探一番。

这天,他拿着一沓文件找盖尔。盖尔正在和耿致远聊天,看到他进来,面带笑容地招呼他坐下。秦建鸥没有坐,他点头哈腰地走到盖尔桌前:"盖老板,这里有些协议请您过目签字。"

"放在这里,我来看。你们稍等。"他扶了扶眼镜,一言不发地拿起文件看了起来。

耿致远示意秦建鸥一起到外边等。二人蹑手蹑脚走出了盖尔的办公室,带上了门,秦建鸥脸上写满了忐忑:"他认识中国字儿?"

"他不会写,但我见过他看《徐报》。"耿致远如实回答。

秦建鸥的不安更甚。

过了十几分钟,只听房内说话:"进来吧!"

两人进屋,看到盖尔桌子上的协议已经被分成两摞。

"秦经理,这些我都签了,至于这一摞,请你收回去吧。"盖尔蓝色的眼珠向上抬起,目光越过镜框审视着秦建鸥,像极了黑暗中窥探猎物的狼。

秦建鸥的脸上已经挂起了汗珠:"好的,好的!"

他知道那没签字的五六份协议,都是自己夹带的私货。他本以为德国人大笔一挥,就把这些协议全签了,可气人的是这个德国人不仅看得懂中国字,还深谙中国世故,看透不说破的技巧也学得有模有样。

秦建鸥眼睁睁看着自己的权力被一点点剥夺,琢磨着要闹些事情出来。

第二天,矿场大门就被贴了四张白纸,每张上面写了一个大字,连起来读就是"打倒老盖",引得很多人围观。"咱们的矿被卖了,这和八国联军割地赔钱有啥区别!"还有人直接在门前聚集喊起了口号,"打倒老盖,不做汉奸"的呼喊声此起彼伏。盖尔听说后带着耿致远去看,他指着上面的字问:"老盖?致远,是说我吗?"耿致远苦笑点头:"大家对您的戒心很重啊!"老盖耸耸肩,说:"中国有句话讲得好,不知者不为罪!"

晚上,耿致远结束了一天的工作,一家人围坐桌前准备吃晚饭。妹妹耿致馨从外边抹着眼泪跑了进来。

"这是咋啦,谁欺负你了?"母亲率先问道。

"就是西边二强那几个坏小子。"

"他们那群小子每天尿尿和泥的,叫你少跟他们玩儿咋就不听话哪。"

"我才没和他们玩儿,我和彩云路过,他们就骂我哥!"

"你哥?"母亲疑惑地看着耿致远,耿致远瞪眼表示无辜。

"他们说,哥是汉奸,每天伺候老毛子!我气不过,就跟他们吵,可他们人多欺负我们人少,说的话可难听了。"耿致馨一脸委屈,回想起刚才的情景眼泪又忍不住掉了下来。

耿致远站起来拍拍耿致馨的肩膀:"原来是替哥哥打抱不平受委屈了,我们家致馨最心疼哥了。乖,去把脸洗了吃饭。"

耿致馨没有动,肩膀随着抽泣不时地耸动着,耿致远又说道:"致馨,你相信哥不?"

"我当然相信,哥你念过书,有文化,矿上的叔叔大爷都说哥能干!"

"那哥告诉你,哥不是汉奸,我在徐州专门学了打鬼子除汉奸的本事,咋会去当

煊烂

汉奸呢？哥哥只是带着德国人盖尔了解下矿区的情况，你们还小，二强那些小子更不懂哥哥做的事，所以你不要怪他们，也不要和他们争辩，知道吗？"

"我相信哥，只是他们说你就是不行。"

"他们不懂事，我们致馨可不一样，又聪明又漂亮，别和他们那些野小子一般见识。今天妈烧了你爱吃的白菜粉丝，快去洗脸吃饭！"

耿致馨看了看饭桌，这才止住了哭泣，跑去洗脸。

"致远，这个老盖到底是啥来头？"父亲耿成文也有些疑惑。

"到底咋样现在还不好说，只是有一点可以肯定，这个矿不是卖给了德国人，他们只是按照合同代为管理。"

"那为啥请了个洋人呢？咱们中国难道没有能人了？"

"爸，现在这个形势，也只能用这个德国人的身份才能保得住咱们的矿了。"耿致远在盖尔那里看到过刘鸿生与礼和洋行达成的协议，主要内容有三条：一是为保护煤矿，在贾汪煤矿和柳泉煤栈悬挂德国国旗；二是华东公司支付礼和洋行和盖尔本人一定报酬，因战火横飞还支付了盖尔本人的保险费用；三是盖尔代表礼和洋行以债权人身份负责避免日军侵占煤矿。耿致远虽然嘴上这么说，但对盖尔也没有十足的把握。耿致远也安排韩天民等人将换旗保矿的说法在工人中大力进行宣传，收效甚微。盖尔到底能办成什么样，还只能用行动说话。

老盖再次用行动证明了自己。

第一个，拖欠工人的工资解决了。工人们一开始每月只能领到一些煤炭作为报酬，煤在贾汪几乎成了硬通货，柴米油盐的日常所需，都可以拿一定数量的煤炭交换，只是随着这么做的人越来越多，市面上煤炭的价格越来越低，工人的工资缩水严重。秦建鸥管理的时候大家伙儿吃不上饭，而现在销售有了起色，工人能够拿到现钱，工作的劲头提高了不少。

第二个，敌机不来轰炸了。此前贾汪如同徐州一样，频繁遭到敌机的骚扰。盖尔安排耿致远让工人们用石灰粉在矿上的空地、房顶等地画出了大大小小的鬼画符一样的图案，说是可以避免被敌机轰炸。工人们一开始不以为然，以为这个老外也搞封建迷信那一套。可邪门的是几次敌机来袭，飞机在矿区上空盘旋一阵之后，就是一颗炸弹都不丢，倒是周边那些没画符号的地方遭了殃。大伙不明白，但耿致远知道那些图案是什么，那是德国人的旗帜。德日结成同盟，日本战机看到盟友的旗帜自然不会轻易攻击，只是他对于在中国的土地上竟需要外国的旗帜来庇护而感到悲哀，什么时候中国人能靠自己的力量站起来？几次空袭之后，工人们和周边的百姓都服了,乖乖,外来的和尚会念经,这个德国人的符就是灵! 后来再有空袭,附近的老百姓干脆拖家带口地到矿上避难,都说这回请来了一个"保命"的鬼子。

两件事情一做,矿上再有个什么事儿,大家都会异口同声:找老盖去!

一波刚平,一波又起,政府对煤矿的调查又开始了。

原来,秦建鸥见明的不行,一封举报信写到了地方政府,痛斥贾汪煤矿出卖国家利益的汉奸行为,同时还私下买通了报社,将柳泉煤栈高挂的德国国旗拍照写进报道,一时间"换旗保矿"被推上了风口浪尖。先是地方政府来人,接着国民党省政府派人调查,第九行政区专员公署也来了人,事情越闹越大,国民党军事委员会指令武汉警备司令部带着德国顾问也来到了矿里。调查要弄清的问题主要有两条:一是贾汪煤矿是江苏省的重要煤田,换旗保产是否存在倒卖国家资源的问题,名义上借外力保护资产,实际上明修栈道暗度陈仓将煤矿转到了德国人手中,出卖了国家利益;二是在日寇入侵的危难关头,贾汪煤矿的军事地位凸显,陇海、平汉等铁路上的蒸汽机都依赖煤炭作为燃料,将煤矿交给德国人管理,能否保证战时供应。

盖尔接待了一拨又一拨的人,忙得不可开交。始作俑者秦建鸥看着一拨拨调查人员进驻矿里,暗暗得意自己的所作所为:我治不了你,自有能够治得了你的人。这样一来,就不信这个德国鬼子不乖乖卷铺盖走人。可事情的走向却与他的预期截然相反。调查结果出来了,华东煤矿公司与礼和洋行有债权关系,借助德国人保护矿产而签订的协议实为形势所迫,德国人盖尔持有大使馆护照,可以澄清诈骗犯的嫌疑。不仅如此,贾汪矿工在盖尔的带领下支援抗战,努力工作恢复生产,不仅没有变卖国家资产的嫌疑,还应呈请嘉奖。

风波平息,秦建鸥又白高兴一场。

时光流淌,转眼已到五月。花未全开月未圆,人间最美是小满。此时贾汪天空丽日高悬,田间绿意盎然,一片生机勃勃。往年这个时候小麦灌浆,田里都是农忙浇水的人,打招呼聊家常的乡音乡语此起彼伏,每个人的脸上都洋溢着温暖和希望。可眼下的麦田却如同空旷冷寂的水面,风过之处,卷起层层碧浪,偶有几只鸟儿从麦田上空飞过,留下阵阵孤单凄厉的叫声,随风飘散到远方。田间偶有几个干活的村民,看着也有些心不在焉。

城里又是另一番景象,虽然天气晴好,可路人的脸上没有了往日的平静安详,一个个行色匆匆地赶路。大街上没有警察指挥,行人车辆乱作一团,汽车的鸣笛声、黄包车的铃铛声、马车车夫"哦哦吁吁"的叫声、呼儿唤女的斥责声响彻大街小巷。到处都是携家带口拖着行李的人,好像整个城市都在搬迁。车站门口挤满了滞留的旅客,火车停运了。

台儿庄大捷之后,日军改变战略,以部分兵力在正面牵制,主力从南北两个方面向徐州西侧迂回包围。敌人来势汹汹,战情紧急,徐州突然面临严重危机。为保存军队主力,蒋介石命令力避决战,撤离徐州。这是 1938 年 5 月的贾汪,鬼子要来了。

汪清茶馆内。

"各位,咱们在一起相处得也很久了,今天我就以茶代酒,算是告别吧!"赵老板端起手中的茶碗,一饮而尽。

耿致远、韩天民几人也郑重端起茶碗,看向赵老板的眼神颇有不舍。

"后面有什么打算?"耿致远问。

"一听说鬼子要来了,城里能跑的全跑了,不能跑的也躲到偏远的乡下去避难,说是乡下比城里安全。我这家中还有老母妻儿需要安顿,就准备趁着能走抓紧走,带着他们投奔皖南的亲戚去。"

"什么时候动身?"

"就今晚了,我这儿也没什么值钱的东西,伙计都遣散了,门一关就成。只是这个铺子还得劳烦几位代为照看下。"赵老板环顾四周,看着熟悉的院子和摆设,显然对多年来亲手打理的茶馆难以割舍。

"您先把家里安顿好,这里不用操心。我们几个一定给您看牢了。今天也没什么事情,下午大家一起帮您拾掇拾掇。"耿致远说道。

"杂货铺也关门了,我也没有亲戚可投靠,今后不知道咋办呢。"萧三看着赵老板走,也心有戚戚。

"放心,还有我们大伙在呢!"耿致远拍了拍他的肩膀。

"这几天矿上咋样?"赵老板问。

"矿上现在也半停产了,外地人跑了七八成,眼下保命要紧,谁还顾得上干活呢。"韩天民说。

耿彭城接着说道:"外边的人也不知从啥地方得到信儿,说日本人进城后只要发现持有武器的人,直接杀头。现在矿警队的人可慌了,眼下整个贾汪也就他们矿警队有武器,武装带、大砍刀这些东西早早地被投进了锅炉,只是几十支枪和几箱弹药像是烫手的山芋,不知道如何处理。"

耿彭城说的事情耿致远也知道，如今的矿警队大不如前，队员们走的走逃的逃，只剩下四十来人，还都是些无处可去的老弱病残，仓库里还留着几十把枪和几箱弹药。"昨天矿警队的人还找盖尔去说这事，只是他也没说具体咋办。"

"这个盖尔不打算回国？"赵老板问。

"没有。他的工作就是要保护煤矿，德国人对待工作的态度可真是一点也不马虎。"耿致远话是这么说的，心里也是这么想的。要说一丝不苟，盖尔对秦建鸥意图中饱私囊的行为可谓是严防死守，任秦建鸥机关算尽，也没能从他这里占到一点便宜。前一阵耿致远在矿工中组织支前工作，却得到了盖尔的大力支持。矿上给提供了五十副担架用于接送伤员，筹集了一批支前的生活用品，不仅如此，盖尔还同意耿致远组织了百余人的矿工支前队。耿致远接着说："从盖尔的表现来看，他对工作是认真的，对我们抗战也是支持的，可以说和我们是一条战线上的。现在局势动荡，人心不安，我们大家更要团结一切可以团结的力量，抱起团来，稳住心态，保存实力！"

傍晚时分，耿致远几个人帮着赵老板收拾好了行李，送至屋外，封上店门。

"别送了！等局势好起来，我还得回来呢！"赵老板催马赶路，回头朝几人挥手告别。

耿致远看着马车越走越远，宋阳标走了，姚昕露走了，现在赵老板也走了，这些人不知道什么时候才能再见。

此时街上的喧嚣已经慢慢平静了下来，不管局势如何，百姓的生活还得继续。

天边一圈青色的云越来越深，太阳的余晖逐渐消逝，黑暗笼罩了上来。

25 暗度陈仓

1938年5月19日，徐州沦陷。

第二天，日军占领柳泉。

夜晚，一支百余人的日本骑兵队伍从东北方向杀气腾腾朝贾汪奔袭而来。这支队伍已经奔跑了一天，路上又遭遇了几支残余中国军队的抵抗，此时已是人困马乏、饥肠辘辘，战马喘着粗气，马头带着缰绳扭来扭去，马上的士兵却如同窃贼一般，眼睛四处察看。街边的店铺早关门了，百姓提前得到消息已经四散而逃。鬼子兵撞开了几间房屋，一无所获，队伍沿着空荡荡的街道就走到了矿场。

矿场的大门上涂着德国纳粹的标志，一个日本人透过紧闭大门的缝隙朝内张望，看到了躲在矿场中的众多百姓。他叽里呱啦亢奋地叫了几声，一个公鸭嗓翻译随即走到他身旁朝门内喊了起来："里面有人吗？开门！"

静听半晌，门内没有丝毫动静。

日本人不耐烦起来，掏出手枪朝天打了三枪，如疯狗般狂叫："八格牙路！"

"老乡，我知道你们都躲在里面，快开门，不开门的话皇军要炸门了！惹恼了皇军可没好果子吃！"

过了半晌，矿场大门闪开一条缝，看门人老王怯生生地探出头来。日本人的手电筒齐刷刷地射在他的脸上，晃得他什么也看不清。两个士兵上前一把将他推开，大群鬼子端着枪一拥而入。如同狼入羊群一般，躲在此处的人潮水般齐刷刷后退了几步，发出一片惊呼。

人群喧哗起来。

凶神恶煞的日本人朝天又开了一枪，人群顿时安静下来。

"管事的出来说话！"日军翻译又喊了起来。

不知是谁喊了一声："快去找老盖！"

"我在这儿！"

一个声音响起，人群自然地闪开了一条路，人高马大的盖尔走了出来。他身着黑色大衣，头戴礼帽，身上围着一圈德国国旗，左右手各持一支手枪，看起来倒像是个劫道的土匪，颇有一番气势。

日军士兵的枪口齐刷刷对准了盖尔，为首的军官看到出来一个外国人，不由一怔。

盖尔走上前，高声说道："我是负责人盖尔！本矿一切财产，均属德国礼和洋行，按照同盟协定，我矿严守中立，请勿派兵来矿，免生外交波折。"

盖尔的身份起到了作用，日本军官听完翻译的话，显得有些忌惮。他这支骑兵队奉命前往徐州，贾汪这里只是路过，如果眼前这个德国人配合自己，他也犯不着冒着得罪友邦的风险。他对翻译小声嘀咕了几句，翻译说道："盖尔先生，皇军路过贵处，并不是有意滋扰。只是我们行军一天，人马疲惫，想借贵处休整一番，还请盖先生提供些粮草援助。"

日本军官冷眼盯着盖尔，日本士兵的枪仍未放下。

盖尔知道这帮日本人如果没有捞到好处，今天绝不会善罢甘休。他将手枪插

 暗度陈仓

入腰间的枪套,双手张开做了一个欢迎的姿势:"没有问题,我们会给部队提供粮草!"

不用翻译说,日本军官已经看出来盖尔同意了,脸上努力挤出了一丝生硬的笑。

"但是我还有一个要求,这些躲在矿上的百姓都是矿工家属,您不能伤害他们。"

听毕翻译的话,日本军官看了看乌压压的人群,朝盖尔点了点头。

盖尔让耿致远安排当地的百姓向库房方向退去,将门前一块地方腾出来,又让工人将粮食和草料运过来,日本人就地埋锅造饭。

两个小时之后,休整完毕的日本军官同盖尔告别,带着部队朝西南方向扬长而去。

望着远去的部队,盖尔也长舒了口气,这帮强盗总算是没有到矿里杀人放火。

耿致远同样如释重负:"盖老板,我替镇上的老百姓谢谢您!"事发突然,下午耿致远安排无处躲避的百姓就近到矿上藏身,根本来不及向盖尔提前请示。

盖尔看着劫后余生的人群说道:"这些人要么是矿上工人的家属,要么做些商品买卖、运送煤炭的小营生,与煤矿都有着千丝万缕的联系,他们和我们的工人没什么区别!"

"哎?咋回事!咋来了这么多人?"秦建鸥不知从什么地方凑了上来。

耿致远内心一阵冷笑,他知道以秦建鸥的为人,刚才肯定吓得魂飞魄散不知道藏在了哪里,如今见事情平息了才如同菩萨显灵难得现身。

"盖老板,您没事吧?咋还拿上枪了?"秦建鸥继续装模作样故作惊讶。

盖尔并没有理会他,他让耿致远安顿好百姓,自己将双枪卸下径直朝办公室走去。

"盖老板,我帮您拿!"秦建鸥如同牛皮糖一般跟了上去……

盖尔刚到办公室,几个柳泉煤栈的工人就气喘吁吁地跑了进来:"盖老板,不好啦!煤栈被日本人围了!"

茶杯都没来得及端起的盖尔再次全副武装,带着耿致远几人直奔柳泉煤栈。

秦建鸥又适时消失了。

凌晨一点,耿致远忙完了一天的工作,疲惫地走在回家的路上。柳泉煤栈的鬼子一方面要占领煤栈,更觊觎煤栈中的存煤。在盖尔的交涉下,初来乍到的日本人

煊烂

同意保护盟国利益,暂不派兵占领煤栈,但还是勒索了500吨煤炭以供日常所需。

皓月当空,凌晨的风裹着阵阵茉莉花的清香,耿致远只是感觉压抑,日本人的狰狞嘴脸和普通百姓的无助神情一幕幕在眼前浮现,眼下国难当头,需要做的事情有许多,可他感觉自己实际能做的,又太少太少!

不知不觉来到家门外,耿致远悄悄推开院门,回身插门的时候,母亲和衣走了出来。

"致远,咋回来这么晚?"

"妈,不是给您说过留门就成,不要等我吗?"耿致远一半心疼一半埋怨。

"这兵荒马乱的,你不回来我睡不踏实。吃罢饭了吗?"

"和盖老板对付着吃了两个馒头。"

耿致远发现自己房间的油灯亮着,悄声说道:"妈,来人了?"

"洪林在等你,问他啥事也不说,你快进去吧!"

"行了妈,您也赶快睡吧,天不早了。"

耿致远进屋,两个身影站了起来,同赵洪林一起在房间等候的,还有马铭楚。

"怎么是你们两个?"耿致远瞪大了双眼。

"哈哈,现在我和你一样,被发配回来啦。"赵洪林上来就给耿致远一个拥抱。

马铭楚有些拘谨地看着二人。耿致远捶了他一拳:"老同学几天不见就生分了?"耿致远的熟络亲热拉近了他们的距离,马铭楚瞬间放松了。

三人坐下详谈。原来,首期青训班结束后,学员有三个去处,一部分人被安排为第二期青训班的助教,一部分人被选拔进入国民党军队,还有一部分人被安排到徐州各区县,组织民间抗日力量,赵洪林就在这批人当中。

"铭楚哥是贾汪人,之前咱们在徐州都见过。我知道你事情多,一回来就先联系了他。他在家正闲得发慌呢,听说要组织抗日游击队,我俩是一拍即合!"

赵洪林接着小声说道:"致远,刚才和耿叔聊天,知道这一阵儿你在矿上帮着老盖做了不少事。以后干脆带着我们干吧,和我一起回来的人你都熟悉,再加上这一阵子加入的队员,咱们能有将近百把人的队伍了!"

"游击队现在在微山湖一带活动,那边地形复杂便于隐蔽,而且离咱们这儿很近,家里有事也能照应过来,致远你来吧,以后咱们和鬼子真刀真枪地干!"马铭楚也劝说耿致远。

耿致远听得热血澎湃,赵洪林和马铭楚说进了他的心里,可仔细一想,自己还是不能冲动。"洪林,铭楚,我真替你们高兴,只是现在矿上这一摊子事儿,我走不开。刚才回来的路上我还在想，在这样危难时刻，我自己能做的真是太少了。可眼下见过你们，我感觉又不一样了。不单单因为有你们百十个战友，咱们还有贾汪成千上万的矿工和乡亲，如果能团结动员他们和咱们一块抗日，咱们的力量将变得空前强大，这也是宋老师临行前交给我的任务。现在有了你们的配合，我相信一定能办好！"

赵洪林还想再说，却被马铭楚劝住了："洪林，我觉得致远说得有道理。致远他不来游击队，我们有啥困难还是能找到他帮忙。咱们游击队需要补给，需要保障，有致远在，他就是我们最大的保障！"

赵洪林挠挠头，耿致远一直是他的主心骨，从儿时的孩子王到青训班的好兄长，亦师亦友，只要和耿致远一起，他做事就有底气。他也知道耿致远和马铭楚两个人的话都有道理，可是心里还是免不了有些失望。

耿致远微笑着拍了拍洪林的肩膀："洪林，我想好了，今后你们在暗处，我在明处，咱们内外配合，虽然不能每天在一起，但一样是并肩战斗，我相信早晚能将这帮日本鬼子赶出贾汪，赶出中国！"

赵洪林听进了耿致远的话："圣人能看一步远，咱们凡人能看一拃远就不错了，可是致远，你总能看得比我远，想得比我多，我听你的！"

"洪林，你也别谦虚，你可是青训班毕业的高才生，比我们这些没有任何战斗经验的人可强多了！"马铭楚说道。

三人接下来又谈到了游击队的现状。赵洪林说因为队伍刚刚组建，现在大伙的干劲很足，都想干次大的。但也正因为这样让他感觉压力很大，如果这第一仗没打好，将会折损游击队的士气。当前所有人都眼巴巴盼着干点"大事"，打出威名，可越是这个时候，他越觉得需要一个能够沉得住气的人稳住队伍，这也是他希望耿致远能够加入的原因。

耿致远不由得向赵洪林投去欣赏的目光："洪林，你考虑得很对，绝不能打没有准备的仗！队伍刚刚拉起来，队员的实战水平都不咋样，敌人的情况也没有摸清，绝不能只凭着激情蛮干。"他又问二人队伍现在有什么困难，马铭楚说附近的地形和路线他们都很熟悉，游击队已经储备了一部分粮食，分散存储在几个地点。目前队伍活动范围也大致确定，要说最紧缺的还是武器，百余人的队伍，只有东拼西凑的十几杆土枪。

耿致远眼前一亮："洪林，你和矿警队的人还有联系吗？"

"倒是有两个联系的，我听说现在矿警队的人都走得差不多了！"

煊烂

"人倒是走得差不多了,但是枪还在。"耿致远意味深长地看着赵洪林。

"你是说从矿上拿枪?"

"你们不拿,恐怕要被那群胆小怕事的人扔进锅炉了。他们一听说鬼子不准持有武器,就先烧了武装带和大洋刀,现在正不知道咋处置这些枪呢! 洪林,你刚才说得很好,越是这种时候,咱们越得谨慎,这件事咱们还得好好地计划一下。"

耿致远拿出纸笔,三人在灯下凑成一团。

没多久灯油烧尽,三人接着摸黑讨论,越说心头越亮。

不知不觉鸡鸣声起,东边天空泛起鱼肚白。

"现在每个人的任务都明确了吧?"

"哈哈,明白,就这么办!"赵洪林有些兴奋。

"嘘!"耿致远生怕他吵醒睡着的家人,朝他瞪眼。

赵洪林还如同儿时一般,朝他吐了吐舌头小声说道:"时候不早了,咱们分头准备!"

矿警队方队长近来很是郁闷,矿警队能走的都走了,只剩下他带着一帮老弱病残。他也想走,无奈家大业大,老丈人家还是个地主,实在是舍不下贾汪的房屋田产。原来方队长靠着勒索工人、监守自盗等不入流的手段,还能有些不菲的收入。现在矿上一停工,把他的这条财路也给断了。好在如今矿上比外边还安全一些,现在他每日就是喝酒打牌,无所事事,混一天算一天。

"队长,一个人在这儿喝闷酒啊?"赵洪林拎着一袋东西进了矿警队的门。

"洪林,你不是去那个啥青训班了吗?"

"我今天就是来跟您告别的,现在日本人进城了,我回来是为了安顿好家里,明天就准备出发到河南与队伍会合。"

"还是洪林讲究啊,其他人屁都不放就跑了,到底我没看走眼!"

"我可是队长一手培养起来的,别人扭头就走,我可得打个招呼! 这就叫啥? 饮水思源,哈哈!"赵洪林说笑着将手中拎着的烟卷和茶叶放在方队长桌子上,"这些东西现在可是好东西了,外边很多店铺都关门歇业,有钱都没地方买! 我这还是早早给您预备好的。"

"还是你有心。"方队长眉开眼笑。

赵洪林故意上下打量了方队长,迟疑说道:"队长,几天不见,咋瘦了不少!"

"唉,队上人都跑光了,鬼子兵时不时地来找麻烦,我算是为矿上操碎了心。前几天要不是我护着盖老板,他就被鬼子抓了。"方队长装腔作势地自我吹嘘。

赵洪林心中暗暗发笑:"怪不得把您累成这样,那今晚凑这个机会,我给您补补油水。"

"别价洪林,你能有这份心我就满意了。"

"那哪儿成,今日一别不知何时才能再见,必须得一醉方休!把兄弟们都叫上。"

赵洪林约好了方队长,随即出门准备。看门的老王在矿上的荒地上种了一片瓜,还在旁边搭建了一个小小的瓜棚。现在镇上的饭店都不敢开门营业,洪林就将吃饭的地方定在老王头的瓜棚里。为了这顿饭,他还把自己家养的两只公鸡给杀了。用洪林的话说,这些东西进了中国人的肚子,总比被日本人抢去好。赵洪林拜托老王下厨,方队长又叫上两个人给老王打下手,不到六点,酒菜已经备好。

方队长带着七八个人如约而至:"队长,怎么就这几个兄弟?"

"现在队上不比从前了。"

"没留人看家?"

"看啥家?我那儿又没有金银财宝,今天在的全在这里了,其他没来的是他们没口福。"

赵洪林心中暗喜,矿警队没人,耿致远又少了个麻烦。

八点刚过,韩天民、耿彭城二人赶着两辆驴车来到矿上的大门前。

轻叩两声之后,耿致远从门后探出了头,打开门径直向矿警队所在方向走去。

天气闷热,三人一路并没有交谈,只能听到车轮的滚动声和驴子粗重的喘息声。道路两旁的梧桐树枝繁叶茂,洒下一地阴凉,树上的鸣蝉吱吱叫个不停,让人烦闷焦躁。

矿警队是一排四间相连的红砖瓦房,按照赵洪林所说,存放武器的房间在左手最里面,有一道上了锁的铁门。韩天民和耿彭城拿出提前准备好的工具撬开了门,三人即使早有准备,但当看到房间内的景象,还是忍不住惊叹:"乖乖,还真不少啊!"近百支乌黑锃亮的中正式步枪整齐地摆放在枪架上,底下还有五六箱弹药。

"这可比我们青训班装备好多了!别发呆了,抓紧搬吧!"耿致远催促二人道,自己扛起一箱弹药就麻利地走出了库房。十几分钟之后,库房被搬空,一辆驴车的车厢装满了一半。

按照计划,三人将车装好后并没有直接走出矿区,而是驱车赶到了一号矿井

煊烂

口,那边堆着从井下换下来的废弃窑木。为了掩人耳目,耿致远将两辆驴车堆满了窑木,最后用绳子结结实实地捆了起来。

忙完这些,三双眼睛两两对视片刻,不由笑了起来。原来,他们的身上脸上都被窑木的煤灰涂满,如同刚下班走出井下的工人,只露出两只忽闪的眼睛。

"这下好了,我们走到暗处都看不见人了。"耿彭城说道。

事情办成了一半,耿致远的心情大为轻松。这回去的路和来时一样,只是此时的梧桐树在他的眼里可爱了许多。一阵凉风吹过,树叶迎风飒飒作响,耿致远手扶车尾向前走,闭上眼睛享受着夏夜的舒适。

"站住!干啥的?"黑暗中响起一声吼叫,打断了耿致远片刻的游离。迎面不知从哪里突然冒出四五个人,拦住了驴车。韩天民和耿彭城猛地拉住缰绳,引得驴子一阵骚动,二人也被来人惊出一身冷汗。耿致远长吁一口气朝那几个人走过去,路过耿彭城和韩天民时候,悄悄拍了拍他们的背,示意两人镇定。

耿致远边走边琢磨这些人的身份,矿警队的人都在喝酒,矿上已经停产,按说不该有外人才对。直到离对方还有两三米的距离,才看清喊话人是秦建鸥。

"原来是秦经理啊!这么晚您从哪里来?"

秦建鸥见来人认识自己,黑灯瞎火的自己看不清楚来人模样,就听着声音格外耳熟,疑惑问道:"你是谁?"

"我是耿致远啊,秦经理,连我的声音您都听不出了?"

"致远?还真是你,咋弄成这个样子?"

"嗨,别提了!前些天日本人轰炸,我家里的院墙被震倒了一片,老娘几天前就叫我修,我都没时间。今天回家后实在是被她唠叨得没办法,只好约上两个朋友拉点废弃的窑木回去,我准备先扎个篱笆。"

废弃的窑木对于矿上来说并没有利用的价值,附近的村民经常捡回去烧柴,偶尔有些稍微好些的,也能作为木料使用,矿上也默许这样的做法。

"原来是这样,你看你这一身跟小鬼一样,要不是我们人多,还真被你吓一跳。"秦建鸥相信了耿致远的话。

"秦经理,您这从哪里来,现在外边可不太平,还是少出去为妙。"

"鬼子还在柳泉呢,我们下午出去商量贾汪自治会的事情,刚刚回来。"

"盖老板没和你们一起?"

"他还在后面呢!"

"这么晚你们几位还不能休息,真是辛苦了。我就不打搅你们啦,老娘还等着我回去干活呢！"耿致远连忙和秦建鸥几人道别。听了耿致远的话，韩天民和耿彭城也如释重负，催驴就走，驴车吱呀吱呀地从秦建鸥身边驶过。

三人一边走一边庆幸有惊无险，可还没走出去十米远，又被秦建鸥叫住："等等！"

"秦经理，您还有什么吩咐？"

秦建鸥走到耿致远面前，凑近盯着他的眼睛，煞有介事地说道："致远啊，把木头给我卸下来，我要看看你拉的到底是什么东西！"原来，驴车轮子的吱呀声引起了秦建鸥的疑惑，车上似乎装着很重的东西。也难怪秦建鸥疑惑，一支中正步枪有七八斤重，一百支就是七八百斤。那六箱弹药也很沉，虽然分别装在两辆车里，可加上窑木，每辆车货物的重量都有一千多斤。

"秦经理，这么热的天我们好不容易才把这两车窑木装好捆好，您叫我给卸下来？"

秦建鸥说是心里疑惑，实际上他就是想难为下耿致远。想当初还是他把耿致远举荐给了老盖，谁承想这小子和老盖的关系走得比他还要亲近。这些日子下来，耿致远不仅没给他带来任何好处，还和老盖联起手来对付他。虽说平时表面上客客气气，但秦建鸥感觉和耿致远之间已经有了一条无法跨越的鸿沟。

"你得理解我，最近矿上停工，这矿上公产的保护要比平时更加严格。"秦建鸥话虽说得平心静气，心底却笑开了花：我就是折腾你，你能把我怎么样？接着他又说道："致远，我这是公事公办，并不是针对你个人。"秦建鸥身后的两个人可没和耿致远客气："让你卸你就卸！"

耿彭城和韩天民走了上来，他们两人将手悄悄伸至腰间，那里还别着刚才撬锁的工具。"大晚上又装又卸的折腾人玩儿啊！要卸也行，我们不要了，等会儿给你堆屋里去！"韩天民嚷道，他们已经准备好了，只要耿致远一声令下，就要这秦建鸥几人脑袋开花。

耿致远摊开手，也拦住了韩天民两人："秦经理，您这就难为我了。拉这些废弃窑木，盖老板也是知道的。再说了，我们好不容易装好的车，这一卸一装得个把小时，您就给通融下吧。"

秦建鸥自信耿致远他们不敢将他怎样，依然缠住不放："今天说什么都没用，要想拉走这些木头，就得卸下来叫我检查！"

耿致远脸色一沉，耿彭城和韩天民也做好了出手的准备。空气突然凝固起来，听得到树叶的沙沙声，知了的叫声显得格外刺耳。

煊烂

一个声音突然响起:"让他们走吧!"盖尔不知道什么时候,已经站在了众人面前:"秦经理,致远拉窑木的事情是得到我的同意的,你有什么问题吗?"

"可是……"秦建鸥还想再争辩。

"秦经理,有守着废弃窑木的工夫,不如去柳泉煤栈看着我们的煤炭,日本人又来讨煤了!"盖尔打断了秦建鸥的话头,接着对耿致远说,"致远,你回去抓紧安排好家里的事情,明天中午跟我去柳泉。"

耿致远看了一眼盖尔,心中对盖尔是既感激又疑惑,为什么这个德国人这么祖护自己,甚至连自己瞎编的理由也帮着圆谎。他来不及深思,朝盖尔点头说道:"好的,盖老板,我安顿好家里明天就来和您会合!"

三人赶着驴车出了矿门一路向西,大概走了两公里地,前面是一片小树林。

"是盖老爷的人吗?"声音从树林里传出,却看不到人。

韩天民回应道:"盖老爷家的管家老韩,给他女婿赵家送柴。"

暗号对上了。

树林中冲出二三十人,为首的正是马铭楚。他高兴地握住耿致远的手:"可把你们等来了,我一直担心出什么意外!"

"柴都在车上了,还有百十根不错的,能当木料用。"耿致远平静说道。

马铭楚眼睛瞪得滚圆:"这都能盖房子了,你小子这下帮了大忙!"

"还有六箱弹药。"耿致远仍旧面无表情。

马铭楚激动地对着耿致远的胸前就擂了一拳:"最烦你这沉得住气的样儿!"

他知道这两辆驴车的分量,一百余支枪,六箱弹药,有了这些武器的补充,已经让赵洪林和他的游击队成为附近最强的抗日武装力量。随即他的神情又凝重起来,这些东西太宝贵了,他得抓紧把这些武器转移到安全的地方去。

几名游击队员走上来,从韩天民和耿彭城手中接过驴车。马铭楚朝耿致远三人点头告别:"赵老爷家里催得紧,我立马要出发。告辞了! 我忙完这阵儿找你们喝酒!"

马铭楚说完转身就走,带着队伍很快就消失在夜色之中。

战争催人成长,马铭楚已经很快完成了由一名学生向一名军人的转变。

午夜的大泉村。

耿家的院门被悄悄推开,一个身影闪进了院子,插上院门后熟门熟路地走进耿致远房间。

"忙完了?"耿致远坐在书桌前,静候着来人。

"和我们计划的一样,方队长那群人全喝倒了,我和老王扶着他们回矿警队睡大觉去了。你那边收获咋样?"赵洪林自己的酒瓶里掺了水,现在清醒得很,有些急切地看着耿致远。

耿致远将晚上的情况讲述了一遍,赵洪林的激动不亚于马铭楚:"有了这些武器,就能和小鬼子真刀真枪地干了!"

稍作停顿,赵洪林神色凝重:"致远,我加入游击队的事情,除了你我还没有跟任何人讲,包括我家里人,一来怕他们担心,二来怕被小鬼子报复,明天我跟他们说要去找从前的部队去,以后我肯定不能经常回来了,我家里还得劳烦你和其他兄弟多多照应些。"

"小鬼子现在已经占了柳泉,我估摸咱们这儿也没有几天太平日子了。你放心,你爸妈就是我的爸妈。只要有我一口吃的,就不会饿着他们。"看到洪林突然说得这么郑重,耿致远的内心也沉甸甸的,房间里的气氛变得有些伤感。这个从小跟在自己身后的伙伴,一起在矿上工作的同事,一起加入青训班的同学,以后要独当一面了。

当方队长一群人酒醒,已经是第二天的上午。

枪没了。看着耷拉的门锁、空空的库房,方队长不知道是该高兴还是慌乱。这些枪支弹药一直是他挥之不去的困扰,他一直担心日本人发现这些武器,他的小命不保。如今枪丢了,按说他应该释然才对,可他又开始担心起自己如何交差。他揉了揉惺忪的眼睛,最后终于拿定了主意,还是命重要,至于矿上的反应,随便吧!

事情出人意料,听了方队长低声下气的报告,秦建鸥暴跳如雷,盖尔却出人意料地平静。方队长回到矿警队之后仍有些恍惚,也许是因为昨天的酒喝了太多,弄得他头脑昏沉没有领会盖尔的深意。但不管怎样,丢枪的事情就这样莫名其妙地结束了,矿上没有追究他的责任,也没有要求赔偿,甚至连调查也没有。

他只记得德国人那标志性的蓝色眼睛在他身上逗留一阵之后,只说了一个字便挥手打发他离开了。

"哦!"

  煊烂

26 毁路保矿

日本人占领柳泉之后，贪婪的本性暴露无遗，对贾汪煤矿提出的苛刻要求越来越多。一开始要矿上供应茶水，而后逐渐演变成一切日常用度所需物品皆由矿上供给，再后来便要求矿上供应煤炭。鬼子到煤栈要煤，矿工稍有不从便辱骂殴打，死伤之事时有发生。

5月下旬，为应对驻柳泉日军对贾汪煤矿的侵扰，德国人盖尔牵头成立了贾汪镇自治会，一方面是与日军接触，协调处理日军的种种无理要求；另一方面也保证贾汪矿工百姓的安全和正常生活。

盖尔更忙了，如同救火队员一般每天东奔西走，不得清闲，可效果却越来越有限。眼看柳泉煤栈的存煤日渐减少，而日军欲壑难填，盖尔到柳泉日军驻地交涉，拿回来的却是日军手写的白条，上面写着取煤若干，既无印鉴，也没有提及煤款偿付，显然只是应付了事。不仅如此，若稍有懈怠，便遭日本人报复。

这天下午，自治会正在开会。盖尔、秦建鸥等人商量煤矿下一步的工作。

"日本人三番五次前来要煤，照这个速度，我们煤栈的那点儿存量，也支撑不了多久。日本人来之前，煤栈存煤大概一万五千吨，现在还有四千多吨。这次日本人开口就是八百吨。"柳泉煤栈的负责人汇报。

"能不能先拖一拖？"盖尔问道。

"盖老板，俺们拖不起啊，日本人带着枪开着车，进煤栈比进自己家门还气盛。心情好了扔给俺们一张白条，心情不好就直接拿枪逼着俺们装车。装得慢一点儿就得挨揍，已经打伤好几个人了。"

"这和土匪强盗有啥不一样！下次再来要，咱们都去，看这帮杂碎还能把咱们全杀了？盖老板，您拿个主意，咱们跟你干！"自治会中也不乏性情刚烈之人。

盖尔陷入沉思。他的任务就是凭借德国人的身份保护矿上的资产，日本人这次索要煤炭的通知三天前就到他这里了，他一直拖着没有办。他相信以他一名德国商人的身份，日本人不会对他轻易下手，可他也意识到，日本人对矿上情况了解越多，对他德国人身份的忌惮就越少。

秦建鸥一阵嗤笑，他已经借着给日本人采买生活用品的名义和日军有了接触，矿上"换旗保矿"的实情,大都是从他这里透露出去的,"我说诸位,都啥时候了,现在咱们是寄人篱下,别想着拖延了事,跟我对接的齐藤弼州先生说了,让咱们可别敬酒不吃吃罚酒!"

"那也不能要啥给啥!现在全国抗日热情高涨,我们虽然在敌占区,但要是被扣上投敌卖国的汉奸名号,会被口水淹死的。况且,周边活跃的游击队也不答应啊。"

盖尔刚要开口说话,"咣当"一声,一个人推门闯了进来。大家定睛一看,是青山泉站的站长老邢。青山泉站是贾汪到柳泉煤栈铁路上的一个站点。

老邢脸色煞白,喘着气说道:"不,不好,日本人在站里杀人了!"

盖尔腾地站了起来,急忙问道:"你们没有说明身份?"为了确保矿工的人身安全,自治会给每位矿工颁发了通行证,佩戴在胸口的显著位置,以保证在日军的封锁下自由往来。

"大家都戴着通行证,日……日本人说车站有游击队活动,冲进来不由分说就开了枪!我……我是躲在车站的下水道里才保住了性……性命的。"站长老邢说话时仍然心有余悸。

大家一通安慰后,老邢才能把话说完整:"大伙见日本人开枪,举着通行证朝他们喊,俺们是贾汪矿的工人!可日本兵根本不理睬,见人就杀。等他们离开后我跑出去看了,日本兵怕人没死透,每个倒地的人胸口都补了刺刀,站里的路工、闸夫、电话员全死了!"

会场鸦雀无声。一开始,大家以为有老盖在,起码性命无忧,现在青山泉站的遭遇,让他们人人自危起来。

盖尔马上安排人员到车站善后,要求将停在站内的火车开往贾汪,又冲一旁做记录的耿致远说道:"致远,你跟我去柳泉。"

日军柳泉驻点。

盖尔如愿见到了日军的指挥官。盖尔气愤地将日军士兵杀害矿工的情况讲述了一遍,又痛斥了日军不遵守与自治会达成的协议,滥杀佩戴通行证的矿工的行径。直说得吐沫横飞,中文、德语、英语混作一团,一双蓝色眼睛瞪得滚圆。胖胖的日本军官一言不发,待盖尔讲完,才慢条斯理地说,对于这件事他感到遗憾,但如果矿方不能满足日军提出的要求,他不能保证这样的情况不再发生。盖尔气急,说要以书面形式向驻扎徐州的日军司令部提出严正交涉。日本军官耸耸肩、撇撇嘴,一副悉听尊便的戏谑表情。

煊烂

回矿时已近黄昏。盖尔看着被夕阳映红的天空,慢慢地对同行的耿致远说:"致远,我可能要离开了……"他第一次有了一种智穷力竭的感觉。

"盖老板,您为贾汪已经做了很多。我们感谢您!"耿致远也是第一次从盖尔的话语中听出失望和无奈。看着这位老人布满血丝的双眼,耿致远眼前浮现出盖尔来到贾汪之后的一幕幕——他走遍矿场井上井下里里外外了解煤矿情况和贾汪当地的风土人情;他拎着石灰桶涂撒防空标志,看到日军空袭绕开了煤矿兴奋得如同孩子般的笑脸;他拎着双枪直面日军,魁梧的样子像极了《三国演义》中长坂桥上手握丈八蛇矛喝退曹军的张翼德……

"盖老板,我能请教您一个问题吗?"

盖尔的目光从远处收回,等待着身边这个年轻人发问。

"您知道矿警队的枪是我拿的吧?"

盖尔点了点头。

耿致远的驴车拉走了两车木头,第二天矿警队的枪支就丢了。在后来召开的煤矿领导会议上,甚至连秦建鸥也表明了对耿致远的怀疑。但耿致远后来听说盖尔在这件事上力排众议表明了态度,认为丢枪的事情是游击队所为,要求煤矿保持中立立场,以不要在日本人和游击队之间得罪任何一方为由,彻底终止了对此事的调查。

"您为什么要包庇我呢?这不符合您的性格。"

"致远,虽然你可能隐藏了真实身份,但你藏不住对家乡的感情和对民族的热爱。这些武器锁在仓库里,只是账面的资产,只有交到真正的中国人手里,才是枪!我相信,你就是那位真正的中国人!"

"盖老板,我替所有中国人谢谢您!"耿致远停住脚步,朝着盖尔深鞠一躬。

盖尔拍了拍他的肩膀:"你不用陪我到矿上了,我自己回去就行。"接着他转身向煤矿走去,夕阳余晖将盖尔的身影拉得很长很长,踉跄的步履中透出他内心的无奈与沉重。

耿致远目送盖尔离开,自己快速朝镇上走去,他今晚还有一件大事要做。

耿致远来到镇上萧三打理的杂货铺,踏进店门,萧三站了起来。

"三哥,大家都到了?"

"全在后面呢,就等你了。"萧三待耿致远进门,随即搬了个小凳子守在门外放哨。杂货铺老板已经回老家,留下萧三照看店铺。虽然生意大不如前,但百姓还要

毁路保矿

过日子，多多少少还有些收入。杂货铺除了临街一个门面，背面还有一个后门通向北侧的小巷，因此耿致远便将此处作为一个联络点。

后面的小房间内，韩天民、耿彭城、马铭楚几人已经坐定。

"人都安排好了?"耿致远问。

"全都安排好了，队伍凌晨一点之前到。"马铭楚回答。

"牲口准备得咋样了?"

"俺们找了八头黄牛、六匹马。虽然离目标还有点差距，但现在的情况下已经是极限了。"耿彭城说道。

耿致远点点头，一旁的韩天民不待他问，直接说道："工具绳索也都准备好了，俺们发动进步工友，一听说干这事，大家的热情高得很!"

耿致远很满意，这件事他和游击队策划了很久。日本人一再催促恢复煤炭生产，可无论是矿上还是工人，对这件事都很抵触。日本人要的煤炭越多，矿上的损失就越大，可如今贾汪矿再不进行生产，恐怕生存都难以保障。工人们更不愿意做亡国奴，河北开滦、山西大同、山东中兴这些大矿在日本人的统治下，工人们水深火热的遭遇他们都有所耳闻。而挖自己的煤炭帮助日本人侵略中国，和汉奸有什么区别? 矿工们自然不愿意恢复生产。

综合各个方面的因素，耿致远想出了一个办法。利用游击队和矿工组织的力量，切断贾汪矿到柳泉煤栈的铁路线，延误煤矿生产。他计划挖断铁路，这样即使能够修复，也是几个月之后的事情了。

贾汪至柳泉铁路的六公里处，孤零零地停着一列拉煤的火车。自从矿上停工，这列火车就停在这里，偶尔会有几个工人来进行例行维护。因为铁道两旁长着高大粗壮的杨树，春夏季节，杨树繁茂的枝叶将铁路遮挡得严严实实。也正因为有了这些杨树的遮蔽，铁路才得以躲过日军的轰炸，这列火车才幸免于难。贾汪至柳泉的这条线上，像这样停放的火车还有三列。

夜里十二点，十来个人牵着牲口出现在火车旁，为首的正是耿彭城。为了找到这些牲口他可颇下了一番功夫，附近的三四个村子，有牲口的人家掰着手指头都能数过来，他发动工友的力量，几乎把周边有牲口的人家借了个遍，矿上的几匹马也被他以拉货的名义提前牵了出来。为便于隐蔽，不招人怀疑，耿彭城还找了一个离铁路不远的废弃粮仓，将牲口集中安置在那里，备足草料安排专人照看。

待耿彭城一群人走近，铁路两侧，悄无声息地冒出几十个人头，虽然早有准备，还是把耿彭城一行人吓了一跳，如果不是夜色浓重，这么多人突然现身没准把牲口也给惊着了。不过,这事也正好说明这些日子,赵洪林和马铭楚没有闲着,游击队员的纪律性和战斗素养已经得到了很大提升。

两群人会合后没有任何言语,套马的套马,分工具的分工具。道钉撬、撬棍、洋镐等人手一把,很快就将车头前三百余米长的道钉拆了个干净。

耿致远和赵洪林人手一把铁锹,在杨树林里挖出了一个近两米深的大坑。游击队员们将道钉集中起来,放置在大坑旁。其他人一鼓作气,几十个人分成两组,将铁轨抬起,丢在铁路一侧的河里。

坑挖好了,耿致远拿出一块防水布,小心翼翼地铺在坑内。

"这些东西可不能糟蹋了,等赶走了日本人,咱再把这些道钉挖出来!"

"那你可要记牢位置,可别到时候再抓瞎。"赵洪林打趣道。

二人埋上了道钉,耿致远又从附近弄了些枯枝落叶盖在新土之上。耿致远做好伪装,似乎仍不放心,四下张望,他要记牢这块坑的位置。

赵洪林笑着说:"放心好了,这片地方平时没人来,要不了三天,风吹雨淋就和其他地方一模一样。"

耿致远却不声不响,拿着铁锹走到坑正前方二十米一棵大树旁,"啪啪"两下,铲出两道豁口,这才满意地拍了拍手。

赵洪林走近耿致远,拍了一下耿致远的肩膀:"安心了吧,走,去看看铁轨咋样了。"

按照他们的计划,除了毁坏铁路,还计划将火车头给掀翻,可赵洪林见只有这么几头牲口,不由得在心里打鼓:"致远,道钉拆了,枕木埋了,这火车头可有近百吨,咱们只有那几头牲口咋能拉得倒?"

"这些牲口够了,我来安排。"耿致远胸有成竹。

火车头前还留了两节铁轨,这会儿大伙已经完成了其他任务,此刻都围在车头前。

耿彭城已经登上了车头,将车头与车厢的接口打开,几头牛马牲口已经用铁链和车头牢牢连在了一起。

"不是推翻车头吗?这咋还向前拉呢?"赵洪林心中不解。

耿致远安排人将车头一侧的铁轨用枕木逐渐抬高,又安排人手将另一侧枕木下的石块掏空,这样平齐的铁轨就形成了越来越大的高低落差。

接着耿致远手持白布站在众人前面,挥动白布指挥大家一起发力。耿彭城等人扬鞭催动牛马向前拉,游击队员在车头两侧用手向前推进。

一下、两下、三下……伴随着耿致远挥动白布的节奏，近百吨重的车头"吱吱嘎嘎"动了起来。

五米、十米、二十米……火车头随着移动有了惯性，队员们似乎并没有怎么费劲，车移动的速度越来越快，也越来越向一侧倾斜。

向前移动了三十米左右，耿致远示意停止，然后围着火车转了一圈，看看车头倾斜的角度，满意地点了点头。

他叫耿彭城安排人解下拴着牲口的绳索，重新系在车头较低的一侧。

其他人则来到铁轨较高的一侧，有工具的用工具，没有工具的用手推，所有人一起发力，摇晃了几次之后，近百吨的庞然大物，轰然倒地。

人群发出一阵欢呼，晚上的任务顺利完成了！

赵洪林走到耿致远身边，言语间有些掩饰不住的兴奋和紧张："走，明天杂货铺见！"他的队伍分成了三组，一组由他指挥配合耿致远，其他两组分别由马铭楚和另外一个队员指挥，负责另外两个地点的铁路破坏。虽然其他两组只要拆除和掩埋道钉铁轨，任务要简单许多，可现在他还没收到他们的消息，因此虽然高兴，却仍然忐忑不安。完成任务重要，保存力量同样重要。

耿致远很理解赵洪林，拍了拍赵洪林的肩膀，将手中的白布挥舞两圈，所有人看到信号，还跟来时一样分组行动起来，牵牲口，收拢绳索工具，分组撤退。

不到十分钟，杨树林重新归入沉寂。

第二天一大早，耿致远便敲响了萧三的店门。

萧三揉着惺忪的睡眼打开门，见来人是耿致远，急切问道："事情咋样啦？"

耿致远眉头微皱，大声回道："嫂子说了，吃了你拿的药，头疼病好多了！让你不用惦记。"

萧三这才察觉不妥，连忙嬉笑着小声说道："进来说，进来说！"

耿致远这次行动并没有瞒着萧三，一来需要他这里作为联络点与赵洪林接触，汪清茶社虽然也空着，可营业还需要人手，况且现在这种兵荒马乱的时候，茶社的生意清淡，来人也容易招人耳目；二来通过这些日子的接触，耿致远等人觉得萧三虽然有各种各样的小毛病，可本质上是好的。他虽然胆小怕事，却也知恩图报，已经把自己视作大泉村的一分子，也视耿致远几个人为自己的亲兄弟，谁家里有什么需要帮忙的事情，萧三听说了总会默默地出一份力。前些日子知道韩天民不在家，他父亲身体突然不舒服，萧三背着韩老爷子跑了三里地，到邻村的大夫家里去看

256　　　　　　　　煊烂

病。萧三早就察觉耿致远等人身份的不同，但耿致远他们不说，他也不主动问。他很珍惜和耿致远他们的情谊，用他的话说，他萧三活了半辈子，到了大泉村才算是活出点人味儿。

没过多久，杂货铺进来两个背着篓子的农民打扮的人，正是赵洪林和马铭楚。

二人进屋后，赵洪林冲萧三喊道："掌柜的，给装上二斤粗盐，再来两大包洋火！"这次来一方面与耿致远接头，另一方面也是为游击队采购物资。

"好嘞，您二位里面歇着，我马上给您备货！"

二人进了后屋，见到焦急等待的耿致远。

马铭楚兴奋地告诉他，三个组的行动都很顺利，算上耿致远带领的这组，三个组共计破坏铁路近两公里，推倒火车头一台。铁路破坏得很彻底，不仅掩埋了铁轨道钉，有的地方连路基也进行了破坏，估计没有一两个月时间，根本不可能修复。游击队已经安全撤离，这也是队伍成立后进行的第一次大的行动，没费一刀一枪，也没有任何伤亡，对于队伍的士气而言是个巨大的鼓舞。

说完了行动，赵洪林问："盖尔那边有啥新动静？"

"他已经知道矿警队的枪，是被我们拿走的。"

"啥？那咋办呀？"赵洪林有些紧张地看着耿致远。

"放心吧，盖尔对咱们抗日是支持的。其实第二天他就知道了丢枪的事情，不过还是悄无声息地帮助咱们遮掩了下来。昨天日军袭击青山泉车站的事情，我看对他打击挺大的。他带着我去日本人那里交涉，可那些日本人根本不买他的账。"

"一个洋人，能做到现在这样已经很不容易了。"赵洪林说道，"最近盘踞在柳泉的鬼子加强了对周边地区的控制，还组建了伪军，借着'围剿'抗日武装的名义烧杀抢掠。致远，我估计大泉村也安生不了多少日子了，你们要提前做好准备才行。"

马铭楚插话："要说伪军才气人，那些狗日的平日里就是些游手好闲的流氓，现在有了靠山，比日本人还坏！谁家有钱就领着日本人去谁家抢，谁家有漂亮闺女就去祸害，真是啥坏事都做尽，丧尽天良！"

"你们俩不是说游击队下一个阶段的任务还没想好吗？我看就可以做这件事，收拾收拾这些狗日的伪军。另外也把游击队的威名打出去！"

"我也想这么干，就是怕容易暴露，还得瞅准机会才行。"

耿致远点头说道："洪林说得对，我看你们回去先摸一摸伪军的情况，挑个最恶最坏的，咱们再想个点子收拾他。另外，你俩今后也要注意自身的安全，这种接头的事情你们俩不能同时出现。"

三人又说了一会儿话,忽然听到萧三在外面喊:"客官,盐和火柴都给二位准备好了!"

耿致远与赵洪林两人交换了下眼神:"我从后门走,你俩一定注意安全!"

赵洪林和马铭楚走出房门,背上萧三备好货的篓子,刚要出门,一个日本兵带着两个伪军走了进来。

赵洪林和马铭楚连忙低头闪到一边让开通道,三人扫视了他们一眼。一个伪军冲着萧三嚷道:"给皇军准备两刀红纸、两刀白纸、五斤绿豆烧!"

"得嘞,几位长官少安毋躁,马上就好!"萧三麻利地拿货,一边拿一边冲赵洪林二人喊道,"您二位慢走,欢迎常来啊!"

赵洪林趁机就要离开,一个高个儿伪军喊道:"慢着!"

他向日本兵低声嘀咕了几句,来到赵洪林两人面前,上上下下打量了一番后,瞪大眼睛问道:"你俩是干啥的?"

"俺俩是矿工,就咱大泉村人。"赵洪林说着从内兜里拿出了通行证,马铭楚也拿了出来,这些证件还是耿致远提前给他们办好的。

高个子仔细看了两人的证件,并没有发现什么异常。

"都把手伸出来!"

赵洪林二人照办。

高个儿一把抓起马铭楚的手,另一只手掏出手枪指着马铭楚的头:"你不老实!"旁边一个伪军见状随即冲上来端着枪对准了赵洪林。

事发突然,马铭楚心中吃惊,难道自己的身份被识破了?他一再告诉自己要镇定:"大哥,这是为啥?"马铭楚瞪大了眼。

"为啥,你这细皮嫩肉的手,是挖矿的?"

马铭楚这才明白原因,随即装出一副哭相:"大哥,俺真是矿上的,俺本来在徐州上学,没出过力。这不书不能念了只能回家当矿工。"

"谁给你证明?"

"秦建鸥!"贾汪镇上的人几乎都和煤矿有关系,也都知道秦建鸥,高个儿伪军也是贾汪人,对马铭楚的回答不以为然,继续问道:"你在井下是干啥工种?"

"俺是验收工,当时俺多为了让俺少受罪,专门带着俺去求的秦建鸥,就因为这还送了他两条烟。"

马铭楚说得合情合理,高个子伪军眼睛滴溜溜转了几圈,手中的枪缓缓落了下来,脸带微笑说道:"小子,现在八路和游击队在咱这儿活动,只能例行公事,恁别害

煊烂

怕。说来我也在矿上做过，是采煤工，那可是个辛苦活。"

马铭楚不知道他葫芦里卖的什么药，怯怯说道："大……大哥，咱们还做过同行，您可别把俺当八路抓了。"

"小兄弟，别怕，逗你玩儿呢！你这年纪就干这个真难为你了，又脏又累不说，还有很多老鼠。工人们是最烦老鼠的，我一天最多打死过十三只，想必你也见过很多吧？"

听到此处赵洪林的双目闪过一道凛冽的凶光，心想：好个阴毒的家伙！原来还有这一手损招！

他偷偷瞄向端枪指着自己的伪军，已经做好了动手的准备。

"大哥，你这话说得就不对了。老鼠是咱们矿工的福星啊，喜欢着呢，哪里舍得打呢？"

马铭楚此言一出，赵洪林心里长舒一口气。

高个子伪军也没了脾气，翻看了下他篓子里的东西，朝着马铭楚的屁股踢了一脚吼道："快滚！"

原来，"老鼠过街，人人喊打"只适用于地上，并不适用于地下。在矿井里，矿工们视老鼠为神明，是平安吉祥的象征。旧时工人哪怕吃糠咽菜填不饱肚子，在井下碰到老鼠也会分一点餐食给它们吃。为什么对老鼠如此厚爱？因为老鼠和人一样，害怕井下的瓦斯、沼气等有害气体，只有在那些没有毒气的地方，才有老鼠出没。矿工们见到老鼠就会有一种安全感，看不到老鼠上蹿下跳，反而会心里不踏实，所以矿工们最忌讳老鼠搬家，认为这是危险事故的前兆。祖祖辈辈在井下的矿工，总结出老鼠的活动规律，代代相传，就有了矿井中不得伤害老鼠的定规。高个子伪军显然对矿井的禁忌有所了解，设下了前面的那个圈套。

"铭楚，你又没下过井，怎么会知道这些？"赵洪林问道，"你知道吗？刚才那个二狗子诈你的时候，我已经做好跟他们干的准备了！不过确实他们人多，我根本没有胜算。"赵洪林回想刚才的情景，还心有余悸。

"我没下过井，可咱们游击队员中有很多下过井的矿工啊！这阵子我和他们吃在一起练在一起，经常听到他们聊井下的事。要不然，还真中了这狗东西的圈套！"

27 怠工罢产

如德国人盖尔预料的一样,日本人逐渐摸清了他的底细,始作俑者就是秦建鸥。

秦建鸥自诩看透了所谓形势,这煤矿早晚是日本人的,因此借着为日本人提供生活用品的机会,同一个负责军需的军官打得火热。他想着攀上了这层关系,今后自个儿的生路就有了保障。日本人摸不清矿上的具体情况,也想通过秦建鸥了解德国人盖尔的真实身份和煤矿的隶属关系,因此也有拉拢秦建鸥之意,对他格外客气。几次接触下来,秦建鸥自恃这层特殊关系,进日本军营如同进自己家门,鬼子吩咐的事情无不办得妥妥帖帖,当然盖尔的底细也交代得清清楚楚。

这样一来,日本人便有恃无恐。

1938 年 10 月 24 日,两百余名日军全副武装,由一辆战车开路,乘坐二十四辆卡车占领了贾汪煤矿。日本人扣留了盖尔,日本人齐藤弥州随即召集全体职工训话,宣布"贾汪煤矿"更名为"柳泉炭矿",由他本人担任矿长,秦建鸥任总务长,并宣布命令:矿场内的一切物资、账册均属柳泉炭矿;每名职工发放印有煤矿名称的袖章证明身份;即日起复工采煤,每天将生产的煤炭运往柳泉,供日军使用;采矿、机电等重要生产部门,均由日方直接派人管理。训话持续了近两个小时,最后齐藤弥州一声令下,矿工们在日寇刺刀的威逼下开始复工。

贾汪煤矿自此沦入日军之手。

盖尔被扣留后,耿致远向秦建鸥申请到矿下采煤。秦建鸥本就对耿致远看不顺眼,认为他和德国人走得太近,对自己的"知遇之恩"不仅没有"涌泉相报",反而有落井下石的嫌疑。秦建鸥早就想把耿致远这个眼中钉弄走,如今他竟然很识时务地主动提出来,连表面的客套都没有,直接应允。

夜深了,耿致远背着工具包来到矿上,包里装着两个馒头、一盆炖土豆、一杯水。他刚刚下班不久,回家之后顾不上吃饭,先端着母亲准备的饭菜给盖尔送了过去。盖尔被关在矿警队的一间偏房内,由于他德国商人的身份,倒是没受什么皮肉之苦,但是饿得厉害。如今日本人掌权,秦建鸥重新得势,盖尔似乎被管理层遗忘,有时候一天也吃不上一顿饭。鬼子记仇,他们对盖尔的不合作怀恨在心,故意不给

煊烂

吃喝,要好好给他一个教训。可工人们心里是清楚的,对盖尔也是感激的。耿致远没费什么力气便说通了矿警队负责看押的一个矿警,由他每天晚上给盖尔送一顿饭。

看到耿致远来了,看押的矿警朝他点了点头,伸了个懒腰,转身就向厕所的方向走去。这些日子,他们之间已经形成了默契。

耿致远来到门前轻咳两声,盖尔的面孔出现在门上的窗口。他头发凌乱,面容憔悴,可眼神依旧犀利。

"盖老板,饿坏了吧?不好意思,今天收工晚了一些。"耿致远将饭菜通过窗户递了进去。

"我没事,倒是辛苦了你。"盖尔先喝了一口水,接着抓紧时间狼吞虎咽地扒拉饭菜——德国人的严谨和优雅在饥饿面前也被暂抛脑后。

"这些日子多亏你的照应,不然说不定我已经饿死了。对了,明天你不用过来了。"

"为啥?"耿致远有些奇怪。

"今天礼和洋行派人过来同日本人交涉了,虽然依旧不能收回矿权,但是可以带我离开。"

"啥时候走?我叫上大伙送送您!"

"明天一早就走,不要叫人特地送我,现在日本人看管得紧,别再生出什么事端。"盖尔的话有些伤感,"我们这一别,不知有生之年还有没有机会再见,麻烦你替我跟大家告别吧,对不住大家,我来到徐州,还是没把你们的矿给守住,非常内疚啊。"

"盖老板,这不是您的责任。要不是您硬撑了近半年的时间,咱们的矿早就被日本人霸占了。况且您还帮助了贾汪很多百姓呢。大家伙都记着您的功劳!还有……"耿致远的双眼有些发红,"实话告诉您,我是一名抗日者。盖老板,还记得矿警队那批丢失的武器吗?多亏了您的帮助,我们的抗日武装力量得以壮大,贾汪人民都要感谢您!我们今后还要继续同日本人战斗下去,直到将他们赶出贾汪,赶出中国!希望到那个时候,您再回到这里看看!我相信,只要我们团结起来,齐心抗日,那一天的到来不会太远!"

耿致远越说越激动,盖尔将手从窗口伸出,两人的手紧紧握在了一起。

十月的清晨,黛蓝色的浮云平静无声,天气有些微凉。

贾汪矿上又恢复了往日的忙碌,只是和从前的热闹相比,这样的忙碌显得有些不同寻常。上工的工人排着队,埋头走路,一言不发,在一排荷枪实弹的日本兵的刺刀威逼下,如同被押向刑场的犯人,似乎走快一点死亡就早一步到来,队伍缓慢而安静,透着诡异和阴森的死气。

队伍中忽然一阵骚动,引得日本兵哇哇乱叫一阵怒斥,可人群并没有因为鬼子的制止而安静下来。队伍变形了,人群朝一个点拥去。几个日本兵眼看队伍要失控,急忙鸣枪警告,可人群反而越发躁动起来,大家伙共同呼喊着一个名字——"老盖!"

警笛响起,齐藤弼州来了,秦建鸥也来了,更多的日本兵朝着人群冲过来。

工人们没有什么过激的行为,只是纷纷拥向两个外国人身边。那二人,正是今天要离开矿场的盖尔和他的同事。这一刻,所有的工人被一种情绪所感染,他们看不见日本人瞄准他们的枪口,听不见刺耳的警笛和怒骂,所有人振臂高呼:"老盖!老盖!"

盖尔的眼睛湿润了,这一刻,他看到了人群前面的耿致远、韩天民、耿彭城,还有很多不知道名字的人。他一边朝矿场门口走,一边朝人群挥手告别。与盖尔同行的人显得有些惊讶,他不明白这个寻常的德国人才到这里几个月的时间,为何赢得了如此之多中国人的认同和拥护。

一个恶狠狠的日本军官走到齐藤弼州身边,询问是否需要对工人进行武力镇压,齐藤弼州摇头制止。他这么做并不是出于善良,或是被工人对盖尔的感情触动——齐藤弼州可不是什么善类。刚到贾汪,他便在日本兵的保护下,借着修建夏桥到贾汪老矿之间道路的机会,强占了附近村民四百余亩土地,被占地的村民都是敢怒不敢言。据说有两个村民对他的行为不满,私下里说了他的坏话,他得知后借着收麦子雇人的理由将两人骗至自己家中,命令手下将其抓获,严刑拷打之后直接杀害了二人。齐藤弼州既不是军人也不是普通的日本侨民,而是日本华北开发会社接收矿产资源的代表,自幼在中国大连读书,受过日本的特务训练,能够说一口流利的中文,人称"中国通"。他时常将"日中亲善"挂在嘴边,可实际上,整个矿区在他的"经营"下处在严酷的军事统治之下。作为一个审时度势的聪明人,他深知当下军方因为战争的需要,对煤炭的需求越来越迫切,而贾汪煤矿又刚刚恢复生产,矿工严重不足,在这样的关键时期,他不会因为这点事就对工人大肆屠杀从而影响煤炭的生产。

盖尔走了,斗争还在继续。齐藤弼州为了提高产量不择手段,实行法西斯统治,矿场机关三百余人,矿、处、科主要头目大部分都是日本人。此外还组建了多达七百人的矿警队,由日本特务和汉奸组成的第二科专门对所谓"不法工人"进行侦查、关押和审讯。矿工上班要经过领牌、进矿、点名三道坎。领牌就是领工牌,每天需要多少矿工干活,就发放多少工牌,矿工们为了干活拿工钱,半夜三更就要起身,到矿门外的工牌房排队领牌,往往一站就是几个小时。进矿时需要接受日本兵和矿警的搜身和检查,还要整理衣帽向日本人鞠躬行礼。矿工来到矿井,日本监工手持棍棒在矿工的脑门上点一下才能下井,稍有不慎便会棍棒加身。

尽管如此,耿致远和矿工们还是采取各种形式进行反抗。

这天,耿致远和韩天民在大巷推矿车,平常这种矿车一人推就够,可这两个人推一个车还累得气喘吁吁,走走停停。

这时,一个日本人骂骂咧咧地走了过来:"你们的,快快地开路!"

"哪里来的日本人?"耿致远轻声嘀咕。

"你还不知道吧?齐藤为了增加产量,每个工作面都增加了一个日本监工。"韩天民说道。

"还有这事!"耿致远装出卖力干活的样子,脑海中一个念头油然而生。

韩天民突然觉得身前的矿车陡然重了起来,转头看向耿致远,只见他一边瞪大双眼做出使劲的样子,一边却向他偷笑了一下。

"喂,鬼子过来了啊!"韩天民担心地说道,不知道耿致远要做什么。

眼看鬼子已经走到身前,韩天民无奈,只好依葫芦画瓢,学着耿致远做出卖力推车的样子。

车还是纹丝不动。

"你们,怎么的回事?"

"太君好!"耿致远和韩天民向日本人鞠躬。这也是齐藤矿长的规定,工人见到站岗的日本兵和日本监工,都要称呼太君,弯腰鞠躬。矿上一个姓李的工人因为走神,见到日本人一时忘了规矩,没有向日本人脱帽鞠躬,竟然被鬼子兵打了十几个耳光,还放出狼狗去咬,差点丢掉性命。

"这车太重,我们两个人实在推不动。"耿致远生怕日本监工发现异常,苦着脸一边说一边比画。

韩天民疑惑,这车重?我一个人都能推动,这要是露馅儿了可怎么办?他生怕鬼子监工亲自上手,发现了破绽,因此有些担心地看向耿致远,虽然没有帮腔,但还是双手放在车厢上,配合着做出一副用力却推不动的无奈的表情。

"我的试试!"鬼子监工说道。

这下糟了,韩天民一时间不知道怎么办才好。

鬼子监工、韩天民、耿致远三人推车的场景吸引了后面的工人,他们有些同情地看向这边,不知道这两人怎么就在日本监工上任的第一天就招惹了他。

"一期、尼、桑!"(一、二、三!)

日本监工喊起了号子,三人跟着口号发力,可车还是纹丝不动。

韩天民更疑惑了,他没有用力,怎么日本人推不动呢?

他瞄向耿致远一边,耿致远也在卖力推,龇牙咧嘴,手臂青筋暴起,韩天民看了一会儿,恍然大悟,这小子正使出吃奶的力气向后拉呢,嘴里还学着日本人。

"一期、尼、桑!"

有些事情只有亲身经历才有体会,日本监工相信了矿车的重量的确不是耿致远两个人所能推动的。

他站到一旁指了指后面看热闹的工人:"再来两个的干活!"

两个工人重新加入,一辆煤车四个人推才勉强推动。就这样磨磨蹭蹭一上午也推不了几趟车。

从这以后,三至五人推一个矿车成为井下的标配,随之而来还有私下里流传的顺口溜:

磨洋工,磨洋工!拉屎撒尿半点钟!唬监工,唬监工!一挂煤车五人拥!

工人师傅们的智慧是无穷的。

耿致远回到家里,看到父亲正在院子里和赵洪林的父亲赵启明喝茶聊天,从两个人的表情来看像是有什么烦心事。耿成文年龄大了,因为长年在井下工作,肺部也有了职业病,现在已经不下井了,和赵启明一道负责在车站装煤炭。

"耿队长来了!"赵启明见耿致远进门打趣说道。

"叔,您可别这么喊我,俺们家就一个耿队长,正和你拉呱呢。"耿致远笑着说。

"现在你爹可不是采矿队长了,他跟我说了,他那些井下的本事就是烂在肚子里也不会拿去给日本人采煤用。"

"少跟孩子贫。"耿成文朝他瞪眼。

"老哥,他们这一茬后生可不是孩子了,俺们家洪林都扛枪打鬼子去了。你这个儿子更强,现在矿上工人谁不知道致远。井下救过人,跑过外柜,给老盖帮过忙,

煊烂

提起致远都得竖大拇哥！就说以前总欺负咱们的萧三,现在还不是跟着咱们致远混。"

"叔,萧三现在不同以往了,不要总说人家啦,你得给人改过自新的机会。"

三人说话,妹妹耿致馨端着饭碗跑了出来:"哥,别只顾着聊天,赶紧端碗吃饭啦。"

耿致馨个子又长高了些,只是世道混乱,一头的长发被母亲给铰了,如今像男孩儿一样留着短发。

耿致远谢过妹妹,端着碗在院子里边吃边聊。他将白天发生在井下的事讲了一遍,父亲和赵叔二人听得哈哈大笑。赵启明忍不住捶了一下他的肩膀。

"你这臭小子,从小鬼点子就多,想当年带着俺家洪林下井溜达,那才有多大。成文哥,看着他们就得认,咱们老了啊!"

"您两位正当年哪！叔,刚才我进来看你们说话愁眉苦脸的,好像有啥事?"

赵启明道出原委。原来矿上恢复生产后,赵启明所在的装车队同大多数矿工一样,消极怠工,本来他们每节车厢都故意不装满,能少运就少运。可这个日本监工来了之后,要求所有的车厢必须填满,工人的推车也必须填满,如果没装满被他发现就是一顿怒斥或者殴打,为此大家私下里给这个日本人取了个绰号——"装满"。除此之外,"装满"还规定了装填的时间,这下子工人们没了偷懒的理由,一个个苦不堪言。

耿致远进门的时候,赵启明正和耿成文说到这事儿。

"爹,一节车皮能装多少吨煤?"耿致远问道。

"咱们拉煤的火车小,一节车皮限重四十吨。"

"装满也是这个数儿?"耿致远继续问。

"装满煤炭要多一点,不过也差不多。"

耿致远沉默想了一会儿,突然将手中的饭碗放在外边的石台上,折了根树枝在地上画着。四五分钟的工夫,便有了结果。他将自己的想法告诉了父亲和赵启明,两个人听完之后半信半疑。

"老哥,你看这能行吗?"赵启明有些拿不准。

耿成文思考了一会儿,最后拿定主意:"我觉得行,就按致远说的办!"

第二天傍晚,夜色深沉,贾汪煤矿货场上仍旧一片忙碌。装煤货场是一个沿着铁轨修建的高台,靠近铁轨的一侧按照火车车厢的分布被设计成一个个格子,与铁轨形成高低落差。拉煤的火车停在这里时,车厢的顶端刚好和这些小格子在一个水平线上,便于工人装车。平时由汽车或者人力将煤炭从矿场转运至货场的平台,再由工人将位于货场中间的煤炭转运至平台靠近铁轨的小格子里,赵启明和他的工友们就分散在这些小格子里,负责装车。

赵启明所在的装车队此刻正挥汗如雨,一个个打着赤膊将煤炭装运至火车货厢。旁边的日本监工"装满"从办公室走了出来,他一天早中晚准时出来三趟,当然也会趁工人不注意,时不时搞个突击检查。今天看着装得满满的几节车厢,心里甚是得意,看来这些中国工人已经按照他的要求做了,对路过他身边打招呼的工人态度也和蔼了许多。下班时间到了,他吩咐工人装满这趟车可以收工,转身回了办公室。今天的工作已经超额完成。

天色完全暗了下来,看到日本监工消失在视野中,耿成文对身旁的工友小马点了点头。

小马指着一堆煤矸石说道:"大家伙抓点紧啊,运完这堆就收工了。"

面对日本人的残暴统治,工人们被迫劳动,忍气吞声。正如徐州《陇海新民报》的刻字工王培根在报纸上刻上"打倒日本"的阴文小字一样,工人们总是通过各种途径表达对日本侵略者的反抗。对于这些煤矿工人而言,除各种消极怠工之外,向煤炭里面掺煤矸石,也是他们通常采用的方式。煤矸石是与煤层伴生的一种含碳量较低、比煤坚硬的黑灰色岩石。煤炭中煤矸石含量多,煤的品质自然下降。现在,小马趁着天黑指着那堆煤矸石,大家心知肚明,几十个工人上来就往小车里装。

一天的工作在鬼子的监视下憋屈到了极点,只有在这会儿,大家伙才觉得是给自己干活,因此一个个分外卖力,不大工夫一堆煤矸石就运走了七八成,送到了赵启明跟前。赵启明和工友一道将煤矸石与煤炭混合,整整填满了两节车厢。

耿成文这边干得正热火朝天,突然,小马的声音响起,"装满"出来了!

下班时间已过,货场上干活的只有他们这一队人。日本监工在办公室的小屋门前伸了个懒腰,晃晃悠悠地朝他们这边走过来。

"咋弄?"小马有些慌了。

耿成文眼看这群人避无可避,只能低声说道:"天黑了,鬼子看不清!"他指挥工人将剩下的矸石装完,十几辆小车两人一组排着队向转运点推去。

日本监工在队伍前面站定,如同检阅一般看着工人推车。

和耿成文预料的一样,日本监工并没有察觉到异样,众人口呼"太君",顺利地将煤矸石一车车从他眼皮下推过去了。

小马和耿成文两人一组走在最后,当他经过鬼子身边时,紧张得可以听到自己的心跳,知道自己的脸色肯定通红。他一紧张就这毛病。

好在过去了!小马长出一口气,继续闷头走路。

"你们的,站住!"日本监工突然喊了起来。

矿工们回头,看到鬼子指的正是队伍最后的小马和耿成文。

耿成文示意大家继续走,自己站起身子,拍了拍小马推车的手,意思叫他别慌乱。后来小马告诉他,要不是当时耿成文拍了他的手,他几乎要坐在了地上。

日本监工冲到二人跟前,盯着二人,手中的棍子敲打着小车的车帮,发出清脆的金属碰撞声,又指了指货场中间的煤堆。

耿成文心里也有些忐忑:"太君,咋啦?"

日本监工见二人并没有明白自己的意思,有些不耐烦地大声吼道:"装满的干活!"原来鬼子还是没有察觉车厢里的东西,只是看到两个人的小车没有装满,认为他们在偷懒。也许今天他的心情不错,按照以往的作风,他早就将棒子敲在了这两个偷懒工人的头上。

耿成文连忙拉着小车向煤堆走去,见小马有些发呆,又推了他一把,小马这才反应过来跟着走,他紧张的头脑已经一片空白……

第二天,传来喜讯,因为列车事故,货场休息一天。

赵启明拉着耿成文说道:"你家这娃娃,真是神了!"

耿成文的心里像是吃了蜜,在他跟前夸儿子可比夸他自己受用多了。他压住内心的喜悦,低声对赵启明说道:"这是火车事故,跟俺家致远可一点关系没有!"

原来,煤矸石比煤炭的密度大得多,通常同样体积的煤矸石重量是煤炭重量的两到三倍。一个车皮限重四十吨,可换成煤矸石能装一百吨左右。因此,耿致远提出将煤矸石混进煤炭装车的办法。赵启明生怕装得不够,最后两三节车厢几乎掺了近一半的煤矸石,远远超过了车厢限重。因此,火车开出去没多远,就将轮轴压断,还翻了好几节车厢。事故原因最终定性为车辆老化和过度填装,日军监工"装满",从此之后绝口不提"装满"。

当天晚上,耿成文很高兴,在饭桌上给儿子夹了好几筷子菜。耿致远上午也听说了火车的事情,知道父亲为自己夹菜的理由,父子二人相视一笑。爷爷耿博众看到对耿成文说道:"就给你儿子夹,不给老子夹?"一家人哄堂大笑,其乐融融。

正说着话,一个声音在门外响起:"致远在家吗?"

耿致远放下碗筷打开院门,见来人是马铭楚,忙拉他进来,随手插上了院门。

马铭楚和耿家人分别打了招呼,之后进了耿致远房间。

马铭楚进了屋门说明了来意,原来赵洪林通过一个游击队员的兄弟,搞到了一部分雷管和炸药,但因为鬼子严密的排查,没有办法带出矿场。赵洪林想通过耿致远将这些东西从矿里运出来。

"没问题,交给我!"虽说耿致远一时还不清楚该如何做,但仍旧答应下来,"矿上这类物资管控得很严,出门还要搜身的,我确定方案之后和谁联系?"

"闫金中。"

"输送科的闫金中?"这个人耿致远知道,来矿上不久,负责协助日本人做炸药雷管等爆炸物的发放和记录,是个老实巴交的汉子,平日里不喜欢说话,鬼子科长说什么他做什么,也正因为这一点,鬼子对他很放心。耿致远倒是没想到赵洪林能做通他的工作。

"就是他,他说东西都在库房放着,给游击队留着的都是不在账上的东西,只要能够带出矿场,没人能发现。"马铭楚说道。

"具体数量是多少?"

"雷管五十根,炸药五十斤。"

"说到这个,我也有些东西要给你。"耿致远像是突然想起了什么,他挪开房间内的书桌,起开两块地砖后,露出埋在地下的一个泥坛子。他打开盖子,小心翼翼地将手伸进泥坛,掏出一包东西:"这是我攒下来的,数量不多,你先带回去吧。"

马铭楚看清袋子里的东西,惊讶得慢慢张大了嘴巴,那是一包雷管!看样子有十几根之多。"你小子从哪里搞到的这些?"

"我现在可是采矿队的队长,平时掘进和一些挑顶扩帮的零星活儿都需要这个,总要有些损耗和哑火吧。"耿致远朝他眨眨眼。

马铭楚知道耿致远说起来轻松,要攒下这些东西可不容易,一支支带出煤矿更要冒极大的风险。"啥叫雪中送炭,现在俺正需要这个!"马铭楚兴奋地说道。接下来他又将接头的细节告诉了耿致远,之后没有久留,带着耿致远的布包离开了大泉村。耿致远躺在床上辗转难眠,他在琢磨怎样才能完成这次任务,可一时却想不出万全的办法,不知过了多久,才沉沉睡去。

输送科在矿上东北角的一栋小房子里,上工之前,耿致远来到这里找到了闫金中。房间里日本人也在,此刻闫金中正坐在屋内一张办公桌前埋头写着什么。

"老闫,你兄弟让我来找你,说弟妹又病了,能不能从矿上医院拿点药?"

煊烂

闫金中抬起头看了看耿致远："上次拿的药这么快就吃完了？"两个人之前互相见过面，可闫金中没想到接头的人竟然是耿致远。

"是啊，都是老毛病了。"

"那你先去干活吧，晚上你来拿。"耿致远知道现在闫金中说话不方便，便离开了输送科。

双方算是见过面了，可如何将这些炸药运出矿场耿致远仍然没有头绪。矿场四周高墙林立，围墙上还圈着电网，仅有的一扇门被鬼子和矿警二十四小时把守，工人出门都要接受搜身检查。耿致远想过将这些东西分给几个人零散地带出去，可随即又被自己否决，牵扯的人越多，就越容易暴露。万一检查的过程中被发现，那就意味着被捕后将遭受日伪军的严刑拷打，甚至会牺牲性命。

韩天民看出了耿致远的异样，低声问道："致远哥，咋一上午魂不守舍的？"耿致远还沉浸在自己的思考中，仿佛根本没有听到韩天民的话。他考虑这么多东西运出矿场一定需要一个工具，最好还能够就地取材，可他环顾四周，除了采矿的工具和黑漆漆的巷道，可用的东西实在不多。这时，巷道一角一个废弃的板车引起了他的注意。这还是上次拉窑木时使用的板车，后来因为坏了就丢在那里，一直没来得及清理出去。这个东西还能干什么用呢？

有了！耿致远猛地一拍大腿，将韩天民吓了一跳。

"你这一惊一乍的，到底是咋回事？"

"兄弟，恐怕这次要委屈你了。"耿致远双手抓着韩天民的肩膀，有些兴奋地说道。

"致远哥，你这是说的哪一出？发羊角风啦？"他伸手去摸耿致远的额头，被耿致远一把推开。

"我没事，只是想到个法子。"之后，他将马铭楚交给自己的任务，以及自己的想法告诉了韩天民。

"乖乖，有这么多炸药！这闫金中可以啊。致远哥，我听你的，你咋说我就咋做！"

28

"红粮"斗争

说干就干。

耿致远让韩天民负责放哨，提防监工检查。自己将废弃的板车翻了过来，车轮子已经没了，只剩下两个把手和一个平板的车厢。他四下踅摸，找来几根木头沿着板车的底部钉成一圈，又找了两块脏兮兮的挡泥板，敲敲打打之后比画着放在上面，大小正合适。这样一来，车板和挡泥板之间就形成了一个七八厘米的空间。完成了这一切，他将板车重新放在原处，喊来韩天民："咋样，像不像一副担架？"

韩天民挠头说道："像是像，但一想起来是要抬我的，还是有些别扭。"

之后，耿致远在闫金中的配合下，用了三天的时间才将为游击队准备的炸药和雷管运到井下。有时候闫金中叫其他队上的工人带给耿致远，有时耿致远亲自去领，有了他签字的凭证，这一切做得神不知鬼不觉。耿致远将最后一根雷管放好，又用一些烂衣服将剩余的空隙填满，封上两块挡泥板，他知道，事情算是做好了一半。接下来，就看韩天民的表现了。

韩天民上工了，上午和工友说说笑笑，可午饭之后身体便不舒服起来。等到快下班时候已经头冒虚汗，面色发白，捂着肚子呻吟起来。工友们看他实在难受，便让他在一旁休息。平时矿工们如果生了病往往只能硬撑，因为一天不下井，就一天没有饭吃。

日本监工来了，看到坐着的韩天民就是一通斥责。韩天民有气无力地申辩自己生病了。日本监工可不管这些，举起手中的棒子就打，韩天民结结实实挨两棒，鲜血顺着额头流了下来，他痛得忍不住叫了起来。工友们见状气不过，一起上前和日本监工理论，场面一时乱得不可开交，日本监工和两个矿警眼看情况有些失控也不免慌乱。

一个矿工喊道："不好了，人快不行了！"

大家再去看韩天民，只见他浑身抽搐着，口吐白沫，小便失禁，眼睛翻白，有出气没进气的样子。

"快救人！"耿致远连忙把早就准备好的板车拿了出来，与耿彭城等人一道，四个人抬着韩天民就往井口走。

"监工打死人了!"矿工们愤怒了,将日本监工和两个矿警团团围了起来。

到了井口,耿致远又看见一大群矿警队的人向井下冲去,看到他们抬着人事不省的韩天民,却没有一个人上来过问。

天色黑了下来,矿场门口灯火通明,此时下班时间已到,矿工们正排着队接受检查出矿。"快让开! 有人受伤了!"耿致远几人抬着板车架一路小跑,冲到了门前。

虽然日本人在贾汪煤矿也办了一家医院,可那首先是给日本兵和矿上的日本人准备的,其次才是矿上的中国高级职员和矿警队的人员,最后才能轮到井下作业的矿工,并且矿上医院对普通矿工不仅态度敷衍冰冷,收取的费用还十分昂贵。普通工人除非万不得已,根本不愿意到那里去看病,平时还是到镇上的中药铺看病的多。

两个日本兵和四个矿警堵在门口:"怎么的回事?"

"他生病了,还挨了监工打。"

韩天民头上的鲜血流了一脸,浑身抽搐得更厉害了。他胃里的东西吐满了胸前,此刻已经吐无可吐,从口中鼓囊着涌出一股股白沫,顺着嘴角流淌到脖颈。下身的裤子也湿了,看样子人已经小便失禁了。

一个矿警嫌弃地捂着鼻子看了看,又检查了耿致远四个抬担架人的袖章,他看了看站在一旁的日本兵,正要挥手放行。

"等等!"日本兵拦住了他。

矿工们的议论戛然而止,大家都不知道这个日本兵要做什么,矿场门前一下子安静下来。

日本兵像是狼狗一样冲过来推开矿警。他让耿致远四人放下平板车站在一边,自己则围着平板车慢慢转了一圈,突然像是发现了什么一样弯腰凑近了韩天民。他伸出手,看样子似乎对韩天民身下的板车更感兴趣。

关键时刻,只听一阵刺耳的不雅声音从韩天民身下传出,明显有一些秽物流了出来。病人再次大小便失禁了。

"八格牙路!"日本兵跳了起来,显然被这一幕刺激得不轻,他挥着手冲耿致远四人喊,"快滚,快滚!"四个矿警队员也被他的表现逗乐了,他们强忍着笑意,生怕被日本人看到给自己惹上祸事。

四人一路小跑,来到镇上。此刻街上行人稀少,耿致远看四下无人,直接将板车抬进了萧三所在的杂货铺。萧三见这么多人抬着韩天民进门,慌忙安排他们进后院,自己将店门关了起来。

"咋上这儿来呀,不去药铺了?"耿彭城不解。

"去啥药铺,快把我放下来!"韩天民恢复了正常,看着四人有些着急地说道。待四人放下平板车,他腾身而起,跑到后院空地上的一口水井跟前身手矫健地打水冲洗。看得耿彭城几个人目瞪口呆。

"对不住各位,这件事除了我、韩天民和萧三之外,我没有提前跟你们说,因为我觉得你们不知道,更利于任务的完成。"耿致远将之前的准备向耿彭城几个人解释了一番,几个人这才知道韩天民演了一出苦肉计。

耿致远走向正在用水盆冲洗自己的韩天民跟前,一把抱住他,喃喃说道:"兄弟,难为你了!"

"致远,快放开,我身上脏!"韩天民双手推向他。

耿致远没有说话,一双手搂得更紧了。晚上,耿致远几个人没有着急离开,他们就在杂货铺的后院里,对这次行动做了一个小的总结。耿致远将炸药和雷管小心翼翼地从板车中取出后,交代萧三放在提前准备好的地窖内,很快会有游击队员前来和他接头,将这些东西转移。

"我真是没看出来,你咋装得那么像?"耿彭城不解地问韩天民。

"不是我装得像,是我真难受,我提前吃了点三哥搞来的番泻叶,也没搞准剂量,可能吃得有点多。"

"韩天民,炸药没被你尿湿吧,别失效了!"萧三有些担心地说道。

"去你的,我们包裹得很严实!"

韩天民作势伸手去打萧三,突然一怔,眉头又皱了起来,紧接着双手捂着再次疼起来的肚子:"赶紧让开,还要上茅房!"

夜色朦胧。

结束了一天的工作,耿致远的心情放松了许多。连日来,他为了能够将这批炸药顺利带出矿场,几乎没有睡过一个好觉。可眼下尘埃落定,他却又睡不着了。他走到书桌前,打开最右侧的抽屉,拿出一个纸盒子。盒子里是一条洁白的围巾和一个红布包裹的手镯。

"我们……我们还是别再见了!"

"你说什么?"

"你认为我拖累你了吗?"

煊烂

"你放心,我遂了你的心愿。"

此刻,耿致远的耳边响起与姚昕露分别前的对话。自从姚昕露离开后,严酷的斗争环境,使他不能有片刻闲暇去想儿女情长,内心也尽量不去触及这份包裹得严严实实的柔软。然而此刻,一项重大的任务完成之后,他紧张多日的身心松弛了下来,思绪却如同奔涌的江水不可阻遏,与姚昕露从相识、相知到两情相悦的一幕幕情景,掠过脑海。他仿佛看到,长江波涛之上,黄鹤楼下,那个身材窈窕、衣袂飘飘的女孩儿,正忧郁地望着远方,呼唤着耿致远的名字。而他不知道,此时远在武汉的姚昕露,也刚刚睡着,脸上带着尚未干透的泪痕,手里抓着一块黑色的石头,石头上的叶子在阑珊的灯光下似乎活了过来,迎风摇曳。过了许久,耿致远才沉沉睡去。

日本发动太平洋战争之后,由于战线拉长,对煤炭资源的需求激增,因此在贾汪也加紧了掠夺性开采。日本兵用刺刀迫使工人们毫无规划地乱挖乱建,哪里方便就向哪里采,在井下稍有困难就弃之不顾另择地点。1941年日本人在夏桥矿内新开凿了南斜井,产出的煤炭非常少,很多工作面真正开采出的煤炭不过十之二三,造成煤炭资源的严重破坏和浪费。侵略者视人命如草芥,矿井缺乏安全保障措施,导致瓦斯爆炸、巷道塌方、透水事故及其他意外事件时有发生。矿工们更是受尽了折磨,不仅生活上难有保障,在工作中稍有不慎便遭横祸,如有不满便会被监工、汉奸、矿警冠以"通八路"的罪名严刑拷打、折磨致死。

即便是在这样的条件下,矿工们的反抗一刻也没有停歇。

贾汪镇南北杂货铺,几个年轻人聚在一起讨论着什么,为首之人正是耿致远。经过这些日子,他们的队伍又壮大了,在会场的有郑昌繁、刘世恒两人,两人一个是货车司机,另一个是电工。

"现在咱们老百姓的日子是越过越苦了,就拿俺家来说,俺爹在煤场,俺在井下工作,两个人干活每天工资加起来还不够一家人的饭钱。这'军用手票'根本不管用,买不着东西。所以今后咱们要在提高工人实际待遇方面努力,在宣传抗日爱国思想时要和解决现实的生活问题结合起来,这样才能确保咱们的工作有落脚点。我觉得有必要发动一场罢工,逼着日本人发放口粮,大家讨论一下,是否可行。"耿致远说得详细,大家伙听得更认真。

"当然可行,而且很有必要。早就有人提出来不要伪币要口粮了,可是根本没人理咱们的死活。致远家的情况还算好的,现在很多人家里都揭不开锅了,被迫饿着肚子干活。"韩天民说道。

"这样当然不孬，要是罢工，肯定得有人站出来向日本人提出咱们的要求，这个人会不会被他们打击报复？我可听说好几个人因为提意见被说成通八路关起来了。那样的地方动不动就是踩杠子、灌辣椒水，好人进去也得脱层皮。"耿彭城担心地说。

萧三愤愤地说道："他娘的，动不动就通八路，我要是能通八路，第一个就把他们的老窝给端掉。这些日本人没一个好东西，到店里来就跟他们自己家一样，我还得好生伺候着。"

"所以斗争的形式还得再详细计划。彭城说得对，我们要发动群众，更要保护好自己。对于后面开展哪些工作，咱们还得从长计议。"

耿致远说完，几个人你一言我一语地开始讨论罢工的筹备工作，群策群力，随着讨论的深入，罢工的方案不知不觉已经有了雏形。

夜深了，萧三端着一锅白粥进了屋："我这里也没啥吃的，这个是我从给日本人进的大米中扣下来的，大家伙儿都吃点垫垫。"顿时一股米粥的清香充满了房间。萧三所在的杂货铺如今已经成为名副其实的联络站。正是应了灯下黑的道理，这两年鬼子兵、日本侨民都常来他这里买东西，也托他到徐州城采购货物。萧三本身就聪明，趁机和一帮日本人以及伪政府的三教九流走得很近。他喜欢打牌，并且声名在外，时常约上伪政府的人甚至是一些日本侨民鏖战至深夜，因此没有人到他这里检查找麻烦，萧三也获得了不少敌人内部的情报。上次日伪军准备搞针对游击队的联合扫荡，多亏他及时将信息通报给游击队，才避免了周边游击队的伤亡。如今在耿致远等人的耳濡目染之下，萧三虽然性格之中依然有旧日的底色，但身上的正气是以前所没有的。

"萧掌柜，你这可是好东西，多少年没见过了。"郑昌繁感慨地说道。的确如此，现在普通人家很难吃上大米白面，都是红薯高粱窝窝头度日。

"可别叫我掌柜，我这是替掌柜守着这小店。"南北杂货铺的正主掌柜自从鬼子来了之后便杳无音信，也不知平安与否。

几个人边吃边聊，耿致远说："我把大家的想法一起说说吧，大概有以下几点：一是明确罢工的目的，拒绝用伪币作为薪酬，将抗日爱国和解决工人口粮问题结合起来；二是深入宣传发动，为罢工拉旗造势，动员一切能够动员的力量，深入矿上的车间厂房和附近村庄宣传发动，号召工人参加罢工；三是联合抗日游击队，对破坏罢工的汉奸特务、把头恶霸和日伪军典型进行打击；四是注意保护自身，将工作做

煊烂

在暗处，单线联系绝不能暴露身份。大家看看还有什么补充的?"

众人都表示没有异议。接下来耿致远对工作进行了分工，一切就绪之后，一场"红粮"(高粱)斗争就此拉开大幕。

罢工的消息迅速在各个煤矿和四邻八乡传播开来，矿工们和附近村民热情高涨，在一些村庄中，还有人鸣锣高呼进行宣传："鬼子不给粮，都别下窑了!"传单和口号被张贴在村口路边，塞进村民的家中，甚至投进了矿上的机关办公室。

齐藤弼州看着手里的传单，上面除了罢工的口号，还形象地画了一个日本人，正一手拿着伪币，一手将黄金塞进口袋，看那样子竟然和自己有些神似。他怒气冲天，马上召集参议室、秘书处、经理处、劳务处、计划处、警备处等机关处室，以及采炭处、工程处等生产部门负责人开会。他将传单拍在会议桌上，然后将各个部门的负责人臭骂一通，说罢工的消息都传到了他的办公室，想必在工人当中早就传开了，这是所有人工作的失职。必须动员一切力量，甚至联系日本驻军，全力打击罢工行为，尤其要抓住带头的不法工人给予严惩，以儆效尤。会议之后，大批矿警、特务、汉奸以及伪军被派到车间厂房和田间地头，他们通过各种手段打探情报，秘密搜寻这次罢工的策划者。

为了口粮而罢工的消息获得了矿工们的大力响应，现实的生活问题和对日本人的仇恨交织在一起，矿工们自发待在家中拒绝上工。有些还没得到罢工消息的工人来到岗位上，自然知道发生了什么事情，从此便再也不露头。矿方通过把头和工头许诺提高工资也无济于事，大家知道伪币贬值的速度，还是口粮最重要。有个别摇摆不定的人禁不住诱惑出工，光是村民工友鄙薄的眼神就让他们打了退堂鼓，有谁愿意被别人戳着脊梁骨骂汉奸狗腿子呢? 一时间锅炉熄火、铁路停运，整个贾汪矿俨然一座鬼城。

贾汪有一座古寺叫茱萸寺，坐落在大洞山南麓，依傍着古老的不牢河。古寺据说始建于北魏年间，至民国已有一千五百年左右的历史。茱萸寺兴于隋唐，明清赓续，八方香客焚香礼拜络绎不绝，使得此寺在徐州周边地区，乃至淮海地区都是香火鼎盛之地。可惜清末民初年间，寺庙因战乱而毁损。残垣断壁之间，还残存一块清康熙年间的石碑，隐约可见"大洞山隐茱萸寺，石榴园居药师佛"对联，似乎在诉说着当年信众辐辏的盛况。

这天上午，雨雾蒙蒙。耿致远和韩天民走在大洞山脚下，两人一身轻快装束，外人看来就是两个登高爬山的年轻人。他们沿着山路马不停蹄走了三里有余，在一道巨大的山石前停下了脚步，看到山石上居高临下坐着一位戴着斗笠的放羊老人，正在那里悠闲地抽着旱烟。

"大爷，人来了吗?"韩天民问。

"来了，都在庙里呢。"老人吐了一口旱烟，指向两三百米远的庙门。放羊老人是韩天民提前安排在这里盯梢的老乡。

茱萸寺如今已经荒废，一片残垣烂瓦，靠东边的位置还有一排厢房，大部分都没了屋顶，只有两三间还能遮风挡雨。附近的村民砍柴、放羊都喜欢在这里歇歇脚。今天的人来得很全，耿彭城、郑昌繁、刘世恒，以及游击队的赵洪林、马铭楚都在。他们今天来，不是为别的什么事，正是要商量如何应对罢工过程中出现的问题。因现在镇上便衣密布，耳目众多，他们便将见面的地点选在了人迹罕至的茱萸寺。

耿致远向大家介绍了罢工的情况，说罢工进行到现在，附近村庄的宣传工作开展得很顺利，工友们和老百姓都很支持，并且还想方设法帮助扩大宣传成果。目前只有小李庄的情况不是特别好。小李庄有一个叫刘大能的地主，自己就有一支武装队伍。鬼子进城后，他投靠日本人做了汉奸。小李庄几个带头参与罢工的工人都被刘大能抓了起来，并施以酷刑，其中一个李姓的矿工竟被他活活打死，村民们都是敢怒不敢言，在他的淫威下，小李庄的工人罢工被迫偃旗息鼓。

大家认为时间拖得越久对工人越不利，按照这样的进度，鬼子一个村一个村地攻破，大家前期所做的工作就等于白费。会上达成了统一意见，三天后由游击队主攻，耿致远等人里应外合夜袭小李庄。大家正讨论任务的细节，放羊的大爷气喘吁吁地跑了进来，说有十几个人从山下跑上来了。

耿致远马上意识到，这些人的目标应该就是自己这几个人，当即决定大家分散撤退。

茱萸寺处在半山腰，庙后有两条山路，一条通向山顶，一条绕山通向另一侧的山脚。

"这里的地形我熟悉，你们几个人向山脚跑，我吸引敌人的注意力，把他们往山顶引。"耿致远说道。

"不管! 对方来那么多人，太危险，我和你一起走!"赵洪林说道。

"山顶我比较熟悉，多一个人反而多一分风险。"

"反正不能让你一个人走。"赵洪林坚决不同意。

煊烂

"都啥时候了,你俩别叨叨了! 洪林,我和致远走山顶。我身上带着家伙,关键时候用得着。"马铭楚说道。

赵洪林这才勉强同意,叮嘱二人注意安全,随后便带着韩天民、耿彭城等人朝另一侧的山脚撤退。等他们的身影消失在密林中,敌人已经绕过了庙前的山石,一眼就看到了站在庙门前的耿致远和马铭楚两人。

"都给我站住!"一个敌人喊。

耿致远二人扭头便向山上跑。

敌人开枪了,子弹"嗖嗖"地从他们身边划过。子弹击中树木,拇指般粗细的树枝被拦腰截断,"哗哗"落地;击中山石,火星迸溅,碎尘飞扬。

耿致远和马铭楚一边找掩体,一边向山上跑,十几个敌人追到路口没有停留,全部向他们二人扑了过来。双方开始了一场脚力比拼。雨还在下着,山路泥泞,稍不留神就会打滑摔跤,耿致远和马铭楚两个人一边相互帮扶鼓劲,一边快速地向山顶跑。十几个伪军在后面号叫着拼命追赶,听声音还有两个日本兵。在日本兵的督促下,伪军仗着人多势众,追赶得更是片刻不停。大洞山南麓山崖陡峭,有的地方还得手脚并用才能前行,两个人还得时刻提防敌人的冷枪,哪里树丛茂密就往哪里走。不大一会儿,身上的衣服就被树枝划破,双手也被山石割得鲜血淋淋。

敌人越来越近了,马铭楚掏出手枪,瞄准了冲在最前面的敌人,一声枪响,那人惨叫一声滚下了山坡。

敌人被这一枪惊呆了。他们得到消息,有人在大洞山茱萸寺密谋罢工,本以为就是些穷苦百姓,谁也没想到对方竟然有枪。一群人被这一枪吓得匍匐在地上不敢起来,端起枪闭着眼与马铭楚对射,一阵密集的子弹雨点般地落在耿致远和马铭楚身边。马铭楚拉着耿致远,猫腰继续向上攀爬。

"抓八路,抓八路!"伪军又在日本兵的威逼下冲了上来。

耿致远只觉得拉着他跑的马铭楚越跑越慢,便给马铭楚鼓劲道:"到了山顶路就好走了。那边的树多一些,只要咱们钻进树林,这些人就找不到咱啦。"

可是马铭楚好像是累了,跑起来还一瘸一拐的。耿致远仔细一看,他的裤子已经被鲜血染得通红。

"铭楚,你受伤了!"

耿致远停下脚步,撕开马铭楚的裤子,看到马铭楚的大腿上已经被子弹撕开了一道吓人的伤口,汩汩地向外冒着鲜血。耿致远在青年训练营学过战地包扎,立即将自己的上衣脱下撕开,在伤口的上部分扎了紧紧一道止血。

简单处理完之后，他来到马铭楚身前弓下身子："来，我背你走。"

马铭楚将他推开："没事，我自己能走。快走，鬼子要追来了！"说完自己强忍着疼痛向前走。耿致远忙架起他的一只胳膊，二人继续跌跌撞撞向前跑。

"中了，打中了！"追在最前面的敌人看到了地上的血迹，发疯般地吼叫道，"弟兄们快点啊，他们跑不了多远啦，快追！快追！"

雨更大了，林中水汽升腾，升腾的雾气为耿、马二人赢得了片刻喘息的时间。

马铭楚、耿致远两人疲乏到了极点。

"致远，还记得上学时候咱俩一起晨练跑步吗？跟今天差不多……"马铭楚每走一步都要忍受巨大的疼痛，他的脸疼得变了形，他感觉自己的右腿已经逐渐麻木起来。马铭楚清醒地意识到，再这样下去自己只能成为耿致远的拖累，"没想到这么多年过去，咱们还能有机会一起跑步。"

"铭楚，少说话省体力，现在雾大了敌人看不见咱们。"耿致远把肩膀向上顶了顶，结结实实抓住马铭楚的胳膊。

马铭楚突然站定，一把将耿致远推开："致远，你快走吧！请你记住，在我心中，你一直是我最好的兄弟和朋友。"

"你这是干啥？我就是拖也要把你拖到山顶！"耿致远也急了，又要拉马铭楚的胳膊。

可是马铭楚举起了手枪，枪口指向了自己的太阳穴："站住，你要是拉我，我就死在你跟前！"

耿致远的眼泪唰地就流了下来，瞪着血红的眼睛，压低嗓音嘶吼着："马铭楚！我们两个能跑出去的，你别干傻事！"

"我咋样自己清楚，我真的走不了了。"马铭楚微笑着说。他的脸色更显苍白，脚底下那摊血水越积越多。

敌人越来越近，脚步声、骂娘声甚至大口喘息的声音都听得到了。

"快走！再不走我真开枪了！"马铭楚主意已定，盯着耿致远的眼睛，手指缓缓地扣动扳机。

"我走！马铭楚，我一定会安全撤离，我的好兄弟！"耿致远已经泪流满面，滚烫咸涩的泪水模糊了他的双眼。他最后看了一眼马铭楚，痛苦地转身向山顶跑去。马铭楚欣慰地笑了，他四下看了看，路旁有一块便于隐蔽的山石，便缓缓挪到了石头后面。翻了翻口袋，掏出几颗子弹，将弹夹填满。

敌人上来了，脚步声清晰可闻，一个模糊的影子在雾气中逐渐清晰。

煊烂

马铭楚抬手一枪，人影闷哼一声，砰然倒地。

浓雾中的队伍骚乱起来，他们分散开来，没头没脑地胡乱射击。

一阵混乱的枪响之后，周围突然安静下来。

雨停了，雾气还没消散。两三个人弓着腰向前缓步移动。马铭楚躲在石头后面并没有马上开枪，待他们走得再近一些，瞄准了中间的一人，扣动扳机，那人应声倒地。身边两人扭头就跑，马铭楚又是一枪。这枪打偏了，敌人惨叫一声跑掉了。

虽然毙敌一名，但敌人也发现了马铭楚开枪的方位。所有人分散开来向马铭楚隐藏的地方围拢过来，一连串密集的子弹压得马铭楚根本抬不起头。鬼子伸手示意停火，一个伪军的声音响起："老乡，别抵抗了，缴枪不杀！"

马铭楚冷笑一声，轻轻地闭上了眼睛。他想到此时耿致远应该已经摆脱了敌人的追赶，内心涌起一股莫可名状的畅快。他侧耳细听，耳边传来的有小鸟的轻唱声、溪水的潺潺声、风吹树叶的沙沙声……

敌人又有动静了，马铭楚听得到他们匍匐前进的异响。他从石头一侧缓缓伸出枪口，扣动扳机，又解决了一个。这下敌人被彻底激怒，所有的枪口倾泻着子弹，马铭楚身前的巨石似乎要被打穿。一个东西冒着烟在空中画出一道弧线，落在了马铭楚身后，那是一枚手榴弹。

一声巨响，马铭楚的身体被炸飞出两米多远，重重落在地上，不动了。

马铭楚全身血污躺在地上，他的意识在今昔之间闪回：他看见脚下巍峨厚重的大洞山；看到了徐州青年路两侧的法桐树，树下两个谈笑跑步的身影；他还看到了昏暗的警察局审讯室里那个卑微的少年。

"这……这书，是我们宿舍耿致远的！我只是借来看看。"

…………

"永别了，致远，我的好兄弟！"

马铭楚微笑着，躺在温暖的大地母亲的怀抱中，永远闭上了眼睛。

29 引爆李庄

贾汪矿机关办公楼，是一栋修建于民国时期的两层石木建筑，在二楼的一间办公室里，齐藤弼州烦躁地坐在桌前摆弄着手里的茶碗。茶盏和茶叶都是秦建鸥送的,作为在中国长大的日本人,他更喜欢中国茶,他认为日本吃茶的过程过于烦琐,泡茶的过程已然喧宾夺主,而中国茶更专注于茶本身。平时不管工作多累,沏上一杯龙井或者碧螺春,总能带给他忙中偷闲的平静与惬意。可今天却事与愿违,一杯下肚,茶水仿佛一直积郁于胸腹,这有着"涤烦子"之称的中国茶,似乎洗涤不去丝毫的烦恼,让他更加燥热难耐了。

罢工已经持续四天了,他刚刚接到驻军电话,要求他三天之内必须确保工人到岗开工。昨天小李庄的刘大能抓住了一个宣传罢工的工人,他亲自安排突击审查,费了好一番力气才撬开工人的嘴,挖出了工人的上线和他们密谋地点的消息。他认为之后的抓捕会进展得很顺利,谁想刘大能却只给他带来了一个死人,还不是矿上的工人,工人招供的上线也给跑了,事情一下子又陷入僵局。

"咚!咚!"有人敲门。

"董事长!"刘大能满脸谄笑地推门进来。这是一个四十多岁的中年人,满是横肉的脸上一颗黑痣特别显眼,上面还长了一撮长长的汗毛,他舍不得剪掉,还煞有介事地说这是"长寿毛",宝贝得紧。刘大能之前称呼齐藤弼州为太君,却被训斥了好几次。齐藤弼州一再强调自己是北支那开发株式会社的代表,是商人不是军人,柳泉炭矿是和中国人合作经营的,因此不能叫自己"太君"。汉奸刘大能心里了然,心想这称呼和"大东亚共荣圈"一样,日本人就喜欢这些虚头巴脑的东西。既然齐藤弼州如此要求,刘大能便改口称呼他为"董事长"。

刘大能昨天被齐藤弼州痛斥"刘无能",他和齐藤弼州一样,本以为出动了手下一个班的人马,再加上两名"太君"指挥,抓几个聚众闹事的矿工肯定手到擒来。可谁知到半路碰到了"八路",不仅损失了五个手下,领头的矿工也全给跑了。打死的不是矿上的人,他心里忐忑半宿,害怕八路派人报复,可他想到村口的日本炮楼和手底下的人马,一颗悬在半空的心又放了下来。他坚定地认为只要抱定日本人的大腿,在贾汪这块地方,这些人翻不了天。

"董事长,不知您找我有什么吩咐?"刘大能点头哈腰地说道。

"刘桑,昨天的事情我也反思了一下,责任不全在你,我们都轻敌了。昨天我的口气严厉了些,希望你不要介意。这次工人罢工,表现最好的就是刘桑。你辖区的工人没有被不法之徒所蛊惑,对矿上生产一如既往地热情投入,我很满意。"

齐藤弼州说得十分客气,刘大能知道这只是开头,老鼠拉木锨——大头在后面。果然,齐藤弼州继续说道:"我找你来,希望你能够将战果扩大到周边的几个村庄,动员这些村上的工人上工劳动,你认为怎么样?"

煊烂

刘大能心说什么动员,还不是带着手下挨家挨户威胁,碰到不配合的杀鸡给猴看。不过他认为这件事轻而易举,因此回答齐藤弼州自己会全力以赴,保证完成董事长交办的任务。同时,他又适时提出了自己的顾虑,他的队伍枪支老化,弹药补给也成问题,希望齐藤弼州能提供一些枪支弹药。齐藤弼州也明白这些汉奸贪得无厌,因此安慰他不用担心,会协调日本驻军全力支持和配合。

一个破坏罢工的计划就此成型。

同一时间,大李庄的一个农户家中,耿致远躺在床上,赵洪林和韩天民两个人神情严肃地站在床前。马铭楚牺牲的事情对他们是一个巨大的打击。经过这些日子的相处,马铭楚和他们,尤其是和赵洪林在游击队互相配合,已经成为同甘共苦、生死与共的亲密战友。

"事情的经过已经查清楚了,郑昌繁的下线被小李庄的刘大能抓住了,没有经受住鬼子的折磨,将郑昌繁和开会的地点供了出来,昨天追你们的也是刘大能的人。现在我已经安排郑昌繁离开了贾汪。你们其他人暂时是安全的,大泉村那边也没有啥动静。"赵洪林说道。

耿致远神色恍惚,他还沉浸在马铭楚牺牲的悲痛中。

"明天夜里咱们按照原计划突袭小李庄,既为了这次罢工,也为给铭楚报仇!"赵洪林握紧拳头说道。

耿致远昨天吸引敌人上山时身上全是伤,再加上淋雨受了风寒,此时正发着烧,头疼欲裂。听赵洪林说到这里,他挣扎着起身:"不行,我得起来!"他硬撑着身子坐了起来,准备下床。

赵洪林阻止他说道:"快躺下,就算你身份没有暴露,但是也不能麻痹大意,你就暂时在这里避避风头养病,这是我们游击队的一个联络点,房东赵大爷会照顾你这几天的起居。另外我已经安排人通知你家里,说你和萧三到徐州城进点货,可能需要三四天的时间。"

"洪林,你要还认我这个兄弟,就别拦我。"耿致远沉声说道,眼神中透着不容反对的坚毅,赵洪林伸出一半的手又收了回来。

昨天赵洪林带着众人从山里绕出后,并没有着急让众人回家,而是将几个人安排在大李庄,自己带着一名游击队员扮成采木耳的百姓杀了个回马枪,终于在后山的一处山坳里,找到了耿致远。赵洪林从没有见过耿致远那个样子,印象中的他总是情绪内敛、沉着镇定,泰山压顶面不改色,当山坳里衣服破烂、浑身血污的耿致远抱住他流泪痛哭的时候,赵洪林的眼泪也没有忍住,耿致远只对他说了一句"铭楚牺牲了",便昏倒在他的怀里。

耿致远坐起身子,有些虚弱地对着二人说道:"罢工持续了四天,有些矿工家里已经揭不开锅了。再这样下去,他们的生计都成问题。眼下虽然大部分工人都自觉响应,但小李庄的矿工却在刘大能的威逼下仍在上工,消灭刘大能势在必行。洪林,这次行动以你们游击队为主,我和韩天民来配合,接下来怎么做你来安排吧。"

赵洪林见拦不住他,便对行动进行了说明。小李庄位于贾汪东北,他准备将游击队兵分两路,一路佯攻位于贾汪西南的青山泉电厂,吸引贾汪当地驻军前往,自己则带领游击队主力攻击小李庄。小李庄有五六百户人,整个村子如同铁桶,地主刘大能在村子四周环筑高墙,形成一座封闭的寨子,易守难攻。村子有南北两个门,南门有一个炮楼,是附近最高的建筑,有二十几个日本兵常驻在那里。耿致远和韩天民的任务便是潜入小李庄,先探明敌人的防备情况,为突袭做好准备。

当天中午,耿致远和韩天民收拾妥当直奔小李庄。耿致远身上背着一床被子,韩天民拎着竹篮,竹篮里装了一些蔬菜和高粱。他们带的东西是给小李庄的老王头准备的。自从日本人进了矿,在贾汪矿看门的老王头便被赶回了家。他俩这次便借着看老王头的名义进入小李庄。

耿致远和韩天民来到村口,被两个伪军拦住:"看你们面生,干什么的?"

"官爷好,俺们是贾汪矿的工人,家住大泉村,到恁村来瞧人嘞。这是俺俩的臂章。"韩天民答道,两人伸出胳膊露出了"柳泉炭矿"的袖章。

"瞧哪一家?"伪军检查了一下他们带的东西,翻了翻白眼继续问。

"村西头看矿的老王头。"

"今天不上工吗?跑我们这儿瞎逛!"伪军检查了下他们所带的物品,没发现什么异常,放他们通行。

"官爷,现在俺们那儿都不上工了,俺要是去了要被人骂的。"韩天民回答。

"挨骂?你看到那边树上绑着的人没有,不上工命都没了。你们村早晚也是这样。罢工有啥用,还不都得靠着日本人给饭吃!"伪军指了指不远处的榆树,果然绑着一个被打得浑身是血的人,此刻耷拉着头不知死活。

看着不知名的工友惨遭毒手,耿韩二人不禁悲愤交加,赶紧转过头不忍再看,顺着村中的老街来到村西头的一个巷子,老王头就住在巷口的院子里。

"王大爷在家吗?"耿致远在门前喊道。

"谁呀?"老王头颤颤巍巍地走了出来,见是他看着长大的耿致远和韩天民,高

煊烂

兴地领着他们进屋,"咋是恁两个娃娃,快进屋坐!"

老王头的妻子离世多年,两个儿子仍然没有音信,现在他独自住在这个小院里。院子里种了些青菜,收拾得还算干净,但房屋和院墙一看便多年没有打理,土墙被风雨侵蚀得墙皮斑驳,露出了里面的秸秆,草屋的屋顶长出了一片杂草,已经有半米多高。

"王大爷,您这房子漏雨了吧?"

"我这半截身子入土的人,凑合着住吧。再说,也没钱请泥瓦匠哩。"老王头被赶出煤矿没了收入,身子骨也干不了重活,好在老王平时为人不错,乡亲们对这个鳏居的老人也很照顾,平时靠着邻里接济做些散工才勉强度日。

"那不管,冬天眼瞅着到了,你这屋漏风漏雨的。俺俩今天来除了给您带了些吃的,还给您老准备了一床过冬的棉被。正好趁着这两天矿上工人闹罢工,俺俩帮您把房子修修。您老也别推辞,搭把手的事儿。"

耿致远有自己的打算,一来老王头的房子确实需要修整,二来进村的时候发现了新的情况。问题来自村口那座日本人的炮楼,炮楼修建的位置比较刁钻,距离村口有四五十米远,中间还有一道道用沙包、铁丝网组围成的防御工事。炮楼居高临下,视野开阔,随便架上一两挺机枪,即便赵洪林的队伍能够突破村口,想要拿下这里,也要付出惨痛的代价。如果时间拖得久,还很容易被支援的敌人包了饺子。他想借着给老王修房子的机会,带进炸药,与赵洪林里应外合,拿下小李庄。

下午,听说两个年轻人要给老王头修房子,左邻右舍都要来出力帮忙,这在乡下是常有的事情。虽然大家在日寇汉奸的压迫下,日子过得都很艰难,但善良淳朴的乡情却是一丝也没有改变。邻居借给他们一辆牛车,还帮忙到刘大能那里开了一张通行证,证明出庄运送黏土稻草之用。

老王头送耿致远出庄,三人同坐一辆牛车。一路上耿致远边走边问,将刘大能的住所、驻军情况、暗堡位置等默默记在心里,脑子里已经形成了一张清晰的地图。到村口时,耿致远拿出证明,与老王告别,赶着牛车顺利出了小李庄。

第二天一大早,一辆载满黏土和稻草的牛车进了小李庄。老王头一大早就守在村子门口,远远看见耿致远和韩天民两人,高兴地伸手打着招呼。

"这两个后生是帮俺家修房子的。"他冲着看门的伪军说道。

虽然有通行证,看门的伪军还是仔细检查了货物。牛车装的是从不牢河的河滩上挖来的黏土,上面还堆了一车稻草。看门的守卫让耿致远二人将稻草从车上卸了下来,仔细检查一番,又拿着车上的铁锹翻了几下黏土,见没什么问题才挥手放行。老王头跑上来帮忙装车,三人一边聊天一边向家里走去。

将车赶到老王头的院子里后,耿致远和韩天民一刻也没停歇,马上脱了衣服准备卸车。老王头也要上来帮手,耿致远拦住说道:"这活俺俩干就行了,您老歇着就成!"

老王头过意不去:"不管!放屁还能添点风,我搭把手,孬好也能帮上点忙。"

"王大爷,过会儿乡亲们都来帮忙,您老干脆去烧上一锅开水招待大家。"韩天民笑着说道。

"多亏你提醒,我这就去烧。年龄大了,脑子都不管用了。"老王头一边唠叨着一边走向厨房灶台生火,院子里就剩下耿致远二人。

耿致远朝韩天民使了个眼色,二人马上热火朝天地干起活来。稻草堆到院墙一角,韩天民站在车上,用铁锹在车厢的角落里挖了几下,掏出一个木质的小箱子。耿致远已经在墙角挖了一个坑,将箱子小心埋在了里面,又在上面盖上稻草。箱子里面是赵洪林按照耿致远的要求准备的炸药和武器。

八点左右,邻居们陆续赶到。老王头家里许久没有这么热闹了,看着为了自己忙活的众人,老人不禁伤感起来,想起了先走的老伴,又想到自己杳无音信的两个儿子,忍不住泪眼婆娑。看着耿致远和韩天民忙碌的身影,老王头好像看见自己的两个儿子,过了许久才回过神来。他抹了把眼泪,忙倒水招呼大家。

五六个人忙活了一天,直到天色完全黑下来,老王头的房子终于修缮一新。屋顶新铺的稻草散发出干爽的气息,院子里漏风的泥墙该补的补过了,该刷的刷过了,像是换上了一身新衣。邻居们陆续离开,只有耿致远和韩天民二人,老人无论如何不让他们回去,说这个时候夜路不安全,非要留他们住下来。简单吃了些东西,大家忙活了一天都累了,早早地上床睡觉。

夜深了,两个黑影从村里西街走出,沿着墙角,一路蹑手蹑脚,小心谨慎。

耿致远和韩天民两人互相配合,走走停停,时而弓腰快走,时而匍匐前进,借着夜色的掩护,悄无声息地摸到了村口炮楼前。炮楼周边是一圈空地,鬼子强行拆除了炮楼附近老百姓的房子。炮楼上并没有人,只有一盏探照灯照向南门外。南门前也被马灯照得如同白昼,几个哨兵为了消除困意相互低声说着话,似乎是在讨论晚上赌桌上的输赢,谈话声在静谧的夜中听来格外清晰。

耿致远和韩天民隐蔽在空地前路旁的一段断墙根前,等了许久,哨兵谈话的声

煊烂

音终于慢慢低了下去。耿致远觉得差不多了,拍了拍韩天民的肩膀,示意开始行动。两个人一个铺设引线,一个抱着炸药包猫腰向炮楼冲了过去。安放炸药,连接引线,回到隐蔽的地点,一切都很顺利。

和赵洪林约定的时间就要到了,按照和赵洪林的约定,两点钟不管炸弹有没有爆炸,他都会带领游击队员向南门发动进攻。韩天民掏出了火柴,正要点燃引信,耿致远抬手制止了他。

南门口一高一矮两个伪军,朝着他们的方向走了过来。

"刘哥,今天晚上又去祸害谁家姑娘?"

"咋,你要一起?"

"刘团长可不是俺叔,要是等会儿班长查岗没看见俺,俺这个月的饷钱又得泡汤。晚上喝得有些多,俺先放个水。"

两个人边走边聊,矮个子沿着路继续向前走了过去,高个儿直接向耿致远他们隐蔽的断墙根前走了过来。耿致远两人趴下身子一动不动,火光一闪,那人似乎点燃了一根香烟,随手将火柴扔在身旁。

高个子解决了内急,突然"咦"的一声,耿致远暗叫不好。高个儿伪军发现了地上的引线,蹲下身子顺着引线的方向盯着炮楼。

正在这时,西南青山泉方向传来一阵密集的枪声,佯攻青山泉电厂的行动开始了。

高个儿伪军被这枪声惊吓,站起了身子。正在他要转身的时候,耿致远和韩天民同时起身向高个儿伪军扑去。高个子被突然出现的两个人影吓得腿都软了,"啊"地叫了一声,随即就被耿致远扑倒在地。韩天民一手捂住那人的嘴巴,另一只手摸起身边的一块青砖,两下便将他拍晕过去。

耿致远二人匍匐在地,观察周围的动静,似乎南门的守卫也被青山泉方向的枪声所吸引,并没有察觉这边的打斗。

"快点火!"耿致远知道赵洪林要进攻了。

韩天民点燃火柴,一团火光冒着烟"滋滋"地向炮楼延伸过去。炮楼里的鬼子也被枪声惊醒,探照灯开始四处晃动。上面一个眼尖的鬼子发现了地上的火光,意识到那是炸药包的引线,大声向身边的人嚎叫起来,但已经晚了,一声震耳欲聋的巨响后,强烈的冲击波激荡开来,大地在震颤,高耸的炮楼在烟尘弥漫中被炸成废墟。

南门外随即传来密集的枪声和喊杀声,赵洪林的游击队发动了进攻。

"快跑啊,八路打过来了!"

十几个伪军放弃了抵抗,扔下枪四散而逃,他们比谁都清楚,连日本人的炮楼都被端了,一帮乌合之众的抵抗又能有什么用?

游击队员追了过来,冲在最前面的正是赵洪林。

"干得好!"赵洪林看着被炸成一片废墟的炮楼兴奋地对二人说道。

"走,我带你们去端刘大能的老窝。"

刘大能被爆炸声惊醒,随即一阵晃动,立刻意识到出事了,慌忙起身穿衣服。

一个手下冲了进来:"刘团长,快跑吧,八路打过来了!"

"八路!哪儿来的八路?南门的太君呢?"

"日本人全死了,南门的炮楼都被大炮轰平了,咱们再不走就来不及了。"

刘大能冲出屋外,大院子里已经乱作一团,到处都是衣衫不整不知所措的伪军。刘大能心里有数,这些人都是临时拼凑的社会闲人和地痞流氓,平时欺负普通百姓还行,此时根本不可能是八路的对手。可眼下生死攸关,死马也要当成活马医,他举起手枪朝天连开三枪,又毙了一个准备跑路的伪军,院子里才算安静下来。刘大能安排手下的一个副官组织人手死守院子大门。自己带着家人和几个亲信驾着马车从后门溜了出来。路过北门时,只见大门敞开,守门的人早就跑得无影无踪。刘大能顾不上骂娘,如丧家之犬,驾车穿过北门仓皇而去。

游击队在村内没遇到什么抵抗便冲到了地主刘大能的院子前。一帮伪军仍仗着地势优势,凭借工事负隅顽抗。敌人的弹药充足,火力很猛,一时间难以拿下,有几个游击队员负了伤。赵洪林急了,当即准备组织敢死队进行强攻。耿致远拦住他,说刘大能的院子还有个后门,自己带人从那里进攻,与他们来个前后夹击。赵洪林同意,点了几十个人跟着耿致远绕到后门。果然,不大工夫院子里便乱了起来,敌人腹背受敌很快乱了阵脚,院子里的枪声慢慢停歇了下来。

赵洪林在攻破两个院外伪军的工事后,大门从里面打开了,耿致远走了出来:"进来吧,人都投降了。"

赵洪林进了院门,见在游击队员的监视下,百十个伪军举着双手站在墙边。他看了看手表,战斗持续了近一个小时。他安排队员清理战场,自己来到投降的伪军跟前,大声说道:"老乡们,俺们是共产党的队伍,是打小鬼子的!恁这些人,跟着刘大能干了不少坏事,虽说有的是被逼无奈,但也有自愿的。不管如何,咱们都是中国人。今天,愿意跟着我们打鬼子的,站到左边来,我们欢迎,并保证既往不咎!不愿意的我也不强求,站在原地别动。但是我把丑话说在前头,如果有死性不改还跟着鬼子狼狈为奸、甘当汉奸走狗的,被我抓住,绝不留情!"

被俘虏的伪军听了赵洪林的话窃窃私语了一阵,一些人站到了一边,表示愿意跟着赵洪林打鬼子,也有站着不动的。赵洪林叫手下将愿意加入游击队的人组织起来,准备撤退。

这时,一个清理战场的游击队员跑到赵洪林跟前:"队长,您快去看看!"赵洪林跟着队员来到一个房间门前,打开房门后惊讶得张大了嘴巴:"乖乖,这下发财了!"房间里堆满了枪支弹药,正是齐藤弼州给刘大能的那批物资。赵洪林让队员能带走的尽量带走,带不走的就地销毁,点一把火,将刘大能的院子烧了个干净。

村民们早就被枪声惊醒。见枪声停歇下来,有些胆子大的纷纷走出家门看发生了什么事情,见是恶霸刘大能的院子着了火,无不拍手称快。一些村民自发带着干粮衣物,要来感谢打鬼子除汉奸的"八路",可等他们来到村子北门,游击队员们已经离开了。

罢工胜利了。

齐藤弼州最终答应了矿工提出的要求——工人每班发放两斤高粱,工资增加一角。矿工们恢复了生产,但与之前的精气神明显不同。通过罢工,大家看到了团结的力量,坚定了同仇敌忾与日本侵略者作斗争的决心。小李庄日伪军的下场,也让那些汉奸看到了抗日力量的强大,矿警队和特务的嚣张气焰明显收敛了许多。

领高粱的时候到了,矿上这么多人如何发放是个难题,总务处处长秦建鸥制订了一个为期七天的首批发放计划,为了显示公平,他还特地安排十几个工人专门负责发放粮食。这些人一字排开,人手一杆秤,为矿工现场称重。下班的工人们满脸煤灰满脸疲惫,但是却又有一丝难以察觉的期待和希望,都盼着早领到粮食,回去一家人吃顿饱饭。

耿致远早早地领到了自己的粮食,掂量手中的高粱,不禁皱起了眉头。高粱水分很大,看起来似乎被浸了水,并且还有很多沙子,如果去掉水分和沙子,发到他手里的高粱顶多也就一斤半。原来负责总务的秦建鸥从粮食发放中嗅到有利可图,安排手下将高粱浸了水,还掺了很多沙子,这样一来,不管是谁来发放,几乎一半的粮食还是进了自己的腰包。秦建鸥在一旁得意扬扬地看着,几个监工在现场监督工人称重,耿致远若有所思。

"这高粱也太差劲了吧!"韩天民抓起一把耿致远领到的粮食说道。耿致远示意他不要声张,拉着他走了。

他俩来到了镇上萧三所在的杂货铺。

"罢工这么些天,就给了这个?"萧三看着耿致远的粮食也是直摇头。

"三哥,你铺子里可有秤?"

"有啊,没有秤咋做生意?"

耿致远知道萧三误会了自己的意思。他解释说想要从萧三这里买秤砣带回去。萧三问是几斤的秤,耿致远想了想,要十五斤的秤砣。

萧三拿出了一个秤砣,递给耿致远:"自己兄弟,不收你钱。"

耿致远笑了笑:"我要十个。"

"你拿这么多秤砣干啥,又不能吃!"萧三不解。

"发粮食的工人我数了数,正好十个人!"耿致远看着两个人眨了眨眼。

韩天民和萧三这才明白耿致远的意思,这些秤砣是给发放粮食的工人准备的。耿致远注意到工人们手中拿着十斤秤,秤砣越轻秤的读数就越大,所以市面上短斤少两的小贩总是挖空心思把秤砣弄轻。如今耿致远反其道而行之,十斤秤配上十五斤的砣,发到工人手中的粮食自然也就多了。

"秤砣倒好办,不够的话我再到别家店借点货,就是你咋换到称重的秤上呢?"萧三还是有些不放心。

"这个你就不用操心了,我自有办法。至于称重的工人师傅,他们即使发现秤砣不对,也不会声张。"

第二天下午,总务处粮食发放点。

矿工们排着队等待,前面几个工人似乎对发到手中的粮食格外不满,几个人气不过,同监工争吵起来。

"他娘的,每天累死累活地工作,你们就拿这糊弄俺?"

"这啥高粱,被水泡得都能发芽了!"

"掺了这么多沙子,当俺都憨吗?"

"还有恁这些给总务干活的,这么湿的粮食还给的平秤,这能有二斤?"

一群矿工将发放粮食的工人和秦建鸥围在中间,讨要说法。

"真不怪俺,上头要求这么称,俺也只能照办。"发放粮食的工人解释,大伙也没真怪他们,他们的目标还是秦建鸥。"师傅们,你们听我说,这些粮食因为紧急转运淋了雨,这都是很正常的现象……"秦建鸥那细声细气的解释根本没有人听,很快被淹没在工人师傅的讨伐声中。

巡逻的矿警队发现了这里的混乱，一群人吹着哨子朝这边拥了过来。趁着混乱，几个人凑到了粮摊前，悄无声息地将秤杆上的秤砣调了包……

秦建鸥最后同意，粮食发放给高秤，以抵消其中的水分，矿工们这才勉强同意。

七天之后，齐藤弼州兑现了矿工罢工提出的要求，高粱发放到每一个工人手中。大家都很高兴，秦建鸥却吃了个哑巴亏。五千斤粮食，浸了水又掺了沙子之后发放给工人，整个过程自己安排人全程监督。本以为借着这次机会自己能贪个两千斤，可辛辛苦苦几天，结束后一清算，自己还搭进去几百斤高粱，问题出在哪儿呢？

秦建鸥百思不得其解。

十月底的大洞山秋意正浓，各种林木在寒冬来临前铆足了劲生长，红绿黄橙的叶子，像是五彩斑斓的颜料泼洒在黑白相映的山石间。山风呼啸，一片片叶子翩然起舞，天女散花般落在树下两个肃立的年轻人身上。树下有一块巨大的山石，露出泥土的部分已是弹痕累累，仔细看，地面和石头上还有着斑斑血迹，这里正是马铭楚牺牲的地方。

"铭楚，我和洪林来看看你……还要给你捎个信，咱们的罢工胜利了，小李庄的敌人也被消灭了……"耿致远泪流满面，马铭楚是为了掩护他而牺牲的，耿致远感到深深的愧疚，"都怨我，要是我提前做好应对计划，你就不会为了保护我而牺牲了……"说到这里他已经泣不成声。

赵洪林拍了拍他的肩膀："致远，别自责了，铭楚做了正确的选择。换成我，在那样的情况下也会和铭楚一样。"

耿致远像是没有听见赵洪林的话，呆呆地凝视着石头上的血迹，仿佛看到马铭楚，正在朝他微笑着。

30　解救小苏

1945 年春天，战场上，日本侵略者已日薄西山，但仍然负隅顽抗，对贾汪煤矿的统治愈发丧心病狂。

因为矿工罢工，他们意识到掌控煤炭生产的重要性，尤其是要有一支完全受他们控制的工人队伍,即使再有工人罢工,也能够保证煤矿的基本运转。齐藤弼州趁着河南等地发生旱灾的机会,靠着坑蒙拐骗诓来大批难民,将他们像奴隶一样关在泥墙草顶的筒子屋里。因为条件恶劣,在这里被折磨致死的矿工不计其数,矿工们都称筒子屋是"阎王殿"。

耿致远在井下认识一个来自"阎王殿"的十三四岁的苏姓孩子,也是这群井下工人当中年龄最小的。听小苏说,筒子屋在泉河一带,可具体位置他也说不清楚,只知道他们那个院子门前有三棵柿子树。院墙上围着铁丝电网,四周挖了三四米深的壕沟,常年蓄着水,只有进门处有一座供行人车辆通行的小桥,有日本兵和伪军把守。上工的时候,难民们由日伪军押到井口交给工头,下工后再统一押送回来,完全没有人身自由。这些工人并没有工资,发给他们的工资是只能在院子里流通的白条,一天只给几个猪都未必吃的麸子窝头,酸馊难闻,难以下咽,就这样的东西还使劲克扣。生活条件极其艰苦,一间草屋挤了五六十个人,很多工人衣不蔽体,只能在身上披着麻袋片。有工人受不了反抗逃跑,不是被打死,就是被电网活活电死。

小苏长得浓眉大眼,身材和年龄极不相称地瘦弱,脑袋显得很大,裹在身上的麻袋片下,露出两条细如麻秆的胳膊。小苏平时待人客气,为人处世透出这个年龄少见的乖巧聪明,并且还很好学,没多久就熟悉了井下的情况,巷道怎么开挖、篷子怎么支撑、窑木的间距是多少、井下如何排水等,都能说个大差不差。耿致远很喜欢他,上工碰到时常把自己省下来的窝头送给他吃;见他没有衣服穿,还送给他一些衣物。工作时对他也格外照顾,总是安排些轻活给他干。

这天上工,却没有见到小苏,耿致远向他的工友打听,才知道小苏生病了。矿工生病是个要命的事儿,尤其是这些来自"阎王殿"的矿工,他们既没钱看病也没机会外出,一旦生病只能自生自灭。昨天还好好的,怎么就突然病了,耿致远疑惑。和小苏一起的工友气愤地说,早上他躺在床上起不来,被日本人发现,非说他是装病偷懒,不由分说便是一顿打,小苏被打得头破血流,最后日本人看他实在不能动方才作罢,现在不知道怎么样了。耿致远将自己包里的两个窝头递给那个工人,叫他晚上带给小苏吃。

耿致远虽然担心小苏的病情,却无法亲自过去探望。筒子屋戒备森严,根本不让外人进出。他想着到镇上的药铺买点治跌打损伤的药膏,明天让工人偷偷带给小苏,顺路再给爷爷拿一包止咳的草药。爷爷年前走路时摔了一跤,从那之后身体大不如前,遇到天气突然变化总容易感染风寒,昨天耿致远听着爷爷咳嗽了半宿。

煌烂

现在家里的日子和大多数人家一样过得十分辛苦，虽然耿致远家里有他和父亲两个劳力，但也只是让一家人不饿肚子罢了。

坐在杂货铺门口的萧三远远地朝耿致远招手："老弟，你托我买的蜂蜜到了，进来拿走吧！"耿致远知道萧三有事找他，便跟着他进了铺子。

"晚上来我家，介绍个亲戚给你认识。"萧三边说边拿出了一个罐子，"听说老爷子身体不好，我买了点蜂蜜，正好你来了也省得我再跑一趟，早晚给他冲着喝，润肺的。"耿致远没有多推辞。他谢过萧三，从杂货铺出来，又到中药铺拿了药方才回家。

当天晚上，耿致远来到萧三家，看到坐在他家的客人，有些诧异。从来人的一身装扮看，是一名伪军军官。耿致远不由皱了皱眉，萧三因为工作需要接触一些日伪军，他并不反对，但是今天把人带到了家里，这还是第一次。

听萧三介绍，原来此人是萧三老姑家的表弟，现在是贾汪第三步兵团副营长，名叫苗天风。前一阵到萧三的杂货铺采买东西才互相认了出来。苗天风长得眉清目秀，如果不是因为一身军服，看起来倒像是个读书人。萧三继续说道："这是我兄弟耿致远，你别瞧着他年轻，这经历可比你我二人丰富得多。你的问题可以和他拉拉。"

苗天风开门见山说明了来意："致远贤弟，你和三哥是肝胆相照的兄弟。三哥平时没少在我跟前夸你，说你知书明理，为人仗义，让我也很是钦佩。我们本来是郓城的地主武装，后来被日本人收编，不得已干了这丢祖宗脸的差事，并不是死心塌地给日本人卖命。现在时局已经越来越明朗，兄弟们吃饭都成了问题，更没人愿意给日本人当炮灰了。我听三哥说你认识八路军游击队的人，能不能牵个线，我愿意带着兄弟们参加游击队。后面到底咋弄，还想听听贤弟的高见。"

耿致远听了眼前一亮，现在赵洪林的游击队正是用人之际，如果这股力量加入，对他们的帮助会非常大。但是因为和苗天风初次相见，不便深谈，他还想再观察一阵，因此说道："苗营长客气，我是有个兄弟在游击队，可以帮忙牵线搭桥。但这事心急吃不了热豆腐，要一步步地来。您看这样咋样，我这边尽快和游击队取得联系，您那边也继续开展工作，掌握和发展更多可靠人员，就由萧三哥作为联络人，等到条件成熟时，再把你的队伍拉出来参加游击队。"

苗天风端起手中的茶杯轻抿一口，眉头微皱，耿致远看他似乎还有些难言之隐，问道："苗营长是不是还有啥顾虑？"

"兄弟，我也不瞒你，我们跟着日本人也是身不由己，确实做过一些坏事。虽然伤天害理的事我们能躲就躲,但毕竟还是穿过这一身伪军皮,不知道游击队会不会嫌弃……"苗天风沉吟半天,说出了自己的担心。

"这个你把心放肚子里,只要真心抗日,他们肯定不计前嫌。听说小李庄刘大能的队伍就有一些参加了游击队的,他们干得都很好。我想你只要一门心思抗日,游击队不仅信任你,还会重用你。"

"再咋样总比你在鬼子手下卖命被骂汉奸好吧!"萧三直言不讳地说道。

苗天风点头说:"您二位说得有道理,我照办。后面咱们的联络地点就定在三哥的杂货铺,我会安排手下的一个排长和你们联络。"苗天风接着介绍了队伍的情况,他们的部队驻扎在贾汪南边的泉河附近,他手下有三个连,共五百余人。如果和游击队接洽顺利,他可以保证能带出三四百人的队伍。

"你们驻地是不是有好几个筒子屋?"耿致远听难民说过,他们都被关在泉河附近的筒子屋里。

"泉河一共四个筒子屋,每个地方有五百多个难民。"

耿致远大喜:"苗营长,在弃暗投明之前,能否帮我做一件事?"耿致远说出了矿工小苏的事情,希望苗天风能将生病的小苏解救出来。

苗天风一听面露难色:"兄弟,我们营只负责两个筒子屋的协防,筒子屋里还驻扎了日本人,先不说从这近两千个难民中找到小苏不是易事,就算找到了他,也没办法把他单独带出来。"

"门前有三棵柿子树的是在你的管辖范围吗?"

"那是二营负责的。"

"小苏就在那里,之前他跟我说筒子屋前有三棵柿子树。"

"老弟,不是我不想帮忙,可就算知道地方,要把一个大活人从鬼子眼皮底下带出来,兄弟我实在是没有这个能力啊。"苗天风坦白道。

三个人陷入沉默,苗天风担心如果做不成这件事,会让耿致远对他的诚意有所怀疑。思索片刻,他拿定主意说道:"要不这么办,等我们起事那天,把筒子屋给端了!"

耿致远摆摆手:"苗营长,这样做牵扯太多,对你们举事不利。不要操之过急,容我想想。"他端起面前的茶杯,慢慢喝了口茶水,过了半晌才缓缓说出了一句让苗天风和萧三听了摸不着头脑的话:

"活着带不出来,死了是不是就可以……"

清晨,太阳刚刚升起,白茫茫的雾气弥漫在碧绿的田野上,大地如梦似幻。四个筒子屋突兀地矗立在这片田野上。筒子屋的上空耷拉着的太阳旗显得有气无力,屋前布着铁丝网,一排荷枪实弹的士兵站在铁丝网前,几个士兵牵着狼狗在筒子屋四周来回游荡,气氛肃杀阴森。

稍后,筒子屋前的四个吊桥同时放下,在鬼子的枪口之下、叱骂声中,一群衣衫褴褛、毫无生气的工人如同牲口一般被赶了出来。吊桥前停着一排军用卡车,接着,矿工们又在鬼子士兵的监视下上了卡车。个别手脚不利索的工人走得慢些,随即招来鬼子士兵的一顿暴打。卡车启动了,一阵尘土飞扬之后,筒子屋门前又恢复了宁静。

苗天风带着勤务兵走向一个筒子屋。筒子屋前的三棵柿子树上结满了花骨朵,一些已经率先开出了淡黄色的小花。

"这不是苗营长吗? 今天咋有雅兴到俺三号屋来?"看门的伪军已经认出了苗天风,跑上来一脸谄笑地和他打着招呼。

"老邢在里面吗?"

"俺营长在。"

"带路!"

搭话的伪军一路小跑,向看门的日本兵说了几句,鬼子大手一挥,苗天风带着勤务兵走进了筒子屋的大门。

院子很大,十几间茅草屋围成了一个圈,圆形的窗户和漆黑的木门如同黑洞洞的眼睛和嘴巴。"怪不得这里叫阎王殿,这些草屋还真像画上的阎王爷的脸。"扮作勤务兵的耿致远第一次来到这筒子屋,左右观望,他急切地想知道小苏会在哪一间草屋里。

靠近大门处有一排砖房,明显是日伪军的宿舍,走到其中一间门前,带路的伪军喊道:"报告,一营苗副营长到!"

"进来!"

苗天风有些担心地回头看了一眼,看到耿致远微笑回应,这才提了一口气推门进入房间。

房间不大,邢营长正吃着早饭,房子里乱七八糟的东西堆了不少,桌子上还摆着昨晚的剩饭剩菜,空气中一股甜丝丝的异样味道。耿致远在记忆中搜寻这气味的名称,终于想起和大烟馆门前的味道差不多,看来这个邢营长还是个瘾君子。

"苗副营长咋有兴致到我这儿来了?"

解救小苏

293

"有些日子没见，想你老哥了呗。"苗天风回答。

"少来这一套，你那熊样，有屁快放，没事你才不到我这儿来呢。"

"老哥，真的是想你了，顺道来看看你这里的情况。"苗营长把声音压低了一些。

邢营长知道这话里有话："苗营长，咱们两个营不都是干的一样的活吗，我这里能有啥情况，莫非你那里出了啥状况？"

苗天风哈哈一笑说道："啥事都瞒不过老哥。"他贴近邢营长耳边轻声说了两个字，让邢营长也吃了一惊："瘟疫！"

对于邢营长来说，看管这几个筒子屋，虽然不是什么费力的事情，但最担心的就是出现瘟疫。一来害怕瘟疫在士兵中传播，一旦传染给日本人，必然会怪罪到自己头上。二来筒子屋一个房间挤着几十个难民，出现瘟疫会迅速扩散，引发大批难民的死亡。虽然死几个人对他们来说稀松平常，但如果疫情严重，这些劳动力大批死亡，必然会因为管理不善引起日本人的责罚。轻则免掉自己的官职，重则给安个破坏生产的罪名关进大牢。

"你们那里有得疫病的了？"邢营长也压低了声音。

"已经有两三个难民得疫病起不来，不过已经安排人处理了。我们马营长说了，这事一定得低调去办，再三叮嘱我不能声张，偷偷把得了疫病的人给埋了。不过咱们兄弟俩这么多年的交情，谁都不说我也得给你说一声啊。老邢，这些工人平时都在一处干活，你这边也得当心，很难保证没人被传染。还有，抓紧把你这里生病的人给处理掉，撒上石灰粉消消毒，不然出了事可别怪我事先没给你说哈。"

"确实有十来个生病受伤的今天没上工，都给埋了？"邢营长迟疑起来，心里琢磨这事咋向日本人交代。

"那倒不必，我给你带来个人。"苗天风指了指身边的耿致远，笑着说道，"这小子祖上是行医的，能看出来疫病，等会儿让他先去瞅瞅。"

"还有这好事，还是老弟你想得周到啊！咱们先去看病人，有情后补。"邢营长顾不得吃早饭，拉着苗天风和耿致远便出门。

三人走到一间草屋门口，邢营长说今天没法上工的人都集中在这里。耿致远掏出三个口罩分给两人戴上："两位营长，瘟疫传染性强，你们在门口稍候便可。"说完自己便进了屋，苗天风不禁暗赞耿致远心思缜密。邢营长这下更是确信，耿致远是个懂医的人。

耿致远进了屋，即使戴着大口罩，依然感到一股浓烈的腥臭扑面而来。地上横七竖八躺着十几个人，有的身体受了伤，不时发出痛苦的呻吟，身上缠着分不清颜

煊烂

色的肮脏布条，任凭豆粒大小的苍蝇叮在伤口处。有的一动不动，躺在那里不知道是死是活。还有几个靠墙坐在一起，盯着耿致远的眼神充满了恐惧。耿致远有些担心，害怕在这里找不到小苏。靠墙的几个人里没有，呻吟的人里也没有，他踮着脚走路，生怕踩着这些难民增加他们的痛苦。顺着躺着一动不动的人一个个翻过去，耿致远终于在最里面，看到了昏迷不醒的小苏，一道已经风干的血痕从头上顺着眼角延伸到嘴角，显然是挨了打。耿致远伸手摸了摸他的额头，孩子烧得吓人。

总算是找到了，不幸中的万幸。耿致远走出房门，两个营长已经用眼神表明了他们迫切想知道察探的结果。

"发现了一例，是个孩子。"

"竟然还真有！"

"此人初起憎寒而后发热，头身疼痛，胸痞呕恶，日后但热而不憎寒，昼夜发热，日晡益甚，苔白如积粉，数脉来去促急，肯定就是疫病了。"耿致远昨晚临阵磨枪，翻看了爷爷的中医书，此时也不知道说的对不对症，但唬得邢营长确信无疑自己的筒子屋中出现了疫情。他下意识地后退两步，想尽量离房屋远一些，焦急地看向苗天风，连声问道："老弟，咋弄，这可咋弄？"

"还能咋弄，抬出去埋了。"苗天风让邢营长不要声张，安排一个办事利索的手下，和耿致远一起把人抬出去。两个人进屋抬起昏迷的小苏走出屋门，邢营长在地上捡了个麻袋片盖了小苏身上，和苗天风一起看着耿致远二人抬着小苏向外走。邢营长本要离得远远的防止自己感染，突然觉得不妥，也紧赶两步跟着二人。他在担心门口的日本人找麻烦。每个筒子屋都驻守七八个日本兵，带着一个排的伪军负责管理，鬼子都是大爷，脏活累活还是伪军干。

果然，门口的鬼子对耿致远二人抬的人产生了兴趣，一个人拦住他们指着小苏问道："什么的干活？"

"太君！"邢营长点头哈腰地走上前，拦住了想要揭开麻袋的日本人，"结核的干活，传染，埋掉埋掉！"他挥手示意耿致远二人赶快走，其实他是担心日本人发现得了疫病的小苏，也怕日本人离得太近感染了疫病连累到他。

日本人见是邢营长，便没再阻拦，任凭耿致远二人抬着小苏走出了筒子屋："你的良心大大的好！"日本人对邢营长的殷勤很满意。

邢营长行礼后转身走开，心里却在想："你可别死在我这儿。"

走出大门左拐，沿着小路走向几个筒子屋的后面，便是"万人坑"——筒子屋安置死人的地方。早晨的露水还没散净，脚下的泥路湿滑泥泞，一阵风裹着稀薄的晨雾围过来,显得邪气十足。平时胆小的人根本不敢来这里,耿致远看出和他一起的伪军的胆怯,指着一块空地说:"哥,把人放这里就行,这孩子必须给挖坑埋掉,不然会传染。"伪军顿感大赦般的轻松,道谢后便一路小跑,消失在晨霭中。

在苗天风的安排下,小苏被顺利转移到南北杂货铺,对外称他是萧三的远房侄儿。虽然顺利地将他从"阎王殿"抢了回来,但是他的病总不见好,并且症状也越来越严重。耿致远想了很多办法,用冷水擦身体、敷毛巾降温、草木灰喂食,可不仅发烧没有好转,昏迷的状况也时好时坏。中药吃了十几服之后,小苏甚至连嘴巴也难以张开了。萧三通过关系辗转找到了矿区医院的一名日本医生,那人见到小苏两分钟不到,便有了结论,小苏得了"破伤风"。

"破伤风是个啥病?你说这日本大夫不会糊弄咱吧,为了请他,我可是下了一番功夫,给这日本人的姘头说了不少好话,也送了不少东西。谁知道他连脉也不把一下,来到这里就看了两眼,就把病情给断了。"萧三愁眉苦脸地对耿致远说道。

"大夫没给治?"

"治了,他拿把剪刀怪吓人的,好像把小苏头上的伤口剪了几下,擦了点药,我没敢看啊。"

耿致远苦笑:"那大夫还说啥了?"

"说需要一种药,但是这药在矿上医院也是限量供应,并且很稀少,价钱很贵。"

"多少钱?"

"二十五,二十五美金。致远,美金是个啥?"

耿致远看着萧三,并没有直接回答他的问题,说道:"现在咱这矿工出一天工能赚多少钱?"

"大概不到四毛钱吧。"

"这二十五美金,相当于一个矿工大半年的工钱。"

"这么多!"萧三张大了嘴巴。他怎么也想不到,日本人说的这种药竟然贵到这种程度,本以为凭借杂货铺的生意,买药是不成问题的,可眼下这么多钱,他也犯了难。

耿致远和萧三进到杂货铺里屋,小苏还在昏睡中,纤细的身体僵直地躺在床上,牙关紧闭,脸上出了很多汗。耿致远伸出手试了试,额头还是很烫,这样下去小苏的生命有危险。他给小苏擦了擦脸上的汗水,下定决心,一定得给他买到药。他对萧三说道:"三哥,你继续和日本大夫保持联系,钱的事情我来想办法。"

煊烂

初夏的夜空清澈而深邃，如水的月光从天宇轻轻流泻下来，几颗星星缀在遥远的天幕上，如同水底的宝石般闪烁着神秘的微光。

数萼初含雪，孤标画本难。

香中别有韵，清极不知寒。

横笛和愁听，斜枝倚病看。

朔风如解意，容易莫摧残。

这是唐代崔道融写梅花的一首诗，也是此时的耿致远心中所想。他的书桌上，摊开着一个红色的布包，里面是一只金灿灿的手镯。手镯上雕的朵朵梅花映入耿致远的眼帘，望着眼前的手镯，耿致远陷入沉思。他清楚姚昕露离开时的悲伤与不舍，从他在医院说出分手的那一刻，姚昕露眼神中的无助和绝望像是烙在了他的脑海中。多少个夜深人静的时分，萦绕在耿致远梦境中的是姚昕露那失望和哀怨的眼神，这眼神让他心如刀绞，却默然无声，让他泪眼模糊而后满怀愧疚地从梦中惊醒。

这只手镯代表着姚昕露的心意，也是他为数不多的念想。如果还有其他办法，他绝不会打这只手镯的主意。可是几年来在日本人的统治下，工人们的生活屈辱而贫困，家家户户都到了揭不开锅的状态，哪里还能有什么积蓄！韩天民的父亲去世，大伙好不容易才凑齐了一口棺材钱。眼下这二十五美金，可不是随便能凑得齐的。如果昕露知道这只手镯的用处，也不会怪我吧？桌上的油灯发出轻响，跳跃的灯光将耿致远从沉思中拉回现实，他长叹一口气，将手镯小心翼翼地重新包好，放进了随身携带的包里。

耿致远将东西交给了萧三，看着手中做工精良的手镯，这东西足够一家人一年的口粮了，萧三有些不解耿致远为什么对小苏这孩子如此上心。耿致远淡淡说道："都是穷苦人，能帮就帮一把，希望这只手镯，能换回小苏的命！"日本医生没有骗萧三，治疗破伤风的新药盘尼西林生产技术不成熟，产量有限，药物都来自德国，数量稀少，价格昂贵。直到医生将两剂盘尼西林注入小苏的身体，萧三紧张的心才算是放松下来，终于完成了耿致远交办的任务。

小苏得救了。新药很有效果，没过两天，他便已经能够下床走路，气色也好了许多。因为耿致远等人的悉心照顾，小苏的身子骨一天天好起来，从此他化名苏荣光，在萧三的杂货铺帮忙打杂。日本人投降后，他成为少数从筒子屋中存活下来的工人之一。

　　苗天风的起义进展还算顺利。他所在的步兵团三营一共三个连队,共计五百余人,正营长马士香是贾汪本地人,这可是个彻头彻尾的汉奸,恶贯满盈,与土匪无异。他最爱干两件事:一件是抢女人,媳妇便是他抢来的,平时碰到稍微有些姿色的女人便会千方百计抢到自己的营房;第二件是绑票,知道谁家殷实,晚上便去把那一家的孩子给偷了,留张字条让人拿钱去赎。马士香在日本人手下做事如鱼得水,常挂在嘴边的一句话就是"吃太君的饭,干太君的事儿"。苗天风争取他起义无异于对牛弹琴。三营下面有三个连长,有两个跟苗天风一样,被迫当了伪军。苗天风与他俩走得很近,他俩已经明确表示拥护起义,只要苗天风一句话,保证将队伍带出。三连长却是马士香的嫡系,跟着他狼狈为奸坏事做尽。苗天风试探了几次感觉希望不大,甚至有暴露自己的风险,因此也放弃了动员他的念头。

　　进入五月,日本人展开了新一轮的"扫荡"。

　　苗天风所在的三营除少数人留守泉河之外,其余人白天都要配合日本人统一行动。而此时日军战线拉得过长,后勤供应难以为继,伪军的补给更是捉襟见肘,有时候甚至连饭也吃不饱,队伍中怨声载道。苗天风认为这是一个好机会,便联系了萧三。经过和耿致远、赵洪林等人的讨论,起义的日子选在了两天后的晚上。由耿致远和游击队的一名队员配合苗天风行动,赵洪林带领游击队负责接应。

　　之所以选择两天后,是因为这是马士香雷打不动逛窑子的日子。然而到了当天,马士香却像是擀面杖钻石头一般,守在营房寸步不移。苗天风几次借故去找他,到了门口都被警卫班拦了回来,说是营长身体不适,特别吩咐没有要事不能打扰。苗天风急得满头是汗,在房内来回踱步,嘴里不停地嘟囔着:"坏了坏了,看来这家伙今天是没兴致了。"听得其他两位连长急也不是笑也不是。为了今晚的行动,苗天风提前找了个理由将马士香的嫡系三连长派去了贾汪镇,估计今晚不会回来,可谁想到在马士香这儿出了岔子。苗天风看了看表,心中如同千蚁噬心,"我带人冲进马士香的营房,把他给崩了!"

　　"这可不行,马营长有警卫班不说,动静大了引起日本人和其他部队的注意就麻烦了。"其中一位连长说道。

　　"那可咋办,错过了今天就怕后面夜长梦多啊。"

　　"别着急,你们看这样咋样……"耿致远将自己的想法说了出来,屋内几人听得连连点头,苗天风听完后更是兴奋不已,双手抓着耿致远的肩膀说道:"兄弟,我请

煊烂

你来算是找对了人!"

31　日军投降

三营驻地本是个二十几户人家的小村落,伪军驻扎于此后便将那里的村民强行赶走。一众伪军白天跟着鬼子空跑一天,好不容易熬到了晚上才吃上一顿饱饭,饭后不久倦意袭来,很多人便早早地睡下了,营房内外渐渐安静了下来。临近深夜,营房内响起了激烈的争吵声,内容大概是因为赌钱的输赢。在伪军中,因为赌钱而吵闹的事情时有发生,但是今天的争吵颇为反常,两个人越吵越厉害,后来两人推搡着出了营房,在门外拳脚飞扬打成一团。

"不好了,一连长和二连长干起来了!"一个伪军高声喊道。喊叫声惊醒了被窝中的其他人,不一会儿两个连的士兵全都钻出被窝,哗啦啦跑出了营房。因为伪军士兵平时受尽日军的欺压凌辱,但是两个领头的连长为人还算仗义,对手下的兄弟照顾有加,这个时刻谁也不想自己的"头儿"吃了亏。三连的人也跟着跑出营房看热闹。两位连长都正在气头上,此刻已顾不得体面,两人嘴里骂骂咧咧,用双手相互撕扯着对方的头发衣服,站着较量一番之后,两人滚到地上扭作一团继续较劲。旁观的士兵分作两派,各为自己的"头儿"呐喊助威,胆小的跟着兄弟们起哄,胆大的帮着就地打滚的"头儿"出几下黑脚。顿时营房外的空地上两人扭打,百人围观,其情状可谓热闹非凡。

"看什么看,都他娘的给我滚回挺尸(睡觉)去!"副营长苗天风出来了,冲着围观的伪军厉声吼道。士兵们如同耗子见猫,在苗天风的吼叫中很快消失得无影无踪。

"看看你俩那熊样,成何体统!哪有一点长官的样子!"苗天风指着两个连长的鼻子怒骂。

"他赌钱使诈!"

"老子使诈?明明是他输不起不想给钱,反过来还骂老子!"

"骂你咋了,我还打你呢!"

两个连长谁也不服谁,又要动手。已经回屋的伪军听到长官的对骂,忍不住捂嘴窃笑。

"都给我闭嘴！治不了你们是吧？把他俩给我押起来,找营长去!"苗天风话音刚落,跟在他身后的耿致远和游击队员小吴迅捷地控制住打架的二人,直奔马士香的院落。

四个警卫班的伪军士兵在马士香院落门前站岗,此时已经恹恹欲睡,借着探照灯的光亮,他们看清了是苗天风带着几个人走过来,心里不禁暗暗叫苦。其中一个瘦高个儿伪军硬着头皮对快步走近的苗天风说道:"苗副营长,不是告诉你了嘛,马营长说了……"

"我找马营长,这一连长和二连长都快闹出人命了,都给我闪开!"苗天风打断瘦高个儿伪军的话,推开他们便向院里闯去。"营长,营长,一连长和二连长打起来了,你得分个是非!"苗天风大声嚷嚷着来到了院内,不容分说推开了马士香的房门。跟着苗天风他们进院的警卫班伪军见拦阻不成,又害怕马士香怪罪下来担当不起,悄悄溜出了院子。

房间内灯光倒是明亮,半裸着身子的马士香钻出被窝,从床上坐了起来,身边还躺着一个身子白花花的女人。女人见有人进门,急忙扯过被子将身体裹紧。苗天风皱了一下眉头,心想难怪这色鬼今夜没去逛窑子,原来把窑姐拉到军营里来了。

马士香看清来人,讪笑着下了床,弯腰捡起地上的衣服披在上身,袒胸露背地坐在桌前端起茶杯呷了一口,稍微定了一下神,问众人发生了什么事情。两个打架的连长这个时候有些胆怯,低着头向后缩去。

"咋啦,刚才硬得狠,现在都变成缩头乌龟了？恁俩向营长好好说说都干了些啥?"苗天风说完朝前猛推,推得两人一个趔趄。马士香一开始以为两人只是没站稳,没想到两人径直向自己扑了过来,一口茶还没下肚便被两个连长扭住双臂动弹不得,嘴里还被两只袜子塞得满满当当。苗天风也不迟疑,三步两步扑向被窝中的女人,一手勒住女人的脖子,一手捂住女人的嘴,警告她不许叫唤。接着掏出随身携带的绳索把她连人带被捆了个结实。

马士香也被绑了起来,虽然他平时凶神恶煞,但面对眼前这阵势就像一只泄了气的皮球。被堵住嘴巴无法说话,也不知道这群人要如何处置自己,马士香恐惧地盯着苗天风,喉间努力发出呜呜如犬哀嚎般的呻吟声。苗天风掏出手枪砸了下他的头,叫他住嘴。马士香听话地安静了,身子却不停地哆嗦,屁股下出现一块越来越大的水渍,已经被吓尿了。

此刻警卫班的四个伪军正在院门外幸灾乐祸,他们知道马士香在房间里的勾当,见苗副营长不听劝阻非要坏马士香的好事,便关上了院门守在门外,一个个伸长脖子竖起耳朵等待着马士香熟悉的怒吼:"你们这群孬龟孙,欠揍是吧?想挨揍就吭一声!"

只是半晌过后,屋内并无动静。警卫班的伪军正在疑惑,忽听苗天风在房里喊:"外面的来两个人,把房间收拾收拾!"听见叫唤声,警卫班长忙不迭地带一个手下跑了进去,想第一时间看看房间内究竟发生了什么。他们刚进门,没看到期待的香艳场景,却被抵在脑门上的枪口惊出了一身冷汗。马士香倒在地上不知是死是活,苗天风脸色铁青。他们两个人明白大事不妙,只得乖乖束手就擒。苗天风又如法炮制,将警卫班另外两人控制住,低头看了看表,已经接近午夜,便吩咐两位连长集合队伍,准备出发。

夜里十二点执行任务,这在伪军中是极少发生的事情。可最近日本人做事毫无章法,馊主意层出不穷,这个时间把大家拉起来也并不让人意外。一众伪军怨声载道:狗日的鬼子连个囫囵觉都不给睡!士兵们睡意未消,个个垂头丧气,伸着懒腰打着哈欠站队集合。苗天风布置了任务,今夜三点之前必须到达韩庄一带,如有掉队军法处置。乌泱泱的队伍如同蠕动的青虫在夜色中开拔。

两个钟头后,苗天风的队伍顺利到达和赵洪林约定的地点。在一处山坳中,他将三个连队的人集合起来说道:"大家都听仔细啦,今黑里根本没啥秘密任务,我把你们带到这里,是要给兄弟们指条活路。现在小日本已是秋后的蚂蚱,蹦跶不了几天了,跟着他们肯定没啥好果子吃,从这段时间的伙食就能看出来,大伙儿都是饥一顿饱一顿,这样下去能不能活命都说不定。以后,小日本夹着尾巴跑回东洋,咱们这些'二鬼子'能往哪儿跑?尤其是跟着马士香那个淫棍,能有啥好下场?!"

此话一出,伪军们终于明白,苗天风这是要带着他们起义了。队伍中有一帮马士香和三连长的亲信,此时个个心里直打鼓,大约是想着如何安全脱身,而后低声私语。队伍中多数是苗天风的人,他们大声附和:"俺跟着苗营长干!"混乱中一声清脆的哨响,一群荷枪实弹的游击队员不知从什么地方冒了出来,把这群人严严实实地围在了中间,队伍开始骚动起来。

苗天风高声喊道:"大家莫慌!这就是我给大家找的出路。今天愿意跟着我弃暗投明的,就地加入游击队一起抗日,不仅既往不咎不难为大家伙儿,还会给你们好吃好喝。不愿意的,也不勉强,发给盘缠路费,武器上交,各回各家。我这里有全营的名册,今天走的留的我都会标记清楚,如果今后还有跟着鬼子干的,你们可要考虑清楚了,等到日本鬼子跑了,这个名册就是总账,自然有人和你们清算!"

三个连的伪军本就对日本人和马士香颇有怨言，加之眼下情势所逼，大多数人自然选择了加入游击队。少数马士香和三连长的亲信，权衡利弊之下，也觉得苗天风分析得有道理，选择了加入游击队，最后只有极少数人选择交枪离开。苗天风和游击队信守承诺，没有难为选择离开的人，当场发放了盘缠。游击队对苗天风的队伍就地整编，统计人数，足足三百二十七人！从此这支队伍的力量进一步壮大，成为贾汪地区响当当的抗日武装力量。

伪军营长马士香成了光杆司令，虽然性命无忧，但在日本人面前的地位一落千丈。抗战胜利后，此人还有一段故事，让人感叹善恶有报、人间正道。原来，马士香自知坏事做尽，在日本人投降前便辞掉了伪军的差事，抢来的老婆也不要了，独自隐姓埋名住在乡下，靠蒸馒头卖大饼做些小生意度日。日本人投降后，眼看着藏匿的汉奸一个个被揪出来受到严惩，马士香惶惶不可终日。一天赶集，一个买馒头的客人似乎认识他，有些疑惑地问他是否认识贾汪的马士香，马士香听后面色惨白说话支支吾吾，匆匆收摊回家。从此便卧床不起，没过几天就病死在家中。附近的村民收拾他的遗物时，才发现他的汉奸身份。人们都说他以为有人来寻仇，被活活吓死了，死的时候刚刚三十岁出头。

1945 年端午节前，田里的麦子已经泛黄，饱满的麦穗像是怀胎十月的女子，羞涩地低着头，满怀收获的喜悦。经事的庄稼人心里透亮，再晒几天日头，便可收割了。虽说除去各种苛捐杂税，百姓可用于果腹的粮食寥寥，但眼下连片的青中泛黄的麦子，还是能使庄稼人心里亮堂不少。

赵洪林这个时候化装成送货的商人赶着马车来到了贾汪杂货铺。他在萧三的帮助下，顺利办好了通行证，借着采办货物的名义进出贾汪，倒也畅通无阻。萧三见赵洪林到来，迎到门外招呼道："林老板，今天咋么晚呀，再晚一会儿，俺店里的货就卖完啦，赶紧到后面喝茶吧！"他热情地拉着赵洪林向里边走。

矿工小苏麻利地拴好马车，将车上的货物搬进店里。这段时间下来，小苏的病已经痊愈，再加上耿致远等人的悉心照顾，身体慢慢壮实起来，个头也长高了许多。他本身是个孤儿，尝尽了生活的苦难，更是深谙滴水之恩必当涌泉相报的道理。现在有人对他好，他便把耿致远这些人当作自己的再生父母，竭尽所能帮着萧三打理店铺。日子久了，机灵的小苏已经觉察出身边这群人的不同寻常。耿致远表面上是个普通的矿工，却是矿工们的主心骨，也正是他精心策划把自己从火坑当中救了

煊烂

出来。萧三看起来吊儿郎当,整日和日本人、汉奸混在一起,却暗地里搜集了很多药品和弹药。这个林老板更是走路生风,眼神凌厉,一看便是人狠话不多的类型。每到月初,还会来一些不知身份的人将萧三的存货取走,并且每次来的人都不相同。

起初小苏对他们做的事情很好奇,他问过耿致远,耿致远只是微笑着拍了拍他的头说道:"小苏,不是不想跟你说,只是你还小,现在就跟着你三哥打理好店铺就行。你要记住,咱们做的是每个中国人都该做的事!"

"那是啥事?"小苏仍然疑惑。

"你在筒子屋最恨啥人?"

"当然是日本人,还有那些二狗子!"

"咱们就是跟他们对着干的!"

小苏瞪大了双眼,他知道筒子屋中那些坏人的凶残,也明白了这群人小心谨慎的道理。从此他做事更加勤快,对耿致远这些人除了感恩,更是由衷地敬佩,也为自己能够替他们做事感到舒心。

早就等在后院厢房的耿致远见萧三拉着赵洪林进来,凑上前说道:"首长,有啥指示?"

赵洪林上前先给了他当胸一拳:"当哥的可别贫啊,好一阵子没见着,还真想你了!"

"你哪是想我,是想你那没过门的媳妇了吧!"

萧三也忍不住笑道:"你还别说,上回我瞅了一眼,长得那个水灵啊,比你嫂子强多了!"

赵洪林羞了个大红脸,原来上次反扫荡时他救了一个被伪军追赶、胳膊中弹的女孩儿。在游击队养伤期间,两个人暗生情愫,巧在那女孩儿也是大泉村人,叫小美,是村西头李木匠家的孩子。赵洪林仔细回忆,李木匠家好像是有一个闺女,真是女大十八变,和小时候比完全变了样。小美一眼便认出救她的人是村里赵叔家的二毛哥,没想到竟然是抗日游击队的队长。两个人年龄相仿又是旧识新交,很快便到了无话不谈的程度。后来赵洪林把小美送回了村,临别时叮咛她千万别把自己在游击队的事情告诉家里,两个人才依依不舍地分开。赵洪林又嘱咐耿致远平时对小美家人一定多加照顾。

"知道你惦记,他们家、你家都好着呢,放心吧!人家姑娘还让识字的先生替她写了封信,托我给你捎来了!"耿致远从怀中拿出一个信封,递给赵洪林。

赵洪林激动得一把抢了过来,刚要拆开,察觉到旁边萧三好奇的眼神,连忙咳嗽一声将信收了起来:"先谈正事!"

赵洪林的正事是要耿致远帮忙准备一百副担架。听到这个消息,耿致远和萧三都有些兴奋:"游击队看来要有大动作啊!"赵洪林接着介绍,原来游击队得到情报,大许家、八义集、碾庄据点的日伪军一千余人将于6月8日出动,宿羊山据点的伪军配合,到八路军控制的铜山耿集地区进行"扫荡"和抢粮。赵洪林的游击队将配合运河支队半路伏击鬼子,并承担战时抢救伤员的任务,需要组织四百余副担架,可目前还不到两百副,因此赵洪林找到了耿致远。

"鬼子还真会挑时候,田里的麦子刚熟,他们就要来抢粮了,可不能叫他们得逞!"萧三恨得牙痒痒。

"你们给一百副咋样?得在三天内准备好,不然就来不及了。"赵洪林沉思片刻说道。

"我还不知道你,要是有一点办法,也不会来这里了。"耿致远笑着说,"我们尽量给你搞到两百副!"

"真的?"赵洪林喜出望外。

"我说话还能有假,你放心地回吧。"

"哈哈,那我就回去安心备战了。虽然游击队经费困难,不过俺也不会白拿老百姓的东西,这次我车里装了一些高粱、玉米和钱,多少给提供担架的乡亲补贴一点,算作心意吧。"

当天晚上,十几个人来到了大泉村萧三的家里,耿致远召集骨干开了个会。这段时间,又有一些新人加入了矿工组织的队伍。耿致远将赵洪林所说的情况跟大家通报了一遍,与会者个个听得义愤填膺,现在田里的麦子还没熟透,贪婪的鬼子就要来抢粮了,一定要让游击队狠狠地打击敌人。对于担架的事情,大家表示义不容辞,每个人分配了数量回去落实。

"两百副担架,俺这些人分一分也不多,两个木桩、一块木板就是担架了,家家户户都有这些东西!俺不光出担架,还要回去找亲戚朋友出工,八路军和游击队是为了俺老百姓出头杀鬼子,咱们可不能叫他们寒了心!"说话的中年人叫滕子汉,穿着带补丁的衣服,发言时黝黑的脸涨得通红。顺着他的话,其他人也跟着议论开来,接着大家讨论起制作担架的办法。

耿致远从兜里掏出一张纸:"滕师傅说得有道理,咱们准备担架应该就地取材,用家家户户都有的材料。另外还要考虑方便实用,要尽量制得轻巧点,打仗的时候抬伤员才能又快又省劲。按照这个想法,我画了一张图,大伙看看咋样。"

萧三将耿致远手中的图铺在桌上的油灯旁,十几个脑袋凑在一块儿,一边看着一边啧啧称奇。耿致远设计的担架是由扁担和麻绳组成的,重量显然要比木板的担架轻许多。图纸标得格外细致,不仅标明了麻绳绳结的打法,还将绳结的位置和间距标注得清清楚楚。

"这个好,重量轻不说,还很容易组装!要是用木板和木桩,光固定就很耽误工夫。"这群人都是经常和各种工具打交道的煤矿工人,对于眼前图上担架的好处一看就了然于心。

耿致远补充说道:"大家一定要注意绳结的位置,不然影响担架的稳定性。这些担架用不上最好,万一用上了,可不能因为担架的问题而加重伤情。"大家只知道耿致远的方案好,可不知道这可是耿家三代齐上阵,整整一个下午实验的结果。父亲耿成文给他帮忙,爷爷充当"伤员"体验舒适度,经过三十几次调整绳结的结构和距离,才选择出的最佳方案。

见大家一致认可,萧三拿出纸笔,大家依葫芦画瓢,抄写了担架的结构和要点,约定集合时间后分头准备。

6月8日清晨,天还没放亮,一支百余人的队伍悄无声息地集结,向耿集方向开拔。队伍走到一处环山地带,便离开了公路,这正是耿致远带领的担架队。他按照和赵洪林约定的地点,带领队伍绕到东边的山后消失在密林中。

直到日上三竿,山林中的潮气尽散。大家三三两两坐在一块儿,有的人盯着脚下的蚂蚁,有的望着头顶茂密的树叶。丛林中静悄悄的,可此时每个人的心都不平静,大家都在焦灼中等待战斗的打响。

耿致远身旁的萧三有些坐立不安,身子如同有虫子在爬一般扭来扭去。

"萧哥,害怕啦?"耿致远小声问道。

"我才不害怕呢,这年月打仗还不是常事。"萧三硬着头皮回答,随手从身边扯过一根青草衔在嘴里。

耿致远看到萧三刚才握着的担架把手上沁满汗渍,笑着说道:"我倒有些害怕。"

"哎?你这青训班训出来的还怕打仗?"萧三讶异道。

"萧哥,这打起仗来枪炮不长眼,人人都害怕,也没啥丢脸的。你看洪林现在是游击队的队长,他跟我说过,每次打仗前他都紧张得睡不着觉,临战还要跑好几趟茅房。"

萧三忍不住笑了起来："这洪林看起来天不怕地不怕，原来也是个胆小鬼!"

耿致远继续说道："不能这么说，害怕可不是贪生怕死，真正打起来照样带着队伍奋勇杀敌。青训班的教官曾经说过，战场上最可怕的是因为恐惧像没头苍蝇一般到处乱撞，失去了冷静和敏捷，忘记了掩护自己打击敌人，这才是最危险的。"

"恁教官说得对!"萧三咀嚼着嘴上的草，重复着耿致远的话，陷入了思考。耿致远站起身，走到其他工人跟前，说情报不会有误，让大家耐心等候，又细细地叮嘱一些战场上救人的注意事项。看着耿致远忙碌的身影，萧三不禁又有些怀疑："这小子会害怕?"

上午十一点左右，公路上传来汽车的轰鸣声和人群的脚步声，敌人果然来了。耿致远举手示意大家安静。没过多长时间，震耳欲聋的爆炸声响起，公路上的地雷引爆了!

游击队员如同从天而降，担架队前方的山头上、沟壑里刹那间冒出一个个身影，单是公路一侧的阵地就蔓延近两公里。耿致远这群人才发现原来他们并不孤单，和这么多人待在一起十几个小时，竟然一直没有察觉。

耿致远感觉眼前乱成了一锅粥，枪炮声、爆炸声、喊杀声、哀号声不绝于耳，大地在震动，黑烟弥漫开来，到处散发着刺鼻的火药味。

奇袭将敌人打蒙了，但是日军的作战素养和战斗力不容小视，鬼子迅速重新集结，兵分五路朝游击队的阵地冲了过来。敌人火力很猛，连续组织了三四波反扑，都被游击队员顽强地打了回去，战斗进入僵持态势，游击队员也出现了伤亡。前线打得激烈，耿致远和工友们也一刻没有停歇。他们猫着腰冲上阵地，将负伤的队员放在担架上，快速转移到临时医治点。此时大家只知道和时间赛跑，一门心思将伤员抢救出来，尽快让伤员得到治疗。

激烈的战斗持续了约二十分钟，一支八路军骑兵队旋风般从敌人后方杀出。冲锋号响起，阵地上的游击队员抽出砍刀，跃出阵地杀向日伪军。敌人腹背受敌，很快便溃不成军。耿集的战斗历时两个小时胜利结束。紧接着，碾庄、大许家等地也纷纷传来捷报。在八路军和游击队的联合阻击下，敌人抢粮计划彻底落空了，这对于贾汪穷途末路的日伪军来说，是一次重创。此次胜利大大打击了日伪军的气焰，他们从此龟缩在营地，再不敢轻易外出滋事。

进入八月，萧三的杂货铺生意兴隆，总有一些日本人到他那里转卖物资。他把

煊烂

从日本人那里搞到的一台收音机送给了耿致远。这可是个稀罕玩意儿,虽然上面的日文耿致远不认识,但并不影响他从电台中收听中文广播——德国无条件投降,第三帝国土崩瓦解;美国在日本广岛和长崎投下原子弹,苏联对日本宣战,苏联红军出兵中国东北;抗日战争进入大反攻阶段,中国军队接连获胜收复失地,日本人节节败退……收音机里接连不断地传来令人振奋的好消息,耿致远许久没有这样开心过。遗憾的是收音机配套的电池颇为珍贵稀少,要不然他恨不得每天都守在收音机跟前。他知道小日本兔子尾巴长不了了!这些信息因为日本人的封锁传不到贾汪,耿致远像是一个消息中转站,上工时便将这些听来的新闻告诉身边的工友。看着工友们眼中的亮光,耿致远感觉自己传播的不仅是信息,更是力量和希望。

一天,耿致远和工友们如同往常一样领了工牌下井,敏感的耿致远觉察到空气中的不同寻常。日本监工们魂不守舍,工人们干活时,他们不再来来回回地巡逻,而是几个人凑在一起窃窃私语。上午十点多,监工们开始集合,说是要去井上开会,这下矿工们一个个更没心思干活,索性聚在一起侃大山。

不久,井下停电了,到处漆黑一片。工人们摸进供风的大巷,等候了一阵儿,见没有来电的迹象,便有序向地面撤出。

好不容易来到井上,才发现外面已然换了一番景象。

机器停止了运转,井上的监工不见了,矿场的日本兵和伪军也不见了,工人们不知所措地聚集在矿井前的空地上,整个矿场安静得出奇。

一辆运煤的卡车从远处飞奔而来,车后扬起阵阵尘土。卡车到了工人们聚集处,戛然停下,驾驶室的门开了,司机跳下车,挥动双手,扯开嗓门,拼尽全力地朝工友们高喊:"工友们,日本鬼子跑了!鬼子投降了!"司机喊了一遍后,怕人们没有听清,接着连喊数遍,喊完后孩子般地蹦跳起来。多年以后,耿致远依然清楚地记得那司机边喊边跳喜形于色的情形。

时间,仿佛在刹那间凝固住了。

正午的烈日炙烤得地面发烫,人们的身上也是大汗淋漓,可是所有人都浑然不觉。每个人的心里都期待鬼子的末日早点到来,每个人也都有预感:鬼子的末日一定会到来。可真正听到"鬼子投降了"的消息时,大家又不敢轻易相信自己的耳朵,天大的喜讯使大家疑惑地看着身边的人,想从彼此的反应中找到相信的理由。安静片刻之后,远处传来了稀稀落落的鞭炮声,很快鞭炮声越来越近,越来越多,越来越响,震耳欲聋,汇聚在矿场上空。

人群沸腾了!平日里有多压抑,此时就有多激动。矿工们丢掉手头的工具,脱下乌黑的工作服,狂喜地呼喊着眼前见到的每一个人的名字,希望借着对方的反应确定自己不是在做梦。耿致远的眼睛湿润了,他一直坚信日本人必然会被赶出贾汪、赶出中国,可他也没有想到,就在今天,他的愿望变成了现实。他和身边的每一个人拥抱、握手、跳跃、欢呼、流泪,他把自己融入欢乐的人流,走出矿场大门,来到人头攒动的街道上。

街道上热闹的情形远胜过赶集。百姓们自发组成长龙般的游行队伍,队伍的最前面十数人在敲锣,七八人在吹奏唢呐,后面跟着的男女老幼有的在蹦跳,有的在唱歌。街边的鞭炮彩纸店存货已经被抢购一空;茶水店门前贴出"免费供应茶水"的告示;黄包车夫们拉着车子穿梭在熙熙攘攘的人流中,看到脚步不快的行人就亲热地往车上拽,说是今天鬼子投降了送客不收钱。朴素的人们以自己特有的方式在宣泄着压抑已久的情绪。

街边的墙壁上贴满"普天同庆""贾汪光复"等标语,但也有人并不相信小鬼子就这么完蛋了,特别是伪政府的汉奸,他们一边撕着墙上的标语,一边警告人们不要轻信谣言,皇军要建设"大东亚共荣圈",不可能投降。沉浸在欢乐中的人们并不理睬汉奸们的言论,撕标语的人前脚刚走,就又有人拿着新写的标语糊上墙头。汉奸们终于意识到情况不妙,一个个垂头丧气如丧考妣。

此刻,夹杂在人群中的耿致远想到的是把好消息告诉家人。他先是快步走,接着是小跑,出了镇子,径直朝大泉村奔去。汗水杂着泪水,顺着他的脸颊往下流,他也顾不上擦拭。一路上,姚昕露在医院与自己话别时的沉重与无奈,德国人盖尔双手持枪站在日本鬼子面前全然无惧的威武,马铭楚负伤与自己诀别时的悲壮,日本人统治下的矿场工人生存光景的凄凉,赵洪林他们在强敌面前出生入死的机智勇敢……一幕一幕从他脑海里闪过。

32 恋人重逢

鬼子投降的消息像长了翅膀,耿致远还没进村,就听到村中人家的鞭炮声了。

来到自家小院门前,刚好碰到母亲推门出来,说是要到赵洪林的父亲赵启明家

煊烂

一趟,晚上父亲要请他们一家喝酒。两家关系本就不错,自从赵洪林瞒着家人去了游击队后,两家走动得更加频繁,逢年过节耿成文怕赵启明牵挂儿子,总要请他们家和自己家人一块儿热闹热闹。耿致远要替母亲跑一趟,母亲告诉他还是她自己去,去过赵家还要到镇上买点酒。

一听哥哥回来了,正在给爷爷磨墨的耿致馨撒腿跑了出来:"娘,我也想去,人家说镇上可热闹呢!"她本就想跟着母亲出门,因为要照顾爷爷才无奈待在家中。兵荒马乱的日子,耿致馨很少出门,今天可是个难得的机会。见母亲犹豫,耿致远笑着说:"娘,您就放心带她去吧,现在街上很太平,再说这些日子她也憋坏了。"见母亲同意,耿致馨如释重负,一把拉起母亲的胳膊欢呼雀跃地走了。

耿博众此刻已经写完了一幅字,站在桌前捋着胡须欣赏着自己的作品,见耿致远回来,忙招呼他来看。

"天地风霜尽,乾坤气象和"几个大字跃然纸上。

"爷爷,这句诗太应景了。您最近虽然身体不好,但我看您的字却越来越有风骨,像是壮士拔剑。看来您躺在床上手也没闲着,在被子上练字了吧!"

几句话说得耿博众哈哈大笑,孙子的话总能说到老人的心坎上:"小日本跑了,心里畅快,不写点什么感觉对不住自己。"他又拿出笔,写上题跋,落好款,让耿致远拿来他的印章,端端正正地盖上,这才心满意足地坐到了椅子上。耿致远给爷爷聊起了外边的见闻,听得耿博众连连点头。

晚上皓月当空,星光璀璨,再过一个月中秋节就到了。赵洪林父母、耿致远一家聚在一起,耿家的小院很久没有像今天这样热闹了。天气炎热,他们干脆将桌子搬到了小院里。晚风轻拂,带来丝丝清凉。桌子上摆着简简单单几个农家小菜,家计艰难,百姓的饭桌上很难见到荤腥了。可这一刻没人在意饭菜,长时间积在心间的阴霾消散,每个人都感觉心里陡然敞亮了。

致远母亲有些歉意,对众人说道:"到镇子上跑了好几家店,酒都卖光了……"话音未落,萧三带着老婆孩子拎着一包东西走进了小院:"我就说俺嘴长吧,正好赶上饭点!"萧三的老婆朝他白了一眼,显得有些不好意思。

耿家人连忙起身让座。

这些日子,萧三一家和村里人相处融洽。自从来到大泉村,萧三痛下决心改过自新,和从前相比彻底变了个人,村里再也没人计较他从前做过的那些糗事。他冲耿成文说道:"耿哥,致远是我小老弟,我喊你哥,咱们各亲各叫你可别介意。不过我可不是吃白食的,瞅瞅我带了些啥?"萧三抖搂开手中提着的篮子,变戏法一般拿出一坛酒和一只烧鸡来。"今天这些东西不是我吹,拿钱都买不到,这是我用铺子里最后几挂鞭炮跟人换来的!"

他先撕了一只鸡腿,恭敬地送到耿博众面前:"老爷子,这是我孝敬您老人家的!"

耿博众笑着说年纪大了,牙口不行了,把鸡腿递给了萧三家老大,孩子如同得了宝贝一般举着鸡腿跑开了。老二拔腿便追,大人们在后面叮嘱:"别抢,别抢,这儿还有呢!"

众人坐定,酒杯斟满,耿成文站了起来:"今天借着萧三兄弟的酒,我得说两句,这些年,小日本让咱们矿工遭了大罪,也把咱老百姓祸害得不轻。今天小日本跑了,是值得庆贺的大喜事,赶明再也没人来抢粮'扫荡'了,也没有狗腿子汉奸上门收钱了,咱们矿工也不用被刺刀逼着干活卖命了……"耿成文说得激动,声音有些哽咽。旁边的赵启明拍了拍他的肩膀:"成文哥,咱们今天得高兴!"赵启明话是这样说,可想起儿子赵洪林跟着部队抗日此时不知身在何处,生死未卜,不免老泪纵横,赵启明的老婆也跟着抹起了眼泪。

耿致远连忙站起来说道:"小日本跑了,咱们的好日子都在后头呢。叔、婶子,你们别担心,我听一块儿的同学说过,洪林没事,一直在打日本鬼子呢。现在胜利了,相信用不了多久就能回来孝敬您二老了,说不定还给你们带来个儿媳妇呢。"

"是啊,现在可不是难过的时候,恁听外边这炮仗放得跟过年一样。好日子在后头,咱们就为了今后的好日子,把这杯酒干了!"萧三接着说道。

赵启明夫妇这才止住了悲伤,一桌人共同起身,喝了杯中的酒。萧三家的老大老二抹着嘴巴跑回了院子,孩子们还挺守规矩,安安静静地盯着桌上的烧鸡流口水。耿致远母亲见状又撕了一只鸡腿递给老二:"吃吧,今天给你俩拉拉馋(解馋)。"萧三媳妇连忙阻拦:"嫂子,别惯着孩子!"老二接过鸡腿一蹦三尺高,如同举着一面旗帜拿着鸡腿跑出院子,老大如风一般又追了出去,一桌人被两个孩子的举动逗得哈哈大笑。

笑声在夜空中飘荡。小院外边,一条火龙顺着小路延伸到远方,那是庆祝的人群手中的火把,乡下毕竟人少,他们要到镇上去,如同朝圣般汇入欢庆的海洋。

苏皖区缴械投降的七万余日军,分别由火车、轮船运往南京等地。同时,还有日本的侨民六千余人也同时运往南京随同日军回国。日本人是真的败了,可百姓胜利的喜悦没有持续多久,蒋介石便开始命令部队抢夺胜利果实,国民党一边假意和谈一边积极抢占地盘,同室操戈,准备发动内战。各方争夺胜利果实的人粉墨登

煊烂

场,徐州和贾汪挤满了以抗战英雄自居的国民党军人、土匪和投机分子。他们趁机抢夺日本人留下的物资,鱼肉百姓,扩张自身势力。

12月,国民政府经济部委派徐季良以接收专员身份代表华东煤炭公司接收矿产。可让人愤懑的是,杀害百姓侵吞财产、在贾汪大肆掠夺矿产资源为日本侵华战争服务的日本矿长齐藤弼州却被留任顾问。直到1946年4月,在贾汪矿工的一致要求下,齐藤弼州才被定为战犯,被国民政府徐州绥靖公署审判战犯军事法庭判处无期徒刑。同时,贾汪矿中的一帮汉奸如秦建鸥之流也被揪了出来,受到了应有的惩罚。然而这份判决书却不是对齐藤弼州的最终裁决,一审判决后齐藤弼州提出上诉,凭借他与蒋介石的秘密军事顾问冈村宁次的关系,受到了国民党政府的庇护。在蒋介石的授意下,最终他的刑期被减为十年,最后又被释放回国。

对矿工而言,赶跑了日本侵略者,他们生活的境况却没有发生任何改善,所不同的只是换了一些欺压他们的面孔。抗战胜利后,煤炭作为恢复生产和生活的重要物资,各个方面的需求都很大。再加上通货膨胀严重,投机倒把、囤积居奇之风盛行,所谓"一黑二白"的煤炭、面粉、棉纱成为市场上最紧俏的商品,更是无良政府、军队和资本家敛财的最好手段。随着贾汪煤矿迅速恢复开采并开凿新井扩大生产,矿工缺口越来越大。由于国民政府撕毁"双十协定",并向解放区大举进攻,内战全面爆发。1946年7月,徐州国民党军队兵分四路开始侵犯山东、苏北解放区,以徐州为中心的津浦、陇海铁路沿线已经成为战场。周边因战争而流离失所的穷苦百姓纷纷来到贾汪矿上谋生,各色把头、地痞流氓、无业人员重新汇集于此,一时间,贾汪再次成为鱼龙混杂之地。

新学期伊始,贾汪大泉学校里,老校长领来了一位年轻的女教员。老校长冲着教室里三十多个学生介绍道:"都听好了,这是徐州城里来的新教员,也是咱们学校这些年来少有的高才生,恁这群娃娃一定要听她的话,特别是那些平时调皮捣蛋惯了的,要是再干那些尿尿和泥、遍地打滚、摸鱼上树的事,惹她生气,绝不轻饶!"老校长训斥一番,正要出门,又突然想起了什么事情,转身拍着脑袋说道:"瞧我这脑子,新教员姓姚,恁一定要听姚老师的话,听清楚没?"

"听清楚了!"全班的孩子扯着嗓子喊,喊声传出窗外,惊跑了树上的几只麻雀。老校长满意地走了。女老师显然是第一次上讲台,迎着讲台下三十多道好奇而又善意的目光还有些不适应。她清了清嗓子,微笑着开口说道:"同学们好,我叫姚昕露,从今天起,我带你们班的国文和算术课……"

这位女教员正是耿致远朝思暮想的姚昕露。

这些年她先随父母去了武汉,之后又辗转到了重庆,虽然时局板荡,兵连祸结,却也顺利地从师范学校毕业。姚昕露是个性格开朗的姑娘,成长路上顺风顺水,和耿致远的分离是她这辈子遇到的最大变故。对于耿致远,她的心里充满了不解和埋怨,她想不通耿致远为什么会前后判若两人,更怀念之前两人在一块儿的美好时光。平时一个人的时候,眼泪总是不由自主地滴落下来。父母眼看着她终日以泪洗面,终于没有忍住将耿致远和她分手的实情告诉了她。姚昕露听了却更加伤心,除了埋怨耿致远没有与她商量就自作主张,更心疼他不得不说出分手的挣扎和无奈。离开耿致远的日子里,她经常遐想耿致远在她面前说出决绝话前的心迹,脑海中总是浮现出耿致远离开时的背影——绝情中似乎裹挟着黯然。因此,她暗下决心,战争一旦结束,她就回去找耿致远。

生活有了目标,姚昕露似乎脱胎换骨,性格当中多了一些本不曾有的沉稳与坚定。学校复课后,她把心思放在了学习上,高中毕业后又读了女子师范学院。回到徐州后,姚昕露马上联系当时欣欣中学的同学,可由于战争,先前的同学多半没了音信,更别提得到耿致远的信息了。说来也巧,父亲的一位教育系统的朋友来家里做客,无意中谈起贾汪大泉学校缺老师的事情,姚昕露像是在沙漠中发现了绿洲,马上要求到那里做老师。父亲的朋友不解,凭她一个女子师范学院的毕业生,城里徐州中学、欣欣中学这样的学校是抢着要的,可她偏偏要到贾汪的一个乡下中学去受苦。姚昕露父母自然知道她的心思,他们商量,一来女儿没吃过苦,从来没有离开过他们,到乡下去锻炼一下对她今后有好处。二来他们早就看出来,这么多年下来,姚昕露一直对耿致远念念不忘,以女儿不撞南墙不回头的性格,不同意她去贾汪,姚昕露肯定会记恨他们一辈子。况且战争打了这么久,能不能找到还是个未知数。姚昕露的父母都是经历过五四运动的知识分子,思想还算开明,他们也挺喜欢耿致远的为人和性格,便不再反对。在父母的千叮咛万嘱咐之下,姚昕露如愿来到了贾汪。

上午的课程结束后,姚昕露回到了宿舍。宿舍是一排草房,住着五六个老师。分给姚昕露的这间有十几个平方米,摆着一床一桌,桌子旁还放了两个木箱子,算作衣柜。房子年久失修,门板上裂着缝,只得从里面用硬纸壳糊上。唯一欣慰的是打扫得还算干净。为了迎接她,老校长还专门安排了工人将房间的墙壁粉刷一新。姚昕露吃了午饭,又从门前的水井里打了一桶水,洗漱了一番才出门。

煊烂

"姚老师,这是要出去啊?"校园里碰到了老校长,老校长关心地问道。

"刘校长,我出门转转熟悉一下环境。"

"你刚来,别走远了。"

"没事,我就在学校附近逛逛,顺便买点东西。对了校长,我在大泉村有一个同学,几年前我去过那里,只是不知道离咱们学校远不远?"

老校长沉吟一下说道:"远倒是不算远,出门向北走个三里地,过了护城河就到了。姚老师,要不你等我一下,我把学生的作业放回办公室,带你过去。你刚来不熟悉,别迷了路。"

"谢谢您了校长,别麻烦了,我会注意的,走不丢。"姚昕露生怕热心的老校长跟出来,辞别了老校长快步朝校门口走去。

一路上倒没什么波折,如同老校长所说,过了护城河没多久便看到一棵高大的槐树。时隔多年,姚昕露对村子周边的记忆早已模糊,唯独对这棵大槐树印象深刻。进了村子,姚昕露问了个村妇,农家人热情豪爽,对方一听是找耿家的小子,拉着她便不撒手,一路领到了耿致远家。

"致远娘,快出来!"村妇还没进门便嚷嚷开了,"儿媳妇上门儿了!"就是姚昕露性格开朗沉稳,还是羞得满脸通红,忙不迭地解释说自己是致远的同学。村妇倒像是没听见一般,拖着姚昕露已经进了院子。致远娘从厨房里擦着手疑惑地走出来,耿致馨和爷爷二人见来客了也出了屋子,在村妇叽叽喳喳的介绍和姚昕露小心翼翼的解释中,一家老小总算明白了姚昕露的来由。

"别瞎咧咧,看把人家姑娘羞的!"耿博众带着几分愠怒斥责道。见老人发飙,村妇这才闭了嘴。致远娘看到姚昕露的模样便满心喜欢,听姚昕露说在大泉学校教书,心里更是乐开了花。致远和父亲一早到矿上去了,现在还没有回来。左邻右舍倒来了一拨又一拨,一听说耿家小子的媳妇上门了,全村人都恨不得上门把新媳妇瞧个遍。屋子里挤得坐不下来人,致远娘索性将家中的几条板凳搬到院子里,让大家坐着聊天。姚昕露则略微尴尬地应付着左邻右舍的好奇盘问——家里几口人,父母是干啥的,住在徐州哪里……等到邻居们把这些问题搞清楚了,又有人开始评论姚昕露的长相和能力,这个说这闺女一看就是大家闺秀,学问好,怪不得能当老师,那个夸致远有眼光有福气!

耿博众虽然不屑于这些农村妇女的家长里短,但今天心情大好,掏出了烟斗"吧嗒吧嗒"惬意吞吐,这个闺女知书达理应对有度,如果真如同她们所说能成为他的孙媳妇,倒不失为老耿家的一件幸事,一段佳话。致远娘看出姚昕露的窘迫,嘱托耿致馨带着姚昕露到致远房里去等。

"姐,我给你看个秘密,这是我哥的宝贝,平时都不叫我碰的!"耿致馨已经和姚昕露熟络起来。她拉开耿致远的抽屉,拿出一个纸包摊开在桌上,那是姚昕露送给耿致远的围巾。

"这是我织了送他的……"

"从来没舍得围过,他可宝贝这围巾了,就是经常盯着发呆。俺一直觉得这个围巾对俺哥来说可不得了,也奇怪俺哥牵挂的人是谁,今天算是明白了!"

听了耿致馨的话,姚昕露的泪珠扑簌簌流了下来。来之前她的心里是忐忑的,这么久没见了,不知道耿致远是不是和自己一样牵挂着对方,她想象着耿致远在这张桌前,思念千里之外的自己的样子,心中既幸福又伤心,也为自己能来到贾汪感到庆幸。

"姐,你别哭啊!这咋治,俺把你惹哭了。"耿致馨连忙拉着姚昕露的手道歉。

"致馨,我没事。我高兴着呢!"姚昕露擦了把眼泪,把耿致馨搂在了怀里。

耿致远踏着落日的余晖回到了家,他感觉今天的村里有些不同,熟悉的乡亲和平时一样热情地和他打着招呼,只是今天显得有些神秘,一个个笑嘻嘻的似乎故意向他隐瞒着什么,搞得他丈二和尚摸不着头脑。院子里的人已经散去,耿致远饥肠辘辘先进了厨房,母亲正忙得热火朝天。

"娘,今天咋做了这么多菜,家里来客人了?"致远乐呵呵地说道。母亲见状忙将他推出厨房,一边拍打着他身上的煤灰一边说道:"你同学来了,在你房里等你哩。"

"同学?谁啊?"耿致远一脸疑惑。

"进屋你就知道啦!"致远娘微笑着拍了拍儿子的肩膀。

听到院子里的响动,一个耿致远朝思暮想的窈窕身影出现在他眼前,看身形比记忆中还高了一些,此刻她正倚着门边看着他笑。耿致远如同被施了定身法一样怔住了,过了许久才回过神来,他揉了揉眼,这样的情形在梦中他也不敢想,亭亭玉立的姚昕露在黑色门洞的背景下,显得那样不真实。很快耿致远便打消了怀疑的念头,那个身影朝他跑了过来,扑进了他满是煤灰的怀里,一股馨香温热扑面而来。这是真的!姚昕露来了!

致远娘"哎哟"一声,捂着眼,连忙闪身进了厨房,乡下人哪里见过这种情景,只是这个"儿媳妇",也太不避人了吧。致远娘带上了厨房门,又忍不住笑了起来。

"萍哥,我再也不要和你分开了!"

天空红云如水流动,霞光洒在小院里,将两个紧紧拥抱的年轻人映得浑身通红。

煊烂

33 洪林定亲

当晚的大泉村,发生了两件大事。就这两件事,足够这个小村庄半个月的谈资。头一件自然是耿家的儿媳妇自己跑上了门。至于这第二件,便是赵启明家的小子赵洪林从部队衣锦还乡。

赵洪林从大泉村走的时候瘦得像猴儿一样,待人也和善,如今回来却如同凶神恶煞,身穿笔挺的国民党部队军装,脚蹬锃亮的马靴,两把盒子枪特别显眼地别在腰间,看人两眼冒火,像是要把人架在火上炙烤,旁人一看他那模样便知不是善茬。身边跟着两个卫兵也像是庙里的左右护法,不怒自威,浑身透出生人勿近的气势,一般人看到这三人避之不及,哪里还敢靠近。赵洪林之所以摆出这副凶相,有他自己的想法。村里人只知道当年他在徐州青年训练班毕业后便加入了政府军队,却不知道他带着游击队就在贾汪周边活动。如今大泉村有很多外来的租户,这些人身份复杂,说不定就有隐藏其中的敌特,他就是要震慑这些人,把他当作衣锦还乡的国民党部队的军官,打消他们查探自己底细的念头。洪林父母看到儿子回来喜忧参半,喜的是多年来杳无音信的儿子生龙活虎地出现在自己面前,看那样子在部队上混得还不错;忧的是儿子仿佛换了个人。赵启明尤其见不得他在村人面前的做派,又不好当着儿子的面发作,只能冲他娘抱怨:"都是乡里乡亲的,你说他吓唬谁呀?"洪林娘不以为然:"孩子大了,自然有他的主意。"

赵洪林带领的游击队已被编入华东野战军,即将奔赴解放战争的新征途。这么多年来,赵洪林从未踏入家门半步,主要还是害怕父母因为自己的身份受到日伪军和国民党的迫害。今天他乔装打扮回来,一来是为了在离开贾汪之前看看父母,另外一个原因则是为了小美。

原来,小美的父亲李木匠最近接了一单生意,为大泉村的地主王麻子家打家具。谈好了工钱五毛一天,不包吃住。东家催得紧,李木匠为了赶工期便让女儿小美给自己送饭。谁知王麻子无意间看到了小美,如同着了魔,非要纳小美做妾。李木匠怎么肯将自己的女儿嫁给一个六十多岁的老头,并且还不是正室,因此任凭王麻子说破天,也没有答应。王麻子见软的不行,便动了坏心思,在李木匠的木工活计上动了手脚。说李木匠弄错他家的尺寸,浪费了上好的黄花梨,不仅没给工钱,还限期让他照价赔偿。李木匠哪里出得起这天价，对方便提出条件来，不赔钱可以，拿女儿抵债！明知道这是圈套，可李木匠却只能任人拿捏，急火攻心之下竟一病不起。眼看将届还债之期，一家人被逼得要寻短见，幸亏左邻右舍的帮扶，才没有家破人亡。耿致远因为赵洪林的关系，平时便对李木匠家颇为照顾，如今听说了这事，一番思索后找到了赵洪林，由此便有了赵洪林衣锦还乡的一幕。

赵洪林回到家的第二天就给赵启明出了难题——要娶李木匠家的闺女小美！

赵启明正为儿子变了个人而心烦，如今见他提出这个要求两眼直冒金星："你还嫌老李家不够乱吗？他们家的闺女被王麻子看上了！"赵洪林说知道这事，他才不管什么王麻子张麻子，只要没娶进门，都不算数。赵启明夫妇哪里知道儿子和小美早两情相悦，只道是儿子犯浑。因此，夫妇俩轮番上前劝说，不能给老李家火上添油，不能耽误自己的终身大事，不能得罪了王麻子，不能让村里人看笑话，总之就是不能！

洪林爹娘只盼着已经在部队当了官的儿子能够听进去他们所说的一句两句，断了这念想，谁知赵洪林动之以情、晓之以理地说出了自己的想法：第一，他赵洪林是个军人，以前没有干过祸害老百姓的事，今后也绝对不会干；第二，马上他就得回到部队去，不知道什么时候才能回来，他得给二老留个人在身边尽孝；第三，他和小美青梅竹马，互相知根知底，他在部队时两个人也一直通信，是有感情基础的，如果不娶小美，等于将她往火坑里推；第四，如今只有他能够解决李木匠家的问题，王麻子忌惮他的身份，不敢对他们挟怨报复。总之，他必须娶小美！

一席话听得赵启明夫妇目瞪口呆，这还是他们印象中的"二毛"吗？他们当然不知道，这都是耿致远的主意。于是洪林娘当天动身，先是买来了双份的糖果、糕点、红枣、莲子，又请来了隔壁村专门说媒的三婶儿，让她带着这些东西直奔李木匠家。

"他李叔在家吗？"媒婆推开了李木匠的家门。

李木匠一家人正在家中犯愁，见媒婆上门，还以为是来替王麻子提亲的。李木匠脸色铁青，一手撑着门框堵在堂屋门口："赶紧走！说了不行就是不行，我老李就是豁出这条命，也不能把亲闺女往火坑推！"

三婶儿自然知晓前因后果，连忙解释："老哥，恁弄错啦。俺可不是来替王麻子提亲的，俺是替恁村赵启明家的小子二毛来提亲的。"

"二毛？"媒婆的话引得李木匠一愣，趁着他愣神的工夫，三婶儿已经拎着篮子从他胳膊肘下面钻进了堂屋。

煊烂

三婶儿扫视屋内,小美和她娘都在,显然也被她的话惊住了,瞪着已经哭得红肿的眼睛难以置信地盯着她。"嫂子、闺女快别哭了,老哥你也赶紧坐下来,恁家的事俺知道。俺要是觉得这门亲事说不成,俺也不会接不是!"

"赵启明家的二毛恁肯定知道,现在人家是部队的头头,这次回来那个派头恁是没看到,带着勤务兵,挎着盒子枪,那些平时在咱们村人五人六的,见着二毛都得点头哈腰绕着道走!我听说人家在部队已经干上什么军长了!"军长这一条是三婶儿的杜撰,她只知道部队里有军长师长,索性往大了说。媒婆的嘴,骗人的鬼,多少都要夸张些。"现在人家点名就要明媒正娶恁家姑娘,你瞧瞧,东西我都带来了,恁同不同意给个痛快话!"三婶儿说完,将洪林娘买来的糕点果子一样样摆在堂屋的桌子上。

李木匠夫妇你看看我,我看看你,一时竟然不知道说些什么。赵启明家他们是清楚的,都是穷苦人家,互相知根知底,和他们也算是门当户对。赵家的小子他们更是从小看着长大的,年龄比小美大几岁,待人热情,对父母也孝顺,是个好孩子,赵洪林做他们的女婿,他们是一百个乐意。只是自从参军打鬼子之后一直不知是死是活,现在怎么成了军长?如果军长要娶他们家小美,那王麻子倒是不敢刁难了。

"三婶儿,恁说的是真的?"小美娘回过神来,开口问道。这些日子他们一家人沉浸在悲愤中,根本不知道赵洪林从部队回来的消息。

"这事还能有假?人家孩子放着这么多大姑娘不要,就点名要娶你们家闺女!"

小美娘用询问的眼神看向李木匠,李木匠朝她点了点头,意思是这事能行。突然他像是想起来什么,又看向了小美:"闺女,你愿意不?"小美抬起了苍白的脸庞,点头说道:"爹,我愿意!"说完脸色刹那间羞得通红,又低下了头。她怎么也没有想到,一场对于他们家而言的灭顶之灾,竟然会有这样做梦般的结果,只是她有些不解:"他不是游击队吗,咋又成了媒婆嘴里的军长?"

看到三人的反应,三婶儿心中大喜,拍手笑道:"那这桩喜事我算是成了一半啦!"三婶儿又从怀中拿出了一份帖子,上面写着赵洪林的生辰八字、祖宗三代的籍贯排行等内容:"小美他爹,这是洪林的八字庚帖,恁还得把姑娘的生辰给我,俺给恁算算。"

小美娘连忙进屋拿出了一张写好的红纸,这是她早就求算命先生预备好了的,想着小美到了谈婚论嫁的年龄,不知道什么时候就得用上,今天果然如她所愿。三婶儿接过来,把两张八字合在一起,煞有介事地推算起来,嘴里念念有词,小美一家有些紧张地守在一旁。过了半晌，三婶儿发话了："这正是八字相合，门第相当，才貌般配，年龄相仿，妥妥的一份好姻缘啊！"

小美父母这才长舒了一口气。

三婶儿显然见多识广，深谙快刀斩乱麻的道理，从怀中又拿出一张帖子："恁要是同意，便应了这允帖。"李木匠夫妇并不识字，只好让三婶儿写上他们的名字，在名字上按上红指印，算是答应了这门亲事，由此赵洪林和小美正式定亲。

三婶儿笑着说："这门婚事算是定下了，男女双方不能反悔，俺可等着喝你们两家的定亲酒了啊！"

李木匠还有些犹豫："她婶子，洪林他知道王麻子的事吗？"

"咋能不知道，王麻子想好事，恁又没有答应。他叔，恁放一万个心，这事儿让赵家和王麻子谈！"

一天云彩散，李木匠夫妇如释重负，热情地留三婶儿吃午饭。三婶儿急着给赵家回话，没做停留便告辞离开了李家。

当天下午，赵洪林带着两个战士耀武扬威地进了地主王麻子的家。

进去没多久，他又被王麻子千恩万谢拱手送了出来。随即王麻子带着管家亲自来到了李家，告诉李木匠两件事，头一件便是登门道歉，纳妾的事情一笔勾销；第二件是给李木匠结算工钱，除了干活的工钱一分不少照付，还多付了一笔钱表示歉意。李木匠收了钱，王麻子这才如释重负，像是躲过一劫一般匆忙离开李家。大泉村就这么点大，这件事很快便传开了，村民们无不拍手称快。后来他们又知道了赵洪林和小美定亲的消息。原来，看似跋扈的地主王麻子，在赵洪林面前，竟然像个笑话。

晚上，赵洪林家的小院里格外热闹，赵启明和李木匠两家共同举办定亲宴，答谢媒婆。虽然生活艰难，但两家人还是竭尽所能，将这场订婚宴办得简朴而体面。当地有送鲤鱼谢媒的风俗，赵洪林专门拜托萧三准备了四条微山湖的四孔鲤鱼，两条作为谢礼送给媒婆三婶儿，两条用作招待宾客。席设两桌，屋内洪林父母、小美父母和媒婆一桌，请来了耿成文夫妇和赵启明的两个工友作陪。院内一桌则都是年轻人，耿致远、姚昕露、萧三、耿彭城、韩天民等人悉数到场。难得碰上一桩喜事，他们已经前前后后忙活了一个下午。姚昕露虽然做不了杀鸡剖鱼的活，帮着择菜洗菜，却也忙得不亦乐乎。耿致远看着她干活的样子，不禁暗暗发笑。姚昕露干家务活时的样子虽比不上花前月下那样唯美，但每一个动作中都透出勤勉认真的劲儿。最近，自从姚昕露来到大泉学校，每天她忙完学校的事就往致远家跑。数日来

煊烂

耿致远越发感觉姚昕露成为他生活的一部分,他们一起讨论工作上遇到的问题,一起谈论对时局的看法,一起给妹妹耿致馨辅导功课,一起做家务干农活。他也欣喜地发现姚昕露性格当中的优点:热情大方,做事认真,思想独立。身边的工友对她也无不交口称赞。耿致远也越发感觉自己的责任重大,千万别辜负了她。他走到正在洗菜的姚昕露身边,打趣说道:"大小姐,还真能干呀!"姚昕露回身故意甩了他一脸水:"少贫嘴,帮我把袖子撸起来!"

此刻,姚昕露坐在耿致远身边,满眼幸福地望着赵洪林和小美,由衷地为这两个人感到开心。赵洪林拉着小美站起来小声说道:"小美,今天虽然是谢媒宴,但咱们俩最该感谢的,是我的大哥致远。没有他给我出主意想办法,就没有咱们俩的今天。这杯酒,我们共同敬大哥!"他给自己和小美都倒上了酒,郑重地端起杯。

一桌人有些愕然,他们还不知道为什么,赵洪林说出原因来大家才恍然大悟。一开始见洪林穿着这身国民党的军服,大家虽然疑惑却也没有打听,他们知道赵洪林的身份,也相信他的为人。现在才明白出主意者竟然是耿致远,仔细一琢磨,这样做的确是解决问题最有效的办法。耿致远这个人,总能带给他们惊喜。姚昕露双目炯炯地盯着耿致远,目光里透着掩饰不住的欣赏和爱慕。

"谢我啥呀,是恁俩的感情到了。我提议,今天借着这么好的酒菜,祝你们荷满池塘香满渠,白头偕老,永结连理!"一桌人起身共同举杯。

年轻人聚在一起总有谈不完的话题,从国共内战到贾汪的形势,从工人运动到煤矿生产,每一个话题都能引起热烈的讨论。小美从他们的谈话中发现洪林的这帮朋友都是见多识广之人,为赵洪林能有这样一群朋友感到由衷高兴。同时,自己也暗下决心,要多读书识字提高自己,争取变成像他们那样的人。

晚饭过后,姚昕露感觉有些凉,拉着小美到屋内聊天。赵洪林和耿致远、萧三等人坐在院子内,围成一圈聊起天来。赵洪林冲几人低声说道:"几位兄弟,今天是我的订婚宴,也是我的告别宴,我们部队要开拔了。"

"这么快?"众人颇感惊讶。

赵洪林冲几人做了个噤声的手势,低声道:"还没跟家里人说,这次我们部队被编入华野,我只请了三天假,明天就出发。只是……家里还要劳烦兄弟们帮忙照应。"

"你安心在部队,家里的事情不用分心!"

"是啊,有我们在,你就别操心啦。"

赵洪林谢过大家,又对耿致远说道:"致远,现在解放军正是用人之际,你军事素养好,脑子转得快,干脆跟我一起去部队吧! 咱们兄弟齐心,打起仗来肯定无往不利!"

赵洪林说完,大家暗吃一惊,目光一齐转向耿致远。说实话,他们的内心是矛盾的,耿致远身边的人知道他一直想从军的心愿,也知道他有这个能力。但是他们又担心耿致远如果同意跟着部队走,他们这群人就失去了主心骨。不管是在工作上还是生活中,有他在,他们就多了抗争的信心和力量。尤其是萧三,虽然他比耿致远年长几岁,但这些年的共同经历,使他的为人较之昔日,有云泥之别。从前的他寄生于腐朽的体系,追求私欲的餍足,直到被体系所抛弃,任其自生自灭。认识了耿致远这群人,他才真正感觉到活着的滋味,认识到共产党和国民党的区别,也为自己能够帮助耿致远、帮助组织做事并被周围人所认可而感到荣幸。耿致远是他的朋友,更像是他的老师,从耿致远身上,他看到了学到了很多。这一刻,众人的目光都集中到耿致远身上,等待着他的答案。

耿致远认真思考过洪林的问题,这也不是他第一次面对这个问题。他清了清嗓门,说道:"洪林,之前我是想着快意恩仇,真刀真枪地与日本人和国民党干,要是再早几年,我会毫不犹豫地跟你一起加入解放军。但现在我又有了不同的看法,因为我的身边,还有萧三哥、彭城、天民这么多一起战斗的朋友,还有我们的父辈,这么多的工友,还有贾汪成千上万活在水深火热之中的煤炭工人。相比战场,这里更需要我,也更能发挥我的作用。等打败了国民党反动派,咱这儿还要建设新的家园,煤炭生产关系国计民生,不管是现在还是将来,我想我已找到了发光发热的地方!"

萧三长舒一口气:"致远说得太好了! 洪林,你走了也就算啦,可不能再把致远给我们拉走了!"

"去你的,你才走了呢!"

众人哈哈大笑。

告别了赵洪林等人,耿致远送姚昕露回学校。

深秋的夜晚有些寒意,劳作一天的人们早早地上床休息,路上鲜有行人。

耿致远脱下身上的外套,披在姚昕露的肩头:"刚才洪林劝我跟他一起去参加解放军。你咋想?"耿致远想听听姚昕露的看法。

姚昕露没有立即答话,停下了脚步,深情地看着耿致远。皓月当空,水银般的月光静静地流泻下来,大地流光溢彩。月光映照着姚昕露白皙的脸庞,显得晶莹剔透,如同粉雕玉琢的洋娃娃的脸蛋,长长的睫毛随着呼吸微微颤动。耿致远看得痴迷,不由自主地凑上前去,在她微红的唇上轻轻一吻。姚昕露顺势靠上他的肩头:"你看看月亮旁边,那颗星星特别亮!"

"那颗是金星,它清晨出现在东方天空,被称为启明。傍晚处于天空的西侧,被称为长庚。夜空中亮度仅次于月球,排第二。"耿致远接过话茬。

"你知道的可真多!"

"以前上学时候在书上看到过,就记下来了。"

"萍哥,你不要顾虑我。不管你干啥,我都支持你! 如果你是月亮,我便做你旁边的那颗金星,不影响你的亮光,却又能一直陪伴着你。"

耿致远这才听出来姚昕露是担心自己因为她难以取舍,连忙说道:"我早就做了决定,我觉得我还是要留在贾汪,这里的工作我比较熟悉,也更能发挥我的作用。"

"我也做了一个决定,就在刚刚的饭桌上。"姚昕露俏皮地说道。

"是什么?"

"我想好了,你得跟我回一趟徐州!"

入冬后,耿致远的老朋友——汪清茶馆的赵老板回到了贾汪。这些年他的铺子虽然被日本人占用,但在耿致远、萧三等人的照料和维护下,状况还不错。赵老板回来后谢过众人,一番合计后决定重操旧业,还是开茶馆。在一群工友的帮衬下,几天后茶馆便得以重新开张,萧三还安排眼头灵活的小苏过来帮忙。现在耿致远等人除了萧三所在的南北杂货铺,又多了一个秘密活动的场所,他们称汪清茶馆为"老地方"。

让耿致远几个人更加高兴的是,通过赵老板,他们和上级组织重新建立了联系。这天上工,耿彭城通知耿致远晚上到"老地方"聚聚,耿致远知道赵老板肯定有事,一下班便直奔汪清茶馆。

傍晚的汪清茶馆生意清淡,一个送货的挑夫坐在茶馆门口的台阶上休息,见耿致远走过,连忙殷勤地起身上前招呼:"小哥,要送货吗?"见耿致远摇头,挑夫又转向过路的其他人。已经快到饭点,这些做苦力的仍然守在街头,盼望着多接点活养家糊口。

小苏将耿致远引进茶馆内院,人已到齐。

几人的目光转向赵老板。赵老板笑了笑,并不言语,走出门去,不一会儿带着一个人走了进来,正是刚才坐在茶馆门前招揽生意的挑夫。"你们刚刚都见过面了,我给大家介绍一下,这位是铜山县委的丁书记。"赵老板开口说道。

众人连忙起身相迎,耿致远心里暗赞这位丁书记不是凡人,化装他可是经过专业训练的,竟然没能从丁书记的装扮中发现丝毫破绽。

眨眼间,挑夫变成了丁书记,举手投足间尽显沉稳和干练。他示意大家坐下:"同志们好,之前我和八路军及运河支队一直保持着联系,大家在抗战期间团结煤矿工人,与游击队密切配合,破坏铁路、开展罢工、阻挠日本侵略者掠夺矿产,同日本侵略者做了大量斗争,取得的成绩有目共睹!我听老赵说了,多亏了你们,咱们这个地下交通点才得以保全,我要代表县委感谢大家!"

丁书记逐一与众人握手。他走到耿致远跟前:"是致远同志吧!我听老宋提过你,果然是青出于蓝,辛苦啦!"耿致远想知道宋阳标现在在哪里,但还是忍住没有开口,因为他知道,按照组织纪律,这样的问题他不能问。

丁书记接着介绍了近期的形势,国民党当局对共产党人和革命群众进行大屠杀,迫于形势,徐州市委也从市区撤出转入周边农村开展地下工作。地主还乡团疯狂反攻倒算,解放区的革命力量遭受巨大损失。但相信这样的困难只是暂时的。由八路军、新四军、东北民主联军、游击队等组成的解放区各部队陆续改编成了五大野战军,在各个战场上都进行了英勇还击,国民党接连溃败,相信贾汪解放的一天不会等太久。

丁书记接着布置了近期的两点工作,一是进一步加强工人思想工作,团结一切可以团结的力量,发动更多群众加入与国民党反动派的斗争;二是号召大家搜集炸药等物资,支持解放军和县委的武装力量,配合解放战争顺利推进。最后,丁书记说道:"贾汪煤炭工人占贾汪人口的四分之三,工人工作做好了,就是贾汪的工作做好了。我们一定要把党的工作做到最需要的地方,在黎明前的黑暗中闯出一条光明大道!"

会议结束,耿致远一个人走在乡间的小道上,他还在思考着丁书记刚才的话。丁书记所说的两项工作,第二条他早有准备,趁着日本人撤退,他已经安排耿彭城、韩天民等人搜集了一部分炸药。萧三也趁机收购了一些日本人的枪支弹药,就藏在自己的杂货铺内,等时机成熟交给赵老板即可。可眼下,工人的工作并不简单。原来,抗战胜利后,煤炭工人的变化很大,很多当时的积极分子返回了家乡。矿上复工后,军警特务和矿警队对煤矿工人加强了监管,工人稍有风吹草动便会被扣上"通共"的罪名而被逮捕审讯,给耿致远他们的工作带来很大困难。同时,各路把头卷土重来,为了争抢利益,枣庄派、烈山派、贾汪地方派等不同势力为了各自的利益

煊烂

经常故意挑起事端发动械斗,听说韩天民的一个远房亲戚就因为械斗受了伤。如何打破这种局面呢?思索再三,耿致远决定先把情况了解清楚。

当天晚上,他便叫上韩天民,去探望韩天民的这个亲戚。提起这个人,韩天民显得不屑一顾,说这人根本不值得同情。此人叫刘高炽,安徽淮北人,是自己母亲那边的远房侄子,长韩天民十几岁。韩天民早就劝他不要和烈山那帮人混在一起,可他非但不听,反而嘲笑韩天民没有胆色。仗着自己一身力气争强好胜,每次烈山派和其他把头势力发生冲突,总有他的身影。现在受了伤,韩天民生气也没去看过他。耿致远说想通过他了解一下这些帮派斗争的实情,韩天民这才不情愿地带着他过去。

刘高炽租住在贾汪镇北的一处棚户区,也是外地矿工的主要聚集地之一。这里本来只有四五户人家,后来随着矿工越聚越多,很多人到这里置地建房租给矿工住。所谓房子,好一些的是低矮的草屋,一般就是几根树桩搭建的棚子,上面盖些茅草毡布。由于房子越建越多,道路变得越来越窄,宽的地方也就两米左右,窄的地方只能勉强过人。路上污水横流,到处恶臭扑鼻,蚊蝇满天飞,卫生状况极差,平时走街串巷的小贩到了这里也要绕路避开。

韩天民带着耿致远走到一处矮棚前,掀开布帘,一股腥臭扑面而来。耿致远毫不犹豫进了屋,在昏暗的灯光下环视四周。屋子里只有一床一桌,其实也称不上桌子,就是个吃饭用的矮儿。上面摆着吃剩的饭菜、碗筷和一盏快要燃尽的油灯。床上的人头上脚上缠满了绷带,脚上的绷带已被血水渗透,虽然天气开始冷了,但绷带上爬满了这个季节并不多见的苍蝇。恶臭就是从这绷带处发出的。

床上躺着的便是刘高炽。听见有人进来,他挣扎着爬起来,见是韩天民带着一个人进来,不禁潸然泪下:"兄弟,如今进我这门的,也只有你了……"

听刘高炽介绍,他的头上只是破了道口子,手指骨却是断了,伤得严重。耿致远拿出准备好的糕点放在刘高炽的床头,想了想,又拿出几张钞票递到了刘高炽手中:"这是我和天民的一点心意。"

"也不怕恁笑话,我眼下腿不能动,已经好几天没吃上一顿饱饭了,这钱我就收下了!"

"你帮烈山派出头,伤成这样他们不管你?"韩天民虽然怒其不争,但毕竟有着亲戚关系,也见不得他这样受苦。

一提烈山派,刘高炽激动起来:"自从受了伤,包工柜上只带我看了一次大夫,结了半个月工钱,就把我扔这里不管不顾。平时那些称兄道弟的人一个也没来过,好在我只伤了一条腿,还不是一点不能动,不然,我就死在这里了!"

"刘哥,跟着包工柜打架的不都是他们雇的流氓打手吗?你一个工人跟着他们掺和什么?"耿致远问道。

"我也不想啊!天民早跟我说不要跟着他们混,可俺这些人上工都是要拿工牌的,要是打架喊我,我不去,我怕他们故意刁难,上工时拿不到工牌。而且包工柜说枣庄派抢了我们烈山的生意,不和他们打大家都得饿死,也怪我头脑糊涂耳根子软,脑子一热就冲上去了。早知道这样,就是不干了我也不会跟着他们打架!"刘高炽很是懊恼,他清楚,自己的这条腿,即使康复了恐怕以后也干不了重活了。

"矿警队不管?"

"他们才不会管这事,每次柜上打架都要提前跟矿警队打招呼,就算出了人命矿警队也不会阻拦,完事他们还能找把头拿钱。"

耿致远又问了些烈山帮的具体情况,了解到其他包工柜的情况也大抵如此。他又嘱托刘高炽安心养病,明天会请个治跌打的大夫再来看看他的伤口情况,便和韩天民一道告辞离开。

第二天,在汪清茶馆,耿致远将昨天和韩天民了解到的情况向大家做了通报。他说道:"县委的丁书记给我们布置了当前的两个重点任务。关于做好工人的思想工作,想必大家也清楚当前存在的困难。昨天晚上,我和天民去探望了他的一个在包工柜械斗中受伤的远房亲戚刘高炽,现在摸清了几点情况:第一,包工柜之间为了抢地盘抢工程,煽动或者威胁工人参加械斗,很多不明真相的工人是被迫参与械斗的,对于械斗的后果也缺少认识;第二,矿警队与包工柜相互勾结,他们清楚械斗的情况却并不制止,就是为了从包工柜拿到好处。目前械斗的情况时常发生,受到伤害的都是像刘高炽这样的煤矿工人。咱们接下来要讨论今后的工作应该怎么开展。"

参加会议的几个人各抒己见,有的说要拿刘高炽的情况作为典型开展宣传,让工人认清包工柜和矿警队的嘴脸;有的说要组织一个自救的队伍,对这些无法维系生活的工人开展帮扶;还有人补充了一些宣传的具体做法。可对于如何阻止包工柜之间为了各自的利益裹挟工人参与械斗,一时并没有形成统一的意见。所有人都说完后,大家的目光聚集在耿致远身上,这个时候需要他一锤定音。按照往常,耿致远总能提出让大家耳目一新的办法。果然,耿致远这次也没有让他们失望。

"刚才大家提出了很多办法,我觉得都很好。械斗的根本原因是什么?在于包工柜之间的利益冲突,可以说只要包工柜存在,他们之间的这种利益冲突就一直存在。包工柜解决冲突的法子不少,也不是只有械斗一种,但现在,械斗却是最管用的。我们管不了包工柜,但我们可以在矿工当中广泛宣传,让大家不被包工柜轻易鼓动,都不掺和。我们几人分成小组,分头到几个矿区联系工友开展工作。另外,我们要想尽办法不让包工柜之间发生械斗,矿警队不管,我们就得叫他们不得不管,只是眼下还需要等待一个时机……"耿致远娓娓道来,言语间有辨析毫芒的深度。

矿警队的方队长最近混得风生水起,曾经有位算命先生对他说过,十年之内,他命中注定会有两次劫难,熬过去必大富大贵。日本人来的时候,他着实忐忑了一阵,害怕被日本人砍了,结果他有惊无险地带领没有枪的矿警队被收了编。抗战胜利后,他又心惊胆战起来,害怕被当作汉奸正法,最后却又被国民党再次收编。两次收编他的职务都没变,还是矿警队长,他认为自己已经熬过这命中注定的两劫,自己的好日子来了。

现在,矿警队的人数达八百余人,这也是历史上从未有过的。这么多人的武器装备、日常训练、吃喝拉撒全都由他说了算,方队长的权力达到了巅峰。另外,因为矿警是个稳定的闲差,所以很多人托关系走后门要把亲戚朋友塞进来,方队长从中自然得到了不少好处。不仅如此,他还自己琢磨出一条生财之道。因为包工柜之间经常发生械斗,从前每次出警都要出动大量人力,抓一些打架的地痞流氓,事后包工柜交钱赎人,而这钱走的是明账。方队长给几家包工柜发话,既然这架终归要打,只要到他这里提前知会报备,交纳一定数目的保证金,矿警队便不再寻麻烦。这样一来,不仅包工柜高兴,可以专心解决自己的麻烦,矿警队也不用浪费人力物力,钱还悉数进了方队长个人的腰包。方队长在警队立下规矩:以后只要是包工柜间的械斗,不再过问,他们再怎么闹也不会翻天。对此,方队长胸有成竹。

事情的走向与方队长所想大相径庭。

元旦将至,国民党中央各机关考察团一行二十余人,由中央党部秘书长领队,来贾汪现场考察。考察团由当地国民政府的官员陪同,方队长负责安全保卫。考察团白天参观了贾汪煤矿,慰问了第三十三集团军,晚上在醉泉城酒楼吃了当地的特色菜,就住在来旺客栈。

耿致远等待的时机来了。

方队长终于结束了一天的工作。这一天鞍前马后地伺候,考察团成员对他的表现无不交口称赞,也为当地的政府官员挣足了面子。上午检查矿区时,他要求矿警队荷枪实弹,十步一岗五步一哨列队欢迎,从矿场大门一直排到办公楼。这几天突然降温,为了防止考察团成员冻着,方队长专门准备了三十套厚棉衣,考察团一进门便发放到每一名成员手中。一名团员开玩笑说想吃睢宁烧鸡,他马上派人专门开车前往睢宁,往返四百多里路,终于在晚饭时将睢宁烧鸡端上了考察团的饭桌。直到最后一名考察团成员进了客栈房间,方队长才长舒一口气,吩咐手下:"跟弟兄们说,都回去歇着吧,这一天辛苦了。"他也对自己一天的表现感到满意,紧绷的神经放松下来才觉得疲惫,出了客栈便直奔镇上的一家澡堂,准备泡个澡放松一下。

晚上九点刚过,因为天气寒冷,街道上行人稀少。镇上的商铺大都关了门,只有街边几家卖辣汤大饼、杂粮面的小摊前还围坐着一些刚刚收工的工人,对辛苦劳作的矿工来说,能够在这样的天气吃上些热乎东西,已经是十分奢侈的了。

突然,一阵脚步声和谩骂声打破了街头的沉静。

一个中年人从黑暗处慌慌张张地跑了过来,在小摊前马灯下稍作停留,抹了一把额头上的鲜血,无助地望着小摊上的众人,又向南跑去。过了没多久,十几个拿着棍棒铁锹的汉子追了过来,他们脸上涂满了煤灰,面目狰狞。"烈山派的人往哪儿跑了?"其中一人冲着小摊上的人厉声喊道。摊主面露惧色,伸出手悄悄朝中年人跑的方向指了一下,现在街头经常发生工人之间的械斗,他只求别惹恼了对方而被掀了摊子。顺着他指的方向,十来个人如同猎狗一般追了过去。没跑几十米,便看到了前面中年人逃窜的身影。

"别叫烈山派的人跑了!"

"揍死他!"

跑到来旺客栈附近,中年人眼见逃无可逃,直接转身冲进了客栈。柜台上的伙计眼看一个满身是血的人影闯了进来,吓了一跳,还没反应过来对方已经跑进了内院。伙计连忙走出柜台,十几个手拿家伙的人又冲了进来。伙计上前阻拦,可一个人哪里能拦得住这么多壮汉,他那小身板如同惊涛骇浪中的小舢板,被十几个人呼啦啦抬进了内院。这群人一眼便看到了内院中无路可逃的中年人,个个狞笑着向他靠了过去。

中年人困兽犹斗,顺着楼梯上了二楼。十几个人兵分两路,一路跟了上去,一路到另一个楼梯口围堵。终于在另一侧的楼梯口处抓住了中年人,把他架到了客栈院子中间,围住他便是一顿痛殴,一边打嘴里也不闲着:"朝死里打!"中年人发出

煊烂

了凄惨的哀号声。这下整个客栈的人都被惊起出来围观，附近喜欢看热闹的百姓也被吸引到来旺客栈的内院，一时间来旺客栈如同戏台，鸡飞狗跳好不热闹。

考察团众人皆被惊醒，站在二楼的走廊上，俯视着一楼混乱的场面。领队找来客栈的掌柜，询问发生了什么事。掌柜回答看样子是矿工帮派间因为琐事而打架。领队骂了一句"胡闹"，便让掌柜的去找矿警队的方队长，把这些无法无天的人全抓起来。

中年人已经被打得奄奄一息，趴在地上动弹不得，打人的十几个人出了气，其中一人朝地上的中年人吐了口唾沫："往后这边就是俺枣庄的地盘，你们烈山人有多远滚多远！"说完一群人大摇大摆地走了。人群让出一条通道，如同夹道欢送一般看着这群人扬长而去。被打的中年人躺在地上呻吟不止，过了一阵，围观的人群中出来两个热心肠的人，伸出手在中年人鼻子前试了试，见还有救，便合力将他抬起送去看大夫了。人群没了热闹可看，小院很快恢复了平静。

按说矿警队距离客栈也就十几分钟的路程，可直到领队回房，也没看到一个矿警进门。又过了半个钟点，方队长衣衫不整地敲开了领队的房门。

"徐部长，百密一疏，百密一疏，让您受惊了！"方队长头点得如鸡啄米，此刻他的肠子都悔青了。只是他却怪不得任何人，掌柜的到了矿警队，说有矿工在客栈打群架，值班的矿警牢记他的叮嘱，只是嘴上答应却根本没有出警，等方队长知道这事，黄花菜都凉了。

此刻，汪清茶馆的后院却十分热闹，打架的和被打的坐到了一起，互相之间惺惺相惜："哥，没伤着你吧？"韩天民脸上的煤灰还没来得及冲洗，冲着中年人说道。中年人正是刘高炽，他抹了抹脸上的血迹和灰尘："没事，都是雷声大雨点小，就是这鸡血也太腥了吧！兄弟，你说咱们这么一闹，以后包工柜之间真能不打了？"

第二天，由当地警察局和矿警队联合发布了一则公告，严禁包工柜及工人间滋事械斗，否则严惩不贷。方队长虽然连夜追捕，折腾了一晚，也没人认得清打架和挨揍之人的模样，那脸上一个个抹得就跟小鬼一样，谁能知道是谁。可惹怒了考察团的人，必须有人为此买单。于是自以为历经两次劫难必然大富大贵的方队长，不仅断了财路，还被就地免职。他的两次劫难，终归没能顺利渡过。

34 故地重游

姚昕露的工作充实而忙碌,来到学校仅仅半年,便感觉自己已经离不开这群孩子了。

她喜欢上课时看到几十个孩子注视她的目光,仿佛从中看到了当年上学时的自己。孩子们也很喜欢这位年轻的老师,别的老师上课一板一眼,他们被要求抬头挺胸不苟言笑。姚老师上课不一样,有时布置一些小作业,学生在课堂上展示;有时他们被分成几个小组,分头讨论,她的课上总是充满欢声笑语。为此还有一些保守的老师向校长反映,说要严肃课堂纪律,老校长亲自听了几次课之后,对姚老师的课堂大为赞赏,从此再无反对之声。

眼看春节将至,学校已经开始放寒假。一大早姚昕露便早早起来收拾行李,她和耿致远约好,今天要一起回徐州。其实她早想带着耿致远回徐州见见父母,只是由于两个人工作太忙,总是抽不出时间成行。眼下两个人的关系已经确定,姚昕露早被耿致远一家所接受,虽然父母思想开明,姚昕露也将与耿致远一家相处的情况写信告诉了父母,可耿致远还没有正式上过门,丑媳妇还得见公婆,何况他这个毛脚女婿呢?

贾汪火车站,姚昕露看到了已经等在那里的拿着大包小包的耿致远。

"昨天没睡好吧?"看到耿致远有些憔悴,姚昕露心疼地问道。她知道耿致远做的事情并没有看起来那么简单,他经常和工友们聚在一起,很多时候工作起来就要到深夜。眼下时局紧张,耿致远不主动说,她从不主动问,在这一点上,姚昕露和耿致远的家人保持着同样的默契。

耿致远已经因为部队筹措物资的事情连续好几天没休息好,如果不是因为县委丁书记给他安排的任务,他的这趟徐州之行恐怕还要延宕。知道他要到徐州见姚昕露的父母,致远妈恨不得拿出家中所有的库存,乡下的各种干货塞了满满一袋子:"儿子第一次到女方家,可不能叫人家笑话!"

由于战事,贾汪到徐州的铁路时断时续,车站的安检也颇为严格。好不容易等火车开动,已经比预定的时间晚了两个小时。经过这番折腾,姚昕露有些困倦,靠着耿致远的肩膀睡着了。

煊烂

这趟车承载着耿致远太多的回忆。他想起上学时和马铭楚一同坐车回家过年，他们精心挑选了带给家人的礼物。自己被学校开除时，同学们到车站给自己送别，姚昕露追着列车一边跑一边哭……日上三竿，大地上的凝霜还没有融化，满地的枯草落叶，饱经战火摧残的村庄里，断壁残垣随处可见，"兵火有余烬，贫村才数家"诗句中定格的画面，此刻在他头脑中具象化了。车窗外的一幕幕迅速倒退，耿致远逐渐心神恍惚，听着依偎着自己的姚昕露轻微的鼻息，不知不觉中睡着了。

火车一路走走停停，到了徐州站已近傍晚，姚昕露的父亲安排了一辆车在车站出口迎接。姚昕露在石牌坊街的家已毁于战火，如今他们一家住在统一街北牌楼附近的一座二层小楼里。车子兜兜转转来到了一处幽深的小院前，姚昕露没等车子停稳便迫不及待地拉着耿致远跳下了车："爸、妈，我回来了！"

耿致远打量四周，虽然已是寒冬，但小楼前的花园里仍然绿意盎然，还开着一些星星点点的小花，显然是有人精心打理。房门打开，姚昕露父母亲迎了出来，她便一头扎进母亲怀里，头一次离开父母这么长时间，她着实想家了。腻了一会儿之后，才有些害羞地说道："爸、妈，这是耿致远，你们见过的。"

耿致远上前和姚父握手打招呼："叔叔、婶子好！好久不见。"

姚昕露父亲审视着这个让女儿为之着迷的年轻人，跟几年前相比，个头似乎更高了一些，身体也更壮实了，看起来比之前更显得沉稳和内敛。姚昕露父亲冲耿致远点点头，拍了拍他的肩膀说道："进屋说吧！"

耿致远应声后，便从车内拎出母亲准备的礼物进了小楼。

房间里已经准备好了一桌饭菜，虽说时局艰难，但看得出姚家的光景要好过一般人家，虽然只有四个人吃饭，但鸡鱼肉蛋样样俱全。席间姚昕露父母问了一些耿致远家里的情况，又问耿致远肯不肯到徐州来工作。耿致远心里清楚，他们对自己的工作还有些顾虑。姚昕露怕耿致远在饭桌上尴尬，因此不等耿致远回答便抢先说道："爸爸，我学校的那帮孩子可离不开我，致远来徐州，我不又变成孤家寡人了！"姚昕露说完，往耿致远的饭碗里夹了一块鸡肉，看着眼前的难题被姚昕露成功化解，耿致远心头一热，朝她笑了笑。

姚昕露回了他一个鬼脸。

姚昕露父母对视一眼默然无语，这个女儿还没出嫁，看来已经胳膊肘朝外拐了。其实姚父提出这个想法时，自己心中也没有笃定的打算。他是徐州绥靖区司令部的一名文职官员，知道的情况比一般人要多得多。现在内战打了一年多，解放军就吃掉了一百多万名国民党军，由内线作战转到外线，又从黄河北打到了黄河南,今后的形势不容乐观。虽然目前安排耿致远在政府工作不是什么难事,可从长远来看,暂时搁置也未必是坏事。

饭后,姚昕露陪母亲在厨房说着悄悄话,耿致远和姚父在客厅聊天。他们谈到了贾汪矿的生产和眼下的局势,耿致远对姚昕露父亲的特殊身份有所顾忌,因此他的每一句话都字斟句酌,尽量客观地将贾汪矿的现状讲给他听。谈及工人生活的疾苦和国民政府的不作为,以及矿警队的种种行径,姚父听得怒不可遏。看得出他是个爱憎分明的人,虽然身在国民党体制内,但在耿致远面前完全没有顾忌,对政府滥用权力不顾民生疾苦的愤懑溢于言表,说到激动处忍不住便拍了桌子。听到父亲这边嗓门有些大,姚昕露有些担心独自与父亲谈话的耿致远,便借送水果或者添茶倒水的机会,时不时地跑到客厅看看。经过一番深入的交谈,姚父对致远的认识加深了一层:年轻人不仅观察得细致,记忆力也很好,煤矿上的数据张口即来,讲起话来逻辑性极强,三言两语便将一个问题谈得清澈见底。

耿致远沉思片刻,忍不住开口问道:"叔叔,既然您对现状看得这么清楚,为什么不寻求改变呢?"

姚父哈哈一笑:"覆巢之下,焉有完卵。这条大船注定要沉没,可我终归是一块船板……"姚父掉转话题:"小耿,当年我和你婶子逼着你和昕露分手,你不会恨我们吧?"

"怎么可能,我理解您作为父母的一片苦心。"

"我有个疑问还想请你解释一下!"姚父严肃地看着耿致远,"你从青训班毕业,为什么又回到贾汪当了一名煤炭工人呢?"对于青训班成员的安排,姚父是清楚的,当时国共合作,一部分青训班成员加入了国民党部队,还有一部分是共产党的人,被安排到周边县区开展工作。他担心耿致远就是这些人之一,更害怕女儿因此受到牵连。

耿致远不好意思地挠了挠头:"不怕您笑话,我当时确实是一门心思想到部队,扛枪打日本人的,可是家里就我一个男孩儿,一听说去打仗,爷爷和爹娘铁了心不叫我去,爷爷为此还生病卧床不起,我实在是拗不过他们,没等青训班结束就回了贾汪。"

姚父这才笑着说道:"没上战场未必是坏事,凭你的能力,我相信不会一辈子窝在贾汪这个小地方!我和你婶子都是接受了新式教育的人,也都是从底层一步步奋斗出来的,从前反对你们在一起是因为内忧外患,你们是同学,又是自由恋爱,希望你们今后能够好好相处。"

煊烂

这时候,姚昕露又一次装作若无其事地走进客厅,看着时进时出的女儿,姚父自然清楚她的心思,装作不耐烦地说道:"你这丫头有啥不放心的?一会儿一趟,怕我把小耿给吃了不成!好好好,我给你们腾地方!"说完便起身进了书房。

"爸,再多聊一会儿嘛!"姚昕露乖巧地假装挽留,朝耿致远吐了下舌头,马上坐到他身边急不可耐地问,"我爸给你说什么了?"

"国家大事。"耿致远看着她忽闪的眼睛觉得好笑,忍不住和她开起玩笑。

"不会又逼你跟我分手吧?"

"没有,说叫咱们好好相处呢。"

"哼,就算你要和我分手,也休想得逞!"

当晚,耿致远在姚父的安排下,住进了政府接待专用的花园饭店。虽说姚昕露父母开明,但家教仍然非常严格,女儿尚未婚嫁,男方是不能留宿的。

姚昕露送走了耿致远,回到自己的房间。整个晚上她的心情是忐忑的,虽然铁了心要和耿致远一起,但如同天下儿女一样,她渴望自己的心爱之人能够被父母认可,自己的这份感情得到父母的祝福。直到此刻,她紧张了一晚的心才稍稍平复。她坐在桌前,拿出了学校的教材。

母亲端着一杯牛奶走了进来,看到伏案工作的姚昕露,有些心疼地说道:"刚回家就忙工作了啊?"

姚昕露放下笔,朝母亲笑道:"学校过了年就开学,下学期的课我还没有准备。我可得对得起我的学生才行。"

母亲心疼地摸了摸她的头:"姑娘家做事别那么拼,你看看你,这才半年工夫,就瘦了这么多!"

"妈,我没事,学校里的那群孩子很可爱,我也很喜欢这份工作。"姚昕露说完沉默了,她在等待母亲开口,想听听母亲对她心仪的男孩儿有什么看法,可她又不好意思将话题引到耿致远的身上去。

母亲像听到了她心里的想法:"致远这个孩子不错,你们上学的时候我记得有一次你崴了脚,还是他把你背回家的。你们两个人互相知根知底,也能够看出来,致远知书达理做事细致,是个有主见的孩子。从你去贾汪我和你爸就商量好了,不会再干涉你的感情生活。"

姚昕露喝了口牛奶,静静地听母亲说话,浑身暖暖的。

"但是妈也要提醒你,婚姻对于女人来说是一辈子的事情,一定要慎重对待。它不仅关系到你们两个人,也关系到双方两个家庭。你对他们家了解吗?"

"妈,致远的爷爷和爸妈对我都很好,他妹妹和我也很亲。"

"我指的不是这个,对你好固然重要,你要知道,他们父子都是矿工,有句话虽然难听但是妈不得不说,你没听别人说过吗?有女不嫁下窑郎,一年空着半年床,十天半月来一趟,洗不完的黑衣裳。妈是怕你跟着他受苦啊!现在局势混乱,你的年龄还等得起,今后你还要劝劝耿致远,尽量到徐州工作,我和你爸就你这一个闺女,你也得为我们考虑考虑啊。"

"妈,我可没想那么远,您就更别操心啦!"姚昕露有些不耐烦地打断了母亲的话。

"你呀!"妈妈嗔怪地抚了一下她的头,走出了房间。

姚昕露站在桌前,想着娘俩刚才讲的话出了神。母亲说的话姚昕露不是没有想过,但她更了解耿致远的追求和抱负,上学的时候积极参加学生运动,因为阅读进步书刊被学校开除了学籍,工作之后更是团结了一帮工友,说不定他早就加入了共产党,现在的局势,如果耿致远的身份暴露了,是要被枪毙的。她憧憬与耿致远的未来,憧憬属于两个人的小日子,可每当这个时候,她的内心深处总有另外一个声音,不能因为儿女私情让耿致远为难。姚昕露从小养尊处优,但她并不是个贪图享受的人,尤其是工作之后,看到那么多贫困人家连饭也吃不上,那么多矿工为了一天的口粮而辛苦劳作,那么多该上学的孩子却只能做童工,更让她觉得耿致远做的事情是对的,哪怕是自己吃苦,她也要支持耿致远的工作。妈啊,女儿恐怕要让您失望了……她叹了口气,暂时按下心底的隐忧,继续备起课来。

耿致远从前只能在外边看看花园饭店,没想到今天竟然住了进去。这是徐州城的一栋标志性建筑,模仿德国别墅的样式兴建,走廊、中庭、院落层次分明,米黄色的外墙和花岗岩装饰看起来气势恢宏,大厅内装修豪华,一色的红木家具,房间内有西式的壁炉和卫生间。饭店建成后一直是权贵名流的集聚之地,抗战胜利后这里便成为国民党绥靖公署招待所。酒店的设施都很高级,床铺的柔软也是耿致远从未体验过的,但此时的耿致远却有些心神不定,还在想着县委丁书记安排的任务。

躺在床上的耿致远辗转反侧,睡惯了木板硬床的他,对于这种高级的软床还真消受不起。既然睡不着,耿致远索性穿衣起来,走出了花园饭店。这一带离欣欣中学很近,耿致远非常熟悉,虽然两边街道的店铺全然没了上学时候的痕迹,但街道并没有什么大的变化。饭店出门便是钟鼓楼,时间刚过九点,大同街上仍然十分热

煊烂

闹。耿致远还记得上学时流传的歌谣,"老天成,真正强,华丰泰,裕泰祥,宝成银楼老凤祥"描述的就是当时的繁华景象。只是抗战期间,多年兴盛的店铺变成了一片瓦砾,现在看到的很多建筑都是新建成的。大同街素以吃著名,徐州的美味佳肴、风味小吃几乎全都聚集于此,既有清真口味的羊肉汤、韭菜煎包,又有本地的辣汤、锅贴、蒸饺,淮扬菜、鲁菜、粤菜等各路菜系也能在这里品尝到。这个时间,很多食客还没有散场。

继续向西走了百十米,便来到了统一街,耿致远站在街口思索片刻,决定向南走。这次他来徐州之前,丁书记给他安排了一个任务,让他从城内接应汪清茶馆的赵老板,将一批物资送到位于统一街南边的新孚贸易商行,这家商行是城内仅存的鲁西南军区的地下转运站。耿致远想趁着这个时间,先到商行去踩个点。这时一阵北风卷起地上的尘土迎面吹来,耿致远不由得拉紧了大衣的领子,转身背对寒风。可就在他转身的刹那,眼睛扫到了他刚才经过的一家店铺门口,有两个男人也马上转身背对了他,此刻他们正若无其事地点烟。

耿致远敏感地意识到,他被跟踪了。

原来,刚进大同街,耿致远便被这两个国民党特务盯上了。眼下城内的暗战紧张而残酷,大同街这种各色人等聚集的地方,更成为国民党特务盯梢的重点。看到耿致远这个时间独自出门闲逛,两个特务感觉形迹可疑,便悄悄尾随了上来。

耿致远在心中责备自己大意,如果真是莽撞去了商行,不知道会导致怎样的后果。他有些后怕,深吸一口气,朝着商行相反的方向走去。又走了百十米,路边有个卖糖炒栗子的小摊,耿致远像是被栗子的香味吸引,停下来买了一包栗子,迫不及待地剥开一只,站在街头吃了起来。那两个特务果然跟了过来,还是和刚才一样,与他保持着同样的距离,此刻正站在一个小摊前交谈着什么。

耿致远朝前看去,见前面有一家布置得古色古香的书店,牌匾上"春和书店"四个大字写得颇有气势,他打定主意,紧走两步进了书店。足足在书店内待了近半个小时,书店要打烊了,他这才买了两本书走了出来。

刚出春和书店,便被跟踪他的两个人一前一后堵住,一个络腮胡子的特务说道:"拿出你的证件!"

耿致远装作受惊的样子,从口袋中掏出自己的身份证,两个人看了一会儿,又找到亮光处让耿致远伸出手掌,与身份证上手指头的箕斗纹比对半天,这才确定是他本人。

当时的身份证件上并无照片,老百姓无钱照相,政府绞尽脑汁想出了手纹箕斗的土办法,在居住证上摁上五指手印,并写上每个手指是簸箕还是斗,达到防止他人冒用的目的。

"你一个挖煤的,自个儿来徐州干啥?"

"找同学。"耿致远如实回答。

一个特务一把将耿致远手中的书夺了过来,拿在手里翻看了半天,也没发现什么问题。

"住在哪儿?"

"花园饭店302房间。"

两个特务有些愕然,他们想不明白,一个贾汪来的矿工,怎么能够住进绥靖公署招待所。但他们也知道,能够安排他住进花园饭店的人,不是他们能够轻易得罪的。这才将书和证件还给了他,满脸堆笑,说道:"小兄弟,打扰了!现在外边不太平,你一个人最好晚上不要出来闲逛。"

"我晚上睡不着,想买两本闲书看看。"两个人这才放耿致远离开。晚间的经历虽有惊无险,但使致远对城内的紧张局势有了更深的认识。他在心里提醒自己,对于接下来的任务,更要处处小心。

第二天早上,耿致远与姚昕露相约在徐州城逛一逛,离约定时间还有五分钟,耿致远等在饭店门口。一辆黑色的轿车在他身边停了下来,后座的车窗缓缓摇下,姚昕露从车内探出了头:"致远,上车!"

耿致远坐进后座,姚昕露高兴地对他说道:"这两天咱们俩不用走路啦,我爸让江叔叔开车带咱们转转。"原来姚父知道后面两天姚昕露要带着耿致远在徐州周边转转,专门安排司机带着他们。耿致远表面没说什么,心里却有些犯嘀咕,明天就要和赵老板见面了,姚昕露跟着自己自然没什么风险,可如果多个外人,还是怕节外生枝。可眼下也容不得他思考,只能走一步算一步了。

进南门时,城门前挤满了行人和车马,车子的速度也慢了下来。姚昕露有些不解地问司机:"江叔,这里怎么堵了这么多人?"

司机说道:"没办法,最近区公署加强了进城排查,不仅是这个门,其他门都一样。"

"那我们岂不是要等很久?"

"别担心,咱们的车不用检。"

果然,城门前司机按了几下喇叭,守门的士兵看到车牌连忙拉开了横在路中间

煊烂

的护栏,车子顺利出了城门。耿致远将这一切看在眼里,立时计上心头。

有了交通工具果然不一样,一个上午,耿致远和姚昕露两个人把上学时曾经去过的地方从北向南几乎走了个遍。司机老江很识趣,每到一个地方就把车停在路边等,让两个年轻人结伴而行。故地重游,总能勾起两个人的许多共同回忆和话题。姚昕露很开心,在贾汪的时候,她要上课,耿致远忙工作,两个人很少有这样单独相处的机会,一路上拉着耿致远滔滔不绝。他们逛了牌楼、快哉亭、户部山、燕子楼,中午又在三珍斋吃了蒸饺。

吃饭时,耿致远对姚昕露说下午要出城办点事,姚昕露听完眼睛直勾勾地盯着他。

耿致远被她盯得发毛:"咋啦?"

"怪不得一上午你都魂不守舍,是不是就是因为这个?"

见耿致远睁大了眼睛要否认,姚昕露忍不住笑了起来:"知道你是大忙人,正好走了一上午我也累了,那下午我就在家里休息吧。"接着她又认真地对耿致远说道:"看着你每天辛苦,我和你家人都想帮着你分担,大家都很关心你。另外,你也要带着我一起进步,上学的时候我们一起游行、一起演出你都忘了吗?"

看着姚昕露热切而认真的眼神,耿致远缓缓说道:"我想带个人进城。"他把想带汪清茶馆的赵老板坐车进城的想法告诉了姚昕露。当然,进城的目的关系重大,耿致远并没有说。

第二天,姚昕露坐车准时出现在花园饭店。两人上午去爬了城南的云龙山和奎山塔。回来的路上,姚昕露看着站在路边的一个人,让司机停车。路边的人正是汪清茶馆的赵老板,姚昕露本就认识他,之前每次耿致远带她到茶馆去,赵老板总要为她亲自泡上一壶茶。

"赵叔叔,您这是要去哪儿?"

"进城里办点货,顺便买点茶叶。"

"这你得走到什么时候,快上车吧,我也正好顺路回家。"

司机老江见姚昕露碰到了熟人,又邀请同行,不待她吩咐便开门下车,热情地把赵老板的两个箱子放进了后备箱,并为赵老板拉开了车门。赵老板上了车,如同第一次见面一般冲坐在后座的耿致远点了点头。

姚昕露上车后先向司机老江和耿致远介绍了赵老板,之后和赵老板聊得很投机。耿致远装作和赵老板不熟,倒很少插话,只是他有些纳闷,听姚昕露和赵老板谈茶道、谈茶馆的生意,有些甚至自己也是头一次听说,她什么时候懂得这么多?

车子开到了南门外,速度慢了下来。门前依旧挤满了排队进出的人群,十几个国民党部队士兵守在门前,除了查验身份,还要挨个搜身查看行李。姚昕露显得有些紧张,车内安静下来。耿致远悄悄拉住了姚昕露的手,用力握了握,示意她别紧张。

姚昕露的手里已经被汗浸湿了。

耿致远开口说道:"赵老板,幸亏今天你碰到了昕露,不然按照这个排队法,恐怕天黑也进不了城呢。"

"可不是,我说今天听见喜鹊叫,原来是要遇贵人。"

"我……我可不是什么贵人。"姚昕露说道。

耿致远又问:"您这进了城要上哪儿去?"

"先去布市,把我放在公安街就成!"

谈话间,车子已经驶过了南门,如同之前一样,看到这辆车,守城的士兵挥手放行通过。

姚昕露紧握着耿致远的手,终于放松了下来。

原来耿致远昨天在和姚昕露吃完午饭后便赶到了城外的一间车马行,见到了守在那里的赵老板。按照原计划,他们要将这批药品混在马车的货物中运进城,耿致远将城内加强安保的消息告诉了赵老板,为了确保这批货物稳妥送到,提出了自己的想法。赵老板认为虽然临时改变了计划,但这样更加稳妥,即使有问题,也不会牵连到耿致远和姚昕露,因此便搭上了姚昕露的车。赵老板顺利进城,这批部队急需的药品被送进了新孚贸易商行,任务圆满完成。

晚上,一对情侣依偎着走在公安街的青石板路上,两边的商铺很多已经打烊,昏黄的路灯下,街面上只有几个小吃摊依然在营业。

天气很凉,姚昕露将手插进了耿致远的大衣口袋里。

"再往前走,就是我们家原来住的地方了。"

"上次送你回家,你送了我那条围巾。"耿致远沉浸在回忆里。他很满足,这么多年过去,身边的人还是当时的那个人。还有,两个人的距离,更近了。

"今天我才体会到你的不容易,车子进城时,要不是你握住我的手,我紧张到心脏都要飞出身体了!"

"对于第一次而言,你表现得很好了。"

煊烂

"我表现得好吗?"姚昕露突然停了下来,笑盈盈地看着耿致远。

"当然!"

"那你也得答应我一件事。"姚昕露狡黠一笑。

"啥事?"

"跟我一起吃这个毛鸡蛋!"姚昕露指着路边一个卖毛鸡蛋的小摊说道。

摊主见有顾客上门,连忙招呼:"刚做好的,香嫩可口呢!"

耿致远有些哭笑不得,他怎么都想不通,温婉聪慧的姚昕露,怎么会喜欢这种让他避之不及的街头小吃。

"好吧!"

35 武装收矿

1948年下半年,国内局势愈发明朗。

六月,解放军发起豫东战役,九月发起济南战役。济南被解放后,菏泽、临沂、烟台等地国民党军队纷纷弃城而逃,山东境内只剩青岛等少数据点仍由国民党军队据守,一场关乎国家、民族命运走向的大决战——淮海战役的序幕即将拉开。解放军势不可当,国民党军队日薄西山。眼看徐州难保,十月底,贾汪煤矿的矿长、总工程师、课长等纷纷携家眷仓皇出逃上海,矿区一时陷入混乱。

县委武装大队的负责人张福田通过萧三找到了耿致远,而此时耿致远已经几天没合眼了。由于物价飞涨,工人们拿到手的工资经过包工柜的盘剥还不够买一天的口粮,生活无以为继。为了提高工资待遇,支援解放战争,经过县委部署,贾汪工人再次开展了罢工运动。这些日子,耿致远每天在贾汪矿区周边工人集聚的几个村子间来回奔波。这些村庄之间近的八九里路,远的有近二十里地,他硬是靠着一双腿,把县委的部署传达到每一个地方。要不是萧三,张福田可不知道耿致远身在何处。

看着嘴唇干裂、面容憔悴的耿致远,张大队有些心疼:"早就听丁书记说你是个拼命三郎,干起活来不惜力,果然是这样,但一定要注意身体呀。"

耿致远笑着说道:"张大队,我知道您更忙,光是四周抢劫的土匪就够您头疼的了,无事不登三宝殿,赶紧布置任务吧!"

张福田从怀里掏出了一个饼，又给耿致远倒上一杯水："再着急也要先填饱肚子，你这一天肯定没顾上吃东西，把饼先吃了！"

耿致远没跟张福田客气，他确实饿坏了，接过饼便往嘴里塞。张福田道出了此行的目的。原来，趁着矿区混乱，一群人打起了矿上物资的主意。对他们而言，贾汪矿可是块肥肉，煤炭、钢铁、原木、各种生产工具，只要稍微动动脑筋就能换来真金白银。这些人中有活动在周边的地主土匪武装，能拉起三五十人的队伍，还有当地的地痞流氓，潜入矿区偷些废铜烂铁卖了换钱。此时矿警队人心涣散，矿长都跑了，他们更是不管不问。张大队此行的目的，便是让耿致远在工人中拉起一支护矿队伍，保卫矿产矿井的安全。

目睹矿上管理层一个个离开以及路过贾汪溃逃的国民党军队，耿致远心里隐隐有种预感，徐州解放的日子近了。他常常想，这场战争就如同一台巨大的矿山机器，宋阳标、丁书记、赵洪林、姚昕露、耿彭城……他身边的每一个人都是这台机器上不可或缺的一个零件，在各自的岗位上发挥着不同的作用。每个人多做一件事，胜利就会提前一天到来。他心里就像是有一团火，让他有使不完的力气。他对张福田说道："徐州解放，贾汪矿就是全体工人的财产，是国家的财产，我保证看好家！"

工人护矿队很快成立，一开始只有十二个人，都是耿致远身边的党员和骨干。萧三和小苏也加入了队伍。萧三此时再次展露了他的经商头脑，通过他的斡旋，从区公所的几个工作人员手里用一袋高粱便换来了十几支步枪，用他的话说，这年头，粮食比枪值钱！尽管都是些旧枪、老套筒，有的还打不响，但对这些矿工来说，也是稀罕物了。耿致远又多了一项任务，白天他忙着工人罢工的事情，晚上便在大泉村附近训练护矿队员。好在这些人平时习惯了和工具打交道，很快便掌握了其中的门道。

对于萧三来说，好像发现了一方新天地。他心想，怪不得赵洪林那小子一摸了枪便再不回村子，原来是这么个好东西。他按照耿致远所教，只要有空便练习臂力，有时托着一块砖头，有时平拎着瓦罐。杂货铺开张，小苏见萧三一只眼睛总是眯着，还以为出了毛病，结果萧三悄悄告诉他在练习瞄准。这一瞄不要紧，墙角的猫儿、过路的行人、街上的马车、树上的麻雀都成了他的目标，举手投足间，说瞄谁就瞄谁。晚上睡觉也不搂媳妇了，抱着大枪睡。为此媳妇有怨言，他还振振有词："妇道人家懂什么，这叫枪不离身。"

耿致远这几天忙得看不到人,姚昕露已经很久没回家探望父母,正好老校长一大早要到徐州去,便跟着老校长结伴而行,顺便回家看看。这一趟徐州之行颇为不易,原本一个小时的车程,火车走走停停足足开了四个小时。到了徐州已近中午,在车站和老校长约定了第二天会合的时间,姚昕露便要了辆黄包车直奔位于统一街上的家。北风呼号,天气阴冷,姚昕露从黄包车上向外看去,天空铅云密布,看起来似乎要下雪。

统一街到了,姚昕露刚下车,盐粒似的冰晶夹杂着细雨,便纷纷扬扬地落了下来。家中无人,这一次她回来也没和父母提前打招呼,无奈之下,便躲在一家商铺门前避雨。统一街比上次回来时萧条了许多,很多店铺关了门。街上的报童对于这冰冷的雨雪似乎毫不在意,仍在奔跑着叫卖当天新出的《徐报》。看着那孩子寒风中奔跑的身影,姚昕露想起了自己班上的学生,心有不忍,把他喊过来买了一份报纸。报纸的内容果然和她预想的并无不同,刊登的都是战场上"大胜大捷"、徐州城"固若金汤"的假消息,这和她从耿致远那里听来的截然不同。

过了好一会儿,母亲拎着篮子从街的那一头走过来,显然是买菜回来了。看到她瘦小的身躯在寒风中艰难前行,姚昕露的眼睛不禁湿润了。她连忙跑上前去,抢过母亲的菜篮,责备她这么冷的天还出去买菜。母亲挽着姚昕露的胳膊,向她唠叨着菜价的行情,说白菜比前一阵涨了十倍还多。姚昕露突然想起小时候,自己出门时便是这样挽着母亲的胳膊。时过境迁,父母在不知不觉间都老了。

父亲一直到晚饭时才回到家,一家人难得坐在一起吃饭。饭桌上姚昕露一反常态,自个儿没完没了地说着学校一间教室房顶破了个窟窿、耿致远和她带着班上的学生去爬大洞山、爷爷耿博众送了她一幅字、贾汪矿的工人罢工了……她似乎要把这段时间没和家人说上的话全补回来。姚昕露父母静静地听着,时不时附和两句,看得出来,姚昕露最近这段时间很开心。

晚上,姚昕露因舟车劳顿,早早便上床休息。母亲从她房间出来,看到姚父在客厅抽烟,便轻声问道:"咱们要走的事情,要不要跟女儿说啊?"

"暂时还是别跟她说吧,她在贾汪生活得还不错。徐州这边撑不了多久,我估计很快就得撤走。与其跟着咱们受战乱之苦,不如让她在贾汪过着平静的生活。"

"可我们这一走,不知道什么时候才能再见女儿一面了。"姚母的眼泪忍不住便落了下来。

姚父拍了拍妻子的肩膀:"女大当嫁,总不能一直陪在咱们身边。再说昕露这丫头大了也懂事了,要相信她能够处理好自己的事情。"姚父心里明白,眼下的局势,内战打了两年多,半壁江山已经落入共产党手里,往后天下属谁,真的很难预料。两年多来,他见多了国民党当局为掩饰败迹捏造各种胜利的虚假消息,徐州高官面临危局却大敛私财的无耻行径,身边的同事明知败局已定,却仍自欺欺人……他感到身处一股无法阻挡的洪流之中,不仅无法自保,甚至连自己的这个家也要骨肉离散。

第二天一早,姚昕露要赶回贾汪去,父母在门前送别。

司机从房内拎着行李放在车上,见母亲为她收拾了足足两大箱的物件,姚昕露有些惊讶:"妈,没必要拿这么多行李!"

"已经收拾好了,都带着吧,有备无患。"

姚昕露无奈,母亲总是不放心自己,她走上前抱住母亲:"好好好,我带! 我看您恨不得叫我把咱们家全搬过去才能安心。"她感觉母亲的身体在抖动,知道母亲舍不得自己走哭了起来,母亲越来越像个小孩子了。她轻轻拍打着母亲的后背柔声说道:"瞧您,我寒假就能回来了! 不哭了,不哭了。"

等姚昕露和老校长一起出了贾汪站,便看到了早就等在那里的耿致远。原来耿致远听学校人说姚昕露和老校长去了徐州,今天下午才回来,便算好时间在车站门前等,结果车还是晚点了两个小时。

大泉学校宿舍,姚昕露一边和耿致远谈论着这趟回徐州城的见闻,一边收拾着母亲给她带来的东西。突然,她看着箱子里的东西疑惑道:"奇怪,我妈怎么把这东西也给装在了箱子里?"耿致远看了看,见她正拿着两件精致的旗袍在手里端详。姚昕露继续说道:"这是有名的绣工制作的旗袍,小时候我总是羡慕这两件旗袍,想穿上试试,妈总是不肯,她说……"

耿致远见她半晌不说话,忍不住问道:"说的啥?"

姚昕露俏脸一红,羞涩地低下了头:"没什么。"其实这是外婆送给妈妈的嫁妆,妈妈当时说,等姚昕露出嫁,就把这两件衣服再传给她。只是现在这个季节,妈妈肯定是没注意拿错了吧。她叹了口气,人总是在某个瞬间意识到自己的成长,这次回去看到母亲风雪下花白的头发、饭桌上父亲脸上的皱纹,姚昕露突然就感觉自己一下子长大了,她能够感受到父母对自己的疼爱和依恋,这和之前她在家的感觉完全不同,这是一种精神上的付出和反馈。她的脑海中又浮现出早上与父母告别时的情景:车窗外的两个身影在视线中越来越模糊,那是默然而立的父亲和靠在他肩头哭成泪人的母亲。

这幅画面，永远定格在了姚昕露的记忆里。

贾汪矿工罢工持续到第九天，淮海战役已经打响，徐州周边的丰县、邳县、新安、沛县相继解放，11月8日，传来了贾汪起义的消息。国民党第三绥靖区副司令官张克侠、何基沣在贾汪矿夏桥井率领国民党军队23000余人起义，贾汪宣告解放。起义军让出运河防线开赴台儿庄，耿致远领导的工人护矿队迎来了第一个任务，解除老矿和新矿矿警队武装。

耿致远对队员们说："以前，一直都是敌人在明我们在暗，从今天起，咱们可以正大光明地执行任务了！贾汪解放了，贾汪矿属于人民，有县委和解放军给咱们撑腰，大家什么都别怕！"

9日一大早，天还没亮透，耿致远便带着护矿队十二人出发。他们长枪在身，威风凛凛。耿致远还找来了一块红布，撕成布条系在每个人的胳膊上。

十几个人靠近老矿，便被守门的矿警发现，他们隔着门质问："干什么的？"

"我们是县武装大队派来接收矿警队武装的，开门！"韩天民大声回道。

"谁知道恁是干啥的，有啥证明？"

"别跟他们啰唆！"萧三不耐烦了，朝天"啪"地打了一枪，他早迫不及待地等着放枪的机会了。

枪声震得十几人耳朵嗡嗡作响，耿致远瞪了萧三一眼，门内却没了动静。原来几个矿警听见枪响，早屁滚尿流跑了。

耿致远无奈，让韩天民翻墙而入，从里面打开大门。

耿致远向队员交代："大家注意，矿警队的人数和武器都比咱们强，一旦剐起来，局面难以控制，尽量智取，不能硬剐！"

几个队员一起望着萧三。萧三脸上有些挂不住，讪讪地说："知道了，不硬剐，不硬剐！"

十几个人直奔矿警队武器仓库。快到大门时，一颗子弹"砰"地飞出来，耿致远几个人都能听到子弹呼啸飞过的声音。

耿致远连忙指挥大家就近隐蔽。

"别过来，谁过来我就叫他吃枪子儿！"

耿致远朝门内朗声喊道："贾汪已经解放了，国民党部队和当官的都跑了，你们负隅顽抗，只有死路一条！"

仓库内一片沉寂，过了好一阵才有人说道："派一个人来说话，别带枪！"

耿致远把枪放在地上，缓缓站起身来："我来谈！"

旁边的韩天民等人怕有诈，冲他喊别过去，可耿致远已经推开了仓库的大门。

大门内一片漆黑，耿致远被上百支枪同时瞄准着。

之所以黑是因为这些矿警的人数太多，乌压压足足上百人聚在一起。耿致远倒吸一口凉气，即使他斗争经验丰富，可一个人面对这么多枪和人，还是头一次。他暗暗调整了下呼吸，朗声说道："我们是县武装大队派来接收矿警队武装的，放下你们的武器！"

里面的人显然不知如何是好，局面一时僵持住。

耿致远顺着他们的目光，注意到角落里的一个人，显然众人都在等这个人发话。

耿致远微微一笑，又上前几步，距离五六米远，冲着他喝道："贾汪现在属于人民，你们要立刻放下武器，站到人民一边来！"

语气坚定豪迈，话音铿锵有力。

那人被耿致远的喊声惊呆了，手中的枪已经不由自主地放在了地上。他这一带头，其余矿警纷纷放下了手中的武器，"哗哗"声响成一片。

面对这十几个戴着红布条气势汹汹的年轻人，早就心无斗志的老矿和新矿矿警队两百余人全部缴械。萧三想起国民政府区公所还有一座军械仓库，护矿队的武器就是从那儿而来，于是带着护矿队趁热打铁，没费吹灰之力便将区公所留守的二十多个人全部缴械，军械库中的各种武器和物资也被护矿队顺利接管。

这一仗，大获全胜。

矿场的一处荒坡上，十几个护矿队员正躺在这里休息，冬日午后的阳光将这片布满干草的荒地变成了慰藉万物的暖床。有很久没有这样舒畅过了，耿致远口里含着一根草茎，像是要从中吮吸出甘霖，惬意地享受着这片刻的温暖与宁静。

"致远，你一个人进了仓库，一群人举枪对着你，不害怕吗？"萧三凑上前问，其他队员也想知道究竟，一个个围坐在耿致远身边。

耿致远看了看大家，认真想了想说道："怕，也不怕。"

大家不解，耿致远继续说道："刚一进去看到对面乌泱泱那么多人，咋不怕呀。但是我想到咱们贾汪解放了，后边有着千千万万的贾汪工人和老乡，就不怕了。你们听到我的喊声了吗？"

"咋能听不到，你喊得那么响。"

"放下武器，站到人民一边来！"萧三站起来模仿耿致远的嗓音大声喊道。

煊烂

"这可不是随便喊喊,让矿警放下武器,站到人民一边,意思就是说只要他们放下武器,改过自新,就会被人民重新接纳。这么多敌人,绝不能蛮干,不能把他们逼到绝路。要让他们觉得有活路,这比喊缴枪不杀要好得多啊!"

萧三琢磨着耿致远的话,似乎明白了耿致远的意思:"你这小子,真是个滑头啊!"他忍不住笑着打了耿致远一下。

耿致远装作被打疼,在草堆上翻滚起来,其他队员笑成一团。耿彭城看着和队员嬉闹的耿致远,恍惚间仿佛回到了小时候,那个时候的太阳,似乎跟今天一样。

贾汪煤矿回到了人民的怀抱。

胜利的喜悦在迅速蔓延,当更多的人还沉浸在难以置信中时,几辆吉普车由远处卷着尘土疾驰而至,吱嘎一声停在面前。耿致远他们瞬间紧张了起来,刚才战斗的枪声似乎尚未消散,这突然而来的几辆军车意欲何为? 萧三和耿彭城对视一眼,不约而同地握紧手中的枪,其他队员也悄悄散开,游移着包围了这个小车队。从队员们紧张的神情就能看出,只要致远一个眼神,他们就会毫不犹豫一起开枪,用萧三后来的话说,好不容易拿下的矿,哪能眼看着再飞喽? 奶奶的! 只要致远当时咳嗽一声,老子就先把那个开车的干掉再说。

就在大伙紧张的时候,从车上下来了两个军人,军装笔挺,气度从容,一位瘦削面容,精神干练;一位沉稳内敛,面相儒雅。两人推门下车的那一刻,后面车上呼啦一声跑过来七八个警卫,指搭扳机,横在胸前,警惕地护住下车的那两位。瘦削面容的那位呵呵一笑,冲着警卫说道:"这么紧张干吗? 后退!"呼啦一声,警卫退后,枪口低垂,可搭在扳机上的手指却一直没有挪开。

警卫们退回令萧三、耿彭城等人明显松了一口气,耿致远紧绷的神经也松懈了许多,满脸疑惑地上前问道:"还没请教二位……"

面相儒雅者浅笑一下,看向瘦削面容者,说道:"咋样老张? 我说什么来着,贾汪的党组织还是很有战斗力的!"

被唤作老张的人始终面带笑容,轻轻颔首道:"何司令此言甚是呀!"

党组织几个字飘入耿致远耳中时,致远彻底放松了警戒心,他明白来者是友非敌。又听言谈中此二人唤作老张、何司令,致远的心猛地紧了一下,军人、张、何,这些要素凑在一起,两个名字呼之欲出! 致远似乎有些激动!

只见面相儒雅者看向耿致远,说道:"忘了向这位同志介绍了,鄙人何基沣,这位是张克侠将军,此前就驻扎在贾汪附近,今天听说同志们武装收矿,恰好路过,特作不速之客前来看看,看来我们来晚了,大戏你们都唱完了!"

萧三闻言，一边关上枪保险，一边轻声嘟囔："您二位早干嘛去了，您要是带着大部队来，这矿早就收回来了……"彭城在后面拽了他一下，萧三才悻悻地闭上嘴。

耿致远有些激动，他当然知道张克侠、何基沣率部起义的事情，他更知道何基沣口中所说的路过此地顺便看看的托词，军事部署、部队调防岂能随意透露？当下致远紧紧握住张、何伸过来的手，口中说道："报告首长，武装收矿非常顺利！现在矿已经是人民的了！"

张、何闻言笑容倍盛，连声道好，张克侠出言道："还没请教这位同志贵姓？"

耿致远肃容挺胸，慷慨陈词："报告首长，我叫耿致远！"

张克侠呵呵笑道："早就听说过你耿致远的大名，后生可畏呀！"

耿致远只当这是张克侠的客套说辞，可他做梦都想不到的是，国民党第三绥靖区副司令官张克侠、何基沣其实早已是我党的老党员：张克侠1929年便已秘密加入中国共产党，而何基沣也于1939年秘密加入中国共产党！

何基沣上前一步，再次伸出手来，说道："祝贺你们呀致远同志！完整地保护了人民的矿产！"

心思缜密的耿致远竟然没有察觉到张、何二人已经连续两次叫自己为"同志"！同志，多么庄重神圣的称呼！

何基沣接着说："致远同志，不知道我和张将军有没有荣幸请你做回向导，一起参观一下矿井下的景色呢？"

张克侠也笑着附和："我猜，回到人民怀抱的矿井里一定是绚烂无比！"

耿致远洋溢着笑容连连点头，当下耿彭城打头，萧三断后，和致远一起陪着张、何二人走向井口……

三十多年后，一部名叫《佩剑将军》的影片上映，影片中的将军身披斗篷，胯下白马，目光如电，坚毅深邃，渊渟岳峙。耿致远在观看了影片之后，心情久久难以平静。毛泽东说张克侠、何基沣在韩桥矿率部起义，是淮海战役的第一个大胜利！看着银幕上的将军形象，回想三十多年前的将军面容，耿致远知道只有信仰坚定、久经考验、心怀家国的人，才会有那样的眼神。

10日下午，中国人民解放军华东军区特别军事管制委员会主任谭震林视察贾汪煤矿，号召工人支援解放战争。

接到上级指示后，耿致远把伙伴们召集到自己家中，商量怎么支援解放战争。

煊烂

萧三抢先发言:"最好的支援就是扛着枪,跟解放军一起打老蒋去!"说着还不忘拍了拍抱着的枪杆。

耿致远摆了摆手,说道:"三哥一腔热血豪情万丈!可是你想过没有,咱们如果跟着解放军走了,那些土匪啥的再来抄了咱的后路,把咱的矿给抢去,咋办?"

萧三挠了挠头皮,吭哧了几声,一瞪眼:"他们敢!揍死他们!"但随之气沮,别了别头就不再说话了——他意识到致远说得有道理。

赵洪林的弟弟赵洪田说:"要不然,咱们组织个担架队、小车队,送物资,运伤员……"话没说完,洪田似乎意识到了不妥,给了自己一个小嘴巴:"担架队、小车队不还得离开咱矿上吗,算我没说!"说着盘腿静坐不吭声了。

韩天民咂了咂嘴,慢悠悠地说:"既然不能上阵杀敌,我觉得咱工人还是干好老本行……"

还没等韩天民说完,萧三撇了撇嘴,说:"你是说咱挖出来煤,送给解放军烧饭?"

韩天民有些不悦,瞪着萧三,说道:"我可没说送煤上前线,我是说咱们可以做好后勤补给工作!"

赵洪田闻言忙点点头:"我觉得天民说得有道理!"

耿致远示意韩天民继续说下去。

韩天民受到了鼓励,挑衅似的又瞪了一眼萧三,萧三只当没看见,抱着自己的枪生气,天民也不理他,继续说道:"做好后勤补给工作,可能是煤矿工人最好的支援解放战争方式。老话不是说吗,'兵马未动,粮草先行',你们看,解放军战士要吃饭吧,民工民夫要吃饭吧,战俘也要吃饭吧……乖乖!我账头不行,老三,你来给咱算算这一天得多少粮食!"说着拿下巴冲萧三调皮地抬了一下。

萧三拿手指点了点天民,无奈地摇摇头:"这个天民,你可逮着我了!自己算去,我算不清楚!我现在只喜欢摆弄这个!"说着冲天民举了举手里的枪。

大伙见状呵呵一阵笑。

待笑声稍落,耿致远说道:"天民说得在理,我也一直在琢磨这事。上战场打仗,咱们倒是不怕,咱们一走就怕咱们这矿上不稳当。据我了解,淮海战役的后勤补给要远比辽沈战役困难得多!刚才天民说得很有道理,兵马未动,粮草先行,现在党中央从后方——特别是山东和咱们这一带——动员了大量的民工支前,我估计支前民工可能不缺人手,但是粮食肯定是越多越好!"

众人闻言,不禁都暗暗点头。

耿致远继续说道："党中央从东北、河南、山东、山西调拨了大批的玉米、小麦补充军需，可是这些粮食得变成面粉才能吃呀，大家看看，咱们有没有可能在军粮上面干点啥呢？"

赵洪田双手一拍，叫道："好啊！干这活咱们在行呀！难不住咱！咱们把矿友、家属、亲戚、朋友都动员起来，有磨使磨，没磨使碾子，咱给解放军拐面粉！"说着就从凳子上跳了下来，做起推磨的动作。

萧三一见，便打趣道："嗯，不错，比驴推得强。"

赵洪田闻言上前揪住萧三，非得给萧三蒙上眼睛让他来表演拉磨。

众人看他二人胡闹，不由得又是哈哈一阵大笑。

据不完全统计，淮海战役、渡江战役期间，徐州地区矿工支援前线面粉两万多袋、小麦 50 多万斤，是解放战争期间人民军队的得力臂助。

此时，矿区南边，距韩桥井一里多路的不老河一线，仍有国民党的残余部队。周边没有清剿干净的土匪特务也还在负隅顽抗，时不时地到矿区捣乱破坏。耿致远的工人护矿队不分昼夜地站岗巡逻，此外还吸收了很多工人加入护矿队当中，几天时间，人员就从十二人发展到六十多人。现在的护矿队武器充足，兵强马壮，成为保卫矿区和贾汪的一支有力的武装力量。

萧三主动请缨加入了清剿匪特的队伍，他还将南北杂货铺暂时关门停业，拉着小苏一道参加。他对小苏说："现在生意先搁一搁，把这帮土匪特务赶尽杀绝才是吃紧当忙的事！"这天下午，他带着十几个护矿队员在韩桥井附近巡逻，路边五六个人引起了他的注意。这些人看似老百姓打扮，有的扛着锄头，有人拿着抓钩，还有两个背着拾粪的筐子，走在路上有说有笑，见护矿队员路过，还热情地打招呼。萧三等人同他们闲聊了几句，听说是附近村庄的农户，便提醒他们注意安全，有什么情况要向矿上报告，接着带着队伍离开。队伍翻过一个土坡，萧三让队伍停止前进，对身旁的小苏和一个队员说道："这几个人看着不地道，你们俩悄没声跟着这些人，看看他们到底去哪儿！我们在这里等信。"小苏和队员虽然不知道萧三的真实意图，还是按照他所说，悄悄跟了过去。

过了半个小时，小苏气喘吁吁地跑了回来，对萧三说道："还真叫你猜着了，他们不是好人。我俩跟着他们兜兜转转，见他们藏进了北边两里地的干河沟里，后来又陆陆续续来了五个人，都是农户打扮。在那鬼头鬼脑地不知商量什么事，准没好

煊烂

事!"

"咱赶紧过去!"萧三一听果然如他所料,连忙让队员出发。

"要不要回去叫人支援?"小苏还有些不放心。

"以前咱十二个人就缴了两百人的枪,这才几个人?"萧三打定了主意。他见小苏还在犹豫,便催促说赶紧带路,别叫他们跑了。

等萧三他们赶到,果然看到刚才的几个农户打扮的人正窝在深沟里密谋着什么。萧三仔细观察了一阵对队员说道:"一共八个人,我们十四个人,抓他们绰绰有余。我带五个人绕到后面去,小苏你们看到我到了就放枪,咱们来个前后包抄!"

等到萧三带着人就位,小苏这边一声枪响,土沟里的人惊得跳起,身边的农具也不要了,朝背着枪响的方向仓皇而逃。护矿队员紧追不舍,把这群人赶鸭子一般撵向萧三埋伏的方向。

这时候萧三一跃而起,举枪瞄准道:"我们是护矿队的,都别动!"惊慌之下这群人只顾逃命,看见举枪的萧三更是抱头鼠窜。萧三放了一枪却打空了,他懊恼地一跺脚,朝其中一人紧追过去。这一追足足跑了五里地,萧三才和随后跟来的队员一道抓住了一个。

清理战场,捉了三个逃了五个。队员们将抓到的三个人绑了带回护矿队,一审才吓了一跳。他们是一个刘姓土匪的手下,这次集结了一百多人,就准备今晚到韩桥井抢劫破坏,他们八人是提前来踩点的。耿致远得知情况后赶紧向武装大队的张大队长汇报情况,请求支援。张大队接到情报后,安排了百余人来到韩桥井,准备今晚来一场守株待兔。大家都很庆幸,从活捉的三人口里得到消息,让护矿队对土匪的突袭有所防备。

萧三却有些闷闷不乐,一问才知道,他还为这次只抓了三个人感到懊悔。

"战场上情况瞬息万变,人算不如天算。没伤一个人就活捉了三个土匪,这已经很不孬了。"耿致远安慰萧三。

"要是我们把他们全围住,说不定结果会更好。"萧三仍然沉浸在刚才的战斗中。

"萧老板,你咋看出来那些农户是土匪?"小苏回想下午的遭遇,疑惑地问萧三。

萧三一听问这个,好像忘记了刚才的不快,便卖起关子,神秘地说道:"一是抓钩,二是粪筐。"

小苏等人仍然不解,耿致远也微笑看着他,示意他继续往下说。

"现在是冬天,地里都冻上了,这个季节没有刨地的,这些土匪却扛着抓钩锄头。另外,捡大粪的人我见得多了,可都是跑单帮,哪有成群结队的。我虽然没干过啥农活,但从眼下这时节带着抓钩锄头这一点就能断定他们根本不是种田汉!"

耿致远听得两眼放光:"三哥,真有你的!我提议,我们为萧三同志鼓掌!"

众人围着萧三鼓掌,萧三讪笑着挠挠头:"还不是跟你学的嘛。"

下午,武装大队张队长在韩桥矿安排任务,布置人手,整个矿区严阵以待。快到傍晚,他对耿致远说:"不能把人全集中在这儿,敌人踩点碰了钉子,说不定今晚就不来了。也有可能他们会转移目标,今晚我带人在这里留守,你带着护矿队到老矿去。"

耿致远觉得张队长说得有道理,当即召集队伍准备向老矿赶。张队长又叫武装队拿出三箱手榴弹交给护矿队员:"土匪人多,万一碰到用得上。"

老矿北面的九山口是山后至贾汪的必经之路,护矿队赶到此处已经是晚上十点多了。耿致远见队员都很疲劳,便安排大家在路旁就地休息,自己站在一旁放哨。

天气甚是寒冷,山口的风又大,队员们几个一群,纷纷找一处避风的地方生火取暖吃干粮。萧三和小苏也找了一块大石头,小苏在附近找了些枯树枝,生起了火。柴火噼啪作响燃得很旺,萧三在火堆上放了块平整的石头,从背包里拿了一块饼,放在石头上烤热和小苏分着吃,又拿出水壶,倒在茶缸里在火上烤。

小苏吃着烤得喷香的大饼,喝着热水,浑身暖和和的,对于萧三的敬佩之情无以言表。待他吃完,萧三见耿致远一个人放哨,便把茶缸递给小苏,又把自己的饼掰了一半,让小苏给致远送过去。今天他为了捉土匪跑了五六里地,晚上又走了这么远,萧三感觉自己困乏得迈不开步子,倦意袭来,便靠着火堆枕着手榴弹箱子休息。

"致远哥,这是萧老板让我给你的,赶紧趁热吃吧。"

"你们都吃了吗?"

"吃了,这是专门给你留的!"

耿致远这才接了过来,边吃边和小苏聊天。他夸小苏这几年进步很快,个子高了人也壮实,是条男子汉。

小苏一直把耿致远视作亲大哥,要不是他把自己从筒子屋里救出来,哪有自己的今天,对于耿致远的认可他自然很高兴。不仅耿致远对他好,萧三、韩天民、耿彭城、汪清茶馆的赵伯伯这些耿致远身边的人都待他如亲子侄。对了,还有和致远大

灿烂

哥一起的昕露姐姐,她那么温柔,教他读书写字,从她身上,小苏更感到一种藏在记忆最深处的母亲般的温暖。小苏早早没了父母,他的童年阴暗冰冷,可在这些人身上,他找到了幸福感和归属感。他也暗下决心,决不让这些关心帮助过他的人失望。

风停了,不一会儿山口处翻涌起一团潮湿阴冷的灰色雾气,朝耿致远他们所在的方向弥漫过来。耿致远回头遥望老矿,那里仍然闪烁着点点微光,告诉他一切安好。虽然离老矿很近,但耿致远终归还是不放心,于是安排小苏先到老矿去,通知留守的护矿队员晚上加强巡逻戒备,自己和其他人随后就到。小苏领了任务头也不回地向老矿跑去。

又过了一刻钟左右,耿致远见队员都休息得差不多了,便招呼大家集合赶路。韩天民吹了声出发的哨子,几十人的队伍迅速向老矿跑去。直到他们迈进矿场大门,看到迎接自己的小苏和留守的护矿队员,耿致远才长舒了一口气。

此时的韩桥矿,一百多人严阵以待,张队长看着升腾起来的雾气,紧皱眉头。这种天气,正是敌人在暗处发动突袭的最好掩护。

今晚,注定是个不眠之夜。

36 恢复生产

矿区一片沉寂,雾气越来越重,在路灯的映射下,流动翻涌的情状清晰可见。

突然,一阵枪声和爆炸声从不远处传来,耿致远将在四处巡逻的护矿队成员召集到矿区大门后的空地上,让大家辨听枪声传来的方向。响枪处像是九山口附近,可此时距离他们离开九山口返回矿场,仅仅过去半小时,什么人在那里交战?

正当众人猜测的时候,小苏"哇"的一声哭了出来:"萧老板,萧老板不见了!"

耿致远吃了一惊,连忙问怎么回事。小苏说他来矿场前,萧三在巨石后躺着烤火休息,护矿队回到矿区的时候他没看到萧三。巡逻的时候他问了刚才一起的人,可都说没看到萧三。于是小苏怀疑,萧三可能仍在刚才队伍休息的地方。现在听到那边传来枪响,十有八九是萧三在那里碰到土匪跟他们交上火了。护矿队的其他人都说确实没看到萧三,耿致远顿时紧张了起来。

情况的确如小苏所说,萧三靠着火堆,不知不觉便睡了过去,他太累了,这一整天光背着枪跑了,队伍集合的哨声也没有听到。等到他醒过来的时候,对面正走来一群土匪。

这群土匪的头子姓刘,正是当年被赵洪林的游击队一把大火烧了院子的地主刘大能。

日本人投降之后,刘大能重新纠集一帮社会闲杂当起了土匪,打家劫舍无恶不作,老百姓苦不堪言。眼下解放军和国民党军队正在交战,贾汪一带没什么武装力量能奈何他,他认为这是自己发财的机会,几番思量后决定抢劫韩桥矿,干票大的。谁知下午他安排去踩点的人,竟然被一群矿工组成的护矿队抓去三个。他知道今晚的目标可能已经暴露,但实在咽不下这口气,这帮矿工欺人太甚,敢捉拿他的手下!他要报复,必须给这帮矿工点颜色看看。既然韩桥去不了,刘大能当即决定,去抢贾汪老矿。

土匪队伍到了九山口,眼看贾汪老矿近在咫尺,却被路旁隐隐的火光挡住了去路。护矿队员离开后,取暖的明火已经烧完,一些粗大的没有烧尽的树枝还发着红光,正是这些红光引起了土匪的戒备。刘大能吩咐几个手下上前查探,自己站在后面观望。几个土匪聚成一团猫着腰小心地向前走,一边走一边喊话:"前面什么人?"

没有人回答。

"再不吱声开枪了!"

正在几个土匪犹豫着要不要上前之际,一阵山风吹过,卷起火堆上的灰烬,带出点点火星,远远看去像是被引燃的炸药。几个土匪大吃一惊,朝着火星的方向"乒乒乓乓"打了几枪扭头就跑,后面的土匪不明所以,以为遇到了埋伏,也就近寻找掩护跟着开了枪。

山谷中枪声大作。

沉睡的萧三被枪声惊醒,睁大眼睛四处观望,才想起自己为什么在这里。他连忙弯腰跑到路旁,吃惊地看到火把的亮光之下聚集着一大队土匪,走在前面的土匪正朝着自己的方向射击。

萧三后悔自己睡得太沉,可他怎么都想不明白为什么只有他一个人在这儿,护矿队员们都去了哪儿?

一个念头在萧三的脑海中浮现:"难道,他们牺牲了?"

土匪的枪声渐稀,五六个土匪再次壮着胆子摸了过来。土匪喊道:"前面的朋友,我们是刘大能的队伍!赶紧投降,不然把你们全杀光!"

煊烂

"再做抵抗，格杀勿论！"

萧三泪流满面。他越琢磨越认为自己的推断是正确的，耿致远和小苏他们绝不会丢下自己逃命。这仗不知已经打了多久，他们肯定和土匪厮杀寡不敌众牺牲了！致远、小苏、韩天民、彭城，工友们，你们慢点走等着我，我杀一个够本，杀两个赚一个！

他怒火中烧，定睛细看，发现五六个土匪的身后还站着一个人。那人被三四个火把簇拥着，萧三认定那一定就是土匪头子。他端起长枪，瞄准那人，喃喃复述着耿致远所说的射击要领，一枪打出！

枪响处，被几人簇拥着的刘大能应声倒地。前面猫腰喊话的土匪转身就跑。萧三又瞄向落在后面的一个扣动了扳机，土匪踉跄几步摔倒在地。

"老子赚了！致远，我要给你们报仇！"

众土匪看到首领刘大能倒地，身边的人慌慌张张把他架起来便向后跑。

"八路来了，快跑吧！"

恐惧如同潮水漫延，由火把连成的长龙迅速后退。土匪们撤出几百米，见并没有追兵，才停了下来。"混蛋，八路在哪儿呢？"刘大能朝手下怒吼。萧三没有将他击毙，只是打烂了他一边的耳朵，鲜血流得满脸都是。手下人连忙上来胡乱帮他包扎。

萧三本以为土匪跑了，可见他们又停了下来，索性把心一横，高声喊道："我们是工人护矿队！放下武器！"

听清了萧三喊话，刘大能气得牙痒，掏出手枪威逼手下："听不见吗？是护矿队！狗日的，拉了这么久杆子还怕几个煤黑子？都给我上！"

一众土匪随即整好了队形，朝萧三所在的方向攻了过来。

萧三想起自己和小苏来的时候抬了满满一箱的手榴弹，好像被他枕在头下。他连忙跑到刚才自己睡着的大石旁，欣喜地发现箱子仍在那里。他打开箱子，整整十四枚手榴弹，排列得整整齐齐。萧三一手拿俩，跑回刚才埋伏的地方。

这场雾来得快去得也快，北风顺着土匪前进的方向朝山口吹来，萧三甚至能听到土匪们的说话声。

"近一点，再近一点！"萧三嘴里默默地念叨。等敌人走近，他迅速拉响手榴弹，使出全身的力气接连甩出去好多枚，每一枚都在土匪队伍中炸开了花。浓烟滚过，土匪又向后退去。刘大能虎视眈眈地拿枪逼着众土匪，嘴里喊个不停："谁后退，我他妈的今天就枪毙谁！"

土匪们知道刘大能杀人不眨眼,只得一步一探小心向前,朝着萧三所在的方向胡乱射击。只是他们举着火把,萧三在暗处如同在店里练习瞄准,几乎弹无虚发,中枪的土匪非死即残。

"他们人少,大家别怕,一起上!"土匪叫嚣着要往前冲,萧三这边又是两枚手榴弹飞出,前面一枚刚刚爆开,炸出一片惨叫,火光照得坡路上如同白昼。火光之下,土匪们看到还有一枚手榴弹冒着青烟顺着坡路滚过来,慌忙跑开,紧接着一声巨响,手榴弹爆炸了,近旁的土匪倒下一大片。

靠着一箱手榴弹和手中的一杆长枪,萧三足足和土匪对峙了半个小时。刘大能见久攻不下,担心对方有增援,又一次来到阵前。他观察一会儿后对手下说道:"都把火把灭了!"土匪们熄灭了火把,四周陷入黑暗中。火龙消失,萧三只能隐隐约约看到一团团黑影匍匐移动。现在他每打出一枪,对面的子弹就如同雨点一般落在他的身旁,即使他不停地变换射击点,还是被子弹压得抬不起头。

萧三不再轻易射击,他知道射击会暴露自己的位置,只能等土匪靠近了再扔手榴弹。可双拳难敌四手,恶虎也怕群狼。土匪虽然被炸怕了,但他们也清楚,对方的人并不多。土匪们稍作整顿后,又一次冲了过来。

四五个土匪拿着手榴弹,朝着萧三的位置甩了过来。

手榴弹在萧三身边炸响,爆炸形成的冲击波将他掀出两米多远,重重地摔在地上。清醒后,萧三感觉头上流下了一股温热的液体,顺着额头流进了眼睛。萧三知道,自己负伤了。他抹了一把鲜血,挣扎着爬起身,耳朵被震得嗡嗡作响,头上火辣辣地疼。他顾不得这些,在三四米远的地方找到自己的长枪,跟跟跄跄地奔到手榴弹箱子处,箱子里仅剩下一枚手榴弹。

敌人已经冲过来了,萧三拿起手榴弹往旁边的小山包上跑。他想好了,一旦土匪靠近,就和马铭楚一样,拉响手榴弹和敌人同归于尽。"致远!你们等着我,我没给咱护矿队丢脸!"

"人朝那边山上跑了!"一个土匪发现了萧三的身影,举枪便打。

子弹"嗖嗖"地从萧三身边飞过。他躲在一棵树后,举枪还击,再想开枪时,发现子弹已经打光了。

萧三索性把枪扔到一旁,朝着敌人大声呼喊:"我们是工人护矿队!放下武器!"

土匪们发现萧三已经弹尽粮绝,狞笑着朝他扑了过来。

萧三突然感到一阵头昏,肩膀无力地抵着树干,缓缓滑坐在地上。听说人之将

煊烂

死，生前的经历会如同时光倒流一般在脑海中重现，"我这一辈子，到底做了些啥呢？"他仰望着漆黑的夜空，那里浮现出一张张笑脸，正是他身边的工友们，大家有说有笑，结伴而行。萧三笑了："弟兄们慢点走，我老萧来陪您了！"他拿出了最后一枚手榴弹，颤巍巍地将手指扣在引线上，等待土匪再一次到来。

身后枪声大作，一阵喊杀声之后，似乎有人在呼喊他的名字。又过了好一阵儿，蒙眬中有个人影来到了他的面前，将他手中的手榴弹一把抢走，萧三昏了过去。

等萧三醒来，已经是第二天中午。头疼欲裂的萧三看着围在他身边的一张张笑脸，就和他在夜空中看到的一样，他不解道："我这是死了吗？"护矿队员们一阵欢呼，他们昨晚赶到九山口，和前来支援的武装大队一道，歼灭了前来偷袭的土匪，活捉了刘大能。最重要的，他们及时救出了牵制敌人许久的萧三。

耿致远上前一把抱住了他，眼含热泪："萧哥，你没死，你是大英雄！"

如同耿致远所说的一样，萧三的英勇事迹受到了人民政府的表彰，现在工人们都亲切地称呼他"护矿功臣"。接下来的日子，工人护矿队又多次配合县武装大队和解放军粉碎了土匪特务破坏矿山的阴谋，抓住了九名国民党特务，缴获大批枪械物资，将贾汪煤矿完好地保护了下来。11 月 23 日，华东财办工矿部派徐石等十三人接管矿山，耿致远带领护矿队列队欢迎，工作组同煤矿资方华东煤矿公司的代表协商，并正式宣布以山东矿务局的名义接收贾汪煤矿。从此，贾汪煤矿回到人民手中。

矿上恢复了生产，各项工作逐渐回到正轨。护矿队的工作已经结束，耿致远和护矿队的工友们放下了枪，拿起工具重新投入了煤矿生产。

矿上百废待兴，各岗位都人手紧缺。护矿队中表现突出的几人，都被负责煤矿工作的徐石安排到了重要岗位。他在大会上对工人说："如今工人是国家的主人，今天在座的工人同志，将来都要当干部、当矿长！"护矿队中，韩天民留在了保卫科，耿彭城负责仓库，萧三和小苏因为还要经营杂货铺，没到矿上来。首任党委书记徐石对耿致远尤其赞赏，非要他到机关来协助他工作，耿致远却拒绝了。他对徐石说："徐书记，上学的时候我的愿望是扛枪赶走侵略者，现在我的愿望是拿着工具为建设新中国在地下挖金！"一席话说得徐石哈哈大笑，心底激赏不已。

这天收工的时候，看到小苏在矿上的仓库门前忙里忙外，耿致远好奇地问他怎么不到萧三的杂货铺帮忙，小苏却说萧老板以后都不需要他帮忙了，细问之下，耿致远才明白杂货铺交出去了。原来南北杂货铺的掌柜在日本人进城前回了老家，让萧三帮忙打理店铺,之后这么多年一直杳无音信。前两天,一个年轻人拿着房契上了门,说是老板的儿子,他父亲在几年前病故了,要来收回店面。萧三见年轻人所说与当时的情况一一印证,知道他所言不虚,便毫不犹豫地要将店铺交还。年轻人也通情达理,说这个店面要不是萧三多年打理,可能早不存在了,提出要给萧三分成,一起经营杂货铺的生意。令小苏惊讶的是,萧三说自己是靠着掌柜一家的产业才生存了这么多年,要分成说不过去,毫不犹豫地谢绝了。他让小苏先到煤矿来找此时负责仓库的耿彭城,自己这几天办完交接,带着掌柜儿子上手了之后,也要回矿上来。

"萧老板,做人真是讲究!"小苏竖起了大拇指。小苏发现自己身边都是这样的人,萧三不贪图杂货铺的钱财,耿致远一心当矿工不去机关上班,周围好多人不理解,认为他们傻。小苏说不上大道理,却打心眼里佩服他们,也为身边这一群人感到由衷自豪。耿致远也在心底暗暗称赞,这么多年来,南北杂货铺在萧三和小苏的打理之下,铺子生意虽谈不上财源滚滚,但也经营得有声有色。萧哥这个人现在拿得起放得下,是条汉子!

"所以你也要向他有样学样!"耿致远看着忙得汗流浃背的小苏,笑着说道。见小苏忙着从库房内搬东西,耿致远放下工具上来帮忙。"咋弄的,忙了一天下班还不回家,又跑来我这里做好事了?"同样搬了一箱子东西的耿彭城走了出来。

耿致远这才注意他们手中拿的东西,奇怪地问道:"这是要干啥?"

"库房里堆满了,连新进的木材都放不进,我打算把这些没用的东西拿出来处理了。"

"这可不是没用的东西,这东西比木头金贵多了。"

耿彭城瞪目:"这是啥好东西?"

原来耿彭城所说的没用的东西,正是日本人留下的风镐。抗日战争后期,日本人齐藤弼州为了加快对煤矿资源的掠夺,采购了一批风镐,比起从前工人用手镐挖煤,这可是先进的采煤工具。可是风镐的操作有一定的技术含量,工人需要经过培训才能上手,所以使用风镐代替手镐一直没能在矿上推开。后来日本战败,此事就不了了之,这么多年,风镐一直堆在仓库角落。耿致远作为当时的掘进队长,自然了解这东西的用处。

"要不是你来,这些东西我就当废铁卖了呢!"耿彭城为自己先前的想法感到冒失。

"多亏你拿出来,不然这些东西都被人忘了!"

煊烂

当晚,耿致远没有着急回家,而是留在仓库,和耿彭城、小苏一道把这些风镐全部整理出来,看着地上排得满满的三十多个风镐,耿致远心里乐开了花。他知道这些东西的厉害,当时还亲手操作过,用这个新家伙采煤,一个人能顶十个用。只是当时试用时,大家刻意抵制,故意装作脑子笨用不来,引得监工吹胡子瞪眼却毫无办法。

夜漏更深,河汉耿耿,仓库内仍然亮着灯。耿致远拿着纸笔,正在对着一个风镐写写画画,一边琢磨一边回忆当时试用的情景。他已经让小苏和耿彭城先回去了,此刻全然没有察觉,身旁已经站了一个人。

"这是啥东西?"问话的人正是徐石书记,原来他晚上路过仓库,看见里面亮着灯,便走了进来。见仓库里一个人正对着身前一堆设备出神,走近才发现原来是"视煤如金"的耿致远。耿致远一如老僧入定,不仅没有感觉到有人进入,甚至徐书记的发问,他也似乎没有听到。见耿致远半天没有反应,徐石十分好奇,便静静站在旁边,看着耿致远专心致志地摆弄着这新玩意儿。

耿致远摊开的本子上已经画满了图案和符号,他时而在本子上添上几笔,时而抓耳挠腮,似乎在努力回忆着什么。耿致远的记忆力超群,只是时间过去这么久,很多操作的细节和流程,一下子也想不起来了。他把风镐的图画在本子上,每一个零件标上序号,把能够记起的内容标注在本子上,直到他翻开本子的下一页,才发现身旁站着一个人。

"徐书记!"耿致远不好意思地站了起来,"您啥时候来的?"

"我来之后,你已经挠了十三次头了。"徐石笑眯眯地看着他。

"哎呀,真抱歉,慢待了,您咋不叫我一声?"

"你咋知道我没叫你,我再大声一点,全场子的工人都被我喊过来喽!"徐石和他开起了玩笑。他对耿致远如此专心钻研的东西也表现出浓厚的兴趣,问道:"说说吧,这东西有啥用?"耿致远将这批风镐的来历和用途告诉他,徐石一双眼睛从眯缝到滚圆,越听越兴奋,了解到这些新玩意儿竟然对采煤有这么大帮助,连声说道:"不孬,不孬!好好搞!"拍了拍耿致远的肩膀,才满意地离开。

第二天,徐石就跟着耿致远下了井。他要亲眼看看这风镐有没有耿致远所说的那样神奇。耿致远让班上的人全部停工,他一个人拿着风镐一阵"突突突",工人们跟着装车,看着小木车载着煤炭源源不绝地往外拉,徐石服了:"乖乖,这要是都用上这个,一个班能产多少煤?"

"保守估计，一百吨以上。"耿致远想了想说道。

一个班出一百吨煤，这是从来没有发生过的事情！徐石当场表示，将全力支持耿致远研究风镐："好！加把劲，搞得好有奖励！"

接下来的几天，耿致远白天带着风镐下井，晚上总结风镐操作的要领，虽然这个东西怎么操作他已经摸清楚了，但是他觉得这样还不够。这里有三十几个，他自己会用还不行，还要摸索出一套行之有效的使用和保养办法，让其他人都能够迅速上手。他也去请教矿上的两位工程师，工程师对煤矿的设计、施工、排水、维修很清楚，可对于这种新式风镐的操作方法，也是一脸茫然。

"不行就到资料室去翻一翻，那里有当时日本人留下来的一些资料，说不定有这种设备的说明书。"一位工程师建议道。耿致远眼前一亮，到底是工程师见多识广。谢过两人，他就兴奋地向资料室跑去。看管资料室的老张把耿致远拉到资料室最里面："这些都是煤矿解放前的东西，你自己翻。"

眼前的几个大柜子被各种图书资料塞得满满当当，摆放也杂乱无章。耿致远不禁产生了怀疑，这里面真能找到说明书吗？

天色微明，保卫科的韩天民拎着两个包子走进了资料室。在一摞摞纸堆中，他找到了仍在埋头苦干的耿致远。韩天民知道，耿致远又是一宿没睡。

"你妈可说了啊，你再不回家，就不认你这个儿子了。她说你现在回家的次数，还比不上我昕露嫂子呢。"

耿致远不禁苦笑，想想也是，这两周自己每天都是没日没夜。他接过韩天民手中的包子，随口说了声"谢谢"。

"别谢我，这是你妈早上托我给捎过来的，怕你饿着！"

耿致远咬了一口，果然是母亲的手艺，狼吞虎咽地吃了起来。

韩天民继续说道："慢点吃，别噎着。你妈问我你这两天在忙些啥，我说你在矿上的资料室寻宝呢。咋样，发现啥宝贝了吗？"

"你有这胡扯的工夫，不如跟着我一起找，你看看，就是我画的这个东西。"耿致远指着自己的笔记本说道。

韩天民看距上班还有一点时间，便蹲下来替耿致远翻找，想让耿致远多休息一会儿。他随手拿起两本资料，看到其中一个封面上有个图和耿致远所画的相似，问道："是不是这个？"耿致远正在咀嚼的一口包子差点没喷出来，他布满血丝的眼睛盯着韩天民手中的材料，兴奋得不停点头。韩天民也没想到，耿致远找了两个晚上的东西，被他这样不经意间翻了出来，两个人都会心地笑了。然而，这种兴奋并没

煊烂

有持续多久,耿致远沮丧地发现,说明书是日文的。

早上八点,老张准时推开了资料室的房门,径直走向里间,准备和正蹲在杂乱资料堆前的耿致远打招呼。经过这两天的相处,老张越来越喜欢这个年轻人,并且有种发自内心的敬佩。他喜欢耿致远身上那股拼劲韧劲,更喜欢和耿致远聊天。老张当了一辈子矿工,岁数大了,如今扛不住重体力活,矿上看他还认识几个字,便把他安排到了资料室。可来他这里的大都是矿上的技术人员,老张跟他们说不到一块儿去。耿致远不同,谈起井下的事情头头是道,两个人有共同话题。可今天,与他聊得来的耿致远并不在房里,老张拉开存放旧资料的柜子,发现了被分门别类码得整整齐齐的图书,书架的横隔上,还细心地贴上了分类标签。老张自言自语道:"这小子,看来是找到他的宝贝了!"

下午,耿致远拿着说明书来到大泉学校。见说明书上全是日文,耿致远便想到了姚昕露。姚昕露学过一点日文,相信两个人合作,一定能把这件事做成。经过教学区时,耿致远听到了从一间教室内传出他十分熟悉的声音。两个人生活中交谈很多,但耿致远还从来没有看到过姚昕露上课的样子。他悄悄靠近教室后门,向教室内望去。两人已经有些日子没见面了,讲台上的姚昕露梳着齐耳短发,看起来精神又干练。她说话抑扬顿挫,炯炯有神的目光中透出慈爱与温柔。耿致远不禁羡慕起这群孩子,想想自己上学的时候,可没有这样年轻漂亮的老师,在脑海中幻想坐在台下的就是自己……

"你这位同志,别影响学校上课!"一个看起来很严厉的女老师站在耿致远面前,她说话的声音很响,引得教室里的孩子们都往外瞥。耿致远听姚昕露提起过,学校新来了一位牛老师接替老校长,是个大嗓门,想必就是站在自己面前的这位。他连忙向牛校长道歉,对着她小声解释。正在上课的姚昕露自然发现了正在被校长批评的耿致远,看着他低头无可奈何的样子,忍不住笑了起来。

姚昕露下课后在宿舍里见到了垂头丧气的耿致远。耿致远一直听姚昕露说牛校长厉害,今天算是真正领教过了。听说耿致远要找姚昕露,牛校长如同查户口一般将他的家庭地址、工作单位、文化程度等细细盘问了一遍。耿致远还从没碰到过这样的人。为了给这位牛校长留下好印象,也为了不影响姚昕露在学校的口碑,他也原原本本地如实回答,直到校长放心离去,耿致远才长舒了一口气。姚昕露听了耿致远的遭遇,笑得前仰后合,说牛校长是刀子嘴豆腐心,知道她一个人在徐州,对她很关心,家里做了什么好吃的,经常给她带一份。姚昕露说着说着流下了眼泪,耿致远知道这触及了她的伤心处:徐州解放,姚昕露的父母随着国民党军队撤退,现在已经和她失去了联系。耿致远搂着流泪的姚昕露安慰了半天,她才颤颤地抬起头,泪眼婆娑地说道:"萍哥,现在我只有你了。"

两人交谈了好一阵子,姚昕露的心情总算是平复了下来。耿致远说起这次来的目的,姚昕露找来一本日文词典,借助词典,两个人用半天的时间就顺利完成了说明书的翻译。有了专业的说明书,耿致远又将自己的操作经验进行了总结,接下来的几天里,编写了一本《风镐使用方法及注意事项》作为培训教材。徐石看了培训教材非常高兴,马上将井下采掘组的工人组织成培训班,由耿致远给工人们主讲风镐使用的技术要领。第一次开课,徐石到场讲话,鼓励前来听讲的工人尽快掌握新工具的使用技术,提出对能熟练使用风镐的工人将予以奖励。

风镐自此在矿上推广开来,甚至有工人利用风镐采煤,一班就出了两百多吨,破了开采纪录。徐石书记兑现了他的诺言,派人到徐州买了六块手表,颁发给使用风镐采矿的工人中的前五名。耿致远作为推广风镐的第一功臣,徐石更是亲自给他戴了表。

耿致远因为首先掌握风镐使用方法并在工人中推广,大大提高了井下采煤的效率而声名大噪。

37 佳偶天成

1949 年,新中国成立。

耿致远和姚昕露之间的关系,也进入了新的阶段,情投意合的两人终于步入婚姻的殿堂。

"执子之手,与子偕老!"耿致远说。

"执君之手,我之所愿!"姚昕露说。

耿致远的婚事,可是让耿致远母亲操碎了心。几年前,耿致远从学校出来,周围邻里就要给他介绍对象,村子里的媒婆王大脚更是三番五次花言游说,可耿致远根本不上心。眼看同村与他差不多大的孩子都结婚当了父母,致远娘干着急没办法。后来见到了姚昕露,致远娘才恍然明白耿致远不答应的原因,总算是守得云开

煊烂

见月明,以为自己即将升级当上婆婆,没想到两个人各忙各的工作,压根没想结婚的事情。她知道耿致远有自己的事要忙,可眼下新中国都成立了,个人的大事也该抓点紧了。于是她先和丈夫商量,耿成文用实际行动表达了对致远娘想法的支持。他找来自己的一帮老兄弟,在自家院子的空地上,临着老房子又加盖了两间瓦房,态度很明确,家里什么都准备好了,就等着儿子娶新媳妇进门了。

耿致远却从不表态,只是嘿嘿傻笑说不急。没想到,致远娘再次当着全家人提出这件事的时候,耿致远竟然爽快地答应了。耿致远有自己的想法,姚昕露父母离开徐州后,便和她失去了联系,留下她孤单一人没有依靠。现在已经过去这么长时间,仍然杳无音信,姚昕露肯定感到孤苦无依。有几次,耿致远来到她的宿舍,都发现她一个人在偷偷抹眼泪。这个时候,如果能有一个温暖的小家,有自己的陪伴,也许能让她减轻亲人离散的痛苦。

重阳节,姚昕露在耿家吃了晚饭,耿致远送她回学校。

夜晚很安静,一轮上弦月悬挂在西边的天幕上,淡淡的月光浸润着这方天地。

耿致远轻挽着姚昕露的手走在乡间的小路上,姚昕露在滔滔不绝地说完学校里的一些事情后,温情脉脉地说,牛校长给了她一点新棉花,她准备给耿致远做件棉袄……

耿致远握紧姚昕露的手,停住了脚步。姚昕露回头,看到他认真地注视着自己:"昕露,我知道这些日子叔叔婶子联系不上,你挂念他们时一个人偷偷掉泪,我看了也心疼。这么多年,咱俩几番分分合合。我从学校退学时,以为失去了你,后来因为矿难你来到我身边。我从医院离开,以为失去了你,你来到贾汪教书回到我身边。我一直恨自己无能为力,也感激你的执着努力。错过那么多次,今后再也不会有了。父母给了你第一个家,咱们组成自己的家,我们长相厮守,永不分离。你愿意嫁给我吗?"

听着耿致远认真的表白,姚昕露的眼睛泛出了晶莹的亮光。她也想过和耿致远的未来,可是眼下父母都不在,她的婚姻大事不知能和谁商量。此外,姚昕露还隐隐地担心,父母的身份会对自己有不好的影响,更担心会牵连到耿致远。一年来,父母离去的悲伤和对未来不确定的迷茫,一直困扰着她。

"你不怕我会连累你吗?"

"我不怕!我认识的姚昕露,是一个乐观、认真、向上的好姑娘!我——要——娶——你!"

听耿致远说完,姚昕露眼泪夺眶而出,两脸似梨花带雨,紧紧地贴住耿致远宽厚的胸膛。

"你愿意吗?"耿致远靠近她的耳边轻声问道。

"愿意!"姚昕露大声地回答,"萍哥,今后你守护煤矿,我来守护你……"她认真地说完,羞得将头深深地埋进耿致远的怀里。

新事新办,耿致远和姚昕露的婚礼热闹而朴素。

一大早,耿致远在工友们簇拥下,推着一辆从矿上借来的自行车直奔大泉学校。牛校长说姚昕露父母不在身边,她就是娘家人,要从学校宿舍"发嫁"。刚刚解放,因为姚昕露父亲的身份特殊,有些老师刻意和她保持着距离。可牛校长并不在意,她是个爱憎分明的人,好恶都挂在脸上。姚昕露为人正派,待人真诚大方,工作也认真负责,是老师中的佼佼者,她打心眼儿里喜欢。所以她早早地帮着姚昕露布置了宿舍,置办了花棉袄新裤子,里里外外一派喜庆。姚昕露的"嫁妆"就是一个木头箱子,里面装着她的随身行李。牛校长神秘地拿出一个红布包,趁着姚昕露没注意,塞进了木头箱子,那里面包着她送的两卷布,按照当地风俗,女方的亲戚朋友是要给新娘子"添箱子"的。

耿致远将新娘子抱上自行车后座,一群人正准备出发,被牛校长叫住。她拿着一个浸了油的红纸捻子,围着自行车转了一圈。小苏说牛校长还搞这一套封建迷信,被牛校长揪着耳朵一阵教育:"臭小子,这叫红红火火!"逼着小苏拿着纸捻子转了三圈才放过他。众人即将离开,牛校长红着眼睛抱着姚昕露贴耳又说了两句话,看那样子,今天倒像是她在嫁闺女。

耿家新粉的大门上,早贴上了耿博众老爷子书写的对联:一世良缘同地久,百年佳偶共天长。耿家人忙里忙外,招呼着前来道贺的亲朋乡邻,孩子们特别喜欢这种人多的场合,在院子里跑进跑出。

"来了!来了!"眼尖的人已经看见迎亲的队伍进了村。亲朋们连忙将院门关上,致远娘在一帮大婶们的簇拥下在门后静静等待,这是为了让新娘子改口喊门。耿致远拉着姚昕露的手来到门前,姚昕露拍了拍门,轻声说道:"妈,我是昕露,开门吧!"致远娘答应一声伸手就去拉门闩,可伸出去的手硬是被大婶们扯了回来,起哄说怎么能让儿媳这么顺当地进门,得多喊几遍!姚昕露又清了清嗓子:"妈,开门!"这下致远娘沉不住气了,再也不顾身边老姊妹的阻挡,毫不犹豫地拉开大门,她可不愿让姚昕露在门外站这么久。新人拜天地、拜长辈,介绍恋爱经过,村长宣读结婚证书,仪式就算完成了。仪式虽然简单,但欢乐的氛围却一点不少,耿致远的一帮工友拉着新人嬉闹,直到天黑方才离去。

煊烂

夜晚的耿家恢复了宁静，新房内红红的烛光闪烁。

耿致远看着端坐在烛光下的姚昕露，风姿绰约，亦幻亦真，像是图画一样，不由得呆住了。姚昕露被他盯得害羞，低头撕扯着衣角，长长的睫毛忽闪忽闪，俏脸更红了，樱桃般的小嘴轻轻噘起，娇嗔地说道："你看什么？"

耿致远这才回过神来，将姚昕露一把拥入怀中，过了许久，他才问道："今天接你的时候，牛校长对你说啥啦？"

"牛校长说要是被你欺负，就让我找她，她来收拾你。"

"那我现在就欺负你！"

姚昕露听着耿致远逐渐加重的呼吸声，感觉自己的骨头都要融化了……

1949 年，贾汪矿全年产煤八十一万吨，创造了历史上的最高纪录。

矿上新建了职工宿舍，扩建了澡堂，成立了劳动组合班，实行计件工资多劳多得，工人们的待遇也越来越好。耿致远干活不惜力，别人不愿意干的，他总是抢着干，每天和工人们一块儿下井上井，在工作面摸爬滚打，大伙公推他为工段长。因为耿致远所在的工段效益好，很多人削尖脑袋想到他这里来，有求人说情的，有托人送礼的。对于为占点便宜想来自己工段上班的人，耿致远从来都是婉言拒绝，这样一来，不可避免要得罪一些人，其中就包括从小一起玩儿的耿彭城。

耿彭城自从管理了仓库，因为业务的关系经常要往矿上机关跑，他本身脑子就灵活，一来二去和分管销售的陈副矿长关系处得不错。矿上煤炭销路打不开，他向陈副矿长毛遂自荐，拉着萧三去跑起了销售。他们在新安、宿县、淮阴等地承办分销处，大力招商，一举打开了销售的局面。矿长在大小会议上表扬，耿彭城有些飘飘然。迎来送往的事情多了，求他办私事的人也多了起来，耿彭城有时候管不住自己，收一些别人送来的东西，萧三有时候劝他，他也不以为然。

这天一个工人找到耿彭城，说想到耿致远的工段上去。来人拿了两条"大前门"香烟，说了一大堆恭维话，耿彭城耳根子软，便收了下来。耿彭城认为这是小事，凭自己和耿致远从小玩到大的交情，致远不会拒绝。当天晚上，他便来到了耿致远家，见致远还没回来，便把两条烟送给了耿成文，说是孝敬他的礼物。等到耿致远回来，他把工人的事情一说，耿致远却拒绝了他。耿致远说了两点理由：第一，现在几个工段铆足了劲提高产量，竞争激烈，他的工段效益好是工友们齐心协力干出来的，大伙都在看着呢，他不能因为个人关系开这个先例；第二，托彭城说情的这个人耿致远知道，之前也找过他，给他送礼，被耿致远拒绝了。这种为了满足个人利益四处送礼的行为，他耿致远无法接受。话说开后，耿彭城这才明白原来此人之前已经找过耿致远，也有些后悔揽了这么一摊子破事，想想耿致远说的话有道理，便告别耿致远回了家。第二天上班，耿致馨上门把烟钱给送了过来，说是哥哥交代一定要交给他，弄得耿彭城哭笑不得。

没想到过了一阵子，陈副矿长又找到了耿彭城，说他有一个亲戚想要调到耿致远工段上，想请他跟耿致远说一说。耿彭城奇怪，这还不是您副矿长一句话的事？陈矿长有些尴尬地喝了一口茶，原来耿致远的回复跟那天对耿彭城说的一样：底下工人都看着呢，不能办。耿彭城摇头，他认为陈副矿长对他有知遇之恩，他的事义不容辞，于是便答应下来。耿彭城之所以答应还有一个原因，他觉得耿致远在这件事情上的做法有些死脑筋，作为朋友，有必要提醒一下他。

周末的晚上，耿彭城邀请耿致远、萧三、韩天民等几个老朋友聚在一起。他们这些人，虽然都在矿上工作，但因为岗位不同，也很久没有机会团聚了。聚会的地方仍在汪清茶馆，只是此时汪清茶馆已改名为建国饭店，赵老板已经调到徐州市内工作。大家看着熟悉的地方，都称赞耿彭城地方选得好。饭桌上氛围很好，一群人淡过去说现在，憧憬美好未来，不知不觉时间就过去了两个小时，直到被耿彭城和耿致远的争论打断。

"致远啊，你这样不行，是要吃亏的！你就当给我这个面子行不行？"

"彭城，这不是面子的问题，如果今天你让我耿致远个人做些什么，我绝无二话。可牵扯到段上的工人，牵扯到生产，这个面子我没法给。"

"副矿长都发话了，你一个工段长咋就不行呢？"

"副矿长更要有副矿长的觉悟，我就不信他不知道自己做法的对错，不然咋会让你来说呢？倒是你应该醒醒了，面对不正之风，我们是要坚决抵制还是要随波逐流？"

众人从两人的争论中逐渐明白了事情的缘由。

耿彭城的事情没办成，觉得很委屈。饭桌上，他对耿致远说，不能得罪了副矿长，把他处好了，顺是我们的春风，逆就是我们的春泥。怕耿致远不明白自己的话意，他进一步解释，说战争时期已经过去，现在要做什么？要建设新国家，不懂变通是行不通的，就拿他们出去跑销售来说，把人处好了，把关系捋顺了，什么事情都好办。耿致远听后，摇着头说新社会更是要有新风尚，这样的事他不会做。

虽然萧三在中间不停地打圆场，最后，一桌饭还是不欢而散。

煊烂

一波未平,一波又起。接下来的事情,让耿彭城和其他人更加不解,耿致远从新进的工人中要了一个自己的"关系户"。原来矿上新招募了一批工人,耿致远专门跑到矿上人事科,点名要走了一个来自紫庄姓马的工人。据说这个小马啥也不会,一点工作经验都没有,耿致远每天带着他手把手地教。一些风言风语便传开了,有的说小马是耿致远的亲戚,有的说小马是某位领导的亲戚。总而言之,小马的身份不一般。耿彭城想,耿致远人前一套背后一套,不管是装的还是为了什么利益,不照顾他的关系户,原来是为了方便安排自己的人,说白了,耿致远还是没拿他当兄弟。

　　这天休息,萧三约耿彭城下午到南北杂货铺一趟,等耿彭城到了地方,看到杂货铺前停着一辆马车,大家正在帮忙把车上的货物搬进店里。虽然铺子已经移交,但萧三对这里还有感情,时不时地过来帮忙。耿彭城看看来人,正在忙活的有小苏、韩天民,唯独没有耿致远。也许是萧三知道最近他们之间闹了别扭,没有喊他。这样一来,耿彭城倒松了口气。

　　等到货物搬完,萧三指着马车让几个人上车,说自己雇了车要带他们去一个地方,再晚就来不及了。几个人不知道萧三打的什么主意,但还是按照他所说一个个上了车。萧三又从杂货铺里拎了几包东西跳上车,马车出了贾汪一路向南。中午的阳光绚丽灿烂,路两旁的田野一片碧绿,让人心神舒畅,车老板大声唱起了歌。车上的几个人却有些沉闷,大家知道耿致远和耿彭城之间闹了矛盾,说实话他们是支持耿致远的,认为他的做法有道理。可现在的风言风语大家也有所耳闻,他们又担心真如传言那样,心里也都拿不准。今天萧三唯独没有喊上耿致远,不知道葫芦里装的什么药。

　　马车大概走了一个多钟头,来到了一个村庄。进村没多远,萧三在一处小院前停了下来。他让车老板停车等着,让其他人帮忙拿东西下车。大家都知道这里是紫庄,看萧三拎的东西都是些糕点干果,似乎是要探望什么人。走到一处小院门前,萧三辨认了一会儿才说道:"就是这里了!"几个人观察这个小院,看得出这户人家从前家境还算殷实,北面三间正房对着院门,西面有两间厢房,门前有一条石板路,虽然和周边的房子一样都是茅草房,但是五间房子用砖砌了半墙,还涂着白灰。只是如今显得有些破败了,墙皮剥落露出了下面的红砖,西侧一间厢房已经倒了一半,另一间上面的屋顶也破着洞,正屋的茅草倒是翻新不久,显然这家人如今只使用这三间正屋了。

　　"有人搁家吗?"萧三开口问道。

听到有人来,一个白发苍苍的老太太拄着拐杖颤巍巍走了出来:"是谁呀?"老人说话并没有看着众人,几个人从她的神态中才发现,这位老人眼睛看不见东西。

"老人家,这里是小马家吗?"萧三问道。

一听这话,老太太布满皱纹的脸舒展开来:"你一定是他矿上的工友吧,快进屋坐!"耿彭城几个人才明白,萧三带着他们来的,就是耿致远点名要到自己工段的工人小马家。

几个人进了屋,房间内陈设简单,堂屋摆着一张条案,前面是一张八仙桌、几把凳子。热情的老太太招呼他们坐,自己急着给他们烧水泡茶。萧三一把拉住了老太太:"大娘,您手脚不方便,不麻烦了,我们都是小马的工友,这次就是来家里看看,给您买了点东西,都是些吃的,放在这桌子上了啊。"

小苏见状也跑上去,将老太太扶到椅子上坐了下来。

"你们矿上可都是好人哪,这么些年多亏你们照顾,给你们添麻烦了!"老太太说着眼泪便流了下来。

萧三问道:"大娘,小马是您啥人?"

"俺是他奶奶,这孩子命苦啊。日本人来的时候,他爹被抓了壮丁再没回来,他娘伤心受不了,硬撑了几年人就没了,现在就剩俺娘俩相依为命。俺的眼睛又不好,给孩子添累赘。这不,要不是你们矿上这么多年一直帮扶着,俺娘俩早就饿死啦。"

"大娘,您是说耿致远吗?"

"对,就是致远,他可是俺的恩人啊!他和俺孙子同学,这么多年总是接济俺祖孙俩,家里老屋漏雨了,前一阵还给俺修补了屋顶。俺孙子以前小,干不了活,现在这不大了嘛,致远向县里推荐,让他到贾汪矿去上班。要不是他,我们祖孙俩咋也熬不到现在呀。"老人说着,眼泪又流了下来。

几个人面面相觑,这里萧三也是头一次来,对于耿致远和小马的传言,他也有所耳闻。思量再三,他便向人事科的人打听,人家告诉他小马家里困难,耿致远可怜他在做好事。于是他便想带着耿彭城几个人,来小马家里看看,顺便也能消除耿彭城的不满。可没想到这个致远,竟然已经不声不响地帮了这个家这么长时间。

耿彭城的心是震撼的,他现在非常懊悔,自己不该跟耿致远讲那些话,更不该对他有所怀疑。和致远相比,他看到了自己的浅薄。这些日子,他在工作上取得了一些成绩,他的想法做法不知不觉中发生了一些偏差。有时候认为帮着矿上创造了这么多效益,享受一点无可厚非,对萧三的劝阻还觉得他少见多怪。甚至有时候

煊烂

还会看不起那些在矿井下辛苦劳作的普通工人，认为自己对矿上的贡献更大。他还记得近来耿致远在他面前多次提起的一句话:树高千丈离不开根。说得多好呀!自己也是从底层工人一步一步成长起来的。树没了根会枝枯叶败,人忘了根会是非不分、自以为是。思前想后耿彭城打定了主意,今晚就去找耿致远,向他道歉。

萧三见老人流泪,安慰道:"老人家,现在小马也上班了,以后的日子肯定越来越好,您可得保重身体! 享福的日子在后头哪!"

老人抹了抹眼泪:"俺虽然看不见,好在能勉强弄点吃喝,照顾自己还管。平时街坊邻居也都帮忙。你们回去跟小马说,让他安心上班,跟着致远好好干!"

萧三不解道:"大娘,您说致远和小马是同学,他俩年龄对不上啊!"

老人说道:"嗨,我这也老糊涂了,那是我大孙子,致远跟我大孙子铭楚是同学,铭远是铭楚的弟弟! 只是这不俺那大孙子铭楚也不在了,这个家,遭了多少灾啊。"

听老人说到这里,在场的几个人惊愕地站了起来。小苏虽然来得晚,但他也听说过马铭楚的名字,知道游击队员马铭楚为了掩护战友撤退,英勇牺牲了。小马是马铭楚的弟弟! 马铭楚是为了掩护大家而牺牲的。这么多年,耿致远一直在照顾马铭楚家里的生活,他们竟然不知道!

耿彭城、韩天民等人不约而同地跪在老人面前。

耿彭城泪流满面地说道:"奶奶,俺来晚了!"

老人颤抖着双手,想拉起跪在地上的人,但怎么也拉不动。

原来,马铭楚牺牲后,耿致远成了马家的常客。他知道家里只有马铭楚的奶奶和弟弟,生活无以为继,每个月都会拿出些钱款粮食接济他们祖孙俩。解放后,他向上级反映了马家的情况,县里很重视,安排村上特别照顾,马铭楚的弟弟马铭远一到能够参加工作的年龄,便推荐他到贾汪矿工作。因此耿致远将马铭远要到了自己工段上,他要亲自带着马铭楚的弟弟,让他像他哥一样,成为一个顶天立地的男人。马铭楚的牺牲,是耿致远内心难以愈合的伤口。这么些年来,他时常会梦见马铭楚,在愧疚中流着泪醒来,要不是因为他,也许马铭楚也不会牺牲……

马车载着耿彭城四人赶回贾汪,路上众人默然无语,心里也各有所思。

车老板似乎也察觉到这群人的异常,在夕阳中安静地赶车。

"还埋怨致远吗?"萧三冲着耿彭城说道。

耿彭城伸手捶了他一拳:"萧哥,你咋不早说!"

萧三委屈地摸着胸口道:"我跟恁一样,也是才知道。我只听人事科的人说致远在做好事。"

"致远也欠揍!"耿彭城恨恨地说道,眼中却噙着泪花。

萧三的心中一片畅快。这些日子,他听到矿上有关耿致远的流言,是绝不相信的。但他的心里却像是堵了一块大石头,在他心里,有关耿致远的风言风语,比说他自己还要难受。

"咱们这车人,你们我不敢打包票,但是致远办事,就从来没叫我失望过!"

三人听萧三说完都点了点头,之后不约而同地笑了起来:"回去咱们一起收拾他,竟然瞒了这么久!"

耿家对姚昕露这个儿媳妇非常满意。

姚昕露只要有空,便帮着婆婆分担家务,好多活她虽然没做过,但是一学就会,甚至做得比婆婆还要细致。致远娘经常拿自己的闺女和儿媳作比较,让耿致馨多向嫂子学学,为此耿致馨没少挨数落。耿致馨虽然不满母亲的唠叨,但嫂子姚昕露经常给家里带些吃穿用度的东西,还给她不少喜欢的衣裳。吃人的嘴软,拿人的手短,母亲再数落她,她便装聋作哑。小夫妻新婚燕尔,一家人其乐融融,现在就连耿老爷子练字,写的也大都是梁孟相敬、琴瑟和鸣之类的内容。

耿致远婚姻的问题解决了,致远娘又把注意力放在了姚昕露的肚子上。和他年龄相仿的年轻人,孩子都能到村里代销店买醋打酱油了。听人说四世同堂共享天伦,他们家得等这下一代出来,才能称上四世同堂。为此经常在饭桌上,说起谁家又抱了孙子,谁家的孩子可爱,脸蛋能捏出水来,等等。姚昕露自然明白婆婆的深意,只是笑而不语。

终于有一天,致远娘的希望变成了现实,姚昕露怀孕了。头三个月,姚昕露妊娠反应强烈,简直是吃什么就吐什么。家里面很多味道都闻不得。致远娘在照顾她的同时,到处找方子想办法,为了儿媳妇能吃上饭绞尽脑汁。她在想象这个没见面的孙子是个什么样的孩子,这么会折腾自己的亲娘。当初她怀致远的时候,好像反应也没这么严重。

这天,耿致远告诉家里,矿上踊跃支持抗美援朝,开展"搞好增产节约,捐献飞机大炮,支援朝鲜前线"的劳动竞赛,为了完成捐献一架"贾汪矿工号"战斗机的任务,他想捐出这个月的工资。耿成文大力支持儿子的做法,现在他因为身体原因,在矿上只能干些零碎活。虽然不能在煤矿增产上出力,但可以在节约上下功夫。他每天都拎着小油桶,到大井架子下边去撇汽绞车气缸里漏出来的乏油,用来给木

煊烂

车轴当机油用。平时碰到路上掉的钉子就给捡起来,给木车轮当销子。见儿子这么积极,耿成文也表态,捐半个月工资!

这下致远娘面露难色:"你们爷儿俩觉悟这么高,按理来说我不该反对。但现在昕露正是需要营养的时候,你们工资都捐了,咱们喝西北风呀?"

耿成文说道:"不是还有致馨吗?"

"她那点工资,还不够她自己扑腾的,哪里能指望得上。"

姚昕露安慰母亲:"妈,估计我下个月反应就不会这么大了,日子过得去,还有我的工资呢!"

爷爷耿博众默默地听着小辈们的谈论,心里十分欣慰,琢磨着下次写字,是不是要写个"楚囊之情",或者"忧国奉公"?

正说着话,却见耿致馨抹着眼泪从外面跑了进来,饭也不吃便跑进了自己房间关了门。"今天这是咋了?"致远娘一脸疑惑。耿致馨如今在水泵站上班,姑娘大了有了自己的主见,好多事情也不跟他们交流,问多了又嫌烦。耿致远连忙朝姚昕露使了个眼色,姚昕露便跟着进了屋,如今这个家里能和耿致馨说上心里话的,也就她这个嫂子了。

过了一会儿,姚昕露走出房间,看着众人说道:"晓东要去前线了。"晓东是耿致馨的对象,是贾汪矿上的一名技术员,两个人因为一次联谊活动认识。原来这次贾汪煤矿踊跃拥军支前,有两百零七名矿工报名请战入伍上前线,最终有十七名工人和二十二名矿工子弟穿上戎装,耿致馨的男友晓东就在其中。解放初期,是年轻人崇尚英雄的年代,报名时耿致馨虽然欣赏晓东的勇气,可真的听到晓东要到前线的消息,想到今后的种种不可预测,又忍不住哭着跑回了家。

耿致馨红着眼睛从房内出来,坐在饭桌前,母亲忙给她盛了碗饭递到她面前,轻声问道:"啥时候走啊?"

"后天……"耿致馨说完豆大的泪珠又不由自主地流了下来。

"闺女,晓东响应国家号召支援前线,代表着咱们贾汪的煤矿工人,你可不能拖他后腿啊!"

耿致馨哽咽着说:"我知道。"耿母正要劝说,致馨却抢在了前头:"妈,听说那边冷,我想给他做套棉衣带着,你得帮帮我。"

"放心吧,妈给你做,快别哭了,先吃饭吧。"母亲的眼圈也红了。

耿成文说:"晓东这小子不孬,等他回来,我认他这个女婿!"对于耿致馨和晓东谈对象,耿成文和全家的意见相左,他有些瞧不上晓东,认为他文质彬彬的,有些娘娘腔,说话做事不够敞亮。晓东来家里做客从没给过他好脸色,晓东也告诉耿致馨自己很怕她父亲。如今耿成文对他的评价却大为改观。

耿致馨眉头微蹙,这时候的她,不知是该高兴,还是该担忧……

抗美援朝期间,全国共有三个单位捐献飞机,一个是玉门油田,一个是著名豫剧表演艺术家常香玉所在的剧团,还有一个就是贾汪煤矿。20世纪70年代,长春电影制片厂拍摄了一部反映抗美援朝空战的电影《长空雄鹰》,主角高骏涛驾驶的那架令美军闻风丧胆的战机,耿致远一家都一致认为就是"贾汪矿工号"。影片中的插曲《金达莱》,姚昕露教会了全家人。

《金达莱》迅速在矿上传唱开来。

> 金达莱,金达莱,
> 迎风斗雪放异彩,
> 英雄鲜血洒花上,
> 朵朵花儿开不败,
> 锦绣江山花如海……

38　再困井下

风镐开采的推广,让耿致远意识到掌握新技术的重要性,也让他发现自身专业知识的不足,有时候一些最基本的图纸都看不懂。于是耿致远买来了《机械制造》《电工》等技术类书籍,一页一页地学,一门一门地啃。矿上组织干部到徐州参加学习,别人休息时约着同行的人一起打扑克、下馆子,耿致远从来都是婉言谢绝,一次两次大家不觉得,时间长了,有那细心的人发现他从不参加应酬、不打牌、不看电影,于是"三不"段长的雅号就传开了。耿致远倒毫不在意,只要有时间,不是在书店就是在宿舍学习,他太想改变矿上落后的生产条件和依赖体力劳动的状况了。

1951年7月,矿上来了四位大胡子苏联专家。经过几天的考察,他们认为贾汪矿适合使用苏式割煤机采煤。过了没多久,四台先进的苏式割煤机运到了矿上。各个工段听到消息都希望能够得到新设备提高产量,纷纷向矿上打报告。矿上领

煊烂

导对于这批设备的分配也很头疼,手心手背都是肉,给谁不给谁呢?

矿上各种传言四起,耿致远思虑再三找到了负责这批设备的陈副矿长。陈副矿长热情接待了他,给他泡了茶。耿致远向陈副矿长汇报了工作面的基本情况,表明了希望使用新式割煤机提高产量的态度,并表示一定会刻苦钻研用好新设备。陈副矿长告诉他机器的分配目前正在研究阶段,让他回去等结果。

第二天,耿致远再一次守候在陈副矿长的办公室门前,还是同昨天一样,递交申请,表明态度。陈副矿长告诉他别着急,想法已经了解,会根据情况酌情考虑。最后陈副矿长还提到了马铭远,说在帮助马铭远家解决困难这件事情上,耿致远给他上了一课,要向他表示感谢。

第三天,耿致远又来了。一向沉得住气的陈副矿长哭笑不得,但还是耐心地向他解释,年轻人有闯劲固然很好,但割煤机的安装要考虑具体情况,不能只凭一腔热情。耿致远说,他是经过调查研究的,一是苏联专家正是在他们工段的工作面考察时,提出了使用割煤机的想法;二是他查阅了资料,这种割煤机适合他所在工作面顶板和底板较为坚硬的实际情况;三是工人们生产热情高涨,连续几个月在产量上领跑,能够将新设备的效用发挥到最大。陈副矿长看眼前这个侃侃而谈的年轻人,终于被他的执着所感动,向耿致远交了底。关于割煤机的分配,班子讨论的意见基本达成一致,在适合安装割煤机的工段开展劳动竞赛,用成绩说话!耿致远一蹦三尺高,说他们工段就习惯用成绩说话,向陈副矿长深鞠一躬,高兴地跑掉了。

第四天,陈副矿长进办公室前如同做了什么亏心事,小心翼翼地从楼梯间探出头,顺着走廊向自己办公室门前望去,见空无一人,这才舒了一口气。想想自己的所作所为,又不禁摇头苦笑,耿致远这个十头牛都拉不回来的小子,还真是有些让人难以招架。

劳动竞赛的消息一出来,群情振奋。工人们本就鼓足了劲头大干快干,如今有了新设备的刺激,更是目标明确,热情高涨。耿致远考虑,除了带着工人加班加点,还要在自己的工段上开展生产比赛,形成竞争氛围。于是他号召工人开展五米劳动竞赛,耿致远更是带头参加。

巷道被开凿出来以后,为了维护有效的空间,防止变形和塌落,必须对巷道进行有效的支撑。前进五米要支起八架棚梁,不抓紧时间根本没有希望。耿致远和小马相互配合,一连支好六架棚梁。他顾不上休息,又摸起十字镐,开始刨第七架棚梁的底座。突然,一块锋利的片石落了下来,耿致远眼疾手快,一把将小马推到一旁,片石擦着他的安全帽落了下去,"轰"的一声砸在了地上。

耿致远见小马没事,好像什么都没发生一样,继续埋头干活。小马看着自己刚才站立的地方的那块巨大片石,仍然心有余悸,多亏师傅眼疾手快!再看师傅耿致远,他的工作服袖子已经撕开了一个大口子,殷红的鲜血汩汩地向外流,血顺着手臂流到镐把上,耿致远却浑然不觉。

"师傅,您胳膊受伤了!"小马惊呼着上前拉起耿致远的胳膊,只见他的小臂上被石片割开了一个大口子,随着耿致远的呼吸一张一合。小马吓坏了,赶紧扯下系在脖子上的毛巾从中间撕开,紧紧地系在伤口上方给他止血。小马说剩下的两个棚梁他来干,让耿致远上井治疗。耿致远执拗得很,说工友们都在拼命赶进度,今天不完成这五米的任务决不上井。耿致远又坚持立了两架棚梁,小马看他满头冷汗,悄悄喊来几个工友,大家一起推着搡着总算把他劝走。谁知耿致远走了几步又折返回来,悄悄在后面帮忙装车,一直干到晚上八点钟,直到全班的任务都完成,小马几个人才发现耿致远还在,此时的耿致远已经有些虚脱了。

工友们护送耿致远来到矿医院,伤口足足缝了十六针。一个年轻的护士处理伤口时,当着这些工人的面狠狠地训了耿致远一顿,说他是大老粗,没有医学常识,这样很有可能感染破伤风,批评耿致远为了工作不要命。

耿致远只是挠头傻笑。

工友们急切地问耿致远的伤势要不要紧,小护士说伤口都处理好了,只是肯定会留下伤疤。他们着急耿致远的伤情,没顾上洗澡便来了医院,见耿致远没事,跟着耿致远咧着嘴笑了起来。小护士这才意识到自己被一群"大老黑"围在中间,一个个脸上只能看见口中的牙齿和忽闪的眼睛,连忙慌不择路地逃掉了。

"段长,这么大的口子,您不疼吗?"有人问耿致远。

"没觉着,就是后来发觉镐把上黏糊糊的才感觉不对劲。"

"师傅,对不起,因为我您才受的伤。"小马难过地说道。

"那就罚你今天给我洗头吧,我这胳膊现在不能碰水!"

"我们不仅给您洗头,还给您搓背!"其他工人说道。

"那这么多人不得给我搓秃噜皮……"

爽朗的笑声在医院包扎间内外回荡。

"火车跑得快,全靠车头带!"有这样的领导,工人岂能不团结、不拼命。这次劳动竞赛,耿致远所在的工段一举拿下第一名,割煤机顺利在第二工段安下了家。机器赢了回来,但如何操作是个难题。矿上组织工人到山东学习割煤机的使用,耿致远的工段上给了两个名额,而此时,怀孕的姚昕露已经到了预产期。

煊烂

"你说这是男孩儿还是女孩儿?"姚昕露躺在床上一边抚摸着肚子感受胎动,一边问埋头看书的耿致远。

耿致远放下手中的书:"我希望是个女儿,就能和你一样漂亮了。"

"我觉得是个男孩儿,刚开始怀他的时候我反应很大,牛大姐说反应大的是男孩儿。现在晚上也睡不好,牛姐说她怀儿子的时候,也是整宿整宿地睡不着觉。"姚昕露靠着枕头认真地说道。最近随着她的肚子越来越大,休息确实成了问题,晚上无论她怎么调整睡姿,还是一样睡不好,脚踝也越来越粗。

"萍哥,你会不会嫌弃我,我现在可比怀孕前胖多了!"姚昕露有些担心地说道,也许是怀孕的原因,她最近有些敏感。

"想啥呢!"耿致远放下书来到姚昕露身旁,看着爱人困倦的双眼,心里不由得一阵爱怜。他拉起姚昕露的脚踝,轻轻地帮她按着,心疼地说道:"为了我和咱们这个家,你吃了这么多苦,我咋会嫌弃你呢?"耿致远按了一会儿,又到厨房打了一盆热水,让姚昕露坐起来,帮着她泡脚。

看着细心给自己搓脚的耿致远,姚昕露心里升起一股暖意。耿致远工作有多辛苦她知道,白天干了一天活,晚上还要抓紧时间学习充电,可不管多累,他从来没有在自己面前抱怨过。在家只要是能帮上忙的,总是抢着去干。

"萍哥,最近让你受累了,我这个样子,也不能给你帮什么忙。"姚昕露说着眼泪便流了出来。

"瞧你,你现在有身孕,可是咱们家最辛苦的人。你不是也看了作家魏巍在《人民日报》上的那篇报告文学《谁是最可爱的人》,在咱们家,你就是那个最可爱的人!"

姚昕露被耿致远逗笑,抬起脚撩了耿致远一身水,夫妻两人笑成一团。

姚昕露说:"我知道你挂念着割煤机培训的事,你放心去吧,我没问题。"矿上的事情耿致远经常和姚昕露谈起,姚昕露知道耿致远虽然嘴上不说自己想去山东参加培训,但她知道,对于这来之不易的新设备,耿致远恨不得马上就学会操作。只是因为担心自己,耿致远才没提。

"那你……"耿致远还有些迟疑。

"你就放心吧,家里有爸妈和致馨呢,还有街坊四邻,没问题的。"他们夫妻俩总是为对方着想,耿致远担心姚昕露生孩子时自己不在身边,姚昕露知道耿致远虽然人在贾汪,心早飞到了山东,与其这样,还不如让他早去早回。"不过你去之前,得给咱们孩子取个名字!"

再困井下

371

耿致远本来想让爷爷耿博众给没出生的孩子取个名字,爷爷却拒绝了,他说耿致远夫妻俩都是读过书的人,让他们自己取。其实耿博众有自己的想法,孙媳妇读过大学,又是个老师,担心自己取的名字他们小夫妻瞧不上。现在大家取名字,都从报纸上找词儿,什么"建国""胜利""和平""卫国""土改"之类,光他知道的,村上已经有了三个"建国"两个"援朝"。还有更有意思的,先出生的"和平"他娘到后出生的"和平"家里闹,说都是一个村的,不能再多一个叫"和平"的,不然以后长大了上学都不知道老师喊的是谁。

"叫永昕怎么样?"耿致远说出了一个名字。

姚昕露瞬间就明白了耿致远的想法,脸上一红,心中一阵甜蜜,却还要耿致远解释。

"不管男孩儿女孩儿,这个都管,这是我的心意,也要让咱们的孩子永远记得你的辛苦!"

"还有呢?"

"像你一样永远积极向上,光芒四射!"

姚昕露望了耿致远好大一阵儿,最后扑向了丈夫怀里……

一周后,男孩儿耿永昕呱呱坠地。

孩子出生那天,围在他身边的家人中唯独缺少他的父亲,那时的耿致远正在山东洪兴煤矿两百米深的井下,在轰鸣声和尘灰中操作着机器。耿致远回来时,耿永昕已经满月。看着姚昕露和她怀里又白又胖的儿子,耿致远心里百感交集。他走向妻子,姚昕露自豪而又幸福地把孩子递给他,耿致远拍了拍衣服上的灰尘,又搓了搓自己满是老茧的手,竟然有些不知所措。终于,他下定决心,有些生硬地接过儿子,屏住呼吸盯着儿子睡熟的小面孔。耿致远小心翼翼,襁褓中的孩子看起来脆弱而娇小,他甚至担心自己呼出的空气都会把小家伙弄疼。小家伙眉宇间的神态有些像姚昕露,似乎又有点自己的影子。耿致远抬头看了看自己的妻子,傻傻地笑了起来:"真是难为你了!"

这个月对于耿致远来说双喜临门:一是家里添丁,二是矿上使用了新式割煤机之后效果惊人,他们工段当月的煤炭产量整整翻了三番。耿致远将操作方法和流程总结成了一套简单易记的口诀,让更多的工人学会操作新机器。

轮到耿致远当班,大家发现他下班后总要留在井下一段时间,不是拿着扳手检查设备连接件的牢固程度,就是拿着润滑油检查轴承和齿轮,一边检查嘴里还念念有词。甚至机器外壳的涂漆被矿石磕碰,耿致远也要调上一样颜色的油漆,重新粉刷。工人们劝耿致远,这样的磕碰不可避免,不用这么麻烦。耿致远却严肃地说保养设备容不得闪失,井下空气潮湿,机器外壳很容易被腐蚀,不涂不行。时间长了,耿致远摸索出一套班检、日检、周检、月检的"四检"制度和割煤机的维护保养要点,很快这套制度在矿上迅速得到推广。

之后几年,耿致远几乎把所有的精力都放在了钻研技术、改进设备上。为了解决割煤机支撑度的难题,他先将木制的支杆换成了铁支杆,又给铁支杆的支点上换上了活托头,这样一来不仅支杆的支撑力度更大,而且移动起来更便利,大大加快了割煤机的工作速度。后来他又将割煤机的截盘从一米八加长到两米八,单此一项革新,就使得工作效率成倍提升,一年可以为国家增产煤炭十几万吨。等到苏联专家再次来到矿上,看到苏式割煤机已经变成了腾挪方便、体积增大一倍的"怪物",一个个目瞪口呆地说:"这是我们的机器?"

白驹过隙,这些年,耿致远身边的人一个个都被提拔重用。

正如当年接收煤矿的徐石书记所说,他们这些煤矿工人,将来都要当干部,当矿长。韩天民如今在地方公安局工作,耿彭城、萧三成了矿上的领导。进步最快的还是小苏,他从仓库转到一线,从班长干起,一路区长、井长,为了夺高产,他吃食堂睡调度室,经常几个月都不回一次家,现在已是负责生产的副矿长。就连耿致远的徒弟马铭远,现在也已经是新矿的一名井长。唯独耿致远还坚守在老矿的生产一线。矿上领导几次找到他,要把他调到管理岗位,但都被他婉言谢绝。他说自己没有那么高的理论水平,他的技术在一线才能发挥作用,他的价值也在一线才能体现。对于耿致远的拒绝,领导们没办法,可工人们不答应,这些年耿致远各种荣誉证书、奖章拿了一堆,做出的贡献更是有口皆碑,在党员大会上将耿致远推选出来,局党委当然同意,就这样,耿致远成了老矿的党委副书记。

成为副书记的耿致远和之前并没有什么变化,还是坚持和工人一起下井工作,只是现在事情更多了。矿上号召"三门"干部要到生产一线去锻炼,所谓"三门"干部,就是指刚刚毕业,走出家门、校门,进入企业门的学生干部,对于企业来说,他们可都是"天之骄子"。老矿就来了两个"三门"干部,一个叫周济,一个叫景全,报到的时候,还是局党委组织部的刘干事亲自送上门。老矿党委非常重视,专门将他们安排给了耿致远。

两个年轻人都是南方人,大学毕业,国家干部身份,对专业非常自负,准备到矿上大展拳脚。本以为等待他们的是窗明几净的办公室、先进高端的实验室器材,却不承想来到矿上的第一站竟然在暗无天日的生产一线。眼前的耿书记在他们看来倒是个和蔼而精干的人,对他们俩也很客气。两个年轻人想,耿书记肯定知道他们两人来到这里就是镀镀金,用不了多久就会回去的。

耿致远带着两人上班,在班组上向工人介绍他们的身份,工人们鼓掌表示热烈欢迎。虽然有些瞧不上这些整天和煤炭打交道的"粗人",但周济和景全还是认真地介绍了自己,他们是响应国家号召,支援煤矿建设来的,希望工人师傅们多多帮助自己。但很快,两个年轻人便发现难以融入这个庞大的群体,他们和工人师傅们的共同话语实在太少了。他们希望聊的是个人发展、技术革新的大事,而不是家长里短、儿女情长的琐事。工人师傅们对他们也有些不满,觉得这两个人自带优越感,给人高人一等的感觉,尤其是景全,挂在嘴边的动不动就是某科某长,但仔细想人家本来就是干部,来井下不过是体验生活,没必要对他们要求那么多,哪能要求所有人都和耿书记一样呢,也就不与他们计较。这样一来,两拨人干活、吃饭、洗澡都是各干各的。

耿致远看在眼里,吃饭的时候便拿着饭盒走到两人跟前。

"小周,小景,这两天工作有啥感受?"见两个人吃的是米饭雪菜,便将自己饭盒内姚昕露给自己准备的韭菜炒蛋分给他们一人一半,嘴里叮咛道:"干体力活的一定要吃好。"

"就是太累了,还好耿书记您体谅我们,让我们俩干一天歇一天,不然还真挺不住哩!"景全说道。

耿致远笑呵呵地说:"你们刚刚从学校毕业,就从事这种重体力劳动,的确是有些难为你们,所以我给了你们一周的适应期。但是从下周起,就要实行全班制了,我把你们分配到固定的班组,和工人师傅们同样工作的标准,一天都不能少。"

周济不由得瞪了景全一眼。这个景全,真是哪壶不开提哪壶,这下可好,下周连在井上上班的机会都没了:"耿书记,我俩能行吗?别拖了大伙的后腿……"周济这么说,是有原因的,他们这批"三门"干部,很多人到了基层根本不用下井,像耿致远这样把他们和普通工人一样要求更是闻所未闻。

周济后悔来错了地方。

"是啊书记,我们好歹也算是国家干部,不是普通工人。"景全也附和求情。

耿致远面色一凛,不容置疑地说:"在我这里,工人和干部没啥区别!"

煊烂

两个人被震住了,耿致远这才缓声说道:"怎么?年纪轻轻这么容易打退堂鼓?小伙子还干不过我们这些老家伙?要知道这些工人里面,有的比你们父亲的年龄都大。你们要是干不过他们,要被瞧不起的!他们瞧不起你们,我也瞧不起你们!"

两个年轻人的好胜心被激起:"耿书记,我们没问题!"

耿致远这才满意地点头:"那就这么定了,要是完不成工作量要作书面检讨!"

接下来一个月,两个年轻人才真正体会到了煤矿工人的辛苦。为了不拖班组的后腿,不让工人师傅瞧不起,他们两个互相鼓劲,再苦也顶着。手上被磨起水泡,水泡破了,又变成一个像老茧一样的硬块。工作的时间他们再没有精力闲聊,由于辛苦,井下休息五分钟的空当,站着都能打呼噜,可毕竟年轻,醒来就能以新的状态投入工作中。现在他俩吃饭快饭量大,一顿饭七八个馒头不在话下。走起路来虎虎生风,从下井到工作面,走个十几里路也觉得稀松平常。现在回想起刚下井时生怕弄脏衣服的情形,他们自己也觉得那个时候实在是太过矫情。

说来也怪,这样一来,他们感觉和工人师傅的关系反而越来越融洽了。现在闲暇时候,听着工友们聊着家长里短,互相开着荤话玩笑,竟然不再觉得刺耳,有时候也会跟着嘿嘿一乐。上井洗澡时也不再扭捏,有时也会和旁边的工友互相帮忙搓背,这在之前的他们看来,简直难以想象。

对于他们的变化,耿致远看在眼里喜在心头,这两个年轻人上道了。

同工友的关系融洽了,他们之间的交流也越来越多,两个年轻人到底是高才生,讲起煤炭的形成过程、岩石的分类、煤的倾角大小、煤层的厚薄等专业知识头头是道。工人师傅也喜欢听他们讲,有时候把年轻人讲的内容和自己多年的经验相结合,也能说得两个年轻人频频点头。之后,工友们有些技术上的问题也会向他们请教,这个时候,周济和景全两人,才意识到自己的浅薄。在实际生产中碰到的问题那真是五花八门,闻所未闻,翻烂书都找不到答案,工友们提出的问题,他们解决不了。即使有的问题他们知道原因,可翻遍了矿上资料室的书籍也找不到解决办法,怎么做,书本上可没教。

这天收工,两个年轻人洗漱完毕,天气很冷,哆嗦着路过矿办公楼,看到耿致远办公室的灯还亮着,便商量着去找耿书记汇报下近期的情况。两个人胡乱裹上衣物,敲开耿致远办公室的门,却没有找到耿致远人在哪里。这是个十来平方米的房间,里面摆满了书,有的书没地方放,干脆直接摆在了地上和桌子上,耿致远被埋在了书堆里,难怪他们没找到人。

耿致远热情地站起身,招呼他们坐。可看看四周,自己的办公室实在没个能坐人的地方,只好讪讪一笑:"不好意思两位,我的办公室就是个晚上看书的地方,没法给你们泡茶了。"

"没关系,我们就想给您汇报一下近期的工作。"两个年轻人围了上来。他们不禁心里感叹,没想到这位人到中年的工人书记,竟然还是个爱好看书的人。再看看他桌子上摆的书,不禁大惊失色:"书记,您平时都看这些?"耿致远桌面上的书,都是些最前沿的专业杂志,还有很多是最新的学术成果,有些书即使他们专业出身,也未必能够找得到。

"我可比不得你们这些大学生,专业基础扎实。我高中也就念了半截子,函授的专科,看懂这东西全靠自己摸索。幸亏参加过几次会议,认识了一些采矿方面的专家,平时他们有什么成果和资料,也会给我寄过来学习参考。"

两个人对耿致远肃然起敬,能够看懂这些书,可不是一句简单的自己摸索就能达到的。周济看着墙上大大小小的奖状,不禁失声叫了起来:"耿书记,苏式割煤机的改进是您主持的!我们在学校就知道,这可是技术革新的一颗卫星啊!没想到成果的主持人就是您!"现在周济对耿致远有种膜拜的冲动。来之前,组织部的刘干事就说他们矿的副书记不简单,带出来很多人,现在的副矿长是他从日本人的筒子屋里救出来的,新矿的井长也是他的徒弟。他们实在想象不到,也确实想象不到,这位冲锋在井底煤海深处的"老工人",在技术上也是一位"大拿"!

回宿舍的路上,两个年轻人有些沮丧。本以为能在矿上指点江山激扬文字的他们,今天却见到了一位让他们高山仰止且虚怀若谷的工人书记。

"我们俩真是目光短浅!"景全在路灯下,仰望着耿致远仍然亮着灯的办公室,像是对周济说,又像是自己内心的独白。

周济拍了拍他的肩膀:"小丑跳梁,自己觉得怪能呢!"

两个年轻人向宿舍走去,各自想着同样的心事,他们想起了耿致远对他俩说的话:"年纪轻轻这么容易打退堂鼓?"顿时周身热血沸腾,脚步也变得轻快了。

这天,耿致远带着周济、景全和一名工人在工作面紧张地进行回采。煤矿的开采为了安全一般是从前向后采,先打通巷道进入计划开采区域的前方,正式开采称为回采。几个人干得热火朝天,周济和景全更是如同两头生猛的小牛,几个月的采矿生涯,让他们现在有了看到煤炭就想铲的冲动。

突然,头顶传来一阵"咔咔"的碎响声,耿致远面色一凛,赶紧指挥大家停下工作,他仰起头,皱着眉,面色严峻地观察头顶的情况,一面喝令众人退出去。周济和

煊烂

景全更是大气也不敢出，这是他们第一次碰到顶板来压，他们上学时学过。因为煤矿掏空，煤层周围的岩层受力平衡状态遭到破坏，围岩移动变形，在顶板上方形成了暂时平衡的岩石松动圈，工作面支架主要支撑的是松动圈内岩石重量，一旦支撑不住，就会把他埋在井下。他们俩心情忐忑，听着"咔咔"的声音，感觉心脏要跳出嗓子眼，二人紧贴着墙壁，不知道是累的还是吓的，往外艰难地挪着。

耿致远边退边观察，多年前被困井底的经历让他永生难忘，同时也让他异常敏感，可他并没有因此而对着黑魆魆、无比压抑的深井产生畏惧，反而潜生了一种亲切感，有时候他自己也无比费解，或许自己前生就是那黑乎乎的毫不起眼的一块煤炭，他已然认定煤炭事业是自己的终身追求。"咔咔"的碎响不断炸出来，形势不容耿致远多想，他看到顶板上方有些许裂缝和掉渣的情况，连忙让大家赶紧撤出这片区域。说时迟那时快，破碎的矸石和煤炭，如同沙漏一般从上方落下，刹那间就堵满巷道，把他们四个人堵在了里面，情势非常危险。烟尘弥漫中，周济和景全的视野内什么也看不到，景全吓得腿都软了："耿书记！周济！你们在哪儿？"话语中带着明显的哭腔。

耿致远暗暗摇头，不知道自己是什么命运，一个人能两次被困井底，在贾汪矿也是绝无仅有了。他赶忙回应着，将三个人集中到一起，一边安慰景全不要怕，一边迅速思考脱险的方案。从刚才的情况分析，这次冒顶并不严重，在外边的工友的帮助下，他们有生还的可能。当务之急，就是自救。

耿致远对其他人说道："大家要镇定，工友们一定在想办法营救我们，我们也要积极自救！"他甚至还说了一句这一次被困和上一次比，就跟玩儿似的。工具都被埋了，他便用手挖，其他三个人见状也逐渐平复心情，走到耿致远身边，和他一起挖了起来。手挖的速度毕竟慢，随着时间的流逝，洞里的空气逐渐稀薄，景全只觉得自己头昏脑涨，耳朵里嗡嗡作响，周济和另外一个工人也觉得浑身发软。周济有些沮丧地说道："耿书记，现在空气越来越少了，我们怕是出不去了！"

耿致远的双手已经挖出了血，却坚定地看向三个人："相信我，这次冒顶并不严重，我们一定不能放弃，坚持住，咱们就能活着走出去！听我的准没错，我可是有经验的！"

听到耿致远笃定的声音，其他三人再次振奋精神，咬牙坚持。

又过了十几分钟，奇迹出现了！景全的眼前出现了一道亮光。

"通了！"外边的工友高兴地叫了起来，原来他们一发现事故，便集中力量开展营救。

耿致远这才感觉身上的力气一下子用完，他让其他三个人先出去，自己才慢慢爬出来……

事后，周济和景全问耿致远，出现事故时为什么能这么镇静，耿致远笑笑说道："这是咱们矿上每一个工人都要学会的，再说了，我被埋过更深的井。"

三个月后，组织部刘干事来矿上接周济和景全回原岗位。看到两个人形象气质像是变了一个人，来之前的学生气一扫而光，刘干事不禁咋舌道："乖乖，耿书记，您这里比新兵训练营还管用呢，你这可是把他们当亲儿子一样练哪！"

"耿书记的亲儿子可不是我们，他的亲儿子全在井下，是割煤机，是矿车！"景全笑着说道。

后来，矿上召开了"三门"干部实践锻炼汇报会。周济代表这批干部做了汇报。他在汇报中动情地讲道："感谢组织，感谢耿书记让我在锻炼过程中遇到了帮助我成长的一线领导和工人，有人说咱们是煤黑子，煤黑子就煤黑子，我心甘情愿地当一名煤黑子，涂黑和燃烧自己，照亮别人！"

39　　生离死别

耿致远儿子耿永昕，如同撒欢的野马一样长大。

耿致远一门心思琢磨技术提高产量，姚昕露忙于学校的工作，两人一商量，干脆搬进了矿上新建的职工宿舍。儿子耿永昕则留在了大泉村让爷爷奶奶帮忙照顾。这下算上耿博众老爷子，三位老人含饴弄孙，耿永昕的童年自由而快乐。

对于照顾耿永昕，三位老人分工明确。

太爷爷把曾经讲给耿致远的故事再给耿永昕讲述一遍，耿永昕在听的时候，总会问"这个故事爸爸听过吗"，他要求太爷爷把讲给耿致远的故事"拧手巾一样，拧得干干的"，毫无保留地讲给他听。奶奶负责耿永昕的衣食起居，这孩子好养活，什么都吃，不挑食，每次都把她做的饭菜吃得干干净净。最头疼的教育问题，自然就落在了爷爷耿成文的头上。

那个时候家家户户孩子都多，村里像耿永昕这样没有兄弟姐妹的不太常见。兄弟姊妹多的孩子，出门也硬气，被欺负了也有人帮着出头。说来也怪，独苗的耿

煊烂

永昕硬是成了村里的孩子王,每天带领着一帮大大小小的娃娃上天入地,闹得平静的小村庄鸡犬不宁。在耿成文的记忆中,因为耿致远调皮被村里人找上门的事情屈指可数,可他这个孙子恰恰是另外一个极端,如果哪一天不被村里人找上门,那才是不同寻常。上门的理由也是五花八门,有孩童之间打架的,有领头破坏庄稼的,有玩水玩火的,有招猫惹狗的。一开始耿成文还能老老实实替孙子赔礼道歉、赔偿损失、承诺绝不再犯等,后来实在是招架不住,只好请出自己德高望重的父亲耿博众。村里人对耿老爷子敬重有加,往往告几句耿永昕的状便回去了,只有这个时候,躲在一边的爷爷耿成文才能如释重负走出来,教训孙子要和小朋友友好相处、爱护庄稼……

此时小姑耿致馨已经嫁给了抗美援朝负伤归来的英雄晓东,小姑父还把从身上取出来的子弹送给了耿永昕,听说还送给小姑一把用弹片做成的梳子。后来父亲耿致远说这枚子弹太过珍贵,怕耿永昕弄丢,便在上面钻了个眼,用绳子穿起来,叫他每天挂在脖子上。

对于耿永昕而言,父亲耿致远是个无所不能的存在。周末和母亲姚昕露一起回来,白天总是忙碌个不停,不仅忙自己家的事情,只要有人需要帮忙,总是有求必应。盖房子、扯电线、装电灯、打家具、修农具……简直是样样精通。那个时候条件艰苦,耿致远能用铁丝做出一辆自行车玩具,车轮能动,车把还能拐弯,这个稀罕的东西让耿永昕在小伙伴面前出尽了风头。有一次,耿永昕和邻家的一个孩子在家里玩儿,不小心把家里的一只白瓷碗摔成了两半。那个时候,家里的碗人手一个,都是有数的。耿永昕担心被责骂,小心翼翼地把碎碗拼在一起,踩着凳子原封不动地将碗放进了碗橱。可没多久就被回家的父亲发现,本以为自己少不了要挨骂,可一直到他在忐忑之中睡着,父亲也没提碗的事。第二天吃早饭,耿永昕看到了自己摔碎的瓷碗,被父亲用铁丝严丝合缝地箍在了一起,此刻正盛满稀饭摆在自己面前。

"犯了错误不能面对,往后这就是你的专用饭碗!"耿致远板着脸说道。

白天耿致远忙着各种事,只有晚上的时间才是属于耿永昕的。灯光下,父亲一边和他下军棋,一边和他讨论太爷爷耿博众所说的故事,母亲在一旁缝补衣物,这成了之后耿永昕心中挥之不去的画面。每每这个时候,也是耿永昕正式接受教育的时候。爷爷耿成文历数一周以来他的表现,耿永昕称之为"叛徒告密"。耿致远一一给他分析,哪件事做得对,哪件事做错了,对的表扬,错的要惩罚。惩罚的方式也不一样,有的时候是让他道歉悔过,有的时候是罚站。罚站时双手平举,目视前方,有时候父亲还在他手里放上一杯水,看到水泼出来就要延长惩罚的时间。姚昕露看到他坚持的样子总会心疼地走过来,给他擦擦额头上的汗,跟他聊天分散注意力,陪着他一起度过这段时间。耿永昕却很喜欢这样的惩罚,他感觉这一刻自己成了父母的焦点。甚至有的时候,耿永昕还会故意犯些错误,让父亲"惩罚"自己,这种习惯,一直持续到他上学。

对于童年,耿永昕唯一的伤心事便是太爷爷耿博众的去世。

1960年,耿永昕已经十岁,太爷爷耿博众给自己讲故事已经力不从心,有时候气喘吁吁得话都说不完整。进入腊月——好多老人都熬不过严寒的冬天——太爷爷便下不了床了。一天清晨,母亲把他叫醒,拉着他进了耿博众的房间。他看到一家人严肃地围在太爷爷床前,唯独没有自己的父亲,母亲说他出差了正往家里赶。

耿永昕看到好一阵没下过床的耿博众今天竟然能坐起来,看上去像是刚刚睡醒的样子,显得神采奕奕。小小年纪的耿永昕不可能知道有个词叫"回光返照",他高兴地拉着太爷爷的手说道:"太爷爷,您病都好了吧,那就能给我讲故事了!"

耿博众慈爱地摸了摸耿永昕的头:"等太爷爷好了,以后还能给你讲故事!你想听个啥?"

"这次听三国,就讲……"

耿永昕话没说完,却被母亲拉到了一旁,轻声对他说:"太爷爷没力气,你少说两句。"

耿博众努力地看着围着自己的家人,过了半晌说道:"致远呢?"

"他去山东出差了,估摸着今天就能回来了。"姚昕露知道爷爷想见孙子最后一面,不禁悲从中来,她努力克制着回答。耿致远前一阵被矿上派去其他煤矿介绍割煤机的改造,突然听说爷爷病危,正在赶回来的路上。

"我怕是见不到致远了……"耿博众叹了口气,眼神逐渐浑浊黯淡下来。

"爹,瞧您说的,等您病好了,咱还一起过年呢!"耿成文强忍着难过拉着父亲的手,感觉到的却是生命的流逝。

听闻耿成文此言,身边的家人已经克制不住,小声啜泣起来。

耿博众微笑着,闭上了眼。这位早年吃尽旧社会的苦楚,又在新中国享了天伦之乐的高龄高人,这位和大多数德高望重的中国老人一样拥有勤劳、节俭、慈祥、善良、坚韧等美德的老人,带着遗憾,溘然长逝。

  煊烂

窗外冰天雪地,寒风呼啸,围在床前的家人终于大声哭了出来。耿永昕看着眼前的一切,隐隐地有些明白,跟着"哇"地大哭起来。

直到下午,耿致远才风尘仆仆地赶回大泉村。看到家门外飘动的白幡,立即明白自己回来迟了,眼泪唰地便涌了出来。泪眼蒙眬中,他看到儿子耿永昕哭着跑向自己,一下扑进自己的怀中:"爸爸,太爷爷找你呢!"

家里陆陆续续来了很多人,还有一些人穿着军人、警察的制服,耿永昕有的认识有的不认识,听妈妈说那些人都是父亲的朋友,还有的跟他一样是听着太爷爷的故事长大的。夜晚,耿致远陪着耿成文守灵,耿永昕和母亲睡在一起。

"妈妈,太爷爷是死了吗?"

"是的。"

"咱们每个人都会死吗?"

"每个人都会死。"

"人死了就不能活了吗?"

"人死了,就永远离开了。死去的亲人只能活在咱们心里,只能在梦里和我们说话。"

年少的耿永昕第一次对生死有了概念。此时的他,既惊恐又伤心,临睡前他紧紧抓着母亲的手,努力回忆着夏天的夜晚,太爷爷手中挥动的蒲扇,太爷爷讲过的故事,希望今天晚上,太爷爷能够在自己的梦里活过来。

耿永昕上学后,和父母住到了一起。

父母相敬如宾,两个人从没吵过架。只是这些年来,姚昕露的身体一直不大好,尤其是肚子经常疼得厉害,可到了医院也查不出什么问题。耿致远便不大让她做家务,自己的工作服都是在矿上洗干净带回家晾晒,早上也悄悄地起来准备好娘儿俩的早餐再去矿上上班。可姚昕露是个闲不住的人,更体谅丈夫的辛苦,总是趁着耿致远不在家,就把家里打理得一尘不染,让耿致远回来后向她抱怨没事可干。

姚昕露告诉耿永昕,当年生他的时候,耿致远在外地学习,直到满月才第一次见到襁褓中的耿永昕。耿致远当时的表现,就像个手足无措的孩子,她还是第一次从沉稳的耿致远身上看到那样的状态。姚昕露回忆时露出甜蜜的微笑,她的本意是想要耿永昕明白父亲虽然工作辛苦,但对于他的关爱一点不少。可在进入叛逆期的耿永昕听来,是另外一番感受,也许正是因为他出生的时候与父亲相隔太远,不仅是横向的距离,还有地面到地底纵向的悬殊,所以他们父子之间好像总是难以亲近。曾经,他也想和其他孩子一样,等到父亲下班时,扑进他的怀里,搂着他的脖子腻在他的腿上,可是每天等到耿致远下班回到家,他已经睡着了。等到他起床时,看到桌子上的早餐,他知道,父亲已经上班走了。

一开始,耿永昕还像小时候一样,故意犯些错误让父亲注意到自己。他是个聪明孩子,记忆力也很好,这一点姚昕露说是父亲的遗传。可让姚昕露感到奇怪的是,耿永昕的成绩总是在及格线左右徘徊,其实姚昕露不知道,在耿永昕看来,学校的课程都很简单,他是故意考得不好,想让父亲注意到自己。可谁知,耿致远看到他的成绩并没有责备他,只是告诉他在学习上态度要端正,尽到自己最大的努力就行。耿致远不想给年少的儿子那么多压力,可在耿永昕看来,父亲并没有对自己抱有那么大的希望,也许在他看来,自己本该就是这个样子吧。这样一来,等耿永昕上了中学,索性破罐子破摔,彻底放弃了学习,每天和一帮不学无术的孩子混在一起。

姚昕露的身体每况愈下。

现在晚上批改作业时,姚昕露都要坐在桌角边上,用桌角抵住肚子减轻疼痛。后来,耿致远带着姚昕露去了北京,专门到大医院做了检查。回来时,耿致远神态严肃。

北京的大夫说姚昕露患上了肝癌,还是晚期。耿致远第一次听说还有这种疾病,而这种疾病将很快夺去自己妻子的生命。耿致远良久都没有回过神来,原以为,死亡是一件离他们很遥远的事情,可如今却这样不期而至,让他手足无措。姚昕露知道自己的病情后,没有表现得和其他病人一样绝望恐惧,回来的路上与从前一样对着耿致远有说有笑。她对耿致远说,别把她生病的事情告诉儿子,他还小,不想让他背负那么大压力。

一家人坐在一起吃饭,耿致远对姚昕露说:"学校的工作先搁一边吧,好好在家休养一段时间。"

"那咋行,我的成分摆在那里,牛大姐为了我的事已经让不少人说闲话了,我不能这个时候掉链子。"姚昕露倔强地回答。

"可……"耿致远看向一旁的耿永昕,欲言又止。

"我没事,快吃吧,饭菜都凉了。"

从来没有请过假的耿致远在矿上请了假,每天用自行车带着姚昕露上班下班。那是耿永昕记忆里父亲待在家里最久的一段时间。白天耿致远送他们娘俩上班、

煊烂

上学,去菜市场买好一天的菜,中午将做好的饭菜送到学校,给他们娘俩吃。耿永昕也不得不承认,耿致远做的饭菜味道一流,比母亲做的还要好吃。晚上把他们娘俩接回家,帮着姚昕露批改作业。他们还时常到大泉村的爷爷奶奶家"打秋风",一家人欢声笑语。牛校长不知从哪里找来了一个偏方,说是能治好姚昕露的病。耿致远便在自己家的院子里种满了这种药草,还让耿永昕一起帮忙,有时还在院子里熬药。姚昕露则坐在门前,微笑着看着忙碌的父子俩,家里弥漫着一种特殊的药香,像是一幅画。耿永昕每当回忆起那段时光,就会记起那种特殊的香味,对于他而言,那是一种内心渴望的幸福的味道。他觉得自己的家正在变成自己想象的样子,他在心里暗下决心,以后要好好学习,给父母一个惊喜。但敏感的耿永昕总觉得,父母好像有些事情在瞒着他。

幸福来得突然,走得更让人猝不及防,姚昕露很快便下不了床。

最后的日子,对于姚昕露而言,是煎熬的。疼痛让她整宿整宿地睡不着觉,可她不想让耿致远和耿永昕担心,即便身上再疼,也只是咬牙抓着被角,强忍着不发出声音。有时候她实在是忍不住,便轻轻长呼几口气舒缓疼痛,可每当这个时候,睡着的耿致远总像是听到了她的呼唤,将她紧紧拥入怀中。姚昕露感受着耿致远下意识的温暖,感觉疼痛似乎也舒缓许多。直到有一次,一行热泪滴在自己脸上,她才知道,耿致远一直都没有睡,在默默地陪着她。

"萍哥,让我吵醒啦?"姚昕露柔声说道。

"没有,正好醒了。你还疼吗?"耿致远心如刀绞,却装出一副刚睡醒的模样,他还没意识到,自己的眼泪已经滴落在姚昕露的脸上。

"没事,我能吃得消,好好睡觉。"姚昕露轻轻拍打着丈夫的后背,反而安慰起丈夫。

"萍哥,下辈子我还得跟你在一起! 执君之手,我之所愿!"

"执子之手,与子偕老!"

说完,耿致远抱着姚昕露,想要留住她即将消逝的生命一样紧紧地抱着,却又绝望地感觉到自己的无能为力。他想无所顾忌地哭出来,却又不愿因为自己的悲痛影响妻子的心情。他的泪水在黑暗中无声流淌,不再讲话……

一年之后,当耿致远有足够勇气重新回忆起和姚昕露的点点滴滴,拾起这段记忆时,内心却会泛起甜蜜的微笑,仿佛姚昕露一如既往在微笑地看着他。有的时候,越是隐忍,越是克制,便越是让人刻骨铭心。

姚昕露从北京回来后，不到一个月便撒手人寰。

抱着姚昕露的尸体，耿致远号啕大哭，嘴里反复喊着一句话："昕露，你跟着我，真是让你受苦了！下辈子，我一定不让你受这罪了。"

在场的人，无不涕泪横流。

冥冥之中，耿永昕感觉仿佛有一只大手，关闭了他家快乐的开关。有一天晚上，耿永昕在蒙眬之中，被一阵窸窸窣窣的声音吵醒。他悄悄走出自己房间，时间已是凌晨三点，父亲的房门虚掩着。他透过门缝望去，耿致远坐在床前，一只手紧捂着嘴巴，一只手拿着母亲的相框，双肩抖动着，吵醒他的正是父亲竭力克制的啜泣声。那是耿永昕第一次看到坚硬如铁的父亲的脆弱，他逃回自己的房间，用被子捂住自己，眼泪如同开闸的洪水般涌了出来。母亲的葬礼上，父亲没有哭，耿永昕甚至还有点恨父亲，恨他铁石心肠，他把母亲的离去怪罪到耿致远的头上，恨他没有早早地发现母亲的病情。直到那晚他才知道，对于母亲的离去，父亲的伤心一点也不比自己少。

经历了那晚之后，耿永昕有点害怕回到这个家。他忘不了母亲温和亲切的音容笑貌，忘不了那晚父亲的无助与悲凉、痛哭和号啕，更不知道母亲走后，该怎样与父亲相处。他跟父亲说去和爷爷奶奶一起住，实际上每天和自己的同学玩在一起。

耿永昕很羡慕高年级的那些同学，他们平时穿着绿色的军装，扎上皮带，戴上军帽，脚蹬解放鞋，肩挎帆布包，胳膊上佩着红袖章。大部分女生都梳着两个小辫子，男生则是清一色的平头。尤其是一个高二叫楚红的女孩儿，看起来英姿飒爽，经常在操场上发表演讲，讲的内容虽然在耿永昕看来没什么新意，都是报纸上的那些话，有些在耿永昕听来甚至还是错的，但并不妨碍他欣赏女孩儿的勇敢。当时，高年级的学生也分成好几支队伍，每天固定时间在操场上论战，楚红这个女孩儿便算是其中的一个头目。

耿永昕也想加入，便悄悄找到了楚红。谁想对方听说他是初中生，嫌他小，便直接拒绝了他。耿永昕告诉她"革命不分先后"，这是他从家里的报纸上看到的。耿永昕记忆力好，看过的东西记得牢。楚红对他的回答很满意，答应将他留队观察一段时间。这天，全校的学生围在学校宣传栏前，被上面的一张大字报吸引了，上面列举了学校制度的种种不合理。大字报是学校里的另一支队伍贴的，楚红看了之后甚是不满，认为对方胡说八道。作为队伍中根正苗红的后辈，耿永昕当即义愤填膺地站了出来，表示要写一份大字报批判对方。楚红上下打量了他一番，带着有

煊烂

些不相信的语气说:"你管不?"耿永昕当即用实际行动证明,自己的记忆力和见解都高出同龄人不止一头。小将们准备好笔墨纸砚,耿永昕略思片刻,挥毫泼墨,一份针锋相对、字体优美的大字报出现在众人面前。耿永昕是跟着太爷爷长大的,毛笔字得益于耿博众的熏陶写得也不错,两张大字报贴在一起,光从字体上看,孰优孰劣一目了然。

从此楚红这帮人对这个低年级的学生刮目相看,耿永昕用实力赢得认可,成了很多低年级学生的榜样。于是之后的日子,耿永昕跟着他们演讲、游行、论战、砸佛像、斗老师,日子过得充实而激情。有了耿永昕的加入,学校里其他学生根本不是他们的对手,很多队伍被驳倒之后,"归顺"了过来。

楚红率领的队伍在学校里一家独大,眼看能做的事都做得差不多了,这天她把学生们召集到一起,号召大家破除"四旧"互相揭发。每个人都发了言,有的说自己家里有古书,有的说邻居家里有佛龛。楚红很满意,让耿永昕一一作了记录,现在耿永昕俨然成了这群人的秘书长,工工整整地记录着每一个人所说的线索。

等所有人都说完,楚红用期待的目光看向耿永昕。耿永昕看起来年龄小,却总能带给自己惊喜。耿永昕没想到负责记录的自己也要揭发,因为事发突然,琢磨了半天也没想出来自己身边有什么可揭发的。眼看楚红盯着自己的目光从期盼转为失望,不假思索脱口而出:"我家有旗袍。"是的,那是母亲曾经的旗袍,听她说过那可是当时姥姥出嫁时的嫁妆。

一群小将浩浩荡荡向矿工宿舍奔去。当耿永昕说出自己家里有旗袍时,看到了楚红感兴趣的眼神,他马上就后悔了。去他家里,就意味着要见到自己避之不及的父亲。可说出去的话,泼出去的水,如今也只能硬着头皮带着他们去自己家。

在家里,耿永昕果然看到了许久没见的更显消瘦的耿致远。

看着这么一大群人拥进自己家的小院,耿致远有些错愕。他看了一眼儿子耿永昕,耿永昕的目光不敢和他接触,马上低下了头。

"咋回事?"耿致远平静地问道。

"你儿子揭发你们家里藏着'四旧',我们今天要没收!"

看着不敢抬头的儿子,耿致远马上明白了他们的来意。他站在房门口,朗声说道:"我们家啥也没有,你们回吧!"

"还敢嘴硬!你这老顽固看来是不见棺材不落泪,我们进去搜出铁证,看你还有啥话说!"

一群男孩儿向房里冲,耿致远如同门神一般堵在门口,两只手拉着门框,几个男孩儿硬是进不来。他们也很奇怪，这个看起来精瘦的男人怎么会有这么大的力气。

"还敢阻挠革命小将！大家抄家伙，横扫一切牛鬼蛇神！"一些男孩儿从院子里随手拿起板砖和棍棒便向耿致远走过去。"别打我爸！"耿永昕这时终于站不住了，他跑向这群人前面，伸开双臂拦住众人，转身朝着父亲哭了起来："爸，他们要妈妈的旗袍，你就给他们吧！"

"耿永昕！你不和他划清界限，还敢替他求情，连你一块揍！"

一个男生已经举起了手里的木棒，眼看要落在耿永昕身上。耿致远一把将儿子拎到了自己身后。耿永昕再次体验了小时候父亲带着自己过水塘的一幕，为了不弄湿他的鞋子，父亲拎着他走了好久，他感觉像是坐飞机一般。如今耿永昕看着挡在自己身前的背影，感觉那就是一座高山，是一座一直矗立在自己内心深处的大山。只是随着时间的推移，他的内心被一叶障目，他的眼睛选择性无视，但是那座大山，一直都在。

泪眼模糊中，他看到棍棒落在了父亲的身上，可耿致远竟然纹丝不动，好像没有感觉一般。板砖拍在了父亲的头上，父亲浑身一震，又顽强地挡在他身前。"别打我爸，别打我爸！"耿永昕向前扑了过去，却被耿致远一把又推回房内坐在了地上，只能眼睁睁地看着耿致远的身躯淹没在疯狂的人群中。

"都住手！"一个洪亮的声音响起，戴袖章的年轻人停下手，目光转向喊话的来人。五六个人冲了进来，看他们的装束，显然是矿上的职工。领头的喊话人耿永昕认识，那是父亲的朋友萧伯伯。

萧三喝停了这群年轻人，几个五大三粗的工人将耿致远从人群中拉出来。见耿致远流了血，萧三额头青筋暴绽，眼睛都红了，可对方都是些十几岁的孩子，萧三只觉一股恶气憋在胸口："你们都是矿上的娃娃？在家里搞武斗，这是要破坏生产吗？"

"我们可不是娃娃，我们是革命小将。你想干啥？竟敢阻拦我们闹革命！"领头的楚红毫不示弱。

萧三气急，沉下脸厉声说道："闹革命？回去问问你们爹妈，你们打的是啥人！他打鬼子斗土匪的时候，你们这帮熊孩子还没出生呢！把手里家伙都放下！"

小将们面面相觑，他们这群人大都是矿上子女，听萧三这么说，首先气势上便弱了一大截儿。只是领头的还没发话，他们只能硬挺着，双方僵持在耿家的院子里。

煊烂

过了没多久,小苏、耿彭城、韩天民带着公安局的同志也来到了小院。矿工宿舍的人都被惊动了,很多工人和家属都出来看看发生了什么事情。

原来,萧三听说有学生娃到耿致远家,马上给已是矿长的小苏打了电话。

苏矿长当着所有人的面发话,说现在不管外边是什么样子,矿上为了国家多出煤没有错,大干社会主义没有罪,矿上至今没停过工,也没停过产,任何人都不能到矿上闹事妨碍生产。

"他们家里有'四旧',有旗袍!"领头的楚红不依不饶。

现场安静下来,小苏也是一愣,显然他没预料到这种情况,一时竟不知该如何回答她。

萧三不止一次在耿致远家里看到过他拿着旗袍发呆的样子,如今听到这话再也忍不住,大声说道:"不就是件衣裳吗?又没穿出来满大街跑!致远书记当年带着我们打鬼子闹罢工,就连苏矿长也是他从日本人筒子屋的死人堆里救出来的。后来组织护矿队保卫矿山,咱们的几口井才没被土匪破坏。现在没日没夜地钻研技术提高产量,老嫂子生病也没时间照顾,让孩子早早便没了妈。他为了咱们矿牺牲多少?又为咱们矿挣了多少荣誉?他可是咱们矿上的英雄,你们这些娃娃还是矿上的子弟,就是这样对待咱们的英雄的?"

周围的孩子被萧三说得一个个慢慢低下了头。

"你们根本都不知道,当年为了救苏矿长,耿书记把永昕他妈送他的金镯子卖了,才从日本人那里换来两支盘尼西林,那时候他自己家里连饭都吃不上。现在永昕他妈不在了,就留给爷儿俩这点念想,现在就因为这旗袍,你们就要斗他?治他的罪?人心都是肉长的,你们摸摸自己的良心都让狗吃了吗!"

"这都是谁家的孩子?赶紧领回去!"

"不走的让公安局的同志送回家!"

"胡闹!"

旁边很多矿工看不下去,气愤地嚷了起来。

一些大人走了出来,在一群娃娃中找到自己的孩子,有的偷偷领走,有的带到耿致远跟前,让孩子道歉。不一会儿,院子里的人便只剩下领头的楚红。她缓缓走到耿致远身边,朝耿致远深鞠一躬,默默地走开了。

耿永昕来到父亲跟前,"扑通"一声跪在了地上:"爸,都是我不懂事,你打死我吧!"

40 黝骨铁魂

1968 年,初中毕业的耿永昕成为一名矿工。

他进入煤矿并没有因为是耿致远的儿子得到任何照顾,而是被分配到工作环境最差、工作时间最长、劳动强度最大的一线。从前对于父亲,耿永昕是矛盾的,他从小渴望着父亲的疼爱与陪伴,却因为一次次得不到满足变得疏离。直到耿永昕成为一名煤矿工人,他才有些明白自己的父亲是个什么样的人。这些日子,耿永昕试着主动去理解父亲、走近父亲,也越来越发现父亲对于事业的坚持和执着。看着柜子中一堆堆的证书和奖章,他陷入了沉思,直到成为一名工人,他才知道每一个荣誉都来之不易,那都是父亲用汗水甚至是鲜血换来的。自己的父亲,是上万名矿工的榜样和骄傲。

已是深夜十一点,耿致远房间的灯还亮着,他仍在伏案忙碌着。耿永昕推门进去,给父亲倒了杯热水放在桌边,嘱咐他注意身体。最近父子之间多了很多矿上的共同话题。耿永昕和他说起在矿上的感受,一开始对岗位还感觉很新鲜,一个月下来,已经被那种辛苦、单调和枯燥折磨得有些受不了。三班倒的工作,基本上见不到太阳,他感觉自己是一个活在黑暗中的人。他问父亲,是什么力量支撑他在这样的环境中坚持了这么多年。

耿致远没有直接回答耿永昕的问题,他反问儿子:有没有想过这种情况产生的根源?耿永昕被问得一愣,不知道从何答起。"还是因为咱们国家太落后了啊!矿上的现代化水平不高,工人们只能干繁重的体力劳动。要提高产量,工人的干劲固然重要,但改变落后的生产技术更重要,最近我对矿车修理很感兴趣,我要用十年的时间,把矿车修理的二十六道工序实现机械化作业!"耿致远满怀深情地说道。

"十年就干这一个事?"

耿致远朝他瞪了一眼:"十年能把这件事干成,我就满足了!"

耿永昕琢磨着父亲的话,默默地回到了自己的房间。

他心里有个念头,绝不能给自己的父亲丢脸。

七月的一天,耿致远在采煤四区主持党支部会议。之所以来到这里,是因为他们工区在一个小工作面搞回采,井下条件差,产量总是上不去。这样一来,工区的干部在矿上抬不起头,职工一个个也似霜打的茄子。耿致远来这里的目的,就是要给这些工人加油鼓劲,找到解决问题的办法。耿永昕和班长老吴坐在一起,听着父亲在台上说话。他知道耿致远刚刚从南京出差回来,这次肯定又是连家都没回就直接来到矿上工作了。耿致远对儿子要求很严,告诫他一定不要沾自己的光,在矿上做事,全凭借自己的真本事。

耿致远说了一通话,要听听下面一群班长的意见,台下的人却没有一个回应的。房间里热气腾腾,会场气氛却冷清沉闷。安静了许久,耿永昕身边的老吴"噌"地一下站了起来:"耿书记,我们知道平时您工作繁忙,还坚持到工作面采煤,又是技术能手。今天为了我们工区的事情让您操心了!现在工作面条件比较差,大家有畏难情绪也可以理解。我有个提议,提高班产量,月创千棚!这样大家才有个奔头!"

老吴话音未落,会场里"嗡"的一声炸开了锅,工人们议论开了。

"这可不是闹着玩儿的!就凭你这一双'皮锤'?"

"一棚煤一吨八,一千棚就是一千八百吨啊!"

"这不是玩儿命嘛。"

"要翻身,就得拼!"老吴大声说道。老吴是位老党员,这些日子,他感觉自己像一头陷在泥地里的老牛,有劲使不出来,为了鼓动大家的劲头,早憋着一股劲儿呢。众人安静后,他继续说道:"请领导让我和我徒弟耿永昕试试!不为别的,就为了证明咱们工区行!"老吴说这话并不是毫无根据,根据他的经验,即使半米高的采煤面,一个月也能出个几百吨煤,况且现在的工作面要大得多。

耿永昕也站了起来:"请领导让我和师傅试试!"

其他工人看到这师徒二人的表态,被他们所感染,会场里掌声雷动。

就这样,耿永昕跟着师傅正式"创千棚"。

然而,现实却有点残酷。

第二天,他们就在工作面碰到了拦路虎,巷道顶板不好,有一层三百毫米左右的薄石容易掉下来造成伤人事故,也就是工人们常说的"二合顶"。不仅如此,煤层变得又硬又紧。如果按照正常用量使用炸药,炸不动煤层;如果炸药放多了,又容易引发冒顶事故。耿永昕犯了难,可师傅老吴有经验,知道这时候只能放轻炮震松煤壁,剩下的只能靠手镐了。

老吴对这种煤层熟得很,拿着矿灯往煤壁上面一照,便知道煤层的节理、纹路和裂隙的走向。手中的铁镐如同长了眼睛一般,每下一镐都能做到稳准狠,一镐下去就能落下一大片煤。看着师傅挥汗如雨的样子,耿永昕如同看到了庖丁解牛的样子。他在心里感叹,果然是三百六十行,行行出状元。这吴师傅身上的东西,自己要学的可多着呢。老吴干得兴起,索性脱掉衣服,光着膀子刨煤。他身子不硬朗,全靠一股巧劲,时间长了便觉得乏累。耿永昕观察得仔细,很快便掌握了诀窍。他让师傅在旁边休息,自己学着老吴的样子下镐,速度竟然丝毫不落下风。

师徒两人的汗没有白流。当月,他们硬是创造了1018棚的采矿纪录。

老吴和耿永昕"创千棚"不仅提高了产量,还带动了整个工区工人的生产劲头。"创千棚"从一个班的行动推广到了整个煤矿,矿党委发出了"决战五十天,实现双提前"的号召。

矿生产调度办公室的人曾经专门做过调查,两个健康的矿工,每班采煤三十棚感觉正常,四十棚就会感到极度疲劳,五十棚就超过了人体承受的极限。可接下来的一个月,老吴和耿永昕创造了1516棚的纪录,也就是说老吴这个"千棚迷"带着他的年轻徒弟,几乎每天都在超越身体的极限。现在的耿永昕恨不得生出三头六臂,满心满眼地就想着怎么和师傅一起提高效率。他的双手布满了水泡,握着铲子都感觉钻心的疼痛。他用针一一挑破,缠上毛巾继续干。时间长了,起泡的地方磨出了老茧,老茧摞在一起,硬得如同龟壳。

三个月后,耿致远到四区井下查看工作进展情况,碰到了正在工作的耿永昕。

"现在还觉得井下辛苦、枯燥吗?"耿致远看着儿子越来越粗壮的手臂,笑着问道。

"现在就一心想着咋帮师傅破千棚了。"

"不错!走,带我去看看你师傅。你们俩现在可是矿上的名人呢。"对于儿子的表现,耿致远非常满意。

两个人向着巷道深处走去,突然前面传来"轰"的一声响。两个人面面相觑,知道发生了事故,连忙向工作面跑过去。果然,工作面冒顶了,烟尘弥漫中,他们看到老吴正在清点人员。

好在没有造成人员伤亡。

耿致远走到老吴跟前:"吴班长,这里的情况你最熟悉,还有办法吗?"

"现在只有装顶了,只要有人传料,我就敢装!"

"吴班长,你放心装顶,叫小耿领着大家给你传料,我给你照明。井下的知识我还懂得一些,你放心大胆地干,你的安全我负责!"

煊烂

"爸……"耿永昕情急之下脱口而出,意识到不妥,马上改口,"耿书记,这里我们来负责,您还是在一旁帮着传料吧!"耿永昕不同意,因为他知道,这个时候,装顶的老吴和父亲所在的位置是最危险的,他不想父亲身处险境。

"情况紧急,听我安排!"耿致远的口气不容置疑。

耿永昕没办法,只得安排工友抓紧干活。

八个小时后,棚顶终于装好。

耿致远长舒一口气,这次事故总算是有惊无险。上井时,他看到老吴已经累得虚脱,于是帮着他脱去工作服,扶着他进了浴室洗漱。

"老吴班长,今天你这贡献可太大了!你坐好,今天我要施展一下手艺,给你搓背放松!"耿致远一边给吴班长搓背,一边还问着力道轻重。老吴很感动,之后经常对别人说,耿书记给他搓过背。

这下老吴工作的劲头更足了,带着耿永昕又创造了新的纪录,连续十三个月不休一天工假,连续作战采煤 15402 棚,生产原煤 27700 多吨!因为出色的成绩,老吴当选为全国人大代表,耿永昕也加入了中国共产党。

耿永昕已经习惯了矿工生活,习惯了沾满煤灰和油污、夹杂着汗水发酵味道的工作服;习惯了即使再渴,也小口抿着身上水壶里的水,因为一个班还有很长;习惯了扛着一堆工具默默走在又热又吵的巷道里;习惯了出井时露出被煤灰反衬的洁白牙齿和滴溜溜转的眼球。初进黑暗地下的压抑和不安没有了,他已经像一个老工人一样可以坦然地拥抱黑暗。当站在党旗下宣誓,耿永昕似乎找到了自己当初疑问的答案,这种坚持的力量来自集体,来自一群有着共同奋斗目标的人,来自榜样。他的榜样,就是像他的父亲耿致远、师傅老吴这样的人。

现在的耿永昕心无杂念,一门心思就想着提高产量。要说还有什么放不下心的,便是父亲耿致远的身体。耿致远如今人到中年,长年累月的辛苦工作,已经让他的身体不堪重负。他患上了煤矿工人的职业病矽肺病,喘气困难,晚上伏案时经常咳嗽个不停。耿永昕还记得当初父亲给自己提过的"十年目标",现在的耿致远钻研技术已经近乎痴迷。爷儿俩难得聚在一起吃饭,耿致远拿着筷子还在饭桌上比比画画,嘴里念念有词。耿永昕仔细听了半天,才明白父亲还在想着他的图纸。

耿永昕的工作三班倒,本身就非常辛苦,但他看父亲的身体日渐消瘦,也想帮着他做些事情,让他少劳累些。他想即使能帮忙整理一些图纸和材料也是好的,可真看到父亲钻研的东西,耿永昕傻了眼。那些图纸在他看来如同天书,完全看不懂。这时的他甚至有些后悔,不该荒废当年的读书时光。耿永昕问父亲,如果现在开始学习,还来不来得及。耿致远告诉他只要想学,什么时候都不晚,他自学高中的课程时,比他的年龄大多了。父亲的话犹如一剂强心针,让耿永昕斗志倍增。他说不知道从什么地方学起,耿致远想了想,从床下拉出一个旧纸箱,里面装的都是当年他自学的教材,有高中的数理化教材,也有一些基础的机械书籍。

"这都是我当年用过的书,你先把这些熟悉熟悉吧……"

时光飞逝,转瞬间十年过去。

1977 年 10 月,天气开始转凉。

耿永昕结束了一天的工作,洗好了澡便往家里赶,等他到家了已是晚上六点。推开门,妻子楚红已经将热气腾腾的饭菜摆在了桌上。桌上还放着一个红网兜,里面放着用两条毛巾包裹得严严实实的铝制饭盒。见他进门,楚红从厨房里走出来一边擦着手一边说道:"饭菜都好了,赶紧吃吧!爸的晚饭我都给装在饭盒了,正好你给拎过去。"

这些年,楚红和耿永昕一直没断联系,她也越来越发现耿永昕和同龄人的不同。耿永昕踏实努力,不像其他的小伙子下了班就是聚在一起打牌喝酒看电影,这么多年耿永昕一直坚持自学。楚红虽然不在矿上工作,但父母都是矿上的工人,也是在矿区长大的。父母历数矿上这些和她差不多大的孩子,对耿永昕赞不绝口,说他工作能力突出,年纪轻轻就是个矿上的区长,当过劳动模范、技术能手,要是能讨过来当女婿就好了。楚红听了心里对耿永昕更加喜欢,她和耿永昕从小就认识,严格地说,她还是耿永昕的初恋。结果楚红果然没让父母失望,借着找耿永昕借书的理由,一来二去便和他确立了恋爱关系。就在一年前两个人结了婚,搬进了矿上新建的职工宿舍。

耿致远还和从前一样,虽然是矿上的副书记,有着各种荣誉和称号,可他从来不摆架子,不搞特殊,每天和工人同上同下,在采煤面和车间里摸爬滚打,在现场解决各种实际问题。在耿致远的日历上,似乎从来没有休息日,周末他也会到调度室坐上半天,有时甚至帮着工人下井顶岗。这么多年,耿致远一直单身,虽然有不少人给他介绍对象,但他从来都是一口回绝。耿永昕知道他心里一直思念着母亲,家里每每发生什么大事,他总会对着母亲的照片念叨许久。耿致远对儿子说,这辈子,最对不起的人便是姚昕露,陪她的时间太少。结婚后,耿永昕想把父亲耿致远接过来一起住,但耿致远不同意,说两家离得不远,还是一个人更自在。楚红也是个贤惠的儿媳妇,知道公公耿致远不肯给他们小两口添麻烦,午饭晚饭都是做好了

煊烂

给他送过去。

这些年,耿永昕跟着父亲,自学了高中的课程,父亲那里的书几乎被他翻遍了,他已经成为父亲的得力帮手。每天下班后,他都来到父亲家里,帮着他画图查资料。耿致远呕心沥血地搞技术革新,在儿子的帮助下,换来累累硕果。耿致远设计制造了矿上第一台矿车清扫机,每年可为矿上节省三万多个工时。发明了多功能扒轮机,实现了矿车轮子机械化拆卸的七道工序。一位专门研究矿业的老教授看了耿致远的发明成果,惊讶不已,他说:"我到过全国六十多个矿务局,唯有你们这个矿的矿车维修实现了全程机械化,这可是全国首创啊!"

看着父亲十年前立下的宏愿成为现实,耿永昕也替他高兴。本以为耿致远终于有机会能休息了,谁知父亲又着手薄煤层采煤机组的研发……

不久,发生了一件关系到国家和青年命运的大事,高考恢复了。

那些被"文革"耽误的青年人,从此有了改变命运的机会。耿永昕想参加这次高考,他很清楚自己的水平。虽然距离考试日期只有将近一个月的时间,但因为父亲的关系,他的学习一点也没有落下,甚至在大部分人还在为了一套"数理化自学丛书"而四处奔忙的时候,他已经学完了高数。耿永昕想法很明确,他参加高考,并不是要改变命运,而是要去接受更专业的教育,之后还要回到矿上来。他把想法告诉了父亲和楚红,得到了两人的一致支持。

三个月后,耿永昕高举着鲜红的录取通知书跑到父亲面前,朝着父亲兴奋地喊道:"爸,我考上了!矿业学院!"耿致远看着儿子,恍惚间仿佛看到当年自己赶回家中,姚昕露把儿子捧到自己面前的样子,骄傲、自豪、欣喜的神态和当年的姚昕露一模一样。

正当全家人沉浸在喜悦中时,耿致远在办公室接到一个电话。

"您好,请问是耿书记吗?"电话那头的声音有些装腔作势。

"赵洪林!"耿致远还是直接听出了说话的人。如今赵洪林仍在西南某地的部队工作,早些年把妻子小美也接了过去,只是赵启明夫妇舍不得大泉村的亲朋好友,所以仍然待在老家。赵洪林虽然不放心,但好在有耿致远这帮兄弟帮忙照应。赵洪林已经是位副军级干部了,谁承想当年媒婆的一句戏言,如今变成了现实。

"哈哈,果然啥都瞒不过你!致远哥,我转业到地方了。最近想抽空回去看看,另外还要带个人给你见见。"兄弟二人多年未见,彼此却感觉不到任何疏远。

"啥人?"耿致远有些不解。

"到时候你就知道啦！三天后我准时到贾汪！"赵洪林故弄玄虚，利索地挂了电话。

耿致远虽然一头雾水，但还是将洪林要回来的消息告诉了赵启明夫妇。如今耿成文和赵启明早已退休，双双搬进了矿上新建的职工宿舍，两位相处一辈子的工友如今更是朝夕相守，过得像是一家人，一起种花遛鸟好不自在。赵启明在耿致远面前也不避讳，直接恨恨地说道："二毛这狗东西哪还知道家？这都多少日子没回来了，咱爷儿俩都比他亲！等他回来俺不叫他进这个门！"洪林娘拍了老头子一下："还二毛呢，洪林现在是部队上的大官，回来可不能再这么叫！"赵启明不以为意："他就是当上皇帝，俺也是他爹！"两位老人眉目间喜悦之情溢于言表。

三天之后的下午，耿致远带着萧三、韩天民、耿彭城、小苏几个人到车站迎接赵洪林。老友们分别许久，今天像过节一般兴高采烈。几个人约好了在职工宿舍门口集合，一辆崭新的解放牌卡车停在了宿舍门口，驾驶室跳下一个人，正是耿永昕。

"大学生，你怎么不去上学还在咱们矿上？"萧三调侃耿永昕道。

"过一个星期学校才开学呢，萧伯伯、苏矿长，我先说明，我这可不是公车私用。快开学了没啥事，运输科让我过去帮忙，人家叫我到车站拉货。我一想你们不是正好要去接赵叔叔吗，顺路带上你们。"

耿致远微笑点头，心说这小子倒是心细。

萧三不以为然："就是不顺路今天运输科也得出个车，咱们要去接的，可是你赵叔，那给咱们矿上立过功的！"其他人纷纷点头称是。驾驶室座位有限，几个人一合计干脆都跳进了车厢，一群人雄赳赳气昂昂直奔火车站。

到了车站还有些时间，几个人帮着耿永昕将货物搬上火车，有说有笑地等待着。

赵洪林如约而至，只是见到他身边的人，耿致远一群人全都呆住了。

那人头发花白，黑色的镜框下一双眼睛炯炯有神，走路铿锵有力，一身绿军装戴着党徽，解放鞋洗得泛白。

几个人异口同声地喊道："宋书记!"来人正是和他们久未谋面的宋阳标。

大家将宋阳标拥在中间，回想起当年在一起的时光，忍不住泪流满面。这群人之中，耿致远和宋阳标的感情最深，他是老师，是领导，更是兄长。这么多年，宋阳标一直是他的牵挂。他常常想，老师是不是在解放战争中牺牲了，不然怎么会这么久不来找他们呢？

宋阳标和一群人一一握手，来到耿致远跟前，和耿致远紧紧拥抱在了一起。

煊烂

赵洪林看着泪流满面的耿致远，不由得鼻子发酸，他拍了拍两人的肩膀："两位书记，咱们回去慢慢拉！"

　　一群人陪同宋阳标来到了建国饭店。

　　"老师，还记得这里吗？"

　　"咋不记得，汪清茶馆啊！"宋阳标努力在脑海中回忆附近当年的情景，只是变化太大，不禁感慨时光飞逝。

　　一席人坐定，耿永昕将货物送至矿上，也赶过来给几位叔叔伯伯端茶倒水。宋阳标介绍自己离开徐州后的经历，耿致远一群人静静地听着。

　　原来，宋阳标离开贾汪后，便接到组织命令，前往西南做敌后工作，曾经在国民政府中做过工作人员，一直秘密为地下党提供情报。解放后，他做起了老本行，在地方从事教育工作。因为徐州的亲人都已不在，再加上路途遥远交通不便，自己工作又忙，所以一直没能抽出时间来徐州一趟。因为在敌后工作过，当时的证明人都已不在，这段历史问题无法说清楚，"文革"开始后，不幸成了批斗的对象。宋阳标受了很多苦，曾经被打断了三根肋骨下放到乡下任教。今年，赵洪林转业到地方后负责冤假错案平反，在平反对象中发现了宋阳标的名字，后来经过了解，果然是曾经在贾汪领导他们同国民党、日本人作斗争的宋书记。这才有了今天的贾汪之行。

　　众人听着宋阳标的讲述，感慨不已。当宋阳标讲述到"文革"时期遭受的种种不公正待遇，大家更是愤愤不平。萧三忍不住拍桌子骂娘："这群人良心叫狗吃了！"

　　"宋老师，您受苦了！"耿致远拉着宋阳标的手不肯放。

　　也许只有体验过极度不幸的人，才能真正懂得等待和期望的含义，才能真正拥有宽容和淡然的境界。宋阳标摆摆手，淡然说道："都过去啦，做事情但求问心无愧，一切还得朝前看！"

　　"宋书记，您今后准备去哪儿？"韩天民问道。

　　"是啊，宋书记，您回徐州吧，还有我们大伙呢！"一群人知道宋阳标在那边举目无亲，极力邀请他返回徐州。

　　赵洪林冲大伙说道："别提了，我也是这么劝宋书记，可他打定了算盘铁了心要留在乡下，今天正好大家都在，咱们都劝劝他！"

　　宋阳标认真说道："大家都别劝我，我都想好了。平反后我在乡里工作，我们那个乡是全国的贫困乡，是个山区。我下放的地方连条像样的公路都没有，一个村子也没有几个识字的人。我要留在那里，帮助乡里修建公路、化解民族矛盾、教娃娃们读书写字,还有很多事情要干!相比徐州,那里更需要我!"

耿致远注视着眼前侃侃而谈的老师,听着老师发自肺腑的话语,想到了当年老师宽慰自己回到贾汪工作的情景,泪流满面。

耿永昕也看着宋阳标,他从父亲那里听说过很多关于这位老人的事情,也许在外人看来,他衣着朴素,其貌不扬,可耿永昕却觉得,他胸前的党徽亮得耀眼……

1980年春,耿致远的身体状况急剧恶化。

得了矽肺病的他,起初只是喘气困难,不停咳嗽,到了后来,他的肺功能急剧退化,出现了咳血的症状,站立行走这种常人轻而易举便做得到的事情,对他而言已颇为吃力。矿上得知情况后,局党委书记亲自找到耿致远,让他好好在家养病休息,并要把他安排到其他工作岗位上,脱离粉尘作业的环境。耿致远毫不犹豫地拒绝了。他见过太多得了这种职业病的工人,他也知道,矽肺病的治疗,只能减慢病情恶化的速度,没有根治的办法。他说,他自己的身体状况他自己清楚,他能坚持。薄煤层采煤机组没搞好,他不能离开。

之后的日子,耿致远争分夺秒地和时间赛跑。

连续四十多天,他经常通宵达旦地和工友们并肩作战。造机组缺少材料,他便跑仓库,找局领导,非等到这种材料运到机组才罢休。试验机型在采煤区试运转,耿致远全程跟着查看运转情况。工作面出现了断层和漏水,地面上泥泞不堪,导致机组趴窝,性子急的工区干部和工人见生产计划完不成,吵嚷着要"掀掉"机组,耿致远苦口婆心做工作,硬是把这股"掀机风"给按了下去。他对工人们说:"我从旧社会干到了新社会,这种不到一米高的工作面,解放前工人们拿着铁锹爬进爬出弓腰干活。几十年过去,工人们还像从前一样,拿着祖辈的铁锹干着同样的活,机械化的口号喊了这么多年,该落实了,你们都不希望今后的工人还拿着这样的铁锹吧!"之后,耿致远亲自给机组开道,驾驭机组闯过断层,使得工作面的日产量由四百吨猛涨到八九百吨,很快就赶上了之前延误的生产进度,工人们看到这铁家伙的实力,一个个心里乐开了花。之后,耿致远的这台机组大显身手,在薄煤层开采中日产量突破千吨大关,实现了薄煤层开采的机械化。

耿致远如同一块燃烧的精煤,奉献着自己最后的光和热。

他病倒了,医生下了病危通知书。

最后的时刻在早晨,耿永昕和妻子楚红围在耿致远身旁。在晨曦中,昏迷的耿

煊烂

致远缓缓睁开了眼睛。

耿永昕知道，父亲放心不下的永远是他的矿山和他的工友。他握住耿致远的手，哽咽道："爸，您研发的机器都用上了，大家伙儿都很喜欢。还有，萧伯伯、韩叔他们都让您安心养病，等着您一起爬大洞山呢！"

耿致远笑了，望着身边的儿子儿媳，用微弱的声音艰难地说道："跟大伙说，我就是个拾……拾柴火的……炉火旺了……也该走了。"

弥留之际，耿致远将目光移向病房的窗口，窗外的梧桐树枝繁叶茂，他的目光穿透了遮挡亮光的枝叶，看到了东方初升的朝阳；看到了1937年新年之际，两个年轻人走在云龙山的小路上，女孩儿送给男孩儿一张新年贺卡，而此时掩饰不住喜悦和期盼的人，是他自己。

"昕露，我想你了！下辈子，我要好好陪你……"

与黑色的煤炭打了一辈子交道的耿致远，永远地离开了这个世界……

一阵轻风掀起窗帘，带着初夏的凉爽和清新，像是父亲的大手，抚摸在耿永昕的头上。耿永昕有些恍惚地站在父亲的房间，今天，他和楚红一道，利用休息的时间，来整理父亲的遗物。耿致远的书太多了，他还有写日记的习惯，这些年光日记本就积累了满满一大箱子。耿永昕两个人忙活了半天，还有很多没来得及收拾。打量着房间内熟悉的一切，床上叠得方方正正的被子，书桌案头上码得整整齐齐的书都让耿永昕有种错觉，似乎父亲就坐在书桌后，马上就会从书堆中直起身来，微笑着看着自己。

耿永昕从上衣口袋里拿出了一包烟，不太熟练地打开包装，抽出一支点上，烟雾缭绕中，眼泪模糊了视线。正在外屋忙活的楚红察觉到丈夫的异样，进来递给他一杯热水，在他的胳膊上轻轻拍了拍，又轻轻走出了房间。

耿永昕呆呆地伫立，他永远忘不了，父亲弥留的那个清晨，父亲静静地躺在那里，阳光透过窗户洒在父亲的脸上，那嘴角留存着微笑、满脸宁静安详的样子。

耿永昕永远忘不了，父亲遗体火化那天，耿家只将父亲去世的消息通知了几个与他相处一辈子的老友，可闻讯前来送行的人将殡仪馆里里外外拥挤得水泄不通。

耿永昕永远忘不了，父亲的遗体在烈焰下化成了缕缕青烟，如同其他矽肺病的工人一样，留下了一块烧不烂的矽肺。

父亲的骨灰盒里，还有一颗黑色化石，上面蕨类植物的叶片纹路清晰可见，那是耿永昕放进去的，他知道父亲一定想将那块石头，再次亲手送给母亲……

41 后生进矿

父亲的离世让耿永昕和父亲的几个老友家的关系更加密切起来。

平日里萧三、小苏、韩天民、耿彭城等人相聚，都会把耿永昕叫来。谁家做些好吃好喝的，都会差儿女给耿永昕一家送过去。就像今年过年，几家人都抢着拉耿永昕到自己家去过，他们对耿永昕视如己出。

这天父亲的几个老友喝酒聊天，耿永昕如同往常一样在旁边端茶倒水，他同样喜欢和父亲的这些老友待在一起，尤其爱听他们讲述过去的经历，这让父亲的形象在他心目中更加完整、光辉。对这些长辈，耿永昕很是感激和尊重。只是今天，平日健谈的萧三有些沉默，耿永昕关切地问他是否感觉身体不适。一旁的韩天民说道："还不是他那个宝贝疙瘩！"萧三朝他瞪眼，韩天民权当没听到，一股脑将他知道的事情说了出来。

萧三原本有两个闺女，到大泉村后又生了一个儿子，叫萧宝刚，比耿永昕小十来岁。萧三和老婆对这个儿子是宠爱有加，再加上萧宝刚上面还有两个年龄大了许多的姐姐，他平日里就养成了衣来伸手、饭来张口的习惯。初中毕业后，萧宝刚在家闲了两年，成天和社会上的一些闲散人员鬼混。起初萧三觉得孩子小，贪玩儿，没当回事。等他意识到问题，不让他和那帮不三不四的人交往时，萧宝刚已经比自己高上一头，软硬不吃了。萧三打也不疼骂也不听，一气之下便断了他的经济来源。萧宝刚不以为意，两个姐姐都有了自己的家庭，隔三岔五便到她们那里去打秋风，依然是我行我素。直到前几天，萧宝刚因为打架进了派出所，萧三接到韩天民的通知，将被人打得鼻青脸肿的萧宝刚领了出来。回家的路上萧三又是心疼又是生气，一路上跟着儿子走走停停，停停走走，晓之以情动之以理，苦口婆心一通劝，可儿子却满不在乎，毫无反应。萧宝刚在家还没安生两天，脸上的淤青还没褪尽，就又不知所终了。留下萧三骂骂咧咧直跺脚，却又无计可施。

"这孩子真不给我省心！"萧三气极。

一旁的耿彭城忍不住笑道："他才多大？你自己年轻时候不也这熊样吗？"

"我……"萧三瞪着眼，梗着脖子，一时语塞，"我不是改邪归正了嘛！"

小苏说道："三哥，眼下当紧的还是给孩子找个正经事做，年龄大了总闲着会闲

煊烂

出毛病的。最近矿上效益不错,运输科的人马不停蹄连轴转人手还是不够用,正准备招聘大车司机呢,不然你让宝刚去报名试试看。"

众人听了都觉得是个办法,唯有萧三摇头。他看着眼前已经是矿上技术科科长的耿永昕,又联想在座几个好友的子女——耿彭城的儿子耿庆丰服装生意做得红红火火,小苏的儿子苏泉河是大学生,韩天民的儿子韩春华做了医生,唯独自己的儿子萧宝刚不务正业,一时间心情更加郁闷,骂人的话脱口而出:"这小王八羔子要是听老子的话,就不至于进局子了!"众人哈哈大笑,萧三这才意识到自己把自己也给骂了,忍不住跟着咧嘴苦笑起来。

耿永昕望着愁眉不展的萧三,若有所思。

饭后回到家中,妻子楚红正在镜前试着衣服,看到耿永昕进来,忙拉着他看自己新做的裤子,说这叫"萝卜裤",街上可流行呢! 耿永昕知道萝卜,可看了半天也没明白这种裤子为什么是萝卜不是白菜。楚红知道跟他说等于对牛弹琴,白了他一眼便将裤子小心翼翼地收了起来。

耿永昕问楚红,前阵子他们车间有个姑娘托她介绍对象,不知现在找到没有? 楚红说还没有,问耿永昕怎么突然想起问这事。

楚红的单位在第一机械厂,厂里有个新来的姑娘叫罗爱梅,和她同一个车间。小姑娘刚满十八岁,身材高挑,长相出众,性格也很乖巧,人称一机厂"一枝梅"。罗爱梅的到来让一机厂"厂花"的归属有了争论,原来厂里还有个姑娘叫薛晴,论长相也是百里挑一,一时间"梅须逊雪三分白,雪却输梅一段香"成为一机厂年轻小伙子们人人皆知的名句。"一枝梅"让楚红所在的车间成了香饽饽,很多年轻小伙子挤破头想将班排进他们车间,就为了多一些和她接触的机会。可时间久了,大家发现了一个残酷的现实,这是一枝"寒梅",任凭这群毛头小子使尽浑身解数,献百般殷勤,都没有一个能够赢得姑娘的芳心。"一枝梅"倒是和楚红脾气相投,平日里有什么话都跟楚红说,原来姑娘不想找自己单位的,人家就想找个矿上的工人。"俺娘说了,煤矿工人好啊,不管啥工种,待遇高,有保障! 大姐,我知道你们一家都在矿上,你可得帮我留意着。""一枝梅"对楚红这样说。

"你觉得萧宝刚咋样?"耿永昕问楚红。

"宝刚? 年龄倒是合适,只是他还没工作吧?"

耿永昕将今天晚上发生的事情告诉楚红,最后说道:"只要他肯干,你还担心这个? 安排他们见个面!"

周末的晚上,耿永昕终于在位于城东的红裙子歌舞厅找到了玩儿得正欢的萧

后生进矿

宝刚。见是耿永昕找自己,萧宝刚虽然诧异,但还是热情地招呼道:"永昕哥,你咋有空到这里玩儿了?"

耿致远的这帮老兄弟都是通家之好,彼此的子女互相也很熟悉,耿永昕读书好,又是大学生,平时萧三没少拿他当榜样教育萧宝刚,萧宝刚虽然听不进萧三的话,但对于耿永昕,还是有几分畏服的。

"我听萧伯说你在这里,就来体验体验。"

"我爸让你来的?"萧宝刚皱起了眉头,扭头就要走。耿永昕一把拉住他的胳膊,"这里太吵了,咱们出去说。"

萧宝刚明显有些抵触,一来对耿永昕心存敬畏,二来耿永昕抓着自己胳膊的那只手犹如铁钳一般,毫不松动。最后他只得放弃了抵抗,乖乖跟着耿永昕走到了大街上。

"哥,到底啥事你说吧,我不跑!"萧宝刚熟练地掏出一支烟,递给耿永昕,见耿永昕不接,也不觉得尴尬,顺手便塞进自己口中,他一边揉着自己被抓疼的胳膊一边说道:"真是看不出来,你劲这么大!"

"你到矿上干两年,劲也大! 跟我回家!"

"我才不回去,老头除了训我啥也不会!"萧宝刚郁闷地吐了个烟圈。

"训你是轻的,要我说得狠揍你小子一顿。不上你家,是到我家,你嫂子有事找你!"他走到路边,指了指自己二八大杠,示意带他回家。

萧宝刚这才如释重负:"你早说啊,早就想吃嫂子做的菜了。永昕哥,实不相瞒,托我家老爷子的福,我已经三天没吃顿像样的饭菜了。要不是我两个姐姐,我早饿死在外边了!"

"你就知足吧! 现在还有父母唠叨,有萧伯管着你,我想要都没有啦!"耿永昕说完这话,神色有些黯然。萧宝刚知道说到了他的伤心事,连忙安慰道:"大哥,我听你的,过会儿就回家!"

第二天一早,耿永昕刚进单位,包还没来得及放下,苏矿长走进了办公室。技术科办公室算上耿永昕一共六个人,四男两女,几个人见到领导进门,一齐起身欢迎。跟着苏矿长进屋的还有个打扮时髦的年轻人,白衬衫红领带,头发梳得锃亮,伴随着他的进门,几个人还闻到了一阵奇怪的香味,和当时流行的花露水的味道不同,后来大家才知道,那叫香水。

苏矿长开门见山,指着年轻人向大家介绍,说这是局里新来的硕士研究生庞欣然,上海人,今年刚从加拿大多伦多大学毕业,支援煤炭建设来到徐州,也是目前全

煊烂

局学历最高的人,从今天起就是大伙的新同事了。苏矿长又向庞欣然介绍了耿永昕,让他跟着耿永昕多熟悉熟悉矿上的生产情况。

庞欣然很有礼貌,他理了理领带对大家说道:"How do you do!"似乎突然意识到不妥,有些歉意地说道:"不好意思各位,我刚从国外回来,还不太习惯说中文,Sorry!我叫庞欣然,希望今后和大家合作愉快!"

苏矿长临走对耿永昕小声叮嘱,说庞欣然是今年局里重点引进的人才,让耿永昕带他尽快熟悉工作。耿永昕表示一定会尽心尽力,全力支持,让庞欣然大展拳脚。

技术科来了海归人才的消息很快传遍了全矿。

耿永昕办公室的几个人对新来的庞欣然态度并不相同。两个小伙子感觉海归人才的做派和他们有些格格不入,道不同不相为谋,平日里也有些刻意地疏远。两个年轻的姑娘倒是和庞欣然聊得火热,从他那能听到很多平时听不到看不到的新鲜事。但让她们不满的是,矿上虽然女同志不多,但很多未婚的大姑娘对这位前程似锦的庞欣然也表现出浓厚的兴趣,空闲的时候有事没事都喜欢凑到技术科来聊天。一时间庞欣然的一句沪语"灵的嘞"也成了人人皆知的口头禅。好在庞欣然清高的态度让她俩很满意。庞欣然说:Frailty,your name is woman!(脆弱啊,你的名字是女人!)庞欣然说这是莎士比亚,原汁原味的英文一听就比矿上那帮将诗歌、散文挂在嘴头的小伙子高级许多。办公室老李也许是感觉到了庞欣然的到来对自己的威胁,他现在是五十多岁的副科,耿永昕学历高又年轻,老李琢磨在自己退休前,矿上应该会把耿永昕提拔到更重要的岗位上,耿永昕一高升,自己还是有希望挪到主持工作的位置上。可如今又来了个更年轻的硕士,他的前程一下子变得扑朔迷离起来。他有些神秘地拉着耿永昕"交心":"耿主任,听说了吗?这个硕士是局里的重点培养对象,咱们可别挡了他的道儿!"

庞欣然对于耿永昕的工作安排有些不满,来矿上一个礼拜了,耿永昕给他的工作只有一堆数据报表。办公室其他人忙着手头的各种项目,唯有他埋首故纸堆,这不是大材小用吗?这些材料能看出什么名堂!看到庞欣然郁郁寡欢,老李暗自窃喜,认为自己和耿永昕的谈话起了作用,平时说话的声音都高了几分。又到了周末,按照技术科的惯例耿永昕主持周例会,每个人汇报手头项目进展和下周的工作计划。轮到庞欣然发言,他将一周来的不满全讲了出来:"各位,我是多伦多大学毕业的,研究论文是关于采矿工程的系统提升,可能大家对我的研究方向还不是特别了解,我需要参与到具体项目中去,无论是对于部门的项目推进还是改进生产,这都是非常必要的!"庞欣然缓了缓,特意看向耿永昕,继续说道:"根据美国人的研究,在一个系统当中,每个人只要干活表现好,就会被提升到更高一级的职位,直至到达他所不能胜任的职位时,这个人的职业生涯也就终结了。按照这个理解,每个职位最终都将被一个不能胜任的人所占据。我的职业生涯才刚刚开始,可来到咱们部门一个礼拜了我全在看材料,还有一些老掉牙的统计数据,我请求给我安排能够发挥专长的任务!"庞欣然言外之意是耿永昕目前不胜任主任的工作,你外行领导内行我不介意,可是你也不能影响我的个人进步。一席话说得耿永昕之外的几个人面面相觑,大家一起看向耿永昕。

耿永昕面带微笑说道:"你说的是彼得定律吧?"庞欣然愕然了,他想不到耿永昕对西方管理学的理论也有所了解。他在恍惚中听到耿永昕将部门的一周工作进行了总结,又对每个人手头的项目进展情况提出了要求,轮到他时,耿永昕说道:"欣然,下周你的任务是把手头的材料看完!另外下班后请你留一下,大家散会!"一屋人起身离开,老李啜了一口杯中的茶水,看了一眼神情沮丧的庞欣然,心满意足地站起身来:这小耿主任还是有些手段的,别看你是个海归硕士,到了咱们这就得把尾巴收起来!

临近下班时分,耿永昕在自己办公室没等来庞欣然,却等来了萧宝刚。

萧宝刚还没坐定,便火急火燎地将自己此行的目的说了出来。原来,上次跟着耿永昕回家之后,萧宝刚在楚红的牵线搭桥下跟一机厂的罗爱梅见了面。双方约在矿上的文化宫看电影《高山下的花环》,萧宝刚对"一枝梅"一见钟情,他的眼睛如同长在了罗爱梅身上,电影放了什么他不记得,他只记得全程罗爱梅笑了四次、哭了六次,怎么会有这么可爱的姑娘!经此一面萧宝刚如同丢了魂,追着楚红问姑娘的意思。萧宝刚什么地方吸引了姑娘,能让"一枝梅"看上?唯独没工作这一条不行,人家知道他是矿工子弟,只要他能在矿上这样的好单位找个正式工作,便同意继续交往。

"这还不简单,去找你爸啊,找我有啥用?"耿永昕明知故问。

"找他?我还不如直接去撞墙算了!我跟他可没啥话说!"

"我可听我爹说过,萧伯伯当年和他一起打过日本人,后来为了护矿连命都豁得出去,就问换成你,你行吗?我告诉你老弟,你爸为了你的事情可没少操心,好几天都没正经吃饭。你再看看他的这帮兄弟,韩叔叔、耿叔叔他们哪一个不是有情有义的汉子!"耿永昕说这话是有所指的,他从韩天民那里了解到,萧宝刚之所以和人打架,就是为了一点小事替朋友出头,可真的和对方动起手来,自己的那帮所谓

煊烂

兄弟全跑得一干二净。因为这个,这些日子萧宝刚也有些泄气,家不愿意回,自己的小圈子也没了往日的吸引力。虽然生活还是和以往一样,每天蹦迪喝酒吹大牛,只是他对这一切早已意兴阑珊,尤其是见了罗爱梅之后,顿感觉自己是该有所改变了。他对耿永昕说:"哥,我是不行,可现在毕竟时代不同了。我知道你的意思,我也不想每天混日子,这不就来找你了吗?哥,我向你保证,以后好好工作,不惹我爸生气了!"

看到萧宝刚情真意切,耿永昕这才说道:"这样吧,听说矿上运输科准备招人,你初中毕业,又符合矿上的招工要求,等会儿我找他们要个报名表,你明天去我家拿,填好了礼拜一交过去!"萧宝刚听后大喜过望:"还是我哥疼我,那我明天就去报名!我得把这好消息告诉楚红姐!"萧宝刚连招呼也没打,兴奋地跑出了门。

这一位刚刚送走,愤愤不平的庞欣然走了进来。他这会儿才回过神来,刚刚会上耿永昕把他打发了。庞欣然心想:这个耿永昕不过是个国产"土鳖"大学生,却敢在他这个归国硕士面前耀武扬威,无非比自己早来矿上几年,神气什么呢?我倒看他有什么话对自己说。他进门后招呼也没打,径直坐在了耿永昕对面的椅子上。

耿永昕看到气鼓鼓的庞欣然觉得好笑,但还是强忍笑意,给庞欣然倒了一杯水放在他面前,又指着桌子上自己早就准备好的一摞东西说道:"欣然,这些材料是我专门挑出来的,你要用一周的时间连同这周我给你的材料,全部看完。"

庞欣然一听这话再也控制不住,这个耿永昕简直是不可理喻,他"呼"地站起了身:"耿主任,是不是有些过了?我说我想参与具体项目,你又给我整一堆材料?"庞欣然刚才起身太猛,碰得桌上的茶杯盖子打着圈地晃动。耿永昕脸上依然挂着那副让人讨厌的微笑:"怎么?高才生还怕看材料?你一篇论文查阅的资料恐怕是这十倍不止吧!实在不好意思欣然,我还要到运输科去一趟,再不去他们那儿要下班了。你先拿回去,什么时候看完了,咱们再继续谈!"耿永昕起身轻轻拍了拍他的肩膀。

"耿主任,你这是故意打压我!我是来矿上干事的,你别公报私仇!"庞欣然气极,可耿永昕已经走到了门口,似乎什么都没听见一般朝他笑笑,转身离开了房间。

看着空无一人的房间,庞欣然有气无处撒,一跺脚向外边走去,快到门口时又折返回来,拿走了耿永昕办公桌上的材料。

耿永昕的办公室紧挨着技术部办公室,听到那边没了声音,老李连忙回到了自己的座位上,果然没多久,庞欣然气呼呼地进了屋,坐在自己位子上一言不发。老李走到他身边,安慰说:"小庞,别往心里去。咱们耿主任就这个脾气,他的父亲可是矿上的元老,矿长见了都要敬三分呢。"办公室的两个姑娘有些鄙视地相视一笑,这个老李就是唯恐天下不乱,只是她们实在不明白,平日里对大家都不错的耿永昕,怎么这样针对新来的高才生呢?

庞欣然气愤归气愤,还是利用四天时间看完了从耿永昕那里拿来的材料。是啊,这些材料对于我来说算得了什么?就按照他所说仔细看完,看他还有什么戏要演!这次他吸取了上次的教训——在耿永昕面前自己显得心浮气躁——看完之后并没有着急,而是将所有的材料分类汇总,理出了一些主要观点和关键数据,在脑海中反复演练了好几遍,充分想好了各种情况下自己的说辞,再次敲开了耿永昕办公室的房门。

"按照你的要求,材料我看完了!"

"果然还是硕士的水平高,这些材料要是我来看,可能还要几天呢。"耿永昕高兴地说道。庞欣然没有接话,他在等待耿永昕接下来的发难,准备着自己的反击。可耿永昕接下来什么都没问,就告诉庞欣然明天起不用看材料了,跟着自己到矿上转一转。这个耿永昕,葫芦里究竟装的什么药?庞欣然一头雾水。

第二天,庞欣然来到办公室,距离上班还有点时间,其他人也是刚到。老李在桌子上将报纸铺开,拿出茶叶装进自己杯子,走向放在窗边桌子上的开水瓶,可水壶都是空的,老李皱了皱眉头。平时办公室的开水都是年龄最小的小龙去打,小龙今天家里有事请假了。见大家都没注意自己,两个姑娘仍在埋头忙着手里的事情,今天上午有两份着急的数据材料要报送,唯独庞欣然呆坐在位子上。老李咳了一声说道:"高才生,我看你最近这个状态不太对啊!咱办公室的小高、小刘应该和你是同年吧?就是小龙也比你小不了几岁,可干起活来都有股拼劲,做事也细致!可别受我这个老头子影响啊!"庞欣然看向老李,见到他手中的空水瓶,一下就明白了老李的意思,连忙抖擞精神:"李主任,我去打水!"从假意推托的老李那里接过水壶,跑了出去。

等他将四个灌满了水的水壶拿进屋放在桌上,耿永昕已经到了。

一个东西朝他飞了过来,庞欣然接在怀中,定睛一看,是个安全帽。

"把它戴上,我带你熟悉熟悉情况!"说完便头也不回地走了出去。

接下来的两天,耿永昕带着庞欣然把老矿上上下下走了个遍。不仅如此,耿永昕的话似乎变得多了起来,矿藏的分布、矿井的产量、设备的优缺点、采挖方式的改进、工人的安全防护等,走一路说一路。基本上都是耿永昕先提问,庞欣然回答,碰到答不上来的,耿永昕再给他解释。两天下来,庞欣然走得腰酸腿疼,嗓子冒烟,他

煊烂

把这两周没走的路、没说的话全给补上了。可看到耿永昕还跟没事人一样，他只能咬牙跟着坚持。

庞欣然算是明白了耿永昕的目的，熟悉情况是一方面，考试也是一个方面，耿永昕这是在检验他两周以来的学习情况呢！这两天他对照之前看到的材料，算是将老矿的基本情况摸了个底朝天。他也清楚，如果没有这两周沉下心来看的那些材料，认识将会大打折扣。

傍晚时分，两人终于结束了一天的工作。显然耿永昕对他的表现还算满意，他带着庞欣然进了矿区外的一个小饭店坐了下来。

他对庞欣然说道："累了吧？晚上我请你吃个地锅鸡，再喝上两杯解解乏！你来咱们科，我还没尽到地主之谊呢！"

"耿……耿主任！"这是庞欣然第一次心悦诚服地称呼耿永昕的职务。

"别叫主任，喊名字！在外边，叫主任显生分！"

"永昕……永昕哥！"庞欣然打定主意，"前些日子是我误会你的意思了，要不是那些材料，好多东西我都看不明白，跟矿工师傅们聊天也没啥话说。我现在知道了，之前看的那些东西，是我上天入地的梯子！"

"到底是高才生！"耿永昕拍了拍庞欣然的肩膀哈哈大笑，转而又严肃地问道，"欣然，看了一天了，对于咱们老矿的生产发展，有啥想法？"其实这也是困扰耿永昕很久的问题，局里在全国煤炭行业率先推行煤炭经济总承包，可对老矿如何提升生产技术，降低消耗，他一直没找到立竿见影的办法。

庞欣然知道，这才是真正的考试吧！

他整理了下思绪，缓缓说道："永昕哥，之前看材料我就发现了，目前老矿遗留的边残矿体较多，咱们矿的回采率只有百分之十几，太低了！比现在世界的平均水平还要低百分之五十。在井下以及和师傅们聊天中我也发现，有很多边残柱都没有利用，这是煤矿资源的严重浪费，并且有相当大的安全隐患！"

"你说的问题我也考虑过，可边残矿体开采难度大，安全隐患多，我们现在的技术手段不太行。"

"常规的采矿方法当然不能适应边残矿体的开采要求，但我觉得，可以从几个方面进行改进……"

庞欣然列举了几种方法，耿永昕听得眼睛越睁越大，最后兴奋地一拍桌子喊道："到底是高才生！灵的嘞！"桌上碗碟震得乒乓作响，引来其他桌的客人纷纷侧目而视。庞欣然略有尴尬，连忙向旁人拱手微笑表示歉意。

晚饭吃得宾主尽欢,庞欣然酒量小,一斤酒大都进了耿永昕的肚子,临别时,耿永昕拉着庞欣然的手百般叮嘱,一定要尽快形成报告,向矿上反映。

几天后,庞欣然将关于老矿复采的工作报告摆在了耿永昕的案头。耿永昕看着报告的内容,时而拿出笔来进行修改,时而向一旁的庞欣然竖起大拇指。看到落款处,耿永昕皱起了眉头:"欣然,这份报告是你的劳动成果,署你的名字就可以了!"

"那怎么行!永昕哥,这是我们共同的劳动成果,关于边残柱采集工艺,我可借用了您的很多方法!另外,要不是您逼着我看那么多材料,又带着我调研,怎么可能有这样一份报告……"

耿永昕挥手打断了他的讲话:"我手头还有好几个事情忙不完,我希望你能够代表咱们科担起责任来,你不是说我不给你安排项目吗?这个方案如果被采用,就由你全权负责!"

回到办公室,老李磨蹭着踱到庞欣然跟前,有些难为情地说道:"欣然啊,老哥跟你商量点事呗。那啥,你看你这报告能不能挂上老哥的名字?你知道我现在年龄大了,这个……这个,我也想出份力!"老李的嗅觉一向敏锐,当耿永昕在周例会上提到庞欣然的报告,他就意识到这是一个关系个人前程进步的大项目。

"对不起李主任!耿主任说了,这份报告我全权负责!"庞欣然大声说道,老李走也不是站也不是:"哦,行吧,我也是好心,想帮着你出出主意!"然后灰头土脸地走回了自己的位子。办公室的其他几个年轻人微笑地看着庞欣然,偷偷做了个鬼脸。

几天后,矿上成立了以矿长、总工程师为领导,勘测、设计、技术、劳资等部门共同参加的资源回收领导小组,庞欣然的名字赫然在列。

矿长办公室,苏矿长看着汇报完工作的庞欣然:"小庞,才来矿上一个月,就弄出这个项目,后生可畏啊!"

"矿长,这可不是我一个人的功劳,多亏了我们主任!"

"哦?你是说耿永昕?"

庞欣然向苏矿长说起这一个多月的事情,听得苏矿长哈哈大笑。

"这个耿永昕,简直和他爹一个脾气!"

"我们科长父亲是谁?"庞欣然已经不止一次听到身边人提起耿永昕的父亲。

苏矿长临窗而立,目光看向远方山峦,眼神中写满了思念。

"他的父亲,是个拾柴人……"

煊烂

42 进发塔城

2001 年年初,已是淮海矿业集团副总工程师的耿永昕迎来乔迁之喜,房子是位于徐州二环路的一套近三十年房龄的三居室。耿永昕一家现在居住的是个两居室,一间他和楚红用,另一间是女儿耿丽萍用,可实际女儿的房间却是耿永昕的书房,有时晚上工作晚了他便睡在女儿房间的小床上,女儿便跟着母亲楚红睡。这是单位第三次分房,耿永昕觉得自己的住房还可以,前两次他明明有机会改善住房条件,可他都把机会让给了别人。这第三次他又要让,楚红给他下了最后通牒:女儿耿丽萍已经是个大姑娘了,得有个属于自己的独立空间,不能总和她挤在一起。如果他让也可以,从此不要进这个家门! 耿永昕无奈,只得照办。

趁着周末,楚红找来了萧宝刚的妻子罗爱梅帮忙收拾屋子,如今第一机械厂已经完成了历史使命,关停了,楚红和罗爱梅下岗再就业,合伙在牌楼附近找了个门面卖米线。生意虽然不是特别红火,勉强糊口还是不成问题的。

罗爱梅一边帮楚红整理成箱的书,一边向楚红抱怨:"嫂子,你说这人呀,真是没有前后眼!"

"咋啦?"楚红问道。

"当年我在咱一机厂,找对象挑个啥样的不好,偏偏找了萧宝刚! 那个时候找对象,就一门心思觉得工人好,有保障! 我还记得当时有人给我介绍了个中学老师,我连面都不见! 现在倒好,咱们俩早早下岗,宝刚他们的夏桥矿也关闭破产了! 以后的日子可咋过呀!"说着悲从中来,抹起了眼泪。

"你哭个啥,咱俩都下岗七八年了,不也活得好好的!"楚红安慰道。

"咱俩可不一样,永昕哥现在是矿上的副总,我知道嫂子你人好,就是在家闲不住,陪着我干个小买卖,你干不干还不是无所谓。"

"你这就叫只见到贼吃肉,没见到贼挨打。你哥哪天晚上九点前回来过? 就算到了家,还不是窝在他那屋里写写画画,家里啥事能指望上他? 还不如宝刚有个星期天,平时也能照顾家,能让你把心思全放在咱的米线店里。"楚红宽慰罗爱梅,继续追问道:"宝刚下岗的事儿定了?"

"地下的炭挖完了还能咋样? 这么大的摊子矿上也难着哪。听说不只夏桥,董庄、大黄山的矿井也关停了。好多工人只能下岗，宝刚说了，他在这批下岗名单里。唉，当年的铁饭碗，现在看来都是纸糊的！"

"要不回头等你哥回来，我找他说说，叫他给宝刚想想办法！"

"那敢情好啊！"罗爱梅像是抓住了救命稻草，突然想起了什么，又连连摆手道，"不成不成，永昕哥啥人你不清楚？他有私事打长途都不用公家电话，这么多年啥时候给亲戚走过后门？嫂子你的心意我领了，可别让永昕哥为难了！"

楚红被罗爱梅的善解人意所感动，拉着罗爱梅的手道："咱不走后门，让他出出主意总行吧！"

正如罗爱梅所说，在这个世纪之交，徐州煤矿这个老字号煤企，正面临着产业失续、人员失岗、环境失治等前所未有的艰难困境，这艘航行了百余年的大船，已经千疮百孔，在新世纪的浪潮面前风雨飘摇，不堪一击。

快到下班时间了，耿永昕的办公室刚刚送走几个下岗工人代表，又进来两个矿区周边所在村的干部。他们是因为采煤导致的村里耕地塌陷、道路房屋损坏的问题找上门来，好不容易协调好房屋的修缮问题，已经是晚上九点了。他站起身来，突然感到一阵眩晕，耿永昕扶着桌子跌进沙发，艰难地躺下。

他揉着自己的太阳穴，回想起上次集团班子会上老书记说的话："如今集团面临生死存亡，摆在我们面前的，有两条路，一个是宣布破产，一个是主业转型！"老书记显得那样悲壮而凄凉。耿永昕心想，曾几何时，是煤炭给这片土地带来了无限风光，然而也是煤炭，如今让这片土地变得贫瘠而荒凉。书记口中的这两条路，无一例外都要陆续关停即将枯竭的矿井，可上万名煤矿工人怎么办？他们一生直面黑暗，难道未来也将黯淡无光？

耿永昕的心在滴血。

晚上十点，忙碌了一天的耿永昕终于回到家中。楚红听到声响，从卧室走出来，转身轻轻地将房门带上，显然女儿已经睡着。

"还没吃饭吧，锅里给你留饭了，我去给你热热。"

"别忙活了，你先去睡吧，我自己来就成。"

"我这会儿睡不着，我去吧！"

不大会儿，楚红从厨房端出了饭菜，看着耿永昕狼吞虎咽的样子，一阵心酸："咱们可都老大不小了，工作再忙也得注意休息啊，这样下去你的身体怎么吃得消！"楚红又将白天听说萧宝刚的事情告诉了耿永昕，让耿永昕帮着想想办法。

耿永昕沉吟说道："宝刚还好吧，他是运输班的司机，有一门谋生的技术，生活

煊烂

应该不成问题。你跟爱梅说，实在不行，咱们帮忙一起凑点钱，买辆新车叫宝刚单干，不管是跑运输还是跑出租，宝刚没问题！"

楚红眼睛一亮："还真是！我们两个人说了一下午，也没想出个所以然。听说现在开出租车可挣钱呢。"

耿永昕没有说话，和那么多面临下岗的煤矿工人相比，萧宝刚的这些困难又算得了什么呢？不在矿上开车，他能到社会上开。可这么多煤炭工人走向社会，一没技术二没资金，他们将如何谋生？

第二天，耿永昕在办公室接到了耿庆丰的电话，说人已经到了单位门口，约着耿永昕一起吃个饭，并要介绍个人给耿永昕认识。耿庆丰这两年生意越做越大，耿永昕听中午吃饭地方的名字，就知道是个高档的地方。他下午两点还要主持个会议，便推说来不及要拒绝。谁知耿庆丰不依不饶，不吃饭可以，面一定得见。耿永昕知道他有事，沉吟一下，便邀请他们一起在单位的食堂吃饭。

耿永昕用饭卡打了四菜一汤，在食堂靠边的一个位置坐了下来。

"徐老板，你看到了，我哥是个会过日子的人，你订好的地方不去，非拉着咱们吃食堂！"耿庆丰和同行的中年人说道。

"节俭好，耿工的作风让人佩服！"中年人附和道。

"咋，耿老板财大气粗，开始嫌弃矿上的家常饭菜了？"耿永昕揶揄耿庆丰。

"我哪敢啊，你可别刺我了，我来介绍下，这个是徐老板，跟你还是同行！"

徐老板递上名片："耿工，久仰您大名！"

看了对方名片，耿永昕客气地与对方握手，朝着耿庆丰狠狠地瞪了一眼。这些年，随着耿永昕职务的提升，通过各种渠道找他办事的人是越来越多，眼前这个徐老板，想必就是其中之一。

耿庆丰两手一摊说道："永昕哥，这可不赖我，咱们兄弟谁不知道你是出了名的六亲不认，人家徐老板不是来求你办事的！"

"你才六亲不认！"

"工作上，工作上。"耿庆丰自知理亏，连连作揖服软，转而又对徐老板说道，"徐老哥，你看到了，为了你我可是把我亲哥都得罪了，接下来你的事情成与不成，你都得念兄弟的好！"

徐老板说明了来意，原来他自己经营着几个煤矿，却一直缺少一个懂技术的专业人才。知道集团最近效益不好，便想通过耿庆丰，邀请耿永昕到他们企业去。徐老板开出的条件也很诱人，年薪百万，给股份。要知道，时下普通工人的工资还不到千元,一百万可以在徐州买好几套房子,条件不可谓不优渥。

"永昕哥,这不算走后门吧! 以后徐州的煤炭越挖越少,你也得给自己找个出路。"耿庆丰帮衬着说道。

耿永昕想都没想,便回绝道:"谢谢徐老板美意,但恐怕我得让您失望了。我是个党员,也是矿上培养起来的技术人员,眼下矿上确实有些困难,但我相信人心齐、泰山移的道理,只要我们人人团结一致、共克时艰,一定能够顺利渡过眼前的难关!"

当天送别了二人,耿永昕本以为此事就此告一段落,谁知徐老板并没有死心,后面又多次找到他,有时是在办公室,有时在耿永昕上下班的路上。耿永昕一开始婉言相拒,直到后面避而不见。徐老板眼见求贤无望,只得悻悻而归。耿永昕终得解脱,但他被私企老板高薪邀请的传闻却在矿上传开了。

一个月之后,耿永昕一家顺利入住新居。

家里的家具倒没多少,就是耿永昕的一堆书让人头疼,耿永昕工作忙抽不出身,全靠楚红一个人张罗。幸亏还有萧宝刚两口子、耿庆丰、苏泉河、韩春华等一帮老朋友帮忙,整个过程虽然费心却也非常顺利。周末的晚上,楚红准备了丰盛的饭菜,在新家设宴表达谢意。

老朋友们齐聚一堂,让本就不大的客厅显得有些拥挤,却更显其乐融融。

萧宝刚和罗爱梅把八十多岁的老爷子萧三也接了过来。萧三如今已经八十八岁,身子骨还算硬朗,只是因为前年生了一场病,如今话说不太清楚。岁月无情,父亲耿致远的一帮老朋友,如今也只有萧伯还健在了。耿永昕搀着萧三入座,就听萧宝刚说道:"我爸一听永昕哥搬新家,说啥也要来瞧瞧! 老爷子爱热闹!"

一众小辈众星拱月一般,围着萧三问好。老人头脑清晰得很,能叫出每个人的名字。萧三看着眼前的这群人,仿佛看到了当年的自己,更让他感到欣慰的是,老一辈之间的情谊,在他们身上得到了传承和延续。

"永昕,今天……搬家,高兴……看看!"他努力将每一个词讲清楚,环顾众人说道,"大家……一起……好!"说完这些,竖起了大拇哥,露出了孩童般的笑容,两行热泪却忍不住夺眶而出。

"哎! 咋还掉眼泪啦,越老越跟个孩子似的。"萧宝刚一边帮父亲擦拭眼泪一边假意埋怨,泪水也在眼窝内打转。作为子女,尤其是如今到了知天命的年龄,他更理解父亲此时的心情。尽管他和罗爱梅将老人的日常起居照顾得很好,平时一有时间就陪着老人散步聊天，但他知道，父亲内心深处的那种孤独是他无法安慰的。所以父亲提出要跟着他来看看耿永昕的新家时，他想都没想便答应了。他太了解父亲了，父亲肯定是怀念自己的那些老朋友了。父亲当年走投无路，是那些非亲非故的老朋友不计前嫌，伸出援助之手，帮父亲在这里扎根、安家！这段历史，父亲讲了无数遍。如今，耿永昕乔迁新居，父亲作为唯一的长辈，怎么能不来呢？

老人休息得早，简单吃了点东西，萧宝刚便先将父亲送回了家。等到萧宝刚安顿好父亲回来，酒席才算是正式开始。

耿永昕端起酒杯道："首先我要做个检讨，作为一家之主实在是不称职，这次搬家全靠楚红忙里忙外，全靠兄弟姐妹们帮忙！感谢大家！"

"永昕哥，你得自罚三杯，嫂子忙得米线店都不去了。"罗爱梅不依不饶。她最近心情不错，萧宝刚工作的问题解决了。在楚红的帮忙下，她和萧宝刚东拼西凑买了辆车跑出租，虽然两口子为此欠下许多外债，但从这两个礼拜的运营情况来看，收入还是可观的！这也了却了楚红的一个大心病。

"是得罚酒！你这一家之主干的活都没有我多！"苏泉河表示不满，他大学毕业后回到徐州，一直在政府部门工作，前年作为援疆干部到新疆支援当地建设，已经好长时间没有回到徐州，这次返乡正好赶上了耿永昕搬家，也让他们多了一次相聚的机会。

"该罚！该罚！"耿庆丰、韩春华齐声附和。

在众人的起哄声中，耿永昕规规矩矩连干三杯。

他们这群人如今各忙各的事业，很久没像今天这般聚在一起。而许久没见面的苏泉河，自然成了几个人谈话的焦点。

"泉河，你到新疆也有两年多了，要是那边还有什么商机，可别忘了我啊！"耿庆丰是个生意人，三句话不离本行。

"泉河之前不是才帮你联系的棉农，你可别让他犯错误啊！你介绍的那个徐老板，害得永昕躲了他好几天，要是被萧伯伯知道这事，不得打你一顿！"楚红知道徐老板的事情，虽说耿庆丰并非恶意，此时还是没忍住埋怨。

"嫂子，感谢不杀之恩！看来我要用整个后半生洗刷我的奸商形象了！"耿庆丰苦着脸表示无辜。

苏泉河哈哈大笑，他说现在国家推行西部大开发战略，庆丰的企业帮助新疆棉农解决了销路的大问题，是利国利民的好事。苏泉河接着说新疆可是块宝地，国土面积占全国的六分之一，人口却不到 2%。以他所在的塔城为例，当地粮食、石油、畜牧、矿产资源都很丰富,可当地因为受到技术、资金、人力等因素制约,很多资源都没能得到充分的开发利用。

似乎是怕楚红不放心,苏泉河最后说道:"红姐,我作为援疆干部,干的就是牵线搭桥的事情,这个不犯错误的!"

说者无心,听者有意,苏泉河的一番话让耿永昕醍醐灌顶。

走出去!

这三个字第一次突然出现在耿永昕的脑海中,徐州的煤炭资源无以为继,可品牌、技术、人还在,矿工如果下岗,那是企业和社会的包袱,可如果能够走出去发展,对于上万煤炭工人而言,这难道不是一个更好的出路?

晚饭之后,众人纷纷告辞离开,耿永昕借口说好久没见苏泉河了,将他单独留了下来。

"泉河,刚才你说你们那儿各种矿产资源丰富,当地有没有煤炭?"

"当然有,可就是挖不出来啊!早在二十年前,塔城就想建设一座煤矿,可就是因为没钱没技术,到现在也没建起来!"

耿永昕更加坚定了自己的想法:"你啥时候回新疆?"

"大后天的火车。"

"太好了! 回去的时候,带上我一起!"

> 一棵呀小白杨,
> 长在哨所旁,
> 根儿深,杆儿壮,
> 守望着北疆……

耿永昕从没去过新疆,只记得这首曾经传唱大江南北的军旅歌曲《小白杨》,据说塔城便是歌曲的发源地。

终于快到目的地了,坐在车里的耿永昕摇开车窗看向窗外,蓝天白云,微风拂面,草原如同波浪般起起伏伏,直达天际。街边中式传统和俄罗斯风格相结合的建筑随处可见,处处碧瓦朱墙、生机盎然。耿永昕疑惑,都说边疆条件艰苦,这简直是在画里一样!苏泉河仿佛看透他的心思,笑着介绍道,以前这里可不是这样,因为过度放牧,草场荒漠化严重,一年四季风沙肆虐。遇到秋冬暴雪的时候,还有狼群出没,一口气能咬死牧民上百只羊!"大自然真是人的一面镜子,人如何对待它,它

煊烂

便如何反馈。"耿永昕不禁联想起前段时间调研的采煤塌陷地,有感而发。

暖风醉人,绿草送香,耿永昕看看手表,时间已是晚上八点,看着即将落山的太阳,他还以为自己的手表坏了。经苏泉河提醒,他恍然明白,当地的时间比北京时间晚了两个小时。

"永昕哥,今晚我来做东,带你去尝尝地道的烤肉!"

耿永昕半晌没有反应,原来连续一周的舟车劳顿,此刻他已沉沉睡去。

经苏泉河牵线搭桥,耿永昕与当地安排的一位贺姓工程师见了面,开始了煤炭开采的可行性调研。贺工年龄比耿永昕略小,山东人,在当地的工业部门工作。听苏泉河介绍,此人大学毕业便和女朋友一起来到此处建设边疆,之后两人成家。他老婆是南方人,后来终于忍受不了艰苦的工作生活环境,一句话不说跑了。贺工骑着自行车追了几十里地,终于在汽车站将她截下来,承诺再待两年就跟她回南方。老婆信以为真,却不承想这一待就是二十多年,他乡变故乡,反倒是再去南方不适应了。

贺工也是个工作狂,接下来的一个礼拜,马不停蹄带着耿永昕跑遍了矿区,对当地的风土人文、自然环境、矿产资源分布等情况作了细致的考察。这一个礼拜,耿永昕整整黑了一圈,也瘦了一圈。工作辛苦还是其次,最让耿永昕受不了的,是这里人餐餐吃羊肉,直把习惯素食的耿永昕吃得嘴唇起泡。再加上还不太习惯这里的作息时间,睡眠不好,几天下来,他的样子已形同野人。

徐州在历史上与山东渊源颇深,方言和饮食习惯多有相似,耿永昕与贺工两人本来就算是半个老乡,经过这几天的相处,更是相见恨晚,变成了无话不谈的朋友。这天工作结束,两人就近找了一个乡里的招待所住了下来。连续几日在野外风餐露宿,贺工抓紧时间和家里打电话报平安。耿永昕看着招待所的房间,正为今天终于能睡个好觉感到高兴,打完电话的贺工却神色紧张地跑了进来,着急说道:"耿哥,你先歇着,我得连夜赶回去!"

"家里出事了?"耿永昕关切地问道。

"家里没事,下属公司出事了!"

"现在太晚了,我和你一起走,还能做个伴!"耿永昕二话不说,拎起自己的行李就往外走。

贺工知道劝不住他,只好带着他上了车。回去的路上耿永昕才知道事情缘由。原来当地的一家企业在贺工的参与下,从俄罗斯进口了一套电控饲料生产设备,可在运输过程中遭遇暴雨,运输的车辆侧翻,设备出现了故障。卖家称不是设备本身的质量问题引起的故障,因此拒绝派人进行维修,但他们提出可以再卖一套。先不说企业根本拿不出钱再次购买,就是这一套不能及时修好,也将直接影响后续的生产。

"你想咋弄?"耿永昕问道。

"死马当活马医,先看看能不能修好吧!"

等到两人赶到饲料厂,已是凌晨三点,车间内灯火通明。厂长一看到贺工像是看到救星:"领导,您终于来了!为了安装这套设备,厂里旧的生产线已经全拆了,如果修不好或者再拖上一两个月,我们厂可就完了!"

"先别说这个,叫上你们的技术员来帮忙,先看看什么情况吧!"贺工径直走到出问题的设备跟前,开始组装调试。耿永昕也没闲着,虽然他对这种专业设备并不熟悉,但图纸还是看得懂的。

第二天上午八点,厂长送来了奶茶和烤包子,招呼检修设备的贺工吃早餐。满脸疲惫的贺工揉了揉布满血丝的眼睛,神情有些茫然。忙活了一夜,他已经排除了四五处地方,可还是没有找到问题出在哪儿。他突然记起耿永昕的存在,连忙四处寻找,却看到满脸油污的耿永昕从生产线的另一端钻了出来。

"耿哥,你这是弄啥哩?"贺工连忙拉起耿永昕。

"我看你们忙就没打扰,对着图纸感觉这一块儿被雨淋了可能有问题,就检查一下!"耿永昕将图纸拿出来,指给贺工看。

"哦? 这设备你熟悉?"贺工疑惑地接了过去,盯着图纸的眼神却越来越凝重,过了好一阵他放下图纸,钻进了耿永昕刚才爬出来的地方。

"我的耿老哥! 你真神了!"设备底部,传来贺工兴奋的叫声。耿永昕所指的地方,就是设备出现问题的所在。

考察结束后,贺工将一摞厚厚的材料交给了耿永昕。他说这是之前当地做的关于煤矿工程的项目论证材料,问耿永昕有什么看法。耿永昕仔细翻看材料,觉得论证方面做得还算详细,只是在施工方案、环境保护等很多方面有所欠缺,甚至有的还是 20 世纪的过时做法。他直言不讳地指出了问题,说这样做不仅会造成煤炭资源的浪费,生产安全得不到保障,还会对环境产生巨大的破坏。贺工朝他竖起大拇指,到底是大企业出来的工程师! 其实这些材料,是一些小企业和私营矿主提出的开采论证报告,但都被他否决了。新疆需要的,是真正懂技术、负责任的企业!

一个月后,淮海矿业集团召开班子会。

"对于集团今后的发展,大家还有什么意见?"

会场上针落有声,每个人都神情郑重、眉头紧锁。兹事体大,关系到上万矿工的生计和企业的前途命运,每个人都感觉肩头的责任沉重。

老书记看向耿永昕,目光所及,皆为希望:"永昕,你来说说吧!"

耿永昕在众人的注视下缓缓站起身来。此刻的他心潮澎湃,他还记得将项目论证书提交时,当地领导真诚的话语:"从1976年发现地下有煤,我们就盼着能够把这些宝贵的资源变成财富,只要你们能在这里把矿建起来,把煤挖出来,塔城人民永远忘不了你们!"

"我建议——走出去,再创业!"耿永昕斩钉截铁地说道。

他脑海中突然浮现出父亲耿致远伫立在老屋书桌前的情景。

"我要用十年的时间,把矿车修理的二十六道工序实现机械化作业!"

"十年就做这一件事?"

"十年能把这件事做成,我就满足了!"

此时此刻,耿永昕的眼神如同二十年前耿致远的眼神一样坚毅……

老书记恍惚之间看到面前坐着的人成了耿致远——花白的头发、深深的皱纹、坚毅的神情! 他不禁暗暗感慨:淮海矿业的希望就在这群年轻人身上啊!

老书记清了清嗓子,说道:"有个事情我今天顺便说一下。"他的声音虽不高,但他扎根煤矿奉献半辈子,德高望重,与会人员闻言马上收敛心神静听下文——从老书记严肃的口吻中大家也听出顺便说的这件事肯定不简单。

老书记端起面前的水杯,轻啜一口,放下杯子缓缓地说道:"前天,省里组织部门和国资委找我谈话了,我年龄大了,继续坐这个位子有些力不从心,为了淮海矿业,也为了我个人身心健康考虑,上级组织经过慎重考虑,决定调一位年富力强的同志来集团工作,今天在这个会上先通个气,请大家有个心理准备。"

老书记说完,整个会议室一片静寂,是呀,老书记老了,他这一代淮海矿业人的使命完成了。

每一个淮海矿业人心中都有一个信念——一代淮海人奉献了一生心血,新一代淮海人会接过前辈的接力棒,继往开来、前赴后继。

会议室外的太阳正艳,阳光普照着大地,嵌在大楼上的徐州籍国画大师李可染先生题的六个鎏金大字"淮海矿业集团"在阳光下熠熠生辉、光芒万丈……

43 破茧成蝶

常年坚守矿井一线的淮海集团副总工程师耿永昕腋下挟着一沓图纸,正低着头锁办公室门的时候,就听身后传来一声招呼:"耿工,这是要出去呀?"

耿永昕闻言转身抬头,看到集团办公室唐主任和一个陌生而又面善的男子正站在身后冲自己笑。当下耿永昕也忙报以一笑,说道:"是唐主任呀!我这正准备去向李总经理汇报工作呢。"说着把挟在腋下的那沓资料冲唐主任扬了扬。

唐主任闻言又是呵呵一笑,说道:"耿工啊,我看您去找李总汇报工作的计划可能要有变化了。"说着一侧身,介绍道:"耿工,我们集团新任总经理李总专程来矿上看您了。省委组织部、省国资委来集团召开全体干部大会的时候您正在新疆出差,这不,一听说您出差回来,李总就放下手头工作赶紧来了。"

耿永昕恍然大悟,怪不得来人面善,原来是新任总经理。当下耿永昕握住李总伸过来的手,连连说道:"哎呀,总经理,您看您那么忙,应该我去向您汇报工作呀,还劳烦您亲自来这儿看我,这真不好意思!"

李总右手握住耿永昕的手,左手轻轻拍在耿永昕的手背上,笑着说道:"耿工太客气了,像你这样的劳动模范、技术型干部,我理应前来拜访呀!为人民服务是我们党的宗旨,组织上派我来集团,就是给大家服务的嘛。"

当下耿永昕把李总、唐主任让进了办公室。很快,耿永昕隔壁办公室的年轻科员听到这边的动静很利索就送来了两杯茶水。李总坐定之后,环顾耿永昕的办公室,看着堆积如山的图书资料、挂满四壁的画图挂表、摊开在办公桌上的笔记本,不禁感慨道:"都说耿工是我们淮海集团最勤奋的专家,看这办公室,果然所言非虚啊!"

耿永昕坐在李总旁边,闻言,如风摆荷叶般连连摆手,道:"不敢当,不敢当呀!李总说笑了,我这顶多算是勤来补拙罢了。办公室太乱了,让您二位见笑了!"

唐主任趁机插话道:"耿工,过谦了!对了耿工,您刚才说准备去总部,是……"

"哦,是这样,我这不是刚从新疆回来吗,老书记在任的时候……"耿永昕停顿了一下,毕竟一朝天子一朝臣,现在老书记退了,新的党委班子还认不认这壶酒钱?天知道!当下耿永昕继续说道:"有鉴于我们徐州地区矿藏枯竭的事实,为了淮海

煊烂

集团重新腾飞,上一届党委有一个想法,'走出去、再创业',这个观点不知道李总是否……"耿永昕迟疑着,扭头看向身旁的李总,目光中满是探询。

李总儒雅的脸庞上浮现着笑容,仿佛看透耿永昕的心事一样。他欠了欠身,轻轻拍了拍耿永昕的膝盖,说道:"怎么? 耿工看我像是那种为了显示自己高明,非得和前任对着干的人吗? 我今天来你这里,还不够真诚吗? 呵呵……"

耿永昕急忙摆手,连声否认,说道:"不不不,总经理您误会了……"

话未说完,李总伸手止住了耿永昕,一字一顿很坚定地说道:"萧规曹随!"

耿永昕闻言脸泛红光,双手禁不住轻拍了一下自己的大腿。

顿了顿,李总看向耿永昕,说道:"耿工啊,不要有顾虑,不要有包袱! 我虽然比不上曹参,但是对于老书记那一届党委的决策还是很赞同的!"说着,李总朝耿永昕重重地点了点头以示确定。

耿永昕心中疑虑尽释,暗暗长出了一口气:他今天准备了相当充足的图纸资料,组织了相当充分的语言话术,也做足了出现各种可能的心理建设,却唯独没有料到李总会这么干脆、直接、大方! 这意外倒把耿永昕给整得有点蒙了。

就听李总继续说道:"这几天我调阅了相关的党委会记录,上一届党委为了矿上真是操碎了心呀! 老同志们无私奉献、励精图治的精神值得我们学习、继承、发扬! 这几天,我也认真地研究了上一届党委的谋划,我认为'走出去、再创业'的观点是正确的,是有远见的,符合咱们淮海矿业自身的情况,是能指引集团再创辉煌的!"顿了一下,李总继续说道:"我也不瞒你们二位,自从组织上找我谈话之后,我也在思索集团未来的路子该怎么走,该往哪里走。我咨询了业界人士,查阅了文献资料,老话不是说嘛,树挪死,人挪活! 今天来,就是想听听耿工你的高见!"李总说完,端起面前的水杯,笑呵呵地喝了一口水,靠着沙发后背,双手叠在一起轻轻搓着,微笑着看着耿永昕,一副洗耳恭听的模样。

耿永昕闻言精神大振,捧起桌上的一沓报告,双手递到李总面前,坚定地说道:"李总,我这次在新疆前后考察了二十多天,起草了一个在新疆设立分公司的可行性报告,想向您汇报一下。"说到这里,耿永昕触动柔肠,不由自主慨叹了一声:"集团有整套的设备、成熟的技术、熟练的工人,唉,空有屠龙术,却无用武之地! 现在咱们当地无煤可采,大大小小多少矿井都歇了……"

耿永昕实在不忍心说出"关停"那两个字,只好很隐晦地说"歇了",这种"自欺欺人"的狡猾,在敦厚的矿工兄弟中已成了一种约定俗成。他们倒不是一头扎进沙坑如鸵鸟般不敢面对,也不是讳疾忌医不愿承认,实在是对集团、对矿井有着太深厚的感情，"歇了"是暂时的休整，而"关了"却是永远的沦陷。

顿了顿，耿永昕接着说："李总，咱们矿上子弟这一身通天彻地的本领可不能荒废呀！集团要再次腾飞，只能走出去！你看，咱们本地资源枯竭，矿产停采，可是新疆矿藏丰富，最重要的是那里还没有挖掘、没有开采！并且，他们渴盼有成熟的企业合作，李总，咱们去新疆，那里一定有咱们的用武之地，那里一定是我们淮海矿业再度辉煌的新起点！"

李总一边听着一边不停地点头，满脸的肯定和赞许鼓励着耿永昕继续说下去。"李总，我考察的新疆这几个地方的矿产资源都非常丰富，地域广阔，集团成熟的技术和熟练的工人正是他们那里所需要的，咱们去那里二次创业，集团一定能再度起飞！"耿永昕说着不由自主紧了拳头在空中挥舞了一下。

望着耿永昕坚毅的眼神，看着他脸颊上泛起了微微潮红，听着他略显急促的呼吸，李总和唐主任也受到了感染。李总情不自禁拍了一下沙发扶手，说道："耿工，好啊！好啊！咱有技术、有设备，新疆有资源、有市场，咱们合作这也叫作'双向奔赴、互为星辰'！"说着，李总指了指耿永昕手中的报告，问道："新疆地域辽阔，你考察了这么多地方，不知道有没有心仪的地方创建新'淮海'？耿工说说，首选哪里最合适？"

耿永昕不假思索，脱口而出："塔城！"

耿永昕"塔城"二字刚吐出舌尖，就见李总眼神一亮，一朵笑容瞬间绽放在脸上，旁边的唐主任闻言，不禁击掌说道："哎呀！这可真是英雄所见略同呀！耿工啊，这两天董事长和总经理查资料，看地图，请教专家，所有的目光都汇聚在了塔城这个地方！"

李总摆了摆手，说道："读万卷书不如行万里路！耿工实地考察调研更有说服力！"当下，李总拉住耿永昕的手，有些动情地接着说道："咱们建厂塔城，一方面，集团腾飞有望；二来，塔城地区也能获利！一举两得！"说着，李总眯起了双眼，似乎那魅力无比的准噶尔盆地就在眼前，那旖旎迷人的天山美景就在眼前，那插在天山南麓的猎猎淮海大旗就飘扬在眼前……

那天在办公室耿永昕和李总谈了很久，隔壁办公室的小年轻连续送了三四回茶水。那天他们谈了很多，多到大家都记不住谈了些什么，爽朗的笑声回荡在走廊，久久不息。

李总做事雷厉风行，毫不拖泥带水，离开自己办公室的第二天，耿永昕作为专项议题汇报人向集团党委会汇报了淮海矿业集团在塔城地区创设分公司的可行

煊烂

性。

很快,耿永昕就接到了集团的新任命——以副总工程师身份兼任淮海集团塔城建设指挥部总指挥,全权负责淮海集团在新疆的建矿事宜。

横亘祖国东西的陇海、兰新铁路,一头连着天山雪域的新疆,一头连着南秀北雄的江苏。耿永昕率领着他的团队,肩负着集团的重托,怀揣着"走出去、再创业"的万丈豪情,从徐州火车站一路向西。长长的列车犹如一条墨绿色的长龙,在铁轨上疾驰,驶出五省通衢徐淮大地,跨过中原,穿越陕甘,向着夕阳……

望着窗外一晃而过的风景,望着窗外越来越广阔的天地,耿永昕憧憬着集团的明天:淮海,在这广阔的天地间必将大有作为!他恨不得下一站就到目的地,他迫切想要投入工作,沸腾在骨子里的淮海精灵早就按捺不住,要在天山南北一展身手了——黝黑的煤炭,要在天山南北燃放腾空而起的礼花!

光阴似箭,日月如梭,倏忽间已过去三年。

来时莺歌江南春,去时雪满天山路。

耿永昕再度坐在集团会议室里向集团党委汇报塔城分公司建设情况的时候,集团大楼外的垂丝海棠开得正艳,瓦蓝瓦蓝的天空下,点点白云悄悄流向远方,悬挂在楼顶的六个鎏金大字在艳阳高照下显得格外耀眼、格外辉煌。

塔城分公司的建设和预想的一样顺利,投产、销售、回笼资金,一切都和当初设想的完全一样,甚至还超出了预想。今天集团会议室里人人脸上都洋溢着喜悦——发自肺腑的喜悦——窗外不时飞过的几只春鸟为这满堂喜悦添加了生动的注脚。

在耿永昕汇报结束、党委委员表态之后,李总端起面前的杯子,喝了一大口,润了润嗓子,而后双手握着杯子,朗声说道:"耿工啊,这几年真的辛苦你了!抛家舍业千里迢迢驻扎在新疆!塔城建设指挥部的同志们以无私奉献、吃苦耐劳的实际行动,生动诠释了我们的'淮海矿业精神',为赋能集团外延布局战略走出了成功的第一步!不容易啊!同志们,我提议,让我们为耿永昕同志、为集团塔城建设指挥部的全体同志鼓掌、祝贺!"话音甫落,会议室里瞬间爆发起与会人员发自肺腑的、真诚的热烈掌声,一刹那,万千思绪涌上了耿永昕的心头,今天回头再看当初的艰苦,是那么的刻骨,又是那么的幸福!耿永昕站起身,面向起立鼓掌的众人,深深鞠了一躬。

会议室里热烈的掌声惊飞了几只落在窗台上的鸟儿，它们永远都理解不了会议室里的众人为什么那么兴奋，只有经过千辛万苦的奋斗并取得成功的人们才能读懂此刻掌声的内涵。可是这并不影响鸟儿们兴奋地摇动着翅膀，欢快地叫着直飞云霄，就像淮海矿业集团一样，再度腾飞在这个春天……

当晚，李总个人设宴为耿永昕等塔城分公司的骨干人员接风。酒席阑珊之际，众人止箸停杯，饮茶闲话。李总兴致不减，为耿永昕的杯中续上新茶，注视着耿永昕，深情地说："耿工啊，塔城是个迷人的地方！多想和你们在那里并肩作战呀！"说完之后，李总微闭双眼，靠着椅背，似乎陷入了对塔城的向往之中。

一瞬间，耿永昕的脑海中闪过无数张脸：啊！我那可爱可敬的兄弟姐妹呀！耿永昕微微有些失神，但是很快就恢复了。他伸手端起面前的茶杯，浅浅喝了一口李总刚刚为他斟的茶，对李总说道："您去过库车县吗？"说着，耿永昕的眼睛似乎挂上一点晶莹的东西……

在库车县，远离矿区的地方有一座海拔三千三百米的荒山。

荒山没有名字，许是荒山不值得人们费心思取名吧。据当地居民讲，那座山自古以来就这么荒凉着，方圆二十多公里没有人烟。这座秃山正处在风口，一年四季朔风凛冽，狂风起时风沙满谷，沙尘漫天。站在近处看山，山上山下寸草不生，鸟兽潜踪，杳无人烟，光秃秃的犹如烈火焚烧过一般，在烈日下裸露着肌肤。

如此荒凉艰苦的地方，却又是至关重要的所在——在山坳里，有一处足球场大小的场地，这是淮海集团夏阔坦矿业公司的副井抽风机房，在这里有二十多台风井设备，守护矿井安全。

之所以选择建在这荒凉之地，是因为二十多台设备运转起来所发出的噪声震耳欲聋，严重影响人的正常生活。建在这里倒是没有这些顾虑，但是又一个严峻的问题呈现在面前：谁来值守？

且不说饮食生活方面的问题，单单是巨大的噪声和难熬的寂寞就让人心生怯意，望而却步了。正当公司领导眉头紧锁的时候，一道耀眼的光，冲破了空中堆积的阴霾，一个叫俞明亮的矿工主动请缨前往荒山值守。敦厚朴实的俞明亮原是大黄山矿运搬工区工人。大黄山矿关井后，他到了权台矿山西平朔项目部工作，刚刚从山西来到夏阔坦矿业公司担任维护员的他，看到公司遇到了难处，二话不说，搬起行李就住进了荒山：淮海矿业人的骨子里流淌着一股热血，爱矿，胜过爱自己！或许有人会猜测俞明亮之所以选择去荒山值守，图的是那里无人管束，即便偷懒耍

煊烂

滑也没人过问,广阔天地多么自在!可当公司供给后勤物资的驾驶员师傅无意中看到俞明亮的工作日志时,这些流言不攻自破——厚厚的工作日志本上,俞明亮工工整整密密麻麻地记录着每天场地设备的巡查、检修情况,笔画清楚,字迹端正,就像小学生临摹书写的正楷一样,格外认真。当驾驶员师傅发现俞明亮的设备巡查频率是一小时一次时,顿时肃然起敬!

巨大的噪声,难熬的孤寂,既不通网络,又没有电视,收音机在这里也没有信号,成了名副其实的"木匣子"。即使有着钢铁般意志的淮海矿业工人俞明亮也孤寂得难受,也渴盼有人说说话,解解闷。他似乎小看了这里的艰苦程度,但是朴实的老俞没有打退堂鼓,拈轻怕重可不是淮海人的作风,自己不想干的活,抛给别人?那可不是咱老俞能做出来的事!"己所不欲,勿施于人",圣人的话语俞明亮或许没听过,或许听说过根本写不出来,但是他却实实在在做着!俞明亮自己想办法疏解困难,于是,每两周来一次供给后勤物资的驾驶员师傅成了俞明亮朝思暮想的人,俞明亮总是拉着驾驶员师傅说长道短,嘘寒问暖,恨不得将这里所有的一切都向来人诉说,又无比渴望来人能将外界的消息带给自己。

俞明亮说,白天工作的时候还不觉得,夜晚是最难熬的!太安静了,静得瘆人!俞明亮说这里的风特别大,怪吼着,歇斯底里,有时候风吼中还夹杂着野兽们的嚎叫——听着野兽们瘆人的嚎叫声,俞明亮说,那野兽似乎就潜伏在窗外!后来,俞明亮养了一条狗,既看家护院,又给自己壮胆做伴,俞明亮说养条狗主要还是解闷,起码身边还有个活物!可谁知时间久了,俞明亮发现那条狗居然学会了狼叫!

…………

耿永昕说,在那样艰苦的环境里,俞明亮连续八百多天值守场地,没有下山。

就是因为有这样千千万万不求名、不求利的工人,集团才能绽放出煊烂的光芒!

李总闻言久久没有说话,过了许久,他毅然起身,高擎酒杯朗声说道:"大家都端起酒杯来,让我们以杯中酒,致敬每一位在平凡岗位为淮海矿业集团默默付出的工人同志!干!"说完,李总一仰脖,豪爽地干了杯中酒。

"开山岛有'守岛英雄'王继才,我们集团有'天山守护神'俞明亮!"在不久之后召开的集团表彰会上李总深情地说道。

淮海矿业集团会议室,正在召开办公会。

李总正对着与会人员侃侃而谈。有了异地建厂的成功经验,李总马不停蹄带着耿永昕他们又跑了山西、陕西、内蒙古等地,先后上马了"蒙电送苏""陕电送苏""晋焦入苏"等工程,为江苏经济发展保驾护航。一位集团副总打趣李总,说他这才叫"老马已知光阴迫,不用扬鞭自奋蹄"。李总听了呵呵一笑,指着副总说:"你这叫'拿着冯京当马凉',人家说的是老牛已知光阴迫,可不是老马,老马能识途,我这匹老马可是只认得回淮海的路!"

今天的议题却似乎和经济发展毫无关系,会议商讨的是煤矿塌陷地修复工程。煤炭的开采,破坏了地层结构,既不能耕种,又不能作他用,多少年来废墟一般晾在那里,裸露着的疮疤似乎在诉说着无尽的悲伤。市委、市政府多方调研,会同相关大学、淮海集团多次磋商,业界专家实地勘探,终于拟定塌陷地修复方案,将采煤塌陷地进行生态修复,再造自然生态。

李总在会上深情地说,仁厚无私的大地母亲,将最可宝贵的煤炭无偿献给人类,她是用自己的精血哺育人类!煤炭的开采,破坏了大地,破坏了生态,现在我们用一种人工的方法去修复另一个人工的失误!

此时,每一位与会人员的脑海中都浮现出了一句伟大的话——绿水青山就是金山银山。

煊烂

后记

徐州历经沧桑，今非昔比。

贾汪更是日新月异，地覆天翻。

经过多年的发展，"百年煤城"贾汪不但成了徐州物流、商贸、生态及旅游中心，还是徐州建设现代化城市的核心区之一。更令人惊叹的是，往昔煤灰遍地，脏水相连的贾汪，已经变成了山川秀丽、人们慕名而来的旅游休闲度假胜地。在贾汪，大洞山、督公湖、青年林、潘安湖等风景名胜一个比一个美，成为名副其实的"徐州后花园"。尤其是潘安湖，从过去的采煤塌陷区华丽转身，变成了国际级湿地公园和4A级旅游景区。

如果说贾汪是徐州发展变化的缩影，那么潘安湖就是贾汪的缩影。

六月的潘安湖，烟波浩渺，草木勃发，一艘画舫划破湖面，向湖中的小岛驶去，几只水鸟受到惊扰呼扇着翅膀飞向晴空，翅膀上抖落一片晶莹浮光，如在画中。空气中弥漫着芦苇花草的清香，岸边栈道上有点点行人，时而随风传来孩童的玩耍嬉闹声，又给这清幽的湖平添了几分尘世的生气。

耿永昕扶着船舷站在画舫船头，将美景尽收眼底，忍不住感慨沧海桑田的变迁。

谁能想到？这块风景优美之地，在十几年前还是全市面积最大、最集中的采煤塌陷地。他还记得当地的村干部带着他现场考察的情景，耕地积水太深种不成庄稼，村里道路损毁处处断壁残垣，外出务工成为年轻人的无奈之选，无法逃离的老人眼中满是凄凉……短短十几年，变化可真大！耿永昕闭上双眼，仰起头，惬意地呼吸着清爽的空气，甜甜的，一股自豪感油然而生，眼前的美景也有自己的一份努力，不负青山，夫复何求！

楚红从船舱走了出来，笑着提醒："湖上风大，别着凉了。"

耿永昕朝妻子笑了笑，拉着她的手将过去的点点滴滴指给她看。感觉老伴的手有些凉，忙拉着她进了船舱。

"嫂子，你俩这真不孬，到老了还都这么腻歪！你瞅瞅俺家这位，就知道自己拍照，发朋友圈！"罗爱梅看着身边的萧宝刚，一阵奚落。"我才不是自己拍照，我是让孩子们看看咱们在干啥,好能安心工作!"萧宝刚朝她翻白眼。如今罗爱梅和楚红的米线店已经成为遍布徐州的连锁店,再也不用萧宝刚跑出租维系生计,可他开了一辈子车,时不时便瞒着罗爱梅跑个网约车,乐在其中。

同船而行的,还有耿庆丰、苏泉河、韩春华几位老人,本来这几家联系就多,如今全都退休赋闲在家,来往比平时更加密切起来。

"永昕哥,我听嫂子说你最近在给致远大伯写书了?"苏泉河问道。

"他呀,闲不住,前一段时间把爸爸的日记全翻了出来,学人家埋头搞文学创作呢!"楚红笑道。

"爸走时,啥也没留下,除了满房子的书,剩下最多的就是这些日记。之前因为工作忙,一直没能好好整理。"耿永昕像是自言自语般解释道。其实耿永昕自己知道,工作忙只是一方面原因,最主要的还是不敢去看这些日记,他不愿勾起那些痛苦的回忆,特别是有关母亲姚昕露的回忆。虽然现在的他知道,姚昕露的突然辞世,不能怪父亲,但当时还是怨恨父亲,他怪父亲在母亲葬礼上的铁石心肠,怪他没能及时发现母亲的病情,怪他没有照顾好……

"永昕……"楚红发现爱人的异样,轻摇了一下他的胳膊。这已经不是楚红第一次发现耿永昕因日记的事表现异常了。收拾耿致远遗物那天,耿永昕执意要一个人收拾那些日记。楚红记得,那天耿永昕将父亲的日记放进一个大箱子里,然后又严严实实地封了起来,像是在发泄什么情绪,又像是在埋葬什么东西,他的神情是黯然的。在那之后,耿永昕便很久未碰那只箱子。

具体不记得是从什么时候开始,总之是耿永昕退休回家后的某段时间。楚红发现,耿永昕将放置许多年的箱子重新找了出来,就那么放在书桌旁,像是在犹豫什么,又像是挣扎什么,有时他会盯着看上好久,手上把弄着落满灰尘的老锁。

直到前不久,像是终于做出了某个重要决定,楚红看到耿永昕颤抖着双手打开了那只箱子,就像打开了尘封已久的回忆,又似解开了心头某个结。那天,耿永昕郑重其事地将一本本日记从箱子中取出,他读完一本,又换一本,就那样一本接一本读下去,时而默默流泪,时而欣慰地笑,有时又是无声的沉默。楚红就静静陪在他身旁,把一本本散乱了的日记重新收拾好。

也不知是什么时候翻看完那些日记的,耿永昕抬起头,就像入定已久的老僧起身掸去积尘,又仿佛艰难爬坡的挑夫卸下重担,整个人变得不一样的松弛。他声音略带沙哑地告诉楚红,随着年岁增长,自己对母亲姚昕露的记忆逐渐模糊,但思念与日俱增,他很慌张,很无助。父亲耿致远留下的这些日记,这时恰恰成了他唯一

煊烂

的希望。

是的,在翻看这些日记的过程中,耿永昕仿佛重新回到了童年,感觉又看到了母亲慈爱的目光,一家三口围坐在一块儿的欢声笑语……当然,耿永昕更多的是看到了父亲耿致远对母亲的无尽思念,那是一种更加深沉、更加凝厚、更加刻骨铭心的爱恋,当中还夹杂着让人心痛的懊悔与无助。耿永昕终于明白,思念就像一条丝线,将一家三口紧紧连接在一起,而父亲耿致远那头拉扯得甚至更加用力。此时,耿永昕哪里还有对父亲的怨恨,剩下的只有感动,感动于父母之间爱的纯粹,爱的艰难,爱的伟大。当时他就下定决心,要将父母的爱情故事写下来,要将见证了贾汪苦难、摸索、斗争、胜利的爱的故事写下来。

"写好之后可得先让俺们几个看看哈!"耿庆丰说道,其他几个人也跟着哄闹附和,一下将耿永昕的心绪又拉了回来。"老一辈儿的事你们哪个不是从小听到大?对了宝刚,正写到三叔欺负我爹他们呢,今天的午饭你来做东!"永昕说完,几个人一听拍手叫好。萧宝刚无奈挠头:"这老子犯的错,当儿子的就算变成了老头,也还得替他担着啊。"罗爱梅说道:"这没问题,矿上的效益越来越好,宝刚虽然下岗了,但工资还涨了点,俺请得起!"

欢声笑语中,画舫穿桥过岛,在一座小码头停了下来。

几位老人互相搀扶着下船,走进一座古色古香的小镇。刚才在船上如同身处世外桃源,此处却廊腰缦回,分外热闹。

几个人沿着青石铺就的街道边走边看,突然,街角处一个门头上的牌匾引起了所有人的注意——汪清茶馆!

一群人颇感惊讶,又相视而笑。

耿永昕率先推开茶馆虚掩的大门,屋内珠帘绣幕,古色古香。耿永昕驻足细听,屋内似有人说话,会是谁呢?

2020 年 6 月至 2024 年 6 月
创作于徐州、南京